【传世经典 文白对照】

太平广记

三

卷九三至卷一三四

〔宋〕李昉 等 编

高光 王小克 主编

中华书局

目录

第三册

卷第九十三　异僧七
　　宣律师·············1510

卷第九十四　异僧八
　　华严和尚··········1538
　　唐休璟门僧·········1542
　　仪光禅师··········1546
　　玄　览···········1550
　　法　将···········1552

卷第九十五　异僧九
　　洪昉禅师··········1554
　　相卫间僧··········1564
　　道　林···········1566
　　净　满···········1566
　　法　通···········1568

卷第九十六　异僧十
　　僧伽大师··········1570
　　回向寺狂僧·········1572
　　懒　残···········1574

韦　皋···········1576
释道钦···········1578
辛七师···········1578
嘉州僧···········1580
金刚仙···········1582
鸥鸠和尚·········1584

卷第九十七　异僧十一
　　秀禅师···········1586
　　义　福···········1588
　　神　鼎···········1588
　　广陵大师··········1590
　　和　和···········1592
　　空如禅师··········1592
　　僧　些···········1592
　　阿足师···········1594
　　鉴　师···········1594
　　从　谏···········1596

卷第九十八 异僧十二

李德裕……………………1600

齐州僧……………………1602

抱玉师……………………1604

束草师……………………1604

惠　宽……………………1604

素和尚……………………1606

怀　信……………………1606

佛陀萨……………………1608

兴元上座…………………1608

赵　蕃……………………1608

怀　濬……………………1610

智者禅师…………………1612

法　本……………………1612

卷第九十九 释证一

僧惠祥……………………1616

阿育王像…………………1616

王淮之……………………1618

惠　凝……………………1618

灵隐寺……………………1620

侯　庆……………………1622

大业客僧…………………1624

蛤　像……………………1626

光明寺……………………1626

十光佛……………………1628

李大安……………………1628

韦知十……………………1630

刘公信妻…………………1632

卷第一百 释证二

长乐村圣僧………………1636

屈突仲任…………………1638

婺州金刚…………………1642

菩提寺猪…………………1644

李思元……………………1644

僧齐之……………………1648

张无是……………………1650

张　应……………………1652

道　严……………………1652

卷第一百一 释证三

邢曹进……………………1656

韦氏子……………………1658

僵　僧……………………1662

鸡　卵……………………1662

许文度……………………1664

玄法寺……………………1666

商居士……………………1666

黄山瑞像…………………1668

马子云……………………1668

云花寺观音………………1670

李　舟……………………1670

惠　原…………………1670

延州妇人…………………1672

镇州铁塔…………………1672

渭滨钓者…………………1672

卷第一百二　报应一金刚经

卢景裕…………………1676

赵文若…………………1676

赵文昌…………………1678

新繁县书生…………………1680

蒯武安…………………1680

睦彦通…………………1682

杜之亮…………………1682

慕容文策…………………1682

柳　俭…………………1684

萧　瑀…………………1684

赵文信…………………1686

刘　弼…………………1686

袁志通…………………1688

韦克勤…………………1688

沈嘉会…………………1688

陆怀素…………………1690

卷第一百三　报应二金刚经

司马乔卿…………………1692

孙　寿…………………1692

李　观…………………1694

豆卢夫人…………………1694

尼修行…………………1694

陈文达…………………1696

高　纸…………………1696

白仁晢…………………1698

窦德玄…………………1698

宋义伦…………………1700

李　冈…………………1702

王　陁…………………1702

王令望…………………1702

陈惠妻…………………1704

何　澄…………………1704

张玄素…………………1704

李丘一…………………1704

卷第一百四　报应三金刚经

于　昶…………………1708

裴宣礼…………………1708

吴思玄…………………1710

银山老人…………………1710

崔文简…………………1710

姚　待…………………1712

吕文展…………………1712

长安县系囚…………………1712

李　虚…………………1712

卢　氏…………………1716

陈利宾……………1718

王　宏……………1720

田　氏……………1720

卷第一百五　报应四金刚经

李惟燕……………1724

孙　明……………1726

三刀师……………1726

宋参军……………1728

刘鸿渐……………1730

张嘉猷……………1732

魏　恂……………1732

杜思讷……………1732

龙兴寺主…………1732

陈　哲……………1734

丰州烽子…………1734

张　镒……………1736

崔　宁……………1736

卷第一百六　报应五金刚经

太原孝廉…………1738

李廷光……………1738

陆康成……………1740

薛　严……………1740

任自信……………1740

段文昌……………1742

刘逸淮……………1742

孙　咸……………1744

僧智灯……………1746

王　氏……………1746

左营伍伯…………1746

宋　衎……………1748

陈　昭……………1750

卷第一百七　报应六金刚经

王忠幹……………1754

王　偶……………1756

李元一……………1756

鱼万盈……………1758

于李回……………1758

强伯达……………1760

僧惟恭……………1760

王　沨……………1762

董进朝……………1762

康仲戚……………1762

吴可久……………1764

开行立……………1764

僧法正……………1766

沙弥道荫…………1766

何　老……………1766

勾龙义……………1766

赵　安……………1768

卷第一百八　报应七金刚经

何　轸…………………1770

王　殷…………………1770

王　翰…………………1772

甯　勉…………………1772

倪　勤…………………1774

高　涉…………………1774

张　政…………………1776

李　琚…………………1776

巴南宰…………………1778

元　初…………………1780

兖州军将………………1780

杨复恭弟………………1782

蔡州行者………………1782

贩海客…………………1784

卷第一百九　报应八法华经

沙门静生………………1786

释昙邃…………………1786

释慧庆…………………1788

费　氏…………………1788

赵　泰…………………1788

释慧进…………………1792

沙门法尚………………1794

释弘明…………………1794

释志湛…………………1794

五侯寺僧………………1796

释智聪…………………1796

昙韵禅师………………1796

李山龙…………………1798

苏　长…………………1800

尼法信…………………1800

李　氏…………………1802

彻　师…………………1804

悟真寺僧………………1804

释道俗…………………1804

史阿誓…………………1806

石壁寺僧………………1806

卷第一百一十　报应九观音经

窦　傅…………………1808

周　珰…………………1810

竺法义…………………1810

王珉妻…………………1812

竺长舒…………………1812

潘道秀…………………1812

栾　荀…………………1814

张　崇…………………1814

释开达…………………1814

竺法纯…………………1816

释道泰…………………1816

郭　宣…………………1816

吕 竦……………………1818
徐 荣……………………1818
刘 度……………………1820
南宫子敖……………………1820
徐 义……………………1820
毕 览……………………1822
释法智……………………1822
孙道德……………………1822
张 兴……………………1822
昙无竭……………………1824
车 母……………………1824
释昙颖……………………1826
邢怀明……………………1826
王 球……………………1828

李儒俊……………………1836
沈 甲……………………1838
张 达……………………1838
孙敬德……………………1838
高 荀……………………1838
史 隽……………………1840
东山沙弥……………………1840
徐善才……………………1840
杜智楷……………………1842
张 氏……………………1842
许 俨……………………1842
僧道宪……………………1844
成 珪……………………1844
王 琦……………………1846

卷第一百一十一　报应十观音经

竺惠庆……………………1830
卞悦之……………………1830
张 畅……………………1832
王玄谟……………………1832
释道同……………………1832
伏万寿……………………1834
彭子乔……………………1834
释慧和……………………1836
齐建安王……………………1836
毛德祖……………………1836

卷第一百一十二　报应十一

崇经像

史世光……………………1852
董 吉……………………1854
宋吏国……………………1856
张 元……………………1856
释智兴……………………1858
董 雄……………………1858
孟知俭……………………1860
崔善冲……………………1860
唐 晏……………………1860

张御史……………1862

李　昕……………1864

牛　腾……………1866

李元平……………1868

长沙人……………1870

乾符僧……………1870

卷第一百一十三　报应十二

崇经像

张　应……………1872

释道安……………1874

周　闵……………1874

王　懿……………1876

谢　敷……………1876

僧法洪……………1878

刘式之……………1878

刘　龄……………1878

陈安居……………1880

马处伯……………1884

卷第一百一十四　报应十三

崇经像

费崇先……………1888

魏世子……………1888

何昙远……………1890

陈秀远……………1890

葛济之……………1892

董青建……………1892

齐竟陵王…………1896

张　逸……………1896

释僧护……………1896

僧澄空……………1898

释慧侃……………1898

释道积……………1900

释法诚……………1900

卷第一百一十五　报应十四

崇经像

张法义……………1904

王弘之……………1906

崔义起妻…………1908

襄阳老姥…………1908

普贤社……………1910

李　洽……………1912

王　乙……………1912

钳耳含光…………1914

席　豫……………1916

裴　休……………1918

牙将子……………1918

卷第一百一十六　报应十五

崇经像

谢　晦……………1920

尼智通……………1922

王袭之……………1922

周　宗……………1922

沈僧复……………1922

僧道志……………1924

唐文伯……………1926

崔平业……………1926

王镇恶……………1926

郭祖深……………1928

卫元宗……………1928

姜胜生……………1928

傅　奕……………1930

并州人……………1930

薛孤训……………1930

巂州县令…………1932

丁　零……………1932

唐武宗……………1932

王义逸……………1934

赘　肉……………1934

西明寺……………1936

明相寺……………1936

僧义孚……………1936

开照寺盗…………1938

僧绍明……………1938

潼江军……………1938

卷第一百一十七　报应十六阴德

孙叔敖……………1940

崔敬嗣……………1940

裴　度……………1942

刘　轲……………1942

刘弘敬……………1944

萧　仿……………1948

孙　泰……………1948

李　质……………1950

范明府……………1950

程彦宾……………1952

卷第一百一十八　报应十七异类

汉武帝……………1954

东方朔……………1954

毛　宝……………1958

孔　愉……………1958

宗叔林……………1958

桓　邈……………1958

刘　枢……………1960

蔡喜夫……………1960

刘　沼……………1960

刘之亨……………1962

严　泰……………1962

程灵铣……………1962

韦　丹……………1964

熊　慎……………1968

王行思……………1968

陈弘泰……………1970

卷第一百一十九　报应十八冤报

杜　伯……………1972

公孙圣……………1974

燕臣庄子仪………1974

游　敦……………1974

王　宏……………1974

宋皇后……………1976

徐　光……………1976

王　陵……………1978

夏侯玄……………1978

金　玄……………1980

经　旷……………1980

万　默……………1980

麹　俭……………1980

太乐伎……………1980

邓　琬……………1982

孔　基……………1984

昙摩忏……………1984

支法存……………1984

张　超……………1986

袁粲幼子…………1986

庾宏奴……………1986

魏辉儁……………1988

真子融……………1988

卷第一百二十　报应十九冤报

梁武帝……………1992

张　禅……………1992

羊道生……………1994

释僧越……………1994

江陵士大夫………1996

徐铁臼……………1996

萧　续……………1998

乐盖卿……………2000

康季孙……………2000

张　绚……………2000

杨思达……………2002

弘　氏……………2002

朱　贞……………2002

北齐文宣帝………2004

梁武帝……………2006

韦　戴……………2006

隋庶人勇…………2008

京兆狱卒…………2008

邛　人……………2008

卷第一百二十一　报应二十冤报

杜通达……………2010

邢文宗……………2010

长孙无忌……………2012

娄师德……………2012

王　瑱……………2014

江　融……………2014

李昭德……………2014

弓嗣业……………2016

周　兴……………2016

鱼思咺……………2016

索元礼……………2016

张楚金……………2018

崔日知……………2018

苏　颋……………2018

李　之……………2018

唐王皇后……………2020

杨慎矜……………2020

师夜光……………2022

崔尉子……………2024

卷第一百二十二　报应二十一

冤报

陈义郎……………2030

达奚珣……………2034

华阳李尉……………2034

段秀实……………2038

马奉忠……………2038

郓　卒……………2040

乐　生……………2040

宋申锡……………2044

蜀营典……………2046

卷第一百二十三　报应二十二

冤报

胡　激……………2050

秦匡谋……………2050

韦判官……………2052

杨　收……………2058

宋　柔……………2058

王　表……………2062

乾宁宰相……………2064

卷第一百二十四　报应二十三

冤报

王简易……………2066

樊　光……………2068

李彦光……………2068

侯　温……………2070

沈　申……………2070

法曹吏……………2070

刘　存……………2072

袁州录事……………2072

刘　璠……………2072

吴　景……………2074

高安村小儿……………2074

陈　勋……………2076
锺　遵……………2076
韦处士……………2078
张　进……………2078
郝　溥……………2078
裴　垣……………2080
苏　铎……………2080
赵　安……………2080

卷第一百二十五　报应二十四

冤报

楛头师……………2082
唐　绍……………2082
李　生……………2086
卢叔伦女…………2090
崔无隐……………2092

卷第一百二十六　报应二十五

程　普……………2098
羊　聃……………2098
刘　毅……………2100
张和思……………2100
梁元帝……………2102
窦　轨……………2102
武攸宁……………2102
崔进思……………2104
祁万寿……………2104

郭　霸……………2104
曹惟思……………2106
邢　璹………… 2108
万国俊……………2110
王　瑶……………2110
陈　岘……………2110
萧怀武……………2112
李龟祯……………2112
陈　洁……………2114

卷第一百二十七　报应二十六

苏　娥……………2116
涪令妻……………2118
诸葛元崇…………2118
吕庆祖……………2120
元　徽……………2122
李义琰……………2122
岐州寺主…………2122
馆陶主簿…………2124
僧昙畅……………2124
午桥民……………2124
卢叔敏……………2126
郑　生……………2128

卷第一百二十八　报应二十七

公孙绰……………2132
王安国……………2134

尼妙寂……………2136
李文敏……………2140
樊宗谅……………2142
荥阳氏……………2142

卷第一百二十九　报应二十八

婢妾

王济婢……………2148
王范妾……………2148
宋宫人……………2150
金　荆……………2152
杜巇妾……………2152
后周女子…………2152
张公瑾妾…………2154
范略婢……………2158
胡亮妾……………2158
梁仁裕婢…………2158
张景先婢…………2160
李训妾……………2160
花　严……………2160
晋阳人妾…………2162

卷第一百三十　报应二十九

婢妾

窦凝妾……………2166
严武盗妾…………2170
绿　翘……………2174

马全节婢…………2176
鲁思郾女…………2178
鄂州小将…………2178
金　厄……………2180

卷第一百三十一　报应三十

杀生

田　仓……………2182
临海人……………2182
陈　甲……………2184
麻　姑……………2184
谢　盛……………2186
李　婴……………2186
许　宪……………2186
益州人……………2188
章安人……………2188
元稚宗……………2188
王县略……………2190
广州人……………2190
东兴人……………2190
陈　莽……………2192
沛国人……………2192
齐朝请……………2192
伍寺之……………2194
苏　巷……………2194
阮　倪……………2194

邵文立 …………… 2194

梁元帝 …………… 2196

望蔡令 …………… 2196

僧昙欢 …………… 2196

释僧群 …………… 2198

竺法惠 …………… 2198

冀州小儿 ………… 2198

卷第一百三十二　报应三十一

杀生

王将军 …………… 2202

姜　略 …………… 2202

贺　悦 …………… 2204

李　寿 …………… 2204

刀山开 …………… 2204

王　遵 …………… 2206

李知礼 …………… 2206

陆孝政 …………… 2210

果　毅 …………… 2210

刘摩儿 …………… 2212

店　妇 …………… 2212

屠　人 …………… 2214

刘知元 …………… 2214

季全闻 …………… 2214

当涂民 …………… 2216

张　纵 …………… 2216

卷第一百三十三　报应三十二

杀生

朱　化 …………… 2220

李　詹 …………… 2222

王公直 …………… 2222

黄　敏 …………… 2224

陈君稜 …………… 2224

王洞微 …………… 2226

孙季贞 …………… 2226

崔道纪 …………… 2228

何　泽 …………… 2228

岳州人 …………… 2228

徐可范 …………… 2230

建业妇人 ………… 2230

广陵男子 ………… 2230

何马子 …………… 2232

章　邵 …………… 2232

韩立善 …………… 2232

僧修准 …………… 2232

宇文氏 …………… 2234

李　贞 …………… 2234

僧秀荣 …………… 2234

毋乾昭 …………… 2236

李　绍 …………… 2236

卷第一百三十四　报应三十三

宿业畜生

竹永通…………………2238

宜城民…………………2238

韦庆植…………………2240

赵　太…………………2242

李　信…………………2244

谢　氏…………………2244

王　珍…………………2246

王会师…………………2246

解奉先…………………2248

童安玗…………………2248

刘自然…………………2250

李明府…………………2252

刘钥匙…………………2252

上　公…………………2254

施　汴…………………2254

公乘通…………………2256

僧审言…………………2256

卷第九十三　异僧七

卷第九十四　异僧八

卷第九十五　异僧九

卷第九十六　异僧十

卷第九十七　异僧十一

卷第九十八　异僧十二

……

太平广记

卷第九十三
异僧七

宣律师

宣律师

　　大唐乾封二年春二月,西明寺道律师逐静在京师城南故净业寺修道。律师积德高远,抱素日久。忽有一人来至律师所,致敬申礼,具叙暄凉,律师问曰:"檀越何处?姓字谁耶?"答曰:"弟子姓王名璠,是大吴之兰台臣也。会师初至建业,孙主即未许之,令感希有之瑞,为立非常之庙。于时天地神祇,咸加灵被,于三七日,遂感舍利。吴王手执铜瓶,倾铜盘内,舍利所冲,盘即破裂。乃至火烧锤试,俱不能损。阚泽、张昱之徒,亦是天人护助,入其身中,令其神爽通敏,答对谐允。今业在天,弘护佛法为事。弟子是南方天王韦将军下之使者。将军事务极多,拥护三洲之佛法,有斗争凌危之事,无不躬往,和喻令解。今附和南天,欲即至前,事拥闹,不久当至,具令弟子等共师言。"不久复有人来,云姓罗氏,是蜀人也。言作蜀音,广说律相。初相见时,如俗礼仪,叙述缘由,多有次第,遂用忽忘。

宣律师

　　唐高宗乾封二年春季二月,西明寺道律师为了安静,在京都城南故净业寺修习佛道。律师积德高远,久持道心。一天,忽然有一个人来到律师这里,施礼致敬,仔细问候寒暖,律师问道:"施主家住何处? 尊姓大名是什么?"此人答道:"弟子姓土名璠,是大吴国的兰台之臣。康僧会法师当初来到建业,国主孙权没有立即允许他传教,令其感应稀世祥瑞,为他建立非常之寺庙。当时天地诸神,都以威灵相助,经过三七二十一天,便感召得到了佛祖遗骨舍利。吴王手拿铜瓶,把舍利子倾倒在铜盘内,舍利冲击之下,盘子当即破碎。又用火烧锤击,都不能使舍利受损。阚泽、张昱等人,也因此得到天人的护助,天人进入他们的身体,才使其神清气爽,动作敏捷,能够对答得流畅得体。现在僧会法师已升天,以弘扬保护佛法为职事。弟子是南天王韦将军属下的使者。将军事务极多,他要拥护三洲的佛法,有争斗、危机的事情出现,将军无不亲自前往,进行调解。如今韦将军辅助南天王,想立即到此,只因事情有所耽误,不久就会到来的,让弟子等人先与律师谈谈。"不久又有一人到来,自称姓罗,是蜀地人。说话是蜀地口音,大谈佛教的律相之法。开始见面时,礼仪如同俗众,讲述起佛法之缘由,则极有头绪,于是让人忘了他原先的俗态。

　　次又一人，云姓费氏，礼敬如前。云："弟子迦叶佛时，生在初天，在韦将军下。诸天贪欲所醉，弟子以宿愿力，不交天欲，清静梵行，偏敬毗尼。韦将军童真梵行，不受天欲。一王之下有八将军，四王、三十二将。周四天下，往还护助诸出家人。四天下中，北天一洲，少有佛法；余三天下，佛法大弘。然出家之人，多犯禁戒，少有如法。东西天下，人少黠慧，烦恼难化。南方一洲，虽多犯罪，化令从善，心易调伏。佛临涅槃，亲受付嘱，并令守护，不使魔娆。若不守护，如是破戒，谁有行我之法教者？故佛垂诫，不敢不行。虽见毁禁，愍而护之。见行一善，万过不咎，事等忘瑕，不存往失。且人中臭气，上薰空界四十万里，诸天清净，无不厌之。但以受佛付嘱，令护佛法，尚与人同止，诸天不敢不来。韦将军三十二将之中，最存弘护。多有魔子魔女，轻弄比丘，道力微者，并为惑乱。将军栖遑奔至，应机除剪。故有事至，须往四王所时，王见皆起，为韦将军修童真行护正法故。弟子性乐戒律，如来一代所制毗尼，并在座中听受戒法。"因问律中诸隐文义，无不决滞。然此东华三宝，素有山海水石，往往多现，但谓其灵而敬之。顾访失由，莫知投诣。遂因此缘，随而谘请。且沉冥之相，以理括之，未曾持观，不可以语也。

接着又来了一个人，说是姓费，礼敬也如罗氏一样。他说："弟子在迦叶佛时，生于初天，在韦将军属下供职。众天神多为贪欲迷醉，弟子凭借自己的宿愿力，不惑于贪欲，清静奉法，敬重佛之戒律。韦将军作为受过戒的沙弥奉事佛法，不受贪欲之烦扰。一位天王之下有八将军，四天王有三十二将，共同管理四方天下，往返护助所有的出家人。四天下之中，北天一洲，佛法流布不广，影响较小；其余三方天下，佛法广泛弘扬。然而出家之人，大多违犯禁戒，很少有守法的。东方一洲与西方一洲，人们不那么精明聪慧，烦恼难化。南方一洲的人，虽然多有犯罪行为，但是只要认真感化令其从善，他们的心性还比较容易驯服。释迦佛祖在临近涅槃之际，亲自嘱咐弟子门徒，令他们全要谨慎守护佛法，不让妖魔鬼怪侵扰。如不严加守护，如此违戒犯规，哪里还有人奉行我佛之法教呢？所以，佛祖的垂诫，我辈不敢不奉行。戒律虽然受到一些破坏，我们仍要以慈悲为怀，尽力去守护它。见到他们行一件善事，过去的各种过错都可以不追究，要忘记过去的污点，不必记取以往的过失。况且人世中的臭气，上薰空界四十万里，诸位天人心境清净，对此臭气无不厌恶。但因受到佛祖的嘱咐，令其尽心守护佛法，要与世人共同栖止，所以诸位天人不敢不来到天下。韦将军在三十二名天将之中，最有弘扬守护佛法之诚意。世间有许多魔男魔女，轻侮戏弄出家人，道力微弱的，都受到迷惑扰乱。一有这类事情出现，韦将军便急忙奔波而到，适时将他们剪除掉。所以每当有事发生，需要到四位天王住处时，天王见了都起来迎接。这都是因为韦将军能以沙弥之心修行，又能精诚守护佛法的缘故。弟子禀性喜爱戒律，如来佛祖一代所创制的戒律，我都在讲堂上聆听接受过。"律师便向他询问律典中诸多文字隐晦处的含义，费天人无不给以明确的答复。道宣律师于是想到这东方华土的三宝圣迹，向来在山海水石中多有显现，只是因为其体现佛法的灵验就敬奉它，并没有机缘去探访，也不知如何寻访。就趁此机会，顺便向费天人咨询请教。而且深远微妙的事相，可以用教理总括解释，但没有精深的观照修持，无法用语言说清楚。

　　宣师又以《感通记》问天人云："益州成都多宝石佛者，何代时像，从地涌出？"答曰："蜀都元基青城山上，今之成都，大海之地。昔迦叶佛时，有人于西洱河造之，拟多宝佛全身相也，在西洱河鹫山寺。有成都人往彼兴易，请像将还，至今多宝寺处，为海神踬船所没。初取像人见海神于岸上游，谓是山鬼，遂即杀之。因尔神瞋覆没，人像俱溺，同在一船。其多宝旧在鹫头山寺，古基尚在，仍有一塔，常有光明。令向彼土，道由郎州过，大小不算，三千余里，方达西洱河。河大阔，或百里，或五百里。中有山洲，亦有古寺，经像尚存，而无僧住。经同此文，时闻钟声。百姓殷实，每年二时，供养古塔。塔如戒坛，三重石砌，上有覆釜，其数极多。彼土诸人，但言神冢。每发光明，人以蔬食祭之，求其福祚也。其地西北去嶲州二千余里。问去天竺非远，往往有至彼者。自下云云。至晋时，有僧于此地，见土坟，随出随除，怪不可平。后见拆开，深怪其尔。乃深掘丈余，获像及人骨在船。其髅骨肘胫，悉皆粗大数倍，过于今人。即迦叶佛时，阎浮人寿二万岁时人也。今时劫减，命促人小，固其常然，不可怪也。初出之时，牵曳难得。弟子化为老人，指执方便。须臾至周，灭法暂隐。到隋重兴，更复出之。蜀人但知其灵从地而出，亦不测其根源。

宣律师又将《感通记》中记载的内容询问费天人道:"益州成都有多宝佛石像,是什么时代的佛像? 从地下涌出来的吗?"费天人答道:"蜀都的原址在青城山上,现在的成都,当时还是一片汪洋大海。从前迦叶佛(释迦牟尼十六弟子之一)时代,有人在西洱河造了这石像,是摹拟多宝佛全身相制成的,放在西洱河鹫山寺庙里。有个成都人到西洱河去经营求利,请了这座石佛像要带回来,走到现在多宝寺那个地方,被海神踩翻了船而沉没了。当初取像的那个成都人,看见海神在岸上行走,以为是山鬼,便把海神杀了。所以海神嗔怒把他的船掀翻了,结果是在同一条船上的人与佛像都沉到了水底。那尊多宝佛石像原先在鹫头山寺庙,旧庙遗址仍然存在,仍有一座寺塔,经常放射出亮光。假如要到那个地方去,就须路过郎州,大道与小路都算在内,须走三千多里路,才能到达西洱河。西洱河特别宽阔,有的地方宽一百里,有的地方则宽达五百里。河中间有山和沙洲,也有古寺,经书与佛像还在,但没有僧人居住。经书的文字与我们今天看到的一样,时常听到有钟声响。当地的百姓很富足,每年两次,他们都按时供奉祭奠古塔。寺塔好像受戒时的坛台,由石块砌成三层,塔顶覆盖着倒扣的锅,这种寺塔那个地方极多。当地人称为神冢。每当寺塔发射亮光时,人们就用蔬果等祭祀,祈求神灵赐福保佑。这个地方往西北走距离巂州两千余里。距天竺国不太远,常常有人到那里去。再往后说就说到晋代了,晋时有个僧人在这个地方看见一座土坟,土坟随出随除,他很奇怪土坟平不掉。后来被挖开了,非常奇怪怎么会这样。于是继续深挖到一丈多深,掘出了佛像和人骨在船上。骨架上的肘骨与胫骨都特别粗大,相当于现在人的几倍。这是迦叶佛时代的人,人们寿命长达两万岁。如今经过劫减,人的寿命短了形体也短小了,这是正常现象,不足为怪。那石像刚挖出时,因为牵拉不动,弟子便化成一位老人,给他们适当的指挥。很快到了北周时期,佛法被灭,佛像隐没。到了隋朝佛教重新兴盛,石像又出现在世上。蜀地人只知道这座神像是从地下发掘出来的,但并不了解它的根源是怎么回事。

见其花趺有多宝字,因遂名焉,又名多宝寺。"

又问:"'多宝'字是其隶书,出于亡秦之代。如何迦叶佛时,已有神州书耶?"答曰:"亡秦李斯隶书,此乃近代远承。隶书之兴,兴于古佛之世。见今南洲四面千有余洲,庄严阎浮,一方百有余国,文字言音,同今唐国。但以海路辽远,动数十万里,重译莫传,故使此方封守株柱,不足怪也。师不闻乎?梁顾野王,太学之大博也,周访字源,出没不定,故《玉篇》序云:'有开春申君墓得其铭文,皆是隶字。'检春申是六国同时,隶文则非吞并之日也。此国篆隶诸书,尚有茫昧,宁知迦叶佛时之事?决非其耳目之所闻见也。"

又问:"今西京城西高四土台,俗谚云是苍颉造书台。如何云隶书字古时已有?"答曰:"苍颉于此台上,增土造台,观鸟迹者,非无其事。且苍颉之传,此土罕知其源。或云黄帝之臣,或云古帝王也。鸟迹之书时变,一途今所绝有。无益之言,不劳述也。"

又有天人,姓陆名玄畅,来谒律师云:"弟子是周穆王时,生在初天,本是迦叶佛时天,为通化故,周时暂现。所问高四土台者,其本迦叶佛于此第三会,说法度人。至穆王时,文殊、目连来化,穆王从之,即列子所谓'化人'者是也。化人示穆王云:'高四台是迦叶佛说法处。'因造三会道场。至秦穆公时,扶风获一石佛,穆公不识,弃马坊中,秽污此像。护像神瞋,令公染疾。公又梦游上帝,

他们见石像刻花底座上刻有'多宝'二字,便当成它的名字,又称安置石像的庙为多宝寺。"

宣律师又问道:"石像上刻的'多宝'二字属于隶书,隶书出于秦代。为什么在迦叶佛时代,就已有了中国的隶书呢?"费天人答道:"秦代李斯的隶书,原是近代对远古时代的继承。隶书的兴起,出现于古佛时代。现今南洲四面有一千多个洲,庄严的阎浮世界就有一百多个国家,文字语言,都与大唐朝相同。只因海路遥远,动辄几十万里,得不到转译传播,致使这个地方封闭自守,这也是不足为怪的。律师没有听说过吗?梁朝的顾野王,是太学之中学识最渊博的人,他四处考察文字的起源,也没找到确切的答案,所以《玉篇》序说:'有人打开春申君的坟墓得到铭文,全是隶书文字。'查春申君是六国时代的人,可见隶书非秦国吞并六国之后才出现的。这个国家篆书和隶书的起源,尚且茫昧不清,又怎么能知道迦叶佛时代的事呢?这绝不是单凭耳闻目睹就能断定的。"

宣律师又问道:"现在西京长安城西有个高四土台,俗称为苍颉造书台。为什么说隶书是在古佛时就已经有了呢?"费天人答道:"苍颉在这里堆土为台,以观察鸟的足迹,不是没有这件事。但关于苍颉的传说,这里的人很少知道他的来源。有人说他是黄帝的臣子,有人说他是古代帝王。鸟迹文字,时时都在衍变,一成不变的事现在绝对没有。无益之言,用不着多费口舌。"

又有个天人,姓陆名玄畅,前来拜见律师道:"弟子是周穆王时人,但我生在初天,本来是迦叶佛时代的天人,为了开导教化世人的缘故,周穆王时暂时现身。你所问的高四土台,本是迦叶佛在这里举行第三次法会,讲说佛法度脱人的地方。到了周穆王时,文殊与目连前来教化,穆王听从他们的教化,他们就是列子所说的'化人'。化人告诉周穆王说:'高四台是迦叶佛讲说佛法的地方。'穆王便在那里修造了三会道场。到秦穆公时,在扶风得到一尊石雕佛像,穆公不认识,便扔到了马棚里,弄脏了佛像。护像神生气了,便让穆公得了病。穆公又梦游见到天帝,

极被责疏。觉问侍臣由余,便答云:'臣闻周穆王时,有化人来此土,云是佛神。穆王信之,于终南山造中天台,高千余尺,基址见在。又于苍颉台造神庙,名三会道场。公今所患,殆非佛为之耶?'公闻大怖,语由余曰:'吾近获一石人,衣冠非今所制,弃之马坊。得非此是佛神耶?'由余闻,往视之,对曰:'此真佛神也。'公取像澡浴,安清净处,像遂放光。公又怖,谓神瞋也,宰三牲以祭之。诸善神等,擎弃远处。公又大怖,以问由余。答曰:'臣闻佛清净,不进酒肉,爱重物命,如护一子。所有供养,烧香而已。所可祭祀,饼果之属。'公大悦。欲造佛像,绝于工人。又问由余,答曰:'昔穆王造寺之侧,应有工匠。'遂于高四台南村内,得一老人,娃王名安,年百八十。自云:'曾于三会道场见人造之,臣今年老,无力能作。所住村北,有兄弟四人,曾于道场内为诸匠执作,请追共造。'依言作之,成一铜像。相好圆备,公悦,大赏赉之。彼人得财,并造功德,于土台上造重阁,高三百尺。时人号之高四台,或曰高四楼。其人姓高,大者名四。或曰,兄弟四人同立故也;或取大兄名以目之,故有高四之名,至今称也。"

又问:"目连舍利弗,佛在已终,如何重见?"答曰:"同名六人,此目连非大目连也。至宇文周时,文殊师利化为梵僧,来游此土,云欲礼拜迦叶佛说法处,并往文殊

受到严厉的责罚。梦醒后询问侍臣由余,由余答道:'我听说周穆王时,有两个化人来到这片国土,说是佛神。周穆王非常信奉他们,在终南山上修造了中天台,高一千多尺,遗址现在仍然保留着。又在苍颉台上建造了神庙,叫做三会道场。您现在的灾祸,莫非是佛神降下的吗?'秦穆公听了十分恐惧,对由余说:'我近来得到一尊石雕人像,穿戴不是现在人服饰的款式,我把它扔到马棚里了。莫非这就是佛神吗?'由余听了,前往马棚里一看,对穆公说:'这尊石像真的是佛神。'穆公把石像拿回来沐浴,安放在清净的地方,佛像便发出光芒。穆公又很恐惧,以为佛神生气了,便宰杀三牲祭祀。不料诸善神们把这些牛羊等肉统统扔到远处了。穆公又十分恐惧,便问由余是怎么回事。由余答道:'我听说佛家喜欢清静,不吃酒肉,爱惜生物的性命,如同护估儿子。所有的供奉,只要烧香就行。用来祭祀的供品,只是素食果蔬之类。'穆公听了十分高兴。他想造佛像,苦于没有工匠。又询问由余,由余答道:'在从前周穆王修造寺庙的附近,应当有工匠。'于是在高四台南的村庄里,找到一位老人,姓王名安,已经一百八十岁了。王安自称:'我曾在三会道场看见过别人造佛像,但现在我已经老了,无力工作。在我所住的村北,有兄弟四人,曾在道场内为诸工匠劳作,可以找他们四人一起造。'秦穆公便照着王安的话办了,制成一尊铜佛像。铜像的形相端庄丰满,穆公十分满意,大加赏赐四位工匠。工匠们得到赏赐的钱财后,都用来修造功德,在土台上修建了几层楼阁,楼阁高达三百尺。当时人们称它为高四台,有的叫它高四楼。这兄弟四人姓高,老大叫高四。有人说是因为楼台本为高氏兄弟四人一起建造的,有人说是取老大的名字称呼它,所以有高四之名,现在还在称呼着。"

宣律师又问:"目连与舍利弗,在佛涅槃之前已不在人世,怎么会重新出现了呢?"天人答道:"跟他们同名的有六个人,这个目连不是原先那个大目连。到了北朝宇文周时,文殊师利佛化为外国僧人,来到此地游化,说要到迦叶佛讲说佛法的地方去礼拜,还要到文殊

所住之处，名清凉山。遍问道俗，无有知者。时有智猛法师，年始十八，反问梵僧：'何因知有二圣余迹？'答曰：'在秦都城南二十里，有苍颉造书台，即其地也。'又云：'在沙河南五十里，青山北四十里，即其处也。'又问'沙河''青山'是何语，答曰：'渭水终南山也。'此僧便从渭水直南而步，遂得高四台，便云此是古佛说法处也。于时智猛法师随往礼拜，不久失梵僧所在。智猛长大，具为太常韦卿说之，请其台处，依本置寺，遂奏周主，名三会寺。至隋大业，废入大寺。因被废毁，配入菩提。今京城东市西平康坊南门东菩提寺西堂佛首，即是三会寺佛。释迦如来得度大迦叶后，十二年中，来至此台，其下见有迦叶佛舍利。周穆王游大夏，佛告彼土见有古塔，可返礼事。王问何方，佛答在鄗京之东南也。西天竺国具有别传云，岁长年，是师子国僧，年九十九夏，是三果阿那含人，闻斯胜迹，躬至礼拜。又奏请欲往北岱清凉山文殊师利菩萨坐处。皇帝闻喜，敕给驿马内使及弟子官佐二十余人，在处供给。诸官人弟子等并乘官马，唯长年一人，少小已来，精诚苦行，不乘杂畜。即到岱州清凉山，即便肘行膝步而上，至中台佛堂，即是文殊庙堂。从下至上，可行三十余里，山石劲利，入肉到骨，无血乳出。至于七日，五体投地，布面在土，不起不食。七日满已，忽起，踊跃指挥，四方上下空界，具见文殊师利菩萨圣僧罗汉。从者道俗数十人，有见不见。复有一

住过的地方去,名叫清凉山(即五台山)。他遍访僧人与俗众,没有人知道这些事情。当时有个智猛法师,年仅十八岁,他反问这位佛僧:'你根据什么知道有两位先圣的余迹?'佛僧答道:'在秦国都城南面二十里处,有座苍颉造书台,就是其地。'他又说:'在沙河以南五十里,青山以北四十里,就是其处。'智猛法师又问他'沙河''青山'指的是什么地方,佛僧答道:'指的是渭水与终南山。'这位佛僧便从渭水出发一直往南走去,于是找到了高四台,便说这就是当年迦叶佛讲说佛法的地方。当时智猛法师也跟着他到那里去礼拜先圣余迹,不久这位佛僧便不见了。智猛长大后,把这件事跟太常韦卿详细说了,请他在高四台这个地方,依照原样建立了寺庙,寺庙建成后便奏报了北周皇帝,命名为三会寺。到了隋炀帝大业年间,废除三会寺合并入大寺。因为寺庙被废弃,里面的佛像等并入菩提寺内。如今京城东市西平康坊南门东边菩提寺西殿的佛首,就是当年三会寺内的佛像。释迦如来佛祖度化了大迦叶之后,十二年中,大迦叶来到这座高四台,台下现有迦叶佛的遗骨舍利。周穆王游于大夏时,佛告诉他国内现有古塔,可以回去礼拜供奉。周穆王问古塔在什么地方,佛说在都城鄗京的东南方。西天竺国还有别的传说,有个叫岁长年的,是师子国和尚,现年九十九岁,是三果阿那含人,听说有此胜迹,他便亲自到那里礼拜。他又奏请想到北岱清凉山文殊师利菩萨修行的地方去。皇帝听了非常高兴,敕令赐给他驿马以及内使、弟子、官佐二十多人,沿途供给物资。出发之后,各位官人弟子都骑着官马,唯独长年一人从小坚持精诚苦修,从来不骑牲畜。到了岱州清凉山后,就肘行膝步而上,直至中台佛堂,也就是文殊师利菩萨庙堂。从下面到上面,约行了三十多里,沿途山石锋利,入肉到骨,没有流血却流出乳汁。到了第七天,他五体投地,面颊贴着泥土,不爬起来也不进饮食。这样整整七天期满之后,他忽然从地上站了起来,欢蹦跳跃指点着,只觉得四面八方上下空界,处处都能看见文殊师利菩萨圣僧罗汉。跟从他的几十名僧人俗众,有的能看见有的什么也看不到。又有一条

蟒蛇，身长数里，从北而来，直上长年，长年见喜。衔师脚过，变为僧形。诸人惧怕，皆悉四散，唯长年一人，心不惊动。种种灵应，不可具述。"

律师又问天人曰："自昔相传，文殊在清凉山，领五百仙人说法。经中明文殊是久住娑婆世界菩萨。娑婆则大千总号，如何偏在此方？"答曰："文殊是诸佛之元帅，随缘利见，应变不同。大士大功，非人境界，不劳评泊，但知仰信。多在清凉山五台之中，今属北岱州西，见有五台县清凉府。皇唐已来，有僧名解脱，在岩窟亡来三十余年，身肉不坏，似如入灭尽定。复有一尼，亦入定不动，各经多年。圣迹迦蓝，菩萨圣僧，仙人仙花，屡屡人见。具在别篇，岂得不信？"

又问："今五台山中台之东南三十里，见有大孚灵鹫寺，两堂隔涧犹存。南有花园，可二顷许，四时发彩，色类不同，四周树围。人移花栽，别处种植，皆悉不生。唯在园内，方得久荣。人究年月，莫知来由，或云汉明所立，或云魏孝文帝栽植。古老相传，互说不同，如何为实？"答曰："但是二帝所作。昔周穆之时，已有佛法，此山灵异，文殊所居，周穆于中造寺供养。及阿育王，亦依置塔。汉明之初，摩腾法师是阿罗汉天眼，亦见有塔，请帝立寺。其山形像似灵鹫山，名曰大孚。孚者，信也，帝深信佛法，立寺劝人。元魏孝文，北台不远，常来礼谒，见人马行迹，石上分明，

蟒蛇，身长几里，从北面爬来，直接扑向长年，长年见了非常喜欢。蟒蛇用嘴衔过法师的脚之后，变成僧人样子。众人见了十分惧怕，纷纷四散奔逃，唯独长年一人，心不惊动。种种灵验报应的事情，不能一一详细述说。"

宣律师又问天人道："自古以来代代相传，文殊曾在清凉山上统领五百名仙人讲说佛法。经书里明文记载着文殊是长住在娑婆世界的菩萨。娑婆世界则是大千世界的总称，为什么他偏偏只在这个地方呢？"天人答道："文殊是诸佛的元帅，随缘显现，应变不同。此乃大士大功，并非常人的境界，不必在此评断，只管信仰就是了。文殊多在清凉山的五台之中，此地现属北岱州西部，设有五台县清凉府。唐朝以来，有位僧人名叫解脱，他在岩窟死亡三十多年了，遗体一直没有腐坏，就像圆寂入定的一样。又有一位僧尼，也是入定不动。他们的遗体都经过了许多年没有败坏。圣迹寺院，菩萨圣僧，仙人仙花，屡次出现在人的面前。所有这些都在别处有所记载，怎能叫人不相信呢！"

律师又问天人道："现在五台山中台的东南三十里处，有一座大孚灵鹫寺，两座殿堂隔河相望，至今犹在。寺院南面有花园，约两顷左右，一年四季都开花，颜色种类各不相同，花园四周有绿树环绕。人们将里面的花草移到别处栽种时，都不能成活。只有在这个花园里，才能长久繁荣。人们追究这座寺庙建于何年何月，都没有考证出准确年代，有人说寺庙是汉明帝时建立的，有人说花草是魏孝文帝时栽种的。自古以来代代相传，各种说法互不相同，到底哪种说法是真实的呢？"天人答道："确实是两位帝王建造的。从前周穆王时，就已有了佛法，这座山特别灵异，是文殊居住的地方，周穆王在这座山里建寺供养。到阿育王时，也为他建了寺塔。汉明帝初年，摩腾法师是阿罗汉天眼，也看见这里有寺塔，便请明帝在这里建寺。这座山的形状像灵鹫山，名字叫大孚。'孚'就是'信'的意思。明帝深信佛法，便建寺以劝导世人信奉。元魏孝文帝的都城，离五台山北台不远，他常来礼拜供奉，可以看到人马走过的痕迹，在石头上很清晰，

其事可验。岂唯五台独验？今终南、太白、太华、五岳名山，皆有圣人为住持佛法，令法久住。有人设供，感讠卜征应。事在别篇，不烦此术也。”

又问：“今凉州西番音盘。和县山裂像，出何代造耶？”答云：“迦叶佛时，有利宾菩萨，见此山人，不信业报，以杀害为事，于时住处有数万家，无重佛法者。菩萨救之，为立迦蓝，大梵天王手造像身。初成以后，菩萨神力能令如真佛不异，游步说法，教化诸人。虽蒙此道，犹故不信。于时菩萨示行怖畏，手擎大石，可于聚落，欲下压之。菩萨扬威劝化，诸人便欻回心，敬信于佛。所有杀具，变成莲花，随处街巷，华如种植。瑞像方摄神力，菩萨又劝诸清信士，令造七寺。南北一百四十里，东西八十里，弥山亘谷，处处僧坊佛殿。营造经十三年，方得成就。同时出家者，有二万人，在七寺住。经三百年，彼诸人等，现业力大，昔所造恶，当世轻受，不入地狱。前所害者，在恶趣中，又发恶愿：彼害我者，及未成圣，我当害之；若不加害，恶业便尽，我无以报。共吐大火，焚烧寺舍，及彼聚落，一时焚荡。纵盗得活，又以大水漂溺杀之，无一得存。时彼山神，寺未破前，收取此像，远在空中；寺破已后，下内石室，安置供养。年月既久，石生室灭，至刘萨诃师礼山，逆示像出。其萨诃者，前身元是利宾菩萨。身首别处，更在别篇也。”

就是这件事情的验证。岂止五台山可以验证？如今终南、太白、太华、五岳名山，都有圣人住持讲说佛法，以使佛法永存。这些地方也都有人设供祭祀，都能感应灵验。这些事情别处都有记载，在此不赘述了。"

律师又问："现在凉州西番音盘。和县山断裂的佛像，是什么年代制造出来的？"天人答道："迦叶佛时代，有个利宾菩萨，看到这座山里的人不相信因果报应，以杀害生灵为能事，当时住在这里的有几万户人家，没有一个重视佛法的。菩萨为了解救他们，便为他们建立了寺院，大梵天王亲手造了利宾佛像。佛像制成后，菩萨的神力能使它与真佛没有不同，可以行走说法，教化每个人。人们虽然蒙受佛道的教化，却仍然不肯信奉。这时，菩萨便施行了恐怖方法，让佛像手举着大石头，石头可以骤然落下来，要压住下边的人。由于菩萨显扬神威来劝化，人们立即回心转念，敬信佛法。所有的凶具，变成了莲花，开满了大街小巷，就像种植的一样。佛像正施放神力，菩萨又劝说那些虔诚的信徒，让他们建造七座寺庙。要在南北一百四十里、东西八十里的范围之内，漫山遍谷，处处都有僧舍佛殿。营造了十三年之久，才得以全部建成。同时出家修道的，多达两万人，他们都住在这七座寺院里。经过三百年的长期修行，这些人的道业法力都大了，从前所做的恶行，当世减轻了罪过，死后不再被打入地狱。从前被他们杀害的，在地狱之中又发下恶愿：那些杀害我们的人，乘其未能成圣的时候，我们应当把他们害了；如不加害于他们，他们的恶业便会消除，我们就没办法报复了。于是，他们便一起口吐大火，焚烧了寺院僧舍，以及那些人聚居的地方，一时被大火焚烧一空。纵使有人苟活于火灾，又被大水淹没溺死，没有一人能够幸存。当时那个地方的山神，在寺庙尚未倒塌之前，收取了利宾菩萨的神像，运到很远的空中；寺庙破毁之后，山神又把菩萨的佛像放下安置在石室中供奉。后来年月太久，石像仍然存在，石室却不见了。等到刘萨诃法师礼敬此山时，才把此像迎出。那个萨诃法师，前身原是利宾菩萨。利宾菩萨的石像已经身首异处，这都记载在别处了。"

又问："江表龙光瑞像，人传罗什将来，有言扶南所得，如何为定？"答曰："此非罗什所得，斯乃宋孝武帝征扶南获之。昔佛灭后三百年中，北天竺大阿罗汉优婆质那，以神力加工匠，后三百年中，凿大石山，安置佛窟，从上至下，凡有五重，高三百余尺。请弥勒菩萨指挥，作檀室处之。《玄奘师传》云'百余尺'，《圣迹记》云'高八丈'，足跌八尺，六斋日常放光明。其初作时，罗汉将工人上天，三往方成。第二牛头旃檀，第三金，第四玉，第五铜像。凡夫今见，止在下重，上四重闭。石窟映彻，见人脏腑。第六百年，有佛奈遮阿罗汉，生已母亡。复生扶南国，念母重恩，从上重中，取小檀像，令母供养。母终，生扬州，出家，住新兴寺，获得三果。宋孝武征扶南，获此像来都，亦是罗汉神力。母今见在，时往罗浮、天台、西方诸处。昔法盛，昺无谒者，再往西方。有《传》五卷，略述此缘。何忽云罗什法师背负而来耶？"宣律师因问："什师一代所翻之经，人多偏乐，受持转盛，何耶？"答曰："其人聪明，善解大乘，已下诸人同时翻译者并俊。又一代之宝也，绝后光前，仰之所不及。故其所译，以悟达为先，得佛遗寄之意也。"

又问："俗中常论被秦姚兴抑破重戒，云何得佛意耶？"答曰："此非悠悠凡所筹度，何须评论？什师德行在三贤，所在通化，那繁补阙，随机而作。故《大论》一部，十分

律师又问:"江南龙光寺的瑞像,人们传说是西域僧人罗什带来的,也有人说是从扶南国得来的,哪种说法是确定的?"天人答道:"这尊佛像不是罗什带来的,而是南朝宋孝武帝征讨扶南时获得的。昔日佛祖灭度后三百年间,北天竺的大阿罗汉优婆质那,将神灵之力施加给工匠,在以后的三百年间,开凿大石山,安置佛窟,从上到下,共有五层,高三百余尺。请弥勒菩萨指挥安排,造檀室放在那里。《玄奘法师传》说:'高一百余尺',《圣迹记》则说:'高八丈',脚背为八尺,在六斋日经常放射光芒。当初制作的时候,罗汉将工人送到天空,如此三次才制作成功。佛窟的第二层是牛头旃檀,第三层是金像,第四层是玉像,第五层是铜像。凡人现在看见的,只是最下边的第五层,上面四层都关闭着。整个石窟光亮透彻,能够照见人的肺腑。石窟建成后的第六百年,有位佛柰遮阿罗汉,他刚生下来母亲就死了。他又转生在扶南国,因为念及母亲的重恩,便从最上层拿了一个小檀像,让母亲供奉。母亲死后,转生到扬州,出家,在新兴寺,证得三果。宋孝武帝征讨扶南时,得到这尊小檀像带回了京都,也是借了柰遮阿罗汉的神力。母亲如今仍然健在,时常去罗浮、天台、西方各个地方。以前有个法盛和尚,是高僧昙无谶的谒者,曾再往西方。有《传》五卷,简略叙述了这件事。怎么忽然说是罗什背到这里来的呢?"宣律师于是问道:"罗什法师一代翻译的佛经,人们大都偏爱,从那之后,持诵佛法的人越来越多。这是什么原因呢?"天人答道:"鸠摩罗什这个人聪明智慧,善于理解大乘教义,在他主持下一起参与翻译的人也都是佛教界的俊才。罗什是那个时代的珍宝,空前绝后,使后人敬仰而望尘莫及。所以他翻译的佛经,以领悟和传达佛法教义为先,是最接近佛祖遗留的真意的。"

　　律师又问道:"世俗都说罗什法师被秦人姚兴逼迫,违反了佛教严格的戒律,怎么能说他是最得佛祖之真意的呢?"天人答道:"这个问题不是芸芸凡众所能理解的,何须多加评论?罗什法师的德行在于佛事三贤,所在之处都被感通教化,删繁补缺,随机缘而作。所以经他译释的《大智度论》这部经书,十分

略九。自余经论,例此可知。冥祥感应,历代弥新,深会圣旨,罕逢难遇,又蒙文殊指受,令其删定,特异恒伦。岂以别室见讥,顿亡玄致者也?"

又问:"邠州显际寺山出石像者,何代所立?"答曰:"像是秦穆公所造。像元出处,是周穆王造寺处也。佛去世后,育王第四女,又造像塔,于此供养。于时此寺有一二三果人住中,秦相由余常所奉敬。往者迦叶佛时,亦于此立寺,是彼沙弥显际造也。仍将本名,以显寺额。"

又问:"金玉华宫南檀台山上,有砖塔,面别四十步,下层极壮,四面石龛,傍有碎砖,又有三十余窑砖,古老莫知何代,然每闻钟声。"答曰:"此穆王寺也,名曰灵山。至育王时,敕山神于此造塔。西晋末乱,五胡控权。刘曜京都长安,数梦此山佛见,在砖塔中坐,语曜曰:'汝少饮酒,莫耽色欲,黜去邪佞,进用忠良。'曜不能从,后于洛阳,酒醉落马,为石勒所擒。初,曜因梦所悟,令人寻山访之,遂见此像,坐小砖塔,与梦符同。便毁小塔,更造大者,高一十九级,并造寺宇,极存壮丽。寺名法灯,度三百僧住之。曜没赵后,寺有四十三人,修得三果。山神于今塔后又造一寺,供三果僧。神往太白,采取芝草,供养圣僧,皆获延龄。寺今现在,凡人不见。所闻钟声,即是寺钟也。其塔本基,虽因刘曜,仍是穆王立寺之处也,又是迦叶如来之古寺也。

省略为九分。其余的经论如何,依此可以推知。对于佛法教义的沉思感悟,历久弥新,像他那样深刻领会先圣的旨意,实在很少见到,他又蒙受文殊的指点传授,让他删定经论,所以大大超过同辈人的翻译。怎能因为他被逼收纳妻室而遭受讥笑,从而一笔勾销他深刻的造诣呢?"

　　律师又问:"邠州显际寺山上挖出的石像,是什么时代建造的?"天人答道:"石像是秦穆公时制造的。石像原先出现的地方,是周穆王建造寺庙的地方。佛祖去世之后,阿育王的第四个女儿,又建造了佛像和寺塔,在这里供养。当时在这座寺庙里住着一两个修得三果的僧人,秦国国相由余常所供奉。从前迦叶佛时代,也在这里建寺庙,是那个沙弥显际所建造的。后来这座寺庙仍采用本来的名字,匾额上题的是'显际寺'。"

　　律师又问:"金玉华宫南面的檀台山上,有座砖砌的古塔,四面各为四十步宽,下层极为雄壮,四面都有石龛,旁边有小块的砖,又有三十多块窑砖,老人们也不知是哪个时代建造的,然而常常听到有钟声。"天人答道:"这是周穆王时的寺庙,名叫灵山。到阿育王时,敕令山神在这里建造了一座塔。西晋末年天下动乱,五胡乱华控制政权。刘曜建都于长安,几次梦到这座山上有佛出现,坐在砖塔里,对刘曜说:'你要少喝酒,不要沉醉于色欲,要罢黜奸邪之徒,进用忠良之辈。'刘曜不听佛的劝告,后来在洛阳,醉酒落马,被石勒擒获了。当初,刘曜被梦境所提示,派人寻访这座山,于是见到这石像,坐在小砖塔里,与梦境一致。他便令人毁掉小塔,重新建造了大砖塔,塔高十九级,同时还建造了寺庙,极为壮丽。名字是法灯寺,引渡了三百名僧人住在寺内。刘曜灭亡于后赵之后,法灯寺内有四十三位僧人,修得三果。山神在现今的大塔后面又建造了一座寺庙,用以供养证得三果的高僧。山神前往太白山,采取灵芝草,供养圣僧,都得以延长寿命。这座寺庙现今仍在,但是凡人看不到。人们所听到的钟声,就是这座寺庙里的钟声。砖塔的本基,虽然经过刘曜的翻新改建,但仍是周穆王建寺庙的原处,又是迦叶如来时代古寺的旧址。

至贞观年，于玉华北慈乌川山上，常见群鹿来集其所，逐去还来。有人异之，于鹿集处，掘深一丈，获一石像，长一丈许，见今供养。"

又问："荆州前大明寺旃檀像者，云是优填王所造，依传从彼摸来，将至梁朝。今京师复有，何者是本？"答曰："大明是本像。梁高既崩，像来荆渚。至元帝承圣三年，周平梁后，收薄国宝，皆入北周。其檀像者，有僧珍师藏隐房内，多以财物赠遗使人，像遂得停。至隋开皇九年，文帝遣使人柳顾言往迎，寺僧又求像，令镇荆楚。顾是乡人，从之。令别刻檀，将往恭旨。当时访匠，得一婆罗门僧，名真达，为造。即今西京大兴善寺像是也，亦甚灵异。本像在荆州，僧以漆布幔之。相好不及真者。大明本是古佛住处，灵像不肯北迁故也。近有长沙义法师，天人冥赞，遂悟开发，别除漆布，真容重显，大动信心。披觌灵仪，令檀所作，本无补接，光跌殊异，象牙雕刻，卒非人工所成。兴善像身，一一乖本。"

又问："涪州相思寺侧，多有古迹，篆铭勒之，不识其缘。此事云何？"答曰："此迦叶佛时，有山神姓罗，名子明，蜀人也。旧是持戒比丘，生憎破戒者，发诸恶愿：令我死后，作大恶鬼，啖破戒人。因愿受身，作此山神。多有眷属，所主土地，东西五千余里，南北二千余里。年啖万人已上。此神本僧为迦叶佛兄，后为弟子，彼佛怜愍，

到了唐太宗贞观年间,在玉华北面慈乌川山上,经常见到一群鹿聚集在一处,把它们赶跑后又返回来。有人感到奇怪,在鹿群采集处往地下挖,掘到一丈深时,得到了一尊石像,高一丈左右。现今还供养在寺庙里。"

律师又问:"荆州前大明寺内的旃檀佛像,说是优填王制造的,据传说从那里来带到了梁朝。如今京城长安又有这样一尊檀木佛像,哪一个是本像?"天人答道:"大明寺里的那个是本像。梁武帝驾崩后,佛像迁移到了荆州。到梁元帝承圣三年,北周灭掉南梁朝后,把国宝都收集到北周。当时那尊檀像,被珍师和尚隐藏在房内,用很多财物赠给前来收集国宝的使者,檀像才保留了下来。到了隋文帝开皇九年,文帝派遣使者柳顾言前往荆州迎请檀像,寺僧又恳求留下檀像让其镇守荆楚之地。柳顾言是荆州本乡人,答应了他们的请求。他令人另外刻制一尊檀像,拿去向皇帝复命。当时访求工匠时,找到一位婆罗门僧人,名叫真达,为他刻造了檀像。就是如今西京长安大兴善寺的檀像,也很灵异。本像在荆州,由僧人用漆布幔帐遮盖着。相状不如本像。大明寺本是古佛的住处,所以灵像不愿迁移到北方。近来有一位长沙义法师,在天人的点化之下,开发觉悟了,便除去漆布幔帐,使檀像的真面目重新显示出来,大大感动了信徒的心怀。重新看到佛像风采,发现檀像的制作,本无衔接的痕迹,光着的脚背尤其特异,就像象牙雕刻的一样,绝对不是人工制成的。兴善寺的旃檀像,处处与本像不同。"

律师又问:"涪州相思寺旁边,有很多古迹,上面有用篆字刻写的铭文,不知其缘由。这件事怎么解释呢?"天人答道:"这是迦叶佛时代的事,当时有个山神姓罗,名叫子明,蜀地人。过去是个受戒的僧人,平生憎恨破戒的人,发下恶愿说:让我死后,化为大恶鬼,吃掉这些违反戒规的人。这一恶愿便兑现在他身上,他死后成了这里的山神。他有许多部属,所管辖的地方,东西五千余里,南北也有两千多里。他每年吃掉万人以上。这位山神转世前为僧人时本是迦叶佛的兄长,后来又作迦叶佛的弟子,迦叶佛怜悯他,

故来教化。种种神变，然使调伏，与受五戒，随识宿命，因不啖人。恐后心变，故佛留迹。育王于上起塔，在山顶。神便藏于石中。塔是白玉所作。其神现在，其郭下寺塔，育王所立。见付嘱仪中。"

又问："南海循州北山兴宁县界灵龛寺，多有灵迹，何也？"答曰："此乃文殊圣者弟子，为此山神，多造恶业。文殊愍之，便来教化。遂识宿命，请为留迹，我常礼事，得离诸恶。文殊为现，今者是也。于贞观三年，山神命终，生兜率天。别有一鬼，来居此地，即旧神亲家也。大造诸恶，生天旧神怜之，下请文殊，为现小迹，以化后神，又从正法。故今此山，大小迹现，莫匪有由焉。见付嘱仪。"

又问："沁州北山石窟佛，常有光明。此像出来久近耶？"答曰："此窟迦叶佛、释迦佛二时备有，往昔周穆王弟子造迦叶佛像也。"

又问："渭南终南二山，有佛面山、七佛涧者。"答曰："此事同于前。南山库谷天藏，是迦叶佛自手所造之藏也。今现有十三缘觉，在谷内住。"

又问："此土常传有佛，是殷时、周昭、庄王等造，互说不同，如何取定？"答曰："皆有所以。弟子夏桀时生天，具见佛之垂化。且佛有三身，法报二身，则非凡见，并化登地以上。唯有化身，被该三千，百亿释迦，随人所感，前后不定，或在殷末，或在鲁庄，俱在大千之中。前后咸传一化，

便来教化他。经过种种神变,终于使他顺服,给他受了五戒,接着他便认识了宿命,便不再吃人了。恐怕他以后变心,迦叶佛便留下了这些佛迹。阿育王在这些佛迹上建起了寺塔,寺塔坐落在山顶上。山神便藏在山顶上的石头里。塔是白玉石砌成的。那山神现在仍在,城下的那座寺庙宝塔,就是阿育王建立的。在嘱托的文字中可以见到。"

宣律师又问:"南海循州北山兴宁县界的灵龛寺,有很多灵迹,这是怎么回事?"天人答道:"这是文殊菩萨的弟子,在这里做山神,造了很多恶业。文殊怜悯他,便来对他施行教化。他便认识到宿命,请文殊先圣为他留下神迹,自己常常礼拜,得以脱离恶业。文殊就为他显灵,如今见到的神迹就是这样来的。在唐太宗贞观三年,山神命终,托生于兜率天。另有一个山鬼,来到此地居住,就是原来那山神的亲家。他又大造恶业,生于兜率天的旧山神怜惜他,便下来请文殊,为他显现小的神迹,用以教化后来的山神,皈依正法。所以如今这座山上显现的大小神迹,无不有其来由。在嘱托的文字中可见。"

律师又问:"沁州北山石窟里的佛像,常常放出光芒。这佛像出现的时间有多久了?"天人答道:"这座石窟在迦叶佛与释迦牟尼佛两个时代都有,你说的佛像是从前周穆王时弟子所造的迦叶佛像。"

律师又问:"渭南与终南两座山上,有佛面山、七佛洞,是什么情况?"天人答道:"这件事与前面那件事相同。南山上的库谷天藏,是迦叶佛亲手所造的库藏。现有十三缘觉,住在谷内。"

律师又问:"此地常传说有佛像,有的说是殷朝所造,有的说是周昭王或鲁庄公等建造的,说法不一,如何确定?"天人答道:"这些说法都有依据。弟子在夏桀时生于天上,详细见过佛的教化。况且佛有三身,其中法、报二身,平常人看不见,只能见于天人。独有化身,普现于三千大千世界,有百亿个释迦牟尼佛,随着人的感悟时时都可以见到,或先或后时间不确定,有时在殷末,有时在鲁庄公时见到,都在大千世界之中。前后传授的是同一教化,

感见随机,前后何定。若据法报,常自湛然,不足叹也。"

又问:"汉地所见诸瑞像,多传育王第四女所造,其争幽冥,难得其实,此事云何?"答曰:"此实不疑。为育王第四女厥貌非妍,久而未出,常恨其丑,乃图佛形相,还如自身。成已发愿:'佛之相好,挺异于人,如何同我之形仪也。'以此苦邀,弥经年月,后感佛现,忽异本形。父具问之,述其所愿。今北山玉华、荆州长沙、杨都高悝及京城崇敬寺像,并是育王第四女造。或有书其光趺,依梵本书。汉人读者,罕识其文。育王因将此像,令诸鬼神,随缘所感,流传开悟。今睹像面,莫非女形。其崇敬寺地,本是战场。西晋将末,有五胡大起,兵戈相杀,此地特多地下人骨,今掘犹得。所杀无辜,残害酷滥,故诸神鬼,携以镇之,令诸冤魂,得生善念。周朝灭法,神亦徙之。隋祖载隆,佛还重起。"

又问:"幽冥所感,俗中常有。神去形朽,如何重来,或经七日多日,如生不异?"答曰:"人禀七识,各有神。心识为主,主虽前去,余神守护,不足怪也。如五戒中,一戒五神,五戒便有二十五神,戒破五神去,余者仍在。如大僧受戒,戒有二百五十神,亦戒戒之中,感得二百五十,防卫比丘。若毁一重戒,但二百五十神去,余者恒随。"

人们随着不同的机缘都可感悟见到,到底是先还是后怎么能够确定呢!假若依据法、报二身,这个问题就更为清楚了。这是不足惊叹的。"

律师又问天人道:"汉地见到的诸多佛像,常常传说是阿育王第四个女儿建造的,这些说法的依据都不明确,很难得出可靠的结论,这件事情怎么解释呢?"天人答道:"这是事实,不用怀疑。因为阿育王的第四个女儿相貌不美,很长时间嫁不出去,她常常抱怨自己太丑,便画佛的形相,希望自身也能变成那样。佛像画成后又发愿道:'佛的相貌这么好,超出于常人,怎么能使我的相貌与佛相同呢!'从此之后她苦苦祈求,经过许多年月,终于感应到佛形显现,她自己的形貌骤然改变了。父亲问她是怎么回事,她便告诉了发愿祈求的经过。如今北山玉华寺、荆州长沙寺、杨都高悝寺以及京城长安崇敬寺内的佛像,都是阿育王第四个女儿所造的。有的在佛像的赤脚上写下文字,都是依照梵文文本。汉人读者,很少有认识梵文的。阿育王便将这幅画像,让鬼神们随缘感悟,到处流传以开悟他们。如今看到的佛像面貌,没有不是女性形象的。崇敬寺那个地方,本来是战场。西晋末年,有五胡乱华,互相以刀兵格杀,所以地下人的骨头特别多,现在还能挖到。所杀的都是无辜,生灵惨遭涂炭,所以诸鬼神携带佛像镇压冤魂,让冤魂们能够心生善念。北周朝灭绝佛法时,神灵也迁移了。隋祖杨坚时佛教兴盛,佛像又返回来了。"

律师又问:"人死之后仍有感应的事,在平常人中也常发生。神魂走了形体烂了,如何还能重来,有的过了七天甚至许多天,还与活着时一个样,这是什么原因?"天人答道:"人有七识(即眼识、耳识、鼻识、舌识、身识、意识、末那识等),每一识都有守护神。其中以心识为主,心识虽然离开了,仍有其余各神在守护着,这是不足为怪的。比如五戒之中,每戒有五神,五戒便有二十五神,一戒破了五神便走了,其余的仍然还在。又如大僧受戒,一戒有二百五十神,在每戒之中,感得二百五十神,防卫着僧人。如果违反一重戒,那就只有二百五十神离去,其余诸神仍然跟随着僧人。"

　　律师又问天人曰:"其蜀地简州三学山寺,空灯常照,因何而有?"答曰:"山有菩萨寺,迦叶佛正法时初立,有欢喜王菩萨造之。寺名法灯。自彼至今,常明室表。有小菩萨三百人,断粒遐龄,常住此山。此灯又是山神李特,续后供养,故至正月,处处燃灯,以供佛寺云尔。"出《法苑珠林》。

律师又问天人道："在蜀地简州三学山寺,有空灯常照,这空灯是从哪来的?"天人答道："这山上有一座菩萨寺,迦叶佛正法时初建,后来有欢喜王菩萨继续建造。寺庙名叫法灯。从那时到现在,常放光明照到室外。有小菩萨三百人,绝食长寿,常住此山。这灯又是后来山神李特继续供奉的,所以到了正月,处处燃起灯烛,说这是供奉佛寺的。"出自《法苑珠林》。

卷第九十四
异僧八

华严和尚　　唐休璟门僧　　仪光禅师　　玄　览
法　将

华严和尚

华严和尚学于神秀。禅宗谓之北祖,常在洛都天宫寺,弟子三百余人。每日堂食,和尚严整,瓶钵必须齐集。有弟子,夏腊道业,高出流辈,而性颇褊躁。时因卧疾,不随众赴会。一沙弥瓶钵未足,来诣此僧,顶礼云:"欲上堂,无钵如何?暂借,明日当自置之。"僧不与曰:"吾钵已受持数十年,借汝必恐损之。"沙弥恳告曰:"上堂食顷而归,岂便毁损?"至于再三,僧乃借之曰:"吾爱钵如命,必若有损,同杀我也。"沙弥得钵,捧持兢惧。食毕将归,僧已催之。沙弥持钵下堂,不意砖破蹾倒,遂碎之。少顷,僧又催之。既惧,遂至僧所,作礼承过,且千百拜。僧大叫曰:"汝杀我也!"怒骂至甚,因之病亟,一夕而卒。

尔后经时,和尚于嵩山岳寺与弟子百余人,方讲《华

华严和尚

　　华严和尚求学于神秀。禅宗称神秀为北祖,他常住在洛阳天宫寺,有弟子三百余人。每天在食堂吃饭时,和尚们总是非常严整,瓶与钵必须齐备。有个弟子,出家年数和道业高于同辈,而性情褊狭急躁。当时他因为卧病在床,所以不能随大家到饭堂聚会。一个沙弥因瓶钵不全,来拜见此僧,施礼道:"我要上堂吃饭,没有钵如何是好? 只好向您暂借,明天我就去置办。"此僧不借给他,说:"我的钵子已经用了几十年了,借给你害怕打坏了。"沙弥恳求道:"上饭堂吃饭用不了多久就回来,怎么能毁坏了?"这样恳求了好几遍,此僧便借给他说:"我爱钵如命,如若真的有所损坏,就跟杀了我一样啊。"沙弥借到了钵子,战战兢兢地捧在手里。吃完饭正要往回走,那个僧人已经在催促他了。沙弥拿着钵子走出饭堂,不料被砖绊倒,钵子便被摔碎了。不一会儿,僧人又催促他。他特别恐惧,便到僧人那里,向他行礼承认罪过,而且千拜百拜。僧人大叫道:"你杀死我了!"接着大发雷霆地叫骂,因为这件事,他的病情极度恶化,过了一宿就死了。

　　此后过了一段时间,华严和尚在嵩山岳寺给百余弟子讲《华

严经》，沙弥亦在听会。忽闻寺外山谷，若风雨声。和尚遂招此沙弥，令于己背后立。须臾，见一大蛇，长八九丈，大四五围，直入寺来，怒目张口。左右皆欲奔走，和尚戒之不令动。蛇渐至讲堂，升阶睥睨，若有所求。和尚以锡杖止之，云："住！"蛇欲至坐，遂俯首闭目。和尚诫之，以锡杖扣其首曰："既明所业，今当回向三宝。"令诸僧为之齐声念佛，与受三归五戒，此蛇宛转而出。时亡僧弟子已有登会者，和尚召谓曰："此蛇汝之师也。修行累年，合证果之位，为临终之时，惜一钵破，怒此沙弥，遂作一蟒蛇。适此来者，欲杀此沙弥。更若杀之，当堕大地狱，无出期也。赖吾止之，与受禁戒，今当舍此身矣，汝往寻之。"弟子受命而出。蛇行所过，草木开靡，如车路焉。行四十五里，至深谷间，此蛇自以其首叩石而死矣。归白和尚，曰："此蛇今已受生，在裴郎中宅作女。亦甚聪慧，年十八当亡。即却为男，然后出家修道。裴郎中即我门徒，汝可入城，为吾省问之。其女今已欲生，而甚艰难，汝可救之。"

　　时裴宽为兵部郎中，即和尚门人也。弟子受命入城，遥指裴家，遇裴请假在宅，遂令报云："华严和尚传语。"郎中出见，神色甚忧。僧问其故，云妻欲产，已六七日，灯烛相守，甚危困矣。僧曰："我能救之。"遂令于堂门之外，净设床席。僧入焚香击磬，呼和尚者三，其夫人安然而产一女。后果年十八岁而卒。出《原化记》。

严经》，那个沙弥也在听讲。忽然听到寺外山谷中传来类似刮风下雨的声音。和尚便召唤这个沙弥，让他站到自己的背后。不一会儿，只见一条大蛇，八九丈长，四五围粗，径直进到寺里，怒目张口。周围的人都想逃奔，和尚告诫他们不许乱动。大蛇慢慢爬到讲堂，爬上台阶后左右环顾，好像要寻找什么。和尚用锡杖挡住它，说道："住！"蛇正要爬到座位上去，这时便低下头闭上眼睛。和尚训诫它，用锡杖敲着它的头说："既然明白了自己的罪业，如今就该皈依三宝。"他让众僧为它齐声念佛，又给它受了三归五戒，这条蛇便辗转着出去了。当时那位亡僧的弟子也有前来听讲的，和尚招过来对他说："这条蛇就是你师父。他修行多年，该当证果得道了，只因为临终时痛惜一只钵子坏了，就对这个沙弥大发怒气，于是化成一条蟒蛇。刚才到这里来，是想杀死这个沙弥。如果真把沙弥杀了，他就该堕入大地狱，永无出头之日。幸亏我制止了他，给他受了禁戒，如今他能舍弃蟒蛇的身形了，你去寻找吧。"弟子接受命令出去了。蛇所走过的地方，草木都倒在一边，趟开一条像车子走过的道路。行了四十五里，到了深谷间，这蛇自己用脑袋撞在石头上死了。弟子回来告诉了和尚，和尚说："这蛇现在已经投生，在裴郎中家做女儿。这个女儿也十分聪慧，但十八岁就会死去。又转而投生为男子，然后出家修道。裴郎中是我的门徒，你可以进城去，替我探望他。他女儿现在就要出生了，但是难产，你可以救救她。"

当时裴宽为兵部郎中，是和尚的门生。弟子受命入城后，远远就看见了裴家，正赶上裴宽请假在家，弟子便让人报告说："华严和尚捎话来了。"郎中出门相见，神色非常忧虑。弟子问他什么缘故，他说妻子临产，已经六七天了，天天晚上点灯守着她，看样子非常危险。弟子说："我能救她。"于是令人在堂门之外，摆设洁净的床席。弟子进去焚香击磬，连呼三声"和尚"，裴宽的夫人便安然生下一个女孩。这个女孩后来果然十八岁就死了。出自《原化记》。

唐休璟门僧

唐中宗时,唐公休璟为相。尝有一僧,发言多中,好为厌胜之术。休璟甚敬之。一日,僧来谓休璟曰:"相国将有大祸,且不远数月,然可以禳去。"休璟惧甚,即拜之。僧曰:"某无他术,但奉一计耳,愿听之。"休璟曰:"幸吾师教焉。"僧曰:"且天下郡守,非相国命之乎?"曰:"然。"僧曰:"相国当于卑冗官中,访一孤寒家贫有才干者,使为曹州刺史。其深感相国恩,而可以指踪也。既得之,愿以报某。"休璟且喜且谢,遂访于亲友。张君者,家甚贫,为京卑官。即日拜赞善大夫,又旬日,用为曹州刺史。

既而召僧谓曰:"已从师之计,得张某矣。然则可教乎?"僧曰:"张君赴郡之时,当令求二犬,高数尺而神俊者。"休璟唯之。已而张君荷唐公特达之恩,然莫喻其旨,及将赴郡,告辞于休璟,既而谢之曰:"某名迹幽昧,才识疏浅。相国拔此沉滞,牧守大郡,由担石之储,获二千石之禄。自涸辙而泛东溟,出穷谷而陟层霄,德固厚矣。然而感恩之外,窃所忧惕者,未知相国之旨何哉?"休璟曰:"用君之才耳,非他也。然常闻贵郡多善犬,愿得神俊非常者二焉。"张君曰:"谨奉教。"

既至郡,数日,乃悉召郡吏,告之曰:"吾受丞相唐公深恩,拔于不次,得守大郡。今唐公求二良犬,可致之乎?"有一吏前曰:"某家育一犬,质状异常,愿献之。"张大喜,

唐休璟门僧

　　唐中宗在位时,唐休璟担任宰相。他曾有个门僧,预言大多都能言中,擅长降服鬼魔的厌胜方术。休璟对他非常敬重。一天,僧人来对休璟说:"相国将要遭受大灾祸,而且就在不远的数月之内,然而可以驱除。"休璟非常恐慌,于是拜求他相救。僧人说:"我没有别的办法,只能献你一条计策而已,希望你能听从。"休璟忙道:"请师父教诲。"僧人说:"如今天下的郡守,不都是相国任命的吗?"休璟说:"是的。"僧人说:"相国应当在那些小官里面,访求一个无依无靠、家境贫寒又有才干的人,让他做曹州刺史。他一定深深感念相国的恩德,于是就可以指挥他办事情。等你找到这个人后,请来告诉我。"休璟高兴地表示感谢,于是遍访各位亲友。有个张君,家境十分贫寒,在京城充任小官吏。休璟当天就拜他为赞善大夫,又过了十天,便任命他为曹州刺史。

　　然后休璟召见门僧对他说:"我已遵从师父之计,找到张某了。您有什么吩咐吗?"门僧说:"张君到曹州赴任的时候,应当叫他找两只狗,要几尺高而且矫健凶猛的。"休璟点头应允。事后,张君感谢唐相国破格提拔之恩,却又不明白他的用意,等到要去赴任的时候,便向休璟辞行,同时致谢道:"我名声和身份低微,不为人知,才识又十分浅薄。相国把我从默默无闻中提拔起来,让我为大郡之守,由一担一石的微少之俸,到获得二千石之禄。这是让小鱼从千车沟游进了东海,走出深谷而登上云霄,相国的恩德实在太深厚了。然而感恩之外,我忧虑的是,不知相国这么做的目的是什么?"休璟说:"为了发挥你的才干而已,别无他意。但常听说贵郡有许多良犬,我想要两只神俊不同于平常的。"张君说:"一定遵嘱照办。"

　　张君到曹州后,过了几天,便召集全郡的差吏,告诉他们说:"我蒙受唐丞相深厚的恩德,从不知名的位置提拔了上来,做了大郡的太守。现在唐公想找两只良犬,能找到吗?"有个差吏上前道:"我家里养了一只狗,品貌异常,愿意献出来。"张君非常高兴,

即献焉。既至，其犬高数尺而肥，其臆广尺余，神俊异常，而又驯扰。张君曰："相国所求者二也，如何？"吏白曰："郡内唯有此，他皆常也。然郡南十里某村某民家，其亦有一焉。民极惜之，非君侯亲往，不可取之。"张君即命驾，赍厚直而访之，果得焉。其状与吏所献者无异，而神彩过之。张君甚喜，即召亲吏，以二犬献休璟。休璟大悦，且奇其状，以为未常见。遂召僧视之，僧曰："善育之，脱相君之祸者，二犬耳。"

后旬日，其僧又至，谓休璟曰："事在今夕，愿相君严为之备。"休璟即留僧宿。是夜，休璟坐于堂之前轩，命左右十余人，执弧矢立于榻之隅。其僧与休璟共处一榻。至夜分，僧笑曰："相君之祸免矣，可以就寝。"休璟大喜，且谢之，遂彻左右，与僧寝焉。迨晓，僧呼休璟曰："可起矣！"休璟即起，谓僧曰："祸诚免矣，然二犬安所用乎？"僧曰："俱往观焉。"乃与休璟偕寻其迹，至后园中，见一人仆地而卒矣，视其颈有血，盖为物所噬者。又见二犬在大木下，仰视之，见一人袒而匿其上。休璟惊且诘曰："汝为谁？"其人泣而指死者曰："某与彼，俱贼也。昨夕偕来，且将致害相国。盖遇此二犬，环而且吠，彼遂为噬而死。某惧，因匿身于此，伺其他去，将逃焉。迨晓终不去，今即甘死于是矣。"休璟即召左右，令缚之。曰："此罪固当死，然非其心也，盖受制于人耳。愿释之。"休璟命解缚，其贼拜泣而去。休璟谢其僧曰："赖吾师，不然，死于二人之手。"

他便把狗献出来了。狗被送到后，身高数尺而且肥壮，胸脯有一尺多宽，神俊非常，而且十分顺服。张君说："相国要的是两只，怎么办呢？"差吏告诉他说："郡城里面只有这一只，其他的都是普通狗。但在郡城南十里某村某户人家，也有这么一只。那家人特别爱惜那只狗，不是君侯亲自去，是要不来的。"张君立即命令备车，带着很多财物去拜访那户人家，果然弄到了这只狗。这只狗的状貌与差吏所献的那只没有两样，而神采超过那只。张君非常高兴，立即召来亲近差吏，把两只狗献给了休璟。休璟高兴极了，并且惊奇于这两只狗的状貌，认为不是常见的品种。于是召来门僧观看，门僧说："要好好地养着它们，能够解救相国灾祸的，只有这两只狗。"

　　过了十天，门僧又来了，对休璟说："事情就在今夜，请相国严加防范。"休璟便留下门僧住宿。这天夜里，休璟坐在厅堂的前轩，命令十余名手下，拿着弓箭，侍立在卧榻四角。门僧与休璟同处一榻。到了半夜，门僧笑着说："相国的灾祸已经免除了，可以上床睡觉了。"休璟大喜，并向门僧致谢，于是撤走了手下人，与门僧上床就寝。到天亮时，门僧喊休璟道："可以起床了！"休璟立即起了床，对门僧说："灾祸确实免除了，但那两只狗有什么用处呢？"门僧说："我们一起看看去。"便与休璟一起去察看踪迹。走到后园里，见一个人倒在地上死了，细看他的脖子上有血，可能是被什么东西咬的。又见那两只狗在大树下，仰着头往上看，只见一人裸露着身体躲在树上。休璟惊奇地问道："你是谁？"那人哭着指着地上的死人说："我与他都是贼。昨天晚上一起到这里来，想要杀害相国。碰上这两只狗，围着我们直叫唤，结果他被咬死了。我害怕，所以躲到了这里，本想等它们走了就逃跑。直到天亮它们也没走，现在只好死在这里了。"休璟立即唤来手下，把他绑了。门僧说："这个人的罪过本来应当处死，但这并非出自他的本心，大概是受别人指使而干的。希望放了他。"休璟命人解开了绳索，那个贼拜谢哭泣着走了。休璟向门僧道谢说："幸亏师父相救，不然，我就死在这两个人的手里了。"

僧曰："此盖相国之福也,岂所能为哉?"

休璟有表弟卢轸,在荆门,有术士告之："君将有灾戾,当求一善禳厌者为,庶可矣。"轸素知其僧,因致书于休璟,请求之。僧即以书付休璟曰："事在其中耳。"及书达荆州,而轸已卒。其家开视其书,徒见一幅之纸,并无有文字焉。休璟益奇之。后数年,其僧遁去,竟不知其所适。出《宣室记》。

仪光禅师

长安青龙寺仪光禅师,本唐室之族也。父琅琊王,与越王起兵,伐天后,不克而死。天后诛其族无遗。惟禅师方在襁褓,乳母抱而逃之。其后数岁,天后闻琅琊王有子在人间,购之愈急。乳母将至岐州界中,鬻女工以自给。时禅师年已八岁矣,聪慧出类,状貌不凡。乳母恐以貌取而败,大忧之。乃求钱为造衣服,又置钱二百于腰下,于桑野中,具告以其本末。泣而谓曰："吾养汝已八年矣,亡命无所不至。今汝已长,而天后之敕访不止,恐事泄之后,汝与吾俱死。今汝聪颖过人,可以自立,吾亦从此逝矣。"乳母因与流涕而诀,禅师亦号恸不自胜,方知其所出。

乳母既去,师莫知其所之。乃行至逆旅,与诸儿戏。有郡守夫人者,之夫任处,方息于逆旅,见禅师与诸儿戏,状貌异于人,因怜之。召而谓曰："郎家何在? 而独行在此耶?"师伪答曰："庄临于此,有时而戏。"夫人食之,又赐钱五百。

门僧说:"这全是相国的福分呀,哪里是我能够救得了的呢?"

　　休璟有个表弟叫卢轸,住在荆门,有位术士告诉他:"你将有灾难,应当求一位擅长禳除灾祸之术的人给你驱除,可能会有救的。"卢轸早就知道表哥家里那个僧人,便给休璟写信,请僧人帮忙。门僧便把一封信交给休璟说:"你所求的事,就在这里面。"等这封信送到荆州时,卢轸已经死了。他家里的人打开这封信看时,只见到一张白纸,纸上并没有文字。休璟更加觉得门僧是位奇人。过了几年,这位僧人隐遁而去,最终也不知他去了什么地方。出自《宣室记》。

仪光禅师

　　长安青龙寺的仪光禅师,本是唐朝皇室的成员。其父瑯琊王,与越王起兵,讨伐武则天,未能成功而死。武则天诛灭其全族,没有遗漏一人。只有禅师当时正在襁褓之中,奶妈抱着他跑掉了。过了几年,武则天听说瑯琊王有个儿子还活在人间,悬赏捉拿,十分紧急。奶妈把他带到岐州境内,靠纺织、刺绣等维持生活。当时禅师已经八岁了,聪慧出众,相貌非凡。奶妈深恐他因为相貌特出而败露,非常担忧。便弄钱给他做了套新衣服,又在他腰下放了二百文钱,带他到桑野中,把事情的本末都告诉了他。奶妈抽泣着对他说:"我已养活你八年了,为了逃命无所不至。如今你已长大,而天后捉拿你的敕令一直不停,我怕事情泄露之后,你与我都得死。如今你聪明过人,可以自立了,我从此也要隐藏起来了。"奶妈便与他流着眼泪告别了,禅师也号啕大哭悲痛不已,这才知道自己的出身。

　　奶妈离开后,禅师不知道自己该往何处去。他就走到一家客店,与很多小孩玩起来。有位郡守夫人,要到丈夫任职的地方去,正在这家客店休息,看到禅师与小孩们一起玩,相貌不同于常人,很喜欢他。把他召来对他说:"你家住在什么地方?怎么一个人到这里来了?"禅师撒谎答道:"我们村庄离这里很近,有时来这里玩。"夫人给他东西吃,又送给他五百文钱。

师虽幼而有识,恐人取其钱,乃尽解衣,置之于腰下。时日已晚,乃寻小径,将投村野。遇一老僧独行,而呼师曰:"小子,汝今一身,家已破灭,将何所适?"禅师惊愕伫立,老僧又曰:"出家闲旷,且无忧畏,小子汝欲之乎?"师曰:"是所愿也。"老僧因携其手,至桑阴下,令礼十方诸佛已,因削其发。又解衣装,出袈裟,令服之。大小称其体,因教其披著之法。禅师既披法服,执持收掩,有如旧僧焉。老僧喜曰:"此习性使之然。"其僧将行,因指东北曰:"去此数里有伽蓝,汝直诣彼,谒寺主云,我使尔为其弟子也。"言毕,老僧已亡矣。方知是圣像也。师如言趣寺,寺主骇其所以,因留之。向十年,禅师已洞晓经律,定于禅寂。

遇唐室中兴,求瑯琊王后,师方谓寺僧言之,寺僧大骇。因出诣岐州李使君,师从父也,见之悲喜。因舍之于家,欲以状闻,师固请不可。使君有女,年与禅师侔,见禅师悦之,愿致款曲,师不许。月余,会使君夫人出,女盛服多将使者来逼之。师固拒万端,终不肯。师绐曰:"身不洁净,沐浴待命。"女许诺,方令沐汤。师候女出,因之噤门。女还排户,不果入。自牖窥之,师方持削发刀,顾而言曰:"以有此根,故为欲逼,今既除此,何逼之为?"女惧,止之不可。遂断其根,弃于地,而师亦气绝。户既闭,不可开,女惶惑不知所出。俄而府君夫人到,女言其情。使君令破户,

禅师虽然年幼却很有见识，害怕别人拿他的钱，便把衣服解开，都放在腰下了。当时天色已晚，他就沿着小路往前走，想找个村庄投宿。遇见一位老僧独自赶路，老僧招呼禅师道："孩子，你现在只身一人，家已经破灭了，要到什么地方去？"禅师吃惊地站住了，老僧又说："出家为僧悠闲自在，又无所畏惧，小子你想出家吗？"禅师说："这正是我的心愿。"老僧便拉着他的手，到了桑树荫下面，令他向十方诸佛行完了礼，便剃光了他的头发。老僧又解开自己的包袱，取出一领袈裟，让他穿上。大小正好合体，于是又教给他披穿的方法。禅师披上法服后，执持收掩熟练自如，有如老僧人一般。老僧欢喜地说："这是你的习性使你能够这样。"老僧要走，便指着东北方向说："离此数里有座寺院，你可直接到那里去，谒见寺主，就说我让你给他当弟子的。"说完，老僧已经不见了。这才知道老僧原来是佛圣的化形。禅师照他说的到了寺院，寺主听了他的来历十分惊讶，就收留了他。将近十年，禅师已通晓佛教经律，能够静心禅定。

遇上唐皇室中兴，寻求瑯琊王的后代，禅师这才将自己的身世告诉了同寺的僧人，僧人们听了大为震惊。禅师便出寺见岐州李使君，李使君是禅师的叔父，见到他又悲又喜。便让他住在自己家里，使君要把他的情况奏闻皇上，禅师坚决不同意。使君有个女儿，年龄与禅师相近，见到禅师后非常喜欢他，愿意表白心意，禅师没有答应。一个多月后，赶上使君夫人外出，女儿便盛装打扮，带着使者来逼迫禅师就范。禅师万般推辞，女子始终不同意。禅师谎称："我身上不干净，沐浴完了再从命。"女子答应了，这才让他去沐浴。禅师等女儿出去之后，便在屋里把门闩上了。女子回来推门，进不去。从窗户上窥视他，禅师正拿着削发刀，回头对她说："因为有此阳具，所以招来欲火相逼，如今除掉它，还有什么逼我的？"使君女儿十分害怕，又制止不了他。禅师于是砍断阳具，扔到地上，而禅师也昏厥过去了。门关得紧紧的，打不开，使君女儿惶惑不知所措。一会儿，使君夫人回来了，女儿讲述了详情。使君命人破门而入，

师已复苏。命良医至，以火烧地既赤，苦酒沃之，坐师于燃地，傅以膏，数月疾愈。

使君奏禅师是瑯琊王子。有敕，命驿置至京，引见慰问，赏赐优给，复以为王。禅师曰："父母非命，鄙身残毁，今还俗为王，不愿也。"中宗降敕，令禅师广领徒众，寻山置兰若，恣听之。禅师性好终南山，因居于兴法寺。又于诸谷口，造禅庵兰若凡数处，或入山数十里。从者僧俗常数千人，迎候瞻侍，甚于卿相。

禅师既证道果，常先言将来事，是以人益归之。开元二十三年六月二十三日，无疾而终。先告弟子以修身护戒之事，言甚切至。因卧，头指北方，足指南方，以手承头，右胁在下，遂亡。遗命葬于少陵原之南面，凿原为室而封之。柩将发，异香芬馥，状貌一如生焉。车出城门，忽有白鹤数百，鸣舞于空中，五色彩云，徘徊覆车，而行数十里。所封之处，遂建天宝寺，弟子辈留而守之。出《纪闻》。

玄　览

唐大历末，禅师玄览住荆州陟岵寺。道高有风韵，人不可得而亲。张璪常画古松于斋壁，符载赞之，卫象诗之，亦一时三绝也，悉加垩焉。人问其故，曰："无事疥吾壁也。"僧那即其甥，为寺之患，发瓦探鷇，坏墙熏鼠，

禅师已经苏醒过来。使君命人请来良医，用火把地烧红了，浇上苦酒，让禅师坐在燃烧过的地上，然后给他敷上药膏，几个月之后痊愈了。

使君便奏禀皇上禅师是琅琊王的儿子。皇上下令，将禅师通过驿站送到京都，引见慰问，赏赐优厚，又想让他当王。禅师说："父母死于非命，自己的身体已经残毁，如今还俗为王，不合自己的心愿。"中宗皇帝于是降旨，让禅师广收门徒，选择山林建造寺庙，所有这些都听从禅师的意愿。禅师生性喜爱终南山，于是住进了兴法寺。又在诸谷口，建造许多禅房佛寺，有的则建造在深山中数十里处。跟从禅师的僧人与俗众常常多达几千人，其迎候供养之盛况，超过公卿宰相。

禅师既已证果得道，常常预言未来的事情，因此人们更乐于归顺他。开元二十三年六月二十三日，禅师无疾而终。死前他告诫弟子们关于修身与持戒的事宜，言辞十分恳切。说完之后便躺倒了，头向北方，脚向南方，以手托着脑袋，右肋朝下，躺好之后就死了。他留下遗嘱，希望安葬在少陵原的南面，要在少陵原上挖墓穴，将遗体埋葬在里面。送葬的那天，灵柩要出发时，他的遗体散发出浓郁的异香，形貌与活着的时候一模一样。灵车出城门后，忽然有几百只白鹤，在空中起舞悲鸣，五颜六色的彩云，飘来飘去遮盖着灵车，这样走了几十里。就在埋葬禅师遗体的墓地处，建造了一座天宝寺，弟子们住在那里守护着他。出自《纪闻》。

玄　览

唐朝大历末年，禅师玄览住在荆州陟屺寺。他道行高深又有风韵，人们很难跟他亲近。张璪曾经在寺中斋堂墙壁上画了一棵古松，符载撰写了赞文，卫象题诗，这三样东西也算是当时的三绝，玄览却用白灰统统涂掉了。别人问他是什么缘故，他说："他们这是闲着没事使我墙上生痄疮。"僧那是他的外甥，是寺庙的一个祸患，不是揭开房瓦掏家雀，就是刨墙挖洞熏老鼠，

览未常责之。有弟子义诠,布衣一食,览亦不称之。或有怪之,乃题诗于竹上曰:"欲知吾道廓,不与物情违。大海从鱼跃,长空任鸟飞。"忽一夕,有一梵僧排户而进曰:"和尚速作道场。"览言:"有为之事,吾未常作。"僧熟视而出,反手阖户,门扃如旧。览笑谓左右曰:"吾将归矣。"遂遽浴讫,隐几而化。<small>出《酉阳杂俎》。</small>

法　将

　　长安有讲《涅槃经》僧曰法将,聪明多识,声名籍甚。所在日讲,僧徒归之如市。法将僧到襄阳。襄阳有客僧,不持僧法,饮酒食肉,体貌至肥,所与交,不择人。僧徒鄙之。见法将至,众僧迎而重之,居处精华,尽心接待。客僧忽持斗酒及一蒸独来造法将。法将方与道俗正开义理,共志心听之。客僧径持酒殽,谓法将曰:"讲说劳苦,且止说经,与我共此酒肉。"法将惊惧,但为推让。客僧因坐户下,以手擘独裹而餐之,举酒满引而饮之。斯须,酒肉皆尽,因登其床且寝。既夕,讲经僧方诵《涅槃经》,醉僧起曰:"善哉妙诵!然我亦尝诵之。"因取少草,布西墙下,露坐草中,因讲《涅槃经》,言词明白,落落可听。讲僧因辍诵听之,每至义理深微,常不能解处,闻醉僧诵过经,心自开解。比天方曙,遂终《涅槃经》四十卷。法将生平所疑,一朝散释都尽。法将方庆希有,布座礼之,比及举头,醉僧已灭。诸处寻访,不知所之。<small>出《纪闻》。</small>

玄览却从不责备他。有个弟子叫义诠,身穿布衣,一天只吃一顿饭,玄览也从不称赞他。有人对此感到奇怪,他便在竹竿上题诗道:"欲知吾道廓,不与物情违。大海从鱼跃,长空任鸟飞。"忽然一天晚上,有个外国来的僧人推门进屋道:"和尚速速去做道场。"玄览说:"凡属刻意而为的事情,我是从来不做的。"那僧人仔细打量他一番就出去了,反手关上了房门,门闩就跟原来插的一样。玄览笑着对身边的人说:"我要回去了。"于是急忙洗浴完毕,倚靠着几案死了。出自《酉阳杂俎》。

法　将

　　长安有个讲《涅槃经》的僧人叫法将,聪明多识,名声很大。所到之处每天讲经,僧徒们纷纷前来听讲,就像赶集那样人多。法将到了襄阳。襄阳有个游方僧人,不守佛教戒规,喝酒吃肉,身体很肥胖,与人交往,也不选择对象。僧徒们都很鄙视他。法将到来时,众僧隆重欢迎,安排给他最好的住处,热诚地接待他。一天,游方僧人拿着一斗酒与一只蒸熟的小猪,突然来造访法将。法将正在给僧俗教徒讲解佛教义理,大家在专心致志地听讲。游方僧人径直举着酒肉,对法将说:"讲说太劳累了,暂且停止讲经,与我一起饮酒吃肉。"法将又惊又怕,一个劲儿地往外推。游方僧人便坐在门下,用手撕蒸猪肉卷着吃起来,举起斟满的酒杯就喝。一会儿,酒与肉都吃喝完了,然后爬上他的床就睡着了。晚上,法将正在念诵《涅槃经》,喝醉的游方僧人起来说:"善哉善哉,实在是美妙的念诵! 然而当年我也曾这么念诵过。"他便取过一些干草,铺在西面墙根下,露天坐在干草上,便讲说起《涅槃经》来,言词流畅明白,听得清清楚楚。法将便停止念诵用心听他讲说,每到义理深奥微妙处,自己过去不能理解的地方,听了醉僧的讲说后,心中顿然领悟。等到天刚亮时,已讲诵完了《涅槃经》四十卷。法将平时感到疑惑的地方,一下子都解释清楚了。法将正要赞叹他稀世少有的本领,让座行礼,等他抬起头时,醉僧已经无影无踪了。他四处寻访,不知到底去哪里了。出自《纪闻》。

卷第九十五
异僧九

洪昉禅师　　相卫间僧　　道林　　净满　　法通

洪昉禅师

　　陕州洪昉，本京兆人。幼而出家，遂证道果。志在禅寂，而亦以讲经为事，门人常数百。一日，昉夜初独坐，有四人来前曰："鬼王今为小女疾止造斋，请师临赴。"昉曰："吾人汝鬼，何以能至？"四人曰："阇梨但行，弟子能致之。"昉从之。四人乘马，人持绳床一足，遂北行。可数百里，至一山，山腹有小朱门。四人请昉闭目，未食顷，人曰："开之。已到王庭矣。"其宫阙室屋，崇峻非常，侍卫严饰，颇侔人主。鬼王具冠衣，降阶迎礼。王曰："小女久疾，今幸而痊。欲造小福，修一斋，是以请师临顾。斋毕，自令侍送无虑。"于是请入宫中。其斋场严饰华丽，僧且万人，佛像至多，一如人间事。昉仰视空中，不见白日，如人间重阴状。须臾，王夫人后宫数百人，皆出礼谒。王女年十四五，貌独病色。昉为赞礼愿毕，见诸人持千余牙盘食到，以次布于僧前。坐昉于大床，别置名馔，馔甚香洁。昉且欲食之，鬼王白曰：

洪昉禅师

陕州洪昉，本是京兆人。自幼出家，后来证果得道。他平生志在静坐参禅，也以讲经为业，门徒常常多达几百人。一天晚上，洪昉正在独坐，有四个人来到他面前说："鬼王如今为女儿久病初愈设斋，特请法师赴会。"洪昉说："我是人你们是鬼，怎样才能到那里呢?"四个人说："高僧只管走，弟子自能让你到达那里。"洪昉答应了。这四个人骑着马，每人扯着绳床的一角，便往北走。走了几百里，到了一座大山，山腰有个红漆小门。四人请洪昉闭上眼睛，不到一顿饭的工夫，四人说："睁开眼吧。已到了王庭了。"只见宫阙房舍，非常高大，侍从们排列严整，跟人间的君王很相近。鬼王冠服齐整，降阶施礼迎接。鬼王说："小女久病，如今幸好痊愈。我想积点福德，设了一个斋场，因此请法师前来光顾。斋事结束后，自会让侍从送你回去，请不要担心。"说完便请洪昉进入宫中。斋场布置得很华丽，有上万名僧人，佛像也很多，全跟人间一样。洪昉仰视空中，看不见明亮的太阳，就像人间云层密布的阴天一样。过了一会儿，鬼王夫人等后宫几百人，都出来施礼谒见。鬼王的女儿有十四五岁，面貌独带病色。洪昉为她礼赞祝愿完毕，见许多人端着一千多盘食物上来，依次排在僧人面前。洪昉坐在大床上，另外准备了美味佳馔，极为香洁。洪昉正要食用时，鬼王告诉他说：

"师若常住此,当餐鬼食;不敢留师,请不食。"昉惧而止。斋毕,余食犹数百盘。昉见侍卫臣吏向千人,皆有欲食之色,昉请王赐之余食。王曰:"促持去,赐之。"诸官拜谢,相顾喜笑,口开达于两耳。王因跪曰:"师既惠顾,无他供养,有绢五百匹奉师,请为受八关斋戒。"师曰:"鬼绢纸也,吾不用之。"王曰:"自有人绢奉师。"因为受八关斋戒。戒毕,王又令前四人者,依前送之。昉忽开目,已到所居。天犹未曙,门人但为入禅,不觉所适。昉忽开目,命火照床前,五百绢在焉。弟子问之,乃言其故。

昉既禅行素高,声价日盛,顷到鬼所,但神往耳,其形不动。未几晨坐,有一天人,其质殊丽,拜谒请曰:"南天王提头赖吒,请师至天供养。"昉许之。因敷天衣坐昉,二人执衣,举而腾空,斯须已到。南天王领侍从,曲躬礼拜曰:"师道行高远,诸天愿睹师讲诵,是以辄请师。"因置高座坐昉。其道场崇丽,殆非人间,过百千倍。天人皆长大,身有光明。其殿堂树木,皆是七宝,尽有光彩,夺人目睛。昉初到天,形质犹人也,见天王之后,身自长大,与天人等。设诸珍馔,皆自然味,甘美非常。食毕,王因请入宫,更设供具,谈话款至,其侍卫天官兼鬼神甚众。后忽言曰:"弟子欲至三十三天议事,请师且少留。"又戒左右曰:"师欲游观,所在听之,但莫使到后园。"再三言而去。

"法师如若常住在这里,就吃鬼的食物;不敢留下法师,所以请不要吃这些东西。"洪昉害怕,没有吃。斋场完毕,剩下的食物仍有几百盘。洪昉看到侍卫官吏有近千人,都有想吃这些东西的神情,便请求鬼王把这些吃剩的食物赐给他们。鬼王说道:"快拿过去,赐给他们。"官吏们礼拜致谢,相视大笑起来,嘴巴裂到了耳朵。鬼王跪在洪昉面前道:"法师既然光顾,别无他物奉送,有丝绢五百匹奉上,请法师为我受八关斋戒。"洪昉禅师说:"鬼的丝绢就是纸,我没有用处。"鬼王说:"自当有人间的丝绢奉送禅师。"洪昉便给他受了八关斋戒。斋戒结束,鬼王又让原先那四个人,依照原来的方式送回洪昉。洪昉忽然睁开眼睛时,已经回到了自己的住处。此时天还未亮,门人们以为他一直在参禅入定,没有发觉禅师去了哪里。洪昉忽然睁开眼睛,命人用火照着床前,有五百匹丝绢放在那里。弟子问他是怎么回事,他便讲述了事情的原委。

洪昉既已禅行高超,名声日益高涨,之前到鬼的世界,只是精神去了那里,身体并未移动地方。不久,一天他早晨打坐,有一位天人,姿态特别美丽,拜见请求道:"南天王提头赖吒,请禅师到天上供养。"洪昉答应了他的请求。于是铺下一件天衣让洪昉坐在上面,两人扯着天衣,抬着腾空而起,不一会儿就到了。南天王率领着侍从,弯腰行礼参拜道:"禅师道行高远,诸天人都想亲眼看到师父讲诵经文,因此就把师父请来了。"便设置高座请洪昉坐在上面。那道场高大壮丽,绝非人间的道场可比,好过千百倍。天人都又高又大,身上闪闪放光。殿堂的树木,也都镶嵌着金银玛瑙等七宝,全闪烁着光彩,耀眼夺目。洪昉初到天宫时,形体还与人一样,见过天王之后,身体便自行长大,与天人一样了。所设美味珍馐都是自然之味,甘美不同寻常。吃完饭后,天王请洪昉入宫,又准备了酒食,两人边吃边谈十分融洽,旁边有很多侍卫天官和鬼神。后来天王忽然说:"弟子要去三十三重天议事,请师父在此稍候。"又叮嘱左右人说:"禅师想出去游览的话,所有地方都可以去,只有后园别让他去。"再三叮咛之后便离开了。

去后，昉念曰："后园有何利，而不欲吾到之？"伺无人之际，窃至后园。其园甚大，泉流池沼，树林花药，处处皆有，非人间所见。渐渐深入，遥闻大声呻叫，不可忍听。遂到其旁，见大铜柱，径数百尺，高千丈，柱有穿孔，左右傍达。或有银铛镤其项，或穿其胸骨者，至有数万头，皆夜叉也。锯牙钩爪，身倍于天人。见禅师至，叩头言曰："我以食人故，为天王所镤。今乞免我。我若得脱，但人间求他食，必不敢食人为害。"为饥渴所逼，发此言时，口中火出。问其镤早晚，或云毗婆师尸佛出世时，动则数千万年。亦有三五辈老者，志诚恳。僧许解其缚而遽还。

斯须王至，先问："师颇游后园乎？"左右曰："否。"王乃喜，坐定，昉曰："适到后园，见镤众生数万，彼何过乎？"王曰："师果游后园。然小慈是大慈之贼，师不须问。"昉又固问，王曰："此诸恶鬼，常害于人，唯食人肉。非诸天防护，世人已为此鬼食尽。此皆大恶鬼，不可以礼待，故镤之。"昉曰："适见三五辈老者，发言颇诚，言但于人间求他食。请免之。若此曹不食人，余者亦可舍也。"王曰："此鬼言不可信。"昉固请。王目左右，命解老者三五人来。俄而解至，叩头言曰："蒙恩释放，年已老矣。今得去，必不敢扰人。"王曰："以禅师故，放汝到人间。若更食人，此度重来，当令若死！"皆曰："不敢。"于是释去。未久，忽见王庭前有

天王走后，洪昉心里想道："后园里有什么好东西，怎么不让我去呢？"他趁身边没人时，偷偷来到了后园。后园特别大，流泉池塘、花木药材，随处都有，是人间所见不到的。洪昉渐渐走进后园的深处，听见远处有很大的呻吟呼叫声，令人不忍卒听。于是他走到旁边，只见有一根巨大的铜柱，直径有几百尺，高有一千丈，柱上有许多穿孔，左右贯通。有用铁锁链锁着脖子的，有穿过胸骨的，多至几万头，都是夜叉。他们个个都长有钩爪锯牙，身高是天人的两倍。看见禅师到了这里，叩头乞求道："我们因为吃人的缘故，被天王锁在这里。现在向您乞求赦免我们。我们若能被释放出去，只在人间寻求别的食物，绝不敢再去吃人为害。"因为受到饥渴的逼迫，说这些话时，夜叉嘴里直冒火焰。问他们什么时候被锁在这里，有的说是毗婆师尸佛出世的时候，差不多都有几千万年了。还有三五个老者，态度十分诚恳。洪昉禅师答应帮他们解脱束缚，然后就急忙回去了。

　　不一会儿天王就到了，先问左右道："禅师是不是到后园游览了一番？"左右答道："没有。"天王十分高兴，刚坐定，洪昉过来说："刚才我到了后园，看见锁着几万条生命，他们有什么罪过呢？"天王说："禅师果然游览了后园。然而，小慈悲是大慈悲的祸患，师父不必多问了。"洪昉又非问不可，天王便说："这是一群恶鬼，常常伤害人类，他们专门吃人肉。如果不是各位天神严加防护，世上的人早被这群恶鬼吃光了。这些都是大恶鬼，不能对他们讲礼貌仁慈，所以把他们锁了起来。"洪昉说："刚才见到三五个老者，说话很诚恳，说只在人间寻求别的东西吃。请天王赦免他们几个吧。如果这几个不再吃人了，其余的也可以释放。"天王说："这些鬼说的话根本不能相信。"洪昉一再请求。天王示意左右，命他们把那三五个老者松开绑带来。不一会儿就松开绑带到了，他们叩头发誓道："蒙恩释放，年龄已经很老了。如今能够回到人间去，绝对不敢再侵害人类了。"天王说："因为禅师相求的缘故，放你们回到人间。如若再吃人，下次被抓来，一定要处死你们！"他们都说："不敢。"于是他们被放了出去。不久，忽见天王庭前有

神至,自称山岳川渎之神。被甲,面金色,奔波而言曰:"不知何处,忽有四五夜叉到人间,杀人食甚众。不可制,故白之。"王谓昉曰:"弟子言何如? 适语师,小慈是大慈之贼。此等恶鬼,言宁可保!"王语诸神曰:"促擒之!"俄而诸神执夜叉到。王怒:"何违所请?"命斩其手足,以铁镬贯脑,曳去而镬之。昉乃请还,又令前二人送至寺。寺已失昉二七日,而在天犹如少顷。

　　昉于陕城中,选空旷地造龙光寺,又建病坊,常养病者数百人。寺极崇丽,远近道俗,归者如云。则为释提柏国所请矣。昉晨方漱,有夜叉至其前,左肩头负五色毯而言曰:"帝释天王,请师讲《大涅槃经》。"昉默然还座,夜叉遂掔绳床,置于左膊曰:"请师合目。"因举其左手,而伸其右足,曰:"请师开目。"视之,已到善法堂。禅师既到天堂,天光眩目,开不能得。天帝曰:"师念弥勒佛。"昉遽念之,于是目开不眩。而人身卑小,仰视天形,不见其际。天帝又曰:"禅师又念弥勒佛,身形当大。"如言念之,三念而身三长,遂与天等。天帝与诸天礼敬言曰:"弟子闻师善讲《大涅槃经》,为日久矣。今诸天钦仰,敬设道场,故请大师讲经听受。"昉曰:"此事诚不为劳,然病坊之中,病者数百,待昉为命。常行乞以给之,今若流连讲经,人间动涉年月,恐病人馁死。今也固辞。"天帝曰:"道场已成,斯愿已久,固请大师勿为辞也。"昉不可。忽空中有大天人,身又数倍于释,天帝敬起迎之。大天人言曰:"大梵天王有敕。"天帝

神仙到了,自称是山岳河流之神。他身披盔甲,面色金黄,奔波前来说道:"不知是什么地方,忽然有四五个夜叉到了人间,杀死许多人吃了。没法制服他们,所以特来报告。"天王对洪昉说:"我说的那些话怎么样?刚才我对师父说,小慈悲是大慈悲的祸患。这些恶鬼的誓言,怎么能靠得住呢!"天王对诸位天神说:"快去捉住他们!"不一会儿,诸位天神抓着夜叉来到了。天王愤怒地吼道:"为何违背你们的誓言?"命人砍掉他们的手脚,用铁链子穿透他们的脑袋,拖下去锁了起来。洪昉便请求返回自己的住处,天王又命令先前那两位天人送他回到寺庙。洪昉从寺里消失已经十四天了,但在天上好像只有一会儿。

洪昉在陕州城内,选择空旷的地方建造龙光寺,又建了病坊,曾收养几百个病人。寺庙建造得高大壮丽,四处僧俗,像云涌一般聚集到这里。洪昉又受到释提柏国的邀请。有一天早晨,洪昉正在洗漱,有个夜叉来到他的面前,左肩上披着五色毛毯对他说:"帝释天王,请禅师去讲《大涅槃经》。"洪昉沉默地回到座位上,夜叉于是举起绳床,放在左胳膊上说:"请禅师闭上眼睛。"然后便举起了左手,又伸了伸右脚,说道:"请禅师睁开眼睛。"一看,已经到了善法堂。禅师到了天堂,天光耀眼夺目,睁不开眼。天帝说:"请禅师念诵弥勒佛。"洪昉急忙念诵起来,于是再睁眼睛时就不觉得炫目了。但他身形矮小,仰视天帝形貌,看不到顶端。天帝又说:"禅师再念弥勒佛,体形就会变大。"洪昉照他的话念佛,念了三遍身体长了三下,便与天帝一样高了。天帝与诸位天人施礼致敬说:"弟子听说禅师擅长讲说《大涅槃经》,为时已久。今天诸天人钦敬仰慕,特设道场,所以请大师讲经给我们听。"洪昉说:"这件事确实不算辛苦,然而在病坊之中,有几百个病人,等着我去救命呢。我常常讨饭供他们吃,现在如果留在这里讲经,在人间动辄跨年过月,恐怕病人会饿死的。所以今天一定要推辞。"天帝说:"道场已经准备好了,这个愿望也很久了,恳请大师千万不要推辞。"洪昉没有答应。忽然空中出现一个大天人,身高又数倍于释天王,天帝恭恭敬敬地起身迎接他。大天人说道:"大梵天王有敕令。"天帝

怃然曰："本欲留师讲经,今梵天有敕不许。然师已至,岂不能暂开经卷,少讲经旨,令天人信受?"昉许之。于是置食,食器皆七宝,饮食香美,精妙倍常。禅师食已,身诸毛孔,皆出异光,毛孔之中,尽能观见诸物,方悟天身腾妙也。既登高座,敷以天衣,昉遂登座。其善法堂中,诸天数百千万,兼四天王,各领徒众,同会听法。阶下左右,则有龙王夜叉诸鬼神非人等,皆合掌而听。昉因开《涅槃经》首,讲一纸余。言辞典畅,备宣宗旨。天帝大称赞功德。开经毕,又令前夜叉送至本寺。弟子失昉,已二十七日矣。

　　按佛经,善法堂在欢喜园,天帝都会,天王之正殿也。其堂七宝所作,四壁皆白银。阶下泉池交注,流渠映带。其果木皆与树行相直,宝树花果,亦皆奇异。所有物类,皆非世人所识。昉略言其梗概,阶下宝树,行必相直,每相表里,必有一泉。夤缘枝间,自叶流下,水如乳色,味佳于乳,下注树根,洒入渠中。诸天人饮树本中泉,其溜下者,众鸟同饮。以黄金为地,地生软草,其软如绵。天人足履之,没至足,举后其地自平。其鸟数百千,色名无定相,入七宝林,即同其树色。其天中物皆自然化生。若念食时,七宝器盛食即至。若念衣时,宝衣亦至。无日月光,一天人身光,逾于日月。须至远处,飞空而行,如念即到。昉既睹其异,备言其见,

怅然失意地说:"本想留下禅师讲经,现在梵天王有令不许。然而禅师已经到了这里,难道就不能暂且打开经卷,少讲一会儿经义,让各位天人相信接受吗?"洪昉答应了他的请求。于是摆上饮食,食器全是金银玛瑙等七宝制成,饭食香美,精妙异常。禅师吃完之后,身上的各个毛孔,都放射出奇异的光彩,从毛孔里面,都能看见各种物件,这才领悟天人的身体所以能够腾空的奥妙。登上高座后,在上面铺了件天衣,洪昉于是坐了上去。在善法堂中,成千上万的诸天神,还有四大天王,各自率领徒众,一起赴会聆听讲法。台阶下左右两侧,则有龙王、夜叉、诸鬼神及非人之辈,也都合掌静静地听讲。洪昉便打开《涅槃经》卷首,讲了一页多点儿。他言辞典雅流畅,详细宣讲了经文的义理宗旨。天帝极力称赞他的功德。讲经结束后,天王又令先前那个夜叉把他送回原来的寺院。寺院里的弟子,已经二十七天不见洪昉了。

按照佛教经书的记载,善法堂坐落在欢喜园里,是天帝都会,天王的正殿。殿堂为金银玛瑙等七宝所建成,四面墙壁都是白银。台阶下泉水与池塘交相灌注,流动的渠水相互映衬。果树与其他树木并列在一起,宝树花果,也都非常奇异。这里所有的东西,都不是世人所能辨识的。洪昉向人们简略讲述了大概,阶下宝树,一行行的都很整齐,相对的两棵树中间必定有一眼泉水。泉水沿着枝干流淌,从树叶上流下来,水呈乳白色,味道胜过乳汁,流到树根,注入水渠。诸天人喝的是树根下的泉水,滴到下面的水,许多鸟一起喝。这里以黄金铺地,地生软草,柔如丝绵。天人踏下去,能没到脚背,抬脚后地又自动恢复平坦。那里有成百上千种禽鸟,颜色和名称不定,飞过七宝林时,就跟那里树木的颜色相同。天上各种事物都是自然化育生长的。如果想吃什么食物时,七宝器具盛着食物就来到面前。如果想穿什么衣服时,宝衣也会自动到来。这里没有日月之光,一个天人身上发出的光,比日月之光还亮。要到远处去时,腾空而行,想到哪里就立即来到。洪昉目睹了这些奇异现象后,便详细描述了见闻,

乃请画图为屏风,凡二十四扇,观者惊骇。昉初到寺,毛孔之中,尽能见物。既而弟子进食,食讫,毛孔皆闭如初。乃知人食天食,精粗之分如此。

昉即尽出天中之相,人以为妖。时则天在位,为人告之。则天命取其屏,兼征昉。昉既至,则天问之而不罪也,留昉宫中。则天手自造食,大申供养。留数月,则天谓昉曰:"禅师遂无一言教弟子乎?"昉不得已,言曰:"贫道唯愿陛下无多杀戮,大损果报。其言唯此。"则天信受之,因赐墨敕:"昉所行之处,修造功德,无得遏止。"昉年过下寿,如入禅定,遂卒于陕中焉。出《纪闻》。

相卫间僧

相卫间有僧,自少博习经论,善讲说。每有讲筵,自谓超绝,然而听者稀少,财利寡薄。如此积年,其僧不愤,遂将经论,遍历名山,以访知者。后至衡岳寺,憩泊月余,常于寺闲斋独坐,寻绎经论。又自咎曰:"所晓义理,无乃乖于圣意乎?"沉思之次,忽举头见一老僧,杖锡而入曰:"师习读何经论? 穷究何义理?"僧疑是异人,乃述其由,兼自咎曰:"傥遇知者,分别此事,即钳口结舌,不复开演耳。"老僧笑曰:"师识至广,岂不知此义? 大圣犹不能度无缘之人,况其初心乎? 师只是与众僧无缘耳。"僧曰:"若然者,岂终世如此乎?"老僧曰:"吾试为尔结缘。"因问师今有几许赍粮,

于是请人画成图画制成屏风，共二十四扇，看到的人都非常惊讶。洪昉刚回到寺院时，从毛孔里面都能看到东西。接着弟子端来饭菜，吃完之后，毛孔都关闭了，跟原先一样。他这才知道人间食物与天上的食物，精粗之分竟然如此之大。

洪昉把天上的景象都传扬出去后，人们以为是妖言。当时武则天在位，他被人告到她那里。武则天命人收取了他的屏风，同时征召洪昉。洪昉进宫后，武则天询问了事情的真相，没有怪罪他，还把他留在了宫里。武则天亲手给他做吃的，极力表明供养他的诚意。一连留了几个月，武则天对洪昉说："禅师就没有一句话来教诲弟子吗？"洪昉不得已，便说道："贫道只愿陛下不要多杀戮，否则必然损害因果报应。我要说的就是这一点。"武则天相信并接受了他说的话，于是赐给他一道墨敕，上面写道："洪昉所到之处，修行诵经布施时，任何人不能阻止。"洪昉年过八十，就像入禅定一般，就死在陕中了。出自《纪闻》。

相卫间僧

相州、卫州一带有个僧人，从小广习经论，善于讲经说道。每次登堂讲说经论时，自以为超凡绝伦，然而听者寥寥无几，得到的财利十分微薄。这种状况有好多年了，此僧心中难平，于是带着经论，遍游名山，以求知音。后来到了衡岳寺，住了一个多月，他常在寺内一间空斋里独坐，探究经论。他又自责道："自己所掌握的义理，莫不是有悖于圣意吗？"沉思之际，忽然抬头看见一位老僧，挂着锡杖走了进来，问道："师父所习读的是什么经论？探究的是什么义理？"他怀疑老僧并非常人，便讲述了事情的原委，并自责道："倘若遇上个明白人，把这件事情给我开解明白，我就闭口结舌，不再讲说了。"老僧笑着说："师父的知识非常渊博，怎能不了解这经义呢？大圣尚且不能超度无缘之人，何况那些刚开始参悟的人呢？师父只是与众僧没有缘分罢了。"相卫间僧人说："如果像你说的这样，我岂不是终生都这个样子了吗？"老僧说："我试着为你结因缘看看。"便问他眼下还有多少钱粮，

僧曰:"自徂南县,历行万里,粮食所费,皆以竭矣。今惟大衣七条而已。"老僧曰:"只此可矣。可卖之,以所得直皆作糜饼油食之物。"僧如言作之,约数千人食。遂相与携至平野之中,散掇,梵香长跪,咒曰:"今日食我施者,愿当来之世,与我为弟子。我当教之,得至菩提。"言讫,鸟雀乱下啄食,地上蝼蚁,复不知数。老僧谓曰:"尔后二十年,方可归开法席。今且周游,未用讲说也。"言讫而此僧如言,后二十年,却归河北开讲。听徒动千万人,皆年二十已下,老壮者十无一二。出《原化记》。

道　林

唐调露年中,桂州人薛甲常供一僧。法号道林,道德甚高,瞻敬尤切。如是供给,十有余年。忽一旦辞去,云:"贫道在此挠渎多年,更无所酬。今有旧经一函,且寄宅中。一周年不回,即可开展。"经岁余,开镤,见有金数千两。后卖一半,买地造菩提寺,并建道林真身。供养至今,像仪见存。薛甲今见有孙禹宾,在桂林效职。出《桂林风土记》。

净　满

则天朝,恒州鹿泉寺僧净满有高行,众僧嫉之。乃密画女人居高楼,而净满引弓射之状,藏于经筒,令其弟诣阙告之。则天大怒,命御史裴怀古推案,便行诛戮。怀古执之不屈,李昭德进曰:"怀古推事疏略,请令重推。"怀古厉声

相卫间僧人说:"我自从来到南方,历行万里路,粮食与费用,都消耗完了。现在只有七件大裓而已。"老僧说:"只要这些就可以了。你可以把它卖了,用得到的钱都做成米面饼子以及油食之类。"僧人照他说的办了,置办了约够几千人吃的食物。两人就一起把这些食物带到旷野中去,撒在地上,焚香长跪,嘴里发咒愿道:"今日吃我施舍食物的,愿你们来世给我当弟子。我会好好教化你们,使你们个个得道,达到菩提彻悟境界。"说完,鸟雀纷纷飞下来啄食,地上的蝼蚁更不知其数。老僧对他说:"再过二十年,你才可以回去开席讲法。如今暂且到各处周游,不用讲说佛经。"说完后,这位僧人遵照老僧的话先去周游各地,二十年后,才又回到河北开讲。前来听讲的门徒,动辄成千上万,大都在二十岁以下,老年、壮年人不到十分之一二。出自《原化记》。

道　林

唐高宗调露年间,桂州人薛甲曾供养过一个僧人。僧人法号道林,道业与德行都很高,薛甲对他倍加奉敬。就这样供养了十多年。忽然有一天道林要告辞而去,说:"贫道在此叨扰多年,又无所酬谢。现有一函旧经书,暂且寄放在你家里。如果我一年不回来,就可以把它打开。"过了一年多,薛甲打开经函的锁,见有黄金数千两。后来卖掉了一半,买地建造了菩提寺,并且造了道林的真身塑像。供养至今,这塑像还在。薛甲现在有孙子薛禹宾,正在桂林供职。出自《桂林风土记》。

净　满

武则天临朝执政时,恒州鹿泉寺有个僧人叫净满,道行很高,其他僧人都嫉妒他。就偷偷画了张女人住在高楼、而净满弯弓射她的画,藏在他的经书箱里,然后又让他弟弟到皇宫里去告发。武则天得知后十分恼怒,命令御史裴怀古审办此案,要立即杀了净满。裴怀古坚持明断,没有屈从武则天的意旨,李昭德进言说:"怀古审理得太粗率,请让人重新审办此案。"怀古厉声

而言曰："陛下法无亲疏,当与天下画一,奈何使臣诛无辜之人,以希圣旨?向使净满有不臣之状,臣复何颜能宽之乎?臣守平典,庶无冤滥,死不恨矣!"则天意乃解。怀古后副阎知微和亲于突厥,突厥立知微为南面可汗,而入寇赵、定,怀古因得逃归。素羸弱,不堪奔驰,乃恳诚告天,愿投死南土。力倦而寝,梦一僧如净满者,引之曰:"可从此路出。"觉而从之,果获全。人以为忠恕之报。出《大唐新语》。

法　通

　　长安懿德禅院者,唐中宗为懿德太子追福,改名加饰焉。禅院内有大石臼,重五百斤。隋末,鄠县沙门法通自南庄致于此寺。法通自少出家,初极尫劣,同侣轻之,乃发愤乞愿壮健。昼寝树下,忽口中涎沫流出三升,其母惊遽呼觉。法通云:"忽梦有人遗三驮筋,使我啖之,适啖一驮筋,遽觉,便壮健。"试举大石臼,不以为困。有寺僧行戡,本称有力。通于是遂乃窃其所服之袈裟,举堂柱而压之。行戡见而惊异,尽力莫能取。通徐举柱而取,众大骇之。通力兼百人,时咸服之,以为神助焉。出《西京记》。

说道:"陛下执法不论亲疏,应当对天下人一视同仁,为什么让我诛杀无辜之人,以迎合圣上的旨意?倘使净满有犯上之罪状,我又有什么颜面宽恕他呢?臣愿坚持公平判决,希望不要出现冤案,为此死而无憾!"武则天这才消解了一些怒意。裴怀古后来以副职陪同阎知微去突厥和亲,突厥封阎知微为南面可汗,让他带兵入侵赵州、定州一带,裴怀古便伺机逃了回来。由于他平日身体虚弱,受不了奔驰颠簸,便向苍天诚恳祷告,愿死在南方大唐国土上。在他筋疲力尽朦胧入睡的时候,梦见一个像净满的僧人,指引他说:"可以从这条路逃出去。"怀古睡醒之后,按照僧人指引的路走,果然安全逃了回来。人们认为这是他忠恕所得的德报。出自《大唐新语》。

法 通

长安的懿德禅院,是唐中宗为懿德太子追祀天福,改名重修的。禅院内有个大石臼,有五百斤重。隋末,鄠县僧人法通从南庄运到了这座寺庙。法通从年轻时就出了家,当初长得极瘦弱,同伴们都瞧不起他,于是他就发愿盼望自己健壮起来。他白天睡在树下,忽然从嘴里流出了三升口水,他母亲吃惊地慌忙把他喊醒。法通说:"我刚才梦见有人给我三驮牛筋肉,让我吃,刚刚吃了一驮牛筋,忽然就醒了,便感到健壮了。"他试着举起大石臼,一点儿也不疲惫。有寺僧叫行戡,自称很有力气。法通这时便偷了他穿的袈裟,举起殿堂上的柱子把它压在了下面。行戡见了十分惊异,用尽全身力量也取不出来。法通慢慢举起柱子就取出来了,众人见了大为震惊。法通的力气抵得上一百个人,当时人都很佩服他,认为有神灵在帮助他。出自《西京记》。

卷第九十六
异僧十

僧伽大师　回向寺狂僧　懒　残　韦　皋　释道钦
辛七师　　嘉州僧　　金刚仙　鸥鸠和尚

僧伽大师

僧伽大师,西域人也,俗姓何氏。唐龙朔初来游北土,隶名于楚州龙兴寺。后与泗州临淮县信义坊乞地施标,将建伽蓝。于其标下,掘得古香积寺铭记,并金像一躯,上有"普照王佛"字,遂建寺焉。唐景龙二年,中宗皇帝遣使迎师,入内道场,尊为国师。寻出居荐福寺,常独处一室,而其顶有一穴,恒以絮塞之,夜则去絮。香从顶穴中出,烟气满房,非常芬馥。及晓,香还入顶穴中,又以絮塞之。师常濯足,人取其水饮之,痼疾皆愈。一日,中宗于内殿语师曰:"京畿无雨,已是数月,愿师慈悲,解朕忧迫。"师乃将瓶水泛洒,俄顷阴云骤起,甘雨大降。中宗大喜,诏赐所修寺额,以"临淮寺"为名。师请以"普照王"字为名,盖欲依金像上字也。中宗以"照"字是天后庙讳,乃改为普光王寺,仍御笔亲书其额以赐焉。

僧伽大师

僧伽大师,西域人,俗姓何。唐高宗龙朔初年来到北方云游,隶属于楚州龙兴寺。后来在泗州临淮县信义坊求得一方土地,埋设了界标,准备建造寺院。在界标下,掘得古代的香积寺铭记,还有金像一尊,上有"普照王佛"几个字,于是就建了一座佛寺。唐中宗景龙二年,中宗皇帝派遣使臣迎接大师,进入宫内的道场,尊他为国师。不久,他离开皇宫住在荐福寺,常常独处一室,他的头顶上有一个洞穴,平日用棉絮堵塞着,夜间则拿掉棉絮。香烟从顶穴中冒了出来,烟气弥漫全室,芳香异常。等到天亮时,香烟又回到顶穴里去,他便又用棉絮塞上。僧伽大师经常洗脚,人们取他的洗脚水喝下去,多么难治的疾病都能痊愈。一天,中宗皇帝在内殿对大师说:"京城附近已经几个月没下雨了,愿大师发发慈悲,解除我的忧虑。"大师便将瓶里的水播洒在空中,顷刻间阴云骤然密集,下起甘霖大雨。中宗皇帝十分高兴,特颁诏令赐给他所修建的寺庙一块匾额,以"临淮寺"为名。大师请求用"普照王"几个字为该寺命名,是想依照金身佛像上的字。中宗皇帝因为"照"字是则天皇后的庙讳,便改为普光王寺,仍然御笔亲书其匾额赐给他。

至景龙四年三月二日，于长安荐福寺端坐而终。中宗即令于荐福寺起塔，漆身供养。俄而大风欻起，臭气遍满于长安。中宗问曰："是何祥也？"近臣奏曰："僧伽大师化缘在临淮，恐是欲归彼处，故现此变也。"中宗默然心许，其臭顿息。顷刻之间，奇香郁烈。即以其年五月，送至临淮，起塔供养，即今塔是也。后中宗问万回师曰："僧伽大师何人耶？"万回曰："是观音化身也。如《法华经·普门品》云：'应以比丘、比丘尼等身得度者，即皆见之而为说法。'此即是也。"先是，师初至长安，万回礼谒甚恭。师拍其首曰："小子何故久留？可以行矣。"及师迁化后，不数月，万回亦卒。师平生化现事迹甚多，具在本传，此聊记其始终矣。
出《本传》及《纪闻录》。

回向寺狂僧

唐玄宗开元末梦人云："将手巾五百条，袈裟五百领，于回向寺布施。"及觉，问左右，并云无。乃遣募缁徒道高者，令寻访。有一狂僧，本无住著，人亦不知其所来，自出应召曰："某知回向寺处。"问要几人，曰："但得赍持所物，及名香一斤，即可去。"授之，其僧径入终南。行两日，至极深峻处，都无所见。忽遇一碾石，惊曰："此地人迹不到，何有此物！"乃于其上，焚所携香，礼祝哀祈，自午至夕。良久，谷中雾起，咫尺不辨。近来渐散，当半崖，

到景龙四年三月二日,僧伽大师在长安荐福寺内端坐而终。中宗皇帝便令人在荐福寺修起一座佛塔,把僧伽大师尸身涂漆供养。不多时,突然刮起了一阵大风,臭气弥漫了整个长安。中宗问道:"这是什么征兆?"身边大臣奏道:"僧伽大师在临淮化缘,恐怕他是想回到那里去,所以才出现这种天变。"中宗皇帝在心里默默同意了,那种臭气便顿时消失了。顷刻之间,空气中散发出浓郁而奇异的香味。就在这年五月,将僧伽大师的遗骨送到临淮,修起寺塔供养,这就是现在那座塔。后来中宗皇帝问万回法师道:"僧伽大师是怎样的人?"万回法师说:"是观音的化身。像《法华经·普门品》所说:'应以比丘、比丘尼等身得度者,即皆见之而为说法。'他就是这样的人。"在这之前,僧伽大师初到长安时,万回非常恭敬地以礼谒见。大师拍着他的头说:"小子为何久留此地? 可以去了。"等到大师去世后,没过几个月,万回法师也去世了。僧伽大师平生化现的事迹非常多,都记载在他的本传里,这里只是粗略记述一下始末罢了。出自《本传》及《纪闻录》。

回向寺狂僧

唐玄宗在开元末年梦见有人对他说:"请你拿着五百条手巾,五百领袈裟,到回向寺里去布施。"等睡醒后,问身边人回向寺在什么地方,都说没有这个回向寺。他就派人招募道行高深的僧人,让他们去寻访回向寺。有个狂僧,本来就没有固定的住处,别人也不知道他是从什么地方来的,他自己出来应召道:"我知道回向寺在哪里。"问他需要几个人,他说:"只要能拿着该带的东西,以及名香一斤,马上就可以去。"把这些东西送给他后,这位狂僧就径直进了终南山。走了两天,来到深山极为险峻的地方,什么也没见到。忽然遇到一个石碾,他吃惊地说:"此处人迹不到,怎么能有这种东西呢!"他便在石碾上焚烧带来的名香,从中午到晚上,不住地礼拜祷告苦苦哀求。过了很长时间,山谷中升起云雾,咫尺之间都看不清东西。后来渐渐散开,在山崖中间,

有朱柱粉壁,玲珑如画。少顷转分明,见一寺若在云间,三门巨额,谛视之,乃回向也。僧喜甚,攀陟遂到。时已黄昏,闻钟磬及礼佛之声。守门者诘其所从来,遂引入。见一老僧曰:"唐皇帝万福。"令与人相随,历房散手巾等。唯余一分,一房但空榻者,亦无人也。又具言之,僧笑令坐,顾侍者曰:"彼房取尺八来。"乃玉尺八也。僧曰:"汝见彼胡僧否?"曰:"见。"僧曰:"此是权代汝主也。国内当乱,人死无数。此名磨灭王。其一室是汝主房也,汝主在寺,以爱吹尺八,谪在人间,此常吹者也。今限已满,即却归矣。"明日,遣就坐斋,斋讫曰:"汝当回,可将此玉尺八付与汝主。并手巾袈裟令自收也。"狂僧膜拜而回,童子送出。才数步,又云雾四合,及散,则不复见寺所在矣。乃持手巾尺八,进于玄宗。及召见,具述本末。玄宗大感悦,持尺八吹之,宛是先所御者。后二十余年,遂有安禄山之乱,其狂僧所见胡僧,即禄山也。出《逸史》。

懒残

懒残者,唐天宝初衡岳寺执役僧也。退食,即收所余而食,性懒而食残,故号懒残也。昼专一寺之工,夜止群牛之下,曾无倦色,已二十年矣。时邺侯李泌寺中读书,察懒残所为曰:"非凡物也。"听其中宵梵唱,响彻山林。李公情颇知音,能辨休戚,谓懒残经音凄惋而后喜悦,必谪堕之人。

有红柱粉墙,玲珑精致宛如图画。过了片刻又变得清晰起来,只见有一座寺庙宛若飘在云间,三个大门上都有巨大的匾额,仔细一看,原来就是回向寺。狂僧非常高兴,向上攀登,不一会儿就到了。当时已是黄昏时分,听见寺内传来钟磬与念佛的声音。守门人盘问他从什么地方来,于是领他走了进去。见一个老僧对他说:"唐皇帝万福。"又让他跟在别人后面,依次到各个房间散发手巾等。后来只剩下一份,有间房子只有空床,没有人。狂僧把这些情况又详细说了一遍,老僧笑着让他坐下,对侍者说:"到那间房里把尺八拿来。"原来是一支玉尺八。老僧问道:"你见过那个胡僧没有?"答道:"见过。"老僧说:"这尺八暂且代替你的君主。国内要有灾乱,有无数人要死掉。这个人叫做磨灭王。那间空闲房子是你君主的房间,你君主在寺里时,因为爱吹尺八,被贬到人间,这就是他平常吹的。如今期限已经满了,快回来了。"第二天,就让他在这里坐斋,斋饭结束之后对他说:"你该回去了,可以把这玉尺八交给你的君主,还有这份手巾与袈裟,也让他自己收着。"狂僧施礼告辞,童子把他送了出来。才走了几步,又见云雾从四面聚拢起来,等到云雾散开时,就看不见回向寺在什么地方了。狂僧带着手巾尺八等,进献给玄宗。等到玄宗召见时,他讲述了事情的全部过程。玄宗听了大为感慨,拿起尺八吹了起来,好像先前吹过这支笛子一样。过了二十多年,便出现了安禄山之乱,狂僧所见过的那个胡僧,就是安禄山。出自《逸史》。

懒 残

懒残,是唐代天宝初年衡岳寺的执役僧人。别人吃完饭,他就收拾剩饭残汤吃,因为生性懒惰又捡残饭吃,所以号称懒残。白天他负责全寺的杂活,夜晚在牛群里面休息,从无疲劳厌倦的神色,已经有二十年了。当时邺侯李泌在寺中读书,观察到懒残的所作所为说:"这不是一个平凡人物。"听到懒残半夜吟唱佛经,声音响彻山林。李泌颇懂音律,能从他的吟唱中分辨出吉凶,认为懒残诵经的声音先凄婉后喜悦,一定是被贬谪到人间的神人。

时将去矣,候中夜,李公潜往谒焉,望席门通名而拜。懒残大诟,仰空而唾曰:"是将贼我。"李公愈加敬谨,惟拜而已。懒残正拨牛粪火,出芋啖之。良久乃曰:"可以席地。"取所啖芋之半以授焉,李公捧承,尽食而谢。谓李公曰:"慎勿多言,领取十年宰相。"公又拜而退。

　　居一月,刺史祭岳,修道甚严。忽中夜风雷,而一峰颓下,其缘山磴道,为大石所栏。乃以十牛縻绊以挽之,又以数百人鼓噪以推之,力竭而愈固。更无他途,可以修事。懒残曰:"不假人力,我试去之。"众皆大笑,以为狂人。懒残曰:"何必见嗤?试可乃已。"寺僧笑而许之。遂履石而动,忽转盘而下,声若雷震,山路既开。众僧皆罗拜,一郡皆呼至圣,刺史奉之如神。懒残悄然,乃怀去意。寺外虎豹,忽尔成群,日有杀伤,无由禁止。懒残曰:"授我棰,为尔尽驱除。"众皆曰:"大石犹可推,虎豹当易制。"遂与之荆梃,皆蹑而观之。才出门,见一虎衔之而去。懒残既去之后,虎豹亦绝踪迹。后李公果十年为相也。出《甘泽谣》。

韦　皋

　　唐故剑南节度使、太尉兼中书令韦皋,既生一月,其家召群僧会食。有一胡僧,貌甚陋,不召而至。韦氏家童咸怒之,以弊席坐于庭中。既食,韦氏命乳母出婴儿,请群僧祝其寿。胡僧忽自升阶,谓婴儿曰:"别久无恙乎?"婴儿若有喜色,

当时李泌就要离开寺庙了，等到夜半的时候，悄悄去拜见他，李泌对着草席做的门通报姓名施礼参拜。懒残大肆辱骂，仰面对着空中吐口水说："这是要害我。"李公更加恭敬，只是连连下拜行礼。懒残正在翻弄干牛粪烧着的火堆，从里面取出山芋来吃。过了很久才说："可以坐在地上。"他拿自己吃剩的半块山芋递给李公，李公用双手捧着接过来，吃完后表示感谢。懒残对李公说："千万不要多说话，你能当十年宰相。"李公拜谢告退。

　　过了一个月，刺史要到衡岳祭山，他修道十分认真。忽然半夜风雷大作，一座山峰塌了下来，那条沿山的石磴小路，被大石头拦住了。便用十头牛套上绳索拉，又让几百个人喊着号子推，用尽全部力气而这块巨石却更加牢固了。又没有其他道路，可以上山祭祀。懒残说："不用人力，我去试试把这块石头弄走。"众人听了都大笑起来，认为他是个疯子。懒残说："为什么要讥笑我呢？试试行了就好。"寺庙的僧人笑着同意了。懒残在石头上踩了一下，巨石便活动起来，突然滚动着落下去，发出雷鸣般的巨响，山路便打开了。众僧列队参拜，全郡人都称他为至圣，刺史也将懒残奉若神明。懒残悄然不语，心里盘算着要离开此地。寺庙外面突然虎豹成群，每天都有人被伤害，没有办法禁止。懒残说："给我根木棍，我为你们把虎豹全部赶跑。"众人都说："大石头都能推走，虎豹一定更容易制服。"便给他一根荆木棍子，众人都蹑手蹑脚地躲在一旁观看。懒残刚出大门，就被一头老虎叼走了。懒残被叼走之后，虎豹也就没有踪迹了。后来，李泌果然当了十年宰相。出自《甘泽谣》。

韦　皋

　　唐朝原剑南节度使、太尉兼中书令韦皋，出生后一个月，家里召集群僧会斋。有个胡僧，相貌特别丑陋，不召而到。韦家的仆人都很生他的气，让他坐在院里的破席上。吃完饭后，韦家让奶妈抱出婴儿来，请群僧为他祝寿。那位胡僧忽然自己走上台阶来，对婴儿说道："分别已久，你可好吗？"婴儿似乎有高兴的神情，

众皆异之。韦氏先君曰:"此子生才一月,吾师何故言别久耶?"胡僧曰:"此非檀越之所知也。"韦氏固问之,胡僧曰:"此子乃诸葛武侯之后身耳。武侯当东汉之季,为蜀丞相,蜀人受其赐且久。今降生于世,将为蜀门帅,且受蜀人之福。吾往岁在剑门,与此子友善。今闻降于韦氏,吾固不远而来。"韦氏异其言,因以武侯字之。后韦氏自少金吾节制剑南军,累迁太尉兼中书令。在蜀十八年,果契胡僧之语也。 出《宣室志》。

释道钦

释道钦住陉山,有问道者,率尔而对,皆造宗极。刘忠州晏常乞心偈,令执炉而听,再三称"诸恶莫作,众善奉行"。晏曰:"此三尺童子皆知之。"钦曰:"三尺童子皆知之,百岁老人行不得。"至今以为名理。

又《梁元帝杂传》云,晋惠末,洛中沙门耆域,盖得道者。长安人与域食于长安寺,流沙人与域食于石人前,数万里同日而见。沙门竺法行尝稽首乞言,域升高座曰:"守口摄意,心莫犯戒。"竺语曰:"得道者当授所未听,今有八岁沙弥,亦以诵之。"域笑曰:"八岁而至百岁诵不能行。"嗟乎! 人皆敬得道者,不知行即自得。 出《酉阳杂俎》。

辛七师

辛七师,陕人,辛其姓也。始为儿时,甚谨肃,未尝以狎弄为事,其父母异而怜之。十岁好浮图氏法,日阅佛书,自能辨

众人见了都很惊异。韦皋父亲说:"这个小孩出生才一个月,师父为什么说分别很久了呢?"胡僧道:"这不是施主所能了解的。"韦家坚持追问他,胡僧便说:"这孩子是诸葛武侯的后身。武侯生于东汉末年,是西蜀的丞相,蜀人受到他的恩惠已经很久了。如今他又降生在世上,将来要为蜀门帅,而且受到蜀人的福报。我从前住在剑门,与这个人很友好。如今听说他降生在韦家,所以我才远道而来。"韦家听了他的话感到很神奇,便以"武侯"做韦皋的字。后来韦皋年轻时就做了金吾将军统制剑南军,连续晋升为太尉兼中书令。在蜀地任职十八年,果然与胡僧的话相符。出自《宣室志》。

释道钦

释道钦住在陉山寺时,有人问他如何修道,他轻易回答,都能达到教旨的极致。忠州郡守刘晏曾向他乞请心偈,道钦让他手捧香炉悉心敬听,再三宣称"诸恶莫作,众善奉行"。刘晏说:"这是三尺童子都知道的话。"道钦说:"三尺童子皆知之,百岁老人行不得。"这句话至今已成为至理名言。

又据《梁元帝杂传》记载,晋惠帝末年,洛阳有个和尚叫耆域,大概是个得道高僧。长安人与耆域在长安寺里吃饭时,流沙人却与耆域一起在石人面前吃饭,相隔数万里,他能同一天在两个地方出现。僧人竺法行曾向他稽首乞求赠言,耆域升高座说道:"守口摄意,心莫犯戒。"竺法行说:"得道的人应当教给别人没有听到过的话,你说的这话就连当今八岁的小沙弥,也能背诵出来。"耆域笑道:"八岁就能背诵,但到百岁也不能践行。"呜呼!世人都敬重得道的人,却不知只要身体力行就是得道。出自《酉阳杂俎》。

辛七师

辛七师,陕州人,辛是他的姓氏。起初他是小孩子时,就很谨慎严肃,从不淘气顽皮,父母都觉得他不同寻常,很怜爱他。十岁开始,他喜好佛法,天天阅读佛教经书,自己能辨识

梵音,不由师教。其后父为陕郡守。先是,郡南有瓦窑七所。及父卒,辛七哀毁甚。一日,发狂遁去。其家僮迹其所往,至郡南,见辛七在一瓦窑中端坐,身有奇光,粲然若炼金色。家僮惊异,次至一窑,又见一辛七在焉,历七窑,俱有一辛七在中,由是呼为辛七师。出《宣室志》。

嘉州僧

利州广福禅院,则故戎帅张处钊所创。因请长老灵贵主掌,以安僧众,经数年矣。灵贵好烧炼,忽一日,取众僧小便以大镬炼而成霜,秽恶之气,充满衢路。堂有一僧,元自嘉州来,似不得意,呫呫焉。灵贵觉之,遂请收买众僧食米,冀其少在院内。不旬日,其僧尽将簿历钱物,就方丈纳之,云:“缘有小事,暂出近地。”遂欲辞去。其夜,于堂内本位跏趺,奄然而逝。众僧皆讶其无疾,告行常仪。堂内有僧迁化,即例破柴五十束,必普请众僧,人擎一枝,送至郊外,垒而为棚。焚烧讫,即归院集众,以其所有衣钵,尽归众用,以为常例。其日,坐亡僧于柴棚之上。维那十念讫,将欲下火。其僧忽然惊起,谓维那曰:“有米钱二贯文,在监行者处。”又合掌谓众僧曰:“来去是常。谢诸人远来相送。”瞑目敛手,端然不动。右胁火燃,即成灰烬。众咸惊骇。是知圆明真往,死而不亡,或来或去,得火自在者,信有之矣。出《野人闲话》。

梵语，不用老师教他。后来父亲做了陕州郡守。在这之前，郡城南面有七口瓦窑。父亲死后，辛七极为悲哀感伤。有一天，他疯疯癫癫地逃跑了。他的家僮沿踪迹追寻，到了郡城南面，只见辛七端端正正地坐在一口瓦窑里，身上发出奇异的光芒，光辉灿烂就像冶炼金子时的颜色一样。这个家僮十分惊异，到相邻的瓦窑一看，又看见一个辛七端坐那里，一连看了七口瓦窑，都有一个辛七端坐其中，因此叫他"辛七师"。出自《宣室志》。

嘉州僧

利州广福禅院，是过去军队统帅张处钊创建的。于是请来长老灵贵做住持，以安僧众之心，已经好多年了。灵贵喜好烧炼之术，忽然有一天，他取众僧的小便放在大锅里熬成了霜，恶臭的气味，充满街道。殿堂上有一个僧人，原是从嘉州来的，好像不很如意，经常叹息。灵贵觉察到了，便打发他出去收购众僧吃的粮食，希望他少在院内呆着。不到十天，这位嘉州僧人便将全部账簿与钱物等，交给方丈，说："因为有点小事，暂时离开这里。"于是就想辞去。这天夜里，他在堂内本位上盘足而坐，忽然长逝。众僧都为他无病而死感到惊讶，方丈通知按通常仪式处理。凡是禅堂里有僧人死了，都按例破柴五十束，一定遍请众僧，每人手擎一枝，送到郊外，垒成柴棚。焚烧完毕后，就回院集合，把亡僧的所有衣钵，全归众僧使用，这是禅院的常例。这一天，他们把亡僧放在柴棚上，成端坐状。维那僧照例口诵咒文，十念结束后，刚要点火，亡僧突然惊起，对维那僧说："有米钱二贯文，在监行者那里。"又合掌对众僧说："生来死去本是常事。多谢诸位远来相送！"说完之后，闭上两眼收回双手，端坐不动。右胁下被火燃着了，一会儿即化为灰烬。众僧都惊骇不已。由此可知，所谓"圆明真往，死而不亡，或来或去，得火自在"的人，确实是有的。出自《野人闲话》。

金刚仙

唐开成中,有僧金刚仙者,西域人也,居于清远峡山寺。能梵音,弹舌摇锡而咒物,物无不应。善囚拘鬼魅,束缚蛟螭,动锡杖一声,召雷立震。

是日峡山寺有李朴者,持斧鬻巨木,刳而为舟。忽登山,见一磐石,上有穴,睹一大蜘蛛,足广尺余,四驰啮卉窒其穴而去。俄闻林木有声,暴猛吼骤,工人惧而缘木伺之。果睹双首之虺,长可数十丈,屈曲慼怒,环其蛛穴,东西其首。俄而跃西之首,吸穴之卉团而飞去,颖脱俱尽,后回东之首,大划其目,大呀其口,吸其蜘蛛。蜘蛛驰出,以足擒穴之口,翘屈毒,丹然若火,焌虺之咽喉,去虺之目。虺憛然而复苏,举首又吸之,蛛不见,更毒虺,虺遂倒于石而殒。蛛跃出,缘虺之腹,咀内齿折二头,俱出丝而囊之,跃入穴去。朴讶之,返峡山寺,语金刚仙。仙乃祈朴验穴,振环杖而咒之,蛛即出于僧前,俨若神听。及引锡触之,蛛乃殂于穴侧。及夜,金刚仙梦见老人,捧匹帛而前曰:"我即蛛也,复能织耳。"礼金刚仙曰:"愿为福田之衣。"语毕遂亡。僧及觉,布已在侧,其精妙奇巧,非世茧丝之所能制也。僧乃制而为衣,尘垢不触。

后数年,僧往番禺,泛舶归天竺。乃于峡山金镶潭畔,摇锡大呼而咒水。俄而水辟见底矣。以澡瓶张之,有一泥鳅鱼,

金刚仙

　　唐文宗开成年间,有个叫金刚仙的僧人,是西域人,住在清远峡山寺里。他能发梵音,鼓动舌头摇动锡杖而诅咒什么物时,该物无不有所响应。他善于捉拿妖魔鬼怪,束缚蛟龙,摇动锡杖一响,就能招来雷电霹雳。

　　这一天,峡山寺有个叫李朴的,拿着斧头上山砍伐大树,剖开加工成木船。刚登上山顶,见有一块磐石,上面有个洞穴,看见一只大蜘蛛,脚有一尺多宽,四面咬碎花卉草木堵塞在洞里就离开了。一会儿又听到树林里传来吼叫声,狂暴猛烈。工人害怕了,急忙爬到树上窥察动静。果然看见有一条双头大毒蛇,长有几十丈,屈曲愤怒,团团围住蜘蛛洞,两只脑袋分列洞口东西两侧。一会儿翘起西侧的脑袋,把洞里的草团吸得干干净净,然后又掉转东侧的脑袋,瞪大眼睛,张开大口,去吸洞里的蜘蛛。蜘蛛飞快地跑了出来,用爪子按住洞口,翘起毒须,喷射出火苗一样的毒汁,烧坏了毒蛇的咽喉,挖去毒蛇的眼睛。毒蛇昏迷后又苏醒过来,举起脑袋又要吸,但是看不见蜘蛛在哪里。蜘蛛更为凶猛地向蛇喷射毒汁,毒蛇便倒在石头上死掉了。蜘蛛跳了出来,沿着蛇的腹部爬来爬去,伸出内藏的牙齿把两个蛇头咬下,都用吐出的丝线把蛇头裹了起来,便跳到洞里去了。李朴看了这场恶战,十分惊讶,返回峡山寺后,告诉了金刚仙。金刚仙请求李朴带他去察看蜘蛛洞,他环绕洞口振动锡杖,念着咒语,蜘蛛立即爬出洞到他的眼前,视若神明一样恭敬听着。等金刚仙用锡杖碰了碰蜘蛛,蜘蛛便死在了洞口旁边。这天夜里,金刚仙梦见一个老人,捧着一匹丝绢向前说:"我就是那只蜘蛛,还能织帛。"又向金刚仙行了个礼说:"希望这丝绢能做袈裟用。"说完就不见了。金刚仙醒来时,丝帛已在身边,织工精妙奇巧,不是世人用蚕丝所能制成的。金刚仙用来做成袈裟,一点灰尘也不沾。

　　过了几年,金刚仙前往番禺,从那里乘船返回天竺国。他便在峡山金镽潭岸边,摇动锡杖大声呼喊着咒水。一会儿,水面分开现出潭底。他用洗浴的瓶子一捞,只见有一条泥鳅鱼,

可长三寸许,跃入瓶中。语众僧曰:"此龙矣。吾将至海门,以药煮为膏,涂足,则渡海若履坦途。"是夜,有白衣叟挈转关槛,诣寺家人傅经曰:"知金刚仙好酒。此槛一边美酝,一边毒醪,其槛即晋帝曾用鸩牛将军者也。今有黄金百两奉公,为持此酒,毒其僧也。是僧无何取吾子,欲为膏,恨伊之深,痛贯骨髓,但无计向奈何。"傅经喜,受金与酒,得转关之法,诣金刚仙。仙持杯向口次,忽有数岁小儿跃出,就手覆之曰:"酒是龙所将来而毒师耳。"僧大骇,诘傅经,傅经遂不敢隐。僧乃问小儿曰:"尔何人而相救耶?"小儿曰:"吾昔日之蛛也。今已离其恶业,而托生为人,七稔矣。吾之魂稍灵于常人,知师有难,故飞魂奉救。"言讫而没。众僧怜之,共礼金刚仙,求舍其龙子,僧不得已而纵之。后仙果泛舶归天竺矣。出《传奇》。

鸥鸠和尚

邓州有老僧日食鸥鸠,僧俗共非之,老僧终无所避。当馔之际,贫士求餐,分其二足而食。食讫,僧盥漱,双鸠从口而出。一则能行,一则匍匐在地。贫士惊怪,亦吐其饭,其鸠二脚亦生。僧后不食此味。睹验,众加敬之,号曰"南阳鸥鸠和尚"也。出《云溪友议》。

三寸左右长,跳进瓶子里。金刚仙对众僧说:"这是一条龙。我要到海门去,用药把它熬成膏,然后涂在脚上,渡海的时候就可以像走平道一样了。"这天夜里,有个白衣老头提着一只装有转动机关的酒壶,找到寺中家人傅经说:"我知道金刚仙喜欢喝酒。这只酒壶里一边装着美酿,一边装着毒药酒,这只酒壶就是当年晋武帝用来毒死牛将军的那一只。现有一百两黄金送给你,为的是要你拿着这壶酒,去毒死金刚仙。他无缘无故抓走了我儿子,要去熬成药膏,我对他恨入骨髓,但又没有别的办法。"傅经很高兴,接过黄金与酒壶,学会了转换机关的操作方法,便去见金刚仙。金刚仙端起酒杯刚凑到嘴边,忽然有个几岁的小孩跳了出来,用手捂住酒杯说:"酒是龙拿来要毒死师父的。"金刚仙大为吃惊,质问傅经,傅经也不敢隐瞒,只好如实讲了出来。金刚仙便问小孩道:"你是谁?为什么么来救我呢?"小孩说:"我是当年的蜘蛛。现在已脱离恶业,托生成人,已经七年了。我的魂魄比普通人稍稍灵一些,知道师父有难,所以魂魄飞来相救。"说完就不见了。众僧怜惜那条龙,一起向金刚仙行礼,请求放了那只龙的儿子,金刚仙不得已放了小龙。后来,金刚仙果然乘船返回了天竺国。出自《传奇》。

鸥鸠和尚

邓州有个老和尚天天吃鸥鸠,无论出家人还是俗众都责怪他,老和尚却一直不改。有一天,他正吃饭的时候,一个穷汉向他讨饭,他便分给他两只鸠脚吃。吃完之后,和尚去漱口,两只鸥鸠从嘴里窜了出来。一只能走路,一只匍匐在地上。穷汉见了非常惊奇,也把吃的饭吐出来了,那只鸥鸠的两只爪子便也长了出来。老和尚后来不吃这种野味了。目睹了这种情况,众人更加敬重他,称他为"南阳鸥鸠和尚"。出自《云溪友议》。

卷第九十七
异僧十一

秀禅师　义　福　神　鼎　广陵大师　和　和
空如禅师　僧　些　阿足师　鉴　师　从　谏

秀禅师

洛都天宫寺有秀禅师者，俗姓李，汴州陈留人，习禅精苦。初至荆州，后移此寺。深为武太后所敬礼。玄鉴默识，中若符契。长安中入京，住资圣寺。忽戒禅院弟子灭灯烛，弟子留长明灯，亦令灭之。因说："火灾难测，不可不备。尝有寺家不备火烛，佛殿被灾；又有一寺钟楼遭火，一寺经藏焚爇，殊可痛惜。"寺众不知其意。至夜失火，果焚佛殿钟楼，及经藏三所。唐玄宗在藩时，常与诸王俱诣作礼，留施一笛。玄宗出后，秀召弟子曰："谨掌此，后有要时，当献上也。"及玄宗登极，达摩等方悟其言，取笛以进。秀师年百岁，卒于此寺，瘗于龙门山，道俗奔赴数千人，燕国公张说为其碑文。出《西京记》。

秀禅师

　　洛阳天宫寺有个秀禅师,俗姓李,汴州陈留县人。他刻苦修习禅宗。开始到过荆州,后来移住此寺。他深受武则天太后的敬重和礼遇。洞察吉凶,常常与事实像符契一样吻合。长安年间他来到京都,住在资圣寺。一天,他忽然告诫禅院弟子熄灭所有灯烛,弟子留下长明灯,他也让熄掉。便说:"火灾难测,不可不防备。曾有家寺院因为不防备火烛,佛殿被烧;还有一座寺院钟楼遭了火灾,全寺院收藏的经籍都被焚烧了,实在令人痛惜。"全寺众僧都不知道他说这些的意图是什么。到了夜晚,院内失火,果然烧毁了佛殿钟楼,还有三所藏经楼也被烧了。唐玄宗为藩王时,曾与各位王爷一起到寺院作礼,留下了一支笛子放在寺院里。玄宗离开寺院后,秀禅师召集弟子说道:"好好保管这支笛子,以后有关键的时候,就献给他。"等到玄宗登基,达摩等人才明白他的这番话,拿着这支笛子进献给玄宗皇帝。秀禅师一百岁,死于这座寺内,埋葬在龙门山,前来送葬的僧人与俗众多达几千人,燕国公张说为他撰写了碑文。出自《西京记》。

义　福

唐开元中，有僧义福者，上党人也。梵行精修，相好端洁，缙绅士庶，翕然归依。尝从驾往东都，所历郡县，人皆倾向，擅施巨万，皆委之而去。忽一旦，召其学徒，告己将终。兵部侍郎张均、中书侍郎严挺之、刑部侍郎房琯、礼部侍郎韦陟，常所礼谒，是日亦同造焉。义福乃升座，为门徒演法。乃曰："吾没于是日，当以诀别耳。"久之，张谓房曰："某宿岁饵金丹，尔来未尝临丧。"言讫，张遂潜去。义福忽谓房曰："某与张公游有数年矣，张有非常之咎，名节皆亏。向来若终法会，足以免难，惜哉！"乃携房之手曰："必为中兴名臣，公其勉之。"言讫而终。及禄山之乱，张均陷贼庭，授伪署。房琯赞两朝，竟立大节。出《明皇杂录》。

神　鼎

唐神鼎师不肯剃头，食酱一斗。每巡门乞物，得粗布破衣亦著，得细锦罗绮亦著。于利真师座前听，问真师曰："万物定否？"真曰："定。"鼎曰："阇梨言若定，何因高岸为谷，深谷为陵；有死即生，有生即死；万物相纠，六道轮回；何得为定耶？"真曰："万物不定。"鼎曰："若不定，何不唤天为地，唤地为天，唤月为星，唤星为月，何得为不定？"真无以应之。时张文成见之，谓曰："观法师即是菩萨行人也。"鼎曰："菩萨得之不喜，失之不悲；打之不怒，骂之不嗔；此乃菩萨行也。鼎今乞得即喜，不得即悲；打之即怒，

义 福

唐玄宗开元年间,有个僧人叫义福,是上党人。他精心修习佛道,相好端洁,无论公卿大臣还是庶民百姓,都乐于跟他学道。他曾跟从皇帝去东都洛阳,沿途经过的郡县,人人都倾慕向往,施舍就多达数万,他都舍弃掉离开了。忽然有一天早上,他召集门徒,告诉他们说自己即将逝世。兵部侍郎张均、中书侍郎严挺之、刑部侍郎房琯、礼部侍郎韦陟等,平日常来拜访他,这天他们也都来了。义福便升上高座,给门徒们讲说佛法。他说:"我会在今天死去,要跟诸位诀别了。"过了好长时间,张均对房琯说:"我常年服用长生不老的金丹,从未参加过别人的丧礼。"说完,张均就偷偷溜走了。义福忽然对房琯说:"我与张公交游多年了,张均有非同寻常的灾难,名誉与节操都蒙受损害。刚才若他能一直坚持到法会的终了,就足以免除灾难。可惜呀!"便拉着房琯的手说:"您一定会成为唐朝的中兴名臣。好好努力吧!"说完就死了。等到安禄山之乱,张均为叛贼抓获,担任伪官,果然名节皆损。房琯辅佐两朝天子,最终保持了大节。出自《明皇杂录》。

神 鼎

唐代有个神鼎法师,不愿意剃头,能吃一斗酱。每次沿门乞讨,讨得粗布破衣他就穿在身上,讨得绫罗锦缎也穿在身上。在利真法师的讲座前听法时,他问利真师道:"世间万物是确定的吗?"利真说:"确定。"神鼎说:"如按禅师所说的万物有定,为什么高岸能变成深谷,深谷能变成山岭;有的死了又生了,有的生了又死了;万物相联系,六道相轮回;怎么能说是有定呢?"利真说:"万物不确定。"神鼎说:"如果是不确定,为什么不把天叫做地,把地叫做天,把月亮叫做星星,把星星叫做月亮呢?怎么能说是不确定呢?"利真无法应对。当时张文成看到神鼎,对他说:"我看法师就是修行佛道的菩萨。"神鼎说:"菩萨,得到了不欢喜,失去了不悲哀;打他不怒,骂他不恼;这才是修道的菩萨的品行呢。我现在求到东西就高兴,求不到时就悲伤;有人打我我就怒,

骂之即嗔;以此论之,去菩萨远矣。"出《朝野金载》。

广陵大师

唐贞元中,有一僧客于广陵,亡其名,自号大师,广陵人因以大师呼之。大师质甚陋,好以酒肉为食,常以缞裘,盛暑不脱,由是蚤虮聚其上。侨居孝感寺,独止一室,每夕阖扉而寝,率为常矣。性狂悖,好屠犬彘,日与广陵少年斗殴,或醉卧道傍。广陵人俱以此恶之。有一少年,以力闻。常一日,少年与人对博。大师大怒,以手击其博局尽碎。少年曰:"骏儿,何敢逆壮士耶?"大师且骂而唾其面,于是与少年斗击,而观者千数。少年卒不胜,竟遁去。自是广陵人谓大师有神力,大师亦自负其力,往往剽夺市中金钱衣物。市人皆惮其勇,莫敢拒。后有老僧召大师至曰:"僧当死心奉戒。奈何食酒食,杀犬彘,剽夺市人钱物,又与少年同殴击,岂僧人之道耶?一旦吏执以闻官,汝不羞天耶?"大师怒骂曰:"蝇蚋徒嗜膻腥腥耳,安能知龙鹤之心哉?然则吾道亦非汝所知也。且我清其中而混其外者,岂若汝龊龊无大度乎?"老僧卒不能屈其词。后一日,大师自外来归,既入室,闭户。有于门隙视者,大师坐于席,有奇光,自眉端发,晃然照一室。观者奇之,具告群僧。群僧来,见大师眉端之光相,指语曰:"吾闻佛之眉有白毫相光,今大师有之,果佛矣。"遂相率而拜。至明日清旦,群僧俱集于庭,候谒广陵大师。比及开户,而广陵大师已亡去矣。群僧益异其事,因号大师为大师佛焉。出《宣室志》。

有人骂我我就恼;由此而论,我距离菩萨还远着呢!"出自《朝野金载》。

广陵大师

唐德宗贞元年间,有个僧人客居于广陵,忘了叫什么名字,自号"大师",广陵人因此就称他大师。大师形貌丑陋,喜欢喝酒吃肉,总穿着一件皮袄,盛夏季节也不脱掉,因此上面生满了跳蚤虱子。他客居在孝感寺,独住一室,每到傍晚就关门睡觉,已经习以为常了。他性格疯癫,喜欢杀狗宰猪,天天与广陵的年轻人打架斗殴,有时喝醉了就躺在道旁。广陵人都因此而厌恶他。有个少年,以力气大出名。这一天,少年与别人下棋。大师突然大怒,用手把棋局砸了个粉碎。少年说:"呆子! 你怎么敢惹壮士呢?"大师边骂边吐他的脸,于是大师与少年打了起来,围观的人数以千计。那个少年最后没有打赢,结果逃跑了。从此,广陵人都说大师有神力,大师也以力大而自负,常常到街上抢夺金钱衣物。街上的人都怕他凶猛,谁也不敢抗拒。后来有个老僧把大师叫到跟前说:"出家为僧应当死守戒规。你怎么喝酒吃肉,杀狗宰猪,抢夺市人钱物,又与年轻人打架斗殴呢? 难道这些是僧人应有的行为吗? 一旦被差吏抓去告官,你不感到羞耻吗?"大师愤怒地骂道:"苍蝇蚊子只喜欢腥膻的东西,哪能了解龙鹤的心呢! 然而我信奉的道理也不是你能了解的。况且我是清于内而浊于外的人,哪能像你一样内心肮脏胸怀狭窄呢?"老僧最终没能说服他。过了一天,大师从外面回来,进屋之后,关上了房门。有人从门缝里看他,只见大师坐在席上,有奇异的光芒从眉端发出,明晃晃地照遍全屋。看见的人认为很神奇,遍告群僧。群僧都来了,看到大师眉端的光相后,指着说:"我听说佛的眉端有白毫相光,现在大师也有这样的光,果然成佛了。"于是大家纷纷礼拜。到了第二天清晨,群僧都聚集在院子里,等候拜见广陵大师。等到打开门,广陵大师已经去世了。群僧更觉此事奇异,便称大师为"大师佛"。出自《宣室志》。

和 和

唐代国公主适荥阳郑万钧,数年无子。时有僧和和者,如狂如愚,众号为圣,言事多中,住大安寺,修营殿阁。和和常至公主家,万钧请曰:"吾无嗣,愿得一子,惟师降恩,可得乎?"师曰:"遗我三千匹绢,主当诞两男。"钧如言施之。和和取绢付寺,云修功德。乃谓钧曰:"主有娠矣,吾令二天人下,为公主作儿。"又曰:"公主腹小,能并娠二男乎?吾当使同年而前后耳。"公主遂娠,年初岁终,各诞一子。长曰潜耀,少曰晦明,皆美丈夫,博通有识焉。出《纪闻录》。

空如禅师

空如禅师者,不知何许人也。少慕修道,父母抑婚,以刀割其势,乃止。后成丁,征庸课,遂以麻蜡裹臂,以火爇之,成废疾。入陆浑山,坐兰若,虎不暴。山中偶见野猪与虎斗,以藜杖挥之曰:"檀越不须相争。"即分散。人皆敬之,无敢媟者。出《朝野佥载》。

僧 些

唐贞元初,荆州有狂僧些其名者,善歌《河满子》。常遇伍伯乘醉,于途中辱之,令歌。僧即发声,其词皆陈伍伯从前隐慝也。伍伯惊而自悔。出《酉阳杂俎》。

和　和

　　唐朝代国公主嫁给了荥阳郑万钧,婚后多年没有孩子。当时有个叫和和的僧人,如狂如愚,大家称他为圣人,他预言事情多数能够说中,他住在大安寺中,修造殿阁。和和常到公主家,万钧请求道:"我没有后代,希望得到一个儿子,请求师父降恩于我,可以吗?"和和说:"给我三千匹丝绢,公主应该能生两个男孩。"万钧照他说的施舍了三千匹丝绢。和和将丝绢交给寺院,说是用来修功德的。他又对万钧说:"公主有孕了,我令两位天人下来,给公主做儿子。"又说:"公主肚子小,能同时怀下两个男孩吗? 我要使这两个男孩虽然生在同一年,但一个在前一个在后。"公主便怀了孕,在年初与岁末,各生了一个男孩。大的叫潜耀,小的叫晦明,都是美男子,而且学识渊博。出自《纪闻录》。

空如禅师

　　空如禅师,不知道是哪里的人。年轻时羡慕出家修道,父母逼他成婚时,他要用刀子割掉阳具,父母只好作罢。后来长成能担任赋役的壮丁,政府征他服劳役,他便用麻绳涂上蜡缠在胳臂上,用火烧成残废。进入陆浑山,坐在寺庙里,老虎在他面前也毫不凶暴。山中偶遇野猪与老虎搏斗时,他用藜杖挥赶道:"施主不必相争。"双方就各自散开。人们都很敬重他,没人敢对他有所轻慢。出自《朝野佥载》。

僧　些

　　唐德宗贞元初年,荆州有个狂僧,他的名字叫些,善歌《河满子》。有一次僧些曾在路上遇见一个喝醉的衙役,衙役在路上侮辱僧些,让他唱歌。僧些就唱了起来,歌词都是这位衙役从前的隐私与不为人知的邪恶念头。衙役听了又惊又怕,后悔不该侮辱他。出自《酉阳杂俎》。

阿足师

阿足师者,莫知其所来,形质痴浊,神情不慧,时有所言,靡不先觉。居虽无定,多寓阌乡。憧憧往来,争路礼谒。山岳檀施,曾不顾瞻。人或忧或疾,获其指南者,其验神速。

时陕州有富室张臻者,财积巨万,止有一男。年可十七,生而愚骏,既挛手足,复懵语言,惟嗜饮食,口如溪壑。父母钟爱,尽力事之,迎医求药,不远千里。十数年后,家业殆尽。或有谓曰:"阿足贤圣,见世诸佛,何不投告,希其痊除。"臻与其妻,来抵阌乡,叩头拉泪,求其拯济。阿足久之谓臻曰:"汝冤未散,尚须十年。愍汝勤虔,为汝除去。"即令选日,于河上致斋,广召众多,同观度脱。仍令赍致其男,亦赴道场。时众谓神通,而观者如堵。跋竦之际,阿足则指壮力者三四人,扶拽其人,投之河流。臻洎举会之人,莫测其为。阿足顾谓臻曰:"为汝除灾矣。"久之,其子忽于下流十数步外,立于水面,戟手于其父母曰:"与汝冤仇,宿世缘业。赖逢圣者,邂此解挥。傥或不然,未有毕日。"挺身高呼,都不愚痴。须臾沉水,不知所适。出《集异记》。

鉴　师

唐元和初,有长乐冯生者,家于吴,以明经调选于天官氏,是岁见黜于有司,因侨居长安中。有老僧鉴其名者,一日来诣生,谓生:"汝吾姓也。"因相与往来,近岁余。及冯尉于东越,

阿足师

阿足师，不知道是从什么地方来的，形貌痴傻，神情不慧，但偶尔说句话，无不应验。他虽然居无定所，但多半住在阌乡。门前人来人往，争先恐后地拜访他。施舍的东西像高山一样多，阿足师不屑一顾。人们有了忧虑或疾病，只要得到他的指点，无不应验神速。

当时陕州有个富户叫张臻，家财万贯，只有一个男孩。年龄大约十七岁了，生下来就愚呆，不但手脚痉挛，而且不会说话，只知道吃，肚子永远填不满。父母十分疼爱他，尽力服侍，到处问医求药，不惜奔波千里。十几年后，家产耗费殆尽。有人对张臻说："阿足师是圣贤，现世的菩萨，为什么不去求求他，他会给你们解除痛苦的。"张臻与妻子来到阌乡，磕头抹泪，求阿足师相救。阿足师想了半天才对张臻说："你的冤业还没有散去，还得十年才能了结。可怜你如此殷勤虔诚，就为你除去吧。"阿足师让他们选定日子，在河上摆下道场，广召众人，一起观看度脱灾难的情景。并让他把儿子也带上，也赶到道场。当时众人都以为阿足要大显神通，所以观看的人围得像密不透风的墙。正当大家踮脚观看之际，阿足师就找出三四个壮汉，扶拽着张臻的儿子，把他投进了河流。张臻与所有赴会的人，都猜不透阿足要干什么。阿足回头看着张臻对他说："我为你除去灾祸了！"过了好长时间，张臻的儿子忽然在下游十几步外，站在水面上，用手指着他父母说："我与你们的冤仇，是前生结下的业报。幸遇圣人，给我们当即解脱。倘若不这样的话，永远没有到头的时候。"他挺身高呼的样子，一点也不呆痴。转眼之间他又沉入水中，不知到哪里去了。出自《集异记》。

鉴　师

唐宪宗元和初年，有一位长乐人冯生，家住吴郡，以明经科调选吏部供职，这年被有司免除了官职，便客居在长安。有位老僧名叫鉴，有一天来拜见冯生，对冯生说："你与我是一个姓。"于是两人互相来往了一年多的时间。等冯生要到东越出任都尉，

既治装，鉴师负笈来，告去。冯问曰："师去安所诣乎？"鉴师曰："我庐于灵岩寺之西庑下且久，其后游长安中，至今十年矣。幸得与子相遇，今将归故居，故来告别。然吾子尉于东越，道出灵岩寺下，当宜一访我也。"生诺曰："谨受教。"后数月，冯生自长安之任，至灵岩寺门，立马望曰："岂非鉴师所居寺乎？"即入而诣焉。时有一僧在庭，生问曰："不知鉴师庐安在，吾将诣之。"僧曰："吾曹数辈，独无鉴其名者。"生始疑异，默而计曰："鉴师信士，岂欺我耶？"于是独游寺庭，行至西庑下，忽见有群僧画像，其一人状同鉴师。生大惊曰："鉴师果异人也！且能神降于我。"因慨然泣下者久之。视其题曰："冯氏子，吴郡人也。年十岁，学浮图法，以道行闻，卒年七十八。"冯阅其题，益异之。出《宣室志》。

从　谏

　　东都敬爱寺北禅院大德从谏，姓张氏，南阳人。徙居广陵，为土著姓。身长八尺，眉目魁奇。越壮室之年，忽顿悟真理，遂舍妻子从披削焉。于是研精禅观，心境明白，不逾十载，耆年宿德，皆所推服。及来洛，遂止敬爱寺。年德并成，缁黄所宗。每赴供，皆与宾头卢尊者对食，其为人天钦奉若此。

　　唐武宗嗣历，改元会昌，爱驭凤骖鹤之仪，薄点墨降龙之教，乃下郡国，毁塔庙，令沙门复初。谏公乃乌帽麻衣，潜于皇甫枚之温泉别业。后冈上乔木骈郁，巨石砥平。谏公夏日，常于中入寂，或补毳事。忽一日，颓云驶雨，霆击石傍大檀

治好行装，鉴师背着书箱来向他辞行。冯生问道："法师要去什么地方呢？"鉴师说："我住在灵岩寺西廊下很久了，后来才游历到长安城里，到现在已经十年了。很庆幸能够与你相遇，如今我要返回故居，所以来告别。然而你要去东越作都尉，路过灵岩寺下，应该去见我一下的。"冯生答应道："一定遵嘱前去拜访。"过了几个月，冯生自长安前往东越赴任，走到灵岩寺门前，勒马站定望了望说："这不是鉴师住的寺院吗？"就进去拜访。当时有一个僧人在庭院里，冯生问道："不知鉴师住在什么地方，我想去看他。"僧人说："我们这里有好多法师，唯独没有名字叫鉴的。"冯生开始有些怀疑，默默思量道："鉴法师乃是讲究信用的人，哪能骗我呢？"于是独自在寺院内游览起来，走到西廊下面时，忽然看见有许多僧人的画像，其中一人的形貌与鉴法师一样。冯生大惊道："鉴法师果然是个异人！而且能神奇地降临到我的面前。"于是慨然泪下，心情久久不能平静。又看画像的题字："冯氏子，吴郡人。年十岁，学佛法，以道行高深闻名于世，终年七十八岁。"冯生看完题字，更觉鉴法师神奇。出自《宣室志》。

从 谏

唐朝东都洛阳敬爱寺北禅院的高僧从谏，俗姓张，南阳人。迁居广陵后，改为土著人的姓。他身长八尺，相貌出众。过了壮年以后，忽然顿悟真理，于是抛弃老婆孩子出家削发为僧。从此精心研习禅观，心境明白，不超过十年，许多资深德高的高僧大德，都对他深表推崇和佩服。等他来到洛阳后，便住在了敬爱寺。他的资历与德行都已达到成熟阶段，成为佛僧与道人的宗师。每次参加斋供，都与宾头卢尊者对食，他是如此受人神的钦敬与供奉。

唐武宗继位后，改元会昌，他喜爱驾凤骑鹤的神仙飞升之道，鄙薄佛教，便下令各郡国，毁坏寺庙，让僧人回乡返俗。谏公便头戴乌帽身穿麻衣，潜藏到皇甫枚的温泉别墅里。后冈上林木茂密，巨石平坦。谏公盛夏常在这里参禅入寂，有时缝补他的衣服。忽然有一天，浓云骤雨突然涌了上来，雷电击中了石头旁边的大檀树。

雨至，诸兄走往林中，谏公恬然趺坐，若无所闻者。诸兄致问，徐曰："恶畜生而已。"至大中初，宣宗复兴内教，谏公归东都故居。其子自广陵来观，适与遇于院门，威貌崇严，不复可识。乃拜而问从谏大德所居，谏公指曰："近东头。"其子既去，遂阖门不出。其割裂爱网又如此。

　　咸通丙戌岁夏五月，忽遍诣所信向家，皆谓曰："善建福业。贫道秋初当远行，故相别耳。"至秋七月朔，清旦，盥手焚香，念慈氏如来，遂右胁而卧，呼门人玄章等戒曰："人生难得，恶道易沦，唯有归命释尊，励精梵行。龙花会上，当复相逢。生也有涯，与尔少别。"是日无疾奄化，年有八十余矣。玄章等奉遗旨，送尸于建春门外尸陁林中，施诸鸟兽。三日复视之，肌貌如生，无物敢近，遂覆以饼饵。经宿，有狼狐迹，唯唼饼饵，而丰肤宛然。乃依天竺法阇维讫，收余烬，起白塔于道傍，春秋奉香火之荐焉。出《三水小牍》。

暴雨来到，皇甫的兄弟们跑进树林，谏公静静地盘腿而坐，好像没有听到什么动静一样。兄弟们问他，谏公慢慢答道："恶畜生而已。"到大中初年，唐宣宗复兴佛教，谏公又回到东都洛阳故居。他的儿子从广陵来看望他，正巧在寺院门口与他相遇，形貌威严，不能辨识。便向他施礼，问他从谏高僧住在什么地方，谏公指着说："就在那边的东头。"儿子离开之后，他回到屋里关上房门再也不出来了。他就是这样割裂情网断绝尘缘的。

　　唐懿宗咸通丙戌年夏季五月，谏公忽然遍访所有的信徒家，对他们说："要好好供奉佛教，积善修德。贫道秋初要远行，所以前来告别。"到了秋季七月初一，清晨，从谏洗完手点上香，反复念诵我佛如来，然后右侧向下躺在床上，招呼门徒玄章等人告诫他们道："人活一世不容易，恶道极易沉沦，唯有归依佛法，精诚守戒修行。来日龙花会上，还能与诸位相逢。人之生命有限，我与你们暂别了。"这一天，从谏无病而亡，年八十余岁。玄章等人遵照师父遗旨，把他的尸体送到建春门外尸陁林里，施舍给诸鸟兽。第三天再去看时，肌肤与样貌与活的时候一样，没有鸟兽敢靠近，于是在尸体上盖了饼类食物。过了一宿，见有豺狼狐狸的痕迹，但它们只吃掉了饼类食物，尸体的肌肤仍然完好无损。玄章等人便依照天竺法将遗体火化完了，收藏起骨灰，在道旁建起一座白塔，将骨灰存放在塔内，年年供奉香火祭拜。出自《三水小牍》。

卷第九十八
异僧十二

李德裕　　齐州僧　　抱玉师　　束草师　　惠　宽
素和尚　　怀　信　　佛陀萨　　兴元上座　赵　蕃
怀　濬　　智者禅师　法　本

李德裕

唐相国李德裕为太子少保分司东都,尝召一僧,问己之休咎。僧曰:"非立可知,愿结坛设佛像。"僧居其中,凡三日。谓公曰:"公灾戾未已,当万里南去耳。"公大怒,叱之。明日,又召其僧问焉,虑所见未子细,请更观之。即又结坛三日,告公曰:"南行之期,不旬月矣,不可逃。"公益不乐,且曰:"然则吾师何以明其不妄耶?"僧曰:"愿陈目前事为验,庶表某之不诬也。"公曰:"果有说也。"即指其地曰:"此下有石函,请发之。"即命穷其下数尺,果得石函,启之亦无睹焉。公异而稍信之,因问:"南去诚不免矣?然乃遂不还乎?"僧曰:"当还耳。"公讯其事,对曰:"相国平生当食万羊,今食九千五百矣。所以当还者,

李德裕

　　唐朝相国李德裕在任太子少保分管东都洛阳时，曾经召见一位僧人，询问自己的前途吉凶。僧人说："这不是马上就能知道的，请设立祭坛和佛像。"祭坛设好后，僧人整整三天都居于其中。他对李公说："你的灾难还没有结束，还要南行万里。"李公大怒，呵斥了他一顿。第二天，李公又召见这位僧人问卜，说担心他昨天看得不仔细，今天请他重新观察一下。于是又设祭坛观察了三天，僧人告诉李公道："你离南行的日期，不足一个月了，这是逃脱不了的。"李公更加不高兴，并且说道："然而师父怎么能够证明你不是随便胡说的呢？"僧人说："我可以说件眼前的事作为验证，略表我的话绝非欺人之谈。"李公说："你果然还有说法。"僧人就指着一个地方说："这下面有只石匣子，请您挖开看看。"李公立即命人往下挖了几尺深，果然挖出一只石匣子，打开匣子什么也没看到。李公有些惊异，对他的话有点相信了，便问道："到南方去看来是不可避免了，然而去了之后就回不来了吗？"僧人说："能回来的。"李公询问他这是怎么回事，僧人说："相国这一生应当吃一万只羊，现在吃了九千五百只了。说你能够回来的理由，

未尽五百羊耳。"公惨然而叹曰："吾师果至人。且我元和十三年为丞相张公从事于北都,尝梦行于晋山,见山上尽目皆羊,有牧者十数,迎拜我。我因问牧者,牧者曰:'此侍御平生所食羊。'吾尝记此梦,不泄于人。今者果如师之说耶,乃知阴骘固不诬也。"后旬日,振武节度使米暨遣使致书于公,且馈五百羊。公大惊,即召告其事。僧叹曰:"万羊将满,公其不还乎!"公曰:"吾不食之,亦可免耶?"曰:"羊至此,已为相国所有。"公戚然。旬日,贬潮州司马,连贬崖州司户,竟没于荒裔也。出《宣室志》。

齐州僧

史论在齐州时,出猎至一县界。憩兰若中,觉桃香异常,访其僧。僧不及隐,言近有一人,施二桃,因从经案下取出,献论,大如饭碗。论时饥,尽食之,核大如鸡卵。论因诘其所自,僧笑曰:"向实谬言之。此桃去此十余里,道路危险。贫道偶行脚见之,觉异,因掇数枚。"论曰:"愿去骑从,与和尚偕往。"僧不得已,导论出荒榛中,经五里许,抵一水。僧曰:"恐中丞不能渡此。"论志诀往,乃依僧解衣,载之而浮。登岸,又经西北,涉二水,上山越涧,数里至一处。奇泉怪石,非人境也。有桃数百株,枝干扫地,高二三尺,其香破鼻。论与僧各食一蒂,腹饱矣。论解衣,将尽力包之。僧曰:"此域灵境,不可多取。贫道常听长老说:

就是因为你还有五百只羊没吃。"李公哀伤地叹道："师父果然是圣人呀！我在元和十三年，在北都为张丞相从事时，曾梦到在晋山行走，看见山上满眼都是羊，有十几个牧羊人迎着我施礼。我就询问牧羊人，牧羊人说：'这些就是侍御一生所吃的羊。'我一直记着这个梦，没有向别人透露过。今天果然像师父说的一样，由此便知冥冥中的事确实不是骗人的。"后来过了十天，振武节度使米暨派人给李公送信，并且赠给他五百只羊。李公大为吃惊，立即召见僧人告诉了他这件事。僧人叹道："一万只羊要够数了，李公南行可要回不来了！"李公说："我不吃这些羊，也是可以避免的吗？"僧人说："羊既然已经到了这里，就已为相国所有了。"李公非常愁闷。第十天，李相国被贬为潮州司马，接着又贬为崖州司户，最终死在荒凉的边远地区。出自《宣室志》。

齐州僧

史论在齐州的时候，外出打猎走到一个县的边界。他在一座寺庙里歇息，闻到一股奇香的桃子味，便问这里的僧人。僧人来不及隐瞒，就说近来有个人施舍给他两枚桃子，便从经案下面拿出来，献给史论，桃子大如饭碗。史论当时饿了，把桃子全吃了，桃核像鸡蛋那样大。吃完之后，史论便详细盘问桃子的来历，僧人笑着说："刚才我说的其实是假话。这桃长在离此地十多里远的地方，道路很危险。贫道偶然间行脚到那里看见了，觉得奇异，于是摘了几个。"史论说："我愿扔下马与随从人员，跟和尚一起去。"僧人不得已，就带他穿过荒凉的灌木丛，走了五里左右，到了一条河边。僧人说："史中丞恐怕不能渡过这条河。"史论坚决要去，便依照僧人的办法脱掉衣服，举着衣服游了过去。登上岸，又向西北方向走，蹚过两条河，爬山越涧，走了好几里才来到一个地方。只见到处是奇泉怪石，不像是人间之地。这里有几百棵桃树，枝条垂到地上，树高有二三尺，散发着扑鼻的香味。史论与僧人各吃了一个，肚子便饱了。史论脱下衣服，想尽量多包几个。僧人说："这个地方是仙境，不可多拿。贫道曾听长老说：

'昔有人亦尝至此,怀五六枚,迷不得出!'"论亦疑僧非常,取两颗而返。僧切戒论不言。论至州,使召僧,僧已逝矣。<small>出《酉阳杂俎》。</small>

抱玉师

抱玉师以道行闻,居长安中,师而事者千数。每夕独处一室,阖户撤烛。尝有僧于门隙视之,见有庆云自口中出。后年九十卒,时方大暑,而其尸无萎败。唐宰相第五琦与师善,及卒,来治丧。将以香乳灌其口,已而有祥光自口出,晃然四照。公甚奇之。或曰:"佛有庆祥光。今抱玉师有之,真佛矣。"<small>出《宣室志》。</small>

束草师

长安平康坊菩提寺,先有僧,不言姓名,常负束藁,坐卧于寺西廊下,不肯住院,经数年。寺纲维或劝其住房,曰:"尔厌我耶?"其夕,遂以束藁焚身。至明,唯灰烬耳,无血胔之臭。众方知为异人,遂塑灰为僧于佛殿上,世号为"束草师"。<small>出《酉阳杂俎》。</small>

惠宽

绵州净慧寺僧惠宽,先时年六岁,随父设黄箓斋。众礼石天尊像,惠宽时在,不肯礼,曰:"礼则石像遂倒,不胜致也。"既礼而天尊像果倒,腰已折矣。后出家在寺。

'过去有人也曾到过这里,带了五六枚桃子,结果迷路出不去了。'"史论也怀疑僧人不是寻常人,只摘了两颗就往回走。僧人极力告诫史论不要跟任何人说起此事。史论回到齐州后,派人去召请僧人,僧人已经消失了。出自《酉阳杂俎》。

抱玉师

抱玉禅师以道行高深闻名于世,住在长安城内,拜他为师的弟子数以千计。每天晚上他独处一室,关上门窗不点灯烛。曾有个僧人从门缝里看他,见有祥云从他的嘴里飘了出来。抱玉师后来九十岁时去世,当时正是酷暑,但他的尸体一点也不腐坏。唐朝宰相府中的第五琦与抱玉师关系友好,等抱玉师去世后,第五琦前来吊丧。将要用香乳汁往抱玉师的嘴里灌,不久就看到有祥光从嘴里射出来,明晃晃地照射着四方。第五琦非常惊奇。有人说:"佛有祥庆之光。如今抱玉师也有这种光,他就是真佛了。"出自《宣室志》。

束草师

长安平康坊菩提寺里,原先有个僧人,自己从来不说姓名,常常背着一捆干草,坐卧在寺庙西面的廊檐下,不愿住在寺院里,就这样一连过了好几年。寺院里的管事和尚劝他到僧房里去住,他说:"你这样厌恶我吗?"那天晚上,他便用那捆草把自己烧了。到天亮时,只剩下一堆灰烬,没有半点血腥味。众人才知道他是个异人,便用骨灰塑了他的像,供在佛殿上,世人称他为"束草师"。出自《酉阳杂俎》。

惠　宽

绵州净慧寺僧人惠宽,先前六岁的时候,跟随父亲摆设道教斋场。众人礼拜石天尊像,惠宽当时在场,却不肯施礼,说:"我若施礼,石像就会倒了,它承受不了我的礼拜。"他施礼之后,天尊的石像果然倒下,腰已经摔折了。惠宽后来出家住进了寺院。

寺近池,人多捕鱼为业。惠宽与受戒,且曰:"尔辈不当以此为给,吾能令汝所得,不失于旧。"因指其池畔,尽生菌蕈。鱼人采之,省力得利。后人呼为"和尚蕈"也。出《成都记》。

素和尚

长安兴善寺素和尚院庭有青桐数株,皆素之手植。唐元和中,卿相多游此院。桐至夏有汗,污人衣如锞脂,不可浣。昭国郑相,尝与丞郎数人避暑,恶其汗,谓素曰:"弟子为和尚伐此桐,各植一松也。"及暮,素戏祝树曰:"我种汝二十余年,汝以汗为人所恶,来岁若复有汗,我必薪之。"自是无汗矣。素公不出院,转《法华经》三万七千部。夜常有狼子听经。斋时,有乌鹊就案取食。长庆初,有僧玄幽题此院诗云:"三万华经三十春,半生不蹋院门尘。"当时以为佳句也。出《酉阳杂俎》。

怀 信

扬州西灵塔,中国之尤峻峙者。唐武宗末,拆寺之前一年,有淮南词客刘隐之薄游明州。梦中如泛海,见塔东渡海。时见门僧怀信居塔三层,凭阑与隐之言曰:"暂送塔过东海,旬日而还。"数日,隐之归扬州,即访怀信。信曰:"记海上相见时否?"隐之了然省记。数夕后,天火焚塔俱尽,白雨如泻,旁有草堂,一无所损。出《独异志》。

寺院靠近池塘，人们大多在池塘捕鱼为业。惠宽给他们讲解佛教戒规，让他们不要杀生，并且说："你们不要再以捕鱼维持生活了，我能让你们所得的收入，不低于捕鱼。"便用手指了指池畔，池畔顿时生满了菌菇。渔民都去采菌菇，既省力气又能多卖钱。后来，人们称这种菇为"和尚菇"。出自《成都记》。

素和尚

长安兴善寺素和尚的庭院里有几棵青桐树，都是素和尚亲手栽植的。唐宪宗元和年间，公卿宰相们经常到这座院里游览。青桐树每到夏天就往外渗出油液像淌汗，弄脏人的衣服后就像车上的润滑油一样，没法洗掉。昭国郑相，曾与丞郎等几个人来这里避暑，因为厌恶青桐树上的汗，对素和尚说："弟子给和尚伐掉这几棵青桐，各栽一棵松树吧。"到天黑时，素和尚对青桐树开玩笑说："我种了你们二十多年了，你们因为流汗被别人厌恶，明年如果再出汗，我一定把你们砍掉当木柴烧。"从此之后，这几棵青桐树就不再淌汗了。素和尚从不出院门，转诵《法华经》三万七千遍。夜里经常有狼来听他读经。吃饭时，有乌鹊飞到桌子上啄取食物。唐穆宗长庆初年，有位僧人玄幽给这个庭院题诗道："三万华经三十春，半生不蹑院门尘。"当时的人认为这两句诗是佳句。出自《酉阳杂俎》。

怀　信

扬州的西灵塔，在中国以高峻耸立闻名。唐武宗末年，在拆毁寺庙的前一年，有个淮南词客刘隐之游历明州。梦中自己好像漂洋在大海之上，看见西灵塔正在泛海东渡。当时看到守护寺塔的门僧怀信正在第三层塔上，靠着栏杆对刘隐之说道："我现在暂时护送寺塔渡过东海，十天后再返回来。"过了几天，刘隐之回到扬州，立即去拜访怀信。怀信说："你还记得海上相见的情况吗？"刘隐之很清楚地记得。几天之后，天火把西灵塔全烧光了，塔上的白灰及瓦砾像大雨一样落下来，塔旁的草房，却一点也没有损坏。出自《独异志》。

佛陀萨

有佛陀萨者,其籍编于岐阳法门寺。自言姓佛氏,陀
萨其名也。常独行岐陇间,衣黄持锡。年虽老,然其貌类
童骇。好扬言于衢中,或诟辱群僧,僧皆怒焉。其资膳裘
纻,俱乞于里人。里人怜其愚,厚与衣食,以故资用独饶于
群僧。陀萨亦转均于里中穷饿者焉,里人益怜其心。开成
五年夏六月,陀萨召里中民告曰:"我今夕死矣,汝为吾塔
瘗其尸。"果端坐而卒。于是里中之人,建塔于岐阳之西冈
上,漆其尸而瘗焉。后月余,或视其首,发仅寸余,弟子即
剃去,已而又生,里人大异,遂扃其户,竟不开焉。出《宣室
志》。

兴元上座

兴元县西墅有兰若,上座僧常饮酒食肉,群辈皆效焉。
一旦多作大饼,招群徒众,入尸陁林。以饼裹腐尸肉而食,
数啖不已。众僧掩鼻而走。上座曰:"汝等能食此肉,方可
食诸肉。"自此缁徒因成精进也。出《云溪友议》。

赵 蕃

唐国子祭酒赵蕃,大和七年为南宫郎。忽一日,有
僧乞食于门且谓其家僮曰:"吾愿见赵公,可乎?"家僮告
蕃,蕃即命延入与坐。僧乃曰:"君将有忧,然亦可禳去。"
蕃即拜而祈之。僧曰:"遗我裁刀一千五百,庶可脱君之

佛陀萨

有个叫佛陀萨的僧人,他的名籍编在岐阳法门寺。他自称姓佛,陀萨是他的名字。他常常独自来往于岐陇间,穿黄衣拿锡杖。年纪虽然老了,然而相貌就像不懂事的孩子一样。他喜欢在街道上高声说话,或者辱骂其他僧人,僧人都对他又气又恨。他的吃喝穿戴,都是跟乡里人乞讨来的。乡里人可怜他愚呆,给他的衣食十分丰厚,所以他的费用比其他僧人都富余。佛陀萨也把自己宽裕的东西匀给乡里穷苦挨饿的人,乡里人于是更怜悯他的善良心肠。唐文宗开成五年夏季六月,陀萨召集乡里人告诉他们说:"我今晚就要死了,你们要为我建一座塔,把我的尸体葬在里面。"到了晚上,他果然端坐着死去了。乡里人于是在岐阳西冈建起佛塔,把他的遗体涂漆后安葬在里面。一个多月之后,有人看到他的头上长出一寸多长头发,弟子们便去剃掉了,不久又长了出来,乡里人大为惊异,便把塔门锁住了,再也打不开了。出自《宣室志》。

兴元上座

兴元县西郊有座寺庙,上座僧人常常喝酒吃肉,许多僧人都跟着效仿。有一天早上寺庙里做了许多大饼,上座僧人招呼着一群门徒,走进尸陁林。他用大饼包着腐尸的肉吃,一块一块地吃起来没完。僧人们捂起鼻子就跑。上座僧说:"你们只有能吃这肉,才能吃其他的肉。"从此以后,佛教徒修行更加精进了。出自《云溪友议》。

赵 蕃

唐朝国子祭酒赵蕃,文宗大和七年时任南宫郎。忽然有一天,有个僧人到他门前讨饭,并且对僮仆说:"我要见见你家赵公,可以吗?"僮仆报告了赵蕃,赵蕃就让他把僧人请进屋入座。僧人便说:"您将要面临忧患,但这忧患也是可以消除的。"赵蕃立即施礼祈求消除之法。僧人说:"送给我一千五百把剪刀,差不多可以解除你的

祸。不然，未旬日，当为东南一郡耳。"蕃许之，约来日就送焉，且访其名暨所居。僧曰："吾居青龙寺，法安其名也。"言已遂去。明日，蕃即办送之。使者至寺，以物色访群僧，僧皆不类。且询法安师所止，周遍院宇，无影响踪迹。后数日，蕃出为袁州刺史。出《宣室志》。

怀濬

秭归郡草圣僧怀濬者，不知何处人。唐乾宁初到彼，知来藏往，皆有神验。爱草书，或经、或释、或老，至于歌诗鄙琐之言，靡不集其笔端。与之语，即阿唯而已，里人以神圣待之。刺史于公以其惑众，系而诘之。乃以诗代通状曰："家在闽川西复西，其中岁岁有莺啼。如今不在莺啼处，莺在旧时啼处啼。"又诘之，复有诗曰："家住闽川东复东，其中岁岁有花红。而今不在花红处，花在旧时红处红。"郡牧异而释之。详其诗意，似在海中，得非杯渡之流乎？行旅经过，必维舟而礼谒，告其吉凶，唯书三五行，终不明言，事往果验。

荆南大校周崇宾谒之，书字遗之曰："付皇都勘。"尔后入贡，因王师南讨，遂絷于南府，竟就戮也。押衙孙道能谒之，书字曰："付竹林寺。"其年物故，营葬乃古竹林寺基也。皇甫铉知州，乃画一人荷校，一女子在旁。后为娶民家女遭讼，锢身入府。波斯穆昭嗣幼好药术，随其父谒之，乃画一道士乘云把胡卢，书云："指挥使高牒衙推。"

祸患。不然的话，不到十天，你就要去东南一个郡任职。"赵蕃答应了他，约定明天把剪刀送去，并且询问僧人的名字与住所。僧人说："我住在青龙寺，法安是我的名字。"说完就走了。第二天，赵蕃就置办了剪刀派人送去。使者到了青龙寺，根据相貌在群僧中寻访法安，一个个都不像。再问法安师父住的地方，全寺都找遍了，也没有法安的音讯和踪迹。过了几天，赵蕃离开京城出任袁州刺史。出自《宣室志》。

怀 濬

秭归郡草圣僧人怀濬，不知是什么地方的人。唐昭宗乾宁初年到了秭归，他能记藏往事预测未来，每次都像神一样灵验。他爱好草书，对于儒经、佛经、老子道家等思想学说，乃至于诗歌等等琐屑文字，无不集于他的笔端。别人跟他说话，他只是唯唯诺诺而已，乡里人都把他当做神圣之人看待。秭归刺史于公认为他迷惑众人，把他绑了去审问。他用诗歌代替状子写道："家在闽川西复西，其中岁岁有莺啼。如今不在莺啼处，莺在旧时啼处啼。"又审问他，他又用诗回答道："家住闽川东复东，其中岁岁有花红。而今不在红花处，花在旧时红处红。"郡守认为他是异人，就把他释放了。推究他那两首诗的含义，似乎说的是在海中的事，莫非是杯渡之流的人吗？过路的行人在经过此地时，一定泊船前去拜见他，他告诉人家吉凶时，只写三五行字，始终不明确说出来，事过之后往往都能应验。

荆南大校尉周崇宾拜见他时，他写了几个字送给他，说："付皇都勘。"之后入朝进贡，因为王师南下讨伐，周崇宾被拘囚在南府，终于被杀死了。押衙孙道能拜见他时，他写了几个字："付竹林寺。"这年孙道能死了，安葬的地方就是过去一座竹林寺的旧址。皇甫铉知州拜访他时，他画了一个人带着木枷，有一女子在旁边。后来皇甫铉因为强娶民家女子吃了官司，被关押在官府里。波斯人穆昭嗣年幼时爱好制药之术，跟着父亲去拜访怀濬时，怀濬画了一个道士手拿葫芦坐在云端，并题字道："指挥使高牒衙推。"

穆生后以医药有效,南平王高从诲与巾裹,摄府衙推。王师伐荆州,师寄南平王诗云:"马头渐入扬州路,亲眷应须洗眼看。"是岁输诚淮海,获解重围。其他不可殚记。或一日,题庭前芭蕉叶上云:"今日还债,幸州县无更勘穷。"来日为人所害,尸首宛然,刺史高公为之荼毗之。出《北梦琐言》。

智者禅师

唐越州山阴县有智禅师。院内有池,恒赎生以放之。有一鼋,长三尺,恒食其鱼。禅师患之,取鼋送向禹王庙前池中。至夜还来。禅师咒之曰:"汝勿食我鱼,即从汝在此。"鼋于是出外放粪,皆是青泥。禅师每至池上,唤鼋即出,于师前伏地。经数十年,渐长七八尺。禅师亡后,鼋亦不复见。出《朝野佥载》。

法 本

晋天福中,考功员外赵洙言:近日有僧自相州来,云:"贫道于襄州禅院内与一僧名法本同过夏,朝昏共处,心地相洽。法本常言曰:'贫道于相州西山中住持竹林寺,寺前有石柱。他日有暇,请必相访。'"其僧追念此言,因往彼寻访。洎至山下村中,投一兰若寄宿。问其村僧曰:"此去竹林寺近远?"僧乃遥指孤峰之侧曰:"彼处是也。古老相传,昔圣贤所居之地。今则但有名存焉,故无院舍。"僧疑之,诘朝而往。既至竹林丛中,果有石柱,罔然不知其涯涘。

穆昭嗣后来因为医药有疗效，南平王高从诲给他一套官服，让他统摄府中衔推。南平王出师讨伐荆州时，怀濬师寄给南平王两句诗："马头渐入扬州路，亲眷应须洗眼看。"这一年，南平王投降于淮海，才得以解脱重围。其他类似的例子无法全部记下。有一天，怀濬在庭院前的芭蕉叶上题写道："今日还债，请州县官府不要穷追不舍。"后来有一天被人害死了，尸首就像活着时一样，刺史高公将他的遗体火化了。出自《北梦琐言》。

智者禅师

唐代越州山阴县有个智禅师。寺院内有个池塘，他经常赎回被人捕捞的活物放到池塘里。有一只大鳄鱼，三尺长，总吃池塘里的鱼。禅师把它当作祸患，捉住鳄鱼把它送到禹王庙前面的池塘里去了。到了夜晚，这只大鳄鱼又自己回来了。禅师对它诅咒道："你不吃我的鱼，就随你呆在这里。"从此，鳄鱼到池塘外面排粪时，全是黑泥。禅师每次到池边，一召唤它就爬上来，趴在禅师面前的地上。过了几十年，这只鳄鱼慢慢长到七八尺长。禅师去世后，鳄鱼也看不到了。出自《朝野佥载》。

法　本

五代晋高祖天福年间，考功员外赵洙说：近日有个僧人从相州过来，说："贫道在襄州禅院里与一个叫法本的僧人一起过夏，朝夕共处，心心相印。法本曾经说：'贫道在相州西山中住持竹林寺，寺前有个石柱子。改天有闲暇时，请你一定去见我。'"这位僧人一直惦记着这话，便到那里寻访法本。他到了相州西山下的村中，停在一座寺庙里寄宿。问村里的僧人说："这里离竹林寺有多远？"村中僧人便远远指着远处孤峰的侧面说："那个地方就是竹林寺。古老相传，那个地方是从前圣贤居住的地方。但现在只保留下竹林寺的名称，所以并没有寺院房舍。"这位僧人表示怀疑，第二天一早就向那里走去。走到竹林丛中，果然看到有石柱，但除此之外，茫茫然再也看不到边了。

当法本临别云："但扣其柱,即见其人。"其僧乃以小杖扣柱数声。乃风雨四起,咫尺莫窥。俄然耳目豁开,楼台对峙,身在山门之下。逡巡,法本自内而出,见之甚喜,问南中之旧事。乃引其僧,度重门,升秘殿,参其尊宿。尊宿问其故,法本云："早年相州同过夏,期此相访,故及山门也。"尊宿曰："可饭后请出,在此无座位。"食毕,法本送至山门相别。既而天地昏暗,不知所进。顷之,宛在竹丛中石柱之侧,余并莫睹。即知圣贤之在世,隐显难涯,岂金粟如来独能化见者乎? 出《玉堂闲话》。

他想起当初法本临别时说:"只要敲敲石柱,就能见到他本人。"这位僧人就用手中小杖敲了几下石柱。顿时风雨四起,咫尺之内都看不见东西。转眼之间又豁然开朗,只见楼台耸立,自己就站在寺庙山门之下。不大一会儿,法本从寺内走了出来,见到他十分高兴,又问起当初在襄州的往事。然后就领着这位僧人,穿过重门,升上秘殿,参见寺中长老。长老询问法本为什么领这位僧人来,法本说:"早年在襄州一起过夏,约他来此见我,所以他才来到山门的。"老人家说:"可以吃过饭后就请他出去,在这里没有他的座位。"吃完饭后,法本送他到山门告别。接着又天昏地暗,不知该往哪里走。转眼之间,他已站在竹丛中石柱的旁边了,其余的什么也看不见了。由此可知古代圣贤在世间是存在的,只不过或隐或显很难辨清而已,哪里只有金粟如来才能够化身现世呢? 出自《玉堂闲话》。

卷第九十九
释证一

僧惠祥	阿育王像	王淮之	惠凝	灵隐寺
侯庆	大业客僧	蛤像	光明寺	十光佛
李大安	韦知十	刘公信妻		

僧惠祥

东晋义熙初,金陵长干寺僧惠祥与法向连堂而居。夜四更中,惠祥遥唤向暂来。向往视祥,祥仰眠,交手胸上,云:"可解我手足绳。"向曰:"并无绳也。"惠祥因得转动,云:"适有人众缚我手足,鞭棰交下,问何故啮虱,又语祥云:'若更不止,当入于两山间磕之。'"祥自后戒于啮虱焉。出《三教珠英》。

阿育王像

长沙寺有阿育王像,相传是阿育王女所造。太元中,夜浮至江津,渔人见异光如昼,而诸寺以千人迎之,巍然不动。长沙寺翼法师者,操行精苦,乃率十僧,至诚祈启,即时就辇。至齐末,像常夜行,不知者以槊刺之,作铜声而

僧惠祥

东晋义熙初年,金陵长干寺的和尚惠祥与法向,住的房子紧挨着。一大夜里四更时分,惠祥隔着墙远远地呼唤法向过来一下。法向便过来看惠祥,见他仰卧而睡,两手交叉着放在胸上,说:"给我解开手脚上的绳子。"法向说:"并没有绳子。"惠祥于是能够转动身子了,他说:"刚才有许多人捆住我的手脚,用鞭子棍子一块打,问我为什么咬虱子,还对我说:'如果再不停止咬虱子,就把你放在两座山中间,让山撞击你。'"从那儿以后,惠祥戒绝了咬虱子的习惯。出自《三教珠英》。

阿育王像

长沙寺里有一尊阿育王的塑像,相传是阿育王的女儿雕塑的。东晋太元年间,此像夜晚漂游到江津,渔民看见奇异的光照耀如白日,各个寺院集合上千人前来迎接,但是塑像挺立不动。长沙寺的翼法师一向修行精苦,他率领十位僧人极为虔诚地祈请佛像启程,佛像当时就被抬到车上。到了南齐末年,阿育王的塑像常在夜间行走,不知道的人用槊刺它,它便发出铜器撞击的声音,

倒。每南朝大事及灾役，必先流汗数日。自像教以来，最为灵应也。_{出《渚宫遗事》。}

王淮之

宋王淮之字元曾，瑯琊人也。世尚儒业，不信佛法，常谓身神俱灭，宁有三世耶？元嘉中，为丹阳令。十年，得病绝气，少时还复暂苏。时建康令贺道力省疾，适会下床，淮之语道力曰："始知释教不虚，人死神存，信有征矣。"道力曰："明府生平置论不尔，今何见而乃异之耶？"淮之敛眉答云："神实不尽，佛教不得不信。"语讫而终。_{出《冥祥记》。}

惠　凝

元魏时，洛中崇真寺有比丘惠凝死七日还活。云："阎罗王检阅，以错名放免。"惠凝具说过去之事，有比丘五人同阅。一比丘云宝明寺智圣，以坐禅苦行，得升天堂。有一比丘是般若寺道品，以诵《涅槃经》四十卷，亦升天堂。有一比丘云是融觉寺昙谟最，讲《涅槃》《华严》，领众千人。阎罗王曰："讲经者，心怀彼我，以骄凌物，比丘中第一粗行。今唯试坐禅诵经，不问讲经。"其昙谟最曰："贫身立道已来，唯好讲经，实不谙诵。"阎罗王令付司，即有青衣十人，送昙谟最向西北门，屋舍皆黑，似非好处。有一比丘云是禅林寺道弘，自云教化四辈檀越，造一切经人中像十躯。

倒在地上。每当南朝有什么大事或灾患发生时,阿育王塑像必定先流几天汗。自从供奉佛像以来,最为灵验。出自《渚宫遗事》。

王淮之

南朝宋有个叫王淮之的,字元曾,瑯琊人。他向来崇尚儒学,不相信佛教,常说精神与肉体一样都会死灭,哪有灵魂能够不断托生再世的道理呢?元嘉年间,王淮之为丹阳县令。元嘉十年,他因患病而气绝身亡,过了一会儿又苏醒过来。当时,建康县令贺道力前来看望他的病情,正赶上王淮之苏醒过来在下床,王淮之告诉贺道力说:"我现在开始知道,佛教的道理不是虚假的,佛教认为人死了之后精神仍然存在,确实是有验证的。"贺道力说:"县令平生一直反驳这种观点,今天怎么见你大不一样了呢?"淮之皱眉回答说:"精神确实是不会死灭的,佛教不能不相信。"说完就死了。出自《冥祥记》。

惠 凝

北魏时,洛阳城里崇真寺有个和尚惠凝,死了七天后又复活了。他说:"阎王爷查阅名册,因为弄错了名字又把我放回来了。"惠凝详细讲述了过去七天发生的事,有五个和尚和他一起被检阅。一个和尚是宝明寺的智圣,因为坐禅悟道,刻苦修行,升入了天堂。第二个是般若寺的道品,因能背诵《涅槃经》四十卷,也升入天堂。第三个是融觉寺的昙谟最,能讲《涅槃经》《华严经》,听众上千人。阎罗王说:"讲经的人心里总想着别人如何不及我,以傲气对待万物,这是和尚中最粗劣的行当。我现在只看坐禅诵经,不管你会不会讲经。"那个昙谟最说道:"贫僧行道以来,只喜欢讲经,实在不熟悉诵经。"阎罗王命人把他押解给看管人员,立即上来十个黑衣人,押送昙谟最向西北边的房门,只见那边的房子里黑漆漆的,似乎不是个好地方。第四个和尚是禅林寺的道弘,自称教化了四代施主,造全部佛经和十尊佛像。

阎罗王曰:"沙门之体,必须摄心守道,志在禅诵,不干世事,不作有为。虽造作经像,正欲得他人财物,既得财物,贪心既起,便是三毒不出,具足烦恼。"亦付司,仍与昙谟最同入黑门。有一比丘云是灵觉寺宝明,自云:"出家之先,常作陇西太守,造灵觉寺成,即弃官入道。虽不禅诵,礼拜不缺。"阎罗王曰:"卿作太守之日,曲理枉法,劫夺民财,假作此寺,非卿之力,何劳说此。"亦付青衣送入黑门。时魏太后闻之,遣黄门侍郎徐纥依惠凝所说即访宝明等寺。城东有宝明寺,城中有般若寺,城西有融觉、禅林、灵觉等三寺。并问智圣、道品、昙谟最、道弘、宝明等,皆实有之。即请坐禅僧一百人,常在殿中供养之。诏不听持经像在巷路乞索,若私用财物造经像者任意。惠凝亦入白鹿山,隐居修道。自此以后,京邑之比丘皆事禅诵,不复以讲经为意。出《洛阳记》。

灵隐寺

高齐初,沙门宝公者,嵩山高栖士也。且从林虑向白鹿山,因迷失道。日将禺中,忽闻钟声。寻向而进,岩岫重阻,登陟而趋,乃见一寺。独据深林,山门正南,赫奕辉焕。前至门所,看额灵隐寺。门外五六犬,其犬如牛,白毛黑喙,或踊或卧,回眸眄宝。宝怖将返,须臾,见胡僧外来。宝唤不应,亦不回顾,直入门内,犬亦随之。良久,宝见人渐次入门,屋宇四周,门房并闭。进至讲堂,唯见床榻高座

阎罗王说:"出家之人必须专心守道,一心一意坐禅诵经,不管世人之事,不做有为之事。你虽然制造了佛像,但这正是想得到他人财物,既然得到了财物,就会产生贪心,有了贪心就是没有除去三毒,没除去三毒就仍有全部烦恼。"他也被送给了看管人员,与昙谟最进入同一个黑门。第五个和尚是灵觉寺的宝明,他自己说:"出家之前曾做过陇西郡太守,建造了灵觉寺,然后弃官出家修道。虽不坐禅诵经,却能按时礼拜。"阎罗王说:"你做太守的时候,违背情理,贪赃枉法,假借修造寺庙之名,大肆搜刮民脂民膏,这座寺庙的建成绝不是你的功劳,何必自我表功。"也把他交给黑衣人押进了黑门。魏太后听到惠凝讲述的这些情形之后,派遣黄门侍郎徐纥去查访宝明等寺。城东有宝明寺,城中有般若寺,城西有融觉、禅林和灵觉寺三寺。并问是否有智圣、道品、昙谟最、道弘、宝明等僧人,确有其人。魏太后于是便请了一百个坐禅诵经的和尚,长期供养在皇宫里。同时颁布了命令,不许拿着佛像沿街乞讨,如果有人用自己的财物制造佛像可以自行其便。惠凝也进了白鹿山,隐居修道。从那儿之后,京城一带的和尚都专心于坐禅诵经,无意从事讲经布道的活动。出自《洛阳记》。

灵隐寺

　　北齐初年,隐居嵩山的高僧宝公,在由林虑去白鹿山时,迷了路。快到正午时,忽然听到远处传来了钟声。他循着钟声前进,翻山越岭,看见一座寺庙。寺庙坐落在树林的深处,山门正对南方,金碧辉煌。他走到门前一看,匾额上写的是"灵隐寺"。门外有五六只狗,都像牛一样大,都是白毛黑嘴,有的蹿蹦跳跃,有的趴在地上一动不动,但都转头盯着宝公。宝公吓得正要往回走,转眼之间,便见一位外来的僧人走来。宝公上前打招呼,他不应声,也不回头看一眼,直奔大门而入,那几只狗也都跟在他后边。过了很长时间,宝公看见有人陆陆续续地进了门,殿堂四周的门房都关闭了。宝公进了讲堂,只见床榻与高座摆放得

俨然，宝入西南隅床上坐。久之，忽闻东间有声，仰视，见开孔如井大，比丘前后从孔飞下，遂至五六十人。依位坐乞，自相借问，今日斋时，何处食来。或言豫章、成都、长安、陇右、蓟北、岭南、五天竺等，无处不至，动即千万余里。末后一僧从空而下，诸人竞问："来何太迟？"答曰："今日相州城东彼岸寺鉴禅师讲会，各各居义。有一后生聪俊，难问词音锋起，殊为可观。不觉遂晚。"宝本事鉴为和尚，既闻此语，望得参话，因整衣而起，白诸僧曰："鉴是宝和尚。"诸僧直视宝。顷之，已失灵隐寺所在矣。宝但独坐于柞木之上，一无所见，唯睹岩谷，禽鸟翔集喧乱。及出山，以问于尚统法师，法师曰："此寺石赵时佛图澄法师所造者，年岁久远，贤圣居之，非凡所住，或沉或隐，迁徙无定。今山行者，犹闻钟声焉。"出侯君素《旌异记》。

侯　庆

宋南阳人侯庆有铜像一躯，可高尺余。庆有牛一头，拟货为金色，遇有急事，遂以牛与他用之。经二年，庆妻马氏忽梦此像谓之曰："卿夫妇负我金色，久而不偿。今取卿儿丑多，以充金色。"马氏瘝觉而心不安。至晓，丑多得病而亡。庆年五十余，唯有一子，悲哀之声，感于行路。丑多亡日，像忽自有金色，光照四邻，邻里之内，咸闻香气。道俗长幼，皆来观瞩焉。出《法苑珠林》。

整整齐齐,他到西南角的床上坐了下来。过了好长时间,忽然听见东边有声音,抬头一看,只见房顶上开着一个井口大的洞,许多和尚一个接一个地从那里飞了下来,有五六十人。大家依次坐下来之后,便互相打听今天在什么地方吃的斋饭,有说在豫章的,有说在成都的,有说在长安的,有说在陇右的,还有说在蓟北、岭南乃至五天竺的,说什么地方的都有,每个地方都离这里成千上万里。最后一个和尚从空中下来时,其他人争着问他:"为什么来得这么晚?"他说:"今天在相州城东彼岸寺中鉴禅师的讲会上,一个个各抒己见。有个后生聪明英俊,接连不断地提问和辩难,那种场面实在可观。不知不觉就来晚了。"宝公本是鉴禅师的门徒,听了这些话后,就想过去搭话,于是整了整衣服站起来,告诉那些和尚:"鉴禅师是宝公的师父。"那些和尚直直地瞪着宝公。顷刻之间,整个灵隐寺就消失了。只剩下宝公一个人坐在柞木上,除了山谷与翻飞喧叫的禽鸟之外,他什么也看不到了。宝公出山后,把这件事告诉了尚统法师,并问他这是怎么回事,法师说:"这座寺庙是石赵时佛图澄法师建造的,距离现在好多年了,古代圣贤们住在这里面,不是凡人可以住的地方,它有时沉没有时隐蔽,经常迁移变化。如今走进这座山的人,还能听到钟声。"出自侯君素《旌异记》。

侯 庆

刘宋南阳人侯庆有一尊铜佛像,有一尺多高。侯庆有一头牛,他打算把牛卖掉买回金粉给铜像涂上,因为遇上急事,就把牛充作其他用项了。过了两年,侯庆的妻子马氏忽然梦见家里这尊铜像对她说:"你们夫妇两个欠我金粉,很长时间了,还没偿还。如今我要带走你的儿子丑多,用他充作金粉。"马氏醒了后心里感到不安。天亮时,儿子丑多得病死了。侯庆现年五十多岁,只有丑多一个儿子,夫妇两人哭得十分伤心,他们的哭声感动了过路行人。丑多死的那天,铜像忽然间自己有了金色,金光灿烂光照四邻,邻里之间还都闻到一股特别的香气。于是,僧人俗众、男女老幼,都来观看这尊铜像。出自《法苑珠林》。

大业客僧

隋大业中,有客僧行至泰山庙求寄宿。庙令曰:"此无别舍,唯神庙庑下可宿,然而来此寄宿者辄死。"僧曰:"无苦也。"不得已从之,为设床于庑下。僧至夜,端坐诵经。可一更,闻屋中环佩声。须臾神出,为僧礼拜。僧曰:"闻此宿者多死,岂檀越害之耶?愿见护之。"神曰:"遇死者将至,闻弟子声,因自惧死,非杀之也。愿师无虑。"僧因延坐谈说。如食顷时,因问神曰:"闻世人传说云泰山治鬼,宁有之耶?"神曰:"弟子薄福有之,岂欲见先亡者乎?"僧曰:"有两同学僧先死,愿见之。"神问其名,曰:"一人已生人间,一人在狱罪重,不可唤来,师就见可也。"僧闻甚悦,因起出。不远而至一所,见狱火光焰甚盛。神将僧入一院,遥见一人,在火中号呼,不能言,形变不复可识,而血肉焦臭,令人伤心。师不欲历观,慭然求出。

俄而至庙,又与神坐,因问:"欲救同学,有得理耶?"神曰:"可,能有为写《法华经》者,便应得脱。"既而将曙,神辞僧入堂。旦而庙令视僧不死,怪异之。僧因为说,仍即时为写《法华经》一部。经既成,庄严毕,又将经就庙宿。其夜神出如初,欢喜礼拜,慰问来意。以事告之。

大业客僧

　　隋炀帝大业年间,有位客僧走到泰山庙时,因为天色已晚,便请求留在庙里住宿。管庙的说:"此处没有别的屋子,只有神庙下面的廊房可以住宿,但是以前凡是来这里住宿的就都死了。"客僧说:"我不在乎这些。"管庙的没有办法,只好顺从他,便在廊房里为他放了一张床。到了夜晚,客僧端坐诵经。一更左右,他听到屋里有女人走路时脚环手镯之类撞击的声音。不一会儿,神灵出现了,对着客僧施礼参拜。客僧说:"听说在这里住宿的大都死在这里,莫不是施主害死的吗? 请你保护我。"神灵说:"遇上那些死了的到这里,他们听到我走路的响声,就自己害怕而死,并非弟子杀死了他们。请师父不要担心。"客僧便让神灵坐下相互交谈。谈了有一顿饭的工夫,僧人询问神灵道:"我听世人传说,泰山庙是看管鬼的,真有这回事吗?"神灵说:"弟子少有福分,我是管鬼的。难道你是想见见死去的亲友吗?"僧人说道:"有两个一起学习的僧人先死了,我想见见他们。"神灵问了这两个僧人的名字,然后说:"他们两个,一人已经转生到人间,另一人因为罪恶深重被关在地狱里,不能把他叫到这里来,师父可以到那里去见他。"僧人听了非常高兴,便站起身来往外走。没走多远就来到一个地方,只见地狱之火光焰旺盛。神灵把僧人领进一个院落,远远地看见一人正在烈火中呼号,他不能说话,形体也变得认不出来了,而且血肉被火烧焦了,散发出刺鼻的血腥味,令人伤心。僧人不想再继续看下去,他很难过,便要求出去。

　　不一会儿就回到庙里,僧人又与神灵坐了下来,便问道:"我想搭救他,有没有办法?"神灵说:"可以搭救,如果有人能为他抄写一部《法华经》,他就会得到解脱。"这时已经快天亮了,神灵向僧人告别并回到庙堂。天亮之后,管庙的看见客僧没有死,非常惊讶。僧人便把夜里看到的情况跟他讲了,回去之后僧人立即为自己的同学抄写了一部《法华经》。抄完经后,整理装裱完毕,他又带上经书到泰山庙投宿。这天夜里,神灵像上次一样出来了,欢欢喜喜地给僧人行礼,并问他这次的来意。僧人告诉神灵,自己带来了抄好的《法华经》。

神曰:"弟子知之。师为写经,始书题目,彼以脱免,令出生在人间也。然此处不洁,不可安经,愿师还为彼送向在寺中。"言语久之,将晓,辞诀而去。出《冥报记》。

蛤 像

隋帝嗜蛤,所食必兼蛤味,逾数千万矣。忽有一蛤,椎击如旧,帝异之,安置几上。乙夜有光,及明,肉自脱,中有一佛二菩萨像。帝悲悔,誓不食蛤。出《酉阳杂俎》。

一说,唐文宗皇帝好食蛤蜊。一日,左右方盈盘而进,中有劈之不裂者。文宗疑其异,即焚香祝之。俄顷之间,其蛤自开,中有二人,形貌端秀,体质悉备,螺髻璎珞,足履菡萏,谓之菩萨。文宗遂置金粟檀香合,以玉屑覆之,赐兴善寺,令致敬礼。至会昌中,毁佛像,遂不知所在。出《杜阳杂编》。

光明寺

洛阳宜寿里有苞信县令段晖宅,地下常闻钟声,时见五色光明,照于堂宇。晖甚异之,遂掘地,得金像一躯,可高三尺,并有二菩萨,趺上铭云:"晋泰始二年五月十五日侍中中书监荀勖造。"晖遂舍宅为光明寺。咸云,此是荀勖故宅。其后盗者欲窃此像,像与菩萨,合声喝贼。盗者惊怖,即时殒倒。众僧闻像叫声,遂擒之。出《洛阳伽蓝记》。

神灵说:"这事我知道。师父为同学抄写经书,刚开始写题目时,他就得到了解脱,我已令他托生在人间了。然而这个地方不洁净,不能存放经书,请师父替他送到他原先所在的寺庙里去。"两人又说了好长时间,快天亮时,神灵才告辞而去。出自《冥报记》。

蛤 像

隋炀帝喜欢吃蛤蜊,每顿饭都得有蛤蜊肉,吃了超过几千万只了。突然遇上一只蛤蜊,无论怎么敲打都开不了,皇帝很奇怪,把它放到了桌子上。到了夜晚,蛤蜊便闪闪放光,到天亮时,肉就自行脱落,里面有一个佛像、两个菩萨像。皇帝很悲痛悔恨,立誓再也不吃蛤蜊。出自《酉阳杂俎》。

还有一种说法,说的是唐文宗皇帝爱吃蛤蜊。一天,身边人正端上满满的一盘,其中有一只劈不开的。文宗皇帝怀疑它是神奇之物,立即焚香祝祷。不一会儿,这只蛤蜊自行张开了,里面有两个小人,相貌端正清秀,形体全有,发髻上戴着璎珞发夹,两脚踏在荷花上,人们说这是菩萨。文宗皇帝便把它们放在镶着金边的檀香盒里,又盖上一层玉石粉,赐给兴善寺,让他们礼拜供奉。到了唐武宗会昌年间,大肆毁坏佛像,这两个菩萨像便不知下落了。出自《杜阳杂编》。

光明寺

洛阳宜寿里有苞信县令段晖的宅第,常常听到地下有钟声,偶尔看见五色光线照射在殿堂上。段晖感到非常奇怪,便往地下挖掘,挖到一尊金身佛像,有三尺来高,还有两尊菩萨像,脚背上有一段铭文:"晋泰始二年五月十五日侍中中书监荀勖造。"段晖便把这座宅院施舍出来成为光明寺。大家都说这是荀勖原来的宅院。后来有个窃贼要盗窃这尊佛像,这尊佛像与菩萨像齐声呵斥,窃贼当时就被吓倒了。众僧听到佛像的叫声,便赶来把窃贼抓获了。出自《洛阳伽蓝记》。

十光佛

兴福寺西北隅有隋朝佛堂,其壁有画十光佛者,笔势甚妙,为天下之摽冠。有识者云:"此国手蔡生之迹也。"蔡生隋朝以善画闻,初建堂宇既成,有僧以百金募善画者,得蔡生。既画,谓人曰:"吾平生所画多矣,独今日下笔,若有鬼神翼而成者。"由是长安中尽传其名。贞观初,寺僧以此堂年月稍久,虑一旦有摧圮,遂召数工,及土木之费,且欲新其制。忽一日,群僧斋于寺庭,既坐,有僧十人,俱白皙清瘦,貌甚古,相次而来,列于席。食毕偕起,入佛堂中,群僧亦继其后。俄而十人忽亡所见,群僧相顾惊叹者久之。因视北壁十光佛,见其风度,与向者十人果同。自是僧不敢毁其堂,且用旌十光之易也。出《宣室志》。

李大安

唐陇西李大安,工部尚书大亮之兄也。武德中,大亮任越州总管,大安自京往省之。大亮遣奴婢数人从兄归,至谷州鹿桥,宿于逆旅。其奴有谋杀大安者,候大安眠熟,夜已过半,奴以小剑刺大安项,洞之,刃著于床,奴因不拔而逃。大安惊觉,呼奴,其不叛者奴婢欲拔刃,大安曰:"拔刃便死。可先取纸笔作书。"书毕,县官亦至,因为拔刃,洗疮加药,大安遂绝。忽如梦者,见一物长尺余,阔厚四五寸,形似猪肉,去地二尺许,从户入。来至床前,

十光佛

兴福寺西北角有一座隋代建造的佛堂,墙壁上画着十光佛像,画工精妙,天下第一。内行人说:"这是国手蔡生的笔迹。"蔡生在隋代以擅长画画闻名,这座佛殿刚建成时,有个僧人以百两黄金的报酬招募擅长画画的人,结果挑中了蔡生。他画完十光佛画像后,对人们说:"我平生所画的画非常多,唯独今天下笔的时候就像有鬼差神使一样,很轻松就画成了。"从此之后,他的名声传遍了京都长安。唐太宗贞观初年,寺院的僧人因为这座佛堂建的时间比较长,担心有朝一日会倒塌,便招募了几个工匠,筹集土木材料,想把它修复一下。突然有一天,正当寺内僧众坐在院里要用斋时,有十个生得白皙清瘦、装扮古朴的僧人,依次走来,坐到饭桌前面。吃完之后又一块儿站起来,走进佛堂,僧众也跟在他们后面。转眼之间这十个僧人不见了,跟在后面的群僧互相看了看,个个都惊叹不已。又看了看北墙上的十光佛画像,发现画像的神采风度与刚才那十个人完全一样。从此,寺院的僧人不敢去毁坏这座佛堂,就用它来纪念十光佛能从画像变成活人这件神异的事。出自《宣室志》。

李大安

唐代陇西人李大安,是工部尚书李大亮的哥哥。唐高祖武德年间,大亮出任越州总管,大安从京城出发前去看望他。大亮派了几个奴婢跟随哥哥往回走。走到谷州鹿桥的时候,他们在一家旅舍住了下来。有个仆人想要谋杀大安,等到李大安睡熟,已经到了后半夜,他用一把小剑刺大安的脖子,剑尖穿透脖颈,扎到床上,这个奴仆没有拔剑就逃跑了。大安惊醒后呼唤奴婢,那几个没有叛变他的仆人急忙跑来想要去拔剑,大安说:"拔出来我就得死,先把纸笔拿来,我要写信。"信写完后,县衙的长官也到了,这才给他拔去剑,清洗伤口,敷了药,大安便气绝身亡。他感到自己忽然间像在睡梦中,看见一个一尺多长、四五寸宽厚的东西,形状像一块猪肉,离地面二尺左右,从门口进来。来到床前,

其中有语曰："急还我猪肉。"大安曰："我不食猪肉,缘何负汝耶?"闻户外有言曰："错也。"此物即还从户出。大安仍见庭前有池水,清浅可爱,池西岸上,有金像,可高五寸。须臾渐大,俄化为僧,披袈裟甚新净,语大安曰："被伤耶,我今为汝痛将去,汝当平复。还家念佛修善也。"因以手摩大安颈疮而去。大安视其形状,见僧有红缯补袈裟,可方寸许,甚分明。

既而大安觉,遂苏,而疮亦不复痛,能起坐食。数十日,京宅子弟迎至家。家人亲故来视,大安为说被伤由状及见像之事。有一婢在旁闻说,因言大安之初行也,安妻使婢请匠工为造一佛,初成,以彩画其衣,有一点朱污像之背上。当令工去之,不肯,今仍在,形状如郎君所说。大安因与妻及家人共起观相,乃同所见无异,其背点朱,宛然补处。于是叹异,信知圣教不虚,遂加崇信焉。出《冥报记》。

韦知十

唐右金吾卫曹京兆韦知十于永徽中煮一羊脚,半日犹生。知十怒,家人曰："用柴十倍于常,不知何意如此。"知十更命重煮,还复如故。乃命割之,其中遂得一铜像,长径寸焉,光明照灼,相好成就。其家自此放生,不敢食酒肉。出《冥报记》。

里面发出说话的声音道:"赶快还我猪肉!"大安说:"我不吃猪肉,怎么会欠你猪肉呢?"听到门外有声音说:"错了。"这个东西便又从门口飞了出去。大安看到院子里有池水,清浅可爱,池塘西边岸上有一尊金身佛像,有五寸高。片刻间,佛像慢慢长大,顿时化作一位僧人,披的袈裟又崭新又洁净,他对大安说:"你受伤了吧,我现在把你的伤痛除去,你就会恢复健康。回家后要好好念佛修善呀!"于是便用手抚摸一下大安脖子上的伤口,然后就走了。大安看了看他的模样,只见僧人的袈裟上有一块一寸见方的红绸布补丁,十分鲜明显眼。

　　一会儿大安的梦醒了,人也苏醒过来,而且伤口也不再疼了,能够坐起来吃饭。过了几十天,京城家里来人把他接回家。家里人与亲朋好友都来看望,大安把自己受伤的情况以及梦中看到佛像的经过讲给大家听。有个女仆听了之后,便对大安说,在他刚出门之后,他的妻子便让婢女请工匠制作了一尊佛像,佛像做成后,用油彩画衣服时,有一点红色染污了佛像的后背。让工匠除掉,工匠不愿意,这点红色至今仍留在佛像背上,大小形状与大安说的一模一样。大安听了之后,便与家人一起去看佛像,只见佛像的相貌与自己所见的僧人毫无差别,背上的红点也极像那位僧人袈裟上的补丁。大安惊叹不已,确信佛教绝不欺人,便更加推崇与信奉了。出自《冥报记》。

韦知十

　　唐高宗永徽年间,右金吾卫曹京兆韦知十煮一只羊腿,煮了半天还是生的。韦知十很恼火,家里的仆人说:"烧的柴火是平时的十倍,不知道为什么会这样。"知十又让他重新煮,结果还是如此。知十便让仆人把羊腿割开,肉里边有一尊铜佛像,长一寸,闪闪发光,佛像制作得极好。从此之后,韦知十家里开始放生,再也不敢喝酒吃肉了。出自《冥报记》。

刘公信妻

唐龙朔三年，长安城内通轨坊三卫刘公信妻陈氏，母先亡，陈因患暴死。见人将入地狱，备见诸苦，不可具述。末后见一地狱，石门牢固，有两大鬼，形容伟壮，守门左右，怒目瞋陈曰："汝是何人到此？"见石门忽开，亡母在中受苦，不可具述。受苦稍歇，母子近门相见。母语女言："汝还努力为吾写经。"女云："娘欲写何经？"母曰："为吾写《法华经》。"言讫，石门便闭。

陈还得苏，具向夫说，即凭妹夫赵师子欲写《法华经》。其师子旧解写经，有一经生，将一部新写《法华经》未装潢者转向赵师子处质钱，且云经主姓范，师子许。乃与妇兄云："今既待经，在家幸有此一部《法华》，兄赎取此经可否？"陈夫从之，装潢既讫，授与其妻，在家为母供养。后梦见母从女索经，云："吾先遣汝为吾写一部《法华》，何因迄今不得？"女报母言："已为娘赎得一部《法华》，见装潢了，在家供养。"母语女言："止为此经，吾转受苦，冥道中狱卒打吾脊破，汝看吾身疮，狱官语云：'汝何因取他范家经将为己经？汝有何福？大是罪过。'"女见母说如此，更为母别写《法华》。其经未了，女梦中复见母来催经，即见一僧，手捉一卷《法华》，语母云："汝女已为汝写经第一卷了，功德已成，何须急急。"后写经成，母来报女："因汝为吾写经，今已得出冥途，好处受生。得汝恩力，故来报汝。

刘公信妻

　　唐高宗龙朔三年，长安城内通轨坊三卫刘公信的妻子陈氏，母亲早死了，陈氏因患暴病也死了。陈氏死了之后，被人带到地狱，亲眼看到了那里的种种苦难，没法详细陈述。最后见到的一个地狱，石门非常牢固，有两个大鬼身材体高大健壮，守在左右两侧，瞪着眼睛怒视陈氏道："你是什么人，到这里干什么？"陈氏看见石门忽然打开，亡母正在里面受苦，苦难的惨状实在没法描述。亡母在受苦稍稍间断时，急忙来到门前与陈氏相见。母亲对女儿说："你回去之后要努力为我写经。"女儿说："娘要写什么经？"母亲说："为我写《法华经》。"说完之后，地狱的石门便关闭了。

　　陈氏回到家后便苏醒过来，全向丈夫说了，丈夫便去请托妹夫赵师子写《法华经》。那个赵师子从前懂得写经，有个写经的人带着一部新写的还没有装裱的《法华经》，转手给赵师子换钱用，而且说经书的主人姓范，赵师子同意了。然后，赵师子便对大舅哥说："现在既然等经用，家里正好有这么一部《法华经》，大哥把这部经书赎出来行不行？"陈氏丈夫听从了他的意见，把经书赎出来装裱完毕后交给妻子，陈氏便在家为母亲供奉。后来陈氏又梦见母亲向她要经书，母亲说："先前我叫你为我抄写一部《法华经》，为什么至今还没办到？"女儿告诉母亲说："女儿已为娘赎得一部《法华经》，现在装裱好在家供养。"母亲告诉女儿说："为了这部经，我反倒受了苦，阴间的狱卒把我的后背都打破了，你看看我身上的伤，狱官对我说：'你为什么拿人家范家的经当作自己的经？你有什么功德？这是大罪过！'"女儿梦见母亲这么说，便为母亲另外抄写《法华经》。经还没有抄完，女儿又梦见母亲向她催要，这时便看见一个和尚手拿着一卷《法华经》，对母亲说："你女儿已经为你写完第一卷《法华经》了，功德已经完成，为什么这么着急？"后来经书写成了，母亲前来告知女儿道："因为你为我写经，现在我已经脱离阴间，托生到一个好地方。因为得到了你的恩德和帮助，所以特来告诉你。

汝当好住,善为妇礼,信心为本。"言讫,悲泪共别。后问前赎《法华经》主,果是姓范。 出《法苑珠林》。

你要好好过日子,尽好妇道,要以心诚为本。"说完,母女两人悲痛哭泣,挥泪告别。后来打听之前赎买的那本《法华经》的主人,果然是姓范。出自《法苑珠林》。

卷第一百
释证二

长乐村圣僧　　屈突仲任　　婺州金刚　　菩提寺猪　　李思元
僧齐之　　　　张无是　　　张　应　　　道　严

长乐村圣僧

开元二十二年,京城东长乐村有人家,素敬佛教,常给僧食。忽于途中得一僧座具,既无所归,至家则宝之。后因设斋以为圣僧座。斋毕众散,忽有一僧扣门请餐。主人曰:"师何由知弟子造斋而来此也?"僧曰:"适到浐水,见一老师坐水滨,洗一座具,口仍怒曰:'请我过斋,施钱半于众僧,污我座具,苦老身自浣之。'吾前礼谒,老僧不止。因问之曰:'老阇梨何处斋来? 何为自浣?'僧具言其由,兼示其家所在,故吾此来。"主人大惊,延僧进户。先是圣僧座,座上有羹汁翻污处。主人乃告僧曰:"吾家贫,卒办此斋,施钱少,故众僧皆三十,佛与圣僧各半之。不意圣僧亲临,而又污其座具。愚戆盲冥,心既差别,又不谨慎于进退,皆是吾之过也。"出《纪闻》。

长乐村圣僧

　　唐玄宗开元二十二年，京城东边长乐村有一户人家，一向敬奉佛教，常常给僧人饭吃。他偶然间在道上捡到一件僧人的座具，既然找不到失主，便拿回家珍藏起来。后来因为请僧人吃饭，他便把座具拿出来让一位圣僧坐。吃完饭后，大家都散了，突然有个僧人敲门要吃斋。主人说："师父怎么知道弟子今天准备了斋饭就来了呢？"僧人说："刚才走到沪水，见一位老师父坐在水边洗一件座具，嘴里还气哼哼地说：'请我去吃斋，施舍给我的钱是众僧的一半，又玷污了我的座具，害得我自己来洗。'我走上前去施礼拜见，老僧没有停下来。我便问他道：'老禅师到什么地方去吃斋了？为什么自己洗呢？'老僧跟我讲述了事情的经过，并说了你家的地址，所以我就来了。"主人听了很惊讶，把这位僧人请进了屋里。原先圣僧坐的座位上，果然洒上菜汤弄脏了。主人便告诉僧人说："我家贫穷，仓促之间办此斋会，施舍的钱少，所以众僧都是三十文，佛与圣僧各半串。想不到圣僧亲临我家，而又弄脏了他的座具。我愚钝盲冥，心里既有差别，行动又不谨慎，都是我的错啊！"出自《纪闻》。

屈突仲任

同官令虞咸颇知名。开元二十三年春往温县，道左有小草堂，有人居其中，刺臂血朱和用写一切经。其人年且六十，色黄而羸瘠，而书经已数百卷。人有访者，必丐焉。或问其所从，亦有助焉。其人曰："吾姓屈突氏，名仲任。"即仲将、季将兄弟也。父亦典郡，庄在温，唯有仲任一子，怜念其少，恣其所为。性不好书，唯以樗蒲弋猎为事。父卒时，家僮数十人，资数百万，庄第甚众。而仲任纵赏好色，荒饮博戏，卖易且尽。数年后，唯温县庄存焉。即货易田畴，拆卖屋宇，又已尽矣，唯庄内一堂岿然。仆妾皆尽，家贫无计。乃于堂内掘地埋数瓮，贮牛马等肉。仲任多力，有僮名莫贺咄，亦力敌十夫。每昏后，与僮行盗牛马，盗处必五十里外。遇牛即执其两角，翻负于背，遇马驴皆绳蓄其颈，亦翻负之。至家投于地，皆死。乃皮剥之，皮骨纳之堂后大坑，或焚之，肉则贮于地瓮。昼日，令僮于城市货之，易米而食，如此者又十余年。以其盗处远，故无人疑者。仲任性好杀，所居弓箭罗网叉弹满屋焉，杀害飞走，不可胜数，目之所见，无得全者。乃至得刺猬，赤以泥裹而烧之，且熟，除去其泥，而猬皮与刺，皆随泥而脱矣，则取肉而食之。其所残酷，皆此类也。

后莫贺咄病死，月余，仲任暴卒，而心下暖。其乳母老矣，犹在，守之未瘗。而仲任复苏，言曰初见捕去，与奴

屈突仲任

同官县令虞咸颇有名气。唐玄宗开元二十三年春天他去温县时，看到道旁有一座小草房，里面住着一个人，此人刺破胳膊取出血来与朱砂和在一起，用来抄写"一切经"。此人将近六十岁，脸色枯黄，身体瘦弱，已经抄写几百卷佛经了。凡有向他访求的人，都给他一卷。有人求他帮忙，他也肯帮助。他说："我姓屈突，名叫仲任。"他就是仲将、季将的兄弟。父亲也曾任过郡守，老家在温县，只有仲任一个儿子，怜念他年轻，任其所为，不加约束。仲任生性不喜欢读书，整天只知道赌博游乐打猎。父亲去世时，家里有僮仆几十人，资产几百万，田庄宅第许多处。而仲任生性放荡好色，整日吃喝玩乐，几年之后便把家产变卖完了，只剩下老家温县的那一处田庄。他便又卖田产、拆卖房子，结果这所田庄也被折腾光了，只有庄内的一座房子还没有拆掉。僮仆妻妾都已散尽，家里贫穷，没有谋生之计。他便在房子里挖开地面，埋下几只缸，用来贮存牛肉马肉等。仲任很有力气，有个仆人叫莫贺咄，力气也能抵得上十个人。每天黄昏之后，他就与这个僮仆到五十里外的地方去偷牛偷马。遇到牛时就抓住两只牛角翻手背到背上，遇到马或驴时，就用绳子套住它们的脖子，也翻手背着。到了家里往地上一扔，牛与马驴全都死了。于是就开始剥皮，皮与骨头都扔进房后的大坑里，或者直接烧掉，肉则储存在地下的缸里。到了白天，就让僮仆背到城里市场上卖掉，买回米来做饭吃，就这样又过了十几年。因为他们偷盗的地方离家很远，所以没有人怀疑他们。仲任生性好杀，他住的地方满屋子都是弓箭、罗网、叉子、弹弓之类，经他手杀害的飞禽走兽不计其数，凡是让他看见的，没有能逃脱的。就连抓到刺猬，他也用泥裹上放在火里烧，烧熟之后剥掉泥，刺猬的皮和刺也就随着泥而脱落，于是就撕开吃肉。他残害生灵的情形，都是这样。

后来莫贺咄病死了，一个多月之后，屈突仲任也暴亡，但他的胸口还热着。他的乳母已经老了，还健在，守着仲任的尸体，没有埋葬。后来仲任又苏醒过来了，说他刚被抓到阴间时，与僮仆

对事,至一大院,厅事十余间,有判官六人,每人据二间。仲任所对最西头,判官不在,立仲任于堂下。有顷判官至,乃其姑夫郓州司马张安也。见仲任惊,而引之登阶,谓曰:"郎在世为恶无比,其所杀害千万头。今忽此来,何方相拔?"仲任大惧,叩头哀祈。判官曰:"待与诸判官议之。"乃谓诸判官曰:"仆之妻侄屈突仲任造罪无数,今召入对事。其人年命亦未尽,欲放之去,恐被杀者不肯。欲开一路放生,可乎?"诸官曰:"召明法者问之?"则有明法者来,碧衣蹋蹡。判官问曰:"欲出一罪人,有路乎?"因以具告。明法者曰:"唯有一路可出,然得杀者肯。若不肯,亦无益。"官曰:"若何"明法者曰:"此诸物类,为仲任所杀,皆偿其身命,然后托生。合召出来,当诱之曰:'屈突仲任今到,汝食啖毕,即托生。羊更为羊,马亦为马,汝余业未尽,还受畜生身。使仲任为人,还依旧食汝。汝之业报,无穷已也。今令仲任略还,令为汝追福,使汝各舍畜生业,俱得人身,更不为人杀害,岂不佳哉?'诸畜闻得人身必喜,如此乃可放。若不肯,更无余路。"

乃镤仲任于厅事前房中,召仲任所杀生类到,判官庭中。地可百亩,仲任所杀生命,填塞皆满。牛马驴骡猪羊獐鹿雉兔,乃至刺猬飞鸟,凡数万头。皆曰:"召我何为?"判官曰:"仲任已到。"物类皆咆哮大怒,腾振蹴踏之而言

一块儿接受审讯,到了一个大院,有十几间公堂,六个判官,每个判官占据两间。仲任受审的那间公堂在最西头,刚进去时判官不在,他就站在公堂下面。过了一会儿判官来了,原来是他姑夫郓州司马张安。张安见是仲任,大为吃惊。把他领上台阶,对他说:"侄儿在世间作恶太多,没人比得过你,你所杀害的生命有千万条。如今突然来到这里,有什么办法救你出去呢?"仲任十分害怕,连忙跪下叩头哀求祈祷。张安说:"等我与各位判官商量商量。"张安便对各位判官说:"我的妻侄屈突仲任作恶无数,现被召进来审判。他的寿命还没有结束,我想放他出去,又怕被他杀害的冤魂不同意。我想开一条生路放他走,可以吗?"各位判官都说:"叫明法来问问他。"明法被找来了,他穿着窄小的绿色衣服,神态紧张不安。判官问道:"想放一个罪人出去,有路吗?"于是就把仲任的情况告诉了他。明法说:"只有一条路可以出去,但是必须得让那些被杀害的生灵同意。如果它们不同意,那就没法放生。"判官说:"那怎么办呢?"明法说:"这些东西都是被仲任杀害的,都要偿还它们生命,让它们去托生。应当把它们召唤出来,劝诱它们说:'屈突仲任现已来到这里,你们如果立即把他吃了,就可以马上去托生。羊还是羊,马也还是马,因为你们的余业尚未完了,所以还得托生为牲畜。倘若仲任托生为人,依旧要吃你们。你们之间的冤孽推来推去,永远没有尽头。现在暂且让仲任活着回去,让他为你们赶修功德,使你们一个个舍去牲畜之业,都能托生为人,再不被人杀害,岂不是好事吗?'这些畜类听说能够托生为人肯定会高兴,这样便可以放了仲任。如果它们还不同意,那就没有别的办法了。"

于是判官便把屈突仲任锁在公堂前面的房子里,召唤那些被他杀害的生灵到院子里,判官站在院子的中央。院子极大,占地近百亩,被仲任杀害的冤魂挤得满满的,牛、马、驴、骡、猪、羊、獐、鹿、野雉、兔子,还有刺猬、飞鸟之类,应有尽有,总计有几万头。它们齐声喊道:"召唤我们来干什么?"判官说:"屈突仲任已经来到这里。"诸生灵个个咆哮着,非常愤怒,蹦跳顿足地齐声

曰："巨盗盍还吾债！"方忿怒时，诸猪羊身长大，与马牛比，牛马亦大倍于常。判官乃使明法入晓谕。畜闻得人身，皆喜，形复如故。于是尽驱入诸畜，乃出仲任。有狱卒二人，手执皮袋兼秘木至，则纳仲任于袋中，以木秘之，仲任身血，皆于袋诸孔中流出洒地。卒秘木以仲任血，遂遍流厅前。须臾，血深至阶，可有三尺。然后兼袋投仲任房中，又扁锁之。乃召诸畜等，皆怒曰："逆贼杀我身，今饮汝血！"于是兼飞鸟等，尽食其血。血既尽，皆共舐之，庭中土见乃止。当饮血时，畜生盛怒，身皆长大数倍，仍骂不止。既食已，明法又告："汝已得债，今放屈突仲任归，令为汝追福，令汝为人身也。"诸畜皆喜，各复本形而去。判官然后令袋内出仲任，身则如故。判官谓曰："既见报应，努力修福。若刺血写一切经，此罪当尽。不然更来，永无相出望。"仲任苏，乃坚行其志焉。出《纪闻》。

婺州金刚

婺州开元寺门有二金刚，世称其神，鸟雀不敢近。疾病祈祷者累有验，往来致敬。开元中，州判司于寺门楼上宴会，众人皆言金刚在此，不可。一人曰："土耳，何能为？"

喊道："大强盗为什么不偿还我们血债!"正在愤怒的时候,只见那些猪羊的身体顿时涨大起来,一个个都像牛马一般大,而那些牛马也涨到平常的两倍大。判官便让明法进来向它们陈述得失利害,极力劝导。牲畜们听说能够托生为人,一个个欢喜雀跃,身体也恢复了原形。于是便把它们全都赶回了各自的地方,将仲任放出来。有两个狱卒,手里拿着皮袋与圆木棒走来,把仲任装在袋子里,用木棒打,仲任身上的血从袋子的孔隙中流了出来,洒在地上。直到木棒子沾满了血,这才不再打了,这时血已流遍公堂下面。不一会儿,血便涨到了台阶,足有三尺深。然后,连袋子一起把仲任扔进了房子里,又把房门锁上。狱卒又去召唤那些牲畜,牲畜们愤怒地说:"逆贼杀死了我们,如今我们要喝你的血!"于是走兽与飞禽们都去喝仲任的血,喝完之后又一块儿用舌头去舔,直到院子露出地面为止。当它们在喝血的时候,由于非常愤怒,身体都涨大了几倍,没有停止怒骂。血喝完了之后,明法又来告诉它们说:"你们已经得到血债了,现在放屈突仲任回去,让他为你们去修功德,让你们托生为人。"畜生们皆大欢喜,个个恢复了原形,就回去了。然后,判官张安叫人把仲任从袋子里放出来,只见仲任的身体还是原来的样子。张安对他说:"既然受到了报应,回去之后就要努力修造功德。如果能刺破身上的血,用来抄写'一切经',你的罪过就能赎完。不然,如果再被捉来,那就永远没有被救出去的希望了。"屈突仲任活过来之后,便坚定不移地履行着自己的誓愿,孜孜不倦地刺臂出血抄写"一切经"。出自《纪闻》。

婺州金刚

婺州开元寺的门楼内有两尊金刚像,世人称它们神灵,鸟雀不敢靠近。有病的人向金刚像祈祷,屡屡应验,前来敬奉与祈祷的人整天络绎不绝。唐玄宗开元年间,婺州判司在开元寺门楼上举行宴会,众人都说这个地方有金刚神像,不应该在这里举办宴会。有个人却说:"那不过是一堆泥而已,能干什么呢?"

乃以酒肉内口。须臾,楼上云昏电掣,既风且雷,酒肉飞扬。众人危惧,独污金刚者,曳出楼外数十丈而震死。_出《广异记》。

菩提寺猪

　　唐开元十八年,京菩提寺有长生猪,体柔肥硕,在寺十余年。其岁猪死,僧焚之,火既烬,灰中得舍利百余粒。_出《纪闻》。

李思元

　　唐天宝五载夏五月中,左清道率府府史李思元暴卒。卒后心暖,家不敢殡。积二十一日,夜中而才苏。即言曰:"有人相送来,且作三十人供。"又曰:"要万贯钱与送来人。"思元父为署令,其家颇富,因命具馔,且凿纸为钱。馔熟,令堂前布三十僧供。思元白曰:"蒙恩相送,薄馔单蔬,不足以辱大德。"须臾若食毕,因令焚五千张纸钱于庭中。又令具二人食,置酒肉,思元向席曰:"蒙恩释放,但怀厚惠。"又令焚五千张纸钱毕。然后偃卧。

　　至天晓,渐平和。乃言曰,被捕至一处,官不在,有两吏存焉,一曰冯江静,一曰李海朝。与思元同召者三人,两吏曰:"能遗我钱五百万,当舍汝。"二人不对,思元独许之,吏喜。俄官至,谓三人曰:"要使典二人,三人内办之。"官因领思元等至王所。城门数重,防卫甚备,见王居有高楼

说完便将酒肉往金刚神像的嘴里塞。不一会儿，楼上乌云密布电光闪闪，狂风挟着雷鸣袭了上来，桌上的酒肉乱飞。众人见状十分恐惧，但是独有那个污辱金刚神像的人，被风扯到楼外数十丈处，遭受雷击而死。出自《广异记》。

菩提寺猪

唐玄宗开元十八年，京都菩提寺里有一只长生猪，体态柔软肥大，在寺里养了十多年了。这一年，这只猪死了，僧人用火把它烧了，火熄灭后，从灰里找到一百多粒舍利。出自《纪闻》。

李思元

唐玄宗天宝五年夏季五月间，左清道率府府史李思元突然病故。死后胸口仍然热乎，家里人没敢殡葬。停放了二十一天，李思元半夜苏醒过来。刚刚苏醒就说："有人把我送回来的，快准备三十个人的斋供。"又说："还要一万贯钱，给送我回来的人。"思元的父亲是署令，家里很富裕，便令人准备饭菜，而且把纸裁成钱。饭菜做好后，令人在房前摆上供给三十个僧人享用。思元口中念道："承蒙各位相送，谨备简单的饭菜，不足以供奉各位高僧大德。"不一会儿，就像吃完饭了一样，于是令人在院里烧了五千张纸钱。然后又准备了两个人的饭菜，摆上酒肉，思元对着酒桌说："承蒙释放之恩，永远记得大恩大德。"说完又让人烧了五千张纸钱。之后，思元便躺下休息。

到天亮时，身体已经逐渐平复。于是讲述了自己的经历，刚开始他被抓到一个地方，这里的官长没在，只有两个吏卒守在那里，一个叫冯江静，一个叫李海朝。与思元一起抓来的共有三个人，两个吏卒对他们说："谁能赠给我们五百万钱，我们就放了谁。"那两人没有回答，只有思元答应了他们，吏卒非常高兴。不一会儿，官长便来了。对他们三人说："需要两个人当使典，从你们三人里面挑。"官长便领着思元等人来到阎罗王住的地方。只见这里有好几道城门，防卫十分严密，阎罗王住的地方有高楼

十间,当王所居三间高大,尽垂帘。思元至,未进,见有一人,金章紫授,形状甚贵,令投刺谒王。王召见,思元随而进至楼下,王命却帘,召贵人登楼。贵人自阶陛方登,王见起,延至帘下。贵人拜,王答拜,谓贵人曰:"今既来此,即须置对,不审在生有何善事?"贵人曰:"无。"王曰:"在生数十年,既无善事,又不忠孝,今当奈何?"因顿蹙曰:"可取所司处分。"贵人辞下,未数级,忽有大黑风到帘前,直吹贵人将去。遥见贵人在黑风中,吹其身忽长数丈,而状臞坏,或大或小,渐渐远去,便失所在。王见伫立,谓阶下人曰:"此是业风,吹此人入地狱矣。"官因白思元等,王曰:"可捻筹定之。"因帘下投三匹绢下,令三人开之。二人开绢,皆有当使字,唯思元绢开无有。王曰:"留二人,舍思元。"

思元出殿门,门西墙有门东向,门外众僧数百,持幡花迎思元,云:"菩萨要见。"思元入院,院内地皆于清池,院内堂阁皆七宝,堂内有僧,衣金缕袈裟,坐宝床。思元之礼谒也,左右曰:"此地藏菩萨也。"思元乃跪。诸僧皆为赞叹声,思元闻之泣下。菩萨告众曰:"汝见此人下泪乎?此人去亦不久,闻昔之梵音,故流涕耳。"谓曰:"汝见此间事,到人间一一话之,当令世人闻之,改心修善。汝此生无杂行,常正念,可复来此。"因令诸僧送归。思元初苏,具三十人

十间，其中他本人住的三间最为高大，门窗都挂着帘子。思元等人来到这里后，还没有进去，便见一人佩戴着金章绶带，样子极高贵，也被传令去拜谒阎罗王。阎罗王召见，思元跟着到了楼下，阎罗王命人卷起门帘，召唤贵人上楼。贵人刚登上楼梯，阎罗王看见后就站了起来，把他请到帘子下面。贵人施礼参拜，阎罗王回礼致谢，然后对贵人说："现在既然来到这里，就要接受审问。不知你生前做过什么善事？"贵人答道："没有。"阎罗王说："在世几十年，既没有做善事，又不忠不孝，如今应当怎么办呢？"于是紧皱着眉头道："送给主管人员去处分！"贵人告辞退下，没等走下几级阶梯，突然一阵黑风刮到帘前，一下子就把贵人卷走了。远远望去，见贵人在黑风中，身体忽然长大到几丈长，好像被撕碎了，有的大有的小，渐渐刮远，不一会儿什么也看不到了。阎罗王一直站在楼上观看，对阶下的人说："这是妖风，把这个人刮进地狱去了。"官长告诉他，思元等人已在此等候多时，阎罗王说："可以抓阄决定。"于是从帘子下面扔下三块绢布包，叫他们三人各捡一块打开。那两人打开自己捡到的布包一看，上面都有"当使"二字，唯独思元的布包上没有字。阎罗王说："留下这两个人，放了思元。"

思元走出殿门，殿门西墙上有个向东开的门，门外有几百个僧人，持着幡花迎接思元，说："菩萨要见你。"思元走到院内，只见院内的地面全是清清的池水，院内的楼阁房舍全是金银珍珠玛瑙等七宝镶嵌而成，殿堂里面有个僧人，穿的是金丝袈裟，坐在宝床上。思元上前施礼拜见，身边的人说："这是地藏菩萨。"思元于是跪拜。众僧齐声颂赞，思元听了感动得流下泪来。菩萨告诉众僧道："你们看见此人流泪了吗？这个人离开人间时间不长，听到原先熟悉的佛教颂赞之声，就流下了眼泪。"菩萨对思元说："你看到这里的事，回到人间后要一一向人们讲述，要让世人知道之后，改邪归正，好好行善。你这一生没有淫乱杀生的行为，以后要经常端正自己的信念，你还可以来到这里。"说完便令僧人们把他送回了人间。思元当初苏醒过来时，准备了三十人

食,别具二人肉食,皆有赠益,由此也。

思元活七日,又设大斋毕,思元又死。至晓苏云,向又为菩萨所召,怒思元曰:"吾令汝具宣报应事,何不言之?"将杖之,思元哀请乃放。思元素不食酒肉,及得再生,遂乃洁净长斋,而其家尽不过中食。而思元每人集处,必具言冥中事,人皆化之焉。出《纪闻》。

僧齐之

胜业寺僧齐之好交游贵人,颇晓医术,而行多杂。天宝五载五月中病卒,二日而苏。因移居东禅定寺,院中建一堂,极华饰,长座横列等身像七躯。自此绝交游,精持戒。自言曰,初死见录至鬼王庭,见一段肉,臭烂在地。王因问曰:"汝出家人,何因杀人?"齐之不知所对。王曰:"汝何故杖杀寺家婢?"齐之方悟。

先是寺中小僧何马师与寺中青衣通,青衣后有异志,马师怨之,因构青衣于寺主。其青衣,不臧之人也。寺主亦素怨之,因众僧堂食未散,召青衣对众,且棰杀之。齐之谏寺主曰:"出家之人,护身口意,戒律之制,造次不可违,而况集众杀乎?"马师赞寺主。寺主大怒,不纳齐之,遂棰朴交至,死于堂下。故齐之悟王之问,乃言曰:"杀人者寺主,得罪者马师,今何为见问?"王前臭肉,忽有声曰:"齐之杀我。"

的素食，又单独准备了两个人的肉食，对三十个僧人与两个吏卒都有赠予，就是因为这段经历。

思元复活后的第七天，又准备了大型的斋戒，斋戒结束后他又死了。天亮时苏醒过来说，他又被地藏菩萨召了去，生气地对他说："我让你回去宣讲报应的事，为什么不说？"菩萨要杖打他以示惩罚，思元苦苦哀求才又将他放回来。思元一向不吃酒肉，这次死而复生之后，干脆不沾腥荤，永远吃素，他全家人也都在中午后忌食。而思元每到有人聚集的地方，就必定向人讲述阴间的事，人们都被他感化了。出自《纪闻》。

僧齐之

胜业寺僧人齐之喜欢与显贵的人物交往，很懂医术，但行为举止随便，不太守戒规。唐玄宗天宝五年五月中旬病故，两天后又复活了。复活之后移居在东边的禅定寺，在寺院中修建了一间极为华丽的庙堂，堂内横排陈列着七座等身大的佛像。从此之后停止了一切交际活动，精诚恪守戒律。他自己说，当初死了之后，被送到阎王殿，见有一块臭烂肉在地上。阎王便问他道："你是出家人，为什么杀人？"齐之莫名其妙，无言以对。阎王说："你为什么杖杀了寺庙上的女仆？"齐之这才明白是怎么回事。

在这之前，寺庙里的小和尚何马师与寺上的女仆私通，女仆后来变了心，何马师对她心怀怨恨，便向寺主诬陷她。这个女仆本不是清白之人。寺主平日也怨恨她，便乘众僧集体吃饭还没散的时候，把女仆找来，当着大家的面用棍子打她。齐之劝说寺主道："出家之人，在身口意三业上要遵守戒律，切不可违背，况且是当着众僧大开杀戒呢？"何马师则极力称赞、怂恿寺主的打人行为。寺主十分恼火，根本不采纳齐之的劝告，连抽带打，女仆被活活打死在院子里。因为有这件事，齐之明白了阎王的问话，说道："杀人的是寺主，得罪她的是何马师，现在为什么问罪于我？"阎王前面的那块臭肉忽然发出声音来："是齐之杀了我。"

王怒曰："婢何不起而卧言?"臭肉忽起为人,则所杀青衣。与齐之辩对数反,乃言曰："当死时,楚痛闷乱,但闻旁有劝杀之声,疑是齐之,所以诉之。"王曰："追寺主。"阶吏曰:"福多不可追。"曰:"追马师。"吏曰:"马师命未尽。"王曰:"且收青衣,放齐之。"初齐之入,见王座有一僧一马。及门,僧亦出,齐之礼谒。僧曰:"吾地藏菩萨也。汝缘福少,命且尽,所以独追。今可坚持僧戒,舍汝俗事,住闲静寺,造等身像七躯。如不能得钱,彩画亦得。"齐之既苏,遂乃从其言焉。出《纪闻》。

张无是

　　唐天宝十二载冬,有司戈张无是居在布政坊。因行街中,夜鼓绝门闭,遂趋桥下而跧。夜半,忽有数十骑至桥,驻马言:"使乙至布政坊,将马一乘往取十余人。"其二人,一则无是妻,一则同曲富叟王翁。无是闻之大惊。俄而取者至云:"诸人尽得,唯无是妻诵《金刚经》,善神护之,故不得。"因喝所得人名,皆应曰:"唯。"无是亦识王翁,应声答曰毕,俄而鼓动。无是归家,见其妻犹诵经坐待。无是既至,妻曰:"汝常不外宿,吾恐汝犯夜,故诵经不眠相待。"天晓,闻南邻哭声,无是问之,则王翁死矣。无是大惧,因以具告其妻,妻亦大惧。因移出宅,谒名僧,发誓愿长斋,

阎王愤怒地喝道:"奴婢为什么不起来,而要躺在那里说话呢?"臭肉突然站了起来变成一个人,正是被打死的那个女仆。女仆与齐之反复对辩,后来便说:"当我快被打死的时候,神经迷乱,只听到旁边有怂恿寺主打死我的声音,怀疑是齐之,所以告了他。"阎王说:"追拿寺主!"阶下差吏说道:"寺主做的功德很多,不能捉拿。"阎王说:"追拿何马师!"差吏说道:"何马师的寿命未尽。"阎王说:"暂且收下女仆,释放齐之。"齐之刚进来时,看见阎王座旁有一个僧人一匹马。等走到门口时,僧人也出来了,齐之便上前施礼拜见。僧人说道:"我是地藏菩萨。你因为功德做得少,寿命又尽了,所以独独追拿你。如今回去之后,要坚守僧人戒律,丢掉你与尘俗之间的那些事,住在闲静的寺院里,另造等身佛像七尊。如果得不到钱,画七幅佛像也可以。"齐之复活之后,便按地藏菩萨说的做了。出自《纪闻》。

张无是

唐玄宗天宝十二年冬天,有个司戈张无是住在布政坊。一天晚上,他走在大街上,最后一遍鼓声敲完之后,大门都关闭了,他便悄悄溜到桥下蜷缩起来。半夜时,突然听到有几十人骑马来到桥上,勒住马说道:"某某去布政坊,带上一匹马到那里把这十几个人带来。"其中两人,一个是张无是的妻子,一个是与同住一街的富翁王老头。张无是听了大吃一惊。不一会儿,那个去抓人的回来报告说:"几个人都抓到了,唯独张无是的妻子正在诵念《金刚经》,有神灵保护她,所以没抓到。"于是吆喝着抓来的人名,一个个都回答:"是。"张无是也认识王老头,点名与应答结束之后,不一会儿便响起了解除夜禁的鼓声。张无是回到家里,见妻子仍在念诵佛经,坐着等他。无是已经回到家,妻子便说:"你平常不在外面住宿,我怕你违犯夜禁被治罪,所以不睡觉念经来等你。"天亮之后,听到南面邻居的哭声,无是一打听,原来是王老头死了。无是非常恐惧,便把夜里在桥下听到的事情告诉了妻子,妻子听了之后也非常害怕。他们就搬出宅子,求见名僧,发誓永远守斋,

日则诵经四十九遍。由是得免。出《纪闻》。

张 应

历阳张应本是魔家,娶佛家女为妇。妻病困,为魔事不差。妻曰:"我本佛家女,乞为佛事。"应便往精舍中见竺昙铠,铠曰:"佛普济众生,但当一心受持耳。昙铠明当往其家。"其夜,应梦见一人,长一丈四五尺,于南面趋走入门,曰:"此家乃尔不净。"梦中见铠,随此人后而白曰:"此处如欲发意,未可以一二责之。"应眠觉,遂把火作高座。铠明日食时往应家,高座已成,夫妻受戒,病亦寻瘥。咸康二年,应病甚,遣人呼铠,连不在。应死得苏,说时有数人,以铁钩钩将北下一板岸,岸下见镬汤、刀山、剑树楚毒之具。应忘昙铠字,但唤"和尚救我",语钩将去人曰:"我是佛子。"人曰:"汝和尚字何等?"应忘其字,但唤佛而已。俄转近镬汤,有一人长一丈四五尺,捉金杵欲撞。应去,人怖散走。长人将应归曰:"汝命尽,不得复生。与汝三日中,期诵三偈。取和尚字还,当令汝生。"遂推应著门内,便活。后三日复死。出《神鬼传》。

道 严

有严师者,居于成都宝历寺。唐开元十四年五月二十

每天诵经四十九遍。于是得以脱免。出自《纪闻》。

张　应

历阳的张应本是巫道之人，娶了佛教信徒人家的女儿为媳妇。妻子患病时，张应用巫术为她治疗，病情丝毫不见好转。妻子说："我本是佛教信徒人家的女儿，求你为我用佛教的办法治一治。"张应便到寺院里拜见竺昙铠，昙铠说："佛家是普济众生的，但应当专心供奉才是。明天我会去你家的。"当天夜里，张应梦见一个人，身长一丈四五尺，从南边慢慢走进了门，说："这个家里如此不干净！"梦中见昙铠，跟随在这个巨人身后，对张应说："这个地方有向诚之心，不能用一两处小错责怪他。"张应睡醒之后，便点火照明赶紧制作高台。昙铠第二天吃早饭时来到张应家，高台已经做成，夫妻二人便由昙铠受了戒，妻子的病很快就好了。晋成帝咸康二年，张应病重，派人去请昙铠，去了几次他都不在。张应死而复生之后，说当时有几个人用铁钩子钩着他，往北走，从一陡岸上下去，岸下见有沸汤、刀山、剑树之类的残酷刑法。张应当时忘记了昙铠的字号，只是呼唤"和尚救我"，对钩他走的人说："我是佛教弟子。"那人问他道："你师父的字号是什么？"张应忘记了师父的字号，只是一个劲儿地喊"佛"而已。不一会儿张应便被推到大锅的沸水跟前，有一个身长一丈四五尺的巨人走来，手持铁棍就要往大锅上撞去。张应离开了，抓他来的那些人也都吓得四散逃跑了。巨人把张应带回来说："你的寿命已经结束，不能再复活。给你三天期限，你要念诵三段偈语，拿到你师父的字号再回来，就会让你托生。"说完便把张应推到了门内，张应于是得以复活。三天之后他又死了。出自《神鬼传》。

道　严

有个严法师，住在成都宝历寺。唐玄宗开元十四年五月二十

一日，于佛殿前轩，燃长明灯，忽见一巨手，在殿西轩。道
严悸且甚，俯而不动。久之，忽闻空中语云："无惧无惧，吾
善神也，且不敢害师之一毫。何俯而不动耶？"道严既闻，
惧少解，因问曰："檀越为何人？匿其躯而见其手乎？"已而
闻空中对曰："天命我护佛寺之地。以世人好唾佛祠地，我
即以背接之，受其唾。由是背有疮，溃吾肌且甚，愿以膏油
傅其上，可乎？"道严遂以清油置巨手中，其手即引去。道
严乃请曰："吾今愿见檀越之形，使画工写于屋壁，且书其
事以表之，冀世人无敢唾佛祠之地者。"神曰："吾貌甚陋，
师见之，无得栗然耶？"道严曰："檀越但见其身，勿我阻
也。"见西轩下有一神，质甚异，丰首巨准，严目呀口，体状
魁硕，长数丈。道严一见，背汗如沃。其神即隐去。于是
具以神状告画工，命图于西轩之壁。出《宣室志》。

一日，他在佛殿前面平台上点燃长明灯时，忽然看见一只巨大的手掌出现在西面平台上。道严惊吓得心直跳，趴着一动不动。过了一会儿，突然听到空中说道："不要害怕，不要害怕，我是善良的神，绝对不敢伤害法师一丝一毫。为什么趴着不敢动弹呢？"道严听到这么说，没那么害怕了，便问道："施主你是什么人？为什么隐藏着身体而只能看见你的手呢？"问完之后便听空中答道："上天派我来保护佛寺之地。因为世人好往佛祠吐唾沫，我用背接受他们的唾弃。因此背上生了疮，严重地腐蚀着我的肌肤，请给我些膏油涂抹在上面，可以吗？"道严便把清油放在巨大的手掌上，那只巨手立即抽了回去。道严请求道："我现在希望能够看施主的形貌，让画工把你的形象画在墙壁上，而且记上这件事，向世人称赞你，希望世人不敢再向佛庙吐唾沫。"神说："我的形貌特别丑陋，法师见了之后，不会受惊吗？"道严说："施主只管显现自己的身形，不要管我。"只见西轩下边有一个神灵，形体十分奇异，肥大的脑袋，又高又宽的鼻梁，双目圆睁，咧着大嘴，躯干高大魁梧，身长好儿丈。道严一见，吓得汗流浃背。那位神灵很快就隐身而去。于是，道严便把神灵的形状详细地告诉了画匠，让他画在佛殿西轩的墙壁上。出自《宣室志》。

卷第一百一
释证三

邢曹进　　韦氏子　　僵　僧　　鸡　卵　　许文度
玄法寺　　商居士　　黄山瑞像　马子云　　云花寺观音
李　舟　　惠　原　　延州妇人　镇州铁塔　渭滨钓者

邢曹进

　　唐故赠工部尚书邢曹进，至德已来，河朔之健将也。守职魏郡，因为田承嗣所縻。曾因讨叛，飞矢中肩，左右与之拔箭，而镞留于骨，微露其末焉。即以铁钳，遣有力者拔而出之，其镞坚然不可动。曹进痛楚，计无所施。妻孥辈但为广修佛事，用希慈荫。不数日，则以索缚身于床，复命出之，而特牢如故。曹进呻吟忍耐，俟死而已。忽因昼寝，梦一胡僧立于庭中，曹进则以所苦诉之。胡僧久而谓曰："能以米汁注于其中，当自愈矣。"及寤，言于医工。医工曰："米汁即泔，岂宜渍疮哉！"遂令广询于人，莫有谕者。明日，忽有胡僧诣门乞食，因遽召入。而曹进中堂遥见，乃昨之所梦者也，即延之附近，告以危苦。胡僧曰："何不

邢曹进

唐代追封为工部尚书的邢曹进,肃宗至德年间以来,就是黄河以北英勇善战的将领。那时他在魏郡任职,不知什么原因曾被田承嗣所管辖。他在一次讨伐叛贼的战争里被飞驰的箭射中肩膀,他身边的人急忙给他拔箭,可是箭头却留在了骨头里,稍微露出一点尖。只好用铁钳子夹,让有力气的人用力拔,可是那个箭头坚牢不动。曹进疼痛难忍,又想不出什么办法。他的妻儿但愿多做佛事,希望佛来保佑他。没过几天,就用绳索把他绑在床上,再让人给拔箭头,可箭头还像当初一样牢固。曹进每天呻吟忍耐,只有等死了。忽然有一天白天睡觉,梦见一个胡僧站在院子当中,曹进就把自己所受的痛苦全告诉了他。过了好一会儿胡僧才对他说:"你可以用米汤往伤口上灌注,一定会自行痊愈的。"等他醒来,就对医生说了这个梦。医生说:"米汤就是淘米水,怎么能灌注疮伤啊?"于是派人四处打听,没有能明白的。第二天,忽然有一个胡僧来到家里乞讨饭食,曹进马上让他进来。曹进在中堂远远地看去,就是昨天在梦中所见到的那个胡僧,就请他到跟前来,把自己的痛苦告诉他。胡僧说:"为什么不

灌以寒食饧？当知其神验也。"曹进遂悟，饧为米汁。况所见复肖梦中，则取之，如法以点，应手清凉，顿减酸疼。其夜，其疮稍痒，即令如前镊之。钳才及睑，镞已突然而出。后傅药，不旬日而瘥矣。吁！西方圣人，恩祐显灼，乃若此之明征乎？ 出《集异记》。

韦氏子

韦氏子有服儒而任于唐元和朝者，自幼宗儒，非儒不言，故以释氏为胡法，非中国宜兴。有二女，长适相里氏，幼适胡氏。长夫执外舅之论。次夫则反之，常敬佛奉教，攻习其文字。其有不译之字读宜梵音者，则屈舌效之，久而益笃。

及韦氏子寝疾，命其子曰："我儒家之人，非先王之教不服。吾今死矣，慎勿为俗态，铸释饭僧，祈祐于胡神，负吾平生之心。"其子从之。既除服而胡氏妻死。凶问到相里氏，以其妇卧疾，未果讣之。俄而疾殆，其家泣而环之。且属纩焉，欻若鬼神扶持，骤能起坐，呼其妇曰："妾季妹死已数月，何不相告？"因泣下呜咽，其夫给之曰："安得此事？贤妹微恙，近闻平复。荒惑之见，未可凭也，勿遽惘怅，今疾甚，且须将息。"又泣曰："妾妹在此，自言今年十月死，

用冷米饷灌注伤处，这样照做之后才会知道它效果如神。"曹进这才恍然大悟，饷就是米汁所熬的啊。况且刚才所见到的又完全符合梦中的情景，因此就拿米汤来按照胡僧指点的办法去灌注到伤处。刚一洗过，果然就有清凉的感觉，米汤灌到伤口处，立刻感到酸疼减轻不少。这天夜里，他的伤口有些发痒，曹进就叫人像先前那样用钳子拔箭。钳子刚夹住箭头，箭头就突然被拔出来了。然后敷上药，不到十天伤口就全好了。哎！西方的圣人啊！他的恩惠庇佑这样显著，这不就是最好的应验明证吗？出自《集异记》。

韦氏子

　　有个信奉儒家的姓韦的人，在唐宪宗元和年间任职。他从小尊奉儒家，不是儒家倡导的话不说。所以把佛教看作外夷的学说，认为在中国不应当提倡。他有两个女儿，长女嫁给相里氏，幼女嫁给胡氏。他的大女婿坚持岳父韦氏子的学说。二女婿就正好相反，敬重佛教，用心研究它的文字，如果遇到没有直译，而应当读梵语的字，就卷起舌头模仿着念。时间长了，就更加忠实地信奉佛教了。

　　等到韦氏子重病，对自己的儿子说："我是儒家的人，凡不是古代圣王的教导我都不服从。我现在快死了，千万不能模仿世俗，修佛像、请和尚吃斋，在佛的面前请求保佑，辜负了我一生的心愿。"他的儿子听从了他的话。脱掉孝服不久，胡氏的妻子就死了。死讯通知到相里氏家，因他的妻子有病卧床，就没有把妹妹的死信告诉她。不久他妻子的病情越加危重，家里人都围着哭泣。临终前，忽然像被鬼神扶持着一样，突然坐了起来，呼喊着她的丈夫说："我的小妹已经死了几个月了，为什么不告诉我呢？"于是哭个不停。她丈夫哄骗她说："怎么会有这样的事？贤妹只是有点小病，最近听说已经好了。你这是恍惚时看见的，没有一点凭证，千万不要特别难过，现在你病很重，需要好好休息。"又哭着说："我妹妹就在这里，她自己说是今年十月死的，

甚有所见，命吾弟兄来，将传示之。昨到地府西曹之中，闻高塎之内，冤楚叫悔之声，若先君声焉。观其上则火光迸出，焰若风雷。求入礼觐，不可，因遥哭呼之。先君随声叫曰：'吾以平生谤佛，受苦弥切，无晓无夜，略无憩时，此中刑名，言说不及。惟有罄家回向，冥资撰福，可救万一。轮劫而受，难希降减。但百刻之中，一刻暂息，亦可略舒气耳。'妹虽宿罪不轻，以夫家积善，不堕地狱，即当上生天宫也。妾以君心若先君，亦当受数百年之责，然委形之后，且当神化为乌。再七饭僧之时，可以来此。"其夫泣曰："洪炉变化，物固有之。雀为蛤，蛇为雉，雉为鸽，鸠为鹰，田鼠为鴽，腐草为萤，人为虎、为猨、为鱼、为鳖之类，史传不绝。为乌之说，岂敢深讶！然乌群之来，数皆数十，何以认君之身而加敬乎？"曰："尾底毛白者妾也。为妾谢世人，为不善者，明则有人诛，暗则有鬼诛，丝毫不差。因其所迷，随迷受化，不见天宝之人多而今人寡乎！盖为善者少，为恶者多。是以一厕之内，虫豸万计；一砖之下，蝼蚁千万。而昔之名城大邑，旷荡无人；美地平原，目断草莽。得非其验乎！多谢世人，勉植善业。"言讫复卧，其夕遂卒。

其为妇也，奉上敬，事夫顺，为长慈，处下谦，故合门怜之，悯其芳年而变异物。无幼无长，泣以俟乌。及期，乌来者数十，唯一止于庭树低枝，窥其姑之户，悲鸣屈曲，若有所诉者。少长观之，莫不呜咽。徐验其尾，果有二毛，白如

并且在阴间看见了很多事情。快叫我的弟兄们来,我要亲自说给他们听。妹妹对我说昨天到了阴曹地府的西曹,听见高墙里有冤屈痛楚叫悔的声音,很像先父的声音。看那上面有火光迸出,火焰像风雷似的。请求进入里面拜见,不准进去,只好远远地哭着喊他。先父随着声音叫道:'我因为一生诽谤佛教,在这里受罪很深,没日没夜,一点休息的工夫都没有,这里的刑罚名称说不完。唯有倾家荡产,用家中全部的钱财修福,可能有机会获救。轮回的劫难很难减免,只是一百刻当中,能有一刻暂时休息,也可略微喘口气了。'妹妹虽然前世的罪过不轻,因为丈夫积善,不会堕落到地狱去,就要上升于王宫了。我因为你的思想像我死去的父亲,不尊佛教,也应受几百年的罪,我死了之后会化为乌鸦。等二七祭祀斋僧时可以来这里。"她丈夫听后哭着说:"水火变化,事物本来就有。雀变为蛤、蛇变为雉、雉变为鸽、鸠变为鹰、田鼠变为鴽、腐草变为萤,人变为虎、为猿、为鱼、为鳖之类,历史延传不绝。变为乌鸦的说法,怎么敢不信呢?可是乌鸦成群飞来,一群都有几十只,怎么能认识哪只是你的化身来加倍尊敬呢?"他妻子回答说:"尾巴下面长着白毛的就是我。替我告诉世人,做坏事的人,活着有人责罚,死了有鬼责罚,丝毫不会错。根据他的迷惑、迷惑多少来决定对他的惩罚,你没看到天宝年间的人多,而现在的人少吗?大概做善事的人少,做恶事的人多。因此一厕之内,虫蛆上万;一砖之下,蝼蚁千万。而从前的名城大邑,都空旷无人;美地平原,看到的尽是草莽。难道这不是应验吗?多告诫世人吧,尽力做善事。"说完又躺在床上,那天晚上就死了。

她作为媳妇,对公婆敬奉,待丈夫顺从,做长辈慈祥,对下人谦和,所以全家人都哀怜她,为她这么年轻就变成异物而怜惜。无论长幼,都哭着等乌鸦来。到了二七那天,果然飞来几十只乌鸦,只有一只落在庭院当中大树最低的树枝上,看着婆婆的门,悲切地连声叫着,好像在诉说什么。老老小小的都看着,没有不哭的。过了一会儿想起验证它的尾巴,果然有两根白毛,白得像

霜雪。姑引其手而祝之曰:"吾新妇之将亡也,言当化为乌而尾白。若真吾妇也,飞止吾手。"言毕,其乌飞来,驯狎就食,若素养者,食毕而去。自是日来求食,人皆知之。数月之后,乌亦不来。出《续玄怪录》。

僵 僧

唐元和十三年,郑滑节度使司空薛公平、陈许节度使李公光颜并准诏各就统所部兵自卫入讨东平。抵濮阳南七里,驻军焉。居人尽散,而村内有窣堵波者,中有僵僧,瞠目而坐,佛衣在身。以物触之,登时尘散。众争集视,填咽累日。有许卒郝义曰:"焉有此事?"因以刀刺其心,如杖上壤。义下塔不三四步,捧心大叫,一声而绝。李公遂令摽菶其事,瘗于其下。明日,陈卒毛清曰:"岂有此乎?昨者郝义因偶会耳。"即以刀环筑去二齿。清下塔不三四步,捧颐大叫,一声而绝。李公又令摽菶其事,瘗于其下。自是无敢犯者。而军人祈福乞灵,香火大集,往环三四里,人稠不得入焉。军人以钱帛衣装檀施,环一二里而满焉。司空薛公因令军卒之战伤疮重者,许其落籍居。不旬日,则又从军东入,而所聚之财,为盗贼挈去,则无怪矣。至今刀疮齿缺,分明犹在。出《集异记》。

鸡 卵

唐敬宗皇帝御历,以天下无事,视政之余,因广浮屠教,由是长安中缁徒益多。及文宗嗣位,亲阅万机,思除其

霜雪一样。婆婆伸出她的手来祝祷说："我的媳妇临死时说她会变成乌鸦，尾巴上长着白毛。如果你真是我的媳妇，就快飞落到我手上吧。"说完，那只乌鸦就飞到她婆婆手上，很温驯地吃食，就像平时家养的一样，吃完就飞走了。从那天起天天来求食，附近的人都知道这件事。几个月之后，乌鸦就不再来了。出自《续玄怪录》。

僵 僧

唐宪宗元和十三年，郑滑节度使司空薛平、陈许节度使李光颜一同接受诏命，各自统帅所领的军队去讨伐东平。到了濮阳南七里，驻扎在那里。居民全都走散，而村内有一座佛塔，塔中有一位僵死的和尚，瞪着眼睛坐着，佛衣穿在身上。用东西去碰他，立刻像尘土一样散落。大家争着围观，街道塞满了好多天。有一个许州士卒郝义说："哪里有这等事？"于是用力去刺僵僧的心，就像触动上面的土壤。郝义走下塔不到三四步，就捧着心大叫一声而气绝。李公于是命人为这件事标记，埋在塔的下面。第二天，陈州士卒毛清说："怎么能有这样的事？昨天郝义的死只是因为偶然罢了。"便用刀环敲掉和尚的两颗牙齿。毛清走下塔不到三四步远，也捂着脸大叫一声而气绝。李公又让人为这件事标记，埋在塔的下面。从此再也没有人敢去冒犯他。而驻扎在这里的人祈求神灵降福保佑，香火不断，周围三四里远的范围内，进香的人群拥挤不堪。驻扎在这里的军人把钱帛、衣装等送去，周围一二里也挤满了。司空薛公因此让军队作战伤重的士兵在那里居住下来。不到十日，他们就又跟从军队东进，而所聚的财物，被盗贼带走，也没有出现什么灵异的事。至今僵僧的刀伤缺齿，分明还在。出自《集异记》。

鸡 卵

唐敬宗皇帝临朝，因天下太平，处理政事之余，而推广佛教，因此长安城中僧侣很多。等到文宗继位，亲理政事，想清除

害于人者。尝顾左右曰:"自吾为天子,未能有补于人,今天下幸无兵革,吾将尽除害物者,使亿兆之民,指今日为尧、舜之世足矣。有不能补化而蠹于物者,但言之。"左右或对曰:"独浮屠氏不能有补于大化,而蠹于物亦甚,可以斥去。"于是文宗病之。始命有司,诏中外罢缁徒说佛书义,又有请斥其不修教者。诏命将行,会尚食厨吏修御膳,以鼎烹鸡卵。方燃火于其下,忽闻鼎中有声极微如人言者。迫而听之,乃群卵呼观世音菩萨也,声甚凄咽,似有所诉。尚食吏异之,具其事上闻。文宗命左右验之,如尚食所奏。文帝叹曰:"吾不知浮屠氏之力乃如是耶!"翌日,敕尚食吏无以鸡卵为膳。因颁诏郡国,各于精舍塑观世音菩萨像。出《宣室志》。

许文度

高阳许文度,唐太和中侨居岐阳郡,后以病热,近月余。一日卧于榻若沉醉状,后数日始寤。初文度梦有衣黄袍数辈与俱行田野,四望间,迥然无鸡犬声。且不知几百里。其时天景曛晦,愁思如结。有黄袍者谓文度曰:"子无苦,夫寿之与夭,固有涯矣,虽圣人安能逃其数?"文度忽悟身已死,恐甚。又行十余里,至一水,尽目无际,波若黑色,杳不知其深浅。黄衣人俱履水而去,独文度惧不敢涉。已而有二金人,皆长五寸余,奇光皎然,自水上来。黄衣者望见金人,沮色震栗,即辟易驰去,不敢偷视。二金人谓文度曰:"汝何为来地府中?我今挈汝归生途,慎无恐。"文度惧稍解,因再拜谢之。于是金人与文度偕行数十里,俄望见

害人的弊端。曾对左右的人说："自从我做了天子，没有做出对百姓有利的事业，现在天下幸而没有战争，我将尽力除掉害人的东西，使亿万百姓，把今天看成是尧、舜的时代也就够了。有不利于教化而害人的东西的，只管说出来。"左右有的人回答说："唯独佛教不能有利于圣朝的教化，而危害也更严重，可以除掉。"于是文宗很讨厌佛教。下命有司，诏内外取缔和尚们讲说佛法，又有人请求斥责那些不听从教化的人。诏命将下，赶上御厨给皇帝准备饭菜，用锅煮鸡蛋。刚在锅底下点燃了火，忽然听到锅里有很小的像人说话的声音。靠近细听，是那些煮在锅里的鸡蛋在呼唤观世音菩萨，声音非常凄惨哽咽，像是在哭诉什么。御厨们感到奇怪，就把这件事奏闻皇帝。文宗命左右的人验证，真像御厨们所说的。文帝叹息道："我不知佛教竟有如此大的威力啊！"第二天，下令让御厨不要用鸡蛋做饭。于是颁布诏书于郡国，各自在庙宇里造观世音菩萨像。出自《宣室志》。

许文度

高阳许文度，唐太和年间侨居岐阳郡，之后因生病发烧，将近一个多月。一天他躺在床上好像喝醉的样子，过了几天才醒过来。当初文度梦见有许多穿黄袍的人和他一起走在田野里，四顾一下，连鸡犬的声音也听不到。而且不知走了几百里。那时天色昏暗，文度忧愁不解。有一个穿黄袍的人对文度说："你不要痛苦，不管是长寿还是短命，本来是有定数的，即使是圣人又怎么能逃离此数？"文度忽然意识到自己已经死了，很害怕。又走了十多里，到一条河边，一望无际，水色漆黑，杳然不知它的深浅。黄衣人都一起涉水而过，唯独文度恐惧不敢过去。过了一会儿有两个金人，都是五寸多高，闪着洁白奇异的光，从水上走来。穿黄袍的人们看见金人，面色惊恐，立即躲避而迅速离去，不敢偷看。两个金人对文度说："你为什么来到阴曹地府？我现在领你回到阳间去，千万不要害怕。"文度稍微平静了些，于是一再行礼道谢。这时，金人领着文度走了几十里，忽然就看见

里门，喜不胜。忽闻有厉声呼文度者，文度悸而醒，见妻子方泣于前，且奇且叹，而羸惫不能运支体，故未暇语其事。后旬日，疾少间，策而步于庭。忽见二金人皆长五寸余，在佛舍下，即昔时梦中所见者。视其仪状，无毫缕之异，心益奇之，始以其事告于妻。妻曰："昨者以君病且亟，妾忧不解。然常闻释氏有救苦之力，由是弃资玩，铸二金人之像。每清旦，常具食祭之。自是君之苦亦瘳除，盖其力也。"文度感二金人报效之速，不食生牢，常阅佛书，因尽穷其指归焉。出《宣室志》。

玄法寺

长安安邑坊玄法寺者，本里人张频宅也。频尝供养一僧，念《法华经》为业，积十余年。张门人潜僧通其婢，因以他事杀之。僧死后，合宅常闻经声不绝。张寻知其冤，惭悔不及，因舍宅为寺。出《酉阳杂俎》。

商居士

有商居士者，三河县人。年七岁，能通佛氏书，里人异之。后庐于三河县西田中，有佛书数百编，手卷目阅，未尝废一日。从而师者百辈。往往独游城邑。偕其行者，闻居士每运支体，铿然若戛玉之音，听者奇之。或曰："居士之骨，真镙骨也，夫镙骨连络如蔓。故动摇之体，则有清越之声，固其然矣。昔闻佛氏书言，佛身有舍利骨，菩萨之身有镙骨，今商居士者，岂非菩萨乎！然辈俗之人，固不可辨也。"

家门,文度高兴得不得了。忽然听到有严厉的声音呼喊文度的名字,文度害怕惊醒,看见他的妻子正在面前哭泣,他又奇怪又感叹,并且疲惫不堪不能活动肢体,所以没有来得及说那件事。过了十几天,病稍好些,他想着在院子里走走。忽然看见两个金人皆是高五寸多,在佛龛下,就是先前梦中所看见的那两个人。看他们的仪容形状,跟梦中的没有丝毫不同,心里更加感到奇怪,他才把梦中的事告诉了妻子。妻子说:"前些日子因为您病情严重,我忧愁不解。然而常听说佛祖有救苦救难的神力,因此我就卖掉了家中的财物,铸造了两个金人佛像。每天清晨,我都准备饭菜供奉他们。从那以后您的病痛也就消除了,大概是他们显灵了。"文度感谢两个金人报恩这样快,所以不食荤腥,常常念佛经,因此也就深刻地理解了佛教的真义。出自《宣室志》。

玄法寺

长安城安邑坊有个玄法寺,原本是此地人张频的住宅。张频曾经供养一个僧人,以诵念《法华经》为业,累积十多年。张家的人诬陷这个僧人和姓张的婢女私通,张频因此借其他罪名杀了僧人。僧人死后,整个住宅常听到念经的声音不断。张频不久知道僧人是冤枉的,惭愧悔恨已经来不及,因此把住宅施舍出去做了寺院。出自《酉阳杂俎》。

商居士

有位商居士,是三河县人。七岁就能通读佛经,乡里人很惊讶。后来住在三河县西田中,有佛经数百部,整天手不离卷地看,不曾荒废一天。拜他为师的有百余人。他常常独自在城里游逛。同他一起走的人,听到居士每活动肢体,就有敲打玉器的声音,很是奇怪。有人说:"居士的骨头真是锁链合一起的,那锁骨连接着好像藤蔓。所以动摇身体时,就有清脆的声音,就是这个缘故。从前听佛经上说,佛身有舍利骨,菩萨之身有锁骨。今商居士是菩萨吗?然而一般的世俗之人,确实不能辨别啊。"

居士后年九十余,一日,汤沐具冠带,悉召门弟子会食,因告之曰:"吾年九十矣,今旦暮且死,汝当以火燃吾尸,慎无逆吾旨。"门弟子泣曰:"谨听命。"是夕坐而卒。后三日,门弟子焚居士于野。及视其骨,果镍骨也,支体连贯,若纫缀之状,风一拂则纤韵徐引。于是里人竞施金钱,建一塔,以居士镍骨瘗于塔中。出《宣室志》。

黄山瑞像

鲁郡任城野黄山瑞像,盖生于石,状如胚混焉。昔有采梢者,山中见像,因往祈祷,如愿必得。由是远近观者数千人。知盗官恐有奸起,因命石工破山石,辇瑞像,致之邑中大寺门楼下。于是邑人于寺建大斋,凡会数千人。斋毕众散,日方午,忽然大风,黑云覆寺,云中火起,电击门楼,飞雨河注。邑人惊曰:"门楼灾矣。"先是僧造门楼,高百余尺,未施丹腹,而楼势东倾,以大木撑之。及雨止,楼已正矣。盖鬼神以像故,而共扶持焉。出《纪闻》。

马子云

泾县尉马子云,为人数奇,以孝廉三任为泾县尉,皆数月丁忧而去。在官日,充本郡租纲赴京。途由淮水,遇风船溺,凡沉官米万斛,由是大被拘系。子云在系,乃专心念佛,凡经五年。后遇赦得出,因逃于南陵山寺中,常一食斋。天宝十年,卒于泾县。先谓人曰:"吾为人坎轲,遂精

居士后来活到了九十多岁，一天，居士沐浴之后穿好衣服戴好帽子，把门下弟子全召来集会吃饭，于是告诉他们说："我九十多岁了，如今旦夕之间就会死去，你们应当把我的尸体火化，千万不要违背我的意思。"门下弟子哭着说："一定照办。"这天晚上居士坐着死了。三天后，门下弟子在荒野烧了居士的尸体。之后看他的骨头，果然是锁骨，肢体连贯，像用针缝纫连接的形状，风一吹就慢慢发出细小而和谐的声音。于是城里人都争着施舍金钱，建造了一个塔，把居士的锁骨埋葬在塔里。出自《宣室志》。

黄山瑞像

鲁郡任城野外的黄山瑞像，是在山石上自然形成的，形状像胚胎模糊不清。从前有个伐木人，在山上看见了瑞像，于是上前祈祷，结果心愿都达到了。从此远近观看瑞像的有几千人。地方上掌管治安的官吏恐怕有作乱之事，因此命令石工砸碎山石，用车子把瑞像运到城中大寺门楼下。城里人在寺门下举行了大斋典礼，到会的有好几千人。大斋完毕，人们离去，当时正是中午，忽然刮起大风，黑云覆盖寺院上空，云中带着闪电，电击门楼，骤雨倾注到河里。城里人害怕说："门楼遭灾了。"先前僧人建造门楼，高一百多尺，还没有等刷上红漆，门楼已经开始向东倾斜，只好用大木头支撑着。等雨停止，楼已经不倾斜了。大概鬼神是因为瑞像的缘故，而来扶持它的吧。出自《纪闻》。

马子云

泾县县尉马子云，一生的命数不好，他以孝廉的资格三次出任泾县县尉，头两次，都是在任才几个月就因为丧事而告假回家。在任时，被派押送租纲去京城。途经淮水，遇大风船沉，损失了上万斛官米，因为这件事判罪入狱。子云在狱中，专心念佛，过了五年。后来遇赦出来，便躲到南陵山的庙里，吃斋修行。天宝十年，死在了泾县。死前对人说："我一生非常坎坷，就用功

持内教。今西方业成,当往生安乐世界尔。"明日沐浴,衣新衣,端坐合掌,俄而异香满户,子云喜曰:"化佛来矣,且迎吾行。"言讫而殁。出《纪闻》。

云花寺观音

长安云花寺有观音堂,在寺西北隅。大中末,百姓屈岩患疮且死,梦一菩萨摩其疮曰:"我在云花寺。"岩惊觉汗流,数日而愈。因诣寺寻检,至圣画堂,见菩萨,一如其睹。倾城百姓瞻礼。岩遂立社,建堂移之。出《酉阳杂俎》。

李 舟

唐虔州刺史李舟与妹书曰:"释迦生中国,设教如周孔;周孔生西方,设教如释迦。天堂无则已,有则君子登;地狱无则已,有则小人入。"识者以为知言。出《国史补》。

惠 原

沙门惠原,本姓春氏,义阳人也,少以弓弩为业。至武陵山,射一孕鹿。将死能言曰:"吾先身只杀汝,汝今遂并杀害我母子,既是缘对,应为汝死。"复向言曰:"吾寻当成佛也,汝可行善,生生代代,勿复结冤。"惠原即悟前缘,遂落发于鹿死之处,而置迦蓝,名耆阇窟山寺。王融别传,言惠死后十年,有人于武当山下见之。出《朗州图经》。

钻研佛教。现在佛教修业已经完成,应当去西方极乐世界了。"第二天洗了澡,穿上新衣服,端坐着两手合掌,不一会儿屋里充满了奇异的香味,子云高兴地说:"化佛来了,要接我上路了。"说完就死了。出自《纪闻》。

云花寺观音

长安云花寺有个观音堂,在寺的西北角。唐宣宗大中末年,百姓屈岩得了疮快要死了,梦见一个菩萨用手抚摸他的疮说:"我在云花寺。"屈岩惊醒,出了一身汗,几天后疮就全好了。于是他到云花寺寻找查看,到了圣画堂,看见了一个菩萨,正如梦中所见。全城的百姓都来拜这菩萨。屈岩于是建造观音堂,把菩萨搬了过来。出自《酉阳杂俎》。

李 舟

唐代虔州刺史李舟在给妹妹的信中说:"如果释迦牟尼生于中国,就会像春秋战国时期的孔子那样设教,如果春秋战国时期的孔子生在西方,也会像释迦牟尼那样设教。天堂没有就罢了,有就只能君子去登;地狱没有就罢了,有就有小人进入。"有见识的人认为这话是有道理的。出自《国史补》。

惠 原

出家人惠原,本姓春,是义阳人,年少以射猎为业。一次到武陵山,射中了一只孕鹿。鹿快要死了,能开口讲话说:"我前生只杀了你一个,你今世一下子杀害了我母子,既然是前生的冤孽,应当死在你的手里。"又向他说:"我很快就要成佛了,你也应该多做善事,咱们世世代代,不要再结冤仇。"惠原立刻明白了前缘,于是就在鹿死的地方削发为僧,并且在那里修建寺庙,取名耆阇窟山寺。王融的别传中,记载惠原死后十年,有人在武当山下见过他。出自《朗州图经》。

延州妇人

昔延州有妇女,白皙颇有姿貌,年可二十四五,孤行城市。年少之子,悉与之游,狎昵荐枕,一无所却。数年而殁,州人莫不悲惜,共醵丧具为之葬焉。以其无家,瘗于道左。大历中,忽有胡僧自西域来,见墓,遂趺坐具,敬礼焚香,围绕赞叹。数日,人见谓曰:"此一淫纵女子,人尽夫也,以其无属,故瘗于此,和尚何敬耶?"僧曰:"非檀越所知,斯乃大圣。慈悲喜舍,世俗之欲,无不徇焉。此即锁骨菩萨,顺缘已尽,圣者云耳。不信即启以验之。"众人即开墓,视遍身之骨,钩结皆如锁状,果如僧言。州人异之,为设大斋,起塔焉。出《续玄怪录》。

镇州铁塔

唐天祐中,太原僧惠照因梦镇州南三十里废相国寺中埋铁塔,特往访之。至界上,为元戎王中令镕所知,延在衙署供养。衙将任友义虑是邻道谍人,或致不测,恳要诘而逐之。元戎始疑,惠具以寻塔为对。遽差于府南三十里访之,果得相国寺古基。掘其殿砌之前,得铁塔,上刻三千人姓名,悉是见在常山将校亲军,唯任友义一人无名,乃知冥数前定。刻斯塔者,何神异哉!出《北梦琐言》。

渭滨钓者

清渭之滨,民家之子,有好垂钓者。不农不商,以香饵为业,自壮及中年,所取不知其纪极。仍得任公子之术,多

延州妇人

以前延州有一个妇女，长得白净而又十分漂亮，年龄在二十四五岁左右，独自往来于城中。年轻的男子，都争着与她交游，跟她亲热，甚至要她陪着睡觉，她也不拒绝。几年后妇女死了，州里人没有不悲痛惋惜的，共同筹钱办丧具埋葬她。因为她没有家，就埋在道边。大历年间，忽然有个胡僧从西域来，看见坟墓，于是就跪下，摆设香案，焚香敬拜，围绕着赞叹。几日后，看见的人对他说："这是一个淫荡女子，所有的男人都可以是她的丈夫，因她没有家，所以才埋在这里，和尚为什么要敬重她呢？"和尚说："并不是施主所能知道的，这是一个大圣。慈悲施舍，世俗的愿望，她没有不曲意顺从的。这就是锁骨菩萨，佛事已经修尽，所以她是圣者。不信就打开棺材验证一下。"众人于是就掘墓开棺，看她全身的骨头，勾结像锁状，果真像和尚说的那样。州人感到奇怪，为此大设斋会，修造佛塔。出自《续玄怪录》。

镇州铁塔

唐昭宗天祐年间，太原和尚惠照因为梦见镇州南三十里废相国寺中埋着一个铁塔，特意前去探访。到了州界上，被元戎王中令镕知道了，请在衙署里供养。衙内的将领任友义担心是邻州派来的探子，可能会有什么不测的事情发生，恳切要求审问并驱逐他。元戎也开始怀疑，惠照详细说了寻找铁塔的事。元戎立刻派人到府南三十里去访查，果然找到了相国寺的旧地基。在墓殿台阶前面挖掘，找到了铁塔，上面刻了三千人的姓名，都是在常山将校亲军中的人，唯独没有任友义的名字，才知道是前世所定。刻这个塔的人，是何等神异啊！出自《北梦琐言》。

渭滨钓者

清澈的渭水边上，有一个平常百姓家的儿子，喜欢钓鱼。他不事农，也不从商，就以用香饵垂钓为职业，从壮年到中年，钓到的鱼不知道有多少了。他又精通任公子配制鱼饵的方法，多

以油煎燕肉置于纤钩，其取鲜鳞如寄之于潭濑。其家数口衣食，纶竿是赖。忽一日，垂钓于大涯峡，竟日无所得。将及日晏，忽引其独茧，颇讶沉重，迤逦挽之，获一铜佛像。既闷甚，掷之于潭心，遂移钓于别浦，亦无所得。移时，又牵出一铜佛。于是折其竿，断其纶，终身不复其业。出《玉堂闲话》。

用油把燕子肉煎了挂在钓钩上来钓鱼,这种钓法就像把鱼放在自家的池塘随用随取一样容易。他家几口人的生活,全依赖于这个钓鱼竿了。忽然有一天,他在大涯硖钓鱼,整日无所收获。将到黄昏,他拉起鱼竿,觉得非常沉重,慢慢地拉起,钓起一个铜佛像。他感到纳闷,把它扔回水潭心,于是又到别的河里去钓鱼,也没有收获。换地方后,又钓出一个铜佛像。于是他折断了他的鱼竿,扯断了钓丝,终身不再从事此业。出自《玉堂闲话》。

卷第一百二
报应一 金刚经

卢景裕　　赵文若　　赵文昌　　新繁县书生　　蒯武安
睦彦通　　杜之亮　　慕容文策　　柳　俭　　　萧　瑀
赵文信　　刘　弼　　袁志通　　韦克勤　　　沈嘉会
陆怀素

卢景裕

　　后魏卢景裕字仲儒,节闵初,为国子博士。信释氏,注《周易》《论语》,从兄神礼。据乡人反叛,逼其同力以应西魏,系晋阳狱。至心念《金刚经》,枷锁自脱。齐神武作相,特见原宥。出《报应记》。

赵文若

　　隋赵文若,开皇初病亡。经七日,家人初欲敛,忽缩一脚,遂停。既苏云:被一人来追,即随行,入一宫城。见王曰:"卿在生有何功德?"答云:"唯持《金刚经》。"王曰:"此最第一。卿算虽尽,以持经之故,更为申延。"又曰:"诸罪中,杀生甚重。卿以猪羊充饱,如何?"即遣使领文若至受苦之处。北行可三二里,至高墙下,有穴,才容身。从此穴

卢景裕

后魏卢景裕字仲儒,节闵帝初年任国子博士。他信奉佛教,注释过《周易》《论语》,跟着他的兄长拜神。因为乡人反叛,逼迫他一起去对付西魏,后被捕关押在晋阳牢狱。他诚心念《金刚经》,结果枷锁自己脱落。北齐神武帝做宰相时,特意宽恕了他。出自《报应记》。

赵文若

隋朝的赵文若,在文帝开皇初年病亡。停了七天,家人准备入殓时,见他忽然缩起一只脚,就停了下来。他苏醒之后说:他被一个人追捕,就跟着他走,进入一座宫城。看见一个君王问他:"你在人间有什么功德?"答道:"只奉持《金刚经》。"君王说:"这是最主要的。你的寿命虽然已耗尽,因为你持诵《金刚经》的缘故,我再为你延长寿命。"又说:"许多罪中,数杀生罪最重。你生时食用猪羊,这怎么好?"于是就派使者领文若到受苦之处。向北走二三里,到高墙下,有一个洞穴,仅容纳一人。从这个洞

出,登一高阜,四望遥阔,见一城极高峻,烟火接天,黑气溢地。又闻楚痛哀叫之声不忍听,乃掩蔽耳目,叩头求出。仍觉心破,口中出血。使者引回见王曰:"卿既啖肉,不可空回。"即索长钉五枚,钉头及手足疼楚。从此专持经,更不食肉。后因公事至驿,忽梦一青衣女子求哀。试问驿吏曰:"有何物食?"报云:"见备一羊,甚肥嫩。"诘之,云:"青牸也。"文若曰:"我不吃肉。"遂赎放之。出《报应记》。

赵文昌

隋开皇十一年,太府寺丞赵文昌忽暴卒,唯心上微暖,家人不敢敛。后复活,说云:吾初死,有人引至阎罗王所,王问曰:"汝一生已来,作何福业?"昌答云:"家贫,无力可营功德,唯专心持诵《金刚般若经》。"王闻语,合掌低首,赞言:"善哉!汝既持《般若》,功德甚大。"王即使人引文昌,向经藏内取《金刚般若经》。文昌向西行五六里,见数十间屋,甚华丽,其中经典遍满,金轴宝帙,庄饰精好。文昌合掌闭目,信手抽取一卷开看,乃是《金刚般若》。文昌捧至王所,令一人执卷在西,文昌东立,面经读诵,一字不遗。王大欢喜,即放昌还家。令引文昌从南门出。至门首,见周武帝在门侧房内,著三重钳镦,唤昌云:"汝是我本国人,暂来至此,要与汝语。"文昌即拜之,帝曰:"汝识我否?"文昌答云:"臣昔宿卫陛下。"武帝云:"卿既是我旧臣,今还家,为吾向隋皇帝说,吾诸罪并欲辩了,唯灭佛法罪重,未可得免,望与吾营少功德。冀兹福祐,得离地狱。"昌受辞

出去，又登上一个高坡，四面很是辽阔，看见一座极高峻的城，那里烟火与天空相连，黑气布满地面。又听到凄楚痛苦的哀叫声，不忍再听，于是捂着眼睛，堵着耳朵，叩头请求离开这里。他仍感到心痛像破了一样，口中吐出鲜血。使者领着他回去见君王，王说："你既然杀生吃肉，不可以不受惩罚就回去。"于是就拿出五枚长钉，钉在头、手和脚上，疼痛难忍。文若复活后，从此专心念经，不再吃肉。后来因公事到驿站，忽然梦见一青衣女子向他哀求。他试探性地问驿吏："你们给我准备了什么吃的？"回答说："准备了一只羊，很是肥嫩。"文若追问，驿吏说："是一只青色的母羊。"文若说："我不吃肉。"于是赎回羊并放了它。出自《报应记》。

赵文昌

隋朝开皇十一年，太府寺丞赵文昌忽然暴死，唯独心上稍暖，家人不敢入殓。后来他又活了，说：我当初死时，有人领我到了阎罗王的住处。阎王问我："你这一生，做过什么功德之事？"文昌答道："家里贫穷，没有能力建立功德，只是专心致志地持诵《金刚般若经》。"阎王听了这些话，合掌低头，称赞说："很好！你既然奉持《般若经》，功德很大。"阎王就派人领文昌，从存放佛经的地方取出《金刚般若经》。文昌向西走了五六里，看见几十间房子，非常华丽，房子里装满了经典，金轴宝套，装饰非常精美完好。文昌合掌闭眼，随手抽出一卷打开看，就是《金刚般若经》。文昌捧到阎王的住处，让一个人拿着经卷在西面，文昌站在东面，面向经书诵读，一字不漏。阎王非常高兴，就放文昌回家。让领着文昌从南门出去。到了门口，看见周武帝在门侧的房内，身上加着三重钳锁，叫文昌说："你是我本国的人，暂时来到这里，我要和你说话。"文昌立即拜见，武帝说："你认识我吗？"文昌答道："我过去当过陛下的侍卫。"武帝说："你既是我过去的臣子，现在回家，替我向隋皇帝说明，我许多罪过都能辩解明白，唯独消灭佛法的罪最重，不能够被赦免，望隋帝给我建立小小的功德。希望通过这些善事保佑，使我能够离开地狱。"文昌接受嘱托，

而行。及出南门，见一大粪坑中，有人头发上出。昌问之，引人答云："此是秦将白起，寄禁于此，罪尤未了。"昌至家得活，遂以其事上奏。帝令天下出口钱为周武帝转《金刚般若经》，设大供三日，仍录事状，入于隋史。出《法苑珠林》。

新繁县书生

益州新繁县西四十里王李村，隋时有书生，姓苟氏，善王书而不显迹，人莫能知之。尝于村东空中四面书《金刚般若经》，数日便了，云："此经拟诸天读诵。"人初不之觉也。后值雷雨，牧牛小儿于书经处立，而不沾湿，其地干燥，可有丈余。及暗，村人怪之。尔后每雨，小儿常集其中，衣服不湿。唐武德中，有异僧语村人曰："此地空中有《金刚般若经》，诸天于上设宝盖覆之，不可轻犯。"自尔于四周设栏楯，以阻人畜履践。每至斋日，村人四远就设佛供，常闻天乐，声震寥泬，繁会盈耳。出《三宝感通记》。

蒯武安

隋蒯武安，蔡州人，有巨力，善弓矢，常射大虫。会嵩山南为暴甚，往射之。渐至深山，忽有异物如野人，手开大虫皮，冒武安身上，因推落涧下。及起，已为大虫矣。惶怖震骇，莫知所为。忽闻钟声，知是僧居，往求救。果见一僧念《金刚经》，即闭目俯伏。其僧以手摩头，忽爆作巨声，

与武帝告别就走了。等到走出南门,看见一个大粪坑中,有一个人的头发浮在上面。文昌问引路的人,答道:"这是秦国大将白起,被囚禁在这里,惩罚还没有结束。"文昌到家后得以复活,于是就把这些事上报给皇帝,皇帝命令天下所有人按人丁出钱为周武帝转《金刚般若经》,设立三日的大斋,并记录下这些事,写入隋史之中。出自《法苑珠林》。

新繁县书生

　　益州新繁县西四十里王李村,隋朝时有个书生,姓苟,擅长王羲之的书法而不去显露,没有人知道这件事。他曾在村东头野外的空间四面凌空虚写《金刚般若经》,几天就写完了,他说:"这是写给天上的神仙来念的。"人们开始没有觉得有什么异常。后来正赶上雷雨天,放牛的小孩在写着经书的地方站着,却不沾湿衣服,地上也是干的,大约有一丈方圆。等到黑天,村人感到奇怪。之后每当下雨,小孩们常常聚集在那里,衣服不湿。唐高祖武德年间,有一个外地来的和尚告诉村里人说:"这个地方空中有《金刚般若经》,诸天神在上面设宝盖覆盖着它,不可以轻易冒犯。"从此就在这地方周围设置栏杆,来阻止人畜的践踏。每当到了斋戒日,村里的人就从四面八方赶来设供祭佛,时常听到天空中有音乐声,声音震动苍天,空旷清朗,交响声充满耳内。出自《三宝感通记》。

蒯武安

　　隋朝时的蒯武安,是蔡州人,他力气非常大,擅长射箭,常常射杀老虎。正赶上老虎在嵩山以南行凶,武安便前去射虎。快到深山时,忽然有一个像野人一样的怪物,用手撕开老虎的皮,罩在武安的身上,又把他推下深涧。等他起来,自己已经变成老虎了。他非常惊慌害怕,不知道怎么办。忽然听到钟声,知道是佛寺,就去求救。果真看见一个和尚在念《金刚经》,他就闭着眼睛趴在那里。那个和尚用手摸他的头,忽然听到一声巨响,

头已破矣,武安乃从中出,即具述前事。又抚其背,随手而开,既出,全身衣服尽在,有少大虫毛,盖先灸疮之所粘也。从此遂出家,专持《金刚经》。出《报应记》。

睦彦通

睦彦通隋人,精持《金刚经》,日课十遍。李密盗起,彦通宰武牢,邑人欲杀之,以应义旗。彦通先知之,遂投城下,贼拔刀以逐之。前至深涧,迫急跃入,如有人接右臂,置盘石上,都无伤处。空中有言曰:"汝为念经所致,因得还家。"所接之臂,有奇香之气,累日不灭。后位至方伯,九十余终。出《报应记》。

杜之亮

隋杜之亮,仁寿中为汉王谅府参军。后谅于并州举兵反,败,亮与僚属皆系狱。亮惶惧,日夜涕泣。忽夜梦一僧曰:"汝但念诵《金刚经》,即此厄可度。"至晓,即取经,专诚习念。及主者并引就戮,亮身在其中。唱者皆死,唯无亮姓名。主典之者皆坐罚,俄而会赦得免。显庆中,卒于黄州刺史。出《报应记》。

慕容文策

慕容文策隋人,常持《金刚经》,不吃酒肉。大业七年暴卒,三日复活,云:初见二鬼,把文牒,追至一城门,顾极

头已经破了，武安才从虎皮中出来，就把之前发生的事详细地告诉和尚。和尚又抚摸他的脊背，身上的虎皮随手而开，武安才完全露出来了，全身的衣服都在，只是有少许虎毛粘在身上，大概是先前长疮的地方粘的毛。从这以后他便出家为僧，专心持念《金刚经》。出自《报应记》。

睦彦通

睦彦通是隋朝人，虔诚地持诵《金刚经》，每天诵读十遍。当时李密造反，彦通守卫武牢关，城里的人想要杀他，来响应义军。彦通事先知道了这件事，急忙出城，贼众拔刀来追赶他。到了深涧前，被迫急忙跳入涧中，他感到好像有人接住他的右臂，把他放在磐石上，他一点儿也没有受伤。空中有人说："你因为念经才能得救，得以回家去。"他被接住的那个右臂，有奇异的香气，很多天都没有消散。之后官至地方长官，活到九十多岁才死。出自《报应记》。

杜之亮

隋朝的杜之亮，在文帝仁寿年间做汉王杨谅的参军。后来杨谅举兵在并州谋反，失败，亮和他的同僚都被抓进牢狱里。亮惶恐害怕，整天哭泣流泪。忽然夜里梦见一个和尚说："你只要念诵《金刚经》，就可免除这种厄运。"到了天亮，杜之亮就拿来经书，专心致志诵读。等到和首犯一起准备受刑时，杜之亮也在当中。点到名的都处死，唯独没有念到杜之亮的姓名。主持典刑的人都被罚，后来赶上大赦就把杜之亮放了出来。到了唐高宗显庆年间，在黄州刺史的任上死去。出自《报应记》。

慕容文策

慕容文策是隋朝时候人，常常持诵《金刚经》，不喝酒，也不吃肉。隋炀帝大业七年突然死去，三天后又活了过来，说：当初看见两个鬼卒，手拿文书，把他带到一个城门前，那座城看上去很是

严峻。入行四五里,见有宫殿羽卫,王当殿坐,僧道四夷,不可胜数。使者入见,文策最在后。一一问在生作善作恶,东西令立。乃唱策名,问曰:"作何善?"对曰:"小来持《金刚经》。"王闻,合掌叹曰:"功德甚大,且放还。"忽见二僧,执火引策。即捉袈裟角问之,僧云:"缘公持经,故来相卫,可随烛行。"遂出城门。僧曰:"汝知地狱处否?"指一大城门曰:"此是也。"策不忍看,求速去。二僧即领至道,有一横垣塞路,僧以锡扣之,即开。云:"可从此去。"遂活。

出《报应记》。

柳俭

唐邢州司马柳俭,隋大业十年任岐州岐阳宫监。义宁元年,坐诬枉系大理寺。俭至心诵《金刚般若经》,有两纸未通,不觉眠睡。梦一婆罗门僧报云:"檀越宜诵经令遍,即应得出。"俭忽寤,勤诵不懈。经二日,忽有敕唤,就朝堂放免。又俭别时,夜诵经至三更,忽闻有异香,散漫满宅,至晓不绝,盖感应所致也。俭至终,计诵经得五千余遍。

出《法苑珠林》。

萧瑀

萧瑀,梁武帝玄孙,梁王岿之子。梁灭入隋,仕至中书令,封宋国公。女炀帝皇后,笃信佛法,常持《金刚经》。议伐高丽,不合旨,上大怒,与贺若弼、高颎同禁,欲置于法。瑀就其所,八日念《金刚经》七百遍。明日,桎梏忽自脱,守

严峻。入城走了四五里，看见有宫殿和侍卫仪仗，阎王正坐在大殿中，和尚道人、四方蛮夷，数不胜数。使者进入拜见，文策跟在最后。阎王一个一个问被抓来的人生前做的善恶等事，然后让他们站在东西两边。喊到文策的名字，问他说："你做了哪些好事?"文策回答说："我从小就奉持《金刚经》。"阎王听后，拍手称赞说："功德很大，暂且放你回去。"忽然看见两个和尚，举着火把领着文策。文策抓住和尚的衣角问他，和尚说："因你念经，因此来护卫你，可随着火把走。"这就出了城门。和尚说："你知道地狱在哪里吗?"然后指着一个大城门说："这就是。"文策不忍看，请求赶紧离开。两个和尚就领他到了路上，有一堵墙堵住了去路，和尚就用锡杖敲打，墙就打开了。和尚说："可以从这里出去。"于是文策就复活了。出自《报应记》。

柳俭

唐代邢州司马柳俭，隋炀帝大业十年时曾任岐州岐阳宫监。隋恭帝义宁元年，他被诬告而监禁在大理寺。柳俭虔心诵读《金刚般若经》，有两页没有读完，不知不觉睡着了。梦见一个印度僧人告诉他说："施主诵读经书应当从头到尾读完，这样就能够得到释放。"柳俭醒来，勤奋不懈地诵经。又过了两天，忽然又有敕令召唤，在朝堂上放了他。柳俭在离别时，当天夜里诵读经书到三更时分，忽然闻到有奇异的香味，散漫整个宅院，一直到早晨也没有消散，大概是感动上天所致。柳俭一直到死，共诵读经书五千多遍。出自《法苑珠林》。

萧瑀

萧瑀，梁武帝的玄孙，梁王萧岿的儿子。梁朝灭亡后归顺隋朝，官到中书令，封为宋国公。女儿是隋炀帝的皇后，他笃信佛法，常持诵《金刚经》。因商议讨伐高丽，不合皇帝的旨意，皇上大怒，把他与贺若弼、高颎一起囚禁，想要置之于法。萧瑀在牢狱中，八天共念《金刚经》七百遍。第二天，柳锁忽然自己脱落，看守

者失色，复为著。至殿前，独宥瑀，二人即重罚。因著《般若经灵验》一十八条，乃造宝塔贮经。檀香为之，高三尺，感一输石像，忽在庭中，奉安塔中，获舍利百粒。贞观十一年，见普贤菩萨，冉冉向西而去。出《报应记》。

赵文信

唐遂州人赵文信，贞观元年暴死，三日后还苏。自说云：初死时，被人遮拥驱逐，同伴十人，相随至阎罗王所。其中有一僧，王先问云："师在世修何功德？"师答云："道徒自生以来，唯诵《金刚般若经》。"王闻此语，忽即惊起，合掌赞言："善哉善哉！师审诵《般若》，当得升天，何因错来至此？"言未讫，忽有天衣来下，引师上天去。王复唤遂州人前曰："汝在生有何功德？"其人报言："臣一生以来，不读佛经，唯好庾信文章集。"王言："庾信是大罪人，见此受苦，汝见庾信，颇识否？"答云："虽读渠文章，然不识其人。"王即令引出庾信，乃见是龟身。王又令引去，少时复作人来，语云："我为生时好作文章，妄引佛经，杂揉俗书，又诽谤佛法，谓言不及孔老之教，今受罪报龟身，苦也。"此人活已，具述其事。遂州人多好捕猎，及闻所说，共相鉴戒，永断杀业，各发诚心，受持《般若》，迄今不绝。出《法苑珠林》。

刘弼

唐刘弼，贞观元年任江南县尉。忽一日，有鸟于房前树上鸣。土人云："是鸟所止为不祥。"弼闻之恐惧，思欲修

的人大惊失色，又给他带上。等到了殿上，炀帝唯独宽恕了萧
瑀，那两个人就受了重罚。于是萧瑀写《般若经灵验》十八条，还
建造宝塔贮藏经书。宝塔用檀香木造成，高三尺。感召来一尊
黄铜佛像，落在院子里，把这佛像也安放在塔中，获得一百粒舍
利。唐太宗贞观十一年，看见普贤菩萨从塔中出来，慢慢向西而
去。出自《报应记》。

赵文信

　　唐朝遂州人赵文信，贞观元年忽然暴死，三天后复活。自己
说：当初死的时候，被人簇拥驱赶，与同伴十人，相随来到阎罗王
的地府。其中有一个和尚，阎王先问他道："师傅在世修行什么
功德？"和尚答道："贫僧出生以来，专一诵读《金刚般若经》。"阎
王听到这些话，忽然惊起，拍手赞道："太好了，太好了！师傅认
真诵读《般若经》，应当升天，为什么错走到这里来？"话没说完，
忽然有天衣使者下来，接引和尚上天去了。阎王又叫遂州人上
前说："你在世时有什么功德？"赵文信答道："我一生不读佛经，
只喜好庾信文章集。"阎王说："庾信是个大罪人，现正在这里受
苦，你看见庾信，能认识吗？"回答说："虽然读他的文章，但却不
认识这个人。"阎王就叫人领出庾信，才看见是个乌龟的身子。
阎王又叫人领回去，一会儿又变作人形来了，说道："我活着的时
候喜好写文章，乱引佛经，杂糅世俗的书，又诽谤佛法，说佛教比
不上儒教和道教，现在受罪报为龟身，很苦。"文信复活之后，把
自己经历的事讲述出来。遂州人很喜欢打猎，听到他的话之后，
互相为鉴，永远断绝杀生的事，各发诚心，持诵《般若经》，到现在
也不停止。出自《法苑珠林》。

刘 弼

　　唐朝人刘弼，贞观元年的时候担任江南县尉。忽然有一天，
有一只乌鸦在他房前的树上不停地鸣叫。当地人说："这乌鸦
停落的地方是很不吉利的。"刘弼听了之后很是害怕，便想要修

崇功德，不知何者为胜。夜梦一僧，偏赞《金刚般若经》，令诵百遍。及寤，依命即诵至百遍。忽有大风，从东北来，拔此树，隔舍遥掷巷外。其拔处土坎，纵广一丈五尺。察暴风来处，小枝纤叶，并随风回靡，风止还起如故。乃知经力不可思议。出《法苑珠林》。

袁志通

唐袁志通，天水人，常持《金刚经》。年二十，被驱为军士，败走岩崄，经日不得食。而觉二童子，持满盂饭来与之。志通拜，忽然不见。既食讫，累日不饥。后得还乡，贞观八年病死，两日即苏，曰："被人领见王，王问在生善业，答云：'常持《金刚经》。'王甚喜曰：'且令送出。'遂活。"出《报应记》。

韦克勤

唐韦克勤少持《金刚经》，为中郎将，从军伐辽，没高丽。贞观中，太宗征辽，克勤少持《金刚经》，望见官军，乃夜出投之。暗不知路，乃至心念经，俄见炬火前导，克勤随火而去，遂达汉军。出《报应记》。

沈嘉会

唐沈嘉会，贞观中任校书郎，以事配兰州。思归甚切，每旦夕，常东向拜太山，愿得生还，积二百余日。永徽六年十月三日夜，见二童子，仪服甚秀，云是太山府君之子，府君愧公朝夕拜礼，故遣奉迎。嘉会云："太山三千余里，何能可去？"童子曰："先生闭目，勿忧道远。"即依其言，瞬息

德行善,不知道做什么最好。一夜梦见一个和尚,唯独赞颂《金刚般若经》,让他诵读一百遍。刘弼醒了之后,按照和尚的话诵读到一百遍。忽然从东北方向刮来大风,拔掉了这棵树,隔着房舍远远扔到村外。拔掉树留下的土坑,长宽一丈五尺。在察看风暴所经之处,所有的树哪怕是小枝细叶,都一起随风倒下,风停止之后又恢复原样。这才知道经书力量的不可思议。出自《法苑珠林》。

袁志通

唐朝袁志通,是天水人,常常持诵《金刚经》。二十岁时,他被抓去做了士兵,打了败仗后,逃到山岩险峻处,整整一天没有吃东西。这时看见两位童子,端着满满的一碗饭给他。志通拜谢,两位童子转眼就不见了。吃完饭,连着几天也不饿。后来得以回到家乡,贞观八年病死,两天后就醒了,说:"被人领着拜见阎王,阎王问他在世时做的好事,我答道:'常持诵《金刚经》。'阎王高兴地说:'将他送回去。'于是我就活了。"出自《报应记》。

韦克勤

唐朝韦克勤从少年持诵《金刚经》,长大后做了中郎将,从军攻打辽国,在高丽迷失。贞观年间,唐太宗征伐辽国,克勤看见了官军,就连夜出城投奔唐军。天黑看不见去路,于是诚心念经,不一会儿看见火炬在前引导,克勤便跟着火炬走,终于找到了唐军。出自《报应记》。

沈嘉会

唐朝沈嘉会,贞观年间任校书郎,因犯罪被发配到兰州。他思归心切,每天早晚,常向东拜泰山,希望能活着回去,一直过了二百多天。永徽六年十月三日夜,梦见两个童子,仪表服饰很美,说是泰山府君的儿子,府君感谢他早晚礼拜,所以派他们来迎接他。嘉会说:"泰山三千多里,怎么能去呢?"两个童子说:"先生闭眼,不要担心路远。"嘉会就按他俩说的那样,一会儿

之间便到。宫殿宏丽，童子引入谒拜。府君即延入曲室，对坐谈笑，无所不知，谓嘉会曰："人之为恶，若不为人诛，死后必为鬼得而治，无有徼幸而免者也。若日持《金刚经》一遍，即万罪皆灭，鬼官不能拘矣。"又云："前府君有过，天曹黜之。某姓刘。"嘉会亦不敢问其他也。尝与嘉会双陆，兼设酒肴。嘉会起，于小厅东见姑臧令慕容仁轨执笏端坐，云："府君帖追到此，已六十日，未蒙处分。"嘉会坐启府君，便令召仁轨入，谓曰："公县下有妇人阿赵，被县尉无状拷杀，阿赵来诉，遂误追公。"庭前有盆水，府君令洗面，仍遣一小儿送归。嘉会亦辞，复令二男送。凡在太山二十八日，家人但觉其精神昏昧，既还如旧。嘉会话仁轨于众，长史赵持满令人验之，无不同。自此常持《金刚经》，遇赦得归。出《报应记》。

陆怀素

唐吴郡陆怀素，贞观二十年失火，屋宇焚烧，并从烟灭，惟《金刚般若波罗密经》独存。函及标轴亦尽，惟经字竟如故。闻者莫不惊叹。怀素即高阳许仁则妻之兄也，仁则当时目睹，常与人言之。出《冥报记》。

的工夫就到了。宫殿宏伟华丽，童子领他进入拜见府君。府君便延请他进入内室，面对面坐着谈笑，府君学识渊博，没有不知道的事，对嘉会说："人作恶，如果不被人杀，死后也一定会得到鬼的惩治，没有能侥幸赦免的。如果每天能持诵《金刚经》一遍，所有的罪过就都没有了，鬼官就不能拘捕你了。"他又说："先前的府君有罪，天曹把他罢免了。我本人姓刘。"嘉会也不敢再问其他的事。有一次，府君和嘉会下棋，并且摆设酒宴。嘉会站起来，在小厅的东面看见姑臧县令慕容仁轨捧着笏板端坐在那里，说："府君用帖子拘拿我到这里，已经六十天了，还未处理。"嘉会坐下后禀告府君，府君便命人召仁轨进来，对他说："你的县里有个女人叫阿赵，被县尉毫无理由地拷打致死，阿赵到阴司告状，就错把你拘来了。"庭前有一盆水，府君让仁轨洗了脸，叫一个童子送仁轨回去。嘉会也告辞，又令两个童子送他。一共在泰山二十八天，家人们只觉得他的精神恍惚，回来之后恢复得和以前一样。嘉会把仁轨的事告诉大家，长史赵持满让人验证，果然是这样。从此嘉会每天持诵《金刚经》，后来遇到大赦，得以回到家乡。出自《报应记》。

陆怀素

唐朝吴郡的陆怀素家在贞观二十年失火，房屋被烧毁，化为灰烬，只有《金刚般若波罗密经》保留了下来。装经的匣子和装经的卷轴也都烧完了，唯独经文却像先前一样。听到的人没有不惊讶叹服的。怀素就是高阳县许仁则妻子的哥哥，许仁则当时亲眼看见，经常对别人说起这事。出自《冥报记》。

卷第一百三

报应二金刚经

司马乔卿	孙　寿	李　观	豆卢夫人	尼修行
陈文达	高　纸	白仁哲	窦德玄	宋义伦
李　冈	王　陁	王令望	陈惠妻	何　澋
张玄素	李丘一			

司马乔卿

唐大理司直河内司马乔卿，天性纯谨，有志行。永徽中，为扬州司户曹。丁母忧，居丧毁瘠骨立，刺血写《金刚般若经》二卷。未几，于庐侧生芝草二茎，九日长尺有八寸，绿茎朱盖，日沥汁一升食之，味甘如蜜，取而复生。乔卿同寮数人并目睹其事。出《法苑珠林》。

孙寿

唐显庆中，平州人孙寿于海滨游猎，遇野火，草木荡尽。唯有一丛茂草，独不焚。疑草中有伏兽，遂烛之以火，竟不爇。寿甚怪之，入草中窥视，乃获一函《金刚般若经》，其傍又有一死僧，颜色不变。火不延燎，盖由此也。始知经像非凡所测，孙寿亲自说之。出《法苑珠林》。

司马乔卿

唐代大理寺直河内司马乔卿,本性纯朴谨慎,有志节操行。唐高宗永徽年间,他担任扬州司户曹。他的母亲死了,为母亲守孝,悲伤忧愁,骨瘦如柴。为了超度母亲,他刺血写了《金刚般若经》两卷。不久,他守墓的草庐旁边长出两棵灵芝草来,九天长到一尺八寸,绿茎红顶,每天流出汁液一升,喝下去,味道像蜜那样甜,取了之后还会生出来。乔卿的几个同僚都亲眼看到了这件事。出自《法苑珠林》。

孙 寿

唐高宗显庆年间,平州人孙寿在海边打猎,遇到野火,草树全被烧尽。只有一处草丛茂盛,唯独没有被烧毁。他便疑心草中藏有野兽,就用火去烧,竟然点不着。孙寿感到很奇怪,进入草丛中窥探,找到了一函《金刚般若经》,它的旁边还有一个死了的和尚,面色不变。火烧不到他,大概是这个原因。这才知道佛经的法力不是常理能猜度的,孙寿亲自说了这件事。出自《法苑珠林》。

李 观

唐陇西李观，显庆中寓止荥阳。丁父忧，乃刺血写《金刚般若心经》《随愿往生经》各一卷。自后院中恒有异香，非常馥烈，邻侧亦常闻之，无不称叹。中山郎徐令过郑州，见彼亲友，具陈其事。出《法苑珠林》。

豆卢夫人

唐陈国窦公夫人豆卢氏，芮公宽之姊也。夫人信罪福，常诵《金刚般若经》。未尽卷一纸许，忽头痛，至夜逾甚。夫人自念，傥死遂不得终经，欲起诵之。令婢然烛，而火悉已灭。婢空还，夫人深益叹恨。忽见厨中有烛炬，渐升堂陛，直入卧内，去地三尺许，而无人执，光明若昼。夫人惊喜，取经诵之。有顷，家人钻燧得火，烛光即灭。自此日诵五遍，以为常法。后芮公将死，夫人往视，公谓夫人曰："吾姊以诵经之福，当寿百岁，生好处也。"夫人年至八十，无疾而终。出《法苑珠林》。

尼修行

唐龙朔元年，洛州景福寺比丘尼修行房中，有侍僮伍五娘。死后，修行为五娘立灵座。经月余日，其姊及弟于夜中，忽闻灵座上呻吟。其弟初甚恐惧，后乃问之，答曰："我生时于寺中食肉，坐此大苦痛。我体上有疮，恐污床席，汝可多将灰置床上也。"弟依其言，置灰后，看床上大有脓血。又语弟曰："姊患不能缝衣，汝太蓝缕，宜将布来，我为汝

李 观

唐朝陇西的李观，高宗显庆年间住在荥阳。他的父亲死了，他在守孝期间刺血写《金刚般若心经》《随愿往生经》各一卷。从此庭院之中总是有一股奇异的香味，浓烈异常，连邻居也常常能闻到，没有不称叹的。中山郎徐令路过郑州，见到了李观亲友，他们详细地讲述了这件事。出自《法苑珠林》。

豆卢夫人

唐朝陈国公窦公夫人豆卢氏，是芮公豆卢宽的姐姐。夫人信奉罪福报应，常常诵读《金刚般若经》。有一次差一页没读完一卷，忽然头痛，到了夜里越发厉害了。夫人自己心想，倘若死了就不能念完经书了，于是便要起来接着诵读。让婢女点燃蜡烛，可是宅内的火全都熄灭了。婢女空手回来，夫人更加悔恨叹息。忽然看见厨房中有蜡烛，慢慢地升入堂阶，一直到了卧室内，离地有三尺左右，可是没有人拿着，亮得像白昼一样。夫人惊喜，又拿出经书念起来。过了一会儿，家里的人钻燧点着了火，于是烛光就灭了。从这开始，夫人每天吟诵《金刚般若经》五遍，以为常例。后来芮公快要死了，夫人去探望，芮公对夫人说："我姐姐因为念经得来的福，应当活百岁，托生在好的地方。"夫人年龄到八十岁，没有什么疾病而去世。出自《法苑珠林》。

尼修行

唐高宗龙朔元年，洛州景福寺尼姑修行的房中，有一个侍女伍五娘。伍五娘死了之后，修行为她设立灵位。过了一个多月，她的姐姐及弟弟在夜里，忽然听到灵位上有呻吟的声音。她的弟弟起初很害怕，后来才问它，答道："我活着的时候在寺中偷吃过肉，犯了这等大罪而遭受痛苦。我身上有疮，恐怕污染了床，你可以多放些灰在床上。"弟弟于是按照她的话去做，放上灰后，再看床上，果然有很多的脓血。她又对弟弟说："姐姐担心你不能缝衣服，你身上穿的衣服太破了，把布拿过来，我来为你

作衫及袜。"弟置布于灵床上,经宿即成。又语其姊曰:"儿小时染患,遂杀一螃蟹,取汁涂疮得差。今入刀林地狱,肉中见有折刀七枚,愿姊慈愍,为作功德救助之。姊煎迫,卒难济办,但随身衣服,无益死者,今并未坏,请以用之。"姊未报间,乃曰:"儿自取去。"良久又曰:"衣服以来,见在床上。"其姊试往观之,乃所敛之服也。遂送净土寺宝献师处,凭写《金刚般若经》。每写一卷了,即报云:"已出一刀。"凡写七卷了,乃云:"七刀并得出讫,今蒙福业助,即往托生。"与姊及弟,哭别而去。吴兴沈玄法说,净土寺僧智整所说亦同。出《冥报记》。

陈文达

唐陈文达,梓州郪县人。常持《金刚经》,愿与亡父母念八万四千卷,多有祥瑞。为人转经,患难皆免。铜山县人陈约曾为冥司所追,见地下筑台,问之,云:"此是般若台,待陈文达。"其为冥司所敬如此。出《法苑珠林》。

高 纸

高纸,隋仆射颍之孙也。唐龙朔二年,出长安顺义门,忽逢二人乘马,曰:"王唤。"纸不肯从去,亦不知其鬼使,策马避之,又被驱拥。纸有兄,是化度寺僧。欲往寺内,至寺门,鬼遮不令入。纸乃殴鬼一拳,鬼怒,即拽落马,曰:"此汉大凶粗。"身遂在地,因便昏绝。寺僧即令昇入兄院。明旦乃苏,云:初随二使见王,王曰:"汝未合来,汝曾毁谤佛

做件衣服和袜子。"弟弟把布放在灵床上，过了一宿就做成了。又对她的姐姐说："我小的时候染上了病，就杀了一只螃蟹，取它的汁涂在疮上就病愈了。现在我已入刀林地狱，看见肉体中露出七把断刀，愿姐姐大发慈善怜悯之心，为我修行功德救助我。姐姐很困难，的确很难办成，我的随身衣服，对于已经死去的人已经没有什么用处了，现在也并没有破，用这些东西来做功德吧。"没等姐姐答话，又说："我自己去拿。"过了很久又说："衣服已经拿来了，在床上。"她的姐姐往床上看，的确是她入殓时穿的衣服。于是就把它送到净土寺宝献禅师那里，请他写《金刚般若经》。每写完一卷，就报告说："已经拔出一把刀。"一共写了七卷，她才说："七把刀都被拔出来了，现在承蒙所修功德的帮助，我就要去托生了。"于是她和姐弟洒泪而别。这件事是吴兴沈玄法说的，和净土寺僧人智整说的也一样。出自《冥报记》。

陈文达

唐朝陈文达，梓州郪县人。常常持诵《金刚经》，愿为死去的父母念八万四千卷，屡次有祥端出现。给别人念经，灾祸都能免除。铜山县人陈约曾被冥司所拘，看见地下筑起一个台子，一问，说："这是般若台，等待陈文达来念经的。"他被冥司尊敬到如此程度。出自《法苑珠林》。

高 纸

高纸，是隋朝仆射高颎的孙子。唐高宗龙朔二年，从长安顺义门走出，忽然遇到两个骑马的人说："大王叫你。"高纸不肯跟着去，也不知道他们是鬼使，用马鞭打马躲开他们，又被驱赶起来。高纸有个哥哥是化度寺的和尚。想躲进寺里，到了寺门，鬼挡住门不让他进去。高纸就打了鬼一拳，鬼发怒了，就把他拽下马说："这个汉子野蛮粗鲁。"纸倒在地上，昏死过去。寺庙的和尚把他抬到他哥的院内。第二天早晨苏醒后，说：起初跟着两个使者见阎王，阎王说："你本不该现在来，但你曾毁谤佛

法,且令生受其罪。"令左右拔其舌,以犁耕之,都无所伤。
王问本吏曰:"彼有何福德如此?"曰:"曾念《金刚经》。"王
称善,即令放还。因与客语,言次忽闷倒,如吞物状,咽下
有白脉一道,流入腹中,如此三度。人问之,曰:"少年盗食
寺家果子,冥司罚令吞铁丸。"后仕为翊卫,专以念经为事。
出《报应记》。

白仁皙

唐白仁皙,龙朔中为虢州朱阳尉。差运米辽东,过海
遇风,四望昏黑,仁皙忧惧,急念《金刚经》,得三百遍。忽
如梦寐,见一梵僧,谓曰:"汝念真经,故来救汝。"须臾风
定,八十余人俱济。出《报应记》。

窦德玄

窦德玄,麟德中为卿,奉使扬州。渡淮,船已离岸数十
步,见岸上有一人,形容憔悴,擎一小襆坐于地。德玄曰:
"日将暮,更无船渡。"即令载之。中流觉其有饥色,又与
饭,乃济。及德玄上马去,其人即随行。已数里,德玄怪
之,乃问曰:"今欲何去?"答曰:"某非人,乃鬼使也。今往
扬州,追窦大使。"曰:"大使何名?"云:"名德玄。"德玄惊
惧,下马拜曰:"某即其人也。"涕泗请计,鬼曰:"甚愧公容
载,复又赐食,且放,公急念《金刚经》一千遍,当来相报。"
至月余,经数足,其鬼果来,云:"经已足,保无他虑,然亦终
须相随见王。"德玄于是就枕而绝,一宿乃苏。云:初随使者

法,暂且让你活着受罪。"于是就叫左右的人拔掉他的舌头,用犁耕他的身,都没有使他受到伤害。阎王问本吏说:"他有什么福德能够这样?"回答说:"曾经念过《金刚经》。"阎王称赞说好,就让放他还生。高纸后来和其他客人谈话,正说着话忽然昏倒,像吞咽东西的样子,咽喉下面一道白线,流进腹中,像这样一连反复了三次。客人问他,他说:"少年时曾盗窃寺庙里的果子吃,冥司惩罚他吞铁丸。"后来他官至翊卫将军,每天专心念经。出自《报应记》。

白仁哲

　　唐代白仁哲,龙朔年间做虢州朱阳尉。被派往辽东运粮,过海时遇到大风,环顾四周一片昏暗,仁哲忧虑害怕,急忙念《金刚经》,念了三百遍。忽然像梦中一样,看见一个梵僧,对他说:"你念真经,所以前来救你。"不一会儿风就停了,八十多个人全都渡过了海。出自《报应记》。

窦德玄

　　窦德玄,唐高宗麟德年间做卿相,奉命出使扬州。渡过淮河,船已离岸几十步远,看见岸上有一个人,面容憔悴,捧着一个小包袱坐在地上。德玄说:"天色将晚,没有船过河了。"就让载上他。船行到江中,觉得他面带饥色,又给他饭吃,才渡过去。等到德玄上马离开,那个人就跟着他走。走了几里,德玄感到很奇怪,就问道:"现在你要去哪里?"他回答说:"我不是人,是鬼使。现在去扬州,追拿窦大使。"德玄又问:"大使叫什么名字?"说:"名德玄。"德玄惊恐,下马跪拜说:"我就是那个人。"流着眼泪请求他想办法,鬼使说:"你载我过河我很感谢,又赐给我饭吃,我暂且放了你,你赶快念《金刚经》一千遍,我会再来见你。"过了一个多月,经数也念够了,那个鬼果然来了,并说:"经已念够了,保证你没事了,但也还是要随我去见一见阎王。"德玄于是躺在枕头上气绝了,过了一晚上才苏醒过来。说:当初随着使者

入一宫城，使者曰："公且住，我当先白王。"使者乃入。于屏障后，闻王遥语曰："你与他作计，漏泄吾事，遂受杖三十。"使者却出，袒以示公曰："吃杖了也。"德玄再三愧谢。遂引入，见一著紫衣人，下阶相揖，云："公大有功德，尚未合来，请公还。"出堕坑中，于是得活。其使者续至，云："饥未食。"及乞钱财，并与之。问其将来官爵，曰："熟记取，从此改殿中监，次大司宪，次太子中允，次司元太常伯，次左相，年至六十四。"言讫辞去，曰："更不复得来矣。"后皆如其言。出《报应记》。

宋义伦

　　唐宋义伦，麟德中为虢王府典签。暴卒，三日方苏，云：被追见王，王曰："君曾杀狗兔鸽，今被论，君算合尽，然适见君师主云君持《金刚经》，不惟灭罪，更合延年。我今放君，君能不吃酒肉，持念尊经否？"义伦拜谢曰："能。"又见殿内床上，有一僧年可五六十，披衲。义伦即拜礼，僧曰："吾是汝师，故相救，可依王语。"义伦曰："诺。"王令随使者往看地狱。初入一处，见大镬行列，其下燃火，镬中煮人，痛苦之声，莫不酸恻。更入一处，铁床甚阔，人卧其上，烧炙焦黑，形容不辨。西顾有三人，枯黑伫立，颇似妇人，向义伦叩头云："不得食吃，已数百年。"伦答曰："我亦自无，何可与汝？"更入一狱，向使者云："时热，恐家人见敛。"遂去。西南行数十步，后呼云："无文书，恐门司不放出。"遂得朱书三行，字并不识。门司果问，看了放出。乃苏。出《报应记》。

进入一座宫城，使者说："你先待在这，我去禀告阎王。"使者就进去了。他立于屏障后面，远远听到阎王说："你和他合谋定计，泄露了我的事，应打三十棍。"使者退出，解开上衣告诉德玄说："已打了三十棍了。"德玄再三愧谢。于是引着他进去，看见一个穿着紫色衣服的人，走下台阶，作揖说道："你有很大的功德，还不应当来，请你回去。"德玄出去后掉进坑中，又复活了。那个使者又跟着到了，说："我饿了，还未吃东西。"又要了一点钱财，德玄都满足了他。德玄问他将来的官爵，使者说："牢记，从这以后改做殿中监，其次是大司宪，再次是太子中允，再次是司元太常伯，再次是左丞相，活到六十四岁。"说完告辞而去，说："我以后不会再来了。"后来德玄官职升迁确实像他所说的那样。出自《报应记》。

宋义伦

　　唐代宋义伦，麟德年间做虢王府的典签。突然去世了，三天后才苏醒，他说：被拘走见了阎王，阎王说："你曾经杀狗、兔子、鸽子，现在被人控告，你的寿命已经到头了，然而恰好遇见你的师傅说你持诵《金刚经》，不但是免罪，更应该延长寿命。我现在放你生还，你能不能做到不吃酒肉，每天念经？"义伦拜谢说："能。"又看见殿内床上，有一个和尚年纪有五六十岁，披着僧衣。义伦就给他行礼，和尚说："我是你的师傅，所以来救你，可以按照阎王的话去做。"义伦说："是。"阎王命他随着使者去看地狱。刚到一处，看见一排排大锅，锅下点着火。锅中煮着人，痛苦的声音，听了没有不心酸的。再到一处，铁床很宽，人躺在床上，烧烤得焦黑，形体面容已不能分辨。向西看有三个人，干枯黑瘦站在那，很像是妇人，向义伦磕头说："已经几百年没有吃东西了。"义伦答道："我自己也没有食物，拿什么给你？"再到一处地狱，义伦对使者说："天气热，恐怕家人把我入殓。"于是鬼使就让他离开。向西南走了几十步，后面呼喊道："没有文书，恐怕看门人不会放你出去。"于是得到红字三行，字全不认识。门司果然查问，看了文书才放他出去。义伦就活过来了。出自《报应记》。

李 冈

唐兵部尚书李冈得疾暴卒，唯心上暖。三日复苏，云：见一人引见大将军，蒙令坐，索案看，云："错追公。"有顷，狱卒擎一盘来，中置铁丸数枚。复异一铛放庭中，铛下自然火出，铛中铜汁涌沸，煮铁丸，赤如火。狱卒进盘，将军以让冈，冈惧云饱。将军吞之，既入口，举身洞然。又饮铜汁，身遂火起。俯仰之际，吞并尽，良久复如故。冈乃前问之，答云："地下更无他馔，唯有此物，即吸食之。若或不餐，须臾即为猛火所焚，苦甚于此。唯与写佛经十部，转《金刚经》千卷，公亦不来，吾又离此。"冈既复生，一依所约，深加敬异。出《报应记》。

王 陁

唐王陁为鹰扬府果毅，因病遂断荤肉，发心诵《金刚经》，日五遍。后染瘴疾，见群鬼来，陁即急念经。鬼闻便退，遥曰："王令追汝，且止诵经。"陁即为歇，鬼悉向前，陁乃昏迷欲绝。须臾又见一鬼来云："念经人，王令权放六月。"既寤，遂一心持诵，昼夜不息。六月虽过，鬼亦不来，夜闻空中有声呼曰："汝以持经功德，当寿九十矣。"竟如其言。出《报应记》。

王令望

唐王令望少持《金刚经》。还邛州临溪，路极险阻。忽遇猛兽，振怖非常，急念真经。猛兽熟视，曳尾而去，流涎满地。曾任安州判司，过扬子江，夜风暴起，租船数百艘，

李 冈

唐朝兵部尚书李冈得病突然死去,只是心头还温热。三天后又复活了,他说看见一个人领着他见大将军,大将军让他坐下,并拿出案卷来看,说:"错拘了李公。"过了一会儿,狱卒拿出一盘子来,盘中放几粒铁丸。又抬出一个平锅放在院子里,锅下自然冒出火来,锅中的铜汁沸腾,煮着铁丸,红的像火一样。狱卒把盘子送到将军前,将军让李冈吃,李冈害怕地说吃饱了。将军就吞了铁丸,铁丸到嘴里,全身出现许多洞。又喝了铜汁,全身便起火。俯仰之际便一起吞进去了,过了好久又像先前一样。李冈上前问他,他答道:"地下没有别的吃的,只有这种东西,只好吃它了。如果不吃,不一会儿就会被猛火烧毁,将会比这还要痛苦。你只给写佛经十部,唱诵《金刚经》一千卷,你也不会到这里来,我又能离开这里。"李冈就复活了,完全按将军说的去办,更加敬重他了。出自《报应记》。

王 陟

唐代的王陟是鹰扬府武官,因生病就不再吃荤肉,发自内心诵读《金刚经》,每日五遍。之后又染上了瘴病,见群鬼来,王陟就急忙念经。鬼听见后就退了回去,远远地说:"阎王令我们拘你,暂且别念经。"王陟就停止了,鬼全都向前来,王陟于是便昏迷过去。不一会儿又见一个鬼来说:"念经人,阎王命令暂且放你六个月。"王陟醒来之后,就一心念经,昼夜不停。六个月虽然过去了,鬼也没有来,夜里听到空中有呼叫声说:"你因为念经有功德,应当活到九十岁。"后来竟然真像他说的那样。出自《报应记》。

王令望

唐朝的王令望从小就奉持《金刚经》。有一年回到邛州临溪,道路非常险阻。忽然遇到了猛兽,他非常害怕,便赶快念经,猛虎仔细地看看他,便摆着尾巴走了,流出的口水满地都是。他曾经在安州做判司,过扬子江时,夜里风暴突起,租船几百艘,

相接尽没，唯令望船独全。后终亳州谯令。出《报应记》。

陈惠妻

唐陈惠妻王氏初未嫁，表兄褚敬欲婚王氏，父母不许。敬诅曰："若不嫁我，我作鬼，必相致。"后归于惠。惠为陵州仁寿尉，敬阴恚之。卒后，王梦敬，旋觉有娠，经十七月不产。王氏忧惧，乃发心持《金刚经》，昼夜不歇。敬永绝交，鬼胎亦销。从此日持七遍。出《报应记》。

何 澋

唐何澋，天授初任怀州武德令，常持《金刚经》。至河阳，水涨桥倒，日已夕，人争上船，岸远未达，欲没。澋惧，且急念经。须臾近岸，遇悬芦，攀缘得出。余溺死八十余人。出《报应记》。

张玄素

唐张玄素，洛阳人，少持《金刚经》。天授初，任黄梅宰，家有厄难，应念而消。年七十遘疾，忽有花盖垂空。遂澡浴，与家人诀别，奄然而卒。出《报应记》。

李丘一

唐李丘一好鹰狗畋猎。万岁通天元年，任扬州高邮丞。忽一旦暴死，见两人来追，一人自云姓段。时同被追者百余人，男皆著枷，女即反缚。丘一被镔前驱。行可十

相继沉没，只有令望的船只完好无损。后来官至亳州谯县县令。
出自《报应记》。

陈惠妻

　　唐朝陈惠的妻子王氏未出嫁时，表兄褚敬想和王氏通婚，但王氏的父母不答应。褚敬诅咒说："如果不嫁给我，我做了鬼，一定娶你。"后来王氏嫁给陈惠。陈惠做陵州仁寿尉时，褚敬暗暗忌恨他。褚敬死了之后，王氏梦见褚敬，不久就觉得有了身孕，过了十七个月还不生产。王氏忧愁害怕，于是决心持诵《金刚经》，昼夜不停。后来王氏再也没有梦见过褚敬，鬼胎也消失了。从此王氏每天念七遍经。出自《报应记》。

何　澡

　　唐朝何澡，天授初年任怀州武德县令，常常持诵《金刚经》。到了河阳，水涨桥倒，天色已晚，人们都争着上船，船离岸远，还没到达，就要沉没。何澡害怕，连忙念经。不一会儿快到岸边，遇到了一个悬着的芦草，抓住它移动才得救。其余的八十多人都淹死了。出自《报应记》。

张玄素

　　唐朝张玄素，是洛阳人，从小奉持《金刚经》。天授初年，任黄梅县令，家中有什么灾难，都会随念经而消失。活到七十岁得了病，忽然有一个花盖从空中垂下。于是沐浴全身，和家人诀别，就安安静静地死了。出自《报应记》。

李丘一

　　唐朝的李丘一喜欢用鹰狗打猎。武后万岁通天元年，他担任扬州高邮县丞。忽然在一天早上暴病而亡，他看见两个人来拘捕他，其中一个人自己说姓段。当时一齐被拘的有一百多人，男的都带枷锁，女的则被反绑着。丘一被锁着走在前面。走了十

余里，见大槐树数十，下有马槽，段云："五道大神每巡察人间罪福，于此歇马。"丘一方知身死。至王门，段指一胥云："此人姓焦名策，是公本头。"遂被领见。王曰："汝安忍无亲，好杀他命，以为己乐。"须臾，即见所杀禽兽皆为人语云："乞早处分。"焦策进云："丘一未合死。"王曰："曾作何功德？"云："唯曾造《金刚经》一卷。"王即合掌云："冥间号《金刚经》最上功德，君能书写，其福不小。"即令焦策领向经藏，令验。至一宝殿，众经充满，丘一试抽一卷，果是所造之经。既回见王，知造有实，乃召所杀生类，令恳陈谢，许造功德。丘一依王命，愿写《金刚经》一百卷。众欢喜尽散。王曰："放去。"焦策领出城门，云："尽力如此，岂不相报。"丘一许钱三百千，不受，云："与造经二十部。"至一坑，策推之，遂活。身在棺中，惟闻哭声，已三日矣，惊呼人至，破棺乃起。旬日，写经二十卷了，焦策来谢，致辞而去。寻百卷亦毕。扬州刺史奏其事，敕加丘一五品，仍充嘉州招讨使。出《报应记》。

多里,看见几十棵大槐树,树下有马槽,段某说:"五道大神每次巡察人间的祸福,都在这里喂马。"丘一才知道自己已经死了。到了阎王殿大门,段指着一个小官说:"这个人姓焦叫策,是掌管您官司的差头。"于是被领见。阎王说:"你怎么能六亲不认,喜好杀生,来作为自己的乐事?"不一会儿,就看见他所杀的飞禽走兽都像人那样说话:"请求早早处分他。"焦策上前说:"丘一不应当死。"阎王问:"他曾做过什么功德?"回答说:"曾写《金刚经》一卷。"阎王拍手说:"冥间称《金刚经》为最高的功德,你能书写,你的功德不小。"就令焦策领他到经藏处,去验证。于是就到了一座宝殿,里面装满了许多经书,丘一试着抽出一卷,果然是自己所写的经书。回去报告给阎王之后,知道确有此事,就叫出所杀的生灵,令他恳切地一一谢罪,答应为他们造功德。丘一听从了阎王的话,愿意写《金刚经》一百卷。众生灵都高兴地散去了。阎王说:"放他回去。"焦策领他走出城门,说:"我如此尽力,你难道不报答吗?"丘一答应给钱三百千,焦策不接受,说:"给我写经二十部。"到了一个土坑,焦策推他,便活过来了。丘一身在棺材中,只听到哭声,已经死了三天了,他大声叫着,人们都被喊来,打开棺材他就活过来了。十天后,他就写了二十卷经书,焦策来感谢他,表示谢意就告辞了。不久后一百卷也写完了。扬州刺史向皇帝奏报这件事,皇帝下令加封丘一五品官,充任嘉州招讨使。出自《报应记》。

卷第一百四

报应三金刚经

于　昶　　裴宣礼　　吴思玄　　　银山老人　崔文简
姚　待　　吕文展　　长安县系囚　李　虚　　卢　氏
陈利宾　　王　宏　　田　氏

于　昶

　　唐于昶，天后朝任并州录事参军。每至一更后，即喘息流汗，二更后愈。妻柳氏将召医工，昶密曰："自无他苦，但昼决曹务，夜判冥司，事力不任耳。"每知有灾咎，即阴为之备，都不形言，凡六年。后丁母艰，持《金刚经》，更不复为冥吏，因极言此功德力，令子孙讽转。后为庆州司马，年八十四，将终，忽闻异香，非代所有，谓左右曰："有圣人迎我往西方。"言讫而没。出《报应记》。

裴宣礼

　　唐裴宣礼，天后朝为地官侍郎，常持《金刚经》。坐事被系，宣礼忧迫，唯至心念经。枷锁一旦自脱。推官亲访之，遂得雪免。御史任植同禁，亦念经获免。出《报应记》。

于 昶

唐朝的于昶，天后朝时任并州录事参军。每当到了一更之后，就喘息流汗，二更后就好了。他的妻子柳氏要找个医生，于昶却悄悄对她说："我没有别的苦痛，只是白天忙官府的事，晚上判决冥司的事，有些力不胜任罢了。"每当知道有灾害和过失，就暗中事先做准备，表面上都不说，一共过了六年。后来他给母亲办丧事，开始持诵《金刚经》，再不去做冥司的官吏了，极力说这是《金刚经》的功德力量，并让他的子孙诵读经书。之后做庆州司马，年八十四，快死的时候，忽然闻到奇异的香味，并不是平时有过的，便对身边的人说："有圣人迎接我去西方世界。"说完就死了。出自《报应记》。

裴宣礼

唐朝的裴宣礼，天后朝时做地官侍郎，常常持诵《金刚经》。犯了罪被抓入狱，宣礼忧愁急迫，只诚心念经。忽然有一天枷锁自己脱落。推官亲自来问他，于是得以免罪释放。御史任植和他一起被监禁，也因念《金刚经》而获免。出自《报应记》。

吴思玄

唐吴思玄，天后朝为太学博士。信释氏，持《金刚经》日两遍，多有灵应。后稍怠，日夜一遍。□□□思玄在京病，有巫褚细儿言事如神，星下祈祷。思玄往就见，细儿惊曰："公有何术，鬼见皆走？"思玄私负，知是经力，倍加精励，日念五遍。兄疾，医无效。思玄至心念经，三日而愈。思玄曾于渭桥见一老人，年八十余，著粗缲服，问之，曰："为所生母服。"思玄怪之，答曰："母年四十三时，有异僧教云：'汝欲长寿否？但念《金刚经》。'母即发心，日念两遍。终一百七。姨及邻母诵之，并过百岁。今遵母业，已九十矣。"出《报应记》。

银山老人

饶州银山，采户逾万，并是草屋。延和中火发，万室皆尽，唯一家居中，火独不及。时本州杨体幾自问老人，老人对曰："家事佛，持《金刚经》。"出《报应记》。

崔文简

唐崔文简，先天中任坊州司马。属吐蕃奄至州城，同被驱掠，镣械甚严。至心念经，三日，镣忽自开。虏疑有奸，槌拽，具以实对。问曰："汝有何术？"答云："念《金刚经》。"复令镣之，念未终又解。众皆叹异，遂送出境。出《报应记》。

吴思玄

唐朝吴思玄，天后朝中做太学博士。崇奉佛教，每天持诵两遍《金刚经》，多有灵验的事发生。后来他稍有松懈，每天只念一遍。□□□思玄在京城得了病，有一个叫褚细儿的巫婆料事如神，她正在星下祈祷。思玄去看她，细儿惊讶地说："你有什么法术，鬼看见你都逃走了？"思玄私下猜度，知道这是《金刚经》的威力，便加倍努力，每天念五遍。他哥哥病了，治疗没有效果。思玄诚心念经，三天后哥哥的病就好了。思玄曾在渭桥上看见一个老人，年龄八十多岁，穿着粗麻布的丧服，就问他，他回答说："是为我的生母服孝。"思玄感到很奇怪，他回答说："母亲在四十三岁的时候，有一个怪和尚教导说：'你想长寿吗？只要念《金刚经》就可以了。'母亲就下决心，每天念经两遍。死时已经一百零七岁了。姨母及邻家的老婆婆诵读真经，也都活到百岁，现在我仍继承母亲的遗业，已经九十岁了。"出自《报应记》。

银山老人

饶州银山，采矿的人家超过一万户，并且住的都是草房。唐睿宗延和年间起火，一万家都被烧毁，只有一家住在中间，大火唯独不烧他家。当时本州的杨体几亲自去问老人，老人回答说："家里信佛，奉持《金刚经》。"出自《报应记》。

崔文简

唐朝崔文简，唐玄宗先天年间任坊州司马。原附属于唐朝的吐蕃人袭击州城，一起被俘虏，用枷锁紧紧地锁上。崔文简诚心念经，三天后，枷锁忽然自己打开了。抓他的人疑心有诈，就用棍子拷打他，他便把情况如实说了。又问他："你有什么法术？"回答说："念《金刚经》。"于是又叫人给他锁上让他念经，结果经还没有念完，枷锁又自己打开了。大家都非常惊叹诧异，于是就释放他，送他出境。出自《报应记》。

姚 待

唐姚待,梓州人,常持《金刚经》,并为母造一百部。忽有鹿驯戏,见人不惊,犬亦不吠,逡巡自去。有人宰羊,呼待同食,食了即死。使者引去,见一城门上有额,遂令人见王。王呼何得食肉,待云:"虽则食肉,比元持经。"王称善,曰:"既能持经,何不断肉?"遂得生,为母写经。有屠儿李回奴请一卷,焚香供养。回奴死后,有人见于冥间,枷镣自脱,亦生善道。出《报应记》。

吕文展

唐吕文展,开元三年任阆中县丞,雅好佛经,尤专心持诵《金刚经》,至三万余遍,灵应奇异。年既衰暮,三牙并落,念经恳请,牙生如旧。在阆中时,属亢旱,刺史刘浚令祈雨,仅得一遍,遂获沛然。又若霖潦,别驾使祈晴,应时便霁。前后证验非一,不能遍举。出《报应记》。

长安县系囚

唐长安县死囚,入狱后四十余日,诵《金刚经》不辍口。临决脱枷,枷头放光,长数十丈,照耀一县。县令奏闻,玄宗遂释其罪。出《广异记》。

李 虚

唐开元十五年,有敕天下村坊佛堂:小者并拆除,功德移入侧近佛寺;堂大者,皆令闭封。天下不信之徒,并望风毁拆,虽大屋大像,亦残毁之。敕到豫州,新息令李虚嗜酒

姚 待

唐朝姚待,是梓州人,常常持诵《金刚经》,并为他的母亲抄写了一百部。忽然有一只鹿玩耍嬉戏,看见人也不惊慌,狗也不叫,徘徊而去。有一个人杀羊,叫姚待一起吃,吃了之后姚待就死了。有一个使者把他领走了,看见一城门上有匾额,就让他进去拜见阎王。阎王大声吆喝为什么要吃肉,姚待说:"虽然吃肉,但我一直在念经。"阎王称好,说:"既然能念经,为什么不戒掉肉呢?"于是他又复活了,继续为母亲写经书。有一个叫李回奴的屠夫请去一卷,烧香供奉。回奴死后,有人在冥间看见他,枷锁自己脱落,也托生到好去处了。出自《报应记》。

吕文展

唐朝的吕文展,唐玄宗开元三年任阆中县丞,爱好佛经,尤其专心诵读《金刚经》,达三万多遍,灵验神异。到晚年时,三颗牙一齐脱落,就念真经恳切请求,结果牙又恢复原样。他在阆中时,连年大旱,刺史刘浚命令祈雨,他只念了一遍经,就下了大雨。又一次苦于雨大水涝,别驾让他祈求天晴,结果立刻便雨停天晴。前后验证了不止一次,不能一一列举。出自《报应记》。

长安县系囚

唐朝长安县犯死罪的囚犯,入狱后四十多天,诵读《金刚经》而不停口。临到处决时枷锁自己脱落,枷锁头放出光芒,长达几十丈,照耀着整个县城。县令上奏皇上,玄宗就下令赦免他的刑罚。出自《广异记》。

李 虚

唐玄宗开元十五年,皇帝下令天下的村坊佛堂:小的全部拆除,功德移记到附近的佛寺里;大的佛堂,则全部封闭。天下不信仰佛教的人,都闻风而动,纷纷拆毁佛堂,即使是大庙和大佛像,也都被拆毁了。圣旨到了豫州,新息县令李虚嗜好喝酒,

倔强，行事违戾。方醉而州符至，仍限三日报。虚见大怒，便约胥正，界内毁拆者死，于是一界并全。虚为人，好杀愎戾，行必违道，当时非惜佛宇也，但以忿限故全之。全之亦不以介意。

岁余，虚病，数日死。时正暑月，隔宿即敛。明日将殡，母与子绕棺哭之。夜久哭止，闻棺中若指爪戞棺声。初疑鼠，未之悟也。斯须增甚，妻子惊走，母独不去，命开棺，左右曰："暑月恐坏。"母怒，促开之，而虚生矣。身颇疮烂，于是浴而将养之，月余平复。

虚曰：初为两卒拘至王前，王不在。见阶前典吏，乃新息吏也，亡经年矣。见虚拜问曰："长官何得来？"虚曰："适被录而至。"吏曰："长官平生，唯以杀害为心，不知罪福，今当受报，将若之何？"虚闻惧，请救之，吏曰："去岁拆佛堂，长官界内独全，此功德弥大。长官虽死，亦不合此间追摄。少间王问，更勿多言，但以此对。"虚方忆之，顷王坐。主者引虚见王，王曰："索李明府善恶簿来。"即有人持一通案至，大合抱，有二青衣童子亦随文案。王命启牍唱罪，阶吏读曰："专好割羊脚。"吏曰："合杖一百，仍割其身肉百斤。"王曰："可令割其肉。"虚曰："去岁有敕拆佛堂，毁佛像，虚界内独存之，此功德可折罪否？"王惊曰："审有此否？"吏曰："无。"新息吏进曰："有福簿在天堂，可检之。"王曰："促检。"殿前垣南有楼数间，吏登楼检之，未至。有二僧来至殿前，王问师何所有，一答曰："常诵《金刚经》。"一曰："常

性格倔强，做事暴戾。这天正喝醉酒而州符送到了，限三天执行上报。李虚大怒，就告诉手下官吏，界内有敢拆毁佛堂的人一律处死，因此一县之内的佛堂完好无损。李虚为人，好杀而刚愎暴戾，做事违背常理，当时并不是爱惜佛宇，只是因为限期太短而愤怒，所以才保全了它。保全了佛宇，也不把它放在心上。

过了一年多，李虚病了，几天后死了。当时正是酷暑之月，隔一晚上就入殓了。第二天将要出殡，母亲和儿子围着棺材哭。夜深哭声停止了，听到棺材里像指甲敲打棺材的声音。起初怀疑是老鼠，没有注意。不一会儿声音更大，妻子惊慌而跑，唯独母亲不走，命人打开棺材，左右的人说："暑天恐怕尸体已经腐烂。"母亲发怒，催着打开棺材，而李虚复活了。身上好像长了很多烂疮，于是洗了澡并且好好调养，一个多月才恢复。

李虚说：当初被两个差役抓到阎王面前，阎王不在。去见阶前的典使，原来是新息县的官吏，死了已经一年了。看见李虚拜问道："你怎么来的？"李虚说："刚被招来的。"官吏说："长官平生，只是以杀人害人为快，不知道罪福，今天就要受到报应了，这可怎么办？"李虚听到后感到害怕，请他救自己，官吏说："去年拆佛堂，唯独长官界内的佛堂保全了，这个功德最大。你虽然死了，也不应由这里来拘你。一会儿阎王审问时，不要多说别的，只是讲这件事。"李虚这才想起之前那件事，一会儿阎王入座。主管的人领李虚见阎王，阎王说："拿李明府的善恶簿子来！"就有一个人拿一通卷案，有一大抱，又有两个青衣童子跟着。阎王命他们打开卷宗念罪，阶吏读到："很喜欢割羊脚。"吏说："应打一百棍，并割掉他身上的肉一百斤。"阎王说："可以开始割他的肉。"李虚说："去年有圣旨要拆佛堂，毁佛像，唯独我界内的佛堂独自保存下来，这个功德可以减轻罪过吗？"阎王惊道："查一下有这事吗？"官吏说："没有。"新息县的官吏上前说："有福簿在天堂，可以验证一下。"阎王说："赶快验证！"殿前墙南有几间楼房，官吏上楼去验证，还没有回来。这时有两个和尚来到殿前，王问两位师傅有什么功德，其中一个答道："常持诵《金刚经》。"一个说："常

读《金刚经》。"王起合掌曰:"请法师登阶。"王座之后,有二高座,右金左银。王请诵者坐金座,读者坐银座。坐讫开经,王合掌听之。诵读将毕,忽有五色云至金座前,紫云至银座前,二僧乘云飞去,空中遂灭。王谓阶下人曰:"见二僧乎?皆生天矣!"于是吏检善簿至,唯一纸,因读曰:"去岁敕拆佛堂,新息一县独全,合折一生中罪,延年三十,仍生善道。"言毕,罪簿轴中火出,焚烧之尽。王曰:"放李明府归。"仍敕两吏送出城南门,见夹道并高楼大屋,男女杂坐,乐饮笙歌。虚好丝竹,见而悦之。两吏谓曰:"急过此无顾,顾当有损。"虚见饮处,意不能忍行,伫立观之。店中人呼曰:"来。"吏曰:"此非善处,既不相取信,可任去。"虚未悟,至饮处,人皆起,就坐,奏丝竹。酒至,虚酬酢毕,将饮之,乃一杯粪汁也,臭秽特甚。虚不肯饮,即有牛头狱卒,出于床下,以叉刺之,洞胸。虚遽连饮数杯,乃出。吏引虚南,入荒田小径中,遥见一灯炯然,灯旁有大坑,昏黑不见底。二吏推堕之,遂苏。

李虚素性凶顽,不知罪福,而被酒违戾,以全佛堂,明非己之本心也。然犹身得生天,火焚罪簿,获福若此,非为善之报乎!与夫日夜精勤,孜孜为善,既持僧律,常行佛言,而不离生死,未之有也。出《纪闻》。

卢 氏

唐开元中,有卢氏者,寄住滑州。昼日闲坐厅事,见二黄衫人入门,卢问为谁,答曰:"是里正,奉帖追公。"卢甚愕

读《金刚经》。"阎王站起拍着手说："请法师上来！"阎王座后有两个高座，右边是金的，左边是银的。阎王请诵经的坐金座，读经的坐银座。坐下之后打开经书，阎王合掌而听。诵读快结束的时候，忽然有五色祥云到金座前，紫色祥云到银座前，二位和尚乘云飞走，消失在空中。阎王对阶下的人说："看见两个和尚了吗？都升天了。"这时官吏检验善事簿回来了，只有一张纸，于是读到："去年下令拆毁佛堂，唯独新息一县保全了佛堂，应免去一生中的罪，延长寿命三十年，然后托生在好地方。"念完，罪簿轴中有火，把它烧尽。阎王说："放李明府回去。"下令让两个官吏把他送出城南门，看见一个夹道及高楼大屋，男女围坐，欢饮歌舞。李虚喜爱丝竹乐，看见了很高兴。两个官吏对他说："快走过去，不要看，看了就要受害。"李虚看见喝酒处，说什么也走不动了，站在那观看。店中的人招呼道："请进来！"官吏说："这可不是个好地方，既然你不相信，随你去吧。"李虚没有明白，到了饮酒处，人们都站起来，李虚便坐下，弹奏丝竹。酒拿来了，李虚回敬完毕，将要饮酒，却是一杯粪汁，特别臭。李虚不肯喝，就有牛头卒从床下钻出来，用叉子刺他，在他的胸上刺一个窟窿。李虚立刻连喝几杯，才出来。官吏领着李虚向南，进入荒野小道上，远远地看见有一盏灯亮着，灯旁有一个大坑，昏暗不见底。两个官吏推落他，于是李虚苏醒了。

　　李虚的性格一向凶狠顽固，不知罪福，而喝酒违反圣旨，得以保全了佛堂，本不是他自己的本意。然而还得到复生，火烧他的罪簿，得到这样的福，难道不是行善的报应吗？那么，日夜精心勤奋，孜孜不倦地做善事，既按和尚的戒律约束自己，又常常按佛祖的教导做事的人，就一定能脱离生死，是从来没有的。出自《纪闻》。

卢　氏

　　唐朝开元年间，有卢氏，寄住在滑州。白天闲坐在厅堂中，见两个穿黄衫的人进来，卢问是谁，答："里正，奉命拘你。"卢氏很惊

然,问:"何故相追?"因求帖观,见封上作卫县字,遂开,文字错谬,不复似人书,怪而诘焉。吏言:"奉命相追,不知何故。"俄见马已备在阶下,不得已上马去。顾见其尸,坐在床上,心甚恶之。仓卒之际,不知是死,又见马出不由门,皆行墙上,乃惊愕下泣,方知必死,恨不得与母妹等别。行可数十里,到一城,城甚壮丽。问此何城,吏言乃王国,即追君所司。入城后,吏欲将卢见王。经一院过,问此何院,吏曰:"是御史大夫院。"因问院大夫何姓名,云:"姓李名某。"卢惊喜,白吏曰:"此我表兄。"令吏通刺。须臾便出,相见甚喜,具言平昔,延入坐语。大夫谓曰:"弟之念诵,功德甚多,良由《金刚经》是圣教之骨髓,乃深不可思议功德者也。"卢初入院中,见数十人,皆是衣冠。其后太半系在网中,或无衣,或露顶。卢问:"此悉何人?"云是阳地衣冠,网中悉缘罪重,弟若能为一说法,见之者悉得升天。遂命取高座,令卢升座诵《金刚般若波罗密经》,网中人已有出头者。至半之后,皆出地上,或褒衣大袖,或乘车御云。诵既终,往生都尽。及入谒见,王呼为法师,致敬甚厚。王云:"君大不可思议,算又不尽,叹念诵之功。"寻令向吏送之回。既至舍,见家人披头哭泣,尸卧地上,心甚恻然。俄有一婢从庭前入堂,吏令随上阶,及前,魂神忽已入体,因此遂活。出《广异记》。

陈利宾

陈利宾者,会稽人,弱冠明经擢第。善属文,诗入《金门集》,释褐长城尉。少诵《金刚经》,每至厄难,多获其

恐,问:"为什么来拘我?"向他要帖子看。看见封皮上写着卫县的字样,就打开,上面的错字很多,又不像是人写的,感到奇怪就问他。吏说:"奉命拘你,不知道是什么原因。"不一会儿看见马已经在台阶下了,卢氏不得已上了马。回头看见他的尸体,坐在床上,心里非常厌恶。急忙之际,不知道是死了,又看见马不从门走,都从墙上走,于是害怕地哭起来,才知道一定是死了,悔恨没有和母亲、妹妹告别。走了几十里,到了一座城,城非常壮丽。问这是什么城,吏说是王国,就是主管拘他的。进入城后,吏想要让卢氏去见阎王。从一个院子经过,问这是什么院,吏说:"这是御史大夫院。"又问院大夫的姓名,说:"姓李名某。"卢氏惊喜,告诉官吏说:"这是我的表兄。"让官吏通报一下。不一会儿就出来了,两个人相见以后很高兴,说着生平的事,又请他进去坐下谈话。大夫对他说:"你诵念经书,功德很大,因为《金刚经》是佛教的精髓,是高深而不可思议的功德。"卢氏刚到院中,看见几十个人,都穿衣戴帽。他们后面的人多半被扣在网中,有的没有穿衣,有的露出头顶。卢氏问:"这些都是什么人?"说是阳世的官宦,网中的都是因为罪孽深重,如果能为他们念一遍经,听到的人都能升天。于是叫拿出一个高座,让卢氏升座诵《金刚般若波罗密经》,网中的人已经有露出来头的。念到一半之后,都从地上起来,有的肥衣大袖,有的乘车驾云。等诵经结束,投生的人都散尽了。于是进去拜见阎王,阎王称呼他为法师,很是礼敬。阎王说:"你太不可思议了,你的寿命又不尽,感叹念经的功劳。"下令让官吏送他回去。回到家里之后,看见家人披头哭泣,尸体躺在地上,心里非常悲伤。忽然有一个婢女从院子前进入厅堂,官吏让他随着上了台阶,到了跟前,魂魄忽然进入尸体中,因此卢氏便复活了。出自《广异记》。

陈利宾

　　陈利宾是会稽人,年轻时就考明经科。擅长写文章,诗入《金门集》,任长城尉。从小读《金刚经》,每遇到危难,多得到

助。开元中,宾自会稽江,行之东阳,会天久雨,江水弥漫,宾与其徒二十余船同发,乘风挂帆。须臾,天色昧暗,风势益壮,至界石窦上,水拥阕众流而下,波涛冲击,势不得泊。其前辈二十余舟,皆至窦口而败。舟人惧,利宾忙遽诵《金刚经》。至众流所,忽有一物,状如赤龙,横出扶舟,因得上。议者为诵经之功。出《广异记》。

王　宏

王宏者,少以渔猎为事。唐天宝中,尝放鹰逐兔。走入穴,宏随探之,得《金刚般若经》一卷,自此遂不猎云。出《广异记》。

田　氏

易州参军田氏,性好畋猎,恒养鹰犬为事。唐天宝初,易州放鹰,于丛林棘上见一卷书,取视之,乃《金刚经》也。自尔发心持诵,数年,已诵二千余遍。然畋猎亦不辍。后遇疾,暴卒数日,被追至地府,见诸鸟兽,周回数亩,从己征命。顷之,随到见王,问罪何多也,田无以对。王令所由领往推问。其徒十人,至吏局。吏令启口,以一丸药掷口中,便成烈火遍身。须臾灰灭,俄复成人,如是六七辈。至田氏,累三丸而不见火状,吏乃怪之,复引见王,具以实白。王问:“在生作何福业?”田氏云:“初以畋猎为事。”王重问,云:“在生之时,于易州棘上得《金刚经》,持诵已二千余遍。”王云:“正此灭一切罪。”命左右检田氏福簿,还白

它的帮助。开元年间，利宾从会稽江坐船，走到东阳，正赶上下了好几天的雨，江水弥漫。利宾和他的同伴共二十多只船，一齐出发，乘风挂帆。不一会儿，天色昏暗，风势更猛，行到界石窦，江水拥着这些船只顺流而下，波涛冲击，水势凶猛，船无法靠岸。在他前面的二十多条船，都冲到窦口而沉没了。船上的人很是恐惧，利宾急忙诵《金刚经》。等到船行至众流会合的地方，忽然有一个东西，形状像一条赤龙，横出水面托起船只，船得以顺利通过。大家议论说这是持诵《金刚经》的功劳。出自《广异记》。

王 宏

王宏，年少以捕鱼打猎为生。唐玄宗天宝年间，曾经放鹰去追兔。兔跑入一个洞穴，王宏进洞去找，得到了一卷《金刚般若经》，从此就不再打猎了。出自《广异记》。

田 氏

易州参军田氏，喜欢打猎，长期以饲养鹰狗为业。唐朝天宝初年，田氏在易州放鹰，在丛林的荆棘上看见一卷书，拿起来一看，是《金刚经》。从那儿之后便虔心诵读，几年后，已经诵读二千多遍了。然而打猎的事始终也没有停止。后来他得了病，突然死了几天，被拘捕到地府中，看见许多的鸟兽，几亩地大的一大片，向他讨命。不一会儿，跟着见到了阎王，阎王问他为何有这么多罪，田氏没有什么辩解的。阎王就命令鬼卒领他去受审。同行十人，到了官吏的地方。官吏命他们张口，把一丸药投到口中，顿时那人烈火烧遍全身。不一会儿成了一堆灰，一会儿又变成人，像这样六七个人。到了田氏，连给他吃三丸药都没有看见火烧起来，官吏感到奇怪，又领他去见阎王，把实情全部禀告。阎王问："在世做了什么福事？"田氏说："起初以打猎为生。"阎王又问，答道："在世时，在易州荆棘上得到《金刚经》，已经持诵二千多遍。"阎王说："正是这个才抵消了你的一切罪过。"于是命左右检查田氏的福簿，回报说

如言。王自令田氏诵经,才三纸,回视庭中禽兽,并不复见。诵毕,王称美之,云:"诵二千遍,延十五年寿。"遂得放还。出《广异记》。

和说的一样。阎王就命田氏诵读经书,才读了三页,回头看院子中的禽兽,都不见了。读完后,阎王称赞他,说:"诵二千遍,延长寿命十五年。"于是田氏被放回去得以复活。出自《广异记》。

卷第一百五
报应四 金刚经

李惟燕　　孙　明　　三刀师　　宋参军　　刘鸿渐
张嘉猷　　魏　恂　　杜思讷　　龙兴寺主　陈　哲
丰州烽子　张　镒　　崔　宁

李惟燕

建德县令李惟燕,少持《金刚经》。唐天宝末,惟燕为余姚郡参军。秩满北归,过五丈店,属上虞江埭塘破,水竭。时中夜晦暝,四回无人。此路旧多劫盗。惟燕舟中有吴绫数百匹,惧为贼所取,因持一剑,至舡前诵经。三更后,见堤上两炬火,自远而至。惟燕疑是村人卫己,火去舡百步,便却复回。心颇异之,愈益厉声诵经,亦窃自思云:火之所为,得非《金刚经》力乎!时塘水竭而塘外水满,惟燕便心念:塘破当得水助。半夕之后,忽闻船头有流水声,惊云:"塘阔数丈,何由得破?"久之,稍觉船浮。及明,河水已满。对船所一孔,大数尺,乃知诵《金刚经》之助云。惟燕弟惟玉见任虔州别驾,见其兄诵经有功,因效之。后泛舟出峡,水急橹折,船将欲败,乃力念经。忽见一橹随流而下,遂获济。其族人亦常诵《金刚经》。遇安禄山之乱,伏

李惟燕

建德县令李惟燕,年少奉持《金刚经》。唐朝天宝末年,惟燕做余姚郡参军。任满北归,路过五丈店,到了上虞江,坝塘损坏,水流干了。当时正是半夜,天色昏暗,四处无人。这条路过去多有盗贼。惟燕的船上有吴绫几百匹,害怕被贼抢走,于是就拿着一把短剑,到船的前面诵经。三更以后,看见堤坝上有两支火炬,从远处来。惟燕疑心是村里自卫的人,火炬离船有百步远,便退了回去。惟燕心里很疑惑,更加大声地诵经,也私下里暗想:火的出现,难道是《金刚经》的威力吗?当时坝塘中的水已流尽而塘外的水满,惟燕心想:如果决堤,水流入塘,便可行船。半夜之后,忽然听到船头有流水声,他惊讶地说:"坝塘宽有几丈,从什么地方破的呢?"过了很久,觉得船稍微浮起来了。等到天亮,河水已经满了。正对着停船处有一个大孔,有几尺大,才知道是诵念《金刚经》的帮助。惟燕的弟弟惟玉任虔州别驾,看见他的哥哥诵经有功,于是也效法他。后来他乘船出峡,水急而橹断,船将要遇难,于是全力念经。忽然看见一根橹随水而来,于是得救。他的亲人也常常诵读《金刚经》。后来遇到安禄山叛乱,躲

于荒草，贼将至，思得一鞋以走。俄有物落其背，惊视，乃
新鞋也。 出《广异记》。

孙　明

　　唐孙明者，郑州阳武人也。世贫贱，为卢氏庄客。善
持《金刚经》，日诵二十遍，经二十年。自初持经，便绝荤
血。后正念诵次，忽见二吏来追。明意将是县吏，便县去。
行可五六里，至一府门，门人云："王已出巡。"吏因闭明于
空室中，其室从广五六十间，盖若荫云。经七日，王方至，
吏引明入府。王问："汝有何福？答云："持《金刚经》已二
十年。"王言此大福也，顾谓左右曰："昨得祇洹家牒，论明
念诵勤恳，请延二十载，乃知修道不可思议，所延二十载，
以偿功也。"令吏送还舍。其家殡明已毕，神虽复体，家人
不之知也。会猎者从殡宫过，闻号呼之声，投其家人，因尔
得活矣。天宝末，明活已六七年，甚无恙也。 出《广异记》。

三刀师

　　唐三刀师者，俗姓张，名伯英。乾元中，为寿州健儿。
性至孝，以其父在颍州，乃盗官马往以迎省。至淮阴，为
守遏者所得，刺史崔昭令出城腰斩。时屠刽号"能行刀"，
再斩，初不伤损；乃换利刀，罄力砍，不损如故。刽者惊曰：
"我用刀砍，至其身则手懦，不知何也？"遽白之，昭问所以，
答曰："昔年十五，曾绝荤血，诵《金刚经》十余年。自胡乱以
来，身在军中，不复念诵。昨因被不测罪，唯志心念经尔。"

到荒草中，贼寇快到了，他想得到一双新鞋可以逃走。忽然就有一个东西落在了他的背上，他惊讶地一看，原来是一双新鞋。出自《广异记》。

孙 明

唐代孙明，是郑州阳武县人。家世贫贱，做卢氏的庄客。长期持诵《金刚经》，每天吟诵二十遍，过了二十年。从开始念经，就断绝荤肉。后来，正念诵经书时，忽然看见两个官吏来拘捕。孙明认为是县吏，便跟着去了。走了约五六里，到了一个府门，门人说："王已经出巡去了。"于是官吏把孙明关在一间空屋子里，那间屋宽约有五六十间屋子大，屋顶好像阴云一样。又过了七天，王才回来，官吏领孙明入府见王。王问："你有什么福事？"回答道："奉持《金刚经》已经二十年了。"王说这是大福事，回头告诉左右的人说："昨天得到祇洹家的帖子，说孙明念诵经书勤恳，请求延长寿命二十年，才知道修道是不可思议的，延长寿命二十年，以此来补偿你的功德。"就叫官吏把他送回家去。他的家人已把孙明出殡，神魂虽然归复他的身体，可家人不知道这件事。正赶上打猎的人从他的坟前过，听见哭喊的声音，报告给他的家人，这才得以复活。天宝末年，孙明已经活了六七年，一点病也没有。出自《广异记》。

三刀师

唐朝的三刀师，俗姓张，名叫伯英。乾元年间，在寿州当兵。本性非常孝顺，因他的父亲在颍州，于是他偷了官马去探望。到了淮阴，被守门人阻止并抓了，刺史崔昭下令将他推出城斩首。当时行刑的人称"能行刀"，连斩两刀三刀师没有损伤；又换一把利刀尽力砍下，还是像先前那样没有损伤。行刑的人惊讶地说："我用刀砍，刀落到他的身上就感到手没有劲，不知道为何？"便急忙告诉崔昭，崔昭问他原因，三刀师回答："过去十五岁时，我曾断绝荤肉，诵读《金刚经》十多年。从胡人作乱以来，我在军中，不再诵读。昨天因遭不测之罪，只有一心念经罢了。"

昭叹息舍之。遂削发出家，着大铁铃乞食，修千人斋供，一日便办。时人呼为三刀师，谓是起敬菩萨。出《广异记》。

宋参军

　　唐坊州宋参军少持《金刚经》，及之官，权于司士宅住。旧知宅凶，每夕恒诵经。忽见妇人立于户外，良久，宋问："汝非鬼耶？"曰："然。"又问："幽明理殊，当不宜见，得非有枉屈之事乎？"妇人便悲泣曰："然。"言："身是前司士之妇，司士奉使，其弟见逼，拒而不从，因此被杀，以毡裹尸，投于堂西北角溷厕中，不胜秽积。人来多欲陈诉，俗人怯懦，见形必惧，所以幽愤不达，凶恶骤闻。执事以持念为功，当亦大庇含识，眷言枉秽，岂不悯之？"宋云："己初官位卑，不能独救，翌日，必为上白府君。"其鬼乃去。及明具白，掘地及溷，不获其尸。宋诵经，妇人又至，问何以不获，答云："西北只校一尺，明当求之，以终惠也。"依言及获之。毡内但余骨在，再为洗濯，移于别所。其夕又来拜谢，欢喜谓曰："垂庇过深，难以上答，虽在冥昧，亦有所通。君有二子，大者难养，小者必能有后，且有荣位。"兼言宋后数改官禄，又云："大愧使君，不知何以报答。"宋见府君，具叙所论。府君令问，己更何官。至夕，妇人又至，因传使君意，云："一月改官，然不称意，当迁桂州别驾。"宋具白，其事皆有验。初，宋问："身既为人所杀，何以不报？"云："前人今尚为官，命未合死，所以未复云也。"出《广异记》。

崔昭叹息,放了他。于是三刀师就削发为僧,摇大铁铃化斋,筹备一千人的斋供,一日之内就办了。当时的人就称他为"三刀师",说他是起敬菩萨。出自《广异记》。

宋参军

唐代坊州宋参军年少奉持《金刚经》,等到做了官,暂且住在司士的家中。先前就知道房子出凶事,每天晚上坚持诵读经书。忽然看见一个妇人站在门外,过了很久,宋问她:"你不是鬼吗?"回答道:"是鬼。"又问:"阴间阳间的理是不同的,你不应当来看我,难道你有冤枉的事吗?"妇人便悲痛地哭着说:"是的。"说:"我前身是司士的妻子,司士奉命出差,他的弟弟想逼奸,我拒而不从,所以被杀,用毡子裹着尸体,投到堂西北角的粪坑里,说不尽的肮脏。我对世人诉说,大家都胆小软弱,见鬼就怕,所以一腔怨气不能上达,这宅子却以凶恶著称了。希望你为我念经立功,更应庇佑众生,眷属都说冤枉了,难道我不可怜吗?"宋说:"我刚做官,官位低下,不能独自救你,明天我一定为你上奏府君。"那个鬼才走了。等到宋把事情都上奏于府君后,就挖地到粪坑,不见那里的尸体。宋又诵经,妇人又到了,问她为什么找不到尸体,妇人答道:"往西北方向只进一尺,就能找到了,这是你对我的大恩惠。"宋按她的话做,于是找到了她的尸体。毡内只有余骨,又为她清洗,移葬在别的地方。那天晚上妇人又来拜谢,高兴地对他说:"你的护爱太深,难以报答,即使是在冥昧处,也有所相通。你有两个儿子,大的难以养活,小的一定能有后代,并且有地位。"又说到宋之后几年多次升官,又说:"实在对不起使君,不知道用什么来报答。"宋见府君,把她所说的都告诉了府君,府君让问,自己能换什么官职。到了晚上,妇人又到了,宋传达使君的意思,妇人说:"一月改官,然而不如意,应当迁做桂州别驾。"宋都告诉了府君,那些事也都有验证。当初,宋问:"被人所杀之后,为什么不报仇?"她说:"他现在还在做官,命不当死,所以没有报复。"出自《广异记》。

刘鸿渐

刘鸿渐者，御史大夫展之族子。唐乾元初，遇乱南徙。有僧令诵《金刚经》，鸿渐日诵经。至上元年，客于寿春。一日出门，忽见二吏云："奉太尉牒令追。"鸿渐云："初不识太尉，何以见命？"意欲抗拒。二吏忽尔直前拖曳，鸿渐请著衫，吏不肯放，牵行未久，候过淮，至一村。须臾，持大麻衫及腰带令鸿渐著，笑云："真醋大衫也。"因而向北行，路渐梗涩。前至大城，入城有府舍，甚严丽。忽见向劝读经之僧从署中出，僧后童子识鸿渐，径至其所，问："十六郎何以至此？"因走白和尚云："刘十六郎适为吏追，以诵经功德，岂不往彼救之？"鸿渐寻至僧所，虔礼求救，僧曰："弟子行无苦。"须臾，吏引鸿渐入诣厅事。案后有五色浮图，高三四尺，回旋转动。未及考问，僧已入门，浮图变成美丈夫，年三十许，云是中丞，降阶接僧。问和尚何以复来，僧云："刘鸿渐是己弟子，持《金刚经》，功力甚至，其算又未尽，宜见释也。"王曰："若持《金刚经》，当愿闻耳。"因令跪诵。鸿渐诵两纸讫，忽然遗忘。厅西有人，手持金钩龙头幡，幡上碧字，书《金刚经》，布于鸿渐前，令分明诵经毕，都不见人，但余堂宇阒寂。因尔出门，唯见追吏。忽有物状如两日，来击鸿渐，鸿渐惶惧奔走。忽见道傍有水，鸿渐欲止而饮之。追吏云："此是人膏，澄久上清耳，其下悉是余皮烂肉，饮之不得还矣。"须臾至舍，见骸形卧在床上，心颇惆怅。鬼自后推之，冥然如入房户，遂活。鬼得钱乃去也。

出《广异记》。

刘鸿渐

刘鸿渐,是御史大夫刘展的族子。唐朝乾元初年,他遇战乱而南迁。有个和尚让他念《金刚经》,鸿渐从此每天诵经。到了上元年间,客居于寿春。一天出门,忽然看见两个官吏说:"奉太尉的命令缉拿你。"鸿渐说:"我不认识太尉,为什么有这样的命令?"想要抗拒。两个官吏忽然上前抓住他,鸿渐请求去穿衣衫,官吏不肯放他,拉着他走了不久,很快地过了淮河,到了一个村子。不一会儿,官吏拿了一件大麻布衫和腰带让鸿渐穿上,并笑着说:"真是贫寒的读书人。"于是就向北走,路渐渐堵塞。前面到了一座大城,进入城内有府衙,很是庄严美丽。忽然看见先前劝他诵经的和尚从官衙中走出来,和尚后面的童子认识鸿渐。一直到了刘的住处,问:"十六郎为什么到了这里。"于是跑去告诉和尚说:"刘十六郎正在被官吏追拿,他诵读经书有功德,难道你不去救他吗?"鸿渐找到了和尚的住处,虔诚地求救,和尚说:"弟子走吧,没有什么痛苦。"不一会儿,官吏领着鸿渐进到厅事。几案后有五颜六色的浮图,高三四尺,回环转动。还没来得及拷问刘,和尚已经进门了,浮图就变成了美男子,年龄三十岁左右,说是中丞,走下台阶迎接和尚。问和尚为什么又回来了,和尚说:"刘鸿渐是我的弟子,奉诵《金刚经》,功力很大。他的寿命又没尽,应当被释放。"阎王说:"如果诵《金刚经》,愿意听一听。"于是就叫他跪诵。鸿渐才诵读完两页,忽然遗忘了。厅西有个人,手拿金钩龙头幡,幡上写着碧绿色的字,写的正是《金刚经》,放在鸿渐前面,让他分别当众诵读完,再没有看见人,只留下寂静的堂宇。于是就出门去,只看见追拿的官吏,忽然有个东西形状像两个太阳,来打鸿渐,鸿渐惊慌奔走。忽然看见道旁有水,鸿渐想要停下来喝水。追拿的官吏说:"这是人膏,沉淀久了上面很清罢了,那下面都是沤烂的肉和皮,喝了就不能回去了。"不一会儿,刘鸿渐便回到了家,看见他的形体躺在床上,心里感到很惆怅。鬼从后面推他,忽然像进入房门一样,于是就复活了。鬼得到了钱就走了。出自《广异记》。

张嘉猷

广陵张嘉猷者,唐宝应初为明州司马,遇疾卒。载丧还家,葬于广陵南郭门外。永泰初,其故人有劳氏者,行至郭南,坐浮图下,忽见猷乘白马自南来。见劳下马,相慰如平生,然不脱席帽,低头而语。劳问:"冥中有何罪福?"猷云:"罪福昭然,莫不随所为而得。但我素持《金刚经》,今得无累,亦当别有所适,在旬月间耳。卿还,为白家兄,令为转《金刚经》一千遍。何故将我香炉盛诸恶物?卿家亦有两卷经,幸为转诵,增己之福。"言讫,遂诀而去。劳昏昧,久之方寤云。出《广异记》。

魏恂

唐魏恂,左庶子尚德之子,持《金刚经》。神功初,为监门卫大将军。时京有蔡策者,暴亡,数日方苏。自云:"初至冥司,怪以追人不得,将挞其使者。使者云:'将军魏恂持《金刚经》,善神拥护,追之不得。'即别遣使覆追,须臾还报并同。冥官曰:'且罢追。'"恂闻,尤加精进。出《广异记》。

杜思讷

唐潞州铜鞮县人杜思讷,以持《金刚经》力,疾病得愈。每至持经之日,必覩神光。出《广异记》。

龙兴寺主

唐原州龙兴寺,因大斋会。寺主会僧,夏腊既高,是为宿德,坐丽宾头之下。有小僧者,自外后至,以无坐所,唯寺主下旷一位。小僧欲坐,寺主辄叱之,如是数次。小僧

张嘉猷

广陵的张嘉猷，唐朝宝应初年做明州司马，得病死了。家人把灵柩拉回家乡，葬在广陵南城门外。永泰初年，他的老朋友中有一个叫劳氏的走到城南，坐在佛塔下边，忽然看见张嘉猷乘着白马从南边来。看见劳氏便下马，像平常那样互相慰问，然而不脱席帽，低着头说话。劳氏问："在冥间有什么罪福。"嘉猷说："罪福是很明显的，都随着人生前的所作所为而报应。只是我一向奉持《金刚经》，才没有被牵累，今天将另有去处，只是在十天到一月间罢了。你回去替我告诉哥哥，让他为我写《金刚经》一千遍。为什么在我的香炉里盛上那么多的脏物？你家也有两卷经书，希望能习诵，增加自己的福事。"说完，就诀别而去。劳氏昏迷，过了很久才醒过来。出自《广异记》。

魏 恂

唐代的魏恂，是左庶子尚德的儿子，奉持《金刚经》。神功初年，做监门卫大将军。当时京城有个蔡策，突然死了，几天才苏醒过来。自己说："刚到冥司，因责怪追拿不到人，要打鬼使。使者说：'将军魏恂念《金刚经》，善神保护着他，就抓不到他。'就又派另一个使者去追拿，不一会儿回来报告的和前一个相同。冥官说：'暂且停止追拿。'"魏恂听说之后，更加精心念经。出自《广异记》。

杜思讷

唐朝潞州铜鞮县人杜思讷，凭念《金刚经》的神力，病重也能痊愈。每当到了念经的日子，就一定看见神光。出自《广异记》。

龙兴寺主

唐朝原州的龙兴寺举行斋戒大会。寺中主持斋会的僧人，年高德劭，最有功德，坐在丽宾头之下。有一个小和尚，从外面来得晚了，没有坐的地方，只有寺主下面空了一个座位。小和尚想坐上去，寺主呵斥他不许他坐，这样反复了好几次。小和尚

恐斋失时，竟来就坐。寺主怒甚，倚柱而坐，以掌捆之。方欲举手，大袖为柱所压，不得下，合掌惊骇。小僧惭沮，不斋而还房。众议恐是小僧道德所致，寺主遂与寺众同往礼敬。小僧惶惧，自言："初无道行，不敢滥受大德礼数。"逡巡走去。因问："平生作何行业？"云："二十年唯持《金刚经》。"众皆赞叹，谓是金刚护持之力，便于柱所焚香顶礼，咒云："若是金刚神力，当还此衣。"于是随手而出也。出《广异记》。

陈　哲

唐临安陈哲者，家住余杭，精一练行，持《金刚经》。广德初，武康草贼朱潭寇余杭，哲富于财，将搬移产避之。寻而贼至，哲谓是官军，问贼今近远。群贼大怒曰："何物老狗，敢辱我！"争以剑刺之。每下一剑，则有五色圆光径五六尺以蔽哲身，刺不能中。贼惊叹，谓是圣人，莫不惭悔，舍之而去。出《广异记》。

丰州烽子

唐永泰初，丰州烽子暮出，为党项缚入西蕃养马。蕃王令穴肩骨，贯以皮索，以马数百蹄配之。经半岁，马息一倍，蕃王赏以羊革数百。因转近牙帐，赞普子爱其了事，遂令执麤左右，有剩肉余酪与之。又居半年，因与酪肉，悲泣不食。赞普问之，云有老母，频夜梦见。赞普颇仁，闻之怅然，夜召帐中语云："蕃法严，无放还例。我与尔马有力者两匹，于某道纵尔归，无言我也。"烽子得马极骋，俱乏死，遂昼潜夜走。数日后，为刺伤足，倒碛中。忽风吹物窸窣

怕误了斋戒的时辰，就走过来坐下。寺主很生气，倚着柱子而坐，用手掌去打他。刚要举手，大袖子却被柱子压住，拿不下来，合掌惊讶。小和尚惭愧沮丧，没有斋戒就回房去了。大家议论恐怕是小和尚的道德造成，寺主就和寺僧们一同去礼拜。小和尚惊慌害怕，自己说："没有什么道行，不敢平白受这么多的大礼。"便走开了。于是就问他："平生修了什么功德？"他说："二十年来只念《金刚经》。"大家都赞叹，说这是《金刚经》护卫的力量，就在柱子上焚香礼拜。念咒说："如果是《金刚经》的神力，应当送还这件衣服。"于是随手就扯出压在柱下的衣服。出自《广异记》。

陈　哲

　　唐代临安人陈哲，家住余杭，专心修炼戒行，奉持《金刚经》。广德初年，武康的草贼入侵余杭，陈哲财产很多，将要转移财产躲避草贼。不久贼寇就到了，哲以为是官军，就问贼现在离的远近。群贼大怒说："你这老狗是什么东西，竟敢侮辱我！"争着用剑刺他。每刺下一剑，就有直径五六尺五色圆光来遮蔽陈哲的身体，不能刺中。群贼惊叹，说他是圣人，没有不惭愧后悔的，就放他走了。出自《广异记》。

丰州烽子

　　唐朝永泰初年，丰州烽子晚上出去，被党项人抓到西蕃养马。蕃王叫人在他的肩骨里穿上皮绳，并把几百匹马安排给他喂养。结果半年后，马繁殖了一倍，蕃王就赏给他几百匹羊皮。于是他又转到近边的牙帐来，赞普的儿子看他做事勤快，就命他在左右执旗，有剩肉余酪就给他吃。又过了半年，又给他剩肉和余酪，他哀伤地哭着不吃。赞普问他，他说家有老母，频频在夜里梦见她。赞普很仁义，听他说的之后也很惆怅，夜里把他叫到帐中说："吐蕃王的法律严格，没有放回去的先例。我给你两匹有力的马，你从某某道走放你回去，不要说是我给的。"烽子得了马就急速奔驰逃走，马都疲乏累死，于是白天躲藏夜晚赶路。几天后，烽子被刺伤了脚，倒在沙漠中。忽然风吹一个东西窸窣地

过其前，因揽之裹足。有顷，不复痛，试起，步走如故。经宿方及丰州界，归家，其母尚存，悲喜曰："自失尔，我唯念《金刚经》，寝食不废，以祈见尔，今果其誓。"因取经，缝断，亡数幅，不知其由。子因道碛中伤足事，母令解足视之，裹疮乃数幅经也，其疮亦愈。出《酉阳杂俎》。

张 镒

唐丞相张镒，父齐丘，酷信释氏。每旦更新衣，执经于像前，念《金刚经》十五遍，积数十年不懈。永泰初，为朔方节度使。衙内有小将负罪，惧事露，乃扇动军人数百，定谋反叛。齐丘因衙退，于小厅闲行，忽有兵数十，露刃走入。齐丘左右唯奴仆，遽奔宅门，过小厅数步，回顾，又无人，疑是鬼物。将及宅，其妻女奴婢复叫呼出门，云："有两甲士，身出厅屋上。"时衙队军健闻变，持兵乱入，至小厅前，见十余人，仡然庭中，垂手张口，投兵于地，众遂擒缚。五六人喑不能言，余者具首云："欲上厅，忽见二甲士长数丈，瞋目叱之，初如中恶。"齐丘闻之，因断酒肉。出《酉阳杂俎》。

崔 宁

唐崔宁，大历初镇西蜀。时会杨林反，健儿张国英与战，射中腹，镞没不出。医曰："一夕必死。"家人将备葬具，与同伍泣别。国英常持《金刚经》。至夜，梦胡僧与一丸药。至旦，泻箭镞出，疮便合瘥。出《报应记》。

掠过他的面前,他抓到后裹上了脚。过了一会儿,他不再感到疼痛,试着起来,走路又像以前一样。经过一晚上才到丰州界,回到家里,他的母亲还健在,悲喜交加地说:"自从失去你后,我只念《金刚经》。吃饭睡觉都不停止,祈求见到你,现在果然应验了。"于是拿出经书,书线断了,少了几幅经书,不知道什么原因。他的儿子把在沙漠中伤了脚的事说了之后,母亲让他解开脚看,原来包着脚的是数页经书,他的伤也好了。出自《酉阳杂俎》。

张　镒

唐代丞相张镒,父亲张齐丘,特别信奉佛教。每天早晨穿上新衣服,拿着经书在佛像前,念《金刚经》十五遍,坚持不懈几十年。永泰初年,做北方的节度使。衙门内有一个小将犯了罪,怕事情败露,于是就煽动几百个军人,商定要谋反。齐丘退出衙门,在小厅里闲走,忽然有几十个士兵,亮出兵刃走进去。齐丘的身边只有奴仆,急忙奔向房门,走出小厅几步,回头看,又没有人,疑心是鬼。等到了房里,他的妻子女儿、奴婢又叫喊着冲出门来,说:"有两个士兵,从厅屋上出来。"当时衙内的卫士听说有兵变,带兵器闯入,走到小厅前,看见十几个人,站在院子里,垂手而张口,兵器扔在地下,大家就把他们擒住了。有五六个人不能说话,其余的人都自首说:"想要上厅,忽然看见两个士兵几丈高,瞪着眼睛叱责,就像中邪一样。"齐丘听了之后,于是戒了酒肉。出自《酉阳杂俎》。

崔　宁

唐朝的崔宁,大历初年镇守西蜀。当时正赶上杨林谋反,英勇善战的张国英和他交战,被箭射中了腹部,箭头射进去拿不出来。医生说:"一晚之后必死。"家人就要准备棺材,张国英也流着泪和他同伍的人诀别。国英常常持诵《金刚经》。到了夜里,梦见胡僧给他一粒药丸。到了早晨,箭头就泻出来,伤口便愈合了。出自《报应记》。

卷第一百六

报应五金刚经

太原孝廉　　李廷光　　陆康成　　薛　严　　任自信
段文昌　　　刘逸淮　　孙　咸　　僧智灯　　王　氏
左营伍伯　　宋　衎　　陈　昭

太原孝廉

　　唐大历中,太原偷马贼诬一孝廉同情,考掠旬日,苦极强服。推吏疑其冤,未具狱。其人唯念《金刚经》,其声哀切,昼夜不绝。一日,有竹两节坠狱中,转止其前,他因争取之。狱卒意藏刃,破视,内有字两行云:"法尚应舍,何况非法?"书迹甚工。贼首悲悔,具承以旧嫌之故诬之也。出《酉阳杂俎》。

李廷光

　　唐李廷光者,为德州司马,敬佛,不茹荤血,常持《金刚经》。每念经时,即有圆光在前。用心苦至,则光渐大;少怀懈惰,则光渐小暗。因此砥励,转加精进。出《报应记》。

太原孝廉

唐代大历年间，太原盗马贼诬蔑孝廉和他们是同伙，孝廉被拷打了十天，因熬不过刑讯的痛苦而屈打成招。但是审案的官员怀疑他是冤枉的，没有给他定罪。这个人只念《金刚经》，他的声音哀切，昼夜不停。一天，有两节竹子落在狱中，转动着停在这位孝廉前面，其他囚犯争着去拿。狱卒怕里边藏着兵刃，破开看，里面有两行字是："犯法的尚且饶恕，何况他并没有犯法？"字写得很工整。贼首悲痛后悔，全都承认是因为跟他有旧仇才诬陷他。出自《酉阳杂俎》。

李廷光

唐代李廷光，做德州司马，敬信佛教，不吃荤，常常奉持《金刚经》。每当念经的时候，就有圆光在前面。专心致志，光就越来越大；稍有懈怠，光就渐渐变暗变小。因此更加勉励自己，越发努力修行念经。出自《报应记》。

陆康成

唐陆康成尝任京兆府法曹掾，不避强御。公退，忽见亡故吏抱案数百纸请押，问曰："公已去世，何得来？"曰："此幽府文簿。"康成视之，但有人姓名，略无他事。吏曰："皆来年兵刃死者。"问曰："得无我乎？有则检示。"吏曰："有。"因大骇曰："君既旧吏，得无情耶！"曰："故我来启明公耳，唯《金刚经》可托。"即允之。乃遂读《金刚经》，日数十遍。明年，朱泚果反，署为御史，康成叱泚曰："贼臣敢干国士！"泚震怒，命数百骑环而射之。康成默念《金刚经》，矢无伤者。泚曰："儒以忠信为甲胄，信矣。"乃舍去。康成遂入隐于终南山，竟不复仕。出《报应记》。

薛 严

唐薛严，忠州司马，蔬食长斋，日念《金刚经》三十遍。至七十二将终，见幢盖音乐来迎。其妻崔氏，即御史安俨之姑也。属纩次，见严随幢盖冉冉升天而去，呼之不顾，一家皆闻有异香之气。出《报应记》。

任自信

任自信，嘉州人，唐贞元十五年，曾往湖南，常持《金刚经》，洁白无点。于洞庭湖中，有异物如云冒舟上，俄顷而散，舟中遂失自信，不知所在。久之，乃凌波而出。云至龙宫，谒龙王，四五人命升殿念《金刚经》，与珠宝数十事。二僧相送出宫，一僧凭附少信，至衡岳观音台绍真师付之，云

陆康成

唐朝陆康成曾任京兆府的法曹掾,佐吏达官显贵犯了法他也秉公处置。有一天,陆公回家,忽然看见已故下属拿着几百张案卷请他签押,问道:"你已经去世了,为什么能到这里来?"说:"这是阴曹的文簿。"康成一看,只见有人的姓名,没有记载其他的事。官吏说:"都是在来年死于兵灾的。"陆公问:"难道有我吗?有的话就拿出来给我看。"官吏说:"有。"于是陆公大惊说:"你既然过去是我的老部下,难道不顾私情吗?"回答说:"所以我来禀告你了,只有《金刚经》可以救你。"就答应了他。于是陆公就诵读《金刚经》,每天读几十遍。第二年,朱泚果然谋反,命陆公做御史,康成叱责朱泚说:"贼臣竟敢污辱国士!"朱泚非常愤怒,命几百骑兵包围陆公,用箭射他。康成默念《金刚经》,没有一箭能伤着他。朱泚说:"儒者以忠信作为自己的甲胄,确实呀。"于是放他离开了。康成于是隐居于终南山,最终不再出来做官。出自《报应记》。

薛 严

唐朝的薛严,是忠州司马,长年吃素食,每天念《金刚经》三十遍。到七十二岁将要死时,看见有伞盖音乐来迎接他。他的妻子崔氏,就是御史安俨的姑母。薛严临死时,她看见薛严在伞盖的遮护下冉冉升天而去,喊他也不回头,一家人都闻到有奇异的香气。出自《报应记》。

任自信

任自信,是嘉州人,唐德宗贞元十五年,曾前往湖南,常常持诵《金刚经》,品行端正而没有污点。在洞庭湖上,有一个奇异的东西像云一样冒出到了船上,不一会儿就散了,舟上的自信也消失了,不知去了哪里。很久,才从水中出来。说他到了龙宫,拜见龙王,四五个人命他进殿念《金刚经》,给他几十件珠宝。两个和尚送他出宫,一个让他带信,到衡岳观音台绍真师那里,说

是汝和尚送来,令转《金刚经》。至南岳访僧,果见,云和尚灭度已五六年矣。出《报应记》。

段文昌

唐贞元十七年,段文昌自蕲入蜀,应南康王韦皋辟命。洎韦之暮年,为贼阚谗构,遂摄尉灵池县。韦寻卒。贼阚知留后,文昌旧与阚不合,闻之连夜离县。至城东门,阚寻有帖,不令诸县官离县。其夕阴风,及返,出郭二里,见火两炬夹道,百步为导。初意县吏迎候,怪其不前。高下远近不差,欲及县郭方灭。及问县吏,尚未知府帖也。时文昌念《金刚经》已五六年,数无虚日,信乎志诚必感,有感必应。向之道左右,乃经所著迹也。后阚逆节渐露,诏以袁滋为节度使。文昌从弟少从军,知左营事,惧及祸,与监军定计,以蜡丸帛书通谋于袁。事旋发,悉为鱼肉。贼谓文昌知其谋于一时。文昌念经夜久,不觉困寐,门户悉闭。忽闻开户而入言"不畏"者再三,若物投案,暴然有声。惊起之际,音尤在耳,顾视左右,吏仆皆睡。俾烛桦四索,初无所见,向之门扃,已开辟矣。文昌受持此经十余万遍,征应孔著。出《酉阳杂俎》。

刘逸淮

唐刘逸淮在汴时,韩弘为右厢虞候,王某为左厢虞候。与弘相善。或谓二人取军情,将不利于刘。刘大怒,召俱诘之。弘即刘之甥,因控地叩首大言,刘意稍解。王某年老股战,不能自辩。刘叱令拉坐,杖三十。时新造赤棒,头

是你和尚送来的，并让他念《金刚经》。到了南岳访问高僧，果然看到真师，并说那个和尚已经去世五六年了。出自《报应记》。

段文昌

唐朝贞元十七年，段文昌从蕲县到成都，接受南康王韦皋的命令去做官。等到韦皋晚年时，被贼人刘闸进谗言构陷，就派他管理灵池县。韦皋不久就死了。贼闸知道他留下后人，因文昌过去与闸不合，听到之后就连夜逃离县城。到了城东门，贼闸有公文命令，不准诸县官离开县城。那天晚上阴风四起，等到返回，走出外城二里，看见两支火炬夹道，百步内为导引。起初以为是县吏迎候，奇怪他们为何不靠近。高低远近不齐，快到县城时才灭。等问县吏，还不知道有府帖。当时文昌念《金刚经》已经五六年了，从不间断，确信忠心守志一定感化，有感必有应。先前走过的道路左右，都是经书所保佑的结果。后来闸的叛逆行为逐渐败露，下诏以袁滋为节度使。文昌的堂弟年少从军，知道要发生不好的事，害怕被牵连，就和监军商量计划，用蜡丸在布帛上将此事密告于袁滋。事情接着就暴露了，结果都被抓获。贼闸认为文昌知道他们的计谋。文昌念经已经夜深了，不觉困乏而睡，门窗都关着。忽然听到开门进来再三说不怕，好像有东西投到桌案上，很是响亮。当他惊起之际，声音就在耳边，环顾四周，官吏、仆人都在睡觉。拿着火四下寻找，起初什么也没看见，走向门口，门已经开了。文昌持诵这部经书十多万遍，灵应真是昭著。出自《酉阳杂俎》。

刘逸淮

唐朝刘逸淮在汴京时，韩弘为右厢虞候，王某为左厢虞候。和韩弘很要好。有人告诉刘说他们二人窃取军情，将对刘不利。刘便大怒，把他们召来诘问。弘是刘的外甥，于是跪在地上磕头说尽好话，刘的怒气才稍微缓解。王某年老大腿发抖，不能自己申辩。刘叱责并令拉他在地，打三十棒。当时新制的红棒，棒头

径数寸,固以筋漆,立之不仆,数五六当死矣。韩意其必死。及昏,造其家,怪无哭声,又谓其不敢哭,访兵门卒,即云:"大使无恙。"弘素与熟,遂至卧内,问之,云:"我读《金刚经》四十年矣,今方得力。记初被坐时,见巨手如箕,翕然遮背。"因袒示韩,都无挞痕。韩旧不好释氏,由此始与僧往来,日自写十纸。及贵,计数百轴矣。后在中书,盛暑,有谏官因事见谒,韩方洽汗写经,谏官怪问之,韩乃具道王某事。出《因话录》。

孙　咸

唐梁崇义在襄州,未阻兵时,有小将孙咸暴卒,信宿却苏。言至一处如王者所居,仪卫甚严。有吏引一僧对事,僧法号怀秀,亡已经年。在生极犯戒,及入冥,无善可录,乃绐云:"我常嘱孙咸写《法华经》。"敕咸被追对。初咸不省,僧固执之,经时不决。忽见沙门曰:"地藏语云,若弟子招承,亦自获祐。"咸乃依言,因得无事。又说对勘时,见一戎王,卫者数百,自外来。冥王降阶,齐级升殿。坐未久,乃大风卷去。又见一人,被考覆罪福。此人常持《金刚经》,又好食肉,左边有经数千轴,右边积肉成山,以肉多,将入重论。俄经堆中有火一星,飞向肉山,顷刻销尽,此人遂履空而去。咸问地藏:"向来外国王风吹何处?"地藏王云:"彼王当入无间,向来风即业风也。"因引咸看地狱。及门,烟焰煽赫,声若风雷,惧不敢视。临视镬汤,跳沫滴落

直径几寸，是用筋漆固定的，立在地上不倒，打了五六棒就应当死了。韩弘认为他一定会死。等到他昏死过去，抬到他的家中，对他家没有哭声而感到奇怪，又认为他们不敢哭，询问门口的把守人员，都说："大使安全无恙。"韩弘一向和他家熟悉，于是径入卧室，问他，王某说："我诵读《金刚经》四十年了，现在才得到了帮助。记得当初被拉在地上时，看见巨大的手像簸箕一样张开遮住脊背。"并脱去上衣给韩弘看，都没有打伤的痕迹。韩弘过去不信佛教，从此才与和尚往来，每天自己写十页。等到他显贵时，已经写了几百轴了。之后做中书令，正赶上盛夏，有一个谏官因事来拜见韩弘，韩弘正大汗淋漓地写经。谏官奇怪地问他，韩弘就把王某的事全部告诉了他。出自《因话录》。

孙　咸

唐朝梁崇义在襄州，当时尚未因兵乱断绝交通，有个小将孙咸突然死了，过了一宿又苏醒过来。说他到了一个地方，像大王居住的地方，守卫森严。有一个官吏领一和尚对簿公堂，和尚法号怀秀，已经死了一年了。活着的时候严重违反戒律，等到了冥间，没有什么善事可记的，于是他欺骗说："我常常嘱托孙咸写《法华经》。"有令追捕孙咸来对证。起初孙咸不知是何事，和尚坚持不放过他，过了一个时辰也不能结案。忽然看见沙门说："地藏王说，如果弟子招认，也可以获释。"孙咸就依照和尚说的承认了，因此太平无事。又说到对质的时候，看见一戎王，有守卫几百人，从外面进来。冥王下阶，一齐升殿。坐了不久，就被大风卷去。又看见一个人，被审查罪福之事。这个人常常诵念《金刚经》，又好吃肉，左边有经书几千卷，右边的肉堆积成山，因为肉多，将要被重罚。不一会儿经书中有一火星，飞到肉山上去，顷刻间肉山消失了，这个人便腾空而去。孙咸问地藏王："刚才来的国王被风吹到哪里去了？"地藏王说："他应当进入阴间，刚才的风就是阴间的尊风。"于是领孙咸看地狱。到了门口，烟焰四起，声如风雷，孙咸恐惧不敢看。靠近去看汤镬，飞沫滴落在

左股,痛入心髓。地藏令一吏送归,不许漏泄冥事。及回如梦,妻儿环泣,已一日矣。遂破家写经,因请出家。梦中所滴处成疮,终身不差。出《酉阳杂俎》。

僧智灯

唐贞元中,荆州天崇寺僧智灯,常持《金刚经》。遇疾死,弟子启手犹热,不即入木。经七日却活,云:初见冥中若王者,以念经故,合掌降阶。因问讯曰:"更容上人十年在世,勉出生死。"又问人间众僧中后食薏苡仁及药食,此大违本教。灯报云:"律中有开遮条如何?"云:"此后人加之,非佛意也。"今荆州僧众中后无有饮药者。出《酉阳杂俎》。

王 氏

公安潺陵村百姓王从贵妹未嫁,常持《金刚经》。唐贞元中,忽暴病卒。埋已三日,其家覆墓,闻冢中呻吟,遂发视之,果有气。舁归,数日能言,云:"初至冥间,冥吏以持经功德放还。"王从贵能治木,尝于公安灵化寺起造,其寺僧曙中尝见从贵说云。出《酉阳杂俎》。

左营伍伯

唐南康王韦皋镇蜀时,有左营伍伯。于西山行营,与同火卒学念《金刚经》。性顽,初一日才得题目。其夜堡外拾薪,为蕃骑缚去,行百余里乃止。天未明,遂踣之于地,以发系橛,覆以驰騩,寝其上。此人唯念经题,忽见金一

左大腿上,疼痛入心。地藏王令一官吏送他回去,不许泄露冥间的事。等到回家如梦初醒,妻子围着哭泣,已经死一天了。于是卖掉全部家产请人写经,请求出家。梦中溅上沸水的地方成了疮,终生不能痊愈。出自《酉阳杂俎》。

僧智灯

唐朝贞元年间,荆州天崇寺的和尚智灯,常常持诵《金刚经》。遇病而死,弟子摸他的手还温热,就没有殓入棺材。过了七天就活了,他说:起初见冥间像王的人,因为念《金刚经》的缘故,王合掌下阶。问候说:"再容上人在世十年,您要勉力超出生死之界。"又问到人间众僧中吃薏苡仁及药食,这些都大大地违背了本教的规矩。智灯说:"戒律中有'开遮条',是怎么回事?"回答说:"这是后人加的,并不是佛教的本意。"现在荆州众僧中再也没有吃药的了。出自《酉阳杂俎》。

王 氏

公安潺陵村百姓王从贵的妹妹没有出嫁,常常持诵《金刚经》。唐朝贞元年间,忽然暴病而死。入葬已经三天,他的家人去墓地察视,听到墓中有呻吟声,于是就掘开坟墓,果然还有气。抬回家后,几天就能说话,她说:"刚到冥间,冥吏因我念经的功德放我回来。"王从贵能够做木活儿,曾在公安灵化寺造寺庙,那里的和尚在天亮时曾听他说起此事。出自《酉阳杂俎》。

左营伍伯

唐朝南康王韦皋镇守蜀地时,有一个左营伍伯。在西山行营,和同营的士兵学念《金刚经》。他有些愚钝,第一天只学得题目。当天夜里,在营外捡柴草,被吐蕃的骑兵抓去,走了一百多里才停下来。天还没亮,就倒在地上,把头发系在木桩上,又用驼毡盖在地上,睡在那上面。这个人只念经题,忽然看见黄金一

铤,放光止于前。试举首动身,所缚悉脱。遂潜起,逐金铤走。计行未得十余里,迟明,不觉已至家,家在府东市。妻儿初疑其鬼,具陈来由。到家五六日,行营将方申其逃。初韦不信,以逃日与至家日不差,始免之。出《酉阳杂俎》。

宋 衎

宋衎,江淮人,应明经举。元和初,至河阴县,因疾病废业,为盐铁院书手,月钱两千,娶妻安居,不议他业。年余,有为米纲过三门者,因不识字,请衎同去。通管簿书,月给钱八千文。衎谓妻曰:"今数月不得八千,苟一月而致,极为利也。"妻杨氏甚贤,劝不令往,曰:"三门舟路,颇为险恶,身或惊危,利亦何救?"衎不纳,遂去。

至其所,果遇暴风所击,彼群船尽没。唯衎入水,扪得粟藁一束,渐漂近岸。浮藁以出,乃活,余数十人皆不救。因抱藁以谢曰:"吾之微命,尔所赐也,誓存没不相舍。"遂抱藁疾行数里,有孤姥鬻茶之所,茅舍两间,遂诣宿焉,具以事白。姥悯之,乃为设粥。及明旦,于屋南曝衣,解其藁以晒,于藁中得一竹筒。开之,乃《金刚经》也。寻以讯姥,且不知其详,姥曰:"是汝妻自汝来后,蓬头礼念,写经诚切,故能救汝。"衎感泣请归,姥指东南一径曰:"但寻此去,校二百里,可以后日到家也。"与米二升。拜谢遂发,果二日达河阴,见妻愧谢。杨媛惊问曰:"何以知之?"尽述根本,杨氏怪之。衎乃出经,杨媛涕泣,拜礼顶戴。衎曰:"用何以为记?"曰:"写时,执笔者误罗(羅)汉字,空维上无四,

锭,放光在前面停下来。他便试着抬头动身,结果所绑的绳索都脱落了。于是就偷偷起身,跟着金锭走。估计走了不到十多里,天还没亮,不知不觉已经到家了,家在府东市。妻儿起初怀疑他是鬼,他把事情的来龙去脉都告诉家人。到家五六天,行营的将官正要禀告他的逃跑。起初韦皋不相信,结果从他逃走之日和他到家的日子一点不差,才免了他的罪。出自《酉阳杂俎》。

宋衍

　　宋衍,是江淮人,中明经科举人。元和初年,到了河阴县,因病而荒废了学业,做盐铁院的书手,每月两千钱,娶妻安居乐业,不考虑其他的行业。一年多后,有运米进京路过三门的,因为不识字,就请宋衍同往。主管记账,每月给八千文。宋衍对妻子说:"而今几个月得不到八千,假如一个月可得这么多,是很有利可图的。"他的妻子杨氏很贤惠,劝他不要去,说:"三门水路险恶,可能会遇到危险,利大又有什么用呢?"宋衍不听,就去了。

　　船至三门,果然遇到风暴袭击,那些船都沉没了。只有宋衍进到水里,摸到一捆粟藁,渐渐漂到岸边。浮藁靠岸,于是得救,其余几十人都没有得救。他抱着藁拜谢道:"我这小命,是你赐的,我一定保存这藁,决不抛弃。"于是抱着藁快走了几里,到了一个老妇人卖茶的地方,有两间茅草房,就到那里去住,并把遭遇全部告诉她。老妇人同情他,为他准备了粥饭。等到第二天早晨,在屋南面晒衣服,解开藁来晒,在藁中得到一个竹筒。打开,是《金刚经》。他找到老妇人问她是怎么回事,老妇人说:"这是你的妻子从你出来之后,蓬着头发虔心念经,写经的心恳切,所以能救你。"宋衍感动得流泪,请求回去,老妇人指着东南边的一条道说:"只从这走,走二百里,后天就可以到家了。"并给他二升米。衍便拜谢出发,果然两天到达河阴,看见妻子惭愧谢罪。杨媛惊讶地问:"你怎么知道的?"衍便从头说起,杨氏感到奇怪。衍就拿出经书,杨媛哭泣,顶礼膜拜。衍说:"用什么做记号呢?"说:"写的时候,执笔的人误用罗(羅)汉字,空维上没有四,

遂诣护国寺禅和尚处请添。和尚年老眼昏，笔点过浓，字皆昏黑。但十日来，不知其所在。"验之，果如其说。衎更呜咽拜其妻，每日焚香礼经于净室，乃谓杨媛曰："河滨之姥，不可忘也。"遣使封茶及绢与之。使至，其居及人皆不见，诘于牧竖，曰："比水涨无涯际，何有人鬻茶？"复云："路亦并无，乃神化也。"

数岁，相国郑公絪为东都留守，乃召衎及杨媛往，问其本末，并令将经来。与其男武职，食月给五千，因求其经，至今为郑氏所尊奉。故岳州刺史丞相弘农公因睹其事，遂叙之，名曰"杨媛征验"。出《报应记》。

陈　昭

唐元和初，汉州孔目典陈昭，因患病，见一人著黄衣至床前云："赵判官唤尔。"昭问所因，云："至自冥间，刘闢与窦悬对事，要召为证。"昭即留坐。逡巡又一人手持一物如毯胞，前吏怪其迟，答曰："只缘此，候屠行开。"因笑谓昭曰："君勿惧，取生人气，须得猪胞，君可面东侧卧。"昭依其言，不觉已随二吏行，路甚平。

可十里余，至一城，大如府城，甲士守门。及入，见一人怒容可骇，即赵判官也，语云："刘闢败东川，窦悬捕牛四十七头，送梓州，称准刘闢判杀。闢又云：'先无牒。'君为孔目典，合知事实。"未及对，隔壁闻窦悬呼："陈昭何在？"及问兄弟妻子存亡，昭即欲参见，冥吏云："窦使君形容极恶，不欲相见。"昭乃具说杀牛实奉刘尚书委曲，非牒也，纸是麻，见在汉州某私房架上。即令吏领昭至汉州取之，门馆

就到护国寺禅和尚那里请他添上。和尚年老眼花,笔点很重,字迹都黑了。只是十天来,不知道到哪儿去了。"拿出来验证,果然像她说的那样。衍更加呜咽拜谢他的妻子,于是每天焚香在静室里拜经,并对杨媛说:"河滨的老妇人,不可以忘了。"就派人拿茶和绢布送给她。使者到了之后,那个房子和人都不见了,向牧童打听,说:"已到了水涨无边的时候,哪里有人卖茶?"并且说:"并没有什么路,是神的点化。"

几年后,相国郑公綑做东都留守,才召回宋衍和杨媛,问他们事情的细节,并让他把经书拿来。给他儿子武官职位,每月给他五千钱,并向他索取那个经书,至今被郑氏所供奉。过去的岳州刺史丞相弘农公因目睹了这件事,所以就记录下来,取名为"杨媛征验"。出自《报应记》。

陈　昭

唐朝元和初年,汉州掌管文书的陈昭,因得病,看见一个穿黄衣的人到床前说:"赵判官叫你。"昭问他原因,答道:"到了冥间刘阐与窦悬对质,要召你为证。"昭便留他坐下。徘徊之际来一人手拿一个像猪胞的东西,前一个的官吏怪他来晚了。答道:"只因为这个,等屠户开膛。"于是笑着对陈昭说:"你不要害怕,取生人气,须用猪胞。你可面向东躺下。"陈昭按他的话做,不知不觉已经随着两个官吏走了,路很平。

走了十多里,到了一城,大得像府城,有甲士守门。等到进去,看见一个人神情愤怒令人害怕,就是所说的赵判官,说道:"刘阐在东川吃了败仗,窦悬捕牛四十七头,送往梓州,说是刘阐批准宰杀。刘阐又说:'没有见到请示的公文。'你作为孔目典,应当知道事情经过。"还没有来得及对证,听到隔壁传来窦悬的呼叫:"陈昭在哪里?"并问他兄弟妻子存亡的事,昭想见他,冥吏说:"窦悬形体面容很丑,不想与你相见。"昭就详细说了杀牛的事,确实是奉刘尚书的命令,而不是正式的公文,是写在麻纸上的,在汉州一个私房的架上。于是就派官吏领昭至汉州去取,门馆

肩镶，乃于节窍中出入。委曲至，阚乃无言。赵语昭："尔自有一过知否？窦悬所杀牛，尔取一牛头。"昭未及答，赵曰："此不同人间，不可假也。"

须臾，见一卒挈牛头而至，昭即恐惧求救。赵令检格，合决一百，考五十日。因谓昭曰："尔有何功德？"昭即自陈："曾设若干斋，画佛像。"赵云："此来生福耳。"昭又言："曾于表兄家读《金刚经》。"赵曰："可合掌请。"昭如言。有顷，见黄襆箱经自天而下，住昭前。昭取视之，即表兄所借本也，褾有烧处尚在。又合掌，其经即灭。赵曰："此足以免。"便放回。令昭往一司，曰生录，按检出修短。吏报云："昭本名钊（釗），是金旁刀，至某年改为昭，更得十八年。"昭闻惆怅。赵笑曰："十八年大得作乐事，何不悦乎？"乃令吏送昭。到半道，见一马当路，吏云："此尔本属，可乘此。"即骑乃活。死半日矣。出《酉阳杂俎》。

上锁,就在孔穴中出入。取到批示后,刘闸无言可对。赵判官对陈昭说:"你自己也有一个过失知道吗?窦悬所杀的是牛,你取走一只牛头。"昭没来得及回答,赵说:"这里不同于人间,不可作假。"

　　不一会儿,看见一个士兵带着牛头到来,昭立刻恐惧求救。赵判官命人翻阅律文,应判打一百杖,拷五十天。于是对昭说:"你有什么功德?"昭就自己陈述:"曾设了若干斋戒,画佛像。"赵说:"这是来生的福罢了。"昭又说:"曾在表兄家读《金刚经》。"赵说:"可合掌请经。"昭按他的话做。过了一会儿,见裹着黄包袱的经箱从天而降,在昭前停下。昭取出来看,就是表兄所借的那本,边上被烧的地方还在。又合掌,那个经书就没了。赵说:"这足以赦免你。"便放他回去。令昭去一所衙门,说他的福禄,拿出来看他寿命的长短。官吏说:"昭本名钊(剑),是金旁刀,到了某年改为昭,再得十八年的寿命。"昭听了以后很惆怅。赵笑着说:"十八年可做很多乐事,为什么不高兴呢?"于是让官吏送昭。到了半路,看见一匹马挡在路上,官吏说:"这本属于你,可乘上这匹马走。"于是骑上马就复活了。他已经死了半天。出自《酉阳杂俎》。

卷第一百七

报应六 金刚经

王忠幹	王偮	李元一	鱼万盈	于李回
强伯达	僧惟恭	王沔	董进朝	康仲戚
吴可久	开行立	僧法正	沙弥道荫	何老
勾龙义	赵安			

王忠幹

唐大和三年,李同捷阻兵沧景,帝命李祐统齐德军讨之。初围德州城,城坚不拔。翌日又攻之,自卯至未,伤十八九,竟不能拔。时有齐州衙内八将官健儿王忠幹,博野县人,长念《金刚经》,积二十余年,日数不缺。其日,忠幹上飞梯,将及堞,身中箭如猬,为櫑木击落。同火卒曳出羊马城外,置之水濠里岸。祐以暮夜,命抽军。其时城上矢下如雨,同火忙,忘取忠幹尸。忠幹即死,如梦,至荒野,遇大河,欲渡无因,仰天哭。忽闻人语声,忠幹见一人,长丈余,疑其神人,因求指营路。其人云:"尔莫怕,我令尔可得渡此河。"忠幹拜之,才头低未举,神人把腰,掷之空中,久方著地。忽如梦觉,闻贼城上交二更。初不记过水,亦不

王忠幹

　　唐朝大和三年，横海节度使李同捷割据沧、景等州，皇帝命李祐统帅齐德军讨伐他。起初包围德州城，德州城门坚固，不能攻克。第二天继续攻打，从卯时到未时，共伤了十八九个人，还是不能攻下。当时在齐州衙内有个八将官王忠幹英勇善战，是博野县人，长期持诵《金刚经》，一共二十多年，一天也不缺。有一天，王忠幹登上飞梯，将要到城墙上，身上中箭，像刺猬一样，被雷木击落。同伙兵卒把他拉到羊马城外，放在护城河岸边。李祐见天黑了，于是命令撤军。当时城上箭如雨下，同伙忙乱之中，忘记带走忠幹的尸体了。忠幹当时就死了，就像做梦一样，到了荒野之中，遇见一大河，想要过去又没有凭借的东西，就仰天大哭。忽然听到人的说话声，忠幹看见一个人，一丈多高，疑心他是神人，因此请求他指条通向军营的路。那个人说："你不要害怕，我可以让你渡过这条河。"忠幹拜谢他，才低头还没抬起来，神人便搂住他的腰，把他扔到空中，很久才落地。忽然像梦醒了一样，听到贼城上正交二更。开始不记得自己过河，也不

知疮，抬手扪面，血涂眉睫，方知伤损。乃举身强行，百余步却倒，复见向人持刀叱曰："起起！"忠幹惊惧，走一里余，坐歇，方闻本军喝号声，遂及本营。访同火卒，方知其身死水濠岸里，即是梦中所过河也。出《酉阳杂俎》。

王 偁

王偁家于晋州，性顽鄙。唐元和四年，其家疾疫，亡者十八九，唯偁偶免。方疾，食狗肉，目遂盲。不知医药，唯祷鬼神，数年无报。忽有一异僧请饭，谓曰："吾师之文，有《金刚经》，能排众苦，报应神速，居士能受之乎？"偁辞愚，又无目，固不可记。僧劝写之，偁从其言，得七卷，请僧诵之。数日，梦前僧持刀决其目，乃惊寤。觉有所见，久而遍明，数月如旧。偁终身转经不替。出《报应记》。

李元一

李元一，唐元和五年任饶州司马。有女居别院，中宵忽见神人，惊悸而卒，颜色不改。其夫严讷自秦来，至苍湖，恍惚见其妻行水上而至。讷惊问之，妻泣曰："某已亡矣，今鬼也。"讷骇异之。曰："近此雁浦村，有严夫子，教众学，彼有奇术。公往恳请哀救，某庶得复生矣。"讷后果见严夫子，拜谒泣诉，尽启根本。严初甚怒："郎君风疾，何乃见凌！"讷又拜悲泣，久乃方许，曰："杀夫人者，王将军也。葬在此堂内西北柱下，可为写《金刚经》，令僧转读，于其

知道受了伤,抬手摸脸,满脸是血,才知道受了伤。于是站起来勉强往前走,走了一百多步就倒下了,又看见先前的那个人拿着刀呵斥道:"起来,起来!"忠幹惊慌害怕,走了一里多路,坐下来休息,才听到本军的号令声,这才返回兵营。问同伙兵卒,才知道自己死在护城河岸边,就是梦中所过的河。出自《酉阳杂俎》。

王倪

　　王倪家住在晋州,为人固执粗俗。唐朝元和四年,他家人得了瘟疫,死了十之八九,唯独王倪得免。他得病时,吃了狗肉,眼睛就失明了。不知道求医用药,只是祈祷鬼神,几年也没有好转。忽然有一个奇怪的和尚前来化斋,对他说:"我师傅所著之文,有《金刚经》,能排除众人的苦难,报应很快,你能接受吗?"王倪称自己愚笨,眼睛又看不见,一定记不住。和尚劝他写下来,王倪听从了他的话,写了七卷,请和尚念诵。几天后,梦见和尚手拿刀子挖他的眼睛,才惊醒过来。觉得似乎能看见点东西,过了很久眼睛完全能看见,几个月之后就和原来一样。王倪便终身诵念经书不停。出自《报应记》。

李元一

　　李元一,唐朝元和五年任饶州司马。有一个女儿住在另一个院中,半夜中忽然看见神人,惊吓而死,她的面容脸色并没有改变。她的丈夫严讷从秦地来,到了苍湖,恍恍惚惚地看见他的妻子从水上走到自己面前。严讷惊讶地问她,他的妻子哭泣着说:"我已经死了,现在是鬼魂。"严讷惊骇讶异。妻子又说:"离这不远有个雁浦村,有一个严夫子,教了许多学生,他有奇术。你去恳请哀求,我差不多能够复活。"严讷之后果然见到了严夫子,拜见并哭着把事情的始末全部告诉了他。严夫子起初很生气:"郎君是病了吧,怎么来逼我?"严讷又哭泣拜请,过了很久,严夫子才答应了,说:"杀死你夫人的人,是王将军。他葬在这厅堂内西北的柱子下,你可以写《金刚经》,让和尚为她诵读,就在那

所祠焉,小娘子必当还也。"讷拜谢,疾往郡城。明日到,具白元一,写经,速令读之。七遍,女乃开目,久之能言,愧谢其夫曰:"兹堂某柱下,有王将军枯骨,抱一短剑,为改葬之,剑请使留,以报公德。"发之果验。遂改瘗,留其剑。元一因写经数百卷,以施冥寞。出《报应记》。

鱼万盈

鱼万盈,京兆市井粗猛之人。唐元和七年,其所居宅有大毒蛇,其家见者皆惊怖。万盈怒,一旦持巨棒,伺其出,击杀之,烹炙以食。因得疾,脏腑痛楚,遂卒,心尚微暖。七日后苏,云:初见冥使三四人追去,行暗中十余里,见一人独行,其光绕身,四照数尺,口念经。随走就其光,问姓字,云:"我姓赵名某,常念《金刚经》者,汝但莫离我。"使者不敢进,渐失所在。久之,至其家,万盈拜谢曰:"向不遇至人,定不回矣。"其人授以《金刚经》,念得遂还。及再生,持本重念,更无遗缺,所疾亦失。因断酒肉,不复杀害,日念经五十遍。出《报应记》。

于李回

于李回举进士,唐元和八年,下第将归。有僧劝曰:"郎君欲速及第,何不读《金刚经》?"遂日念数十遍。至王桥宿,因步月,有一美女与言,遂被诱去。十余里至一村舍,戏笑甚喧,引入升堂,见五六人皆女郎。李回虑是精怪,乃阴念经。忽有异光自口出,群女震骇奔走。但闻腥秽之气,盖狐狸所宅,榛棘满目,李回茫然,不知所适。俄

被害处供奉,你的娘子一定能复活。"严讷拜谢,快速前往郡城。第二天就把这些事告诉了元一,抄写经书,并让和尚诵读。读了七遍之后,他的女儿才睁开眼睛,过了很久才能说话,她惭愧地感谢丈夫说:"在这厅堂某根柱子下,有王将军的尸骨,抱着一只短剑,换一个地方埋葬他,把他的剑留下,来报答您的恩德。"挖开后果然像说的那样。于是改葬王将军,留下他的剑。元一于是写经书几百卷,以报答冥间的恩德。出自《报应记》。

鱼万盈

鱼万盈,是京兆市井中的粗野之人。唐朝元和七年,他所住的宅子中有大毒蛇,家人看见都惊恐害怕。万盈发怒,一天拿着一根大棒,等蛇出来,就把它打死了,并且烹烤着吃了。于是得了病,五脏六腑疼痛难忍,不久就死了,但心还是暖热的。七天后才复苏,他说:开始被冥间的使者三四个人拘捕,在黑暗中走了十多里,看见一个人独自行走,光围绕在他身边,四下里照出去几尺,嘴里念着经。就借着光跟着他走,问他姓名,他说:"我姓赵名某,常念《金刚经》,你不要离开我。"使者就不敢靠近,渐渐地不见了。过了很久,到了他家,万盈拜谢说:"如果不是遇到你,一定回不来了。"那个人送给他《金刚经》,念完后就复活了。再生后,拿着经书念,不敢有一点遗漏,所得的病也痊愈。万盈于是断绝酒肉,不再杀生,每天念经五十遍。出自《报应记》。

于李回

于李回考进士,唐朝元和八年,落第而归。有个和尚劝他说:"你如果想很快中举,为何不读《金刚经》?"于是他每日念几十遍。一次去王桥住下,在月下散步,忽然有一个美女和他说话,他便被诱骗而去。走了十多里到了一个村舍,嬉笑声很大,美女领他进正堂,见五六个人都是女郎。李回怀疑是妖精,就暗中念经。忽然一道异光从口中射出,群怪惊骇逃散。只闻到腥秽的气味,原来是狐狸的住所,满是荆棘,李回茫然不知所措。一会儿

有白犬,色逾霜雪,似导李回前行,口中有光,复照路,逶巡达本所。后至数万遍。出《报应记》。

强伯达

唐强伯达,元和九年,家于房州,世传恶疾,子孙少小,便患风癞之病,二百年矣。伯达才冠便患,嘱于父兄:"疾必不起,虑贻后患,请送山中。"父兄裹粮送之岩下,泣涕而去。绝食无几,忽有僧过,伤之曰:"汝可念《金刚经》内一四句偈,或脱斯苦。"伯达既念,数日不绝。方昼,有虎来,伯达惧甚,但瞑目至诚念偈。虎乃遍舐其疮,唯觉凉冷,如傅上药,了无他苦。良久自看,其疮悉已干合。明旦,僧复至,伯达具说。僧即于山边,拾青草一握以授,曰:"可以洗疮,但归家,煎此以浴。"乃呜咽拜谢。僧抚背而别。及到家,父母大惊异,因启本末。浴讫,身体鲜白,都无疮疾。从此相传之疾遂止,念偈终身。出《报应记》。

僧惟恭

唐荆州法性寺僧惟恭,三十余年念《金刚经》,日五十遍。不拘僧仪,好酒,多是非,为众僧所恶。遇病且死。同寺有僧灵岿,其迹类惟恭,为一寺二害。因他故出,去寺一里,逢五六人,年少甚都,衣服鲜洁,各执乐器,如龟兹部,问灵岿:"惟恭上人何在?"灵岿即语其处所,疑寺中有供也。及晚回,入寺闻钟声,惟恭已死。因说向来所见。其日,合寺闻丝竹声,竟无乐人入寺。当时名僧云:"惟恭盖

有一只白色的狗，颜色比霜雪还白，好像引着李回往前走，口中有光，又照着前面的路。不久就回到住处。后来他念经达到几万遍。出自《报应记》。

强伯达

唐朝元和九年，强伯达家住在房州，祖传的疾病，子孙后代年纪很小就患风癫病，已传有二百年了。伯达刚成年就患了这种病，对他的父兄说："病一定治不好，担心留下后患，请把我送到山里去。"父兄带着粮食把他送到岩石下，洒泪而别。伯达绝食不久，就有一僧人路过，同情他说："你可以念《金刚经》里一个四句的偈语，也许能摆脱苦痛。"伯达就念经，几天不停。一天白天，有老虎来，伯达非常恐惧，只是闭着眼一心念经。老虎就舐遍了他全身的疮，只觉冰凉，像敷上了药一样，一点儿也不痛苦。过了很久他自己一看，身上疮全都已经愈合。第二天早晨，和尚又到了，伯达都告诉了他。和尚就在山边拾来一把青草给他，说："这草可以洗疮，只管回家，把这草煮了之后洗澡。"伯达流泪拜谢。和尚摸着他的后背便走了。他到家后，父母非常惊异，于是他把事情经过说了一遍。用草液洗完，身体洁白，一点疮疤也没有。从此祖传的病就没有了，伯达便终身念经。出自《报应记》。

僧惟恭

唐朝荆州法性寺僧惟恭，三十多年来一直诵念《金刚经》，每天念五十遍。不受和尚的规矩所拘泥，好喝酒，搬弄是非，被众僧厌恶。后来得病死了。同寺的和尚灵岿，他的行为很像惟恭，是一寺中的二害。灵岿因别的原因出去，在离寺庙一里的地方，遇到五六个人，都很年轻，衣服干净，各自拿着乐器，像龟兹国人一样。问灵岿："惟恭上人在哪儿？"灵岿说了他的住处，怀疑是寺里有法事。到了晚上，进入寺中听到钟声，惟恭已经死了。于是诉说了他先前的所见所闻。那天，整个寺中都听到丝竹的声音，竟然没有奏乐的人进入寺内。当时的名僧说："惟恭大概

承经之力，生不动国，亦以其迹勉灵岿也。"灵岿感悟，折节缁门。出《酉阳杂俎》。

王　沨

唐元和中，严司空绶在江陵时，岑阳镇将王沨，常持《金刚经》。因使归州勘事，回至咤滩，船破，五人同溺。沨初入水，若有人授竹一竿，随波出没，至下牢镇，著岸不死。视手中物，乃《金刚经》也。咤滩至于下牢镇三百余里。出《酉阳杂俎》。

董进朝

董进朝，唐元和中入军，时宿直城东楼上。一夕月明，忽见四人著黄从东来，聚立城下，说己姓名，状若追捕。因相语曰："董进朝常持《金刚经》，以一分功德祝庇冥司，我辈蒙惠，如何杀之？须枉命相待。""若此人他去，我等无所赖矣。"其一人云："董进朝对门有一人，同年同姓，寿限相埒，可以代矣。"因忽不见，进朝惊异之。及明，闻对门哭声，问其故，死者父母云："子昨宵暴卒。"进朝感泣说之，因为殡葬，供养其母。后出家，法名慧通，住兴元寺。出《报应记》。

康仲戚

康仲戚，唐元和十一年往海东，数岁不归。其母唯一子，日久忆念。有僧乞食，母具语之。僧曰："但持《金刚经》，儿疾回矣。"母不识字，令写得经，乃凿屋柱以陷之，加

是得了诵经的报应之力,将转生到不动国,死后用他的表现来劝勉灵岿。"于是灵岿受感动终于明白了,诚心地皈依佛门。出自《酉阳杂俎》。

王 沨

唐朝元和年间,司空严绶在江陵做官,岑阳镇将王沨,常持诵《金刚经》。一次王沨回州办理公事,回到咤滩,船破了,五人一起落入水中。王沨刚落入水中,就好像有人给他一根竹竿,随着水波出没,漂到下牢镇,靠岸才免于一死。看手中的东西,原来是《金刚经》。从咤滩到下牢镇有三百多里。出自《酉阳杂俎》。

董进朝

董进朝,唐朝元和年间参军,当时住在城东门楼上值勤。一天晚上月明,忽然看见四个穿着黄衣的人从东面来,聚立在城下,说自己的姓名,好像要追捕他。他们商议说:"董进朝常常持诵《金刚经》,用一分功德庇祐冥司,我等蒙受他的恩惠,怎么能杀他呢?必须改变他的命数。""如果这个人去其他地方,我们就没有什么可抓的了。"其中一个人说:"董进朝对门有一个人,和他同年同姓,寿命相近,可以代替他。"于是这些人忽然就不见了,进朝感到很奇怪。到了天亮,听到对门的哭声,问原因,死者的父母说:"儿子昨天夜里突然死去了。"进朝痛哭着说了昨天晚上的事,并为他殡葬,供养他的母亲。之后他便出家,法名叫慧通,住在兴元寺。出自《报应记》。

康仲戚

康仲戚,唐朝元和十一年去海东,一去好几年都没有回来。他的母亲只有他这一个儿子,时间长了非常想念。有一个和尚前来化斋,母亲便详细告诉了他家里的情况。和尚说:"只要奉持《金刚经》,你的儿子便很快就会回来了。"他的母亲不识字,僧人便让她请别人写了一份经书,把屋子的柱子凿开,嵌在里面,在

漆其上,晨暮敬礼。一夕,雷霆大震,拔此柱去。月余,儿果还。以锦囊盛巨木以至家,入拜跪母。母问之,仲戚曰:"海中遇风,舟破坠水,忽有雷震,投此木于波上,某因就浮之,得至岸。某命是其所与,敢不尊敬!"母惊曰:"必吾藏经之柱。"即破柱得经。母子常同诵念。出《报应记》。

吴可久

吴可久,越人,唐元和十五年居长安,奉摩尼教。妻王氏,亦从之。岁余,妻暴亡。经三载,见梦其夫曰:"某坐邪见为蛇,在皇子陂浮图下,明旦当死,愿为请僧,就彼转《金刚经》,冀免他苦。"梦中不信,叱之。妻怒,唾其面。惊觉,面肿痛不可忍。妻复梦于夫之兄曰:"园中取龙舌草,捣傅立愈。"兄寤走取,授其弟,寻愈。诘旦,兄弟同往,请僧转《金刚经》。俄有大蛇从塔中出,举首遍视,经终而毙。可久归佛,常持此经。出《报应记》。

开行立

唐开行立,陕州人,不识字。长庆初,常持《金刚经》一卷随身,到处焚香拜礼。忽驼货出同州,遇十余贼,行立弃货而逃。不五六十斤,贼举之,竟不能动。相视惊异,追行立,问之。对曰:"中有《金刚经》,恐是神力。"贼发囊,果有经焉。却与百余千,请其去,誓不作贼,受持终身。出《报应记》。

柱子上涂上油漆,早晚虔心礼拜。一天晚上,雷霆大震,这个柱子就被拔走了。一个多月后,她的儿子果然回来了。用锦囊盛着巨大的木柱回到家里,进门跪拜母亲。母亲问他,仲戚说:"大海上遇到狂风,船破落入水中,忽然有雷霆震动,把这块木扔到海面上,我就靠着它浮在水上,才能够到达岸边。我的命就是它给的,怎敢不尊敬它!"母亲惊讶地说:"这一定是我藏经的屋柱。"于是打开柱子找到经书。从此母子俩常常一起诵念。出自《报应记》。

吴可久

吴可久,越地人,唐朝元和十五年住在长安,信奉摩尼教。他的妻子王氏,也跟从他信教。一年多后,他的妻子突然去世。过了三年,托梦给她的丈夫说:"我犯了罪才被变成蛇,在皇子陵浮图下,明天将死,希望你能为我延请僧侣,就在那念《金刚经》,以求免除别的苦难。"可久在梦中不相信,叱责她。妻子发怒,唾他脸上。不久惊醒,脸肿痛不能忍。妻子又托梦给她丈夫的哥哥说:"园中取龙舌草,捣碎敷在上面就立刻好了。"他哥哥醒来急忙去园中取来,送给弟弟,不久弟弟的脸痊愈了。第二天一早,兄弟俩一起前往,请和尚念《金刚经》。忽然有条大蛇从塔中出来,抬头四处观看,经念完它就死了。可久皈依佛门,常常持诵《金刚经》。出自《报应记》。

开行立

唐朝开行立是陕州人,不识字。长庆初年,随身携带一卷《金刚经》,每到一处便焚香礼拜。一次驮着货物出同州,遇到十几个盗贼,行立便丢下货物逃走。货物不到五六十斤,贼拿它,竟然拿不动。互相看了看感到很惊异,追上行立,问他。回答说:"当中有《金刚经》,恐怕是它的神力。"贼便打开口袋,果然有经书。就给他几百上千钱,请去经书,发誓不再做贼,终身念经。出自《报应记》。

僧法正

唐江陵开元寺般若院僧法正,日持《金刚经》三七遍。长庆初,得病卒。至冥司,见若王者,问师生平作何功德。答曰:"常念《金刚经》。"乃揖上殿,登绣座,念经七遍。侍卫悉合掌,阶下考掠论对,皆停息而听。念毕,遣一吏引还,王下阶送曰:"上人更得三十年在人间,勿废读诵。"因随吏行数十里,至一大坑,吏因临坑,自后推之,若陨空焉。死已七日,惟面不冷。荆州僧常靖亲见其事。出《酉阳杂俎》。

沙弥道荫

唐石首县,有沙弥道荫,常念《金刚经》。长庆初,因他出夜归,中路忽遇虎,吼掷而前。沙弥知不免,乃闭目坐,默念《金刚经》,心期救护。虎遂伏草守之。及曙,村中人来往,虎乃去。视其蹲处,涎流于地。出《酉阳杂俎》。

何 老

何老,鄂州人,常为商,专诵《金刚经》。唐长庆中,因佣人负货,夜憩于山路,忽困寐,为佣者刳其首,投于涧中。取货而趋市,方鬻,见何老来,惶骇甚。何曰:"我得诵经之力,誓不言于人。"遂相与为僧。出《报应记》。

勾龙义

勾龙义,简州俚人。唐长庆中,于郪县佣力自给。常以邑人有疾,往省之,见写《金刚经》,龙义无故毁弃而止绝之。归即喑哑,医不能愈。顽嚣无识,亦竟不悔。仅五六

僧法正

唐朝江陵开元寺般若院的和尚法正，每天念《金刚经》二十一遍。长庆初年，得病而死。到了冥司，看见一个像大王的人，问平生有什么功德。回答说："常念《金刚经》。"于是请上殿，登上绣座，念经七遍。侍卫都合掌，阶下审问鞭打对质的都停下来听。念完之后，就派一官吏领他回去，大王下台阶送他说："你还能在人间活三十年，不要荒废诵经。"于是法正就跟着官吏走了几十里，到了一个大坑，于是官吏对着大坑，从背后推他，他好像落到空中一样。已经死了七天了，只是脸还未变冷。荆州的和尚常靖亲眼看见这件事。出自《酉阳杂俎》。

沙弥道荫

唐朝石首县，有一个沙弥道荫，常念《金刚经》。长庆初年，他有事外出夜里归来，半路上忽然遇见一只老虎，吼叫着奔来。沙弥自知难逃，就闭目静坐，默念《金刚经》，心里期望得到救护。老虎就趴在草边守着他。等到天亮，村中人来来往往，老虎才离开。看老虎蹲坐的地方，满地都是口水。出自《酉阳杂俎》。

何 老

何老是鄂州人，常常行商，只诵读《金刚经》。唐朝长庆年间，雇用佣人背货，夜里在山路上休息，忽然困乏就睡着了，被佣人砍了头，投到深涧里。佣人拿了货很快就到了集市，正要卖掉，看见何老走来，非常害怕。何老说："我得到诵读《金刚经》的帮助，发誓不和别人说。"于是就一起去做了和尚。出自《报应记》。

勾龙义

勾龙义，是简州的一个粗俗之人。唐朝长庆年间，在郪县靠出卖劳力而自给。曾因乡人有病，前去探望，看见他写《金刚经》，龙义无缘无故地毁掉，不让他写。回家后就哑了，医治之后也不能痊愈。他固执傲慢没有见识，到头来也不悔改。仅仅五六

年,忽闻邻人有念是经者,惕然自责曰:"我前谤真经,得此哑病。今若悔谢,终身敬奉,却能言否?"自后每闻念经,即倚壁专心而听之。月余,疑如念得。数日,偶行入寺,逢一老僧,礼之。僧问何事,遂指口中哑。僧遂以刀割舌下,便能语。因与念经,正如邻人之声。久而访僧,都不复见。壁画须菩提,指曰:"此是也。"乃写经,画须菩提像,终身礼拜。出《报应记》。

赵 安

赵安,成都人。唐大和四年,常持《金刚经》,日十遍。会蛮寇退归,安于道中见军器,辄收置于家,为仇者所告。吏捕至门,涕泣礼经而去。为狱吏所掠,遂自诬服,罪将科断。到节帅厅,枷杻自解。乃诘之,安曰:"某不为盗,皆得之巷陌,每读《金刚经》,恐是其力。"节帅叱之不信。及过次,忽于安名下书一"放"字,后即云余并准法,竟不知何意也。及还,洗浴礼经,开匣视之,其经揉裂折轴,若壮夫之拉也。妻曰:"某忽闻匣中有声,如有斫扑。"乃安被考讯之时,无差失也。出《报应记》。

年,忽然听到邻居有人念《金刚经》,猛然省悟,自责道:"我以前毁谤真经,才得了这种哑病。今天如果悔改谢罪,终身信奉,能说话吗?"从此以后每当听到念经,就倚着墙壁专心听。一个多月后,觉得自己好像能念了。几天后,偶然进入寺庙,遇到一个老和尚,施礼。和尚问他什么事,他就指着口中告诉和尚他说不出话。和尚就用刀割他的舌头下面,就能说话了。于是他与和尚一起念经,正像邻居的声音。过了很久,想拜访和尚,再也找不到了。墙壁上画着须菩提,指着说:"这就是那个和尚。"于是他就写经,画须菩提的像,终身礼拜。出自《报应记》。

赵 安

赵安,是成都人。唐朝大和四年,常常持诵《金刚经》,每天十遍。正赶上蛮寇退回,在路上看见了军队的兵器,就收着放到家中,被仇人所诬告。官吏到他家去逮捕他,他洒泪礼拜经卷而别。被狱吏拷打,就被冤枉而认供,将判定他有罪。到了节帅大堂上,枷锁自然脱落。于是就责问他,赵安说:"我不是盗贼,这些都是在街巷上捡来的,常常读《金刚经》,恐怕是它的神力。"节帅斥责他,不肯相信。等到点到赵安的时候,忽然在赵安的名字下面写一个"放"字,之后就都说其余的一并按法处理,竟然不知道是什么用意。等他被放回来,沐浴之后对着经书礼拜,打开匣子看,那个经书已经皱裂断轴,就像是被大力士拉扯过似的。他的妻子说:"我忽然听到匣子里有声音,就像有砍砸的声音。"核对时间,正是赵安被拷打审讯的时候,丝毫没有差错。出自《报应记》。

卷第一百八

报应七 金刚经

何 轸　王 殷　王 翰　甯 勉　倪 勤
高 涉　张 政　李 琚　巴南宰　元 初
兖州军将　杨复恭弟　蔡州行者　贩海客

何 轸

何轸以鬻贩为业。妻刘氏,少断酒肉,常持《金刚经》。先焚香像前,愿年止四十五。临终心不乱,先知死日。至唐大和四年冬,四十五矣。悉舍资装供僧。欲入岁,遍别亲故。何轸以为病魅,不信。至岁除日,请僧授入关。沐浴更衣,独处一室,趺坐高声念经。及辨色悄然,儿女排室看之,已卒,顶热灼手。轸以僧礼塔葬,在荆州北部。出《酉阳杂俎》。

王 殷

蜀左营卒王殷,常读《金刚经》,不茹荤饮酒。为赏设库子,前后为人误累,合死者数四,皆非意得免。至唐大和四年,郭钊镇蜀。郭性严急,小不如意皆死。王殷因呈锦缬,郭嫌其恶弱,令袒背,将毙之。郭有蕃狗,随郭卧起,非

何轸

何轸以买卖为业。妻子刘氏,年少时断绝酒肉,常常持诵《金刚经》。之前在佛像前焚香礼拜,希望能活到四十五岁。临终时心不慌乱,事先知道自己的死日。到唐朝大和四年冬天,已四十五岁了。尽舍钱财来置供品供奉和尚。快过年的时候,就与所有亲友告别。何轸认为她得病见鬼,不相信。到了大年除夕,请和尚来。然后沐浴更衣,独自住在一个房子里,盘腿坐下高声念经。等到声音渐渐没有了,儿女打开屋子看她,已经死了,头顶热得烫手。何轸用和尚的礼节把她葬在塔中,在荆州城北。出自《酉阳杂俎》。

王 殷

蜀左营卒王殷,常诵读《金刚经》,不吃荤不饮酒。他犒赏掌管官库的人,先后被人牵连,应死很多回,都意外得到释免。到了唐朝大和四年,郭钊镇守蜀地。郭钊性格急躁严厉,稍有不如意就都处死。王殷因为呈献锦缎,郭钊嫌质劣货差,让他露出后背,要打死他。郭钊养了一个番种狗,跟着郭钊,形影不离,不是

使宅人,逢之辄噬。忽吠声,立抱王殷之背,驱逐不去。郭异之,怒遂解。出《酉阳杂俎》。

王 翰

唐大和五年,汉州什邡县百姓王翰,常在市日逐小利。忽暴卒,经三日却活,云:冥中有十六人同被追,十五人散配他处,翰独至一司。见一青衫少年,称是己侄,为冥官厅子,遂引见推典。又云是己兄,貌皆不类。其兄语云:"有冤牛一头,诉尔烧畲,枉烧杀之。又曾卖竹与杀狗人作箜篌,杀狗二头,狗亦诉尔。尔今名未注死籍,尤可以免,为作功德。"翰欲为设斋,及写《法华经》《金光明经》,皆曰:"不可。"乃请曰:"持《金刚经》七遍与之。"其兄喜曰:"足矣。"及活,遂舍业出家。出《酉阳杂俎》。

甯 勉

甯勉者,云中人。年少有勇气,善骑射,能以力格猛兽,不用兵仗。北都守健其勇,署为衙将。后以兵四千军于飞狐城。时蓟门帅骄悍,弃天子法。反书闻阙下,唐文宗皇帝,诏北都守攻其南。诏未至,而蓟门兵夜伐飞狐,钲鼓震地。飞狐人汹然不自安,谓甯勉曰:"蓟兵豪健不可敌,今且至矣,其势甚急,愿空其邑以遁去。不然,旦暮拔吾城,吾不忍父子兄弟尽血贼刃下,悔宁可及。虽天子神武,安能雪吾冤乎?幸熟计之。"勉自度兵少,固不能折蓟师之锋,将听邑人语,虑得罪于天子;欲坚壁自守,又虑一邑之人悉屠于贼手。忧既甚而策未决,忽有谍者告曰:"贼

这宅院里的人，碰到就咬。狗忽然大叫，立即抱住王殷的后背，怎么也赶不下来。郭钊感到奇怪，怒气也就随着消解了。出自《酉阳杂俎》。

王 翰

唐朝大和五年，汉州什邡县百姓王翰，常在集市求取小利。忽然暴死，过了三天又活了，他说：当时和他一起被冥间拘捕的共十六人，十五个人被分散到其他地方，唯独自己到了一司。看见一个穿青衫的少年，声称是自己的侄子，做了冥官的差役，于是就领他去见推典。又说是自己的哥哥，容貌都不像他。他的哥哥告诉他说："有一头冤枉的牛，控诉你烧荒，烧死了它。又曾把竹子卖给杀狗的人作箓篓，杀死了两只狗，狗也控诉你。现在你的名字还没有登记到死籍，罪可以赦免，替他们做些功德。"于是王翰想为他们设斋，以及写《法华经》《金光明经》，都说："不可以。"就请求他："诵念七遍《金刚经》给它们。"他的哥哥高兴地说："够了。"等到他复活，就舍弃家产出家了。出自《酉阳杂俎》。

宵 勉

宵勉是云中人。年少有勇气，擅长骑射，能凭自己的力气与猛兽格斗。北都守赏识他的勇猛，让他做了衙将。后来他统兵四千多人驻扎在飞狐城。当时蓟门统帅骄悍，违背天子的法令。谋反的消息传到了宫中，唐文宗皇帝下诏北都守从南边攻打他们。诏书还没到，蓟门的士兵夜间就开始进攻飞狐城，钲鼓震地。飞狐城中的人惊慌不安，对宵勉说："蓟兵豪健，不可抵挡，现在已经到了，形势紧急，希望弃城逃走。不然的话，早晚要攻下这座城，我们不忍心看着父子兄弟都惨死在敌人的刀下，到时后悔也来不及。虽有皇上的神威，又怎么能雪我们的仇冤呢？请您认真考虑。"宵勉考虑自己兵少，打不过蓟兵，想听城里人的话，又怕皇帝降罪；又想靠着坚固的城墙自守，但又担心一城的人都被贼寇所杀。忧心忡忡不能决断，忽然有探子来报："贼寇

尽溃矣！有弃甲在城下，愿取之。"勉即登城垣望，时月明朗，见贼兵驰走，颠踬者不可数，若有大兵击其后。勉大喜，开邑门，纵兵逐之，生擒数十人，得遗甲甚多。先是勉好浮图氏，常阅佛书《金刚经》。既败蓟师，擒其虏以讯焉，虏曰："向夕望见城上有巨人数四，长二丈余，雄俊可惧，怒目呟吻，袒裼执剑。蓟人见之，惨然汗栗，即走避。又安有斗心乎？"勉悟巨人乃金刚也，益自奇之。勉官御史中丞，后为清塞副使。出《宣室志》。

倪　勤

倪勤，梓州人。唐大和五年，以武略称，因典涪州兴教仓，素持《金刚经》。仓有厅事面江，甚为胜概。乃设佛像，而读经其中。六月九日，江水大涨，惟不至此厅下，勤读诵益励。洎水退，周视数里，室屋尽溺，唯此厅略不沾渍，仓亦无伤。人皆礼敬。出《报应记》。

高　涉

唐大和七年冬，给事中李石为太原行军司马，孔目高涉因宿使院。冬冬鼓起时，诣邻房，忽遇一人，长六尺余，呼曰："行军唤尔。"涉遂行。行稍迟，其人自后拓之。不觉向北，约行数十里，至野外，渐入一谷底，后上一山，至顶四望，邑屋尽在眼下。至一曹司所，追者呼云："追高涉到。"其中人多朱绿，当按者似崔行信郎中，判云："付司对。"复至一处，数百人露坐，与猪羊杂处。领至一人前，乃涉妹婿杜则也，逆谓涉曰："君初得书手时，作新人局，遣某买

完全溃败了！有丢弃的铠甲在城下，我们想取来。"宵勉立即登上城楼观看，当时明月当空，看见贼兵败退逃走，跌落摔倒的不可胜数。就像有大兵在他们的后面追击似的。宵勉很高兴，打开城门，放兵追他们，活捉了几十人，得到了很多丢掉的铠甲。以前宵勉信奉佛教，常常阅读佛书《金刚经》。打败了蓟军后，捉住了俘虏审问他，俘虏说："傍晚看见城上有四个巨人，两丈多高，雄俊可怕，怒目张嘴，袒胸拿剑。蓟兵看见后，惊恐害怕，就都逃跑了。哪有攻城的心思呢？"宵勉明白了巨人就是金刚，自己也更感到奇怪。宵勉官到御史中丞，后来做了清塞副使。出自《宣室志》。

倪　勤

　　倪勤是梓州人。唐朝大和五年，以雄才大略闻名，因此主管涪州兴教仓，一向持诵《金刚经》。教仓有厅堂临江，景色非常美丽。就在那里设了佛像，并且在里面诵读经书。六月九日，江水猛涨，唯独涨不到这个厅下，于是更加勤勉地读经。等到潮退以后，环视周围几里，房屋都被淹没，只有这个厅堂一点也没沾湿，教仓也没有损失。人们都来礼拜。出自《报应记》。

高　涉

　　唐朝大和七年冬，给事中李石担任太原行军司马，孔目官高涉在节度衙门值宿。听到咚咚的鼓击声时，就到邻房去，忽然遇见一人，高六尺多，喊道："行军叫你！"高涉就跟着去。走得稍慢，那个人从后面击打他。不知不觉朝北走了大约几十里，到了野外，逐渐进入一个深谷，然后登上一座山，到山顶上四望，村舍都在眼下。被带到一座衙门，追他的人喊道："高涉已抓到！"其中的人很多都是官员，当中坐着的人像崔行信郎中，评判说："交付有司对质！"又到了一处，几百人露天而坐，和猪羊混杂在一起。把他领到一人面前，原来是高涉的妹夫杜则，不满地对高涉说："你当初刚初做书手时，庆贺新获职位举办宴会，派我买

羊四口,记得否?今被相责,意甚苦毒。"涉遽云:"尔时只使市肉,非羊也。"则遂无言。因见羊人立啮则。逡巡被领他去。倏忽又见一处,露架方梁,梁上钉大铁环,有数百人,皆持刀,以绳系人头,牵入环中,剐剔之。涉惧走出,但念《金刚经》。倏忽,逢旧相识杨演云:"李说尚书时,杖杀贼李英道为劫贼事,已于诸处受生三十年,今却诉前事,君常记得否?"涉辞己年幼,不省。又遇旧典段怡,先与涉为义兄弟,逢涉云:"弟先念《金刚经》,莫废忘否?向来所见,未是极苦处,勉树善业,今得还,亦经之力。"因送至家。如梦,死已经宿,向拓处数日青肿。出《酉阳杂俎》。

张 政

张政,邛州人。唐开成三年七月十五日暴亡。初见四人来捉,行半日,至大江,甚阔,度深三尺许。细看尽是脓血,便小声念《金刚经》。使者色变。入城,见胡僧长八尺余,骂使者曰:"何不依帖,乱捉平人?"尽皆惊拜。及领见王,僧与对坐,曰:"张政是某本宗弟子,被妄领来。"王曰:"待略勘问。"僧色怒,王判放去。见使者四人,皆著大枷。僧自领政出城,不见所渡之水。僧曰:"吾是汝所宗和尚,汝识我否?我是须菩提。"乃知是持经之力,再三拜礼。僧曰:"弟子合眼。"僧以杖一击,不觉失声,乃活。死已三日,唯心上暖。出《报应记》。

李 琚

唐李琚,成都人。大中九年四月十六日忽患疫疾,恍

羊四只,还记得吗? 现在我被责备,痛苦难耐。"高涉急忙说:"我当时只让你买肉,不是羊。"杜则无言以对。就看见羊站在那咬杜则。过了片刻,又被领到别处去。忽然又见一处,露天中架着方梁,梁上钉着大铁环,有几百个人,手里都拿着刀,用绳索绑着人头,牵人到铁环中,剐别人头。高涉惊慌地走出去,只是念《金刚经》。忽然碰到老相识杨演说:"李说做尚书时,因李英做劫贼的事杖杀他,已经在这些地方受了三十年的罪,现在再和你谈谈以前的事,你记得吗?"高涉推辞自己年幼,不明白。又遇旧友段怡,之前和高涉结为义兄弟,对高涉说:"贤弟之前念《金刚经》,现在没有荒废吧? 先前所看见的,不是最苦的地方,劝勉你多做好事,今天能够回去,也是经书的力量。"于是送他回家。他像做梦一样,已经死了一宿了,先前被打的地方过了几天都是青肿的。<small>出自《酉阳杂俎》。</small>

张 政

张政是邛州人,唐朝开成三年七月十五日,突然死去。开始时看见四个人来捉他,走了半天,到了一条大江边,江很宽,大约三尺深。仔细一看都是脓血,便小声念《金刚经》。使者变了脸色。入城后,看见胡僧高八尺多,骂使者说:"为什么不按帖抓人,乱抓平民?"使者都惊慌而拜。等到领他去见阎王,和尚和王对坐,说:"张政是我本宗的弟子,被乱抓来的。"阎王说:"等我稍加审问。"和尚发怒,阎王赶紧宣判放他回去。看见四个使者,都带上枷锁。和尚领着张政出城,看不到所渡的河水。和尚说:"我是你所习佛宗的和尚,你认识我吗? 我是须菩提。"张政才知道是持诵经书的力量,再三拜谢和尚。和尚说:"弟子闭上眼睛。"和尚用杖打他一下,不觉地叫出声来,于是活了过来。他已经死了三天了,只是心口还是温热的。<small>出自《报应记》。</small>

李 琚

唐朝李琚,是成都人。大中九年四月十六日忽然患疾病,恍

惚之际，见一人自称"行病鬼王"，骂琚云："抵犯我多，未领汝去。明日复共三女人同来，速设酒食，皆我妻也。"琚亦酬酢曰："汝何得三妻？"但闻呵叱啾唧，不睹人也。却四度来，至二十一日辞去。琚亦拜送，却回，便觉身轻。于佛堂作礼，将吃粥，却行次，忽被风吹去，住足不得。乃至一大山，见江海无涯，人畜随琚立岸边，不知所向。良久，有黄衫人问曰："公是何人？随我来。"才四五步，已见江山甚远。又问："作何善事？若无，适已于水上作猪羊等也，细说恐王问。"琚云："在成都府，曾率百余家于净众寺造西方功德一堵，为大圣慈寺写《大藏经》，已得五百余卷，兼庆赞了。"使者引去，约五十里，见一大城，入门数里，见殿上僧长六七尺，语王云："此人志心造善，无有欺诳。"王诘黄衫人："如何处得文帖，追平人来？"答云："山下见领来，无帖追。"王云："急送去。"便见所作功德在殿上，碑记分明，石壁造广利方在后。使者领去，又入一院，令坐，向琚说："缘汉州刺史韦某亡，欲令某作刺史。"琚都不谕，六七日已来放归。凡过十二处，皆云王院，悉有侍卫，总云与写一卷《金刚经》。遂到家，使人临别执手，亦曰："乞一卷《金刚经》。"便觉头痛，至一塔下，闻人云："我是道安和尚，作病卓头两下，愿得尔道心坚固。"遂醒，见观音菩萨现头边立笑，自此顿瘳。妻儿环哭云："没已七日，唯心上暖。"写经与所许者，自诵不息。出《报应记》。

巴南宰

巴南宰韦氏，常念《金刚经》。唐光化中，至泥溪，遇

惚之际，看见一个人自称是"行病鬼王"，骂李琚道："你触犯我太多，没领你去。明天和三个女人一起来，赶快摆上酒席，三个人都是我的妻子。"李琚也应酬问着道："你怎么能有三个妻子？"只听到呵斥啾唧的声音，看不见人。又来了四次，到了二十一日鬼王才告辞。李琚也拜送，回来时，就觉得身体很轻。在佛堂作礼，将要吃粥，后退几步停下，忽然被风吹去，站不住脚。于是到了一座大山旁，看见一片江海，人畜随着李琚站在岸边，不知去哪里。过了好久，有一个穿黄衫的人问道："你是什么人？跟我来。"李琚才走了四五步，就看见江山已离得很远了。又问他："做了什么好事？如果没有做过，刚才在水上就变作猪羊了。你仔细说说，恐怕一会儿大王会问。"李琚说："在成都府，曾率百余家在净众寺建造西方功德碑一座，为大圣慈寺写《大藏经》，已经得到五百多卷，又曾做过赞礼。"使者带他走了。大约走了五十里，见一座大城，进门几里，看见殿上有一个高六七尺的和尚，告诉王说："这个人一心做善事，没有欺骗。"王责备穿黄衫的人："在什么地方拿到的文帖，追捕平民来？"回答道："从山下领米的，没有追帖。"王说："赶快送回去！"于是就在殿上看见自己所做的功德，功德碑上记的十分明确，那堵刻有广利方的石壁在后面。使者便领着去了，又到一院，让他坐下，对李琚说："因汉州刺史韦某死了，想叫你做刺史。"李琚都不答应，六七天才来放他回去。一共走过了十二个地方，都说是王院，都有侍卫，答应给他们写一卷《金刚经》。于是就到了家，使者临别时拉着李琚的手，又说："求得一卷《金刚经》。"就觉得头痛，到了一塔下，听到有人说："我是道安和尚，发病时敲两下头，希望你的道心坚定。"于是李琚醒来，看见观音菩萨站在头边笑，这才立刻清醒了。妻儿围着他哭，说："你已经死七天了，只是心口上还温热。"从此他写经给那些冥间的人，自己诵读也不懈怠。出自《报应记》。

巴南宰

巴南宰韦氏，常念《金刚经》。唐朝光化年间，到泥溪，遇到

一女人,著绯衣,挈二子偕行。同登山岭,行人相驻叫噪,见是赤狸大虫三子母也。逡巡,与韦分路而去。韦终不觉,是持经之力也。出《述异记》。

元 初

唐元初,九江人,贩薪于市。年七十,常持《金刚经》。晚归江北,中流风浪大起,同涉者俱没,唯初浮于水上,即漂南岸。群舟泊者,悉是大商,见初背上光高数尺,意其贵人,既得活,争以衣服遗之,及更召以与饭。语渐熟,乃知村叟。因诘光所自,云:"某读《金刚经》五十年矣,在背者经也。"前后厄难,无不获免,知是经之力也。出《报应记》。

兖州军将

乾符中,兖州节度使崔尚书,法令严峻。尝有一军将衙参不到,崔大怒,令就衙门处斩。其军将就戮后,颜色不变,众咸惧之。是夜三更归家,妻子惊骇,谓是鬼物。军将曰:"初遭决斩时,一如醉睡,无诸痛苦。中夜,觉身倒街中,因尔还家。"妻子罔知其由。明旦入谢,崔惊曰:"尔有何幻术能致?"军将云:"素无幻术,自少读《金刚经》,日三遍,昨日诵经,所以过期。"崔问:"记得斩时否?"云:"初领到戟门外,便如沉醉,都不记斩时。"崔又问:"所读经何在?"云:"在家镖函子内。"及取到,镖如故。毁镖,见经已为两断。崔大惊自悔,慰安军将,仍赐衣一袭,命写《金刚经》一百卷供养。今兖州延寿寺门外,盖军将衙门就法并斩断经之像,至今尚存。出《报应记》。

一个女人，穿着红衣，领着两个孩子一起走。他们同登一座山岭，走路的人都停下来喊叫，原来是看见了一大二小三只老虎。过了一会儿，就和韦氏分路而走。韦氏始终不知道，是持诵《金刚经》的神力。出自《述异记》。

元　初

唐朝的元初是九江人，在市上卖柴为生。他七十岁，常持诵《金刚经》。晚上回江北，在江中刮起大风，一同过江的人都淹死了，只有元初浮在水面上，漂到了南岸。那些停在岸边的船全是巨商，看见元初背上有几尺高的光，认为他是贵人，他既已得救，都争着送给他衣服，轮番请他吃饭。说话时间长了也都熟悉了，才知道他是村中一老头。于是问他光是从哪里来的，他说："我诵读《金刚经》已经五十年了，背上的光是一卷经。"他前后的霆运，没有不获免的，知道都是经书的神力。出自《报应记》。

兖州军将

乾符年间，兖州节度使崔尚书，法令严峻。曾有一军将没按时到衙，崔便大怒，下令在衙门处斩首。那个军将被斩首之后，面容脸色不变，大家都感到害怕。这天夜里三更时，军将便回家了，妻儿惊慌害怕，说是鬼。军将说："当初遭斩时，就像醉酒入睡一样，没有任何痛苦。半夜，觉得身子倒在街道上，因而就回家来了。"妻子不知道是什么缘由。第二天早晨入衙谢罪，崔惊讶地说："你有什么幻术能这样？"军将说："一向没有什么幻术，从小读《金刚经》，每天三遍，昨天诵经，才误了到衙的时间。"崔问："还记得斩首的情景吗？"说："刚领到戟门外，便像醉了一样，记不住斩首的情景了。"崔又问："你读的经书在哪里？"他说："锁在家中匣子里。"等到去取来，锁像原来一样。毁坏锁头，看见经书已经断为两截。崔惊异又后悔，安慰军将，并赏给他一身新衣，命他写《金刚经》一百卷供奉。现在兖州延寿寺门外，军将在衙门被杀以及斩断经书的像，至今还存在。出自《报应记》。

杨复恭弟

唐内臣姓杨,忘其名,复恭之弟也。陷秦宗权、鹿晏洪、刘巨容贼内,二十余年,但读《金刚经》。虽在城中,未尝废。会宗权男为襄阳节度使,杨为监军使。杨因人心危惧,遂诱麾下将赵德言攻杀宗权男,发表举德言为节度使。由是军府稍定,民复旧业矣。杨于课诵之功,益加精励。尝就牙门外柳树下,焚香课诵之次,欻有金字《金刚经》一卷,自空中飞下。杨拜捧而立,震骇心目:"得非信受精虔,获此善报也!"故陷于贼党二十年间,终能枭巨盗,立殊勋,克保福禄者,盖佛之冥祐也。出《报应记》。

蔡州行者

唐宋汶牧黄州日,秦宗权阻命作乱,将欲大掠四境。蔡州有念《金刚经》行者,郡人咸敬之。宗权差为细作,令入黄州探事。行者至黄州,未逾旬,为人告败。宋汶大怒,令于军门集众决杀。忽报有加官使到,将校等上言,方闻喜庆,不欲遽行杀戮,由是但令禁锢。逾月,使臣不到,又命行刑。出狴牢次,报使入境,复且停止。使已发,引出就刑。值大将入衙,见之,遽白于宋曰:"黄州士马精强,城垒严峻,何惧奸贼窥觇?细作本非恶党,受制于人,将军曲贷性命,足示宽恕。"汶然之,命髡发负钳,缘化财物,造开元新寺。寺宇将就之一夜,梦八金刚告曰:"负钳僧苦行如此,缔构既终,盍释其钳,以旌善类?"汶觉大异之,遂令释钳,待以殊礼。自后一州悉呼为"金刚和尚"。出《报应记》。

杨复恭弟

唐朝的内臣姓杨，忘记了他的名字，是杨复恭的弟弟。陷落入贼人秦宗权、鹿晏洪、刘巨容之手，二十多年，只是念《金刚经》。即使在城中，也不曾荒废。正赶上宗权的儿子做襄阳节度使，杨做监军使。杨因为人心危惧，就诱使部下赵德言攻杀宗权的儿子，上表推举德言为节度使。从这以后军府稍微平定，百姓们又重操旧业。杨在诵读经书上非常下功夫，也越来越精心勤勉。曾在牙门外柳树下焚香诵读经书，忽然有金字《金刚经》一卷，从空中落下来。杨礼拜捧着经站着，心里很激动："莫非是信经受经的心虔诚，才得到这种善报吗！"因此陷入贼党二十年间，最终能斩杀巨盗首领，建立卓越的功勋，保住福禄，大概是佛在冥冥之中保佑吧。出自《报应记》。

蔡州行者

唐朝宋汶治理黄州的时候，秦宗权违命作乱，将要四处掠夺。蔡州有一个念《金刚经》的行者，郡中的人都很敬重他。宗权就派他为探子，令他到黄州刺探。行者到了黄州，不过十天，被人告发。宋汶大怒，令在军门前集众而杀他。忽然报告加官的使者到了，将校等上前庆祝，正在喜庆时，不想立即杀他，因此只命人把他关押起来。又过了一个月，使臣仍没到，又下令行刑。等把那个人押出监牢后，报告说使者已经入境，又暂且停止行刑。使者走了之后，又拉出去行刑。正赶上大将进入衙内，看见了，急忙对宋汶说："黄州的兵马精强，城池营垒森严，为什么害怕奸贼的窥探？这个探子本不是恶人，是被别人牵制，将军暂饶他一命，以示宽恕。"宋汶认为这话有理，就命令剃了他的头发背着铁钳，叫他去化缘财物，建造开元新寺。寺庙建成的那一夜，宋汶梦见八位金刚告诉他说："背钳的和尚如此痛苦，寺庙已经建成，为什么不放开他的铁钳，来发扬他的善行？"宋汶醒后非常惊讶，于是就下令放开铁钳，用重礼待他。从此以后，一州的人都叫他"金刚和尚"。出自《报应记》。

贩海客

唐有一富商,恒诵《金刚经》,每以经卷自随。尝贾贩外国,夕宿于海岛,众商利其财,共杀之,盛以大笼,加巨石,并经沉于海。平明,众商船发。而夜来所治之岛,乃是僧院,其院僧每夕,则闻人念《金刚经》声深在海底。僧大异之,因命善泅者沉于水访之,见一老人在笼中读经,乃牵挽而上。僧问其故,云:"被杀,沉于海,不知是笼中,忽觉身处宫殿,常有人送饮食,安乐自在也。"众僧闻之,悉普加赞叹,盖《金刚经》之灵验。遂投僧削发,出家于岛院。出《报应记》。

贩海客

唐朝有一个富商,坚持不懈地读《金刚经》,经书总是带在身边。曾在国外做买卖,晚上住在一个海岛上,众商人贪图他的财物,一齐杀了他,把他放在大笼子里,压上大石头,连同经书一起沉到海底。第二天天刚亮,众商的船开走了。而夜间所住的岛,有一座僧院,那个寺院中的和尚每天晚上都听到有念《金刚经》的声音,深在海底。和尚们非常吃惊,就派会潜水的人沉入海底查看,看见一个老人在笼中念经,就把笼子拉上来。和尚问他原因,他说:"被杀死了,沉在海底,不知道是笼子,忽然觉得身处宫殿,经常有人送饭,很是安乐自在。"众僧听到后,都非常赞叹,知道这是《金刚经》的灵验。于是他便削发为僧,在岛上的庙中出家了。出自《报应记》。

卷第一百九

报应八 法华经

沙门静生	释昙邃	释慧庆	费 氏	赵 泰
释慧进	沙门法尚	释弘明	释志湛	五侯寺僧
释智聪	昙韵禅师	李山龙	苏 长	尼法信
李 氏	彻 师	悟真寺僧	释道俗	史阿誓
石壁寺僧				

沙门静生

　　西晋蜀郡沙门静生，出家以苦行致称，为蜀三贤寺主，诵《法华经》。每诵经时，常感虎来蹲前听，诵讫乃去。又恒见左右有四人为侍。年虽衰老，而精勤弥励，遂终其业云。出《法苑珠林》。

释昙邃

　　晋有释昙邃，未详何许人。少出家，止河阴白马寺。蔬食布衣，诵《法华经》，又释达经旨，亦为人解说。常于夜中，忽闻扣户云："欲请法师九旬说法。"邃不许。固请，乃赴之。而犹是睡中，觉己身已在白马岛神祠中，并一弟子，日日密往，余无知者。后寺僧经祠前过，见有两高座，邃在北，

沙门静生

西晋时蜀郡的沙门静生,出家后以刻苦修行著称,做了蜀地三贤寺寺主,诵读《法华经》。每当诵经时,常常感召老虎前来倾听,等诵读完之后才离去。又常常看见左右四个人侍候着他。年纪虽已衰老,但更加努力专心地诵读经书,终于成其功业。出自《法苑珠林》。

释昙邃

晋代有个释昙邃,不知道他是哪里人。年少出家,住在河阴的白马寺。吃粗粮穿布衣,诵读《法华经》,又能解释领会经书的宗旨,也常为别人讲解。忽然在夜里听到敲门的声音说:"想要请法师去讲经九十天。"昙邃不答应。那人坚决请求,昙邃才答应,就跟他去了。而还像是在睡梦中,觉得自己已经身在白马岛神祠中,并且有一个弟子,每天都和他一起前往,其余没有人知道。后来寺里的和尚从祠前走过,见有两个高座,昙邃坐在北面,

弟子在南，如有讲说声。又闻有奇香之气，于是道俗共传神异。至夏竟，神送白马一匹，白羊五头，绢九十匹。咒愿毕，于是遂绝。出《法苑珠林》。

释慧庆

宋释慧庆，广陵人，出家止庐山寺。学通经律，清洁有戒行，诵《法华经》《十地》《思益》《维摩》。每夜吟诵，常闻空中有弹指赞叹之声。曾于大雷遇风涛，船将覆没，庆惟诵经不辍，觉船在浪中，如有人牵之，倏忽至岸。于是笃励，弥复精勤矣。出《法苑珠林》。

费　氏

宋罗玙妻费氏者，宁蜀人，父悦为宁州刺史。费少而敬信，诵《法华经》数年，勤至不倦。后得病，忽苦心痛，阖门惶惧，属纩待时。费心念：我诵经勤苦，宜有善祐，庶不遂致死也。既而睡卧，食顷而寤，乃梦见佛于窗中援手，以摩其心，应时都愈。一堂男女婢仆，悉睹金光，亦闻香气。玙从妹于时省疾床前，亦具闻见。于是大兴信悟，虔戒至终，每以此端进化子侄焉。出《述异记》。

赵　泰

赵泰字文和，清河贝丘人。公府辟不就，精进典籍，乡党称名，年三十五。晋太始五年七月十三日夜半，忽心痛而死，心上微暖，身体屈伸。停尸十日，气从咽喉如雷鸣。眼开，索水饮，饮讫便起。

说初死时，有二人乘黄马，从兵二人，但言捉将去。二人扶两腋东行，不知几里，便见大城，如锡铁崔嵬。从城西

弟子坐在南面，好像有讲说声。又闻到奇异的香味，于是道俗之众都传说这件怪事。夏天结束后，神送给他白马一匹，白羊五头，绢九十匹。祝愿完毕，一切都消失了。出自《法苑珠林》。

释慧庆

宋朝的释慧庆，是广陵人，出家在庐山寺。精通经律，清正廉洁而严守戒律，诵读《法华经》《十地经》《思益梵天所问经》《维摩诘经》。每天晚上吟诵，常常听到空中有弹指赞叹的声音。曾在大雷雨天遇到风暴，船将要沉入水中，慧庆只是读经不止，就觉得船好像是在浪中，似乎有人拉着，很快便到了岸边。于是就更加精心勤勉地读经了。出自《法苑珠林》。

费　氏

宋朝罗玙的妻子费氏，宁蜀人，父亲费悦为宁州刺史。费氏年少就敬信持诵《法华经》，勤奋不懈怠。后来得了病，忽然感到心痛，全家很是害怕，只等她咽气下葬。费氏心念：我诵经勤奋，应当有保佑，但愿不会马上就死。接着就入睡了，一顿饭的工夫她醒了，梦见佛在窗中过来拉她的手，抚摸她的心，马上就不疼了。一屋子里的男女婢仆，都看到金光，也闻到了香味。罗玙的堂妹在床前探望她，也都看见和闻到。于是就大兴信悟，虔诚地守戒到最后，也常用这事教诲子侄们。出自《述异记》。

赵　泰

赵泰字文和，清河贝丘人。官府征召不去就职，精心钻研典籍，在乡党中闻名，年龄三十五岁。晋朝太始五年七月十三日半夜，忽然心痛而死，心上稍温，身体能屈伸。停尸十天，突然气从咽喉中涌出，声如雷鸣。睁开眼，要水喝，喝完就起来了。

他说他刚死的时候，看见有两个乘黄马的人，有两个兵士跟着，只是说要抓他去。两个人就扶着赵泰的胳膊向东走，也不知走了多少里路，便看见一座大城，城高大雄伟庄严。从城的西

门入,见官府舍,有二重黑门,数十梁瓦屋,男女当五六十。主吏著皂单衫,将泰名在第三十。须臾将入,府君西坐,断勘姓名。复将南入黑门,一人绛衣,坐大屋下,以次呼名前,问生时所行事,有何罪过;行功德,作何善行。言者各各不同。主者言:"许汝等辞。恒遣六师督录使者,常在人间,疏记人所作善恶,以相检校。人死有三恶道,杀生祷祠最重。奉佛持五戒十善,慈心布施,生在福舍,安稳无为。"泰答:"一无所为,上不犯恶。"断问都竟,使为水官监作吏,将千余人,接沙著岸上。昼夜勤苦啼泣,悔言生时不作善,今堕在此处。后转水官都督,总知诸狱事,给马,东到地狱按行。复到泥犁地狱,男子六千人,有火树,纵广五十余步,高千丈,四边皆有剑。树上然火,其下十十五五,堕火剑上,贯其身体。云:"此人咒诅骂詈,夺人财物,假伤良善。"泰见父母及一弟,在此狱中涕泣。见二人赍文书来,敕狱吏,言有三人,其家事佛,为有寺中悬幡盖烧香,转《法华经》咒愿,救解生时罪过。

出就福舍,已见自然衣服,往诣一门,云开光大舍,有三重黑门,皆白壁赤柱,此三人即入门。见大殿,珍宝耀日,堂前有二狮子并伏,负一金玉床,云名狮子之座。见一大人,身可长丈余,姿颜金色,项有日光,坐此床上。沙门立侍甚众,四坐名真人菩萨。见泰山府君来作礼,泰问吏何人,吏曰:"此名佛,天上天下度人之师。"便闻佛言:"今欲度此恶道中及诸地狱人皆令出。"应时云有万九千人,一时得出,地狱即空。见呼十人,当上生天,有车马迎之,升虚空而去。

门进去,看见官府的房舍,有两重黑门,几十间瓦房,男女约有五六十人。主官穿着黑色的单衣,把赵泰的名字排在第三十。过了一会儿,把人带进公堂,府君面向西坐着,核对姓名。又从南面进入黑门,一人穿着深红色的衣服,坐在大堂下,按顺序喊名,问活着时干过什么,有什么罪过;建立哪些功德,做了哪些好事。回答的人各个说的都不同。主管说:"允许你们陈述。往常派六师督录使者,在人间,记载各自所做的善行恶事,来检查验证。人死后有三条险恶的路,以杀生灵祭祷神祠最重。如信奉佛陀,应遵守五戒十善,广发善心,生在福中,安稳而无为。"赵泰答道:"没有做过什么善事,但没有做恶事。"讯问完之后,就让他做水官监作吏,统帅一千多人,往江岸上运沙筑堤。他们整天劳苦而悲伤,后悔自己在世时没做善事,现在落到这种地步。之后又转为水官都督,总管牢狱中的事,送给他一匹马,到东面地狱去巡视。又到泥犁地狱,有男子六千人,有火树,周围五十多步,高千丈,四边都有剑。树上着火,从顶上落下一十一五的人落到火剑上,穿透了他的身体。并说:"这些人咒骂犯罪,抢夺别人的财物,伤害良善。"赵泰看见父母和一个弟弟也在这狱中哭泣。又看见两个人拿来文书,下令给狱吏,说有三个人,他家供佛,因在寺中悬挂幡伞虔诚烧香,念《法华经》的咒语,免除他们生时的罪过。

走出福舍,已经看见穿着平常的衣服,又到了一门,据说是开光大舍,有三重黑门,都是白壁红柱,这三个人就进去了。看见一座大殿,珍宝映日,堂前并排伏着两个狮子,驮着金玉床,说是叫狮子之座。又看见一个大人身高一丈多,满面金色,脖子上有日光,坐在这个床上。站立侍候的和尚很多,周围的人叫他真人菩萨。看到泰山府君来拜礼,赵泰问官吏他是什么人,官吏说:"这是名佛,天上天下解救人的法师。"于是就听到佛说:"现在想要度这些恶道上的人和那些地狱的人都出去。"时辰一到,就有一万九千多人,一下子出去了,地狱便空了。又看见喊十个人,应当去天界,有车马迎接他们,于是他们升空而去。

复见一城，云："纵广二百余里，名为受变形城。"云："生来不闻道法，而地狱考治已毕者，当于此城，受更变报。"入北门，见数千百土屋，中央有大瓦屋，广五十余步。下有五百余吏，对录人名，作善恶事状。受是变身形之路，从其所趋去。杀者云当作蜉蝣虫，朝生夕死；若为人，常短命。偷盗者作猪羊身，屠肉偿人；淫逸者作鹄鹜蛇身；恶舌者作鸱鸮鵂鹠，恶声，人闻皆咒令死。抵债者为驴马牛鱼鳖之属。大屋下有地房北向，一户南向，呼从北户，又出南户者，皆变身形作鸟兽。

又见一城，纵广百里，其瓦屋安居快乐，云："生时不作恶，亦不为善，当在鬼趣千岁，得出为人。"

又见一城，广有五千余步，名为地中。罚谪者，不堪苦痛。男女五六万，皆裸形无服，饥困相扶，见泰叩头啼哭。泰按行毕还，主者问："地狱如法否？卿无罪，故相挽为水官都督。不尔，与狱中人无异。"泰问："人生何以为乐？"主者言："唯奉佛弟子，精进不犯禁戒为乐耳。"又问："未奉佛时，罪过山积；今奉佛法，其过得除否？"曰："皆除。"主者又召都录使者，问："赵泰何故死来？"使开滕检年纪之籍，云："有算三十年，横为恶鬼所取，今遣还家。"由是大小发意奉佛，为祖及弟，悬幡盖，诵《法华经》作福也。出《幽冥录》。

释慧进

前齐永明中，杨都高座寺释慧进者，少雄勇游侠。年四十，忽悟非常，因出家。蔬食布衣，誓诵《法华》，用心劳苦，执卷便病。乃发愿造百部以悔先障，始聚得一千六百

又看见一城，吏说："周围有二百多里，名叫受变形城。"又说："有生以来不学道法，而地狱考查已经完毕的人，都要到此城，受变化之报。"进入北门，看见数千土屋，中间有个大瓦房，宽五十多步。下面有五百多个官吏，对录人名及生前所作善恶。摆在面前的是变身形的路，于是就跟着他去的地方走。杀人的说是变成蜉蝣虫，早上生晚上死；若变成人，也是短命的。偷盗的变作猪羊，杀了肉赔偿别人；淫逸的人变作鹄鹜蛇身；恶毒的人变作鸱鸺、鹡鸰，它们的声音难听，人听到都咒它该死；抵债的变作驴马牛鱼鳖之类。大屋子下面有地房朝向北面，一门朝南，招呼他们从北门进去，又从南门走出来的，都变身形为鸟兽。

又看见一城，纵横百里，那里居住的人安居乐业，说："在世时不作恶，也不行善，就在这里做鬼千年，才能投生为人。"

又看见一城，宽有五千余步，名叫地中。惩罚被贬谪的人，不能忍受痛苦。男女有五六万，都是裸体没有穿衣服，饥饿困乏互相搀扶，看见赵泰叩头啼哭。赵泰巡查完毕回来，主管的人问："地狱的法律如何？你没罪，所以让你做水官都督。不然就和狱中的人没有什么不同。"赵泰问："人在世上以什么为乐事呢？"主管的人说："唯独信奉佛教，做佛的弟子，精心念经不违反佛教的禁戒才是乐事。"又问："没信奉佛教时，罪恶如山；现在信奉佛法，他的罪过能解除吗？"回答说："都能解除。"主管的人又召都录使者，问："赵泰是怎么死的？"使者打开箱子查阅生死簿，说："算寿命还有三十年，意外地被恶鬼所缠，现在打发他回家。"从此家里大大小小都发誓信奉佛教，从祖辈到子弟，都悬挂幡伞，诵读《法华经》做福事。出自《幽冥录》。

释慧进

南朝齐武帝永明年间，杨都高座寺的释慧进，年少英勇，有义侠精神。到了四十岁时，忽然间明白过来，于是就出家为僧了，食粗粮穿布衣，发誓持诵《法华经》，用心苦诵，但一拿起经卷就生病。起誓要造百部经书来赎先前的罪孽，开始攒了一千六百

文。贼来索物，进示经钱，贼惭而退。尔后遂成百部，故病亦愈。诵经既广，情愿又满，回此诵业，愿生安养。闻空中告曰："法愿已足，必得往生。"无病而卒，八十余矣。出《冥祥记》。

沙门法尚

齐武帝时，东山人掘土见一物，状如两唇，其中舌，鲜红赤色。以事奏闻，帝问道俗。沙门法尚曰："此持《法华》者亡相不坏也。诵满千遍，其验征矣。"乃集持《法华》者，围绕诵经，才发声，其唇舌一时鼓动。见者毛竖，以事奏闻。诏石函缄之。出《旌异记》。

释弘明

齐释弘明，会稽山阴人也。少出家，贞苦有戒节，止山阴云门寺。诵《法华》，习禅定，精勤礼忏，六时不辍。每旦则水瓶自满实，感诸天童子，以为给使也。每明坐禅，虎常伏于室内。出《法苑珠林》。

释志湛

后魏末，齐州释志湛者，住太山北邿谷中衔草寺。省事少言，入鸟不乱，恒诵《法华》。将终时，神僧宝志谓梁武帝曰："北方衔草寺须陁洹圣僧，今日灭度。"湛之亡也，无恼而化，两手各舒一指，有梵僧云："斯初果人也。"还葬山中。后发看之，唯舌如故。众为立塔表焉。出《法苑珠林》。

文。贼来抢财物，慧进向贼说这是买经书的钱，贼惭愧而退。后来，他终于造成了一百部经书，因此病也就好了。经书读得多，又满足了自己的心愿，从此一心诵经，愿安心养身，闻法修道。忽然听见空中告诉他说："法愿已足，来世定会超生。"一直活到八十多岁，无病而死。出自《冥祥记》。

沙门法尚

齐武帝时，东山人挖土看见一个东西，形状好像两片嘴唇，中间有舌头，颜色鲜红。他把这事上报朝廷，齐武帝便询问僧俗众臣。僧人法尚说："这是念《法华经》的人死亡之后不腐坏。诵完一千遍后，它的灵验必显。"于是就召集奉持《法华经》的人，围绕着它诵读经书，刚一发出声音，该唇舌也随着动了起来。看到的人害怕得毛发竖立，又把此景上奏。于是下诏书用石匣子封上它。出自《旌异记》。

释弘明

南齐时的释弘明，是会稽郡山阴人。少年出家，坚贞刻苦守戒律，住在山阴云门寺。每天诵读《法华经》，修习禅定之功，精心勤恳礼拜佛菩萨，诵念经文，整日不停。每天早晨水瓮自然而满，感动了上天，派童子为他服役。每天天亮坐禅，老虎常常趴在室内。出自《法苑珠林》。

释志湛

后魏末年，齐州的释志湛，住在泰山北边深谷的衔草寺中。他通情达理，少言寡语，从容镇定，常年持诵《法华经》。将死的时候，神僧宝志对梁武帝说："北方衔草寺须陁洹圣僧，今日灭度。"释志湛死时，没有烦恼而终，两手各伸着一指，有一个梵僧说："这是修成正果的人。"便将其埋葬在山中。之后挖掘出来一看，只有舌头像以前一样。众人为他立了塔来赞颂他的功德。出自《法苑珠林》。

五侯寺僧

后魏范阳五侯寺僧,失其名,诵《法华》为常业。初死,权殓堤下,后改葬,骸骨并枯,唯舌不坏。雍州有僧诵《法华》,隐白鹿山,感一童子供给。及死,置尸岩下,余骸并枯,唯舌不朽。出《法苑珠林》。

释智聪

唐润州摄山栖霞寺释智聪,尝住扬州安乐寺。大业之乱,思归无计,隐江荻中,诵《法华经》,七日不食。恒有虎绕之,聪曰:"吾命须臾,卿须可食。"虎忽发言曰:"造天立地,无有此理。"忽有一老翁,榜舟而至,翁曰:"师欲渡江至栖霞寺,可即上船。"四虎一时泪流,聪曰:"尔与我有缘耶?"于是挟四虎利涉,既达南岸,船及老人,不知所在。聪领四虎往栖霞舍利塔西,经行坐禅。众徒八十,咸不出院,若有所事,一虎入寺鸣号,以为恒式。聪至贞观中迁化,年九十九矣。出《唐高僧传》。

昙韵禅师

唐昙韵禅师,定州人。隋末丧乱,隐于离石北山。常诵《法华》,欲写其经,无人同志,如此积年。忽有书生来诣之,仍以写经为请。禅师大欢喜,清旦食讫,澡浴,著净衣,入净室,受八戒,口含旃檀,烧香悬幡,寂然抄写,至暮方出。明复如初,曾不告倦。及缮写毕,乃至装褫,一如正法。书生告去,送至门,忽失所在。禅师持诵,曾无暂废。后遭胡贼,仓卒逃避,方箱盛其经,置高岩上。经年贼败,乃寻经,于岩下获之。巾箱糜烂,应手灰灭,拨朽见经,如旧鲜好。出《法苑珠林》。

五侯寺僧

后魏范阳五侯寺和尚,不知他的姓名,以持诵《法华经》为常业。当初死的时候,暂时埋在堤下,之后改葬,发现尸骨已经枯萎,唯独舌头不坏。雍州有个和尚诵读《法华经》,隐居于白鹿山中,感动上天,派来童子供他驱使。他死后,尸首被放在岩石下,尸骨都已经枯干,只有舌头不朽。出自《法苑珠林》。

释智聪

唐朝润州摄山栖霞寺释智聪,曾经住在扬州的安乐寺。大业之乱时,没有办法回老家,暂时隐藏在江边芦荻中,诵读《法华经》,七天不吃不喝。常有老虎围绕着他,智聪说:"我的命快完了,你不久就可以吃我的肉了。"老虎忽然说道:"天地间没有这个道理。"忽然有一个老翁,划着船过来,老翁说:"你想渡江到栖霞寺,可以立刻上船。"四只老虎一起流泪,智聪说:"你们和我有缘吧?"于是带上四只虎奋力涉渡,到达南岸,船和老人都不知去处。智聪领着四虎前往栖霞寺舍利塔西边,坐禅念经。弟子八十人,都不出院门,如果有事,一只虎就进寺内吼叫,形成规律。智聪到贞观年间去世,年龄九十九岁。出自《唐高僧传》。

昙韵禅师

唐朝昙韵神师是定州人。隋末时局动乱,隐居在离石北山。常诵《法华经》,想要写这部经,没有人和他志趣相投,如此多年。忽然有个书生来拜见他,竟然请求写经。禅师非常高兴,清晨吃完饭,洗了澡,穿上净衣,入净室,受八戒,口含旃檀,烧香挂幡,静静地抄写,到了晚上才出来。第二天又是那样,不知疲倦。等到写完,才脱去衣服,一切符合佛法。书生告辞而去,送到门口,忽然不见了。禅师诵读经书,丝毫没有荒废。之后禅师遭到胡贼的劫难,仓皇逃跑躲避,用方箱装上经书,放在高岩上。一年后贼寇败退,于是寻找经书,在岩石下找到了。巾箱已经腐烂,用手一碰就粉碎了,拨开朽木看见经书,还像之前一样完好。出自《法苑珠林》。

李山龙

唐李山龙,冯翊人,左监门校尉。武德中,暴亡而心不冷,家人未忍殡殓,至七日而苏。

自说云:当死时,见被收录,至一官署,甚广大。庭前有数千囚人,枷锁杻械,皆北面立。吏将山龙至庭,厅上大官坐高床,侍卫如王者,寻呼山龙至阶。王问:"汝平生作何福业?"山龙对曰:"乡人每设斋,恒请施物助之。"王曰:"汝身作何善业?"山龙曰:"诵《法华经》,日两卷。"王曰:"大善,可升阶来。"北间有高座,王曰:"可升座诵经。"王即起立,山龙坐讫,王乃向之而坐。山龙开经曰:"《妙法莲华经》序品第一。"王曰:"请法师下。"山龙复立阶下,顾庭前囚,已尽去矣。王曰:"君诵经之福,非唯自利,众因闻经,皆已获免,岂不善哉!今放君还。"谓吏曰:"可将此人历观诸狱。"

吏即引东行百余步,见一铁城,甚广大。城旁多小窗,见诸男女,从地飞入窗中,即不复出。山龙怪问之,吏曰:"此是大地狱,中有分隔,罪计各随本业,赴狱受罪耳。"山龙闻之悲惧,称南无佛,请吏求出院。见有大镬,火猛汤沸,旁有二人坐卧。山龙问之,二人曰:"我罪报入此镬汤,蒙贤者称南无佛,故狱中诸罪人,皆得一日休息疲睡耳。"山龙又称南无佛。吏谓山龙曰:"官府数移改,今王放君去,可白王请抄。若不尔,恐他官不知,更复追录。"山龙即谒王请抄,王书一行字付吏,曰:"为取五道等署。"吏受命,将山龙更历两曹,各厅事侍卫亦如此。吏皆请其官署,各书一行讫,付山龙。

李山龙

唐代的李山龙是冯翊人,为左监门校尉。武德年间,突然死去而心还不凉,家里人不忍心入殓,到了第七天他苏醒过来。

自己说:他刚死的时候,看见被拘送到一个官署,官署很宽大。庭前有几千个囚犯,都戴着枷锁刑械,面向北站着。官吏将山龙带到庭中,厅上的高座上坐着一个大官,侍卫拥护,俨然王者,喊山龙到阶前。王问:"你平生做过什么福事?"山龙回答说:"乡人每当设斋时,我常常把东西送去资助他们。"王说:"你自己做了哪些好事?"山龙说:"诵读《法华经》,每天两卷。"大王说:"太好了,可以到阶上来。"北面有一个高座,王说:"可以登座诵经。"王立即站起来,山龙坐下,王就与他相向而坐。山龙打开经书念道:"《妙法莲华经》序品第一。"王说:"请法师下座。"山龙又站在阶下,看庭前的囚犯,早已不见了。王说:"你诵读经书的福气,并不是只对你自己有利,那些人因为听到念经,都已获免了,难道不是好事吗?今天放你回去。"王对官吏说:"可领这个人去看看各处地狱。"

官吏就领山龙向东走了一百多步,看见一座铁城,很是广大。城旁边有许多小窗,看见许多男女从地上飞进窗中,就不再出来了。山龙奇怪地问道,官吏说:"这是大地狱,其中又分隔成小地狱,定的罪都根据各自不同的表现,鬼魂便分别赶赴受罪罢了。"山龙听说之后感到悲痛害怕,口诵"南无阿弥陀佛",请求出去。又看见有一大锅,火势猛烈热水沸腾,旁边坐卧着两个人。山龙问他们,二人说:"我们的罪是受这汤镬之刑,承蒙你念佛,所以狱中所有的罪人,都能得到一天的休息,所以在此睡卧。"山龙又念佛。官吏对山龙说:"官府多次移改,今天放你回去,可请求大王给写'符'字。如果不这样,恐怕其他的官吏不知道,再被追录。"山龙就去拜见大王请求写字,大王写了一行字交给官吏说:"让他去五道等署。"官吏领命,带山龙又去了两处曹衙,各个厅事侍卫也都与之前一样。官吏都请他们的官署,各写了一行字给山龙。

出门，有三人谓之曰："王放君去，各希多少见遗。"吏谓山龙曰："彼三人者，是前收录使人，一人以赤绳缚君者，一人以棒击君头者，一人以袋吸君气者。今见君还，故来求乞。"山龙惶惧谢曰："愚不识公，请至家备物，但不知何处送之。"三人曰："于水边古树下烧之。"山龙诺。

吏送归家，见亲眷哀哭，经营殡具。山龙至尸旁即苏，曰："以纸钱束帛并酒食。"自于水边烧之，忽见三人来谢曰："愧君不失信，重相赠遗。"言毕不见。出《冥报记》。

苏　长

苏长，武德中，为巴州刺史。赴任，至嘉陵江，风浪覆舟，溺其家六十余人。唯一妾常读《法华经》，水入船中，妾头戴经函，誓与俱溺。随波泛滥，顷之著岸。逐经函而出，开视其经，了无湿污。独存其命。出《法苑珠林》。

尼法信

唐武德时，河东有练行尼法信，常读《法华经》。访工书者一人，数倍酬直，特为净室，令写此经。一起一浴，然香更衣。仍于写经之室，凿壁通，加一竹筒，令写经人每欲出息，径含竹筒，吐气壁外。写经七卷，八年乃毕。供养殷重，尽其恭敬。龙门僧法端尝集大众讲《法华经》，以此尼经本精定，遣人请之，尼固辞不许。法端责让之，尼不得已，乃自送付。法端等开读，唯见黄纸，了无文字。更开余卷，悉皆如此。法端等惭惧，即送还尼。尼悲泣受，以香水洗函，沐浴顶戴，绕佛行道，七日夜不暂休息。既而开视，

走出门去，见有三人对他说："大王放你回去，我们都希望你多少给点礼物。"官吏对山龙说："那三个人是先前拘捕你的使者，一个是用红绳绑你的；一个是用棒子打你头的；一个是用口袋装你气的。现在见你要回去，特意来请求你。"山龙惊慌拜谢说："我不认识你们，请让我到家之后准备礼物，只是不知往何处送。"三人说："送到水边古树下烧了。"山龙答应了。

官吏便送他回家，看见亲属恸哭，准备棺材。山龙到了尸体旁便苏醒了，说："快准备纸钱、束帛和酒食。"他自己到水边烧了，忽然见三个人来道谢："感谢你不失信，赠此厚礼。"说完就不见了。出自《冥报记》。

苏 长

苏长，武德年间做巴州刺史。赴任，到嘉陵江，风浪暴起全船覆灭，淹死他家六十多口人。唯独一妾，常读《法华经》，水涌进船中，妾头顶着经函，决心和它一起淹死。随水漂流，不一会儿就靠了岸。随着经匣子上岸，打开一看，经书一点没有湿。全家只有她一人存活下来。出自《法苑珠林》。

尼法信

唐朝武德年间，河东有位修行的尼法信，常读《法华经》。她求访了一个擅长写字的人，给他数倍的酬金，并特意为他准备一间净室，让他写这部经。每天起来沐浴烧香更衣。然后在写经的室内墙上凿开一孔，加上一个竹筒，让写经人每次出气，就对准竹筒，把气吐到墙外。一共写了七卷，八年才写完。法信供养起来，毕恭毕敬。龙门僧法端尝召集众僧讲《法华经》，以法信的经本为典范，就去请借，尼姑坚持不答应。法端责备她，尼法信不得已，才自己送去。法端等人打开经书，只看见黄纸，没有一个字。再打开其他经卷，全都一样。法端等感到惭愧害怕，立即送还给尼法信。她非常悲痛地哭着接受了，用香水洗匣子，沐浴更衣敬礼，围着经书行走，七天七夜都不休息。等打开一看，

文字如初。故知抄写深加洁净，比来无验，只为不勤敬也。
出《冥报记》。

李　氏

　　唐冀州封丘县，有老母姓李，年七十，无子孤老，唯有奴婢两人。家镇沽酒，添灰少量，分毫经纪。贞观年中，因病死。经两日，凶器已具，但以心上少温。及苏说云：初有两人，并著赤衣，门前召出，云有上符遣追，便即随去。行至一城，有若州郭，引到侧院，见一官人，衣冠大袖，凭案而坐，左右甚多。阶下大有著枷锁人，防守如生。官府者遣问老母："何因行滥沽酒，多取他物？拟作《法华经》，已向十年，何为不造？"老母具言："酒使婢作，量亦是婢。经已付钱一千文与隐师。"即遣追婢，须臾婢至，即答四十放还。遣问隐师，报云是实。乃语老母云："放汝七日去，经了当来，得生善处，遂尔得活。"勘校老母初死之时，婢得恶逆，久而始苏，腹皆青肿，盖是四十杖迹。隐禅师者，本是客僧，配寺顿丘，年向六七十，自从出家，即头陀乞食，常一食斋，未尝暂辍，远近大德，并皆敬慕。老母病死之夜，隐师梦有赤衣人来问，梦中答云："造经是实。"老母乃屈乡间眷属及隐禅师行道，顾诸经生。众手写经了，正当七日。还见往者二人来前，母曰："使人已来，并皆好住。"声绝即死。隐师见存，道俗钦敬。出《冥祥记》。

上面的文字又和先前一样。所以知道抄写经书要非常洁净，法端拿上面的去之后之所以看不到经文，只是不勤奋又不恭敬的缘故。出自《冥报记》。

李 氏

唐朝冀州的封丘县，有一个老妇姓李，年七十岁，没有子女，孤苦一人，只有两个奴婢。她在镇上卖酒为生，酒中掺假，给的酒量又少，分毫都不相让。贞观年间，因病而死。过了两天，埋葬她的棺木已准备好了，只因她的心口稍微温热，没有入殓。等到她苏醒过来后说：当初有两个人，都穿着红衣服，在门前叫她出去，说有上符派遣追拿，就跟着他们去了。到了一座城，很像州城外郭。引她到侧院，看见一个官人，穿着宽衣大袖，靠着几案坐着，他手下人很多。阶下有很多带枷锁的人，防守得很严。官府的人责问老妇："为什么行骗卖酒，多取别人钱财？打算写《法华经》，已经十年了，为什么不写？"老妇就说："酒让奴婢酿的，量也是让奴婢量。写经的钱已经付给隐师一千了。"就派人追拿奴婢，不一会儿奴婢被带到，就打了四十杖放回去。又派人问隐师，回答所说都是实情。于是对老妇说："先放你回去七日，经写完了再来，因为你有善念，才能得活。"验证一下老妇刚死的时候，奴婢得了重病，很久才苏醒过来，腹部都青肿，大概是打了四十枚的痕迹。那个隐禅师，本来是客僧，住在顿丘寺，年近六七十，自从出家后，就定斋念佛，行脚乞食，不曾停止，是远近闻名有功德的人，大家都很敬重他。老妇病死的那个夜晚，隐师梦见有个穿红衣的人来问，梦中他答道："造经书是事实。"老妇就召集乡间亲属以及隐禅师行道，雇请众多经生写经书。众写手写完经书，正好是七天。又看见之前的那两个人来到面前，老妇便说："使者来了，诸位保重。"便声绝而死。隐师现在还活着，道俗都很钦敬他。出自《冥祥记》。

彻　师

唐绛州南孤山隐泉寺沙门彻禅师，曾行，遇癫人在穴中。彻师引出山中，为凿穴给食，念诵《法华经》。素不识字，加又顽鄙，句句授之，终不辞倦。诵经向半，梦有教者，后稍聪悟。已得五六卷，疮渐觉愈。一部了，须眉平复，容色如故。经云："病之良药。"斯言验矣。出《冥报拾遗》。

悟真寺僧

唐贞观中，有王顺山悟真寺僧。夜如蓝溪，忽闻有诵《法华经》者，其声纤远。时星月回临，四望数十里，阒然无睹。其僧惨然有惧，及至寺，且白其事于群僧。明夕，俱于蓝溪听之，乃闻经声自地中发，于是以标表其所。明日穷表下，得一颅骨，在积壤中，其骨槁然，独唇吻与舌，鲜而且润。遂持归寺，乃以石函置于千佛殿西轩下。自是每夕，常有诵《法华经》声在石函中。长安士女，观者千数。后新罗僧客于寺，仅岁余，一日寺僧尽下山，独新罗僧在，遂窃石函而去。寺僧迹其往，已归海东矣。时开元末年也。出《宣室志》。

释道俗

唐释道俗者，不测所由，止醴泉山原，诵《法华经》为业，乃至遍数千。贞观中，因疾将终，告友人慧廓禅师曰："此虽诵经，意望有验。吾死之后，当以十年为限，试发视之。若舌朽灭，知诵无功；若舌如初，为起一塔，庶生俗

彻　师

　　唐朝绛州南孤山隐泉寺和尚彻禅师,一次出行,遇见一个生癞疮的人在洞穴中。彻师把他领出山中,为他凿了个山洞,给他送吃的,常常念《法华经》。癞人一向不识字,又加上性格固执孤僻,彻师便一句一句地教他,始终坚持不懈。诵读经书将近一半时,做梦有人教他,以后渐渐地有所悟。已经学了五六卷了,癞疮也渐渐痊愈。一部经书读完后,须眉都恢复了,面容脸色都和原来一样。经中说:"经书是疾病的良药。"这话真灵验啊。出自《冥报拾遗》。

悟真寺僧

　　唐朝贞观年间,有个王顺山悟真寺和尚。夜间前往蓝溪,忽然听有人诵读《法华经》,声音很细很远。当时星月洒辉,四下里望几十里,寂静而看不清。那个和尚心中忧虑而害怕,等到了寺内,就把这些事告诉众僧。第二天晚上,都在蓝溪听诵经声,才听到读经的声音从地中发出,就在那个地方做上标记。第二天挖开标记的地方,下面有一个颅骨,埋在土中,他的骨头已经枯干了,唯独唇与舌鲜红而滋润。于是就拿回寺中,用石匣子装上放在千佛殿的西殿下。从此之后每天晚上,总有诵读《法华经》的声音从石匣中发出。长安的男女,来看的人数以千计。后来新罗和尚客居于寺,仅一年多,一天寺里的和尚都下山去了,只有新罗和尚在寺,就偷走石匣子而去。寺里和尚们追查他的行踪,他已渡海东去。当时是开元末年。出自《宣室志》。

释道俗

　　唐朝释道俗,不知道他是从哪里来的,住在醴泉山,以诵《法华经》为业,诵至几千遍。贞观年间,因病将死,告诉他的友人慧廓禅师说:"虽然如此诵读经书,也只希望能有灵验。我死之后,应当以十年为限,挖开坟墓看。如果舌已朽烂,那是我诵经无功;如果舌头和先前一样,为我建造一座塔,这也是我一生的

信。"言讫而终。至十一年，依言发之，身肉都尽，唯舌不朽。一县士女，咸共赞叹。乃函盛舌本，起塔于甘谷岸上。出《法苑珠林》。

史阿誓

唐郊南福水之阴有史村。史阿誓者，诵《法华经》，职充令史，往还步涉，未尝乘骑。以依经云"哀愍一切"故也。病终本邑，香气充村，道俗惊怪，而莫测其缘。终后十年，其妻死，乃发冢合葬。见其舌根，如本生肉，斯诚转诵《法华经》之灵验也。出《法苑珠林》。

石壁寺僧

唐并州石壁寺，有一老僧，禅诵为业，精进练行。贞观末，有鸲巢其房楹上，哺养二雏。法师每有余食，恒就巢哺之。鸲雏后虽渐长，羽翼未成，因学飞，俱坠地死。僧收瘗之。经旬后，僧夜梦二小儿曰："某等为先有小罪，遂受鸲身。比来日闻法师诵《法华》，既闻妙法，得受人身，儿等今于此寺侧十余里某村姓名家，托生为男。十月之外，当即诞育。"僧乃依期往视之，见此家妇，果同时诞育二子。因为作"满月"，僧呼为"鸲儿"，并应之曰"唯"。出《冥报拾遗》。

信念。"说完就死了。到了第十一年，按照他的话挖开他的坟墓看，身上的肌肉都已经烂尽，只有舌头不烂。一县的男女，全都赞叹不已。于是就用匣子装上舌头，在甘谷岸上筑起一塔。出自《法苑珠林》。

史阿誓

唐朝郊南福水的南面有个史村。村中有个叫史阿誓的，诵读《法华经》，做了令史，来回步行，从不乘车骑马。都按经书说的那样，是怜悯一切的缘故。病死在家乡，香气充满了全村，道俗之人都很惊讶奇怪，而不知道什么原因。死后十年，他的妻子死了，人们挖开坟墓合葬。看见他的舌头像生前那样，这的确是诵读《法华经》的灵应啊。出自《法苑珠林》。

石壁寺僧

唐朝并州石壁寺，有一个老和尚，以坐禅诵经为业，精心修炼。贞观年间，有一个八哥在他的房檐下筑巢，哺养了两只小鸟。法师每当有剩余的饭，总是送到巢穴里喂它们。八哥的雏鸟虽然渐渐地长大，但羽翼还没长成，因此学习飞行时，都落地而死。和尚收埋了它们。十天后，和尚梦见两个小孩说："我等因为先前犯了小罪，就受到变成八哥的惩罚。等来到这里听到法师诵读《法华经》，已听到了妙法，所以又能够变为人身，我们现在已投生在寺旁边十几里某村某姓家，托生为男儿。十个月之后，就会出生。"和尚便按期去看，这家的妇女，果然同时生下两个男孩。于是为他们做"满月"，和尚就叫他们为"鸲儿"，他们同时答应"是"。出自《冥报拾遗》。

卷第一百一十

报应九 观音经

窦 傅	周 珰	竺法义	王珉妻	竺长舒
潘道秀	栾 荀	张 崇	释开达	竺法纯
释道泰	郭 宣	吕 竦	徐 荣	刘 度
南宫子敖	徐 义	毕 览	释法智	孙道德
张 兴	昙无竭	车 母	释昙颖	邢怀明
王 球				

窦 傅

晋窦傅者,河内人。永和中,并州刺史高昌、冀州刺史吕护各权部曲,相与不和。傅为昌所用,作官长。护遣骑抄击,为所俘执,同伴六七人,共系一狱,锁械甚严,克日当杀之。沙门支遁山时在护营中,先与傅相识,闻其执厄,山至狱所候视之,隔户共语。傅谓山曰:"今困厄,命在漏刻,何方得相救?"山曰:"若能至心归请,必有感应。"傅先亦颇闻观世音,及得山语,遂专心属念,昼夜三日,至诚自归。观其镴械,如觉缓解,有异于常。聊试推荡,摧然离体。傅乃复致心曰:"今蒙哀祐,已令桎梏自解。而同伴尚多,无心独去,观世音神力普济,当令俱免。"言毕,复牵挽余人,

窦 傅

晋朝的窦傅,是河内人。永和年间,并州刺史高昌、冀州刺史吕护各自都掌握军队,彼此不和。窦傅被高昌任命为官长。吕护派骑兵袭击,窦傅被俘,同伴六七个人,一同被抓到监狱中,带上枷锁看管甚严,定下日子准备处死。僧人支遁山当时在吕护营中,先和窦傅相识,听说他被俘将死,到狱中去看望他,隔着门说话。窦傅对遁山说:"现在被囚禁,命在旦夕,什么办法能相救?"遁山说:"如果能虔诚皈依佛法,就一定有感应。"窦傅先前也听说过观世音,等听到遁山的话,就专心诵念,三天三夜,诚心诚意自然向佛。再看他的枷锁,像感觉有缓解似的,和平常不同。就试着活动,刑具一下子离开身体。窦傅又诚心地说:"今天承蒙你可怜庇祐,已让枷锁自己解开。但同伴还多,我无心独自离去,观世音神力普度,应当让他们都免难。"说完,又拉其他的人,

皆以次解落,若有割剔之者。遂开户走出,于警徼之间,莫有觉者,便逾城径去。行四五里,天明,不敢复进,共逃隐一林中。须臾,护觉失囚,人马络绎,四出寻捕,焚草践林,无不遍至。唯傅所隐一亩许地,终无至者,遂得免还。乡里敬信异常,咸信奉佛法。遁山后过江,为谢居士敷具说其事焉。出《真传拾遗》。

周珰

晋周珰,会稽剡人也,家世奉法。珰年十六,便蔬食诵经。正月长斋竟,延僧设八关斋,及请其师竺佛密、支法阶。佛密令持小品,斋转读。三日僧赴斋,忘持小品。至中食毕,欲读经,方忆,甚惆怅。珰家在坂怡村,去寺三十里,无人遣取。至人定烧香毕,本家恨不得经,密益踧踖。有顷,闻叩门者,言送小品经。珰愕然心喜,开门,见一年少,著单衣夹,先所不识,又非时人,疑其神异。便长跪受经,要使前坐。年少不肯进,曰:"斯夜当来听经。"比出不复见,香气满宅,既而视之,乃是密经也,道俗惊喜。密经先在厨中,缄钥甚谨,还视其钥,俨然如故。于是村中十余家,咸皆奉佛。珰遂出家,字昙巘,讽诵众经二十万言。出《冥祥记》。

竺法义

晋兴宁中,沙门竺法义,山居好善,住在始宁保山。后得病积时,攻治备至,而了不损,日就绵笃。遂不复自治,唯归诚观世音,如此数日。昼眠,梦见一道人来候其病,因为治之,刳出肠胃,湔洗脏腑,见有结聚不净物甚多。洗濯

枷锁都逐次脱落，就像有人切断似的。于是开门逃走，穿过巡逻的岗哨，没有人察觉，就越城而去。走了四五里，天亮了，不敢再走了，就隐蔽在一个树林中。不一会儿，吕护发现囚犯逃走，便派大队人马去追捕，四处收捕，烧草毁林，没有不搜查的地方。唯独窦傅所藏的一亩左右的地方，始终无人搜索，于是脱险而回。乡里的人听了，敬重异常，都信奉佛法。遁山以后过江，为谢敷详细讲述了这件事。出自《真传拾遗》。

周珰

晋朝周珰，会稽剡县人，家中世代信奉佛法。周珰十六岁时，就吃素诵经。正月长斋结束，便请和尚设八关斋，又请他的师傅竺佛密、支法阶也来。佛密让他拿着小品经，斋戒时诵读。三天后和尚赴斋，忘记带小品经。到了中午吃完斋饭，想要读经，他才想起来，非常惆怅。周珰家在坂怡村，距离寺庙三十里，无人去取。等到人们烧香完毕后，恨自家不能念经，佛密更加不安。过了片刻，听到有人敲门，说是送小品经的。周珰惊讶心喜，开门，看见一个少年，穿着单衣服，是之前所不认识的，又不是当时人的打扮，疑心他是神灵。便长跪接受经书，邀请让他入座。少年不肯进来，说："这一夜我还来听经书。"等他出来后就不见了，而香气满屋，接着一看，原来是密经，道俗又惊又喜。密经先前在橱中，锁得都很严，回去看那个锁，还是像之前那样。于是村中的十几家，都信奉佛教。周珰于是出家为僧，字昙巘，背诵并熟记经书二十多万言。出自《冥祥记》。

竺法义

晋朝兴宁年间，僧人竺法义，住在山里常做好事，住在始宁保山。后来患病，经过很长时间的治疗，始终不愈，一天比一天严重。于是不再治病，只是诚心地拜求观世音，像这样过了好几天。一天白天睡着了，梦中看到一位道人来看望他，并给他治疗，先掏出他的肠胃，清洗五脏六腑，看见有很多不干净的东西。洗

毕，还纳之，语义曰："汝病已除。"梦觉，众患豁然，寻得复常业。故其经云："或现沙门梵志之象。"意者义公梦其是乎！义以太原七年亡。宋尚书令傅亮撰其事迹。亮自云："其先君与义游，义每说其事，辄凛然增肃焉。"出《述异记》。

王珉妻

晋琅琊王珉，其妻无子，尝祈观世音云乞儿。珉后路行，逢一胡僧，意甚悦之。僧曰："我死，当为君作子。"少时道人果亡，而珉妻有孕，及生能语，即解西域十六国梵音，大聪明，有器度，即晋尚书王洪明身也。故小名阿练，叙前生时，事事有验。出《辨正论》。

竺长舒

晋有竺长舒者，本天竺人，专心诵《观音经》为业。后居吴中，于邑内遭火，屋宇连栋，甍檐相继，火至皆焚。长舒家正住下风，分意烧毁，一心念观世音。欲至舒家，风回火灭，合县惊异之。时有恶少年，讶其灵应，到后夜风急，少年以火投屋，四投皆灭。少年嗟感，至明，乃叩头首过。舒云："我无神力，常以诵观音为业，每有事，恒得脱免。"出《辨正论》。

潘道秀

潘道秀，吴郡人，年二十余，尝随军北征。既而军小失利，秀窜逸被掠，经数处作奴。俘虏异域，欲归无因。少信佛法，恒至心念观世音，每梦寐，辄见像，后既南奔，迷不知

完后，又放回原处，并告诉他说："你的病已经根除。"梦醒后，所有的病一下子好了，不久又恢复了他的常业。所以经书说："有时菩萨会以沙门僧的形象出现。"像竺法义的梦就可以证明吧！法义在太原七年死去。宋尚书令傅亮为他的事迹作传。亮自己说："过世的父亲曾和法义交游，法义每当说到这件事，总是肃然起敬的样子。"出自《述异记》。

王珉妻

晋朝琅琊的王珉，他的妻子没有孩子，曾祈祷观世音菩萨让她有个儿子。后来王珉走在路上，遇到了一个胡僧，心里很喜欢他。和尚说："我死了，当做你的儿子。"不久，道人果然死了，而王珉的妻子也有了身孕，孩子生下来就会说话，又懂西域十六国的梵语，非常聪明，有气度，就是晋朝的尚书王洪明。所以小名又叫阿练，叙述他的前生事，事事都应验。出自《辨正论》。

竺长舒

晋朝有个竺长舒，原是天竺人，专心以持诵《观世音经》为业。之后住在吴中，城内遭火灾，房屋栋宇，一座接一座，火到之处全都烧毁。长舒家正住在下风口，估计要被烧毁，他一心念《观世音经》。火快到长舒家，忽然风转火灭，全县的人都非常奇怪。当时有个品质恶劣的少年，对他的灵验很惊讶，到后半夜风急，把火投向长舒的房子上，投四次都灭了。少年感叹不止，到了天亮，便磕头认罪。长舒说："我没有什么神力，常常以持诵《观世音经》为业，每当有事，总能得到脱免。"出自《辨正论》。

潘道秀

潘道秀，是吴郡人，年二十多，曾经随军北征。不久，因军小失利，道秀逃跑而被俘，经过几个地方做奴仆，在域外做俘虏，想回去却又没有办法。年少时信守佛法，常年专心持诵《观世音经》。每当入梦，总是能看到佛像，之后就往南逃跑，迷路而不知

道。于穷山中，忽睹真形，如今行像，因作礼怡然。不觉安行，乃得还路，遂归本土。后精进弥笃。出《冥祥记》。

栾荀

晋栾荀，不知何许人也。少奉法，尝作富平令。先从征卢循，值小失利，船舫遭火垂尽，贼亦交逼，正在中江，风浪骇目。荀恐怖分尽，尤念观世音。俄见江中有一人，挺然孤立，腰与水齐。荀心知念经有感，便投水就之，体既浮涌，脚似履地。俄而天军遣船迎接败者，于是遂得济。出《冥祥记》。

张崇

晋张崇者，京兆杜陵人也，年少奉法。太元中，苻坚既败，长安百姓千有余家，南走归晋，为镇戍所拘，谓为游寇。崇与同等五人，手足杻械置坑中，埋筑至腰，各相去二十步，明日将驰马射之。崇虑望穷尽，唯洁心念观世音。夜中械忽自破，因得脱走。路经一寺，乃复称观世音名，至心礼拜。以一石置前，发誓愿云："今欲过江东，诉辞晋帝，理此冤魂，救其妻息，心愿获果，此石当分为二。"崇拜，石即破焉。崇至京师，发白虎樽，具列冤状，帝乃加宥。已为人所略卖者，皆赎为编户。智生道人目所亲见其事者。出《法苑珠林》。

释开达

晋沙门释开达，隆安二年，登陇采甘草，为羌所执。时年大饥，羌胡相啖，乃置达栅中，将食之。先在栅中十有余人，羌日夕烹菹，唯达尚存。自达被执，便潜诵《观世音

往哪儿走。在深山中，忽然看到佛像真身，很像现在的佛像，于是他便高兴地施礼。不知不觉平安前行，就走上归路，返回家乡。后来他的信仰更加精进笃诚了。出自《冥祥记》。

栾 苟

晋朝的栾苟，不知是哪里人。少年信奉佛法，曾经做富平令。先前跟着卢循出征，军队失利，船遭火而沉没，贼人也逼近，船又正在江心，风浪惊人。栾苟非常害怕，赶快诵念《观世音经》。忽然看见江中有一人，挺身屹立，腰和水齐。栾苟知道是念经有效，就投水奔去。他的身体浮上来，脚就像踩着地一样。不一会儿天军派船接应溃散的官兵，于是栾苟便得救了。出自《冥祥记》。

张 崇

晋朝的张崇，是京兆杜陵人，年少信奉佛法。太元年间，符坚已败，长安有一千多家的百姓，南逃归晋，被镇戎所扣，称他们是流寇。张崇和五个同行的人，都被戴上手铐、脚镣推到坑中，用土埋到腰部，各自相距二十步远，准备第二天骑马射死他们。张崇已经绝望，只净心念《观世音经》。夜里刑械忽然自己脱落，因此得以逃脱。路过一寺，又称诵观世音的名，并诚心礼拜。把一块石头放在面前，发誓愿说："现在想要过江东去，向晋帝倾诉，洗脱冤屈，营救妻子儿女，如心愿有结果，这块石头就应当一分为二。"张崇拜谢，石头就破为两块。张崇到了京城，执虎樽，诉说全部冤情，皇帝就宽恕了他。那些已经被变卖的人，都赎回并编入户口。智生道人亲眼看见了这件事。出自《法苑珠林》。

释开达

晋朝有个释开达，隆安二年，开达登上陇山去采甘草，被羌族所抓。当时正是饥荒年，羌族和匈奴饿得互相吃人，于是就把开达关在栅栏中，将要吃掉他。栅栏中本来已经有十多个人，羌人每天烹煮，只有开达还留着。自从开达被俘，便暗中诵读《观世音

经》,不懈于心。及明日,当见啖,其晨始曙,忽有大虎,遥逼群羌,奋怒号吼,羌各骇怖迸走。虎乃前噬栅木,得成小缺,可容人过,已而徐去。达初见虎噬栅,谓必见害。栅既穿不入,心疑其异,谓是观世音力。计诸羌未及,便即穿栅逃走。夜行昼伏,遂得免脱。出《法苑珠林》。

竺法纯

晋沙门竺法纯,山阴显义寺主也。元兴中,起寺买材,路经湖道,材主是妇人,与同船俱行。既入湖,日暮暴风,波浪如山,船小水入,又与妇人俱行,命在瞬息,乃一心诵《观世音经》。时既入夜,行旅已绝。俄有大船流至,纯即乘度之,而此小船应时沦没。大舟随波鼓荡,俄得达岸也。出《法苑珠林》。

释道泰

晋沙门释道泰,常山衡唐精舍僧。义熙中,尝梦人云:“君命当终六七。”泰年至四十二,遇笃疾,虑必不济,悉以衣钵之资,厚为福施。又归诚念诵观世音,昼夜四日,勤心不替。时所坐床前垂帷,忽于帷下见人跨户而入,足跌金色,光明照屋。泰乃搴帷遽视,奄然而灭。惊欣交萃,因大流汗,胸体即轻,所患平差。出《法苑珠林》。

郭　宣

晋义熙十一年,太原郭宣、蜀郡文处茂,先与梁州刺史

经》,从不懈怠。等到第二天,就该吃开达了。那天早晨刚亮,忽然来了一只大虎,远远逼着一群羌人,愤怒吼叫,吓得羌人各自都惊恐而逃。老虎就上前咬啮栅木,等咬出小缺口,可以容下一人通过的时候,老虎就慢慢离去了。开达开始看见老虎咬的栅栏时,认为一定是要吃自己。但栅栏咬破了老虎又不进去,心里感到十分惊异,认为是观世音的神力。估计那些羌人还没回来,便穿过栅栏逃走。夜里赶路白天躲藏,于是脱险。出自《法苑珠林》。

竺法纯

晋朝和尚竺法纯,是山阴显义寺的寺主。元兴年间,买木材筑寺,路过湖道,木材的主人是妇女,和他坐同一只船走。已经入湖,天色渐晚暴风突起,波浪如山,船小又溅进了水,加上和妇人一起走,性命就在瞬息之间,于是法纯一心诵念《观世音经》。当时已经到了晚上,沿途已经没有行旅之人了。忽然有一条大船漂过来,法纯就乘上大船,而这个小船立刻就沉没了。大船随波逐浪任其漂荡,不一会儿就到了岸边。出自《法苑珠林》。

释道泰

晋朝有个释道泰,是常山衡唐精舍的和尚。义熙年间,曾梦见一个人说:"你能活到四十二岁。"道泰年到四十二岁时,得了重病,他想到一定不会好了,所以就把衣钵等全部资财,作为很丰厚的福施舍给别人。又虔诚念诵《观世音经》,四天四夜,勤心不止。当时他所坐的床前挂着帷帐,忽然在帐下看见一个人跨门而进,脚背金色,光明照亮屋内。道泰便取掉帷帐惶恐地看,那人忽然不见了。道泰惊喜交加,于是满身流汗,身体便感到轻松,所得的病也痊愈了。出自《法苑珠林》。

郭 宣

晋朝义熙十一年,太原郭宣、蜀郡文处茂,之前与梁州刺史

杨收敬为友。收敬有罪下狱,宣与处茂同被桎梏,念观世音。十日后,夜梦一菩萨慰谕之,告以大命无忧。俄而锁械自脱,及晓还著,如是复解。二人遂发愿:若得免罪,各出钱十万上明西寺作功德。少日俱免。宣依愿送钱向寺,处茂违誓不送。及卢循举兵,茂于香浦为流矢所中,未死之间曰:"我有大罪。"语讫而死。出《辨正论》。

吕 竦

晋吕竦字茂高,兖州人也,寓居始丰县。其南溪,流急岸峭,回曲如萦,又多大石,白日行者,尤怀危惧。竦自说,其父尝行溪中,去家十余里。日向暮,大风雨,晦瞑如漆,不复知东西,自分覆溺,唯归心观世音,且诵且念。须臾,有火光来岸,如人捉炬者,照见溪中了了,径得归家。火常在前后,去船十余步。竦后与郗嘉宾周旋,郗所传说。出《法苑珠林》。

徐 荣

晋有徐荣者,琅琊人也。尝至东阳还,经定山。舟人不惯,误堕洄洑中,垂欲沉没,荣无复计,唯至心呼观世音名。须臾间,如有数十人齐力引舡者,踊出洄洑中,沿江而下。日已暮,天大昏暗,风雨甚驶,不知所向,而涌浪转盛。荣诵经不辍,忽望见山头有火焰赫奕,回舟趋之,径得达岸,既至,即不复见。明旦,问浦中人:"昨夜山上是何火?"众愕然曰:"风雨如此,岂有火耶?"乃知佛力冥祐矣。荣后为会稽府督护,谢敷尝闻荣说。时与荣同船者沙门支道

杨收敬为朋友。杨收敬有罪被关进牢狱，郭宣和处茂同被戴上枷锁关押了起来，他们诵念《观世音经》。十天后，夜里梦见一个菩萨慰问他，并告诉他们生命无忧。不一会儿枷锁自己脱落，到天亮又给锁上，后来还是像之前那样脱落。于是二人发愿：如果能免除此罪，他们各出十万钱到明西寺做功德。没几天就被免了罪。郭宣就按照誓愿送钱给明西寺，处茂则违誓不送。等到卢循举兵，处茂在香浦被流箭射中，未死之时说："我有大罪。"说完就死了。出自《辨正论》。

吕　竦

晋朝的吕竦字茂高，是兖州人，寓住在始丰县。那里的南溪，岸陡流急，回曲萦绕，又有许多大石头，白天走在这里，都恐惧万分。吕竦自己说，他的父亲曾在溪中行船，离家十多里。一天傍晚，风雨大作，漆黑一片，分不清东西南北，觉得要淹死，就只一心念《观世音经》，边诵边念。不一会儿，就有火光从岸上来，像人举着火炬一样，照得溪中很清楚，才得以回家。火光常在他的前后，离船十多步远。之后吕竦和郗嘉宾有往来，这事是郗嘉宾所传述的。出自《法苑珠林》。

徐　荣

晋朝有个叫徐荣的是琅琊人。曾经到东阳，回来时经过定山。船夫对水路不熟，误落入漩涡中，眼看就要沉没，徐荣再也没有什么计策，只是诚心呼唤观世音的名字。不一会儿，像有几十个人一齐用力拉船，涌出漩涡，顺江而下。到了傍晚，天色昏暗，风雨更急，不知去向，而波浪更加汹涌。徐荣诵经不停，忽然看见山头有火焰光明显盛，调回船头朝那个方向走，一直到达岸边，到岸之后，就再也见不到了。第二天早晨，问江浦中的人："昨天夜里山上是什么火？"大家惊讶地说："像这么大的风雨，怎么能有火呢？"这才知道是佛力在暗中庇佑。徐荣后来担任会稽府督护，谢敷曾听徐荣说起此事。当时和徐荣同船的僧人支道

蕴,谨笃士也,亦具其事,为傅亮言之,与荣所说同。出《法苑珠林》。

刘 度

刘度,平原聊城人也。乡里千余家,并奉大法,造立形像,供养僧尼。值虏主木末时,此县常有逋逃。末大怒,欲尽灭一城。众皆凶惧,分必殄尽。度乃洁诚率众,归命观世音。顷之,末见物从空下,绕其屋柱,惊视,乃《观世音经》。末大欢喜,因省刑戮,于是此城即得免害。出《冥祥记》。

南宫子敖

南宫子敖,始平人也。戍新平城,为狒狒虏儿长乐公所破,合城数千人皆被诛害。子敖虽分必死,而犹至心念观世音。既而次至子敖,群刃交下,或高或僻,持刀之人忽疲懈,四支不随。尔时长乐公亲自临刑,惊问之。子敖聊尔答云:“能作马鞍。”乃令原释。子敖亦不知所以作此言时。后遂得遁逸,乃造一观音小像,贮以香函,行则顶戴。出《冥祥记》。

徐 义

苻秦徐义,高陆人,为尚书,少奉佛法。时兵革蜂起,贼获义,将加害,乃埋其两足,编发于树。至夜,义专念观世音。有顷,忽梦人谓之曰:“今事亟矣,何暇眠乎!”义便惊起,见防守者,并疲而寝。乃试自奋动,手发既解,足亦得脱,而遁百余步,隐草中,便闻追者交驰,秉炬无见者。

蕴，是谨慎忠厚的人，也详知这些事，对傅亮说过，与徐荣所说的一样。出自《法苑珠林》。

刘　度

刘度，是平原聊城人。乡里一千多家，都信奉佛法，建造佛像，供养僧尼。正当虏主木末统治时，这个县常有人逃亡。木末便大怒，想杀掉一城的人。大家都非常害怕，估计当被灭绝。刘度率领众人，持治秉诚，向观世音求救。不一会儿，木末看见一个东西从空中落下，围绕他的屋前柱子转，吃惊地一看，原来是《观世音经》。木末非常高兴，决定免去刑戮，于是这座城里的人也都得以幸免。出自《冥祥记》。

南宫子敖

南宫子敖是始平人。戍守新平城，被狒狒虏儿长乐公攻破，全城几千人都被杀害。子敖虽然想到必死无疑，但还是诚心念《观世音经》。不久轮到子敖，大刀一齐落下，有高的也有低的，拿刀的人忽然感到疲惫不堪，四肢不能动弹。当时长乐公亲临刑场，惊讶地问他。子敖便随便答道：“我能做马鞍。”于是释放了他。子敖也不知道为什么回答这句话。之后就逃跑了，于是他造了一尊观音小像，用香木匣子装着，出门就顶戴侍奉，终不舍离。出自《冥祥记》。

徐　义

符秦时的徐义，是高陆人，官为尚书，从小信奉佛法。当时战乱蜂起，贼人抓住了徐义，将要加害于他，于是就埋住了他的两脚，把头发绑在树上。到了夜里，徐义便专心念《观世音经》。一会儿，忽然梦见一个人对他说：“现在事情紧急，你怎么还有闲心睡觉呢！”徐义便惊起，见防守的人都疲惫地睡着了。于是试着自己活动，把手和头发都解开了，脚也拔出来了，逃了一百多步，藏在草中，便听到追的人来来往往，拿着火把没有发现他。

追明贼散,义归投邺寺,遂得免焉。出《冥祥记》。

毕览

苻秦毕览,东平人,少奉法。随慕容垂北征,没虏,单马逃窜。虏骑追将及,览至心诵念观世音,既得免脱。入山,迷惑失道,又专心持念。中夜见一道人,法服持锡,示以途径,安然至家。出《冥祥记》。

释法智

沙门释法智,为白衣时,尝独行至大泽中。忽遇猛火,四方俱起,走路已绝,便至心礼诵观世音。俄而火过,一泽之草,无有遗茎者,唯法智所容身处不烧,始乃敬奉大法。后为姚兴将,从征索虏,军退失马,落在围里。乃隐沟边丛棘中,得蔽头,复念观世音,心甚勤至。隔沟人遥唤后军,指令杀之,而军过搜觅,辄无见者,遂得免。后径出家。出《冥祥记》。

孙道德

宋孙道德,益州人也,奉道祭酒。年过五十,未有子息,居近精舍。景平中,沙门谓道德曰:"必愿有儿,当至心礼诵《观世音经》,此可冀也。"德遂罢不事道,丹心投诚,归诵《观世音》。少日之中,而有梦应,妇即有孕,产男。出《冥祥记》。

张兴

宋张兴,新兴人,颇信佛法,常从沙门僧融、昙翼时受八戒。元嘉初,兴尝为劫贼所引,逃避。妻系狱,掠笞积日。时县失火,出囚路侧,会融、翼同行,偶经囚边,妻惊

等到天亮贼人走了，徐义才投奔邺寺，于是得以幸免。_{出自《冥祥记》。}

毕 览

符秦毕览是东平人，年少信奉佛法。跟着慕容垂北征，被俘，单枪匹马逃窜。敌人快要追上他，毕览诚心诵念《观世音经》，得以脱免。进入山中，迷了路，又专心念经。半夜看见一个僧人，穿着法衣拿着锡杖，给他指路，毕览便安全到家。_{出自《冥祥记》。}

释法智

僧人释法智，未出家时，曾独自走在大泽中。忽然遇到猛火，四方烧起，走投无路，便诚心诵念《观世音经》。不一会儿，大火烧过，洼地的草没有一点保留的，只有法智所藏的地方没有烧着，于是开始敬奉大法。后来做了姚兴的将官，随军北征，退军时丢了马，落在敌人的包围中。于是他便隐藏在沟旁的荆棘里才遮住了头，又念《观世音经》，心更加虔诚。对岸的敌人隔着沟崖远远地呼喊后军，让他们杀死他，而后军过来搜索，都没有找到他，于是获救。后来便出家了。_{出自《冥祥记》。}

孙道德

南朝宋的孙道德，是益州人，信奉道教的长者。年龄已过五十岁，还没有子女，居住在寺院附近。景平年间，僧人对道德说："你一定希望有儿子，就应当诚心礼念《观世音经》，这样才会有希望。"道德便不再供奉道教，丹心投诚诵念《观世音经》。几天之后，有梦应验，妇人随即有孕，生下一个男孩。_{出自《冥祥记》。}

张 兴

南朝宋时的张兴是新兴人，很信奉佛法，曾跟着僧人僧融、昙翼受八斋戒。元嘉初年，张兴曾经被劫贼所牵连，逃跑躲避。妻子被抓进监狱，几天来严刑拷打。当时县里失火，就把囚犯放在路边，正赶上僧融、昙翼路过，偶然经过囚徒处，张兴的妻子惊

呼:"阇梨何不赐救?"融曰:"贫道力弱,不能救如何? 唯宜劝念《观世音》,庶获免耳。"妻便昼夜祈念。经十日许,夜梦一沙门以足蹑之曰:"咄咄,可起。"妻即惊起,钳锁桎梏俱解,然闭户警防,无由得出,虑有觉者,乃却自械。又梦向者沙门曰:"户已开矣。"妻觉而驰出,守备俱寝,安步而逸。暗行数里,卒值一人,妻惧蹩地。已而相讯,乃其夫也。相见悲喜,夜投僧翼。翼匿之,获免焉。出《冥祥记》。

昙无竭

宋元嘉初,有黄龙沙门昙无竭者,诵《观世音经》,净修苦行。与徒属二十五人,往寻佛国,备经艰险。既达天竺舍卫,路逢山象一群,竭赍经诵念,称名归命。有狮子从林中出,象惊奔走。后有野牛一群,鸣吼而来,将欲加害。竭又如初归命。有大鹫飞来,牛便惊散,遂得免。出《法苑珠林》。

车 母

车母者,遭宋庐陵王青泥之难,为虏所得,在贼营中。其母先来奉佛,即燃七灯于佛前,夜精心念观世音,愿子得脱。如是经年,其子忽叛还。七日七夜独行,自南走,常值天阴,不知东西。遥见有七段火光,望火而走,似村欲投,终不可至。如是七夕,不觉到家,见其母犹在佛前伏地,又见七灯,因乃发悟。母子共谈,知是佛力,自后恳祷,专行慈悲。出《宣验记》。

呼："高僧为何不救救我！"融说："我力量薄弱，不能救你怎么办呢？只应勤念《观世音经》，大概能获免。"他的妻子便昼夜念经祈祷。过了十天左右，夜里梦见一个僧人用脚踢她说："喂，喂！可以起来了。"妻子惊起，枷锁都已脱落，然而狱门关闭，又有防守，没有办法出去，怕有人觉察，于是自己戴上枷锁。又梦见先前的僧人说："门已经打开了。"他的妻子醒来立刻跑出，守备的人都睡了，她便安然地逃出。暗中走了几里，偶然碰到一个人，她惊怕地仆倒在地上。过了一会儿，又互相问，才知道是她的丈夫。两人相见后悲喜交加，连夜投奔僧昙翼。僧昙翼把他们藏了起来，才得以脱身。出自《冥祥记》。

昙无竭

南朝宋元嘉初年，有个黄龙僧人昙无竭，诵读《观世音经》，静修苦行。他和他的徒弟们二十五人，去寻找佛国，经历了许多艰难险阻。终于到达了天竺国舍卫，在路上碰到一群山象，昙无竭抱着经诵念，呼叫着观世音的名字乞求保佑。有一个狮子从树林中出来，大象惊慌逃走。后来有一群野牛，吼叫而来，将要加害于他们，无竭又像起初那样念经求救。有大鹫飞来，野牛便惊散，众人才得以脱免。出自《法苑珠林》。

车 母

有姓车的母子俩，儿子遭遇南朝宋时庐陵王青泥之难，被俘在贼营中。他的母亲原来供佛，就在佛前点燃了七盏灯，整夜精心诵念《观世音经》，愿儿子能脱险。像这样整整一年，她的儿子忽然逃走。独自走了七天七夜，向南走，常赶上天阴，就无法辨别方向。远远看见有七段火光，望见火而跟着走，好像是村子，想要去投宿，却始终不能到达。就这样过了七个晚上，不知不觉就到家了，看见他的母亲还在佛前跪着，又看见七盏灯，他才明白过来。母子俩共谈，知道是佛的力量，从此更加诚恳地祷告，一心一意地行善。出自《宣验记》。

释昙颖

宋长干寺有释昙颖,会稽人。少出家,谨于戒行,诵经十余万言,止长干寺。善巧宣唱,天然独绝。颖常患癣疾,积治不除。房内恒供养一观世音像,晨夕礼拜,求差此疾。异时,忽见一蛇,缘壁上屋。须臾,有一鼠子,从屋坠地,涎液沐身,状如已死。颖候以活,即取竹刮除涎液,又闻蛇所吞鼠,能疗疮疾。即取涎以傅癣上。所傅既遍,鼠亦还活。信宿之间,疮疾顿尽。方悟蛇之与鼠,皆是祈请所致。于是君王所重,名播遐迩。后卒所在,年八十一。 出《高僧传》。

邢怀明

宋邢怀明,河间人,为大将军参军。尝随南郡太守朱循之北伐,同见陷没,伺候间隙,俱遁南归。夜行昼伏,三日,犹惧追捕,乃遣人前觇虏候,数日不还。一夕,将雨阴暗。所遣人将晓忽至,乃惊曰:"向遥见火光甚明,故来投之,那得至而反暗?"循等惊愕。怀明先奉法,自出征,恒顶戴《观世音经》,诵读不废。夕亦暗诵,咸疑是经神力,遂得脱免。居于京师,忽有沙门诣怀明云:"贫道见此巷中及君家有血气,宜移避。"语毕去。怀明追而目之,出门便不见,意甚恶之。经二旬,邻人张景秀,伤父及杀妻,怀明以为血气之征,庶得无事。时与刘斌、刘敬文同在一巷,其年并以刘湛之党,被诛夷。 出《法苑珠林》。

释昙颖

南朝宋长干寺有个释昙颖，是会稽人。年少时便出家了，谨守戒行，诵读经书达十多万言，后到长干寺。善于诵唱，天下独一无二。昙颖常年患癣病，治了很长时间也没有痊愈。他在房内一直供奉一尊观世音像，早晚礼拜，请求治好这个病。之后，忽然看见一条蛇，沿着墙壁爬上屋顶。不一会儿，又有一个老鼠，从屋顶落地，身上全是涎液，像是已经死了。昙颖等它活过来，就拿竹片刮掉它身上的涎液，又听说蛇所吞吃的老鼠，能治疗疮病，就取涎液敷到癣上。都敷遍了，老鼠也就活了。两夜之间，疮病都好了。这才明白蛇与鼠，都是自己祈祷请求的东西。因此被君王所器重，远近闻名。后寿终正寝，享年八十一岁。出自《高僧传》。

邢怀明

南朝宋时的邢怀明，是河间人，做了大将军的参军。他曾随同南郡太守朱循去北伐，一同陷入敌营，他们找了个时机，一起逃走南归。夜里行走白天躲藏，过了三天，还怕来追捕，于是就派人到前方侦察，看有没有敌人哨兵，几天不回。一天夜里，天气阴暗将要下雨。所派的人将要天亮时忽然回来了，惊讶地说："先前远远地看见火光很明亮，所以就一直奔来，怎么到了跟前火光反而暗了？"朱循等人非常惊愕。怀明先前信佛，自从出征，总礼拜《观世音经》，诵读不停。那天晚上也暗中诵读，都疑心是诵经的神力，于是能够脱身。他住在京城，忽然有个僧人对怀明说："我看见这个巷子中和你家有血气，应当迁避到别处去。"说完就走了。怀明追出去看他，他出门便不见了，心里很讨厌。过了二十天，邻居张景秀，伤害了他的父亲并杀死了他的妻子，怀明认为这正是血气证明，希望自己相安无事。当时和刘斌、刘敬文同住在一个巷子里，那一年因为是刘湛的同党，一起被杀害。出自《法苑珠林》。

王　球

宋王球字叔达，太原人，为涪陵太守。以元嘉元年，于郡失守，系在刑狱，防锁坚固。球先精进，用心尤至。狱中百余人，并多饥饿。球每食，皆分施之，日自持斋，至心念《观世音》。夜梦升高座，见一沙门，以一卷经与之，题名《光明按行品》，并诸菩萨名。球得而披读，忘第一菩萨名，第二观音，第三大势至。又见一车轮，沙门曰："此五道门也。"既觉，锁皆断脱。球心知神力，弥增专志。因自钉治其锁，经三日而被原宥。出《法苑珠林》。

王　球

　　南朝宋时的王球字叔达,是太原人,做涪陵太守。元嘉元年,由于郡城失守,被抓入狱,看守得很严。王球先前精心求进,用心非常精至。狱中有一百多人,很多人挨饿。王球每当吃饭,都分别施舍给他们,每天坚持斋戒,诚心念《观世音经》。夜里梦见升上一个高座,看见一位僧人,把一卷经书送给他,题名《光明按行品》,并且写着许多菩萨的名字。王球翻阅诵读,忘记了第一位菩萨的名字,第二是观音,第三是大势至。又看见一个车轮,僧人说:"这是五道门。"等醒了之后,身上的枷锁都断裂而脱落。王球知道这是神力,更加专心自己的志向。于是自己钉好枷锁,三天后就被赦免了。出自《法苑珠林》。

卷第一百一十一
报应十 观音经

竺惠庆　　卞悦之　　张　畅　　王玄谟　　释道冏
伏万寿　　彭子乔　　释慧和　　齐建安王　毛德祖
李儒俊　　沈　甲　　张　达　　孙敬德　　高　荀
史　隽　　东山沙弥　徐善才　　杜智楷　　张　氏
许　俨　　僧道宪　　成　珪　　王　琦

竺惠庆

宋沙门竺惠庆，广陵人也，经行修明。元嘉十二年，荆扬大水，惠庆将入庐山。船至江而暴风忽起，同旅已得依浦，唯惠庆舫飘扬中江。风疾浪涌，唯待沦覆。惠庆正心端意，诵《观世音经》。洲际之人，望见其舫，迎飙截流，如有数十人牵挽之者，径到其岸，一舫全济。出《法苑珠林》。

卞悦之

宋居士卞悦之，济阴人也。作朝请，居在潮沟。行年五十，未有子息。妇为取妾，复积载不孕。将祈求继嗣，发愿诵《观音经》千遍。其数垂竟，妾即有娠，遂生一男。时即元嘉十四年也。出《冥祥记》。

竺惠庆

南朝宋时僧人竺惠庆是广陵人,通晓佛学,品行端正。元嘉十二年,荆、扬二州发大水,惠庆将要进庐山。船到江中暴风忽起,他的同旅已经靠岸了,只有惠庆的船漂在江中。风急浪涌,只等沉没。惠庆正心端意,诵念《观世音经》。岸边的人,看见他的船,迎着暴风堵住急流,像有几十个人拉着似的,一直到岸边,一船的人全都得救。出自《法苑珠林》。

卞悦之

南朝宋时的居士卞悦之,是济阴人。做奉朝请,住在潮沟。已经五十岁了,还没有子女。妻子为他娶了妾,但妾也是多年不孕。为了祈求子嗣,卞悦之发愿诵念《观世音经》一千遍。一千遍将念完时,他的妾就有了身孕,不久就生下一个男孩。当时是元嘉十四年。出自《冥祥记》。

张　畅

宋张畅,常奉持《观音》。南谯之构逆也,畅不从,王欲害之。夜梦观世音曰:"汝不可杀畅!"遂不敢害。及王败,畅系狱,诵《观世音经》千遍,锁寸寸断,狱司易之复断。吏白曰:"释之。"出《谈薮》。

王玄谟

宋太原王玄谟,爽迈不群。北征失律,军法当死。梦人谓之曰:"汝诵观世音千遍,可得免祸。"谟曰:"命悬旦夕,千遍何可得?"乃授云:"观世音,南无佛,与佛有因,与佛有缘,佛法相缘,常乐我情,朝念观世音,暮念观世音,念念从心起,念佛不离心。"既而诵满千遍。将就戮,将军沈庆之谏,遂免。历位尚书金紫豫州刺史。原缺出处,明抄本作出《谈薮》。

释道冏

姚秦沙门释道冏,弘始十八年,师道懿遣至河南霍山采钟乳,与同道道朗等四人共行。持炬深穴,入且三里,遇一深流,横木而过。冏最先济,后辈坠水而死。时火又灭,冥然昏暗。冏生念已尽,恸哭而已,犹固一心呼观世音,誓愿若蒙出路,供百人会,表报威神。经一宿而见小光炯然,状若萤火,倏忽之间,穴中尽明。于是见路,得出岩下。由此信悟弥深,屡睹灵异。元嘉十九年,临川王作镇广陵,请冏供养。其年九月,于西斋中作十日观世音斋。已得九日,夜四更尽,众僧皆眠,冏起礼拜谢,欲坐禅,忽见四壁有无数沙门,悉半身出见。一佛螺髻,分明了了。有一长人,著平上帻,布裤褶,手把长刀,貌极雄异,捻香授道冏。

张 畅

南朝宋的张畅,常年奉持《观世音》。南谯王图谋叛逆,张畅不从,王想害他。夜里梦见观世音说:"你不能杀张畅!"于是不敢害畅。等到王败了,畅被捕入狱,诵千遍《观世音经》,锁断成一寸一寸的,狱司给他换了又断。狱吏说:"放了他。"出自《谈薮》。

王玄谟

南朝宋太原的王玄谟,爽直豪迈不凡。北征失利,按军法当处死。梦中看见一个人对他说:"你诵一千遍《观世音经》,可以免祸。"玄谟说:"命在旦夕,怎能念上千遍呢?"于是梦中人教他诵念:"观世音,南无佛,与佛有因,与佛有缘,佛法相缘,常乐我情,朝念观世音,暮念观世音,念念从心起,念佛不离心。"不一会儿就念完了一千遍。将要被杀,将军沈庆之劝谏,才获免。历任尚书、金紫、豫州刺史。原缺出处,明抄本作出自《谈薮》。

释道冏

后秦僧人释道冏,弘始十八年,师父道懿派他到河南霍山去采钟乳,和同道道朗等四个人一同前往。他们拿着火把进入深洞,入洞走了三里,遇到一条深水流,靠一横木渡水。道冏先渡过去了,后面的人都落水而死。当时火又熄灭了,漆黑一片。道冏已没有活着的念头,只是痛哭,但还是坚持呼唤观世音,许愿如果能承蒙给予出路,将供奉百人的斋会,来报达神的威力。过了一宿忽然看见一个小光闪烁,其形像萤火,顷刻之间,洞穴中都明亮起来。于是看见了路,才走出岩下。从此他信悟更深,多次目睹这样的灵异。元嘉十九年,临川王镇守广陵,请道冏在府里供事。那年的九月,在西斋中作十日观世音斋。已经过了九天,夜里过四更天,众僧们都熟睡了,道冏起身施礼拜谢,刚要坐禅,忽然看见四面墙壁上有无数个僧人,都出现了半身。一个佛梳螺旋形的发髻,十分清晰。有一个高大的人,戴着头巾,穿着布裤子,手拿一把长刀,相貌非常雄伟而怪异,捻着香给道冏。

道囧时不肯受,壁中沙门语云:"囧公可为受香,以覆护主人。"俄而霍然,无所复见。当此之时,都不见众会诸僧,唯睹置释迦文行像而已。出《法苑珠林》。

伏万寿

伏万寿,平昌人。宋元嘉十九年在广陵为卫府参军,乞假返州。四更初,涉江,长波安流,至中而风起如箭,时又夜,莫知所向。万寿先奉法,唯一心归命观世音,念无间。倏尔与船中数人,同睹北岸有光,状如村火,喜曰:"此必是阳火也。"回船趋之,未旦而至。问彼人,皆云:"昨夜无燃火者。"于是方悟神力焉。出《法苑珠林》。

彭子乔

宋彭子乔者,益阳县人也。任本郡主簿,事太守沈文龙。建元元年,以罪被系。子乔少年尝出家,还俗后,常诵《观世音经》。时文龙盛怒,防械稍急,必欲杀之。子乔忧惧,无复余计,唯至诚诵经,至百余遍,疲而昼寝。同系者有十许人,亦俱睡。有湘西县吏杜道荣,亦系在狱,乍寐乍寤,不甚得熟。忽有双白鹤集子乔屏风上。有顷,一鹤下至子乔边,时复觉如美丽人。道荣起,见子乔双械脱在脚外,而械痕犹在焉。道荣惊视,子乔亦寤,共视械咨嗟,问道荣曰:"有所梦不?"答曰:"不梦。"道荣以所见说之。子乔虽知必己,尚虑狱家疑其欲叛,乃取械著之。经四五日而蒙释放。出《法苑珠林》。

道同当时不肯接受，墙壁上的僧人说道："道冏可以接受香，来保护主人。"突然不一会儿，什么都看不见了。就在这个时候，也看不见聚会的众僧，只看见放着的释迦文行的佛像罢了。出自《法苑珠林》。

伏万寿

伏万寿，是平昌人。南朝宋元嘉十九年在广陵做卫府参军，请假回州里。四更初过江的时候，波平浪静，等到了江中风如箭起，当时又是深夜，无法辨清方向。万寿一直信奉佛法，把唯一的希望寄托于《观世音经》，不停地念。很快地便和船上的几个人，都看见北岸上有光亮，形状像是村火，高兴地说："这一定是阳火。"于是调回船头奔去，不到天亮就到了。问那地方的人，他们都说："昨天夜里没有点火的人。"于是才明白是菩萨的神力。出自《法苑珠林》。

彭子乔

南朝刘宋的彭子乔是益阳县人。任本郡的主簿，给太守沈文龙办事。建元元年，因罪被抓。子乔年少时曾经出家，还俗后，常常诵念《观世音经》。当时文龙很生气，给他带的刑具也越来越紧，一定要杀死他。子乔忧惧，再也没有别的办法，只是诚心念经，念到一百多遍，因疲劳白天就睡着了。一同被抓的有十几个人，也都一起入睡。有一个湘西的县吏杜道荣，也被押在狱中。忽睡忽醒，睡得不是很熟。忽然有一对白鹤落在子乔的屏风上。过了一会儿，一只鹤飞到子乔旁边，当时又觉得它像是个很美丽的人。道荣起身，看见子乔的双镣脱落在脚下，而刑械的痕迹还在。道荣惊讶地看着，子乔也醒了，共同看着刑械惊叹，问道荣说："是不是在做梦？"回答说："不是在做梦。"道荣便把自己看见的告诉他。子乔虽然知道得救了，但担心看守怀疑他想叛逃，就又取了刑械戴上。过了四五天，就被释放了。出自《法苑珠林》。

释慧和

宋慧和沙门者,京师众造寺僧也。义嘉之难,和犹为白衣,属刘胡部下。胡常遣将士数十人作谍东,和亦预行。行至鹊渚,而值台军西上,谍众离散,各逃草泽。和得窜,下至新林,见野老衣服缕弊,和乃以貌整裤褶易其衣,提篮负担,若类田人。时诸游军捕此散谍,视和形色,疑而问之。和答对谬略,因被笞掠,登时见斩。和自散走,便恒诵念《观世音经》,至将斩时,祈恳弥至。既而军人挥刃屡跌,三举三折,并惊而释之。和于是出家,遂成精业。出《法苑珠林》。

齐建安王

齐建安王患疮,念观音不息。夜梦见观音,手为傅药,明旦疮愈也。出《感应传》。

毛德祖

荥阳人毛德祖,初投江南,偷道而过。道逢虏骑所追,伏在路侧蓬蒿,半身犹露,分意受死。合家念观世音,俄然云起雨注,得免死也。出《辨正论》。

李儒俊

队主李儒俊镇虎牢,为魏虏所围,危急欲降。夜逾城出,见贼纵横并卧,儒俊乃一心念观世音,便过贼处,趋空泽。贼即随来,儒俊便入草,未及藏伏,贼掩至。儒俊惊恐,一心专念《观音经》,忽得马驰去,因此遂得脱。出《辨正论》。

释慧和

南朝宋时的慧和僧人，是京城众造寺的和尚。义嘉之难时，慧和还未出家，属刘胡的部下。刘胡常派将士几十人做间谍，慧和也准备去。走到鹊渚，正赶上台军西上，众间谍立刻分散，各自逃到草泽中。慧和得以逃窜，到了新林，看见一个田间老衣服褴褛，慧和就用自己还算齐整的衣裤换了他的衣服，提着篮子挑着担子，好像种田的人一样。当时那些游军在这里追捕离散的间谍，看慧和的体型和面色，疑惑地查问他。慧和对答不上，于是就被拷打，立刻要被斩首。慧和自从走散后，便坚持诵读《观世音经》，到了将要斩首的时候，祈祷更加诚挚。军人挥刀砍他时屡次跌倒，三次举刀三次刀折，非常惊讶地放了他。慧和于是出家，修行得很有造诣。出自《法苑珠林》。

齐建安王

南朝齐建安王身上生了疮，念《观世音经》不止。夜里梦见观世音，亲手为他敷药，第二大早晨疮就痊愈了。出自《感应传》。

毛德祖

荥阳人毛德祖，当初投奔江南，暗中取道。道上正遇上敌人的骑兵追赶，就趴伏在路边的蓬蒿中，半截身子还露在外面，只等受死。全家念《观世音经》，突然天阴下起大雨来，他才能得以逃脱。出自《辨正论》。

李儒俊

队主李儒俊镇守虎牢关，被魏兵所围，十分危急，打算投降。李儒俊便连夜从城墙逃出，看见贼兵横躺竖卧，就一心念《观世音经》，便穿过贼兵处，到达空泽地。贼兵就跟着来了，儒俊便躲入草中，还没等藏好，贼兵已经赶到了。李儒俊惊慌害怕，一心只念《观世音经》，忽然得到一匹马奔驰而去，因此得以脱身。出自《辨正论》。

沈 甲

吴郡人沈甲，被系处死。临刑市中日，诵观音名号，心口不息，刀刃自断，因而被放。一云，吴人陆晖系狱分死。乃令家人造观音像，冀得免死。临刑三刀，其刀皆折。官问之故，答云："恐是观音慈力。"及看像项上，乃有三刀痕现。因奏获免。出《宣验记》。

张 达

张达有罪系狱，分当受死。乃专念观世音，镰械自脱，因遂获免。终身斋戒。出《张氏传》。

孙敬德

东魏孙敬德，天平中，定州募士。奉释教，尝造观音像，自加礼敬。后为劫贼所引，不胜拷楚，忽梦一沙门，令诵救生观世音千遍。执缚临刑，诵念数满，刀自折为三段，肤颈不伤。三易其刀，终折如故。所司以状奏闻，丞相高欢表请免死。及归，睹其家观音像，项有刃迹三。敕写其经布于世，今谓《高王观世音经》。自晋、宋、梁、陈、秦、赵国，观音、地藏、弥勒、弥陀，称名念诵，得救者不可胜纪。出《冥祥记》。

高 荀

荥阳高荀，年已五十。为杀人被收，镰顿地牢，分意必死。同牢人云："努力共念观音。"荀云："我罪至重，甘心受诬，何由可免？"同禁劝之，因始发心，誓当舍恶行善，专念观音，不离造次。若得免脱，愿起五层浮图，舍身作奴，供养

沈 甲

吴郡人沈甲，被抓将要处死。第二天临刑时，诵念观音名号，心口不停，刀刃便自己断了，因此被释放。又有人说，吴郡人陆晖被抓入监狱等死，就让家人造观音像，希望能够免死。临刑时用了三把刀，刀都断了。官吏问他原因，答道："恐怕是观音的慈悲之力。"等到看观音像的脖子上，果然出现三处刀痕。于是上奏赦免了他。出自《宣验记》。

张 达

张达有罪被捕入狱，理当受死。于是他就专心念《观世音经》，而锁械自己脱落，因此得以获免。从此他便终身斋戒。出自《张氏传》。

孙敬德

东魏的孙敬德，天平年间，是定州的募士。信奉佛教，曾经造观音像，自己供奉着。后来被劫贼所抓，受不住被拷打之苦，忽然梦见一个僧人，让他诵念一千遍《观世音经》。被押赴刑场，临刑前诵念完千遍，刑刀自己断为三截，而皮肤和脖子都没有受伤。三次换刀，始终像先前那样断为三截。主管的官吏就详细上奏，丞相高欢奏表请求免他一死。等到回家，看到他家观世音的像，脖子上有三处刀痕。皇上下令让他写经书传布于世，今天叫作《高王观世音经》。在晋、宋、梁、陈、秦、赵国，称观音、地藏、弥勒、弥陀之名念诵的，得救者不可胜数。出自《冥祥记》。

高 荀

荥阳的高荀，年纪五十岁。因为杀人被捕，锁押进地牢中，他自料必死无疑了。同牢的人说："我们共同努力念《观世音经》吧。"高荀说："我罪最重，甘心受刑，怎么可以免罪呢？"一同囚禁的人劝他，因此才立下誓愿，并发誓要去恶行善，专心诵念《观世音经》，不再鲁莽。如果能够免罪，愿造五层浮图，舍身作奴，供养

众僧。旬日用心，钳镴自解。监司惊惧，语荀云："若佛神怜汝，斩应不死。"临刑之日，举刀刃断，奏得原免。出《宣验记》。

史 隽

史隽有学识，奉道而慢佛，常语人云："佛是小神，不足事也。"每见尊像，恒轻诮之。后因病脚挛，种种祈福，都无效验。其友人赵文谓曰："经道福中第一，可试造观音像。"隽以病急，如言铸像。像成，梦观音，果得差。出《宣验记》。

东山沙弥

隋开皇初，有扬州僧，忘其本名，诵通《涅槃》，自矜为业。岐州东山下村中沙弥，诵《观世音经》。二俱暴死，同至阎罗王所。乃处沙弥金高座，甚敬之；处涅槃僧银高座，敬心稍惰。僧情大恨，问沙弥住处。既苏，从南来至岐州，访得沙弥，具问所由。沙弥云："每诵观音，于别所衣净衣，烧名香咒愿，然后乃诵。斯法不怠，更无他术。"谢曰："吾罪深矣。所诵《涅槃》，威仪不整，身口不净，于今验矣。"出《法苑珠林》。

徐善才

唐武德中，醴泉县人徐善才，常修斋戒，诵《观世音经》，逾千遍。曾往京城延兴寺，修营功德。及还家，道逢胡贼。贼所掠汉人千百，将向洪崖，次第杀之。善才知不

众僧。专心诵念了十几天，他身上的钳锁自然开解了。监守的人非常害怕，对高荀说："如果神佛同情你，斩首时你就不死。"临刑的那一天，一举刀来砍，刀刃便折断了，监司启奏后他才得以赦免。出自《宣验记》。

史 隽

史隽有学识，信奉道教而轻视佛教，常对人说："佛是小神，不足以供奉。"每当看见佛像，总是轻薄地讥诮。后来因为得了脚痞挛病，无论怎样祈求护佑，都毫无效果。他的朋友赵文对他说："读经信教是得到护佑的第一位，你可以试着造一尊观世音像。"史隽由于病重，就像朋友说的那样铸了一尊观世音像。像铸成之后，他就梦见观世音菩萨，病果然就痊愈了。出自《宣验记》。

东山沙弥

隋朝开皇初年，扬州有个和尚，忘了他的本名，诵读精通《涅槃经》，引以为豪并以此为业。岐州东山下村中的沙弥，持诵《观世音经》。两个人都突然暴死，一同到阎罗王那里。对待沙弥是让他坐在金高座上，非常敬重他；对待涅槃僧则是让他坐在银高座，对他的敬重就稍微差一些。涅槃僧非常愤恨，问沙弥的住处。苏醒之后，就从南边来到岐州，找到了沙弥，问他原因。沙弥说："每次诵《观音经》，都在别屋穿着净衣，点上名香祝愿，然后再诵经。坚持不懈，再也没有别的本领。"涅槃僧谢罪说："我的罪孽太深重了。诵念《涅槃经》，没有隆重的仪式，也不净口净身，如今才验证了。"出自《法苑珠林》。

徐善才

唐朝武德年间，醴泉县人徐善才，常修斋戒，诵《观世音经》，超千遍。曾去京城延兴寺，修建功德。回家时，道上遇到胡贼。贼人所抓汉人成百上千，带到悬崖边，逐个杀害。善才知道不能

免，唯至心念《观音经》。当杀之时，了不自觉，至初夜方悟，身在深涧树枝上，去岸三百余尺。以手摩项，觉微痛而无伤。渐下树，循涧南行，可五六十里，天渐晓，去贼已远，得官路，遂还家。琬法师尝说此事。出《法苑珠林》。

杜智楷

杜智楷，曹州离狐人。少好释典，不仕不娶，被僧衣，隐居太山，以读诵为事。唐贞观二十一年，于山中还，忽患疾垂死，以袈裟覆体，昏然如梦。见老母及美女十数屡来相扰，智楷端然不动。渐相逼斥，并云："舆智楷掷置北涧里。"遂总近前，同执捉，有揽著袈裟者。忽齐声念佛，却后忏悔，请为造阿弥陀佛，诵观音菩萨三十余遍。少间，遂觉体上大汗，即愈。离狐今济阴也。出《法苑珠林》。

张 氏

陈玄范妻张氏，精心奉佛，恒愿自作一金像，终身供养。有愿莫从，专心日久，忽有观世音金像，连光五尺，现高座上。众叹其精感所致。出《辩正论》。

许 俨

唐龙朔麟德中，京师永兴坊许俨，取鱼为业。后患疾，冥然若死，身赤如火，痛似火炙，自云："但见火车来烧身，官府责取鱼多，遣生受罪。"已经数日，乍生乍死。亲戚劝作功德，遂造观音像两躯，仍令合家不食酒肉，病遂差。出《法苑珠林》。

脱免，只诚心念《观世音经》。当杀他时，突然失去知觉，一直到入夜时才醒，身子挂在深涧的树枝上，离崖岸三百多尺。用手去摸脖子，觉得稍有疼痛而没有损伤。慢慢地下树，沿着山涧往南走，走了五六十里，天渐渐亮了，距离贼已经很远，找到了大道，于是回到家里。琬法师曾经说过这件事。出自《法苑珠林》。

杜智楷

杜智楷是曹州离狐人。年少喜好佛经，不做官，不娶妻，穿着僧衣，隐居在泰山，以诵读经书为业。唐朝贞观二十一年，从山中回来，忽然患病将死，用袈裟盖着身体，昏然像做梦一样。看见老妇和十几个美女多次来打扰，智楷都端坐不动心。逐渐相逼呵斥，并说："把智楷扔到北涧里去。"于是都走近前来，一起捉他，有的碰到他穿的袈裟。忽然齐声念佛，后退并忏悔，请求智楷给她们造阿弥陀佛，诵念《观世音经》三十多遍。不一会儿，智楷就感到身体出了一身大汗，就痊愈了。离狐就是现在的济阴。出自《法苑珠林》。

张 氏

陈玄范的妻子张氏，精心奉佛，一直想自造一尊金像，终身供养。这个愿望没能实现，张氏仍久持这种心愿，忽然有一个观世音的金像，发出五尺多的光芒，出现在高座上。大家赞叹说是她的诚心感动的结果。出自《辨正论》。

许 俨

唐朝龙朔麟德年间，京城永兴坊的许俨，以打鱼为业。后来患病，迷迷糊糊像死了一样，身上红得像火，疼痛得像火烤的一样。他自己说："只看见火车来烧身，官府责怪他捕的鱼太多，让自己活着受罪。"过了几天了，都是忽生忽死。亲戚们劝他做功德，于是造了两尊观世音像，并让全家不吃酒肉，病就好了。出自《法苑珠林》。

僧道宪

唐圣善寺僧道宪,俗姓元氏。开元中,住持于江州大云寺,法侣称之。时刺史元某,欲画观世音七铺,以宪练行,委之勾当。宪令画工持斋洁己,诸彩色悉以乳头香代胶,备极清净。元深嘉之。事毕,往预宁斫排,造文殊堂。排成将还,忽然堕水,江流湍急,同侣求拯无由。宪堕水之际,便思念观世音。见水底有异光,久而视之,见所画七菩萨,立在左右,谓宪曰:"尔但念南无菩萨。"宪行李如昼。犹知在水底,惧未免死,乃思计云:念阿弥陀佛。又念阿弥佛,其七菩萨并来捧足,将至水上。衣服无所污染,与排相随,俱行四十余里。宪天宝初灭度。今江州大云寺七菩萨见在,兼画落水事云耳。出《广异记》。

成 珪

成珪者,唐天宝初,为长沙尉,部送河南桥木。始至扬州,累遭风水,遗失差众。扬州所司谓珪盗卖其木,拷掠行夫,不胜楚痛,妄云破用。扬州转帖潭府。时班景倩为潭府,严察之吏也。长沙府别将钱堂杨觐利其使,与景倩左右构成。景倩使觐来收珪等。觐至扬州,以小枷枷珪,陆路递行。至宁江,方入船,乃以连镰镶枷,附于船梁,四面悉皆钉塞,唯开小孔,出入饭食等。珪意若至潭府必死,发扬州,便心念救苦观世音菩萨。恒一日一食,或时不食,但饮水清斋。经十余日,至滁口,夕暮之际,念诵恳至。其枷及镰,忽然开解,形体萧然,无所累著。伺夜深,舟人尽卧,珪乃拆所钉,拔除出船背。至觐房上,呼曰:"杨觐,汝如我

僧道宪

唐朝圣善寺僧道宪，俗姓元。开元年间，在江州大云寺任住持，很受众僧称颂。当时的刺史元某，想要画七张观世音像，因道宪有道行，委托他办理此事。道宪便让画工们斋戒洁身，各种彩色都用乳香代胶，准备得非常洁净。元某很赞许他。画完后，去预宁砍木做木排，建造文殊堂。木排砍将要运回，道宪忽然落入水中，江流湍急，同伴没有办法营救。道宪落水之时，便想着念《观世音经》。只见水底下有奇异的光，过了很久再看它，是他所画的七位菩萨，站在左右，对道宪说："你只管念南无菩萨就行。"道宪往来就像白天一样。知道在水底，害怕不能免死，于是想出一计：念阿弥陀佛。于是又念阿弥佛，结果那七个菩萨一起来抬着他的脚，将他送到水上。衣服没有沾湿，和木排一起行了四十多里。道宪在天宝初年去世。现在江州大云寺的七菩萨画像还在，同时也画了道宪落水的事。出自《广异记》。

成 珪

唐朝天宝初年，成珪做长沙尉，负责送桥木到河南。刚到扬州，多次遭到风雨，丢失了许多的桥木。扬州主管的官吏认为成珪盗卖了桥木，就严刑拷打运夫，运夫受不了酷刑，就屈招了。扬州主管官吏上报潭府。当时班景倩掌管潭府，是个严苛的官吏。长沙府的别将钱堂、杨觐认为有利可图，就和景倩左右的人一起陷害成珪。景倩派杨觐来收捉成珪等人。杨觐到了扬州，用小枷锁成珪，从陆路走。到了宁江，才上船，又用链锁锁枷，把他锁在船梁上，四面都钉死，只打一个小孔，传送饭食。成珪认为如果到了潭府一定会死的，从扬州出发时，便诚心念救苦救难的观世音菩萨。常常一天吃一顿饭，有时一顿也不吃，只喝清水斋戒。过了十多天，到了滁口，正当傍晚之时，成珪念经更加恳切。身上的枷和锁，忽然自己解开了，身上利利落落，没有什么累赘。等到夜深了，船上的人都睡了，成珪就拆掉钉子，连根拔掉，从船上跳到船顶。到了杨觐的房上，喊道："杨觐，你能把我

何!"觊初惊起,问:"何得至此?"珪曰:"当葬江鱼腹中,岂与汝辈成功耶?"因决意赴水。初至潭底,须臾遇一浮木,中有竖枝,珪骑木抱,得至水面。中夜黑暗,四顾茫然,木既至潭底,又复浮出。珪意至心念观世音,乃漂然。忽尔翻转,随水中木而行。知已至岸,便芦中潜伏。又江边多猛兽,往来顾视,亦不相害。至明,投近村,村中为珪装束,送至滁州。州官寮叹美,为市驴马粮食等。珪便入京,于御史台申理。初杨觊既失珪,一时溃散,觊因此亦出家焉。
出《卓异记》。

王 琦

唐王琦,太原人也,居荥阳,自童孺不茹荤血。大历初,为衢州司户。性好常持诵《观音经》。自少及长,数患重病,其于念诵,无不差愈。念诵之时,必有异类谲诡之状,来相触恼,以琦心正不能干。初琦年九岁时,患病五六日,因不能言。忽闻门外一人呼名云:"我来追汝!"因便随去。行五十里许,至一府舍,舍中官长大惊云:"何以误将此小儿来?即宜遣还。"旁人云:"凡召人来,不合放去,当合作使,方可去尔。"官云:"有狗合死。"令琦取狗。诉幼小,不任独行。官令与使者同去。中路,使者授一丸与琦,状如毬子,令琦击狗家门。狗出,乃以掷之,狗吞丸立死。官云:"使毕可还。"后又遇病,忽觉四支内有八十二人,眉眼口鼻,各有所守。其有臂脚内者,往来攻其血肉,每至腕节之间,必有相冲击,病闷不可忍。琦问:"汝辈欲杀我耶?"答云:"为君理病,何杀之有!"琦言:"若理病,当致盛馔哺

怎么样!"杨觊惊起,问他:"你怎么到这里来的?"成珪说:"我要葬身江中鱼腹,岂能让你们成功?"因此决心跳水。成珪刚到潭底,不一会儿就遇到一块浮木,当中有个竖枝,珪就骑在木头上抱着木枝,浮到水面上。半夜黑暗,四周模糊不清,木已到了潭底,又浮上水面。成珪更诚心念观世音,于是就漂到水面。忽然翻转,随着水中漂木而行。知道已经到岸,便潜伏在芦苇中。江边多有猛兽,往来看他,也不伤害他。到了天亮,投奔附近的村子,村中人为成珪换了装束,送他到滁州。州官感叹他的美德,替他买驴马粮食等。成珪便到了京城,向御史台申诉。当初杨觊失了成珪,一时逃散,他也因此出家了。出自《卓异记》。

王 琦

唐朝的王琦是太原人,住在荥阳,从小就不吃荤腥。大历初年,他担任衢州司户。平生常常持诵《观音经》。从小到大,他多次患重病,由于诵读经书,没有不好的。念经的时候,一定会有个离奇古怪的东西,来相干扰,因为王琦的心念正直而不会被干扰。王琦九岁那年,患病五六天,因此不能说话。忽然听见门外有一个人喊他的名字说:"我来追你!"于是就跟着那人去了。走了五十里左右,到了一个官邸,府内的官长大惊说:"为什么错带这个小孩来!立刻把他送回去。"旁边的人说:"凡是召来的人,不应当放回去,应当让他与使者合作,才可放他回去。"官长说:"有只狗当死。"让王琦取狗。王琦恳求说还幼小,不能独自前往。官吏令王琦与使者一同前去。半路上,使者给王琦一个丸子,形状像球,让琦击狗家的门。狗出来了,就把丸扔给它,狗吞吃了丸立刻死了。官长说:"使命完成了,可以回去了。"王琦后来又得病,忽然觉得四肢内有八十二个人,自己的眉毛、眼睛、嘴巴、鼻子,都各有人占据。其中占据手臂腿脚的,来来往往攻击他的血肉,每当到腕节之间,就必相互冲击,气闷得不可忍耐。王琦问:"你们是想杀死我吗?"回答说:"给你治病,怎么能说是杀你呢?"王琦说:"如果是治病,我当准备丰盛的饮食招待

尔。"鬼等大喜叫肉中。翌日为设食,食毕皆去,所病亦愈。

琦先畜一净刀子,长尺余,每念诵即持之。及患天行,恒置刀床头,以自卫护。后疾甚,暗中乃力起,念观世音菩萨。暗忽如昼,见刀刃向上,有僧来,与琦偶坐,问琦:"此是何刀?"琦云:"是杀魔刀。"僧遂奄减。俄有铁锤空中下,击刀,累击二百余下,锤悉破碎,而刀不损。又见大铁镤水罐可受二百余石,覆向下,有二大人执杵旁,问琦:"君识此否?"琦答云:"不识。"人云:"此铁镤狱也。"琦云:"正要此狱禁魔鬼。"言毕并灭。又见床异珍馔,可百床。从门而出,又见数百人,皆炫服,列在宅中。因见其亡父,手持一刀,怒云:"无屋处汝!"其人一时溃散,顷之疾愈。

乾元中,在江陵,又疾笃,复至心念观音。遥见数百鬼,乘船而至,远来饥饿,就琦求食。遂令家人造食,施于庭中,群鬼列坐。琦口中有二鬼跃出,就坐食讫,初云未了,琦云:"非要衣耶?"鬼言:"正尔。"乃令家人造纸衣数十对,又为绯绿等衫,庭中焚之,鬼著而散。疾亦寻愈。

永泰中,又病笃,乃于灯下,澄心诵《多心经》。忽有一声如鸟飞,从坐处肉中浸淫向上,因尔口呿不得合,心念此必有魔相恼,乃益澄定,须臾如故。复见床前死尸膀胀,有蛇大如瓮,兼诸鬼,多是先识死人,撩乱烁己。琦闭目,至心诵经二十四遍,寂然而灭。至三十九遍,懒而获寐。翌日复愈。

又其妻李氏,曾遇疾疫疠。琦灯下至心为诵《多心

你们。"鬼等在肉中高兴地喜叫。第二天给他们做好了吃的东西，他们吃完后就都走了，王琦的病也就痊愈了。

王琦先前准备了一把干净的刀子，一尺多长，每次念诵经书就拿着它。等到患病时，常把刀放在床头，用来护卫自己。后来病重，于是暗中用力起身，念观世音菩萨。黑暗中忽然像白天一样，看见刀刃向上，有和尚来，和王琦对坐，问他："这是什么刀？"王琦答："是杀魔鬼的刀。"和尚就不见了。又见有铁锤从空中落下，击刀，连击二百多下，铁锤全都破碎，而刀却不损坏。又看见可承受二百多石的大铁罐，向下压来，又有两个大人拿着杵站在旁边，问王琦："你认识这个吗？"王琦答道："不认识。"那个人说："这是铁片狱。"王琦说："正要用这个狱来禁锢魔鬼。"说完两个人都不见了。又看见床上放着珍异的馔食，有一百来床。从门口出去，又看见几百人，全穿着耀眼的衣服，排列在宅子中。又看见了他死去的父亲，手拿着一把刀，发怒说："没有你们住的地方。"那些人都一时溃散，不久王琦的病也好了。

乾元年间，在江陵，又病重，他又诚心念观世音经。远远地看见几百个鬼，乘着船到了，因路途遥远很饥饿，向王琦讨饭。于是王琦就让家人做饭，在院子中施舍给他们，群鬼并列坐着。王琦的口中有两个鬼跳出来，坐下吃完，还说不算完，王琦问："莫非是要衣服吗？"鬼说："正是。"于是又令家人造几十对纸衣，又做了红绿等色的衣衫，在院子中焚烧，鬼穿上就走了。他的病也很快好了。

永泰年间，又病重，就在灯下，清心诵读《多心经》。忽然有像鸟飞一样的声音，从他坐处的肉里慢慢向上，因他的嘴张开而不能合上，心想这一定是有魔鬼干扰，于是更加定心念经，不一会儿就恢复正常。又看见床前的死尸肿胀，有的蛇大如瓮，还有各种鬼，许多是先前认识的死人，缭乱地闪烁。王琦闭上眼睛，诚心诵经二十四遍，沉静无声就都消失了。诵到三十九遍，因疲劳而入睡。第二天就又痊愈了。

他的妻子李氏，曾感染瘟疫。王琦在灯下诚心为她诵《多心

经》。得四五句，忽见灯下有三人头，中间一头，是李氏近死之婢。便闻李氏口中作噫声，因自扶坐。李瞪目不能言，但以手指东西及上下，状如见物。琦令奴以长刀，随李所指斩之，久乃寤云："王三郎耶？"盖以弟呼琦。琦问所指云何，李云："见窗中一人，鼻长数尺；复见床前二物，状如骆驼；又见屋上悉张朱帘幕，皆被奴刀斫获断破，一时消散。"琦却诵经四十九遍，李氏寻愈也。出《广异记》。

经》。念了四五句，忽然看见灯下有三个人头，中间的一个头，是李氏最近死的婢女。就听见李氏口中发出叹息的声音，于是自己坐起。李氏瞪着眼睛不能说话，只是用手指着上下左右，就好像看见什么东西似的。王琦令奴仆用长刀，随着李氏指的地方斩杀，过了很久她才醒过来说："是王三郎吗？"是以弟弟的称呼喊王琦。王琦问她所指的是什么，李氏说："看见窗中有一人，鼻子长几尺；又看见床前两个东西，形状像骆驼；又看见屋子上都铺着红色的帘幕，都被奴仆用刀砍破，一时消散了。"王琦又诵经四十九遍，李氏不久就痊愈了。出自《广异记》。

卷第一百一十二
报应十一崇经像

史世光	董 吉	宋吏国	张 元	释智兴
董 雄	孟知俭	崔善冲	唐 晏	张御史
李 昕	牛 腾	李元平	长沙人	乾符僧

史世光

晋史世光，襄阳人。咸和八年，死于武昌，七日，沙门支法山转小品，疲而微卧，闻灵座上如有人声。史家有婢字张信，见世光在灵座，著衣具如平日，语信云："我本应堕狱中，支和尚为我转经，昙护、昙坚迎我上第七梵天快乐处矣。"护、坚并是山之沙弥已亡者也。后支法山复往，为转大品，又来在座。世光生时，以二幡供养，时在寺中，乃呼："张信持幡送我。"信曰："诺。"便绝死。

将信持幡，俱西北飞上一青山，如琉璃色。到山顶，望见天门，世光乃自持幡，遣信令还。与一青香，如巴豆，曰："以上支和尚。"信未还，便遥见世光直入天门。信复道而还，倏忽乃活，亦不复见手中香也，幡亦在故寺中。世光与信去时，其家有六岁儿见之，指语祖母曰："阿爷飞上天，婆为见否？"世光后复与天人十余，俱还其家，徘徊而去。每来必见簪帢，去必露髻，信问之，答曰："天上有冠，不著此

史世光

　　晋朝的史世光是襄阳人。咸和八年,在武昌死去,七天后,沙门支法山转诵《小品般若经》,疲劳而刚躺下,就听见灵座上像有人声。史家的婢女张信,看见世光在灵座上,穿的衣服都和平时一样,对张信说:"我本应当下地狱,支和尚为我转读佛经,昙护、昙坚接我到第七梵天快乐处了。"护、坚都是山上的已故僧人。后来支法山又去,为世光咏诵《大品般若经》,世光又来到灵座上。世光生前,供奉两挂佛幡,当时在寺中,就呼唤:"张信拿幡送我。"张信说:"是。"说完就死了。

　　张信拿着幡,向西北飞上一座青山,像琉璃色。到了山顶,看见天门,世光便自己拿着幡,让张信回去。给她一青香,状如巴豆,说:"把它给支和尚。"张信还没回去,就远远看见世光直入天门。张信由原道返回,一会儿就复活了,也看不见手中的香,幡还在原来的寺中。世光与张信走时,他家有个六岁的儿童看见了,指着对祖母说:"阿爷走时飞上天去了,婆婆看见了吗?"世光又和天上的十几个人,一齐回到他家,徘徊而去。每次来一定插簪戴帽,去时必露出发髻。张信问他,答道:"天上有帽子,不戴这

也。"后乃著天冠与群天人鼓琴行歌，径上母堂。信问："何用屡来？"曰："我来，欲使汝辈知罪福也，亦兼娱乐阿母。"琴音清妙，不类凡声，家人悉闻之，然其声如隔壁障，不得亲察也，唯信闻之独分明焉。

有顷去，信自送，见世光入一黑门，寻即出来，谓信曰："舅在此日见搒挞，楚痛难胜，省视还也。舅坐犯杀罪，故受此报。可告舅母，会僧转经，当稍免脱。"舅即轻车将军。出《冥祥记》。

董　吉

董吉，於潜人也，奉法三世，至吉尤精进，恒斋戒诵《首楞严经》。村中有病，辄请吉诵经，所救多愈。同县何晃亦奉法，卒得山毒之病困。晃兄惶遽，驰往请吉。董何二舍，相去六七十里，复隔大溪。五月中大雨，晃兄初渡时，水尚未至。吉与期设中食后，比往而山水暴涨不复可涉。吉不能泅，迟回叹息良久。吉既信直，必欲赴期，乃测然发心，自誓曰："吾救人苦急，不计躯命，冀如来大士，当照乃诚。"便脱衣，以囊经戴置头上，径入水中，量其深浅，乃应至吉颈，及渡，才至膝耳。

既得上岸，失囊经，甚悲恨。寻至晃家，三礼忏悔，流涕自责。俯仰之间，便见经囊在高座上。吉悲喜取看，浥浥如有湿气，开囊视经，尚燥如故。于是村人一时奉法。吉家西北，有山高险，中多妖魅，犯害居民。吉以经戒之力，欲降伏之。于山际四五亩地，手伐林木，构造小屋，安设高座，转《首楞严经》百余日，寂然无妖，民害稍止。

个。"然后就戴着天冠和一群天人弹琴作歌,径直进入他母亲住的屋子。张信问他:"为什么多次回来?"世光说:"我来,是想让你们知道罪福,也使我母亲快乐。"琴音清妙,不像凡间的声音,家人都能听到,然而那个琴声像隔着壁障,不能亲眼看到,只有张信听得十分清晰。

过了一会儿离去了,张信自己送他,看见世光进入一个黑门,不一会儿就出来了,对张信说:"舅舅在这里每天被拷打,痛苦难忍,我才省视回来。舅舅犯的是杀人的罪,所以受到这种报应。可以告诉舅母,请和尚为他诵经,能稍加免脱。"史世光的舅舅就是轻车将军。出自《冥祥记》。

董 吉

董吉是於潜人,三代信奉佛法,到了董吉则更加精心勤奋,一直斋戒诵读《首楞严经》。村中有人生病,总是请董吉诵经,所救的人大多能痊愈。同县的何晃也信奉佛法,因染上山毒,病得很重。何晃的司司惶恐,急忙去请董吉。董、何两家相距六七十里,又隔着大河。五月中下大雨,晃兄刚渡河时,大水还没有到。董吉答应他吃了午饭后再走,等到去时,山水暴涨无法过去。董吉不会游泳,迟疑叹息了好久。董吉守信正直,一定要按时到达,于是发慈悲之心,发誓说:"我救人很急迫,不考虑我的生命了,希望如来大士普照我的诚心。"于是脱掉衣服,用口袋装着经书顶在头上,径直入水中。估摸水的深浅,本来应当到董吉的脖子,等到渡水,才到膝盖罢了。

已经上了岸,丢了经书,他非常悲恨。不一会儿到了何晃家,施礼三次忏悔,流泪而自责。俯仰之间,就看见经袋在高座上。董吉悲喜交加取来看,湿漉漉的像有湿气,打开口袋看经书,还是干燥如故。于是村中人一时都信奉佛法。董吉家西北,有座高险的山,山中多有妖魅,侵害居民。董吉用经戒的力量,想要降服它们。在山边的四五亩地上,亲手砍伐林木,建造小屋,安设高座,诵念《首楞严经》一百多天,寂静而无妖,百姓的祸害没了。

后有数人至,与吉言语良久。吉思惟非於潜人,穷山幽绝,何因而来,疑是鬼神,乃谓之曰:"诸君得无是此中鬼耶?"答曰:"是也。闻君德行清肃,故来相观,并请一事,想必见听。吾世有此山,游居所托,君既来止,虑相犯冒,恒怀不安。今欲更作界分,当杀树为断。"吉曰:"仆贪此寂静,读诵经典,不相干犯,方喜为此,愿见祐助。"鬼答曰:"亦复凭君,不侵克也。"言毕而去。经宿,所芟地四际之外,树皆枯死,如焚焉。出《冥祥记》。

宋吏国

宋有一国,与罗刹相近。罗刹数入境,食人无度。王与罗刹约言:"自今已后,国中人家,各专一日,当分送往,勿复枉杀。"有奉佛家,惟有一子,始年十岁,次当充行。舍别之际,父母哀号,便至心念佛。以佛威神力故,大鬼不得近。明日,见子尚在,欢喜同归。于兹遂绝,国人赖焉。出《幽明录》。

张 元

后周张元字孝始,河北万城人也。年十六,其祖丧明三载,元惧忧泣,昼夜经行,以祈福祐。复读《药师经》云"盲者得视"之言遂请七僧,燃七层灯,七昼夜转读《药师经》。每日行道祝曰:"元为孙不孝,使祖丧明,今以灯光,并施法界,乞祖目见明,元求代暗。"如此辛勤,至七日。其夜,梦有一翁,以金篦疗其祖目,谓元曰:"勿忧悲也,三日后,祖目必瘥。"元于梦中喜踊,惊觉,乃遍告家人。三日,祖目果瘥。出《法苑珠林》。

后来有几个人到来,和董吉攀谈很久。董吉心想并不是於潜人,山穷而幽绝,是从哪里来的呢,疑心他们是鬼神,就对他们说:"你们莫非是这山里的鬼吗?"答道:"是的。听说您的德行清正严明,所以前来相见,并有一事相求,想必能听从。我们世代住在这山里,行止起居都依靠这座山,你来这里后,我们怕相互冒犯,总是怀着不安的心理。现在想要重新划个界限,以砍树为标记。"董吉说:"我喜欢此处寂静,诵读经典,本无意干扰,正高兴这样做,愿你等庇祐帮助。"鬼答道:"听凭你的安排,我们再不侵扰了。"说完就离开了。过了一宿,所开辟的地四周之外,树木都枯死,像焚烧过一样。出自《冥祥记》。

宋吏国

南朝宋时有一国,和罗刹邻近。罗刹多次入境,吃人无数。国王与罗刹相约说:"从今以后,国中的人家,每天有一家按时给你送人,不要再来枉杀。"有一个奉佛的人家,只有一个儿子,才十岁,按次序应该送去。离别之时,父母哀哭,便诚心念佛。由于佛神力的缘故,大鬼不敢靠近。第二天,看见儿子还在,便高兴地和他一起回家。从此鬼吃人一事便灭绝,国人大获禅益。出自《幽明录》。

张 元

后周张元字孝始,是河北万城人。十六岁时,他的祖父已经失明三年,张元忧愁哭泣,昼夜念经,来祈祐降福。又读《药师经》中说"失明者能复明"的经句,就请七个和尚,点燃七层灯,七天七夜诵读《药师经》。每天行道后祝愿说:"我为孙不孝,使祖父失明,现在用灯光,一齐献给法界,乞求让祖父复明,我愿代替祖父失明。"这样辛勤,到了第七天。那天夜里,梦见一个老翁,用金箆治疗祖父的眼睛,并对张元说:"不要悲伤,三天后,你祖父的眼睛一定能痊愈。"张元在梦中高兴得跳了起来,惊醒后,就都告诉了家人。三天后,祖父的眼睛果然好了。出自《法苑珠林》。

释智兴

唐京师大庄严寺释智兴，洛州人也。励行坚明，依首律师，诵经持律，不辍昏晓。至大业五年仲冬，次当维那鸣钟。同寺僧名三果者，有兄从炀帝南幸江都，中路身亡。初无凶告，通梦于妻曰："吾行达彭城，不幸病死。生无善行，今堕地狱，备经五苦。赖今月初十日，禅定寺僧智兴鸣钟发响，声振地狱，同受苦者，一时脱解。今生乐处，思报其恩，汝可具绢十匹奉之，并陈意殷勤。"及寤说之，人无信者。寻复梦如初，后十余日，凶问与梦符同。乃以绢奉兴，合寺大德至，咸问兴曰："何缘鸣钟，乃感斯应？"兴曰："余无他术，见佛法藏传云：'罽腻吒王受苦，由鸣钟得停。'及《增一阿含经》'鸣钟作福'，敬遵此事，励力行之。严冬登楼，风切皮肉，露手鸣椎，掌中破裂，不以为苦。鸣钟之始，先发善愿：诸贤圣同入道场，同受法食。愿诸恶趣，闻此钟声，俱时离苦，速得解脱。如斯愿行，察志常奉修。故致兹通感焉。"出《异苑》。

董 雄

唐董雄，河南人。贞观中，为大理丞。幼奉佛法，蔬食多年。因非累与同列李敬玄、王忻俱维萦。雄专念《普门品》，日三十遍，锁忽夜解落，雄惊告忻、玄。忻视其锁，坚全在地，而钩连不开，相离数尺，即告守者。御史张守一宿直，命吏烛之而甚怪，重锁封记而去。雄但诵经不辍，至五更，又解落有声，雄复告忻、玄等。至明，守一视之，封题如故，而锁自相离。敬玄素不信佛法，其妻读经，常谓曰："何

释智兴

唐朝京城大庄严寺的释智兴，是洛州人。坚定不移，砥砺德行，尊崇师傅引导，诵经持律，早晚不停。到大业五年的仲冬，轮到智兴敲钟。同寺有一个叫三果的和尚，他有个哥哥跟随炀帝南下江都，中途死亡。当初没有人报信，托梦给他的妻子说："我走到彭城，不幸病死。在世没做善事，已落入地狱，备受五苦。幸好这月的初十，禅定寺的和尚智兴敲钟发响，声振地狱，同时受苦的人，一起解脱了。今托生于乐地，我想要报答他的恩德，你可准备十匹绢送给他，并向他表示致谢之意。"他的妻子醒来说这件事，没有人相信。不久又做了这样的梦，后来十几天，凶信传来，和梦相同。于是就把绢送给了智兴，整个寺里的高僧都来问智兴说："什么原因敲钟能有这样的感应？"智兴说："我没有什么本领，见佛法藏传中说：'罽腻吒王受苦，从鸣钟得到停止。'《增一阿含经》中也说'鸣钟可以造福'，我敬遵这些事，努力实行它。严冬登上钟楼，寒风浸入皮肉，露出手来拿椎，掌中破裂，不认为是苦。每次敲钟之初，先发下善愿：祷求各位贤圣一齐入道场，一同受用法食，愿所有恶道，听到这个钟声，都能脱离痛苦，很快得到解脱。这样许愿奉行，当加意奉修佛法。所以才能得到这样的感应啊。"出自《异苑》。

董　雄

唐朝的董雄，是河南人。贞观年间，做大理丞。年幼奉佛法，吃素多年。因无罪受牵连，与同行的李敬玄、王忻一起被囚禁。董雄专心念《普门品》，每天三十遍，锁忽然在夜里解落，董雄惊告李敬玄、王忻。敬玄看他的锁完整在地上，而钩链却不开，相距几尺，于是就告诉守卫。御史张守一值夜班，命狱吏点蜡烛去看，甚感奇怪，又重新锁上并封记好而走了。董雄只是诵经不停，到了五更天，又有枷锁解落的声音，董雄又告诉玄、忻等人。到了天亮，张守一一看，封记如原来一样，而锁却自己脱离。敬玄一向不信佛法，他的妻子诵经时，常对她说："为什么

为胡神所媚而读此书耶?"及见雄此事,乃深悟不信之咎,方知佛大圣也。时忻亦诵八菩萨名,满三万遍,昼镮解落,视之如雄无异,不久俱免。出《法苑珠林》。

孟知俭

唐孟知俭,并州人。少时病,忽亡,见衙府,如平生时,不知其死。逢故人为吏,谓曰:"因何得来?"具报之,乃知是冥途。吏为检寻曰:"君平生无修福处,何以得还?"俭曰:"一生诵《多心经》及《高王经》,虽不记数,亦三四万遍。"重检获之,遂还。吏问:"欲知官乎?"曰:"甚要。"遂以簿示之,云:"孟知俭合运出身,为曹州参军,转邓州司仓。"即掩却不许看。遂至荒榛,入一黑坑,遂活。不知运是何事。寻有敕募运粮,因放选,授曹州参军。乃悟曰:"此州吾不见,小书耳。"满授邓州司仓,去任又选,唱晋州判司,未过而卒。出《朝野佥载》。

崔善冲

崔善冲,先初任梓州桐山丞,嶲州刺史李知古奏充判官。诸蛮叛,杀知古,善冲等二十余人奔走,拟投昆明,夜不知道,冲专念尊经。俄见炬火在前,众便随之,至晓火灭,乃达昆明。出《报应记》。

唐晏

唐晏,梓州人,持经日七遍。唐开元初,避事晋州安岳县。与人有隙,谗于使君刘肱,肱令人捉晏。夜梦一胡僧云:"急去。"惊起便走,至遂州方义县。肱使奄至,奔走无

被胡神所迷惑而读这样的书呢?"等到看到董雄这件事,才深感不信神的错误,才知道佛是大圣人。当时王忻也诵读八个菩萨的名字,念满三万遍,白天锁便解脱,与董雄一样,不久就都得到赦免了。出自《法苑珠林》。

孟知俭

唐朝孟知俭,是并州人。年少有病时,忽然死去,看见衙府,和平时见到的一样,不知已死。遇到一个老友在此做官,问他说:"为什么来这里?"官吏都告诉了他,才知道是阴间。官吏查检说道:"你平生没有修福的事,怎么回去呢?"知俭说:"一生诵读《多心经》及《高王经》,虽然记不住遍数,也有三四万遍了。"又重新检验,果真如此,于是放他回去。官吏问他:"想知道官运吗?"他说:"很想知道。"于是就拿出簿子给他看,说:"孟知俭合运出身,做曹州参军,转为邓州司仓。"就合上不再让他看。于是送他到荒野,掉进黑坑,孟知俭就活了,他不知道"运"是怎么回事。不久有令召集运粮,因而选官,被授予曹州参军。他才明白过来说:"当时这个州写的是小字,没看清。"又授给他邓州司仓,他离任后又叫他做晋州判司,没去就死了。出自《朝野佥载》。

崔善冲

崔善冲,起初任梓州桐山县丞,巂州刺史李知古上奏充请判官。诸蛮叛乱,杀了知古,善冲等二十多人逃走,商量投奔昆明,夜里不知道路,善冲一心念经。忽然见前面有火光,大家便跟着火光走,到了早晨火光就灭了。于是到达了昆明。出自《报应记》。

唐 晏

唐晏是梓州人,坚持每天念经七遍。唐朝开元初年,在晋州安岳县躲避祸事。和别人有仇隙,那人就向使君刘肱进谗言,刘肱便派人捉拿唐晏。唐晏夜里梦见一个胡僧说:"快走!"于是惊起便逃,一直到了遂州方义县。刘肱派的人突然赶到,晏走投无

路，遂一心念经。捕者交横，并无见者，由是获免。出《报应记》。

张御史

张某，唐天宝中为御史判官，奉使淮南推覆。将渡淮，有黄衫人自后奔走来渡，谓有急事，特驻舟。泊至，乃云："附载渡淮耳。"御船者欲殴击之，兼责让："何以欲济而辄停留判官！"某云："无击。"反责所由云："载一百姓渡淮，亦何苦也？"亲以余食哺之，其人甚愧恶。

既济，与某分路。须臾，至前驿，已在门所。某意是嘱请，心甚嫌之，谓曰："吾适渡汝，何为复至？可即遽去。"云："已实非人，欲与判官议事，非左右所闻。"因屏左右云："奉命取君，合淮中溺死，适承一馔，固不忘。已蒙厚恩，只可一日停留耳！"某求还至舍，有所遗嘱。鬼云："一日之外，不敢违也。我虽为使，然在地下，职类人间里尹坊胥尔。"某欲前请救，鬼云："人鬼异路，无宜相逼，恐不免耳。"某遥拜，鬼云："能一日之内，转千卷《续命经》，当得延寿。"言讫出去，至门又回，谓云："识《续命经》否？"某初未了知。鬼云："即人间《金刚经》也。"某云："今日已晚，何由转得千卷经？"鬼云："但是人转则可。"某乃大呼传舍中及他百姓等数十人同转。至明日晚，终千遍讫。鬼又至云："判官已免，会须暂谒地府。"众人皆见黄衫吏与某相随出门。既见王，具言千遍《续命经》足，得延寿命。取检云："与所诵实同。"因合掌云："若尔，尤当更得十载寿。"便放重生。

路，只是一心念经。追捕的人来来往往，竟然都没有发现他，因此才获免。出自《报应记》。

张御史

张某，唐朝天宝年间做御史判官，奉使命去淮南审理案件。正要渡淮河，有一个穿黄衫的人从后面赶来渡淮，说是有急事，张御史便停住渡船。等到了船上，却说："只不过是想搭这船渡淮河罢了。"驾船的人想要打他，并且责怪他："为什么你想渡河而耽搁了判官的时间。"张某说："不要打他！"反而责怪船夫说："带一个百姓过河，有什么麻烦呢？"并亲自给他送饭吃，那个人深感惭愧。

已经过了淮河，和那人分路而行。不一会儿，到了前面的驿站，他已在门前了。张某认为是他又有请求，心里很讨厌他，对他说："我刚才把你渡过河，为什么又回来了？赶快离开吧。"他回答说："我其实不是人，想和判官商议一件事，不让左右的人听到。"于是张某屏退左右的人，那人说："我奉命来提你，要在淮河中淹死你，承蒙你给我饭吃，本不应应。已蒙受了你的厚恩，只可宽限你多活一天罢了。"张某请求回到住处，准备遗嘱。鬼说："一天之外，我不敢违命。我虽然是使者，然而在地下的职务就像人间的里尹坊胥罢了。"张某想上前求救，鬼说："人鬼不同路，不应相逼，恐怕不能免了。"张某远远拜谢，鬼说："你能在一天之内，咏诵一千卷《续命经》，就能延寿。"说完便出去。到了门口又回来。对他说："知道《续命经》吗？"张某刚开始不知道，鬼说："就是人间的《金刚经》。"张某说："今天已晚，怎么能诵得千卷经？"鬼说："凡是人诵读就可以。"张某于是呼喊舍中及其他百姓等数十人一同诵经。到第二天晚上，终于完成了一千遍。鬼又到了并说："判官已免你一死，但还须和我暂且到地府走一趟。"大家都看见黄衫吏和张某相随出门。等拜见了阎王，就把诵一千遍《续命经》的事告诉了阎王，理应延长寿命。左右取簿检验说："他说的属实。"于是阎王合掌说："像你这样，更应当延寿十年。"就放他生还。

至门前，所追吏云："坐追判官迟回，今已遇捶。"乃袒示之，愿乞少钱。某云："我贫士，且在逆旅，多恐不办。"鬼云："唯二百千。"某云："若是纸钱，当奉五百贯。"鬼云："感君厚意，但我德素薄，何由受汝许钱，二百千正可。"某云："今我亦鬼耳，夜还逆旅，未易办得。"鬼云："判官但心念，令妻子还我，自当得之。"某遂心念甚至。鬼云："已领讫。"须臾复至，云："夫人欲与，阿奶不肯。"又令某心念阿奶，须臾曰："得矣。"某因冥然如落深坑，因此遂活。

求假还家，具说其事，妻云："是夕梦君已死，求二百千纸钱，欲便市造。阿奶故云：'梦中事何足信。'其夕，阿奶又梦。"因得十年后卒也。出《广异记》。

李　昕

唐李昕者，善持《千手千眼咒》。有人患疟鬼，昕乃咒之。其鬼见形谓人曰："我本欲大困辱君，为惧李十四郎，不敢复往。"十四郎即昕也。昕家在东郡，客游河南，其妹染疾死。数日苏，说云："初被数人领入坟墓间，复有数十人，欲相凌辱。其中一人忽云：'此李十四郎妹也，汝辈欲何之？今李十四郎已还，不久至舍。彼善人也，如闻吾等取其妹，必以神咒相困辱，不如早送还之。'乃相与送女至舍。女活后，昕亦到舍也。出《广异记》。

到了门前,所追他的鬼吏说:"我因为追捕您耽误了时间,现在已被捶打。"于是露出被打的地方给他看,希望向他要点钱。张某说:"我是贫穷的人,并且在旅途中,多了恐怕难以筹办。"鬼说:"只要二百千。"某说:"若是纸钱,可以给五百千。"鬼说:"感谢你的厚意,只是我的功德一向很少,怎么能接受你这么多的钱呢?二百千正好。"张某说:"今天我也是鬼了,夜里回旅馆,不易办到。"鬼说:"判官只要心里想,让妻子还给我,我自然会得到。"张某就非常诚心想让妻子还鬼债。鬼说:"已领到了。"不一会儿又回来说:"夫人想给,老太太不肯。"又让张某诚心让老太太还债。不一会儿鬼又说:"我已得到了。"张某便昏昏然如落深坑一样,因此得活。

他请假回家,把这些事都说了,他的妻子说:"那天晚上我梦见你已死,求二百千纸钱,想要造好送去,老太太说:'梦中的事不足信!'这天晚上,她也做了这个梦。"张某又活了十年,之后才去世。出自《广异记》。

李 昕

唐朝的李昕,善于持诵《千手千眼咒》。有人为疟鬼所缠,李昕就为他念咒。那个鬼现形对那人说:"我本想困扰你,因为害怕李十四郎,不敢再去。"十四郎就是李昕。李昕家在东郡,客居于河南,他的妹妹染病而死。几天后复苏,她说:"当初被几个人领入坟墓之间,又有几十个人,想要凌辱我。其中一个人忽然说:'这是李十四郎的妹妹,你们打算怎么处置她?现在李十四郎已经回来了,不久就会到家。那是个大善人,如果听说我们抢了他的妹妹,一定用神咒来困扰我们,不如早点把她送回去。'"于是他们就把她送回了家。李昕妹妹复活了以后,李昕也到了家。出自《广异记》。

牛 腾

唐牛腾字思远,唐朝散大夫郏城令,弃官从好,精心释教,从其志者终身。常慕陶潜"五柳先生"之号,故自称"布衣公子",即侍中中书令河东侯炎之甥也,侯姓裴氏,未弱冠,明经擢第,再选右卫骑曹参军。公子沉静寡言,少挺异操,河东侯器其贤,朝廷政事皆访之。公子清俭自守,德业过人,故王勃等四人,皆出其门下。

年壮而河东侯遇害,公子谪为牂牁建安丞。将行,时中丞崔察用事,贬官皆辞之,素有嫌者,或留之,诛殛甚众。时天后方任酷吏,而崔察先与河东侯不协,陷之。公子将见崔察,惧不知所为。忽衢中遇一人,形甚瑰伟,黄衣盛服,乃问公子:"欲过中丞,得无惧死乎?"公子惊曰:"然。"又曰:"公有犀角刀子乎?"曰:"有。"异人曰:"公有刀子甚善。授公以神咒,见中丞时,但俯伏掐诀,言带犀角刀子,掐手诀,乃可以诵咒。其诀,左手中指第三节横文,以大指爪掐之。而密诵咒七遍,当有所见,可以无患矣。咒曰:吉中吉,迦戍律,提中有律,陁阿婆迦呵。"公子俯而诵之,既得,仰视异人亡矣,大异之。即见察,同过三十余人,公子名当二十,前十九人,各呼名过,素有郤,察则留处绞斩者,且半焉。次至公子,如其言诵咒,察久不言。仰视之,见一神人,长丈余,仪质非常,出自西阶,直至察前,右拉其肩,左揿其首,面正当背。而诸人但见崔察低头不言,手注定字而已。公子遂得脱,比至屏回顾,见神人释察而亡矣。

公子至牂牁,素秉诚信,笃敬佛道,虽已婚宦,如戒僧焉。口不妄谈,目不妄视,言无伪,行无颇,以是夷獠渐渍

牛　腾

　　唐朝牛腾字思远，是唐朝的散大夫，为郏城县令，弃官从善，精心供奉佛教，终身不改此志。常常美慕陶潜"五柳先生"的称号，所以自称"布衣公子"，是侍中、中书令、河东侯炎的外甥，河东侯姓裴，未满二十岁，考中明经科又被推选为右卫骑曹参军。公子沉默寡言，年少操行超群，河东侯裴炎很器重他的贤能，朝中政事都找他商量。公子清廉自守，德才过人，著名诗人王勃等四人，都出自他的门下。

　　壮年时，河东侯遇害，他也被贬为牂牁建安丞。将要去上任，当时中丞崔察当权，贬官都得向他告辞，一向有仇的，被留下，杀死的也很多。当时天后正信任酷吏，而崔察以前和河东侯不合，便陷害他。公子将要见崔察，又害怕而不知所措。忽然路上遇见一人，身形伟岸，穿着华丽的黄衣服，问公子："想到中丞那去，难道不害怕死吗？"公子惊讶地说："害怕。"又问他："你有犀角刀吗？"公子答道："有。"那个怪人说："公子有刀子就很好。我授你神咒，见中丞时，只俯身掐手诀，说带犀角刀子，掐手诀，就可以念咒。诀是左手中指第三节横文，用大拇指掐。而秘密诵咒语七遍，应当有所见，就没有什么忧虑了。咒语是：吉中吉，迦戍律，提中有律，陁阿婆迦呵。"公子俯身而诵念，已经学会了，抬头看那怪人不见了，感到非常奇怪。于是就去见崔察，同去的三十多人，公子排在第二十名，前面十九个人名字都喊过了，平素有嫌隙的，崔察留下绞斩的，将近一半。轮到公子，公子就像怪人说的那样诵咒语，崔察久不开口。抬头看，见一神人，一丈多高，仪表气质非凡，从西阶中出来，一直来到崔察前，右手抓住他的肩，左手扭着他的头，正对着他的后背。而许多人只看见崔察低头不语，手停着不动罢了。公子于是得以解脱，等到了屏风后回头，看见神人放下崔察不见了。

　　公子到了牂牁，一向坚守诚信，更加敬重佛道，虽然已婚为官，也像守戒规的僧人一样。不随意说话，不随便看不该看的，说的话没有虚假，行为也没有不合适的，因此夷獠各族也渐渐受到

其化,遂大布释教于牂牁中。常摄郡长吏,置道场数处。居三年而庄州獠反,转入牂牁,郡人背杀长吏以应之,建安大豪起兵相应。乃劫公子坐于树下,将加戮焉。忽有夷人,持刀斩守者头,乃詈曰:"县丞至惠,汝何忍害若人!"因置公子于笼中,令力者负而走,于是兼以拏免。事解后,郡以状闻,诏书还公事,许其还归。后宰数邑,皆计日受俸,其清无以加,亦天性也。后弃官,精内教,甚有感焉。出《纪闻》。

李元平

唐李元平,故睦州刺史伯诚之子。大历五年,客于东阳寺中。读书岁余,薄暮,见一女子,红裙绣襦,容色美丽,娥冶自若,领数青衣,来入僧院。元平悦之,而窥见青衣,问其所适及姓氏。青衣怒曰:"谁家儿郎,遽此相逼,俱为士类,不合形迹也。"元平拜求请见,不许。须臾,女自出院四顾,忽见元平,有如旧识。元平非意所望,延入,问其行李。女曰:"亦欲见君,以论宿昔之事,请君无疑嫌也。"既相悦。经七日,女曰:"我非人,顷者大人曾任江州刺史,君前身为门吏长直,君虽贫贱,而容色可悦。我是一小女子,独处幽房,时不自思量,与君戏调,盖因缘之故,有此私情。才过十旬,君随物故。余虽不哭,殆不胜情,便潜以朱笔涂君左股,将以为志。常持《千眼千手咒》,每焚香发愿,各生富贵之家,相慕愿为夫妇,请君验之。"元平乃自视,实如其言。及晓将别,谓元平曰:"托生时至,不可久留,后身之父,见任刺史。我年十六,君即为县令,此时正当与君为夫妇未间,幸存思恋,慎勿婚也。然天命已定,君虽别娶,故不可

他的教化,于是在牂牁中大兴佛教。常常振摄郡中长吏,在多处设置道场。过了三年,庄州夷獠谋反,进入牂牁,郡中人暗杀长吏来响应,建安的豪族大户也起兵呼应。于是抓了公子坐在树下,要杀害他。忽然有夷人,拿着刀斩了看守的头,骂道:"县丞如此仁惠,你怎么忍心杀这样的人!"于是把公子放在笼子中,让有力气的人背着走,并且赦免了他的妻子儿女。事情平息后,郡司把情况上报,诏书下达,允许他还归。后来掌管数城,都是按日受禄,他的清廉没有再能比过他的了,也是他的天性。之后弃官,精心向佛,也非常有感应。出自《纪闻》。

李元平

唐朝李元平,是先前睦州刺史李伯诚的儿子。大历五年,客居于东阳寺中。读书一年多,一天傍晚,看见一个女子,穿着红裙绣短袄,容色美丽,妖艳自若,带着几个丫环,来到僧院。元平很高兴,偷着去见一个丫环,问她的去处及姓名。丫环发怒说:"谁家男儿,到此相逼,都是读书人,不合你的身份。"元平拜请求见,不答应。不一会儿,那女子自己从院中出来环视四周,忽然看见元平,就像旧相识一样。元平也喜出望外,请她进来,问她从哪里来。女子说:"我也想见你,来谈谈以前的事,请你不要怀疑。"于是都很高兴。过了七天,女子说:"我不是凡人,以前的大人任江州刺史,你的前身是门吏长直,你虽贫贱,但容貌可亲。我是一个小女子,独自处在闺房,当时自己没想到和你戏耍,大概是因缘份的缘故,有这种私情。才过百日,你就死了。我虽然不哭,几乎不能控制自己的感情,就暗中用红笔涂在你的左大腿上,把它当作记号。常常持诵《千眼千手咒》,每次焚香发誓愿,各个都生在富贵之家,相爱愿为夫妇,请你验证。"元平于是自己一看,的确像她说的那样。等到天亮将要分别时,对元平说:"托生的时候到了,我不可以久留,托身后的父亲是现任刺史。我十六岁时,你是县令,这时正是我和你结为夫妇的时间,希望你能想念着我,切记不要婚配。然而天命已定,你既然另娶,就不可

得。"悲泣而去,他年果为夫妇。出《异物志》。

长沙人

唐长沙人姓吴,征蛮卒夫也,平生以捕猎渔钓为业。常得白龟,羹而食之。乃遍身患疮,悉皆溃烂,痛苦号叫,斯须不可忍,眉鬓手足指皆堕落,未即死。遂乞于安南市中,有僧见而哀之,谓曰:"尔可回心念《大悲真言》,吾当口授,若能精进,必获善报。"卒依其言受之,一心念诵,后疮痍渐复,手足指皆生,以至平愈。遂削发为僧,号智益,于伏波将军旧宅基建立精舍,住持泉州开元寺。通慧大德楚彤亲识智益,常语之。出《报应录》。

乾符僧

唐乾符中,有僧忘其名号,恒以课诵为事,未常暂废。因下峡,泊舟白帝城。夜深群动息,持念之际,忽觉有腥秽之气,见水面有一人,渐逼船来。僧问之,曰:"某非人也,姓许名道坤,唐初为夔牧,以贪残暴虐,殁受业报,为滟预堆龙王三千年,于今二百四十年矣。适闻师持课,大有利益,故来逊谢耳。"僧问曰:"峡路险恶,多覆溺之患,盍救诸龙而禁戢之,可乎?"曰:"此类实烦,皆业感所作,非常力而能制也。"僧甚异之,将复问,忽失所在。出《报应录》。

得。"说完悲泣而去。几年后他俩果真结为夫妇。出自《异物志》。

长沙人

唐朝长沙人姓吴，是征蛮的兵卒，平生以打猎捕鱼为业。曾捕得白龟，把它煮了吃了。于是全身得了疮病，都已经溃烂，痛苦嚎叫，一会儿也不能忍耐，眉毛、头发、手指、脚趾全都脱落，但没有立刻死去。于是就在安南集市中乞讨，有一个和尚看见之后很同情他，对他说："你可以回去念《大悲真言》，我当口头教给你，如果能精心勤奋，一定能有善报。"他按僧人的话去学了，一心念诵，后来疮病逐渐好了，手指、脚趾也长出来了，以至于痊愈。于是就削发为僧，号智益，在伏波将军的旧宅建精舍，在泉州开元寺当主持。通慧大德楚彤，与智益相识，常常听他说起这段经历。出自《报应录》。

乾符僧

唐朝乾符年间，有个和尚忘记了他的名号，常以念经为业，不曾间断荒废。因为下峡去，停船在白帝城。夜深了，大家都已入睡，他念经之时，忽然觉得有腥秽的气味，看见水面上有一个人，渐渐朝船逼近。和尚问他，他说："我不是人，姓许名道坤，唐初为夔州州牧，因为贪婪暴虐，死后受到报应，为滟滪堆的龙王三千年，如今已经二百四十年了。刚才听到师傅念经，对我大有益处，所以前来道谢罢了。"和尚问道："峡路险恶，多有翻船淹死人的祸患，为什么不下令诸龙而禁止它们，可以吗？"回答说："这类事的确麻烦，都是业孽所感召的结果，并不是一般的力量所能制服的。"和尚感到很奇怪，将要接着问，忽然就不见了。出自《报应录》。

卷第一百一十三
报应十二 崇经像

张　应	释道安	周　闵	王　懿	谢　敷
僧法洪	刘式之	刘　龄	陈安居	马处伯

张　应

晋张应,历阳人,本事俗神,鼓舞淫祀。咸和八年,移居芜湖。妻得病,应请祷备至,财产略尽。妻法家弟子也,谓曰:"今病日困,求鬼无益,乞作佛事。"应许之。往精舍中,见竺昙铠,谓曰:"佛如愈病之药,见药不服,虽事无益。"应许当事佛,昙谓期明日当往。应归,夜梦见人长丈余,从南来,入门曰:"此家何乃尔不净?"见昙铠随后曰:"始欲发意,未可责之。"应眠觉,便秉火作高座及鬼子母座。昙铠明往,应说其梦,遂受五戒,屏除神影,大设福供。妻病有间,寻即全愈。

咸康二年,应至马沟市盐,还泊芜湖。夜宿,梦见三人,以钩钓之,应曰:"我佛弟子。"牵终不置,曰:"奴判走多时。"应恐,谓曰:"放我,当与君一升酒。"钓人乃放之,谓应曰:"但畏后人复取汝耳。"眠竟,腹泄痢,达家大困。应曰:"昙铠阔绝已久。"病甚,遣请之,适值不在,应寻气绝。

张 应

　　晋朝的张应,是历阳人,原来信奉俗神,大肆鼓励不合礼制的祭祀。咸和八年,移居到芜湖。他的妻子得病,张应请求祈祷备至,财产都用尽了。妻子是佛教信徒,对他说:"今日病重,求鬼也没有效果,求作佛事。"张应答应了她。到寺院里,看见竺昙铠,对他说:"佛就像治病的药一样,看见药不吃,即使事佛也没有用。"张应答应事佛,昙铠相约明日前去。张应回去,夜里梦见一个人一丈多高,从南面来,进门说:"你家为什么如此不洁净?"只见昙铠跟在后面说:"才开始有信念,不应责怪他。"张应睡醒了,便点燃蜡烛造高座及鬼子母座。第二天昙铠来,张应说起做的梦。于是受五戒,拆除神影,大设福供。他的妻子的病过了一段时间后,不久就痊愈了。

　　咸康二年,张应到马沟买盐,回来停泊在芜湖。夜里梦见三个人,用钩钩他,张应说:"我是佛家弟子。"他们始终不松手,并说:"仆人早已离开多时。"张应害怕,对他们说:"放了我,当给你一升酒。"钩的人就放了他,并对张应说:"只怕后人还来抓你。"张应睡醒后腹痛泻痢,到家后更加严重。张应说:"昙铠已阔别很久。"病重,就派人去请他,正赶上他不在,张应不久便气绝。

数日而苏,说有数人,以钩钓之将北去,下一坂岸,盛有镬汤刀剑楚毒之具。应悟是地狱,欲呼师名,忘昙铠字,但唤"和尚救我",亦时唤佛。有顷,一人从西方,长丈余,执金杵欲撞,钓人皆怖散。长人引应去,谓曰:"汝命尽,不复久生,可暂还家,颂呗三偈,并取和尚名字,三日当复命过,即生天矣。"应即复苏。三日之中,持斋颂呗,遣人将疏取昙铠名。至日食毕,礼佛赞呗,与家人辞别,澡沐冠带,如睡而亡。出《法苑珠林》。

释道安

东晋恒山沙门释道安者,经石赵之乱,避地于襄阳。注《般若》《道行》《密迹》诸经、析疑《甄解》二十余卷,恐不合理,乃誓曰:"若所说不违理者,当见瑞相。"乃梦见一道人,头白眉长,语安曰:"君所注经,殊合道理。我不得入泥洹,住在西域,当相助弘道,可时设食也。"后远公云:"昔和尚所梦,乃是宾头卢也。"于是立座享之,遂成永则。出《法苑珠林》。

周 闵

周闵,汝南人,晋护军,世奉佛法。苏峻之乱,邑人皆东西播迁。闵家有《大品》一部,以半幅八丈素,反复书之。又有他经数部,《大品》亦杂在其中。既当避难单行,不能得尽持去,尤惜《大品》,不知在何部中。仓卒而去,徘徊叹惋。不觉《大品》忽自出外,闵惊喜持去。周氏遂世宝之,至今尚在。一说云,周嵩妇胡母氏有素书《大品》,其素广五寸,而《大品》一部尽在焉。又并有舍利,银罂置之,并缄于深箧中。永嘉之乱,胡母氏时避兵南奔,经及舍利自出

几日后复苏,说有几个人,用钩钩他向北去,走下一个山坡,设有镬汤刀剑等刑具。张应明白是地狱,就想喊师傅的名字,忘记了昙铠名字,只是喊"和尚救我",也不时呼唤佛。不一会儿,一个人从西方来,一丈多高,拿着金杵想要撞来,钩人都害怕逃散。长人领着张应离去,对他说:"你的寿命已尽,活不了多久,你可暂且回家诵经,并取个和尚的名字,三天后命当尽,那是就升天了。"张应便复活了。三天之中,他持斋诵经,派人焚化祝告文并取昙铠的字。到了这一天吃完饭,张应礼佛拜经,又和家人辞别,沐浴更衣,像睡着一样死去了。出自《法苑珠林》。

释道安

东晋恒山沙门的释道安,经历石赵之乱,躲在襄阳。注释《般若》《道行》《密迹》各经,剖析解难《甄解》二十多卷,害怕不合情理,于是发誓说:"如果说的不违背情理,应当看到佛像。"于是就梦见一个道人,白头发长眉毛,对道安说:"你所注释的经书,非常合乎道理。我不能入涅槃,住在西域,当助你弘扬佛法,可时常设斋食。"后来远公说:"过去和尚梦见的,是宾头卢罗汉。"于是立高座供奉他,成为定规。出自《法苑珠林》。

周 闵

周闵是汝南人,晋朝时任护军,一生信奉佛法。苏峻之乱后,城邑人都到处迁移,奔波不定。周闵家有一部《大品般若经》,用半幅八丈素绢,正反面书写。还有其他经书几部,《大品经》也夹在当中。马上就要避难而独行,不能都带,尤其惋惜的是《大品经》,不知道在哪部经中。仓促之间,来回行走叹息。不知不觉《大品经》忽然自己出来,周闵惊喜地带走了。于是周家世代把它当作宝物,至今还在。另一个说法是周嵩妇胡母氏有素绢写着《大品经》,那个素绢宽五寸,而一部《大品经》都写在上面。同时又兼有舍利,用银瓶放在那里,全都封闭在深箱子中。永嘉之乱时,胡母氏当时避兵乱南逃,经书及舍利自己跳出

箧外，因求怀之，以渡江东。又尝遇火，不暇取经，及屋尽火灭，得之于灰烬之下，俨然如故。会稽王道子就嵩曾孙云求以供养，后常暂在新渚寺。刘敬叔云："曾亲见此经，字如麻子，点画分明。新渚寺今天安是也。此经盖得道僧慧则所写也。"或云："尝在简靖，道尼转诵。"出《冥祥记》。

王 懿

晋王懿字仲德，太原人，为车骑将军，世信佛法。父黄，为中山太守，为丁岑所害。懿与兄侍母南归，登涉饥疲，绝粮无计，唯归心三宝。忽见一童子牵青牛，见懿等各与一饭，因忽不见。时积雨大水，懿前望浩然，莫知揭厉。俄有一白狼驯绕其前，过水复返，似欲引导。如此者三。于是随狼行，水才至膝，得路归朝。后自五兵尚书为徐州刺史，尝欲设斋，宿昔洒扫，盛列香花经像。忽闻法堂有经呗声，清婉流畅。懿遽往视，见五沙门在佛座前，神仪伟异，懿心甚钦敬。沙门顾盼依然，瞻礼未竟，皆竦身飞空而去。亲宾见者，倍增信悟。出《法苑珠林》。

谢 敷

谢敷字庆绪，会稽山阴人，镇军将军辖之兄子也。少有高操，隐于东山，笃信大法，精勤不倦。手写《首楞严经》，尝置都下白马寺中，寺为邻火所延，什物余经，并成煨烬，而此经止烧纸头界画外而已，文字悉存，无所毁失。敷死时，友人疑其得道，及闻此经，弥加惊异。出《法苑珠林》。

箱子外面,胡母氏便揣在怀中,渡到江东。又曾经遇到火灾,没来得及取经书,等屋里的火全灭之后,在灰烬下找到了经书,还和原来的一样。会稽王道子向周嵩的曾孙周云求来供奉,后来常常暂住在新渚寺。刘敬叔说:"曾亲眼看见这经书,字如麻粒,点画分明。新渚寺就是现在的天安寺。这部经书大概是得道的僧慧则所写。"有的说:"曾经在简靖那,僧尼转诵。"出自《冥祥记》。

王 懿

晋朝王懿字仲德,是太原人,做车骑将军,一生信奉佛法。父亲王黄,做中山太守,被丁岑杀害。王懿和他的哥哥侍奉母亲南归,跋山涉水后饥饿疲劳,没有粮食,毫无办法,他只是归心于佛法。忽然看见一个童子牵着一头青牛,看见王懿等人,给每人一碗饭,又忽然不见了。当时暴雨发大水,王懿前望茫然,不知如何对待这场灾患。不一会儿有一只白狼温顺地绕着他走,过了水后又返回来,好像要引导似的。像这样三遍。于是就跟着狼走,水才到膝盖,找到路回朝。后来从五兵尚书转为徐州刺史,曾经想要设斋,夜里洒扫屋室,摆上香花经像。忽然听到法堂上有诵经声,清婉流畅。王懿急忙去看,看见五个僧人在佛座前,神态仪表伟异,王懿心里非常钦敬。僧人顾盼依旧,瞻仰礼拜还没有结束,都纵身飞上天去。亲戚、宾客看见的人,都倍增对佛法的信悟。出自《法苑珠林》。

谢 敷

谢敷字庆绪,会稽山阴人,是镇军将军谢辅哥哥的儿子。年少就有高洁的情操,隐居于东山,非常信奉佛法,精勤不倦。亲手书写《首楞严经》,曾经放在京都白马寺中,寺院被邻居家的火所延烧,东西和其他的经书,都烧为灰烬,而只有这部经书只烧了纸头界画的外面而已,文字全都存在,没有什么毁坏。谢敷死时,朋友疑心他已得道,及至听说经书的事,就更惊异了。出自《法苑珠林》。

僧法洪

晋世沙门僧法洪在瓦官寺。义熙十二年,时官禁镕铸,洪元发心铸丈六金像,私铸竟,犹在模,所司知觉,收洪楚械。洪念观音,每日百遍。忽梦所铸金像往狱,手摩头曰:"无虑。"其像胸前方一尺许,铜色燋沸。当洪禁日,国家牛马不肯入栏,时以为怪。旬日有赦,洪得免,像即破模而自现也。出《辨正论》。

刘式之

彭城刘式之,常供养一金像,无故失去,不知所在。式之夙夜思愆自责,至念冥通。经百日后,其像忽然自现本座,神光照室。全家惊喜,倍加倾心。出《辨正论》。

刘 龄

宋刘龄,不知何许人,居晋陵东路城村,颇奉佛法。于宅中立精舍,时设斋。元嘉九年三月二十七日,父暴亡,时巫祝并云:"家当更有三人丧亡。"邻家有事道祭酒魏巨,常为章符诳诱村里,语龄曰:"君家丧祸未已,由奉不明神也。若改事大道,必蒙福祐。不改意者,将灭其门。"龄遂敬延祭酒,罢不奉法。巨云:"宜焚经像,灾乃当除耳。"遂爇精舍,炎炽移日,唯屋而已,经像幡座,俨然如故。像于中夜,大放赤光,其时诸祭酒有二十许人,有惧灵验密委去者。巨等师徒意犹不止,被发禹步,执持刀索,云:"斥佛还故国,不得留中夏为民害也。"龄于其处,如有人殴打,顿

僧法洪

晋朝僧人法洪住在瓦官寺。义熙十二年,当时官府禁止镕铸佛像,法洪本想铸造六丈高的金像,私下里铸成了,还在模子中,被有司发觉,抓走法洪,带上刑械。法洪念《观音经》,每天念一百遍。忽然梦见所铸的佛像到了狱中,手摸着他的头说:"不要忧虑。"佛像的胸前一尺左右,铜色烧焦而滚沸。在法洪被关押的日子里,国家的牛马不肯入栏,当时的人都认为很奇怪。十天后有赦命,法洪才获免,佛像也就破模现身了。出自《辨正论》。

刘式之

彭城的刘式之,一直供养一尊金佛像,忽然无故失踪,不知在哪里。式之整夜思罪而自责,诚挚的念头上通幽冥。过了一百天后,那个佛像忽然自己出现在原来的座上,神光照满全屋。全家人都很惊喜,更加精心供奉。出自《辩正论》。

刘　龄

刘宋刘龄,不知是何许人,住在晋陵东路城村。他非常信奉佛法,在宅院里立了精舍,经常设斋。元嘉九年三月二十七日,其父暴亡,当时的巫祝都说:"家里还会有三个人将死亡。"邻居家有一个信道教的祭酒魏巨,常常用章符在村里行骗,他告诉刘龄说:"你家的丧祸还没完,是因信奉了不明之神。如果改信道教,必蒙福佑。不改的话,将灭满门。"刘龄就敬请祭酒,停止信奉佛法。魏巨说:"应当焚烧经像,灾祸才能除去。"于是就点燃精舍,火焰旺盛烧了一天,只是烧毁了屋子而已,经像和幡座还是像原来一样。夜里,佛像大放红光,当时众祭酒有二十多人,有的害怕出现灵应而偷偷溜走了。但魏巨师徒执意不停,披发移步,执拿刀绳,说:"你这佛回到你原来的地方去吧!不能留在华夏成为人们的祸害!"刘龄在那个地方,就像有人殴打他,立刻

仆于地,家人扶起,方余气息,遂痿躄不能行。魏巨体内发疽,日出血三升,不一月苦死。自外同伴,并患癫疾。邻人东安太守水立和,传于东阳,时多见者。出《法苑珠林》。

陈安居

宋陈安居,襄阳县人也。伯父少事巫俗,鼓舞祭祀,神像盈宅。父独敬信释法,恒自斋戒。世父无子,以安居绍焉。安居虽即伯舍,而理行精至,废绝淫祀。忽得病发狂,则为歌神之曲,迷闷邪僻,如此弥岁。而执心愈固,常誓曰:"若我所执之志,偶当亏夺者,必先自脔截四体,乃就其事。"家人并见之,安居不听。

经三年,病发死,但心下微暖,家不敢殓。至七日夜,守者觉尸足间,如有风来,飘动衣衾,苏而有声。家人初惧尸蹶,皆走避之。既而稍能转动,仍求水浆。家人喜,问从何来,安居具说所经。初见有人若使者,侍从数十人,呼去。从者欲缚之,使者曰:"此人有福,未可缚也。"行可百余里,至一城府,屋宇甚整。使者将至府所,如局司之处。俄有人授纸笔,令安居曰:"可疏二十四通死名。"安居如言疏名成数通。有一人从内出,扬声大呼曰:"安居可入。"既入,称有教付刺奸。狱吏两人,一云:"与大械。"一云:"此人颇有福,只可三尺械。"议论不决,乃共视文书,久之,遂与三尺械。

少顷,见一贵人,翼从数十,形貌都雅,谓安居曰:"汝那得来?"安居具陈所由。贵人曰:"汝伯有罪,但宜录治,以先殖小福,故今得击散乃敢告诉。吾与汝父幼少有旧,

倒在地上，家人扶他，才出了一口气，于是就瘸腿不能行走。魏巨体内生了毒疮，每天出血三升，不到一个月便痛苦而死。其他的同伴，也都患了癫病。邻居东安太守水立和，在东阳传播这件事，当时有很多人亲眼看到。出自《法苑珠林》。

陈安居

宋朝陈安居，是襄阳县人。他的伯父年少信奉巫神，大肆鼓励祭祀，屋里装满了神像。他的父亲唯独敬信佛法，常常自己斋戒。伯父没有儿子，把安居当作继承人。安居虽然住在伯父家，而对佛的信仰很是精诚，废绝一切巫神祭祀。忽然得病发狂，就唱神之曲子，迷闷而不正常，像这样整整一年，而他仍然坚执信念，常常发誓说："如果我坚持的志向被夺去，我一定先截断四肢，才能办到。"家人都劝他，安居不听。

过了三年，安居病发而死，但心口处还暖热，家人不敢入殓。到了第七天夜里，守候的人发觉尸体的脚间，像有风吹来，飘动衣被，便苏醒而有声。家人起初害怕是尸厥，都逃跑躲避。过了一会儿他稍能转动，并要水喝。家人高兴，问他从什么地方来，安居把事情的经过都跟他们说了。起初看见有人像使者，侍从几十人，喊他去。跟从的人想绑他，使者说："这个人有福，不可以绑他。"走了约一百多里路，到了一个城府，房屋很整齐。使者将要到府所，那个地方像司局衙门。不一会儿有人拿来纸笔，对安居说："可以写出二十四通死名。"安居就像他说的供写出数通死名来。有一个人从里面出来，高声呼喊到："安居可以进来。"安居就进去，称有令交付给刺奸。狱吏两人，一个说："给他一个大的刑械。"一个说："这个人很有福，只可给他三尺的刑械。"议论不决，就共同看文书，很久之后，才给他三尺刑械。

少顷，见一贵人，随从数十，形貌文雅，对安居说："你从哪里来？"安居陈述了理由。贵人说："你的伯父有罪，应当治罪，因为他有小福分，今天打散才敢告诉你。我和你的父亲幼时有交情，

见汝依然,可随我共游观也。"狱吏不肯释械,曰:"府君无教,不敢专辄。"贵人曰:"但付我,不使走逸也。"乃释之。贵人将安居遍至诸地狱,备见苦楚,略与经文相符。游历未竟,有传教来云:"府君唤安居。"安居惶惧,求救于贵人。贵人曰:"汝自无罪,但以实对,必无忧也。"

安居至门,见有桎梏者数百,一时俱进。安居在第三,至阶下,一人冠冕立于囚前,读罪簿。其第一措行,昔者娶妻之始,夫妇为誓,有子无子,终不相弃。而其人本是祭酒,尝亦奉道供化,徒众中得一女弟子,因而奸之,遂弃本妻,妻尝诉冤。府君曰:"汝夫妇违誓,大义不终,罪一也;师资义著在三,而奸之,是父子相淫,无以异也,付法局详刑。"次读第二女人辞牒,忘其姓名,云:"家在南阳冠军县黄水里,家安爨器于灶口,而此妇眠婴儿于灶上,匍匐走行,粪污爨器中。此妇还见,即请谢神祇,盥洗精洁。而其舅每骂此妇,言无有天道鬼神,致此恶妇,得行污秽。司命闻知,故录送之。"府君曰:"眠灶非过,小儿无知,又且已请谢神,是无罪矣。舅骂无道,诬谤幽灵,可录之来。"须臾而至。次到安居,阶下人具读明牒,为伯所诉。府君曰:"此人事佛,大德人也。其伯杀害无辜,訾诳百姓,罪宜穷治,以其有小福,故未加之罪耳,今复谤诉无辜,敕催录取来。"

已而府君遣安居还:"若可去,善成胜业,可寿九十三,努力勉之,勿复更来。"将离府,局司云:"君可拔却死名。"于是安居以次抽名既毕,而至向游贵人所。贵人亦至云:"知汝无他罪得还,甚善,力修功德,身福微,不辨生天,

看见你也是这样，可跟我共同参观。"狱吏不肯解掉刑械，说："府君不让，不敢专行。"贵人说："只管交给我，不会让他逃走。"于是就卸下刑械。贵人带安居走遍了所有的地狱，全都看见了他们的苦楚，大致和经文说的相符。游览未完，传来命令说："府君叫安居。"安居恐慌害怕，向贵人求救。贵人说："你本来没罪，只要以实相对，一定没有什么可担心的。"

安居进了门，看见戴刑具的几百人，一时都进来。安居在第三位，到了阶下，一个带着冠冕的人站在囚徒前，读罪簿。第一个人的罪错，过去刚娶妻的时候，夫妇发誓，不管有子无子，始终不离不弃。而他本是祭酒，也曾奉道供化，在众徒中得到了一个女弟子，因而奸污了她，就抛弃了原来的妻子，他的妻子曾经诉冤。府君说："你们夫妇违背誓言，大义没有到最后，是一罪；师徒之义很重，却奸污了她。和犯了父女相淫罪，没有什么不同，交给法司详审量刑。"接着读第二个女人的辞状，忘了她的姓名，说："家在南阳冠军县黄水里，家里在灶口安了个锅，而这个妇女让婴儿睡在灶上，婴儿匍匐爬行，粪便污染到锅里。这个妇人回来看见就向神祇请罪，并且浇水清洗干净。而她的公公常常骂这个妇人，说没有天地鬼神，才使这个有罪恶的女人，做出这样污秽的事。灶君司命听说后，就要把她送来了。"府君说："睡在灶上没有过错，小孩无知，并且她又向神请了罪，也就没有罪了。公公骂无道，诬谤幽灵，可以把他抓来。"不一会儿把他抓来了。接下来轮到安居了，阶下的人读凭证，为他的伯父申诉。府君说："这个人事佛，是个有功德的人。他的伯父杀害无辜，欺骗百姓，应当治罪，又因他有小的福事，所以没有给他加罪，现在又诽谤无辜，赶快抓他来。"

然后府君打发安居回去并说："你可以回去了，善成胜业，可延寿到九十三岁，努力勤勉，不要再来了。"安居将要离府，局司说："你可拿掉你的死名。"于是安居按顺序抽完自己的死名，而到了带他浏览的贵人处。贵人也到了，说："知道你没有别的罪而得以你回去，很好。你力修功德，我自身福小，不能生在天上，

受报于此，辅佐府君，亦优游富贵，神道之美。吾家在宛，姓某名某，君还为吾致意，尊奉法戒，勿犯偏禁，可具以所见示语之也。"乃以三人力士送安居，出门数百步，传教送符与安居，谓曰："君可持此符，经关戍次，以示之，勿辄偷过，偷过有罪谪也。若有水碛，可以此符投水中，即得过矣。"安居受符而归，行久之，阻大江不得渡，安居依言投符，曚然如眩，乃是其家庭中也。正闻家中号恸，所送三人，勒还就身，安居闻其身臭秽，曰："吾不复能归。"此人乃强排之，仆于尸脚上。

安居既愈，欲验黄水妇人，特往冠军县寻问，果有此妇。相见依然，如有旧识，云："已死得生，舅即以其日亡。"说所闻见，与安居悉同。安居果寿九十三也。出《法苑珠林》。

马处伯

宋马处伯，巴西阆中人也。少信佛法，尝作宣汉县令。元嘉十二年，七月夜，梦见天际有三人，长二丈余，姿容严厉，临云下观，诸天妓乐，盈于空中，告曰："汝厄在荆楚，戊寅之年，八月四日。若处山泽，其祸克消；人中斋戒，亦可获免。若过此期，当悟道也。"时俯见相识杨暹等八人，并着锁械。又见道士胡辽，半身出空。天际人皆记八人命尽年月，唯语辽曰："若能修立功德，犹可延长也。"暹等皆如期而亡。辽益惧，奉法山居，勤励弥至。处伯后为梁州西曹掾，州将萧思话也。萧转南蛮，复命为行参军。处伯思荆楚之言，心甚惧，求萧解职，将适衡山，萧苦不许。十三年即戊寅岁也，六月末得病，至八月危笃。其日黄昏后，

在这里受报应，辅佐府君，也悠闲富贵，是神道之美。我的家在宛县，姓某名某，你回去之后替我致意，让家人尊奉法戒，不要触犯禁律，可以把你所看到的说给他们听。"于是便派三个力士送安居，出了门几百步，府君传令送符给安居，对他说："你可拿着这符，路过关卡，把符给他们看，不用总是偷偷过，偷过关戍是有罪的。如果有水挡路，可以把这符扔到水中，就能够过去了。"安居拿着符回去，走了很久，被大江所阻而不能过，安居就按照嘱咐把符投到江中，什么也看不见，只觉一阵晕眩，睁开眼一看是到了他家的院子中。正听见家人号哭哀痛，送他的三个人，命他附身还生。安居闻到他的尸身上有臭秽味说："我再也回不来了。"那人就强行推他，倒在尸体的脚上。

　　安居痊愈之后，他想验证一下黄水妇人的事，特意前往冠军县寻问，果然有这个妇女。相见后还是那样，像旧相识似的说："已死而复生，公公在那一天就死了。"说起所见所闻，和安居的都一样。安居果然活到了九十三岁。出自《法苑珠林》。

马处伯

　　宋朝马处伯，是巴西阆中人。少年信奉佛法，曾做宣汉县县令。元嘉十二年，七月的一夜，梦见天上有三个人，两丈多高，姿容严厉，从云上往下看，天上的女伎，布满空中，巨人告诉马处伯说："你的蛊运在荆楚，戊寅之年八月四日。如果待在山水边，那个灾祸就可消失；人中斋戒，也可以获免。如果过了这个时期，就能悟大道。"当时低头看见相识的杨暹等八人，都被锁着刑械。又看见道士胡辽，半身出现在空中。天际人都记着八个人命尽的年月，只对胡辽说："你如果能修建功德，还可以延长寿命。"暹等人都按期而死了。胡辽更加害怕，居住在山上奉法，更加勤奋诚至。处伯后来做梁州西曹掾，州将是萧思话。萧思话将他转到南蛮任职，被任命为行参军。处伯想到天人说的荆楚之祸，心里非常害怕，请求解除职务，将要到衡山去，萧苦苦不应。十三年即戊寅年，六月末得病，到了八月病更重。那天的黄昏后，

忽朗然彻视，遥见西方有三人行，长可二丈。前一人衣袷垂鬓，项有光。后二人姿质金耀，仪相端备，列于空中，去地数仞。处伯委悉详视，犹是前所梦者也。顷之不见，余芳移时方歇，同居小大，皆闻香气。因而流汗，病即小差。处伯所居颇卑陋，于时自觉处在殿堂，廊壁焕耀，皆是珍宝。俄即所患平复。出《冥祥记》。

忽然眼前豁然开朗,远远地看见西方有三个人,有二丈高。前面一个人穿着长衣、垂发,脖子上有光。后两个人姿态气质金光耀眼,仪表容貌端正,站在空中,距地有几仞。处伯仔细地看,还是之前梦见的人。一会儿就不见了,留下的芳香很久才散,住在一起的大人孩子,都闻到了香气。处伯于是全身流汗,病也就稍好了些。处伯所住的地方很简陋,当时自己觉得像处在殿堂一样,廊壁生辉,都是珍宝。不久,他的病就彻底好了。出自《冥祥记》。

卷第一百一十四
报应十三崇经像

费崇先　　魏世子　　何昙远　　陈秀远　　葛济之
董青建　　齐竟陵王　张　逸　　释僧护　　僧澄空
释慧侃　　释道积　　释法诚

费崇先

宋费崇先，吴兴人，少信佛法，精勤。泰始三年，受菩萨戒，寄斋于谢慧远家，二十四日，昼夜不懈。每听经，常以鹊尾香炉置膝前。初斋三夕，见一人，容服不凡，径来举炉去。崇先视膝前，炉犹在，方悟神异。自惟衣裳新濯，了无不净，唯坐侧有唾壶，既撤去壶。即复见此人还炉于前，未至席，犹见二炉，既至即合为一。然则此神人所提者，盖炉影耳。崇先又尝闻人说，福远寺有钦尼者，精勤得道，欣然愿见。未及得往，属意甚至，常斋于他家。中夜，忽见一尼，容仪端俨，著赭布袈裟，正立斋席之前，食顷而灭。崇先及见此尼，状貌被服，即前夜所睹者也。出《法苑珠林》。

魏世子

宋魏世子，梁郡人，奉佛精进，儿女尊修，唯妇迷执不

费崇先

刘宋费崇先是吴兴人，少年信奉佛法，精心勤奋。泰始三年，接受菩萨戒，在谢慧远家寄斋，二十四天，每天坚持不懈。每次听经时，常把鹊尾香炉放在膝前。刚斋戒了三天，晚上，看见一个人，面容衣服不同寻常，径直来拿香炉而去。崇先看膝前，香炉还在，才明白是神。自己的衣裳是新洗的，没有什么不干净，只有坐侧有个唾壶，于是就撤去唾壶。又看见这个人送回香炉于面前，没到座位时，还看见是两个香炉，已到时就合为一个了。那么神人所提的，大概是香炉的影子吧。崇先又曾听人说，福远寺有叫钦尼的，精心勤勉而得道，高兴地前去。还没来得及去，这种想法非常诚恳，就常常在他家设斋。半夜，忽然看见一个尼姑，容貌仪表端正庄严，穿着赭布袈裟，正站在斋席前，一顿饭的工夫就不见了。崇先此后见到这个尼姑，状貌打扮，就是前天夜里所见的人。出自《法苑珠林》。

魏世子

刘宋魏世子是梁郡人，奉佛精进，儿女信佛，只有妻子执意不

信。女年十四,病死。七日而苏,云:"可安施高座,并《无量寿经》。"世子即为具设经座。女虽持斋戒,未常看经,今即升座,诵声清利。下启父言:"儿死便往无量国,见父兄及己三人,池中已有芙蓉大花,后当化生其中。唯母独无。不胜此苦,故归启报。"语竟,复绝。母于是敬信法教。出《冥祥记》。

何昙远

何昙远,庐江人,父万寿,御史中丞。昙远奉法持菩萨戒。年十八,丁父艰。哀毁成疾,殆将灭性,号踊之外,归心净土,庶祈感应。时请僧数人,昙远向僧舍忏悔宿业,终无感征。僧舍每加奖励,不令懈怠。尔后因夜转经竟,众僧已眠,昙远忽自歌诵。僧舍惊而问之。昙远曰:"见佛身黄金色,光焰丈余,幡花翼从,充满虚空,佛自西至,呼令速去。"昙远素羸弱少力,此夕壮厉悦怿,便于合中取香著手中,并以园花散空。母曰:"汝今若去,不念吾耶?"昙远无所言而顿卧,宿信家中,闻此灵异,亦皆欣肃,不甚悲惧。昙远至五更,忽然而终,宅中芬馨数日。出《冥祥记》。

陈秀远

宋陈秀远,颍川人,尝为湘州西曹,客居临湘县。少信奉三宝,年过耳顺,笃业不衰。元徽二年七月中,宴卧未寝,叹念万品死生,流转无定,惟己将从何来,一心祈念,冀通感梦。时夕结阴,室无灯烛。有顷,见枕边如萤火者,明照流飞,俄而一室尽明,连空如昼。秀远遽兴,合掌喘息。

信。女儿十四岁时，得病死去。七天后醒过来，说："可以安设一个高座，并供放《无量寿经》。"世子就为她准备了经书和高座。他的女儿虽然持斋，但不常看经，现在就升上高座，高声诵经，声音清晰利落。开导他的父亲说："我死了后就去了无量国，看见父兄和自己三个人，池中已有大朵的芙蓉花，以后当化生在那当中。唯独母亲没有。受不了这般痛苦，所以回来禀报。"说完，她又断气了。她的母亲从此也敬信佛法。出自《冥祥记》。

何昙远

何昙远是庐江人，父亲何万寿是御史中丞。昙远信奉佛法，持菩萨戒。十八岁时，父亲去世，悲痛成病，将要死去，号哭顿足之外，归心于佛法，希冀祈求而有所感应。当时请了几个和尚，昙远向僧舍忏悔过去的错误，始终没有感动的灵应。僧舍每次加以勉励，让他不要懈怠。后来有一夜诵完经，众和尚已经睡了，昙远忽然自己吟诵。僧舍惊讶地问他，昙远说："看见佛身是黄金色，火焰一丈多，幡花和随从们，充满了空中，佛从西面来，叫他快去。"昙远一向体弱无力，而这天晚上感到格外健壮而又愉悦，便在盒中拿出香放在手中，并把园中的花朵撒向空中。他的母亲说："你如今如果走了，不想念我吗？"昙远没有说话而立刻卧倒，家人听到这种怪事，也都欣喜恭敬，不是十分悲伤害怕。到了五更天，何昙远忽然就死了，屋宅中的香气散漫了好几天。出自《冥祥记》。

陈秀远

宋朝的陈秀远是颍川人，曾经做湘州西曹，客居于临湘县。年少信奉佛法，年龄已过五十岁，忠守信奉而不减。元徽二年七月中，闲居卧榻而未入睡，叹念万般死生，轮回不定，自己到底从何而来，一心祈念，希望能感动托梦。当晚天阴，室内没有灯烛。过了一会儿，看见枕边有像萤火虫一样的东西，发光飞旋，很快整个屋子都通明，空中也如白昼一般。秀远急忙起身，合掌喘息。

见庭中四五丈上,有一桥阁,危栏彩槛,立于空中。秀远了不觉升之,坐于桥侧,见桥上士女往还,衣装不异世人。末有一妪,年可三十,青袄白裳,行至秀远而立。有顷,又一妇人纯衣白布,遍环髻,持香花前,语秀远曰:"汝前身即我也,以此花供养佛故,得转身作汝。"复指青白妪曰:"此即复是我前身也。"言殚而去,后指者亦渐隐。秀远忽不觉还下之时,光亦寻灭。出《冥祥记》。

葛济之

葛济之,句容人,稚川之后。妻同郡纪氏,体貌闲雅,有妇德。济之世事神仙,纪亦慕而心乐佛法,常存诚不替。忽一旦方织,俄觉云日开朗,空中清明,因投梭仰望四表,见西方有如来真形及宝盖幢幡映天,心独喜曰:"经说无量寿者,即应此耶?"便头面作礼,乃引济之,亦登时见半身及诸幡盖,俄而隐没。于是云日鲜华,五色烛耀,乡里备睹,移时方歇焉。出《冥祥记》。

董青建

齐董青建者,不知何许人。父字贤明,建元初,为越骑校尉。初建母宋氏,孕建时,梦有人语云:"尔必生男,体上当有青志,可名为青建。"及生如言,即名焉。有容止,美言笑,性理宽和,家人未尝睹其愠色,见者咸异之。至年十四而州辟主簿。

建元初,皇储镇樊汉,为水曹参军。二年七月十六日寝疾,自云:"不振济。"至十八日,临尽起坐,谓母曰:"罪尽

只见在院子中四五丈之上，有一桥阁，高栏彩槛，立在空中。秀远不知不觉就升上去了，坐在桥侧，看见桥上的男女往来，衣装和世人的没有什么不一样。最后有一个妇人，年龄大概三十岁，青袄白衣，走到秀远前面站住。过了一会儿，又有一个妇人穿着白布衣服，扎着环形发髻，拿着香花走在前，告诉秀远说："你的前身就是我，由于用这个花来供养佛，才能轮回转世变作你。"她又指着青袄白衣的妇人说："这就是我的前身。"说完就走了，后来指的那个人也逐渐消失了。秀远不知不觉又下了桥，这时光也暗淡了。出自《冥祥记》。

葛济之

葛济之是句容人，葛洪的后代。他的妻子是同郡的纪氏，体貌文雅，很有妇德。济之一世信奉神仙，纪氏也敬慕而更喜欢佛法，经常守诚而不废。有一天她正在织布，不一会儿就觉得天气晴朗，空气清新，于是就放下梭子仰望四方，见西方有如来的真身以及宝盖幢幡满天，心里特别高兴地说："经中提到无量寿佛，就是他吗？"便叩头行礼，叫来济之，这时他只看见半身佛像和各个幡盖，不一会儿就不见了。于是云日鲜艳，五色照耀，乡里的人都看见了，过了很久才消逝。出自《冥祥记》。

董青建

齐朝的董青建，不知是什么地方的人。父亲字贤明，建元初年，做越骑校尉。起初青建的母亲宋氏怀着他时，梦见有人告诉她说："你一定生男孩，身上有青痣，可以取名为青建。"等生下来果真像说的那样，就取了这个名字。举止言谈文雅，性情宽厚温和，家人从未看见他的怒色，凡是见到他的都感到奇怪。到了十四岁，州中征辟他做主簿。

建元初年，皇太子萧赜镇守樊汉，董青建担任水曹参军。建元二年七月十六日，青建得了病，他自己说："不用救治。"但是到了十八日，将要咽气的时候忽然坐了起来，对他的母亲说："罪尽了

福至,缘累永绝,愿母自爱,不须忧念。"因失声大哭,声尽而绝。将殡葬丧斋前,其夜灵语云:"生死道乖,勿安斋前,自当有造像道人来迎丧者。"明日,果有道人来,名昙顺。即依灵语,向昙顺说之。昙顺曰:"贫道住在南林寺,造丈八像垂成,贤子乃有此感应,寺西有少空地,可得安葬也。"遂葬寺边。三日,其母将亲表十许人,墓东见建如生,云:"愿母割哀还去,建今还在寺住。"母即止哭而还,举家菜食长斋。

至闰月十一日,贤明梦见建云:"愿父暂出东斋。"贤明便香汤自浴,斋戒出东斋。至十四夜,于明中闻建唤声,惊起,见建在斋前如生时。父问:"汝住在何处?"建云:"从亡来,住在练神宫中,满百日,当得生忉利天。建不忍见父母兄弟哭泣伤恸,三七日礼诸佛菩萨,请四天王,故得暂还。愿父母从今已后,勿复啼哭祭祠。阿母已发愿求见建,不久当命终,即共建同生一处。父寿可得七十三,命终后,当三年受罪报,勤苦行道,可得免脱。"问曰:"汝从夜中来,那得有光明?"建曰:"今与菩萨诸天同下,此其身光耳。"又问曰:"汝天上识谁?"建曰:"见王车骑、张吴兴、外祖宋西河。"建曰:"非但此一门中生,从四十七年以来,至七死七生,已得四道果。先发七愿,愿生人间,故历生死,从今永毕,得离七苦。建临尽时,见七处生死,所以大哭者,与七家分别也。"问云:"汝皆生谁家?"建曰:"生江吏部、羊广州、张吴兴、王车骑、萧吴兴、梁给事、董越骑等家,唯此间生十七年,余处止三五年耳。自今已后,毒厉岁多,宜勤修功德。建见世人死,多堕三涂,生天者少。勤精进,可得

福就来了，我们的缘分永远断绝了，愿母亲自爱，不必忧愁思念。"于是失声痛哭，声断气绝。将要把他殡葬，在丧斋前，那天夜里他在灵柩里说："生死是两条道，不要安葬在斋前，自当有个造像僧人来迎接我。"第二天，果然有个僧人来，名叫昙顺。家人就把青建在灵柩的话，对昙顺说了。昙顺说："贫道住在南林寺，建了丈八佛像，即将完成，贤子却有这样的感应，寺西边有一点空地，可以安葬他。"于是就把青建葬在寺边。三天后，他的母亲带着亲属十多个人，在墓的东边看见青建像活着的时候一样，说："愿母亲不要伤心，还是回去吧，青建现在还在寺中住。"母亲就止住了哭声回家了，全家吃素而长久斋戒。

到了闰月十一日，父亲董贤明又梦见青建说："愿父亲暂且离开东斋。"贤明便香汤沐浴，斋戒而出东斋。到了十四日的夜里，在光明中听见青建的叫喊声，惊起，看见青建在斋前像生前一样。父亲问："你住在什么地方？"建答："自从死后，住在练神宫中，已满了百日，应当从忧愁中解脱而升天。我不忍心见父母兄弟哭泣悲伤，三七日礼拜各位佛菩萨，请四天王，所以能够暂时回来。愿父母从今以后，不要再啼哭于祭祠了。阿母已发下誓愿要见我，不久当命绝，就和我同在一起了。父亲可以活到七十三岁，命终后，应当受三年的罪报，父亲要勤苦行道，就可以解脱。"父亲问："你从黑夜中来，哪里来的光明？"青建说："今天和菩萨诸天人同来，这是他们身上的光罢了。"父亲又问道："你在天上认识谁？"青建说："看见王车骑、张吴兴、外祖宋西河。"青建说："不只是从这一家中生，从四十七年以来，到七处死七处生，已经得到四道的成果。先发七愿，愿生在人间，所以经历了生死，从今以后永远完结，得以离开七苦。我临死时，就看见七处生与死，所以大哭的原因，是和七家分别了。"问道："你都出生在谁家？"青建说："生在江吏部、羊广州、张吴兴、王车骑、萧吴兴、梁给事、董越骑等家，只在这里活了十七年，在别处只生活三五年罢了。从今以后，严酷的岁月很多，应当勤心修建功德。我看见世人死了，许多堕入三涂，生天的人少。勤勉精进，就可以

免度，发愿生天，亦得相见，行脱差异，无相值期。"又问云：
"汝母忧忆汝垂死，可令见汝否？"建曰："不须相见，益怀煎
苦耳，但依向言说之。诸天已去，不容久住。"惨有悲色，忽
然不见。

去后竹林左右犹有香气，家人亦并闻余香焉。建云所
生七家：江概、羊希、张永、王玄谟、萧惠明、梁季文也。贤
明遂以出家，名法藏。出《法苑珠林》。

齐竟陵王

齐竟陵王，崇信内典。得热病，夜中垂死。梦见金像，
手灌神汤，因遂平复。出《辩正论》。

张 逸

张逸为事至死，预造金像，朝夕祈命。临刑，刀折而项
不伤。官问故，答曰："唯以礼像为业。"其像项有二刀痕如
血。因得免死。出《感应传》。

释僧护

高齐时，有释僧护，守道直心，不求慧业，愿造丈八石
像，咸怪其言。后于寺北谷中，见一卧石，可长丈八，乃顾
匠营造。向经一周，面腹粗了，而背著地，以六具拗举之，
始初不动。经夜至旦，忽然自翻，即就营造，移置佛堂。晋
州陷日，像汗流地。周兵入齐，烧诸佛寺，此像独不变色。
又欲倒之，大牛六十头挽不动。忽有异僧，以瓦木土墼垒
而围之，寻失僧所在。像后降梦信心者曰："吾患指痛。"其
人瘗而视焉，乃木伤其二指也，遂即补之。开皇十年，盗像
幡盖者，梦丈八人入室责之，贼大怖悔而谢焉。其像见在。
出《法苑珠林》。

免度。发誓愿生天，也能相见。如果行为与大道差异，就永远无相见之期了。"又问道："你母亲忧愁想你而欲死，可以让她见见你吗？"建说："不必相见，那样只会让她更加伤感痛苦罢了，只按先前说的那样。诸天人已去，不容我久留。"悲伤不已，忽然不见了。

去了之后竹林附近还有香气，家人也都闻到了余香。青建所生的七家是：江概、羊希、张永、王玄谟、萧惠明、梁季文家。贤明于是就出家为僧，名叫法藏。出自《法苑珠林》。

齐竟陵王

齐朝竟陵王，崇信内典。他得了热病，夜里将死。梦见了金色佛像，手端神汤喂他，于是他的病很快就好了。出自《辩正论》。

张　逸

张逸犯罪将死，先造一尊金佛像，早晚祈求保佑。临刑时，刀砍而颈不伤。官吏问原因，回答说："唯以礼拜神佛为业。"那神像颈上有两道刀痕像有血一样，因而得以免死。出自《感应传》。

释僧护

高齐时，有个释僧护，正心守道，不求功业，愿造八丈高的石像，大家都对他的话感到奇怪。后来在寺北深谷中，看见一个卧石，长约八丈，于是雇来工匠建造。过了一周，脸面和身体大概成型，而后背着地，用六支杠子撬它，起初撬不动。过了一夜到天亮，忽然自己翻了身，就接着建造，移到佛堂。晋州沦陷之日，石像汗流满地。周兵入齐，焚烧诸佛寺，唯独这个石像不变色。又想弄倒它，用六十头大牛拉不动。忽然有个异僧，用瓦木土坯垒起来围着它，不一会儿和尚不知去哪儿了。石像以后托梦给信佛的人说："我的手指痛。"那个人醒之后去看，是木头击伤了他的两根手指，于是就立刻补上了。开皇十年，偷盗石像幡盖的人，梦见八丈高的人进入屋内责问他，贼非常害怕后悔而拜谢。那个石像到现在还在。出自《法苑珠林》。

僧澄空

隋开皇中，僧澄空，年甫二十，誓愿于晋阳汾西铸铁像，高七十尺焉。鸠集金炭，经求用度，周二十年，物力乃办。于是造报遐迩，大集贤愚，然后选日而写像焉。及烟焰灭息，启炉之后，其像无成。澄空即深自咎责，稽首忏悔，复坚前约，再谋铸造。精勤艰苦，又三十年，事费复备，则又复写像焉。及启铸，其像又复无成，澄空于是呼天求哀，叩头请罪，大加贬挫，深自勤励。又二十年，功力复集，然后选日，复写像焉。及期，澄空乃身登炉巅，百尺悬绝，扬声谓观者曰："吾少发誓愿，铸写大佛，今虚费积年，如或踬前，吾亦无面见大众也。吾今俟其启炉，欲于金液而舍命焉，一以谢愆于诸佛，一以表诚于众善。傥大像圆满，后五十年，吾当为建重阁耳。"时观者万众，号泣谏止，而澄空殊不听览。俄而金液注射，赫耀踊跃，澄空于是挥手辞谢，投身如飞鸟而入焉。及开炉，铁像庄严端妙，毫发皆备。自是并州之人，因起阁以覆之，而佛身洪大，功用极广，自非殊力，无由而致。

唐开元初，李暠为太原军节度使，出游，因仰像叹曰："如此好相，而为风日所侵，痛哉！"即施钱百万缗，周岁之内，而重阁成就，至今北都谓之平等阁者是也。计僧死像成日至暠，正五十年矣。以佛法推之，则暠也得非澄空之后身欤？ 出《集异记》。

释慧侃

隋蒋州大归善寺释慧侃，曲阿人也，灵通幽显，世莫识之。而翘敬尊像，事同真佛，每见立像，不敢辄坐，劝人造

僧澄空

隋朝开皇年间,僧澄空,年龄才二十岁,誓愿在晋阳汾水西岸铸造铁像,高七十尺。筹集金炭,筹备费用,准备了二十年,物力才准备齐全。于是向远近布告要建造,大集贤人,然后选好日子造像。等到烟焰灭息,开炉之后,那个像没有铸成。澄空就深深地自责,磕头忏悔,又坚守前面的誓约,再商量铸造。他精心勤恳不畏艰苦,又过了三十年,用费又准备齐了,则又造像。等到打开炉,那个像还是没有铸造成功。澄空于是呼天求地,叩头请罪,更加受到贬挫,而自己更加勤勉。又过了二十年,准备齐备,然后又选日子,再造佛像。等到了日期,澄空就只身登上炉顶,百尺高绝之处,扬声对观看的人说:"我年少发誓愿,铸造大佛,今已荒废多年,如果今天和以前一样,我也没脸面见大众了。我今天等着开炉,想要舍命于金液之中,一是来谢罪于各个神佛,一是向大家的好心表示诚心的感谢。如果大像圆满铸成,之后五十年,我当为它修建高阁。"当时围观的人上万,都号哭劝止他,而澄空不听从。不一会儿金液喷流,强光闪烁,澄空于是挥手辞谢,像飞鸟一样跳进去了。等到开炉,铁像庄严端妙,眉发齐备。从此并州人准备为他筑起阁子,而佛身洪大,功用极广,如果不是有特殊功力,不能建造。

唐朝开元初年,李暠为太原军节度使。一次出游,仰视铁像而叹息说:"像这样的好相貌,而被风日侵蚀,痛心啊!"于是就出百万贯钱,一年之内,而高阁建成,至今北都称它是平等阁。从僧死像成,一直到李暠筑阁,正好五十年,用佛法推论,李暠莫非就是澄空的后身吗?出自《集异记》。

释慧侃

隋朝蒋州大归善寺的释慧侃,是曲阿人,他可以通神灵而显鬼神,只是世上的人都不知道罢了。他非常仰敬佛像,敬事如同真佛一样,每次看见立像,就不敢轻易坐下,而且他劝别人建造

像，唯作坐者。后往岭南，修禅法，大有悟解。住栖霞时，尝往扬都谒偲法师，偲异礼接之。将还山，偲请现神力。侃即从窗中出臂，解齐熙寺佛殿上额，因语偲云："世人无远识，见多惊异，故吾所不为耳。"大业元年，终于大归善寺。初侃终日，以三衣还众僧："吾今死去，徒众好住。"便还房内。大众惊起追之，乃见房中白骨一具，跏坐床上，就而撼之，锵然不散。出《法苑珠林》。

释道积

唐蒲州普济寺释道积，河东安邑县人也。博通经教，洞明玄旨，河东英俊，莫与同风。先是沙门宝澄于普济寺创营大像百丈，功愿未终而卒。耆艾请积继之，积受众勤请，广行缘化，槐檀十迁，而大像成就，道俗庆赖，感彻人天。初积受请之夕，梦二狮子于大像侧，连吐明珠，相续不绝。既寤叹曰："兽王自在，则表法流无滞，宝珠自涌，又喻檀施不穷。冥运潜符，征效斯在。"即命工匠，图所梦于弥勒大像前，今犹存焉。其寺在蒲坂之阳，高爽华敞，东临州里，南望河山。像设三层，岩廊四合，上方下院，赫奕相临，园磑田蔬，周环俯就。佛事隆盛，咸积之功焉。出《法苑珠林》。

释法诚

终南山悟真寺释法诚，雍州万年县人，事沙门僧和为师，和亦乡族之所推奉。尝有人欲害和，夜诣门，见房内猛火，腾焰升帐，遂即追悔。诚奉佩训勖，常诵《法华》，翘心

佛像，只要造坐像。后来去岭南，修行禅法，大有解悟。他住在栖霞寺时，曾经去扬都拜见偲法师，偲法师用特殊的礼仪接待了他。将要回山，偲法师请他显示一下神通。慧侃就从窗中伸出胳膊，解开齐熙寺佛殿匾额，于是告诉偲法师说："世人没有远见卓识，看见了都惊异，所以我不做这种事。"大业元年，死在大归善寺。当初慧侃临终那天，把三衣还给众僧说："我将要死去，你们要好好活着。"便回房内。大家惊起而追赶他，就看见房中有一具白骨，盘坐在床上，上前摇动他，声音清脆而不散落。出自《法苑珠林》。

释道积

唐朝蒲州普济寺的释道积，是河东安邑县人。精通经教，领会玄旨，河东的才子，没有人能与他相比。在此之前僧人宝澄在普济寺创建百丈的大像，功愿没完成就去世了。老少们请求道积继续他的功业，道积接受大家恳切的请求，广泛化缘，收集了上千的槐木和檀木，而大像建成，僧俗众人共同庆贺，感动了众生。当初道积接受请求的那天晚上，梦见了两个狮子在大像侧，连吐明珠，相接不断。他惊醒后感叹说："兽王自在，那么标志着法流没有停止，宝珠自涌，又象征着檀主们施舍不断。是冥间暗送征兆，验证成效就在这里。"于是便命工匠在弥勒大像前画上自己所梦见的，现在还保存着。普济寺在蒲坂的南面，高大宽敞，东临州城，南望河山。佛像有三层，四下岩廊，方丈僧院，交相辉映，善男信女送来的果品，环绕周围。佛事这般隆重，都是道积的功劳。出自《法苑珠林》。

释法诚

终南山悟真寺的释法诚，是雍州万年县人，侍奉沙门僧和为师，僧和也受到乡中大族的推奉。曾经有人想要害死僧和，夜里走到他的门外，看见房内一片烈火，火焰升入床帐之中，然后就后悔了。法诚专心敬奉佩训的勉励，常坚持诵读《法华经》，忠心

奉行，朝夕无懈。梦感普贤，劝书大教。既悟，即入净行道。重衬工匠，令书八部般若，香台宝轴，庄严成就。又于寺南横岭，造华严堂，凿山堙堑，列栋连甍，前对重峦，右临斜谷，吐纳云雾，下瞰烟虹，实奇观也。弘文馆学士张孝静者，善于书翰，诚乃请孝静写藏经，斋洁勤拳，大致感应，灵禽异兽，驯扰精庐。贞观十四年，忽谓侍者曰："诸行无常，法缘有竭。九品往生，斯言验矣。吾今去世，汝无忧恼。"言毕，口光烛于楹，奄然而化。出《高僧传》。

奉行,早晚都不懈怠。感动了普贤菩萨,梦见劝他写大经。醒来后,就净身修道,重请工匠,让他们书写八部《般若经》,筑香台宝轴,庄严而成。又在寺南的横岭上,建造华严堂,凿山堵涧,列栋连宇,前对重峦,右临斜谷,云雾缭绕,下视烟虹,的确是奇景。弘文馆学士张孝静,擅长书法,法诚就请孝静写藏经,斋戒洁净,勤奋恳切,大受感应,灵禽异兽在精舍周围十分驯服。贞观十四年,法诚忽然对侍者说:"各种行为无定,法缘有尽。九品往生,这话灵验了。我今天就要去世了,你不必忧愁烦恼。"说完,口中吐光照在柱子上,忽然就死了。出自《高僧传》。

卷第一百一十五
报应十四崇经像

张法义　　王弘之　　崔义起妻　襄阳老姥　普贤社
李　洽　　王　乙　　钳耳含光　席　豫　　裴　休
牙将子

张法义

　　唐张法义，华州郑县人。年少贫野，不修礼度。贞观十一年，入华山伐树，见一僧坐岩穴中。法义就与语，晦冥不归。僧因设松柏末，以供食之，谓法义曰："贫道久不欲外人知，檀越出，慎勿言相见。"因为说俗人多罪累，死皆恶道，志心忏悔，可以灭之。乃令净浴，被僧衣，为忏悔，旦而别去。

　　十九年，法义病卒，埋于野外，贫无棺椁，以薪木瘗之而苏，自推木出归家。家人惊愕，法义自说：初有两人来取，乘空行，至官府。入门，又巡巷南行十许里，左右皆有官曹，门间相对，不可胜数。法义至一曹院，见官人遥责使者曰："是华州张法义也，本限三日至，何因乃淹七日？"使者云："义家狗恶，兼有祝师，祝师见打甚苦。"袒衣而背青肿，官曰："稽限过多，各与杖二十。"言讫，杖亦毕，血流洒地。官曰："将法义过录事。"录事署发文书，令送付判官。

张法义

　　唐朝的张法义,是华州郑县人。年少贫穷粗野,不修礼教。贞观十一年,进华山伐树,看见一个和尚坐在岩边的洞穴中。法义向前和他说话,不知不觉天黑不能返回。和尚于是摆设松柏末,来让他吃,并对法义说:"贫道很久以来不愿让外人知道,你出去,不要和别人说和我相见。"于是讲给他俗人的事有很多受连累,死后都入恶道,诚心忏悔,还可以减轻。就让他沐浴净身,穿僧衣,做忏悔,第二天早晨告别离去。

　　贞观十九年,法义病死,埋在野外,家贫没有棺椁,就用薪柴掩埋。之后他苏醒,自己推开薪柴回家。家人惊恐,法义自己说:当初有两个人来捉他,跟他们凌空而去,到了官府。进门,又向巷南走了十多里,左右都有官曹,门间相对,不可胜数。法义到了一个曹院,看见官人远远责备使者说:"这个华州的张法义,本限三日带到,为什么却拖延到七日?"使者说:"法义家的狗厉害,并有祝师,被祝师打得很苦。"脱下衣服后背全青肿了,官人说:"延限过长,各打二十杖。"说完,杖刑也完,血流满地。官人说:"把法义带去录事。"录事署发文书,让送到判官那去。

召主典，取法义前案，簿盈一床。主典对法义前披检云："其簿多先朱勾毕，有未勾者则录之。"曰："贞观十一年，法义父使刈禾，法义反顾张目，私骂父，不孝，合杖八十。"始录一条，即见昔岩穴中僧来。判官起迎，问何事，僧曰："张法义是贫道弟子，其罪尽忏悔灭除讫，天曹案中已勾毕，今枉追来，不合死。"主典云："经忏悔者，此案勾了。至如张目骂父，虽蒙忏悔，事未勾了。"僧曰："若不如此，当取案勘之，应有福利，仰判官。"令典将法义过王宫，殿宇宏壮，侍卫数十人，僧亦随至王所。王起迎僧，王曰："师当直来耶？"答曰："未当次直。有弟子张法义被录来，此人宿罪，并贫道勾讫，未合死。"主典又以张目视父事过王，王曰："张目忏悔，此不合免。然师为来请，可放七日。"法义白僧曰："日既不多，后来恐不见师，请即往随师。"师曰："七日七年也，可早去。"法义固请随，僧因请王笔，书法义掌中作一字，又请王印印之，曰："可急去还家，凭作福报，后来不见我，宜以掌印呈王，王自放汝也。"

法义乃辞出，僧令送出。至其家，内至黑，义不敢入。使者去之，遂活。觉在土中，甚轻薄，以手推排得出。因入山，就僧修福。义掌中所印处，文不可识，然皆为疮，终莫能愈，至今尚存焉。出《法苑珠林》。

王弘之

唐王弘之，贞观中为沁州和川令。有女适博陵崔轨，于和川病卒。经数十日，其家忽于夜中闻崔语，初时倾家惊恐，其后乃以为常。云："轨是女婿，虽不合于妻家立灵，

判官召来主典,取出法义的案簿,案簿摆满了一床。主典当着法义的面检阅,说:"他的许多案簿先前用红笔勾掉。没有勾的就记录下来。"说:"贞观十一年,法义的父亲让他割谷禾,法义反而瞪着眼,私下骂他的父亲,不孝,应打八十杖。"才录完一条,就看见先前岩洞中的和尚来了。判官起来迎接,问有什么事,和尚说:"张法义是我的弟子,他的罪都已忏悔除尽,天曹案中已勾掉,今天错抓来,不应当死。"主典说:"经过忏悔的人,这个案已经勾掉。至于像瞪眼骂父亲,虽然承蒙忏悔,事不能勾掉。"和尚说:"如果这样的话,当拿案簿来核对,应有福利,就依赖判官了。"就让主典带法义去王宫,殿堂宏大壮观,侍卫几十人,和尚也跟着到了王宫。王起来迎接和尚,王说:"师傅来值班吗?"回答说:"还未轮到我值班。有弟子张法义被抓来,这个人过去的罪,我已经给他勾掉了,不应死。"主典又将瞪眼看父的事禀告阎王,阎王说:"瞪眼已忏悔,而这个罪不应免。既然师傅来求情,可以放回七天。"法义对和尚说:"日子既然不多,以后恐怕也见不到师傅了,我请求跟着师傅去。"师傅说:"七日就是七年,可以早早回去。"法义坚持请求跟随,和尚于是借阎王的笔在法义的掌中写一字,又请阎王盖上印说:"可快回家去,凭着这个多作福业,如果见不到我,将掌中的印呈给阎王,阎王自然会放你。"

法义于是告辞离去,和尚将他送出去。到了他家,屋里很黑,法义不敢进去。使者走后,他便复活了。觉得像是在土中,并且很轻很薄,就用手推动才出来。因而入山,找僧修福。法义掌中所印的地方,认不出是什么字,但都变成疮。始终不能治愈,至今还存在。出自《法苑珠林》。

王弘之

唐朝王弘之,贞观年间做沁州和川令。有一个女儿嫁给博陵的崔轨,崔轨在和川病死。过了几十天,他家忽然在夜里听到崔轨的说话声,开始时全家都很惊恐,后来就习以为常了。崔轨说:"我是你家的女婿,虽然不应该在妻子家给我立灵位,

然而苦无所依,但为置立也。"妻从其请。朝夕置食,不许置肉,唯要素食。恒劝礼佛,又具说地狱中事,云:"人一生恒不免杀生及不孝,自余之罪,盖亦小耳。"又云:"轨虽无罪,然大资福助,为轨数设斋供,并写《法华》《金刚》《观音》等经,各三两部,自兹已后,即不复来。"王家一依其言,写经设供。轨忽更来愧谢,因云:"今即取别。"举家哭而送之。轨有遗腹之子,已年四五六岁,轨云:"此子必有名官,愿善养育。"自此不复来矣。出《法苑珠林》。

崔义起妻

唐司元少常伯崔义起,妻萧氏,父文铿,少不食荤茹酒肉。萧氏以龙朔三年五月亡,其家为修初七斋。僧方食,其婢素玉忽云:"夫人来语某曰:'生时闻佛经说地狱,今身当之,苦不可言。赖男女等与我追福,蒙放暂归,即向诸僧忏悔。'欲去又云:'我至二十日更来,将素玉看受罪。'"即如期,素玉便昏绝,三日乃苏,云:"初随夫人到一大城中,有一别院,夫人所住,亦兼有汤镬铁床来至,夫人寻被烧煮,酷毒难说。其夫人父文铿忽乘云在空呼曰:'早放素玉回。'语素玉女曰:'我女生时不受戒,故恣行贪嫉。汝归,令崔郎多造功德,为拔此厄。'又见一婆罗门僧从空中下,作梵语,教素玉念《金刚》《法华》《药师》经各一遍,令去。"既活,并不遗忘。有梵僧听之,云:"素玉所传,如同西国语,与中国异也。"出《报应记》。

襄阳老姥

唐神龙年中,襄阳将铸佛像,有一老姥至贫,营求助

然而苦于我无依无靠，还是给我立一个吧。"妻子听从了他的请求。早晚置放祭品，不准放肉食，只要放素食。并且常劝她礼佛，崔轨又说起在地狱中的事，说："人的一生，难以赦免的是杀生或不孝，其余的罪，大概都是小罪罢了。"又说："我虽然无罪，还是要帮助我多做福事。如果为我多次设斋供奉，并写《法华经》《金刚经》《观音经》等经，各三两部，从这以后，就不再来了。"王家一一按他说的话，写经设供。崔轨忽然又来感谢，说："现在就来告别。"全家哭着送他。崔轨有个遗腹子，已四五六岁了，轨道："这个孩子将来一定会做大官，愿好好养育他。"从此之后他就再也不回来了。出自《法苑珠林》。

崔义起妻

唐朝司元少常伯崔义起，妻子萧氏，父文铿，年少不喝酒吃肉。萧氏在龙朔三年五月死去，他家为她修了初七的斋日。僧人们正吃斋饭，她的婢女素玉忽然说："夫人来告诉我说：'活着的时候听佛经说地狱，现在亲身体验，痛苦不可说。仰赖子女们为我造福，承蒙暂且放我回来，就来向各位和尚忏悔。'想要去又说：'我到二十日再来，带素玉去见所受的罪。'"到期，素玉便气绝而亡，三天后才苏醒说："起初随着夫人到了一座大城中，有一别院，是夫人的住处，也有汤镬、铁床在，夫人一会儿被烧煮，残酷狠毒难以诉说。夫人的父亲文铿忽然乘着云在空中喊道：'早点放素玉回去。'并告诉素玉说：'我女儿活着的时候不受戒，所以恣行无忌，你回去叫崔郎多建造功德，可以把她从灾厄中救出。'又看见一婆罗门僧从空中下来，作梵语，教素玉念《金刚经》《法华经》《药师经》各一遍。让我离去。"于是素玉就复活了，经文并没有遗忘。有一个僧人听到了说："素玉所传诵的，如同西域语，与中国的是不同的。出自《报应记》。

襄阳老姥

唐朝神龙年间，襄阳将要铸佛像，有位老妇很贫困，想要

施,卒不能得。姥有一钱,则为女时母所赐也,宝之六十余年。及铸像时,姥持所有,因发重愿,投之炉中。及破炉出像,姥所施钱,著佛胸臆,因磨错去之。一夕,钱又如故,僧徒惊异,钱至今存焉。乃知至诚发心,必有诚应。姥心至诚,故诸佛感之,令后人生希有此事也。出《纪闻》。

普贤社

开元初,同州界有数百家,为东西普贤邑社,造普贤菩萨像,而每日设斋。东社邑家青衣,以斋日生子于其斋次,名之曰普贤。年至十八,任为愚竖,厮役之事,盖所备尝。后因设斋之日,此竖忽推普贤身像而坐其处。邑老观者,咸用怒焉,既加诟骂,又苦鞭挞。普贤笑曰:"吾以汝志心,故生此中。汝见真普贤不能加敬,而求此土像何益?"于是忽变其质为普贤菩萨身,身黄金色,乘六牙象,空中飞去,放大光明,天花采云,五色相映,于是遂灭。邑老方悟贤圣,大用惊惭。其西社为普贤邑斋者,僧徒方集,忽有妇人,怀妊垂产,云:"见欲生子。"因入菩萨堂中,人呵怒之,不可禁止。因产一男子,于座之前,既初产生,甚为污秽,诸人不可提挈出,深用诟辱。忽失妇人所在,男变为普贤菩萨,光明照烛,相好端丽。其所污秽,皆成香花。于是乘象腾空,稍稍而灭。诸父老自恨愚暗,不识普贤,刺眇其目者十余人。由是言之,菩萨变现,岂凡人能识?出《纪闻》。

出钱，而始终办不到。老妇人有一钱，是当女儿时母亲赐给她的，六十多年来把它当作宝物。等到铸像的时候，老妇人拿着她仅有的一钱，就发了重愿之后投入到熔炉中。等到破炉出像时，老妇人所投的钱，正贴在佛像的胸前，于是就把它磨掉了。一天晚上，钱又像原来那样附着在胸前，僧徒们很是惊异，钱至今还存在。才知是诚心发愿，一定会有诚挚的报应。老妇人的心非常诚挚，所以诸佛很感动，让后人希冀有这样的事。出自《纪闻》。

普贤社

开元初年，同州界有几百户人家，分为东西普贤邑社，建造普贤菩萨像，而且每天设斋。东社邑家的婢女，将斋日生的儿子放在斋供之旁，给他取名叫普贤。到了十八岁时，任性而愚俗，受人驱使之事，都已尝遍。后来设斋的日子，这个小子忽然推倒普贤菩萨像而自己坐在那个地方。邑老看到了，都非常生气，咒骂他，又鞭打他。普贤笑着说："我因你们的诚心，所以出生在这里，你们看见真普贤不能更加敬拜，而反而拜求这个土像有什么好处？"于是忽然变为普贤菩萨身，身上黄金色，乘着六牙象，飞向空中去了，放出巨大的光明，天上的花像彩云，五色相映，于是就消失了。邑老才明白是贤圣，都非常惊讶惭愧。那个西社为普贤邑设斋的，僧徒们刚聚集，忽然有一个妇人，怀孕临产，说："这就要生孩子了。"于是就进入菩萨堂内，人们呵怒她，不能阻止。于是在灵座的前面，生下一男孩。刚刚生出之时，非常污秽，人人都不许抱出来，更用诟语侮辱她。忽然妇人不见了，男孩变成普贤菩萨，光明照耀，相貌端正美丽。他的那些污秽之处，都变成香花。于是乘象腾空而去，渐渐消失。各位父老自恨愚昧，不识普贤菩萨，刺瞎自己眼睛的有十几个人。由此而言，菩萨的变化现身，岂是凡人能识别的？出自《纪闻》。

李 洽

山人李洽，自都入京，行至灞上，逢吏持帖，云："追洽。"洽视帖，文字错乱，不可复识，谓吏曰："帖书乃以狼籍。"吏曰："此是阎罗王帖。"洽闻之悲泣，请吏暂还，与家人别。吏与偕行过市，见诸肆中馈饙，吏视之久。洽问："君欲食乎？"曰："然。"乃将钱一千，随其所欲即买。止得一味，与吏食毕，甚悦，谓洽曰："今可速写《金光明经》，或当得免。"洽至家写经毕，别家人，与吏去。行数十里，至城，壁宇峻严，因问："此为何城？"吏云："安禄山作乱，所司恐贼越逸，故作此城以遏之。"又问："城主为谁？"曰："是邬元昌。"洽素与城主有故，请为通之。元昌召入，相见悲喜。须臾，有兵马数十万，至城而过，元昌留洽坐，出门迎候，久之乃回。洽问："此兵云何？"曰："阎罗王往西京大安国寺也。"既至寺，登百尺高座，王将簿阅云："此人新造《金光明经》，遂得延算，故未合死。"元昌叹羡良久，令人送回。因此得活。出《广异记》。

王 乙

王乙者，自少恒持《如意轮咒》。开元初，徒侣三人，将适北河。有船夫求载乙等，不甚论钱直，云："正尔自行，故不计价。"乙初不欲去，谓其徒曰："彼贱其价，是诱我也，得非苞藏祸心乎！"舡人云："所得资者，只以供酒肉之资，但因长者，得不滞行李尔。"其徒信之，乃渡。仍市酒共饮，频举酒属乙，乙屡闻空中言勿饮，心愈惊骇。因是有所疑，酒虽入口者，亦潜吐出，由是独得不醉。泊夜秉烛，其徒悉已

李 洽

山人李洽,从东都洛阳进京,来到灞上,正好遇一个官吏,手持公文,说:"追李洽。"李洽看见帖子,文字错乱,不能辨认,对官吏说:"帖子写得很乱。"官吏说:"这是阎罗王的帖子。"李洽听到后悲伤流泪,请求官吏暂且回去,和家人告别。官吏和他一起走过街市,看见许多酒肆中的食物,官吏紧紧盯了很久。李洽问:"你想吃吗?"回答说:"是的。"李洽就拿出一千钱,随他所喜欢吃的就买下。只买一样东西吃,吃完后他很高兴,对李洽说:"现在可以速去写《金光明经》,或许能够获免。"李洽到家后写完经书,与家人告别,和官吏一起走了。走了几十里,到一城内,城宇峻严,于是问:"这是什么城?"官吏说:"安禄山作乱,所主管的人害怕贼人逃跑,所以造了这座城来阻止他。"又问:"城主是谁?"回答说:"是邬元昌。"李洽一向与城主有老交情,请求为他通报一声。元昌召唤他进来,相见悲喜交加。不一会儿,有几十万兵马过城,元昌留李洽暂坐,出门去迎候,很久才回来。李洽问:"这些兵是干什么的?"回答说:"阎罗王往西京大安国寺去。"已经到了寺里,登上百尺的高座,阎王把生死簿阅完后说:"这个人新造《金光明经》,可以延长寿命,所以不当死。"元昌叹息羡慕了好久,令人送回。因此李洽得以复活。出自《广异记》。

王 乙

王乙,从小常常持念《如意轮咒》。开元初年,徒弟三人,将要到黄河以北去。有个船夫要载王乙等人,不计较价钱多少,说:"正是我自己要去,所以不计较价钱。"王乙起初不想过,对他的徒弟说:"他不讲价钱,是想引诱我,难道是包藏祸心吗?"船上的人说:"所得到的钱只是用来供给酒肉的钱,因为是长者,不愿意耽误你们的行程。"他的徒弟相信了他,于是上船。买了酒和他共饮,船夫频频举酒敬王乙,王乙多次听到空中说不要饮酒,心里更加惊慌害怕。因此就有所怀疑,酒虽然进入嘴里,也暗中吐出来了,因此唯独他不醉。到了夜里,点上蜡烛,他的徒弟都已

大鼾。乙虑有非道，默坐念咒。忽见舡人，持一大斧，刀长五六寸，从水仓中入，断二奴头，又斩二伴。次当至乙，乙伏地受死，其烛忽尔遂灭。乙被斫三斧，背后有门，久已钉塞。忽有二人，从门扶乙投水。岸下水深，又投于岸，血虽被体，而不甚痛。行十余里，至一草舍，扬声云被贼劫。舍中人收乙入房，以为拒闭，及报县。吏人引乙至劫所，见岸高数十丈，方知神咒之力。后五六日，汴州获贼，问所以，云："烛光忽暗，便失王乙，不知所之。"一疮虽破，而不损骨，寻而平愈如故，此持《如意轮咒》之功也。出《广异记》。

钳耳含光

竺山县丞钳耳含光者，其妻陆氏，死经半岁，含光秩满，从家居竺山寺。有大墩，暇日登望。忽于墩侧见陆氏，相见悲喜，问其死事，便尔北望，见一大城，云："所居在此。"邀含光同去。入城，城中屋宇壮丽，与人间不殊。傍有一院，院内西行，有房数十间，陆氏处第三房。夫妇之情，不异平素，衣玩服具亦尔。久之日暮，谓含光曰："地府严切，君宜且还，后日可领儿子等来，欲有所嘱，明日不烦来也。"

及翌日，含光又往，陆氏见之惊愕曰："戒卿勿来，何得复至？"顷之，有绯衣吏，侍从数十人来入院。陆氏令含光入床下，垂毡至地以障之，戒使勿视，恐主客有犯。俄闻外呼陆四娘，陆氏走出。含光初甚怖惧，后稍窃视，院中都有二十八妇人，绯衣各令解髻两两结，投釜中，冤楚之声，闻乎数里，火灭乃去。陆氏径走入房，含光见入，接手床上，

酣睡。王乙想到会有不测，就默坐念咒。忽见船上的人，拿着一把大斧子，刀长五六寸，从水仓中出来，砍断二个奴仆的头，又斩了两个同伴。接着就轮到王乙，王乙趴在地上等死，那个蜡烛忽然就灭了。王乙被砍三斧，背后有门，早已钉死，忽然有两个人，从门外进来扶着王乙投入水中。岸下水深，又把他投到岸边，虽然全身是血，却不疼。走了十多里，到了一草屋，大声喊被贼劫了。屋中的人收王乙进屋，把他关了起来，就报告到县里。官人带王乙到被劫之处，看见岸高几十丈，才知道是神咒的力量。以后五六天，汴州抓到了贼，问缘由，贼说："烛光忽然灭了，王乙就消失，不知去处。"王乙虽然被砍伤，却没有损伤骨头，不久就恢复如前。这是持念《如意轮咒》的功劳啊。出自《广异记》。

钳耳含光

竺山县县丞钳耳含光，他的妻子陆氏死了半年，他的任期也满了，从家迁居到竺山寺里。那里有一个大土墩，闲暇的日子就去登望。忽然在墩子旁边看见了陆氏，夫妻相见悲喜交加，问她死后的事，便让他向北看，看见一座大城说："就住在这里。"并邀请含光一同前去。进了城，城中房屋壮丽，和人间没什么两样。旁边有一院，院内向西走，有几十间房子，陆氏住在第三间。夫妇之情，和平常一样，衣物也都和以前一样。过了很久天晚了，对含光说："地府很严，你应当暂且回去了，后天可领着儿子来，想有所嘱咐，明天就不必来了。"

等到第二天，含光又来了，陆氏看见之后惊惧地说："告诉你不要来了，为什么又来了？"过了一会儿，就有穿红衣的官吏，带着几十个侍从来到院内。陆氏叫含光藏到床下，把床毡垂到地上来挡住他，并告诉他不要张望，恐怕主人客人有所冒犯。不一会儿听到外面喊陆四娘，陆氏走了出去。含光起初很害怕，后来便试探着窥视，见院中有二十八个妇人，红衣吏各让她们解开发髻，两两相结，投到釜中，冤枉痛楚之声，几里外都能听到，火灭冥吏才离去。陆氏一直走进房内，含光见她进来，用手扶到床上，

良久闷绝。既寤，含光问："平生斋菜诵经念佛，何以更受此苦？"答云："昔欲终时，有僧见诣，令写《金光明经》。当时许之，病亟草草，遂忘遗嘱，坐是受妄语报，罹此酷罚。所欲见儿子者，正为造《金光明经》。今君已见，无烦儿子也。"

含光还家，乃具向诸子说其事，悲泣终夕。及明往视，已不复见，但荒草耳。遂货家产，得五百千。刺史已下，各有资助，满二千贯文，乃令长子载往五台写经。至山中，遍历诸台，未有定居。寻而又上台，山路之半，遇一老僧。谓之曰："写经救母，何尔迟回？留钱于台，宜速还写《金刚经》也。"言讫不见，其子知是文殊菩萨，留钱而还。乃至舍写经毕，上墩，又见地狱，因尔直入。遇闭门，乃扣之，门内问是谁，钳耳赞府即云"是我"。久之，有妇人出曰："贵阁令相谢，写经之力，已得托生人间，千万珍重。"含光乃问："夫人何故居此？"答云："罪状颇同，故复在此尔。"出《广异记》。

席 豫

唐开元初，席豫以监察御史，按覆河西。去河西两驿，下食，求羊肝不得，挞主驿吏。外白"肝至"，见肝在盘中摇动不息，豫颦蹙良久，令持去，乃取一绢，为羊铸佛。半日许，豫暴卒，随吏见王，王曰："杀生有道，何故生取其肝，独能忍乎？"豫云："初虽求肝，肝至见动，实不敢食。"言讫，见一小佛从云飞下，王起顶礼。佛言如豫所陈。王谓羊曰："他不食汝肝，今欲如何？"寻放豫还也。出《广异记》。

她昏迷了很久。醒过来之后，含光问："平生斋戒吃素，诵经念佛，为什么还要受这样的苦？"答道："过去将去世时，有个僧人来访，令我写《金光明经》。当时答应了，但因为病急匆忙，就忘了他的嘱咐，因此受妄语之报，遭受这种酷刑。所以想见儿子，正是为了造《金光明经》。现在你已经都见了，就没有必要麻烦儿子了。"

含光回到家之后，就把这些事都向儿子们说了，悲伤了一个晚上。等到第二天前往探视，已经再也看不见了，只看到荒草罢了。于是就卖家产，得到了五百千。从刺史以下，各有资助，总计有二千贯文，便令长子带着去五台山写经。到了山中，找遍各台没有定居的地方。不久又上台，在半山路上遇到一个老僧，对他说："写经救母，为什么这么迟才来？把钱留在台上，应该赶快回去写《金刚经》。"说完就不见了，他的儿子知道是文殊菩萨现身，就留下钱回来了。到家写经，写完后，登上土墩，又看见地狱，便径直而入。见院门关着，就敲门，门内问是谁，钳耳赞府就说"是我"。过了很久，有妇人出来说："贵阁让我来感谢你们，因为写经的功力，她已托生人间了，让你们千万珍重。"含光又问："夫人为什么住在这里？"答道："罪状相同，所以还在这里。"出自《广异记》。

席 豫

唐朝开元初年，席豫以监察御史的身份去河西巡按。离河西还有两个驿站，准备吃饭，找不到羊肝，就鞭打驿吏。外面说"肝已到了"，席豫看见肝在盘子中摇动不停，皱眉好久，让拿下去，于是拿来一匹绢，为羊铸佛。半天左右，席豫忽然死去，随从官吏去见阎王，阎王问："杀生自然有道，为什么要活取它的肝，怎么能忍心呢？"席豫说："当初虽然要肝，肝到了，看见它摇动，实在不敢吃它。"说完，只见一小佛从云中飞下，阎王起身礼拜。佛说的和席豫所说的一样。阎王对羊说："他不吃你的肝，现在想要怎么办？"于是就将席豫放回去了。出自《广异记》。

裴 休

唐开成元年，宰相裴休，留心释氏，精于禅律。师圭峰密禅师，得达摩顿间密师注《法界观》《禅诠》，皆相国撰文序。常被毳衲，于歌妓院中，持钵乞食，自言曰："不为俗情所染，可以说法为人。"每自发愿，愿世世为国王，弘护佛法。后于阗国王生一子，手文中有裴休二字。闻于中朝，其子弟请迎之，彼国不允而止。出《北梦琐言》。

牙将子

唐东蜀大圣院有木像，制度瑰异，耆老相传云：顷自荆湘溯流而上，历归、峡等郡，郡人具舟揖取之，千夫牵挽，不至岸。至渝，州人焚香祈请，应声而往。郡守及百姓，遂构大圣院安置之。东川有牙将者，其子常喑，忽一日画地，告其父曰："某宿障深重，被兹业病，闻大圣院神通，欲舍身出家，依止供养，冀消除罪根耳。"父许之。由是虔洁焚修，夙夜无怠。经数载，倏尔能言，抗音清辩，超于群辈。复有跛童子者，睹兹奇异，发愿于大圣院终身苦行，忏悔求福。未逾期岁，忽能起行，筋骨自伸，步骤无碍。事悉具本院碑。殿有东庑，见有喑僧跛童子二画像并存焉。出《报应录》。

裴休

唐朝开成元年，宰相裴休，信奉佛教，精通禅律。拜圭峰密禅师为师，得到了达摩顿间密师所注《法界观》《禅诠》，都是相国撰写的文序。裴休曾经披着细毛的衲衣，到歌妓院中，拿着钵化斋，自己说："不被世俗之情所污染，可以为人说法。"常常自己发愿，愿世世代代为国王，护佑佛法。后来于阗国国王生了一个儿子，手掌纹中有"裴休"二字。消息传到中朝，他的子弟想迎他回国，由于国王不同意而作罢。出自《北梦琐言》。

牙将子

唐朝东蜀大圣院内有木像，制作得瑰丽奇异，老辈人相传说：不久前从荆湘逆流而上，经过归、峡等郡，郡中人都准备船去迎取，纤夫牵拉也不到岸。一直到了渝州，州人焚香祈求，于是就应声而去。郡守及百姓们，就造了大圣院安置它。东川有个牙将，他的儿子一直不能说话，忽然一天画地，告诉他父亲说："我积恶很深，得上了这种病，听说大圣院神通，想舍身出家，居寺供养，希望能消除这个罪根啊！"父亲答应了他。从此他便虔诚焚香修行，整夜不息。过了几年，忽然能说话了，声音高亢清晰，超出常人。又有个跛脚的童子，亲眼见到这件奇异的事，发愿要在大圣院终身苦行，忏悔求福。结果未过一年，忽然能起立行走，筋骨自然伸屈，走路的步伐一点也没有妨碍。这些事都记在本院的碑上。殿有东廊，看见哑和尚和跛童子两个画像都还保存着。出自《报应录》。

卷第一百一十六
报应十五^{崇经像}

谢 晦	尼智通	王袭之	周 宗	沈僧复
僧道志	唐文伯	崔平业	王镇恶	郭祖深
卫元宗	姜胜生	傅 奕	并州人	薛孤训
嶲州县令	丁 零	唐武宗	王义逸	赘 肉
西明寺	明相寺	僧义孚	开照寺盗	僧绍明
潼江军				

谢　晦

宋尚书谢晦为荆州刺史。谓塔寺不宜在人间,当移之郭外,乃自率部下至新寺门,遣队士八十,持刀斧,毁坏浮图,尊像纵横,瓦木倾坠。俄而云雾暗天,风尘勃起,晦冥即怖走,队人惊散,莫知所以。晦等夜梦,咸见沙门,飞腾空中,光明显赫。又见二人,形悉丈余,容姿甚伟,厉声嗔曰:"所行反道,寻当自知!"其后队人满身著癞疾,经时而死。余人并犯法就终。谢晦连年患瘠病,后因谋叛,合家被诛。皆非命而卒。出《辨正论》。

谢　晦

　　刘宋尚书谢晦任荆州刺史。他说塔寺不应该建在民居之间，应该移到城外去。于是就亲自率领部下来到新寺门，派了八十个士兵，拿着刀斧，毁坏佛像，佛神的塑像也都横躺竖卧，房倒屋塌瓦掉木倒。不一会儿，云雾遮天蔽日，大风吹起烟尘，天色昏暗，谢晦吓得逃走了，士兵也都惊惧四散逃跑，不知道是什么原因。谢晦等人在夜晚做了梦，都看见和尚在空中飞腾，发出耀眼的光亮。又看见两个人，一丈多高，容颜姿态都很奇伟，瞪着眼睛大声斥责他们说："你们的所作所为背叛了仁道，不久自己就会知道后果！"后来那些士兵们都满身生癞，没几天就死了。其余的人相继犯法被处死。谢晦一连几年脊背生疮，后来因为谋反，全家都被杀了。这些人都不是正常死亡的。出自《辨正论》。

尼智通

宋尼智通,京师简静尼也,年貌殊少,信道不笃。元嘉九年,师死罢道,嫁为魏郡梁甫妾,生一男,年七岁。家甚贫穷,无以为衣。智通为尼时,有数卷素《无量寿》《法华》等经,悉练捣之,以衣其儿。居一年而得病,恍惚惊悸,肌体坏烂,状若火疮,有细白虫,日去升余,惨痛烦毒,昼夜号叫。常闻空中语云:"坏经为衣,得此报也。"旬余而死。出《冥祥记》。

王袭之

宋吴兴太守琅琊王袭之,有学问,爱老庄而不信佛,唯事宰杀。初为晋西省郎中,性好宾客,于内省前养一双鹅,甚爱玩之。夜忽梦鹅口衔一卷经,可十纸许,取看皆说罪福之事。明旦果见,乃是佛经。因是不敢宰杀,笃信过人。出《辨正论》。

周 宗

周宗者,广陵郡人也。宋元嘉七年,随到彦之北伐。王师失利,与同邑六人逃窜。间行于彭城北,遇一空寺,无有僧徒,中有形像,以水晶为相。因共窃取之,乃出村贷食。其一人羸病,等辈皆轻之,独不得分与。既而各还家。三四年中,宗等五人,相继病癞而死,不得分者独获免。出《冥祥记》。

沈僧复

宋吴兴沈僧复,大明末,本土饥荒,逐食至山阳。昼入

尼智通

刘宋时有个尼智通,是京城简静庵的尼姑,年少貌美,但信仰很不笃诚。元嘉九年,因为她师傅死了,她也就还俗了,嫁给魏郡的梁甫做妾,生了一个男孩,已经七岁了。她们家一贫如洗,连衣服都穿不上。智通当尼姑时,有几卷用白绢写的《无量寿经》《法华经》等经书,她就拿来拆散漂洗,给孩子做衣服。智通一年以后得了病,精神恍惚惊悸,肌肤溃烂,好像生了火疮,长了很多细白虫,每天都能拔除一升多,疼痛难忍烦躁不安,昼夜号叫。经常听到空中有人说:"毁了经书做衣服,应该得到这样的报应。"十多天后就死了。出自《冥祥记》。

王袭之

刘宋吴兴太守王袭之是琅琊人,博学多识,信奉道教而不信佛教,专好宰杀。当初任晋西省郎中,天生好客,在府内养了一对鹅,特别喜欢。有一天忽然梦到鹅口中衔着一卷经书,约有十多页纸,拿来看那里面说的都是罪福一类的事。第二天早晨果然看见此书,原来是佛经。从此以后再也不敢宰杀了,笃信佛法,超过别人。出自《辨正论》。

周 宗

周宗是广陵郡人。刘宋元嘉七年,随从到彦之北伐。结果官军大败,周宗就和六个同乡逃跑了,从小路跑到彭城以北,碰到一个空寺院,没有僧徒,但寺里有个佛像,面部装饰了一块水晶。他们几个人就一起把水晶偷走了,出村后换了食物。其中一个人瘦弱有病,其他人都轻视他,没有把食物分给他。后来就各自回家了。三四年的时间内,周宗等五个人都相继生癞疮而死,只有那个没分到食物的人没死。出自《冥祥记》。

沈僧复

刘宋吴兴沈僧复,大明末年,当地闹饥荒,讨饭到山阳。白天到

村野乞食,夜还寄寓寺舍左右。时山阳诸小形铜像甚众,僧复与其乡里数人,积渐窃取,遂囊箧数四悉满。复因将还家,共铸为钱。事既发觉,执送出都,入舡便云:"见人以火烧之。"昼夜叫呼,自称楚毒不可忍,未及刑坐而死,举体皆拆裂,状如火烧。吴郡朱亨,亲识僧复,具见其事。出《冥祥记》。

僧道志

　　宋沙门僧道志者,北多宝僧也。尝为众僧令知殿塔,自窃幡盖等宝饰,所取甚众。后遂偷像眉间珠相,既而开穿垣壁,若外盗者,故僧众不能觉也。积旬余而得病,便见异人,以戈矛刺之,时来时去,辄惊叫,应声流血。初犹日中一两如此,其后病甚,刺者稍数,疮痍变遍体,呻呼不能声。同寺僧众,颇疑其有罪,欲为忏谢。始问,犹讳而不言。将尽二三日,乃具自陈列,泣涕请救曰:"吾愚悖不通,谓无幽途,失意作罪,招此殃酷。生受楚拷,死婴刀镬,已糜之身,唯垂哀恕。今无复余物,唯衣被毡履,或足充一会。"并频请愿,具为忏悔者。偷像相珠有二枚,一枚已属妪人,不可复得;一以质钱,在陈昭家,令赎取。道志既死,诸僧合集,赎得相珠,并设斋忏。初工人复相珠时,展转回趣,终不安合,众僧复为礼拜烧香,乃得著焉。年余,而同学

村子里去讨饭，天黑就回来寄住在寺院旁边。那时山阳寺院里有很多小的铜佛像。沈僧复就和同乡的几个人，一天天偷来很多，于是把几个箱子口袋都装满了。僧复就把这些铜像带回家，与同乡一起铸造铜钱。结果事情被官府发现了，被抓获解往京都，上了船就说："有人用火烧我。"他整天大声喊叫，自己说痛苦得不能忍受，还没有受到刑罚就死了，死的时候全身都破裂，样子好像火烧死的一样。吴郡的朱亨，认识沈僧复，这些事他都亲眼看见了。出自《冥祥记》。

僧道志

刘宋有个僧道志，是北多宝寺的和尚。他曾担任寺中的众僧令，管理佛殿佛塔，自己偷盗幡帘帏盖等宝饰，偷了很多。后来就偷佛像眉中间镶的珠子，接着又把墙壁扒开，伪造成外人偷盗的现场，所以众僧也没有发觉。过了十多天道志就得了病，看见一个奇怪的人，用枪矛刺他，有时来有时走，他惊骇大叫，随着叫声而流血。最初还是每天里有一两次这种情况，到后来病就加重了，刺他的人来的次数也稍有增加，疮伤满身都是，直到连呻吟的力气也没有了。同寺的僧人们都怀疑他犯了罪，想要让他忏悔。开始问他的时候，他还讳而不说。又过了两三天，才把他做的事全都说出来，哭着请求救命，说："我愚蠢糊涂不通事理，以为没有冥间幽途，一念之差犯了罪，招来这样惨烈的殃祸。活着的时候遭受严厉地拷打，死了要受刀割或在大锅里煮，现在全身都烂了，只求可怜我饶恕我。现在我也没有多余的东西，只有衣服、被褥、帽子和鞋了，这些东西变卖了也许能够一次佛会的费用。"道志一再请愿，这些东西都拿出来当作忏悔。偷两枚佛像上的珠子，一枚已经换给了一个妇人，不可能再找回来了；另一枚换了钱，在陈昭家，可以让他们赎回。道志死后，僧人们集资，赎回那一枚佛像上的珠子，并摆了斋为道志忏悔。刚开始工匠往佛像上装珠子时，翻来覆去怎样也安不上去。僧人们又给佛像礼拜烧香，才算安上了。一年多之后，道志的师兄师弟们

等于昏夜间,闻空中有语,详听即道志声也。自说云:"自死已来,备婴痛毒,方累年劫,未有出期。赖蒙众僧哀怜救护,赎像相珠,故苦酷之中,时有间息,感恩无已,故暂来称谢。"言此而已。闻其语时,腥腐臭气,苦痛难过。言终久之,乃稍歇。出《冥祥记》。

唐文伯

宋唐文伯,东海赣榆人也。弟好蒱博,家资都尽。村中有寺,经过人或以钱上佛。弟屡窃取。后病癞,卜者云:"祟由盗佛钱。"父怒曰:"佛是何神,乃令我儿致此!吾当试更虏夺,若复能病,可也。"前县令何欣之妇,上织成宝盖带四枚,乃盗取为腰带。不百日,复得恶病。发疮之始,起腰带处。出《冥祥记》。

崔平业

梁人崔平业者,善弓马,为武士监军。一生以偷佛镕铜为业,卖铜以供酒肉,心无惭惧。年五十,妻子兄弟并死,业一身忽病目障,饥寒并至,饿死。出《辨正论》。

王镇恶

梁人进士王镇恶,有学问而无善心,出言多所非毁,亦为时人所嫌。轻慢佛法,见僧必侮诮。后以教学为业,时有鹿溪寺僧法满寄铜钟一口于其学内,未取之间,镇恶盗以铸钱。后与僧法满对誓,经年重病,而舌弯缩,口不得

经常在昏暗的夜间，听到空中有说话的声音，仔细听就是道志的声音。道志自己说："自从死后，各种苦都受遍了，将要有很长时间，没有摆脱的日期。全靠众僧可怜救助，赎回佛珠，所以在痛苦之中，也稍有停息的时候，感恩不尽，才特意来致谢。"说到这儿就不说了。听他说话的时候，闻到一种腥臭腐烂的气味，让人难以忍受。话说完过了很久，才稍稍好一些。出自《冥祥记》。

唐文伯

刘宋的唐文伯是东海赣榆人。他的弟弟好赌博，把家产都输光了。他住的村子里有座寺院，经过这里的人有的就拿钱敬献给佛像。他的弟弟多次窃取这些钱。后来得了病生癞疮，给他算命的人说："这个灾祸是由于他偷了佛的钱。"他父亲气愤地说："这个佛是什么神，就让我的儿子得了这样的病！我再拿些别的东西试试，如果也能得病，我就信。"前任县令何欣的媳妇织成四条佛的宝盖带子敬献给佛，他就偷来当成自己的腰带。不到一百天，他又得了恶病，开始生疮，是从腰带那个地方生的。出自《冥祥记》。

崔平业

南朝梁人崔平业，善于骑马射箭，当了武士监军。他一辈子以偷佛像熔铜为职业，卖了铜买酒肉，心里不觉得惭愧也不害怕。五十岁那年，妻子和孩子兄弟们一起死了，他孤身一人忽然又得了病眼睛瞎了，饥寒并至，最后饿死了。出自《辨正论》。

王镇恶

南朝梁人王镇恶是进士，有学问却无善心，经常毁谤他人，当时人们都讨厌他。他还轻慢佛法，看见僧人必加讥诮。后来他以教学为职业，当时鹿溪寺有个法满和尚在他的学堂里寄存了一口铜钟，还没取走的时候，镇恶就偷着铸成铜钱。后来他对僧法满发誓不承认。过了一年就得了重病，舌头弯曲萎缩，不能

言。既知负誓,乃舍资铸钟赎罪。至死,口不得言。出《王氏戒》。

郭祖深

梁人郭祖深,上梁武一十八条事,请废郭内小寺及无业僧尼,梁武不纳。后梦见神唾之,遂病癞,虽悔不差。出《辨正论》。

卫元宗

卫元宗毁法之后,身著热风,委顿而死。出《辨正论》。

姜胜生

冀州故观城人姜胜生,唐武德末年,忽遇恶疾,遂入蒙山医疗,积年不损。后始还家,身体疮烂,手足指落。夜眠,忽梦见一白石像,可长三尺许,谓之曰:"但为我续手,令尔即差。"至旦,忽忆于武德初年,在黍地里打雀,于故村佛室中,取《维摩经》裂破,用系杖头吓雀。有人见者云:"盗裂经大罪。"胜生反更恶骂。遂入堂中,打白石像右手落。梦中所见,宛然旧像。遂往佛前,头面作礼,尽心悔过。顾匠续其像手,造经四十卷,营一精舍。一年之内,病得瘥。乡人号为圣像。出《冥报记》。

说话。他自己知道是因为违背誓言,得到了报应,于是便拿出钱财,铸钟来赎罪。直到死的时候,还是不能说话。出自《王氏戒》。

郭祖深

南朝梁人郭祖深,曾上奏梁武帝十八件事,其中有一条要废掉城郭内的小寺院和那些无业的僧尼,梁武帝没有采纳他的意见。后来郭祖深梦见神唾斥他,于是得了癞疮病,虽然忏悔但也没有痊愈。出自《辨正论》。

卫元宗

卫元宗毁掉佛法以后,得了一种热风发烧的病,最后枯瘦困顿而死。出自《辨正论》。

姜胜生

冀州故观城人姜胜生,在唐朝武德末年忽然得了很重的病,于是就去蒙山找人治疗,治了几年也不见效。后来刚回家,身体生疮溃烂,手指甲和脚指甲都脱落了。晚上睡觉,忽然梦见一个白色石像,大约有三尺多高,对他说:"只要给我接上手臂,我就让你的病痊愈。"到天亮,忽然回忆起来在武德初年,有一次他在苣米地里打麻雀,直追到原来村子里的佛室里,将《维摩经》撕破,用来系在棍子头上吓唬麻雀。有看见他这样做的人说:"偷撕经书是很大的罪。"胜生不但不听反而恶语骂人。又进到佛堂里,把白色石佛像的右手打掉了。胜生梦中见到的佛像,很像当年那尊旧佛像。于是就到佛像前,面对佛像磕头作礼,一心一意悔过。又雇工匠给佛像接上手臂,造了经书四十卷,还另建了一座精舍。一年之内,他的病就全好了。乡里的人都称那石佛像为圣像。出自《冥报记》。

傅 奕

唐太史令傅奕,本太原人,隋末,徙至扶风。少好博学,善天文历数。聪辩,能剧谈。自武德贞观中,尝为太史令,性不信佛法,每轻僧尼,至以石像为砖瓦之用。贞观十四年秋,暴病卒。初奕与同伴傅仁均、薛颐并为太史令。颐先负仁均钱五千,未偿而仁均死。后颐梦见仁均,言语如平常。颐因问曰:"先所负钱,当付谁人?"仁均曰:"可以付泥犁人。"问是谁,答曰:"太史令傅奕是也。"既而寤。是日夜,少府监冯长命又梦己在一处,多见先亡人,长命问:"经文说罪福之报,未知审定有否?"答曰:"皆悉有之。"又问:"如傅奕者,生平不信,死受何报?"答曰:"罪福定有,然傅奕已配越州为泥犁矣。"出《地狱苦记》。

并州人

并州有人解画,曾陷北虏,突厥可汗遣画佛像。此人时偷彩色,恐被搜获,纸裹塞鼻中,鼻中血出数升。此人后为僧。唐贞观中,于山东住寺,渐渐患鼻。二三年,后鼻中生肉,甚大如桃,脓血狼藉,酸疼不已。后请僧灵颢忏悔,病亦不愈,十年始亡。灵颢尝住慈恩寺,说其事。出《广古今五行记》。

薛孤训

唐贞观二十年,征龟兹。有薛孤训者,为行军仓曹。军及屠龟兹后,乃于精舍剥佛面金。旬日之间,眉毛尽落。还至伊州,乃于佛前悔过,以所得金皆为造功德。未几,眉

傅　奕

唐朝的太史令傅奕，本是太原人，隋朝末年，迁到扶风。他少年时就爱好广泛，学识渊博，擅长天文历法和算数。聪慧有辩才，还能谈很难的问题。武德、贞观年间，曾任太史令，他生性不信佛法，经常轻视僧尼，以致把石佛像当砖瓦用。贞观十四年秋天，突然得急病死了。当初傅奕和同伴傅仁均、薛颐同为太史令。薛颐以前欠傅仁均五千钱，还没偿还仁均就死了。后来薛颐梦见了仁均，说话就像平时那样，薛颐就趁机问仁均："以前我欠你的钱，应该还给谁呢？"仁均回答说："可以给地狱里的人。"薛颐追问是谁，仁均答："就是太史令傅奕。"然后就醒了。也就在那天晚上，少府监冯长命梦到自己在一个地方，见到了很多先前死了的人，长命就问："经文里说的罪福报应，不知确实有没有？"回答说："全都有。"又问："像傅奕那样，一生不信佛法，死了受什么报应？"回答说："罪福一定有报应，然而傅奕已经发配到越州成了地狱里的人了。"出自《地狱苦记》。

并州人

并州有个人会画画，曾经被突厥人抓去做了俘虏，突厥的可汗派他画佛像。这个人有时偷颜料，怕被搜查出来，就用纸裹着塞到鼻子里，结果鼻子里淌血，能有几升那么多。这个人后来做了和尚。唐朝贞观年间，在山东寺院里住持，慢慢得了鼻病。二三年后，鼻中生出肉，像桃一样大，流脓淌血，酸痛不已。后来他请灵颜和尚为他做忏悔，但病也不见好，十年以后才死。灵颜曾在慈恩寺住过，说了他的事。出自《广古今五行记》。

薛孤训

唐朝贞观二十年，征讨龟兹。有个叫薛孤训的人，担任行军仓曹。军队占领了龟兹以后，他在一所佛堂里刮下了佛面上的金子。十多天的时间，他的眉毛全掉了。回到伊州后，他就在佛前悔过，把所刮下来的金子全都拿出来当作功德。没过多久，眉

毛复生。出《冥祥记》。

嶲州县令

　　唐贞观中，有人任嶲州一县令。往高昌，于寺得一真珠像。至京师，诸大寺欲与千贯钱买之，不肯，遂毁破，卖得一千三百贯。后月余患肿，瘭痱之间，见一僧云："何因毁坏尊像？"遂遣人拔其舌，长尺余，苦痛呻吟，数日而死。德安县令薛逵备知此事。出《冥祥记》。

丁　零

　　相州邺城中，有丈六铜立像一躯。贼丁零者，志性凶悖，无有信心，乃弯弓射像，箭中像面，血下交流，虽加莹饰，血痕犹在。又选五百力士，令挽仆地，消铸为铜，拟充器用。乃口发大声，响烈雷震，力士亡魂丧胆，人皆仆地，迷闷宛转，怖不能起。由是贼侣惭惶，归信者众。丁零后时著疾，被诛乃死。出《宣验记》。

唐武宗

　　长安城北有古冢，高十数丈，传云周穆王陵也。唐会昌六年，正月十五日，有人夜行至陵下，闻人语于林间，意其盗也，因匿于草莽中伺焉。俄有人自空而来，朱衣执版，宣曰："冢尉何在？"二吏出曰："在位。"因曰："录西海君使者，何时当至？"吏曰："计程十八日方来。"朱衣曰："何稽？"对曰："李某武宗名。坐毁圣教，减一纪算，当与西海君同日录其魂。"忽有贾客铃声自东来，朱衣与二吏俱不复见。后数

毛又长出来了。出自《冥祥记》。

巂州县令

唐朝贞观年间，有一个人任巂州县令。他去高昌的时候，在寺庙里得到一个纯珍珠的佛像。到了京城，各大寺院要给他一千贯钱买去，他不肯，于是毁坏了它，卖了一千三百贯。一个多月后他全身发肿，似睡似醒之间，看见一个和尚说："为什么毁坏佛像？"于是就派人拔他的舌头，拔出一尺多长，他痛苦地呻吟，几天后就死了。德安县令薛邃详知此事。出自《冥祥记》。

丁 零

相州邺城的城里，有座一丈六尺多高铜铸的佛立像。贼人丁零，生性凶残悖逆，没有信佛的心，他拉弓搭箭射铜像，箭正中铜像的面部，立刻流出很多血，虽然加以掩盖修饰，血的痕迹还在。丁零又选派了五百个力士，让他们将铜像拉倒在地上，打算熔铸为铜，浇铸器皿。那铜像口中发出很大的声音，声音像雷震一样，力士们亡魂丧胆，都倒在地上，迷迷糊糊天旋地转，吓得不能起来。于是贼人们惭愧惶恐，归信佛法的也越来越多。丁零后来得了病，被杀而死。出自《宣验记》。

唐武宗

长安城北有座古坟，高十几丈，传说是周穆王的陵墓。唐朝会昌六年，正月十五那天，有人晚上走到陵墓下边，听到树林里有人说话，想着是盗贼，就在草丛里藏起来窥视。不一会儿发现有人从天空中下来，穿着红衣服拿着笏板，大声说："守冢的尉在哪里？"有两个官吏出来说："在这里。"红衣人就说："去捉西海君王的使者，什么时候到？"官吏说："算一下路程十八日才到。"朱衣人说："因为什么事？"回答说："李某武宗名。在位毁骂圣教，按减十二年算，应该和西海君王同日被收魂魄。"这时忽然听到有商客的马铃声从东边传来，朱衣人和两个官吏都不见了。几个

月，帝果晏驾。帝英毅有断，勤于庶政，至如迎贵主以破羌族，复内地而歼狡穴，武功震耀，肃宪之次也。然金人之教，不可厚诬，则秦时焚书坑儒，后华山中有告祖龙之死者，事不谬矣。出《传神录》。

王义逸

唐会昌中，有王义逸者，护凤翔军。值武宗斥毁佛刹，义逸以家财易诸瓦木，取其精者，遂大营市邸，并治其第，为岐下之甲焉。居三年，一日有小吏入告，有不便事，且泣曰："某适方就室假寐，有紫衣人招入一朱户，则类将军之第也。见丝竹绮罗，宾客列坐满堂，独无将军。紫衣人指阶下一径曰：'此路可见公主人。'因北趋，见荆棘满地，其路才可容人。步至低屋，排户而入，见将军卧于床上，系其手足。有人持火至，方爇其发，因出涕言曰：'吾不幸，生好贾贩僧寺材础，以贪其利，今系于此，后三日当死。君归为我告其家，速毁邸第，以归佛寺，不可辄留。'既而焰炽，不能尽言。"义逸怒而叱之。明日，果脑发痛，三日而卒。出《传记附录》。

赘 肉

释氏因果，时有报应。近岁有一男子，既贫且贱，于上吻忽生一片赘肉，如展两手许大，下覆其口，形状丑异，殆不可言。其人每饥渴，则揭赘肉以就饮啜，颇甚苦楚。或问其所因，则曰："少年无赖，曾在军伍，常于佛寺安下，同

月后，武宗皇帝果然驾崩了。武宗英明决断，勤勉治国，能迎接公主而打败羌族，又恢复内地而歼灭了山贼强盗的巢穴，武功赫赫，仅次于肃宗、宪宗。然而佛的教义是不能诋毁诬蔑的，那样就好像秦朝时的焚书坑儒，后来华山中有人报告说祖龙死了，这事也并非荒唐无稽的。出自《传神录》。

王义逸

唐朝会昌年间，有个王义逸，做凤翔护军。正赶上武宗拆毁佛堂宝刹，义逸用家里的财物换回寺院的砖瓦木料，选用其中精美的，于是大量建造房屋，并修建了他的宅第，可以说是岐山下第一了。住了三年，一天有个小官吏进来报告，说有不便直说的事，然后小声哭着说："我刚才在床上闭着眼躺着，看到有一个紫衣人招我进入一个大红门里，那院落很像将军你的府第。只见有奏乐跳舞的，宾客排坐满堂，唯独没有将军。紫衣人指着台阶下面的一个小道说：'从这条路可以看见你的主人。'于是我就向北走，只见荆棘遍地，那小路只能通过一个人。走到一个低矮的房屋前，推门进去，见将军躺在床上，手脚被绑着。有人拿着火来了，正要烧头发，你就大哭说：'我太不幸了，活着的时候好贩卖僧寺的瓦石木材，贪图钱财，现在被绑在这里，三天后就该死了。你回去替我告诉家里的人，赶快毁掉那些房屋宅第，把材料都还给佛寺，一点儿也不要留。'接着火烧得更旺了，将军未能把话说完。"义逸听后气愤地呵斥他。第二天，果然脑后生了毒疮，三天后就死了。出自《传记附录》。

赘 肉

佛家讲因果，时有报应之事。近年有一个男子，贫穷而且下贱，上唇突然长出一片赘肉，如展开两只手那么大，下面可以盖住他的嘴，形状丑怪，实在说不出来。这个人每次饥渴时，就须揭开那片赘肉才能吃喝，非常痛苦。有人问他这是什么原因，他说："我少年时很无赖，曾在军队中，一次安营佛寺之下，与同

火共刲一羊，分得少肉。旁有一佛像，上吻间可置之，不数日婴疾，遂生此赘肉焉。"出《玉堂闲话》。

西明寺

长安城西明寺钟，寇乱之后，缁徒流离，阒其寺者数年。有贫民利其铜，袖锤錾往窃凿之，日获一二斤，鬻于阛阓。如是经年，人皆知之，官吏不禁。后其家忽失所在，市铜者亦讶其不来。后官欲徙其钟于别寺，见寺钟平堕在阁上，及仆之，见盗钟者抱锤錾，俨然坐于其间，既已干枯矣。出《玉堂闲话》。

明相寺

凤州城南有明相寺，佛数尊，皆饰以金焉。乱罹之后，有贫民刮金，鬻而自给。迨至时宁，金彩已尽。于是遍身生癣，痒不可忍，常须以物自刮，皮尽至肉，肉尽至骨而死焉。毁佛之咎，昭报如此。出《冥祥记》。

僧义孚

僧义孚，青社人，解琴，寓于江陵龙兴寺。行止诡谲，府主优容之，俾赍钱帛，诣西川写藏经。或有人偷窃社户所造藏经出货，义孚以廉价赎之，其羡财遂为所有。一旦发觉，卖经者毙于枯木下。此僧虽免罪，未久得疾，两唇反引，有似驴口，其热痛不可忍也，人皆畏见，苦楚备极而死。

伙一起割一只羊,分到一些肉。旁边有一尊佛像,上唇之间可以放些肉,我就放在那上面了。没过几天就得了病,于是就长出这片赘肉。"出自《玉堂闲话》。

西明寺

长安城西明寺有口大钟,贼寇作乱之后,僧徒流离四散,西明寺空无一人,断香火有几年时间了。有个贫民看那口钟的铜有利可图,就在衣袖里藏着锤和錾到西明寺偷偷地凿铜,一天可凿下一二斤,然后就到集市上去卖。像这样有一年多,人们都知道,官吏也不加禁止。后来他们家忽然就不知道他到哪里去了,买铜的人也奇怪他怎么不来卖铜了。后来官府想把那口钟搬到别的寺院里,看那钟平堕在阁板上,等到把它放倒,只见盗铜的人抱着锤和錾,庄重地坐在里面,尸首都已经干枯了。出自《玉堂闲话》。

明相寺

凤州城南边有座明相寺,寺里有几尊佛像,都用金子装饰。遭乱以后,有个贫民去刮金子,卖了来供给自己的生活。等到时局安定了,佛像的金子也都被刮光了。于是这个人遍身生皮癣,痒得不能忍受,常常要用东西自己往下刮,从皮都刮到肉,直到把肉也刮掉露出骨头而死。毁佛的罪过,遭到这样的报应。出自《冥祥记》。

僧义孚

僧义孚,青社人,会弹琴,居住在江陵龙兴寺。这个人行为诡异多变,寺主优待他而收容了他,让他带着钱财到西川抄写藏经。有人偷窃庙堂所造的藏经出卖,义孚便用很低的价钱买下,剩余的钱就自己留下了。终于被发现了,卖经的人死在枯树下。义孚虽然被免罪,不久就得了病,两个嘴唇翻长,好像驴的嘴,并且发热疼痛不能忍受,人们都害怕见他,最后受尽痛苦死了。

同寺有数辈,贩鬻经像,惧而舍财,修功德,以孚为鉴戒。
出《冥报记》。

开照寺盗

伪蜀金堂县三学山开照寺,夜群寇入寺,劫掠缁徒罄尽。寺元有释迦藕丝袈裟,为千载之异物也。贼曹分取,与其妻拆而易之。夫妻当时,手指节节堕落,须鬟俱坠。寻事败,戮于市。出《徵戒录》。

僧绍明

伪蜀大慈寺赐紫慈昭大师绍明,主持文殊阁,常教化钱物,称供养菩萨圣像。积有星岁,所获太半入己。后染病,恒见火烧顶至足,周而复始,不胜其苦。悔过忏谢,唱施衣,竟不获免。出《徵戒录》。

潼江军

伪蜀潼江,起军攻取阆州,兵火烧劫,闾里荡尽。佛寺有一大钟在地,有一卒运大石击钟,令碎而鬻之。钟破裂流迸,正中卒胫,双折而死。出《徵戒录》。

同寺的和尚中有些人曾贩卖过经书和佛像，也害怕了，立刻拿出钱物，建立功德，以义孚的事为教训。出自《冥报记》。

开照寺盗

前蜀金堂县三学山有个开照寺，夜间一群贼寇进入寺里，抢光了僧徒的财物。寺里原来有一件释迦佛的藕丝袈裟，是千年珍奇宝物。贼官分取到手后，与他的妻子拆开想卖掉。当时夫妻的手指一节一节地坠落，头发和胡须也全掉了。不久事情败露，在市井中被杀死。出自《儆戒录》。

僧绍明

前蜀大慈寺御赐紫慈昭大师绍明，主持文殊阁，他常常叫僧徒化斋收取钱物，自称是供养菩萨圣像。过了很多年，所获得的钱物大都装入了私囊。后来生了病，经常看见大火从头顶烧到脚底，烧完又烧，周而复始，忍受不了这样的痛苦。于是在菩萨像前拜谢忏悔，大量施舍衣物，但还是不能免除痛苦。出自《儆戒录》。

潼江军

前蜀的潼江，发兵攻打阆州，兵士们烧杀抢掠，街巷里都被扫荡一空。佛寺地上有一口大钟，有一个士兵搬来一块大石头砸钟，砸碎后要卖掉。钟被砸碎四散迸裂，其中的一块碎片正击中士兵的小腿，结果两条腿都折断而死。出自《儆戒录》。

卷第一百一十七

报应十六阴德

孙叔敖　　崔敬嗣　　裴　度　　刘　轲　　刘弘敬
萧　仿　孙　泰　李　质　范明府　程彦宾

孙叔敖

　　楚孙叔敖为儿，出游还，忧而不食。母问其故，泣曰："见两头蛇，恐死。"母曰："今蛇安在?"曰："敖闻见两头蛇者死，恐后人又见，杀而埋之矣。"母曰："无忧矣! 闻有阴德，天报之福。"出《贾子》。

崔敬嗣

　　唐崔敬嗣为房州刺史，中宗安置在房州，官吏多无礼。敬嗣独申礼敬，供给丰赡，中宗常德之。及登位，有益州长史崔敬嗣。既同名姓，每进拟官，皆御笔超拜之者数四，后引与语，知误。访敬嗣已卒，遣安石授其子注官。后官至显达，其孙即光远也。出《谭宾录》。

孙叔敖

楚国的孙叔敖还是小孩时，出门游玩回到家，忧愁郁闷不吃饭。母亲问他是什么原因，他哭着说："我看见了一条两头蛇，恐怕要死了。"母亲说："现在蛇在哪儿？"孙叔敖说："我听说看见两头蛇的人都要死，害怕以后别人也看见它，就杀死埋掉了。"母亲说："不要忧愁了！我听说积有阴德的人，上天会用福报报答他的。"出自《贾子》。

崔敬嗣

唐朝崔敬嗣任房州刺史，当时中宗被贬谪到房州，官吏中很多人都对他没有礼数。唯独敬嗣表现得非常礼敬，并供给丰富的供养，中宗很感激他。等到中宗登上皇位，有个益州长史也叫崔敬嗣。同姓而又同名，每次要提升官员，御笔都要跳过那些多次参拜的官员而批注崔敬嗣，后来引见谈话，才知道错了。等再寻访敬嗣时，他已经死了，派安石给敬嗣的儿子选授官职。后来做了高官，他的儿子就是崔光远。出自《谭宾录》。

裴 度

唐中书令晋国公裴度,质状眇小,相不入贵,屡屈名场,颇亦自惑。会有相工在洛中,大为搢绅所神。公特造之,问命,相工曰:"郎君形神,稍异于人,不入相。若不至贵,即当饿死。今则殊未见贵处,可别日垂访,为君细看。"公然之。他日出游香山寺,徘徊于廊庑间,忽见一素衣妇人,致缇褶于僧伽栏楯之上,祈祝良久,瞻拜而去。少顷,度方见缇褶在旧处,知其遗忘也,又料追付不及,遂收取,以待妇人再至,日暮竟不至,度挈归逆旅。诘旦,复携往,寺门始辟,睹昨日妇人,疾趋而至,恓声惋叹,若有非横。度从而问之,妇人曰:"阿父无罪被系,昨贵人假得玉带二犀带一,直千余缗,以赂津要,不幸失去于此。今老父不测之祸,无所逃矣。"度怃然,复细诘其物色,因而授之。妇人拜泣,请留其一,度笑而遣之。寻诣昔相者,相者审度,声色顿异,惊叹曰:"此必有阴德及物,前途万里,非某所知也。"度因以前事告之。度果位极人臣。出《摭言》。

刘 轲

唐侍御刘轲者,韶右人也。幼之罗浮九疑,读黄老书,欲学轻举之道。又于曹溪探释氏关戒,遂被僧服,故释名海纳。北之筠川方山等寺,又居庐岳东林寺,习《南山钞》

裴 度

唐朝中书令晋国公裴度,长得又瘦又小,无富贵之相,早年科举屡次受挫,他自己也很疑惑。正好有个相面的术士在洛中,很被士大夫官员们所推崇。裴度特意拜访了他,问起禄命,相士说:"郎君你的相貌神采和一般人稍有不同,不入相书。如果不做达官贵人,就会饿死。现在还看不出来贵处,可再过些天来访,我给你仔细看看。"裴度答应了。有一天他出去游览香山寺,徘徊在廊庑之间,忽然看见一个穿素色衣服的妇女,把一件丹黄色贴身单衣放在寺庙的栏杆上,祈祷祝愿很长时间,瞻仰拜谢之后走了。过了一会儿,裴度才看见那件单衣仍在原处,知道是那个妇女遗忘了,又考虑追上送给她已经来不及,于是就收起来,等待那妇女返回来再还给她。太阳已经落山了还不见来,裴度就带着包袱回到旅馆。第二天早晨,又带着那件衣服去了。寺门刚开,看到昨天那个妇女急急忙忙跑来,茫然失措,又惋惜长叹的样子,好像有什么意外的灾祸。裴度就跟上去问她出了什么事,那妇女说:"我的父亲没有罪而被拘押起来,昨天有个贵人给我两条玉带、一条犀带,价值一千多串钱,打算用它来贿赂主管的人,不幸在这里丢失了。如今父亲将有不测之祸,无法逃脱了。"裴度很爱怜她,又仔细地追问那东西的颜色,都说对了,然后就还给她。那妇女哭着拜谢,请裴度留下一条,裴度笑着打发了她。不久后他又到之前的术士那里,术士仔细审看之后,声音和脸色都变了,惊叹地说:"这种相一定是有阴德到了你的身上,前途不可限量,不是我所能预测的。"裴度就把前几天的事告诉了他。裴度后来果然做了高官。出自《摭言》。

刘 轲

唐朝的侍御刘轲,是韶右人。幼年时代游历罗浮山和九疑山,读黄老的书,想学习神仙飞升之道。又在曹溪慧能大师处探究佛家的奥妙,于是又穿了僧衣,所以给他起了个法号叫海纳。往北去过筠川方山等寺,又定居在庐山东林寺,学习《南山钞》

及《百法论》，咸得宗旨焉。独处一室，数梦一人衣短褐曰：
"我书生也，顷因游学，逝于此室，以主寺僧不闻郡邑，乃瘗
于牖下，而尸骸局促，死者从真，何以安也？君能迁葬，必
有酬谢。"乃访于缁属，果然。刘解所著之衣，覆其骸骼，具
棺改窆于虎溪之上。是夜梦书生来谢，将三鸡子，劝轲立
食之，轲嚼一而吞其二焉。后乃精于儒学，而善属文章，因
策名第，历任史馆。欲书梦中之事，不可自为传记，吏部侍
郎韩愈素知焉，曰："待余余暇，当为一文赞焉。"愈左迁，其
文不就也。出《云溪友议》。

刘弘敬

　　唐彭城刘弘敬，字元溥。世居淮淝间，资财数百万，常
修德不耀，人莫知之。家虽富，利人之财不及怨，施人之惠
不望报。长庆初，有善相人，于寿春道逢元溥曰："噫，君子
且止，吾有告也。"元溥乃延入馆而讯焉，曰："君财甚丰矣。
然更二三年，大期将至，如何？"元溥涕泗曰："夫寿夭者天
也，先生其奈我何！"相人曰："夫相不及德，德不及度量，君
虽不寿，而德且厚，至于度量尤宽，且告后事。但二三年之
期，勤修令德，冀或延之。夫一德可以消百灾，犹享爵禄，
而况于寿乎，勉而图之，吾三载当复此来。"言讫而去。元
溥流涕送之，乃为身后之计。

　　有女将适，抵维扬，求女奴资行，用钱八十万，得四人
焉。内一人方兰荪者，有殊色，而风骨姿态，殊不类贱流。

以及《百法论》，把宗旨全都得到了。他独处一室，多次梦到一人身穿短褐，说："我是个书生，以前因为游学，死在这间屋子里，因为主寺僧人不知道我家在哪里，就埋在窗下了，然而尸骸处局促，死去模样以真尸为准，怎么能安息呢？您如果能给我迁葬，我一定会有酬谢。"于是刘轲就访问僧人们，果然有这么回事。刘轲脱下自己穿的衣服，覆盖在那书生的骸骨上，又备了棺材改葬在虎溪山上。当天夜里梦到书生前来致谢，拿了三个鸡蛋，劝刘轲立刻吃下去，刘轲细嚼一个吞下两个。后来精于儒学，又很会写文章，因为应举考试而中第，历任史馆。他要把梦中的事写出来，又不好自己为自己写传，吏部侍郎韩愈本来知道这些事，说："等我有空闲时间，当写一篇文章称赞他。"韩愈后来被贬职，这篇文章也没写成。出自《云溪友议》。

刘弘敬

　　唐朝彭城人刘弘敬，字元溥。世代居住在淮河、淝水之间，家有财产数百万，常积德而不炫耀，人们都不知道他。他家虽然很富，但不等别人愁怨就用钱财帮助他们，施给别人恩惠并不希望有所报答。长庆初年，有个善于相面的人，在寿春路上碰到元溥说："噫！先生先停一下，我有话告诉你。"元溥就请他进入一馆舍中问他有什么话，那相面人说："您财产很丰厚啊！然而二三年以后，你的寿数就要没了，怎么办？"元溥大哭说："夭折短命是天意，先生能帮我什么忙？"相面人说："相貌好，不如品德高，德高不如度量大。你虽然寿命不长，但德行很高厚，至于度量就更宽大了，我暂且告诉你后事。在二三年之间，多积您的功德，或许有希望延长寿命。一德可以消百灾，还可以享受爵禄，何况寿命呢，希望你努力修善，我三年以后还会再来。"说完就走了。元溥流着眼泪送别了他，于是开始准备身后之计。

　　刘元溥有一个女儿将要出嫁，抵达维扬后，要找几个女奴作陪嫁，花了八十万钱，买到四个女子。其中有一个人叫方兰荪，美丽非凡，而且那风骨姿态，完全不像贫贱家庭出身的人。

元溥诘其情，久而乃对曰："贱妾死罪，无复敢言。主君既深讶之，何敢潜隐？某代为名家，家本河洛，先父以卑官淮西，不幸遭吴寇跋扈，因缘姓与国同，疑为近属，身委锋刃，家仍没官，以此湮沉，无处告诉。其诸骨肉，寇平之后，悉被官军收勒为俘，不可复知矣。贱妾一身再易其主，今及此焉。"元溥太息久之，乃言曰："夫履虽新不加于首，冠虽旧不践于地。虽家族丧亡，且衣冠之女，而又抱冤如此，三尺童子，犹能发愤，况丈夫耶！今我若不振雪尔冤，是为神明之诛焉。"因问其亲戚，知其外氏刘也。遂焚其券，收为甥，以家财五十万，先其女而嫁之。

长庆二年，春三月辛卯，兰荪既归，元溥梦见一人，被青衣秉简，望尘而拜，迫之潸然曰："余则兰荪之父也。感君之恩，何以报之？某闻阴德所以动天地也，今君寿限将尽，余当为君请于上帝，故奉告。"言讫乃去。后三日，元溥复梦兰荪之父立于庭，紫衣象简，侍卫甚严，前谢元溥曰："余不佞，幸得请君于帝，帝许我延君寿二十五载，而富及三代，子孙无复后祸。其所残害吾家者，悉获案理之。存者祸身，没者子孙受衅。帝又悯余之冤，署以重职，获主山川于淮海之间。"因呜咽再拜而去。诘旦，元溥依依，未所甚信。

后三年，果相者复至，迎而贺元溥曰："君寿延矣！且君自眉至发而视之。"元溥侧冠露额，曰："噫，有阴德上动于天者。自今后二十五载，庆及三代。"元溥始以兰荪之父

元溥就追问她的情况，很久之后才回答说："贱妾有死罪，不敢说。主人家既然深感惊讶，我怎么还敢隐瞒呢？我家世代为名家，家乡本在河洛，先父在淮西做小官，不幸遭受吴寇专横暴戾，因我们的姓与皇上的姓相同，怀疑是近亲戚属，身死贼寇刀下，家产也被没收，因此埋没，无处告状申诉。其他的亲属也在贼寇被平乱之后强收为俘，再也没有音讯了。我几次更换主人，现在到了这个地方。"元溥听完叹息很久，才说："鞋虽然是新的但不能放在头上，帽子即使是旧的也不能踩在脚下。你虽然家族丧亡，但你是名家的后代，又有这样的冤恨，三尺的儿童还知道发愤，况且丈夫呢！今天我如果不能救你并且昭雪你的冤恨，就是神明也会杀我呀！"又问她亲戚的情况，知道她的外祖父姓刘。马上就把卖身契烧了，并收她为外甥女，用五十万家财，在他自己的女儿以前让她出嫁了。

长庆二年春天三月辛卯，兰荪已经出嫁，元溥梦见一人，披着青衣，手里拿着象简，跪在地上参拜，急促而流着眼泪说："我就是兰荪的父亲。感谢您的恩德，怎么才能报答呢？我曾听说阴德是能够感动天地的，现在您的寿限将要结束，我会到上帝那里为你请求，所以来奉告。"说完走了。过了三天，元溥又梦到兰荪的父亲站在庭堂前，穿着紫衣，拿着象简，又有很多侍卫跟着他，上前感谢元溥说："我没有什么才智，有幸能够在上帝那里为你请求，上帝准许我延长你二十五年的寿命，而富达三代，子孙再也没有后祸。那些残害我们家的贼寇，全都抓获归案审理。现在活着的要有灾祸到身，已经死的要让子孙受连累。上帝又怜悯我的冤仇，批准我担任重要职务，将掌管淮海之间的山川。"然后就呜咽着一再拜谢离开了。第二天，元溥还很留恋，从来没有这么深信过。

三年后，以前那个相面人果然来了，迎上来就祝贺元溥说："您的寿命延长了！再让我看看眼眉到头发之间。"元溥就把帽子向后斜露出额头。相面人一看，说："噫！你有阴德感动了上天。从今以后二十五年，富贵达到三代。"元溥才把兰荪的父亲

为告，相者曰："昔韩子阴存赵氏，太史公以韩氏十世而位至王侯者，有阴德故也。况兰荪之家无后矣，兰荪之身贱隶矣，如是而能不顾多财之与殊色，而恤其孤，岂不谓阴德之厚哉！"出《阴德传》。

萧 仿

唐丞相兰陵公萧仿，清誉俭德，时所推伏。尝统戎于番禺，有酌泉投香之誉，以是夷估辐凑，至于长安宝货药肆，咸丰衍于南方之物。由此人情归美。僖宗诞圣于壬午，龙飞于癸巳，皇算十有二载矣。思命耆德，佐佑大化，乃自奉常卿起为上相，时年八十有三。居台席数载，汲引才俊，导畅皇慈，俭德既彰，浇风少革。及薨于位，上甚追悼，而废常朝者三日，册赠之礼，有加等焉。议者曰：高位重禄，苟有其分，阴灵必助其寿考。不然，安有过悬车之岁，而命相之主始生也？太公晚年七十而遇文王，今逾钓渭之年一纪。则知荣辱之分，岂偶然哉！出《唐阙史》。

孙 泰

唐孙泰，山阳人，少师皇甫颖，守操颇有古贤之风。泰妻即姨女也。先是姨老以二女为托曰："其长者损一目，汝可娶其女弟。"姨卒，泰娶其姊。或诘之，泰曰："其人有废疾，非泰何适？"众皆伏泰之义。尝于都市，遇铁灯台市之，而命磨洗，即银也，泰亟往还之。中和中，将家于义兴，置

说的话告诉他，相面的说："过去韩子积阴德保护了赵氏，太史公认为韩氏十代都能官位达到王侯，是有阴德的缘故。况且兰荪的家里已没有后代，兰荪身为卑贱的奴隶，像这样你都能不顾花费很多钱财，也不贪她的美丽姿色，反而能抚恤她这个孤儿，难道这不是很厚的阴德吗！"出自《阴德传》。

萧　仿

唐朝的丞相、兰陵公萧仿，有清世廉洁的美誉，被当时的人所推服。曾经统帅军队驻守于番禺，又有百事主动助人的美名，因为这样，外地的商人全都聚集而来，以至于长安店肆中的外国货品和药材，比南方的物品还要丰盛。可见人情向往善美。唐僖宗在壬午年出生，于癸巳年即位，年龄十二岁。提倡广施德政教化，于萧仿从常卿起升为上相，当时已经八十三岁了。萧仿做丞相数年，招贤纳士，提拔贤明的人才，使皇帝的恩慈能够畅通无阻，节俭的品德得到发扬，轻薄的民风也有改革。等到他死在位上，皇上特别追悼，停止上朝三天，册封赠送的财物和礼节都有加等。有人议论说：高位厚禄，都有一定的名分，阴灵一定会助他长寿。不然的话，怎么能有已过七十，而任他当宰相的君主才刚刚出生呢？姜太公晚年七十多岁才遇到周文王，现在他的年纪超太公垂钓渭水时十二岁才遇明主，这就可以知道荣辱的本分，绝不是偶然的！出自《唐阙史》。

孙　泰

唐朝孙泰是山阳人，年少师从皇甫颖，操守很有古代贤人之风。孙泰的妻子就是他姨母的女儿。从前他姨母临死时把两个女儿托付给他说："大女儿坏了一只眼睛，你可以娶她妹妹。"等姨母去世，孙泰就娶了姐姐。有人问他，他说："她是个残疾人，除了我嫁给谁呢？"大家都很佩服孙泰的仁义。有一次到城里的集市，碰上有个卖铁灯台的，他就买了，回来让仆人擦洗，发现是银的，孙泰急忙送还。中和年间，打算把家搬到义兴，买了

一别墅,用缗二百千,既半授之矣。泰游吴兴郡,约回日当诣所止。居两月,泰回,倚舟墅前,复以余资授之,俾其人他徙。于时睹一老妪,长恸数声,泰惊悸,召诘之,妪曰:"老妇尝迨事舅姑于此,子孙不肖,为他人所有,故悲耳。"泰怃然久之,因绐曰:"吾适得京书,已别除官,固不可驻此也,所居且命尔子掌之。"言讫,解维而逝,不复返矣。子展,进士及第,入梁为省郎。出《摭言》。

李 质

唐咸通中,吉州牙将李质,得疾将死。忽梦入冥,见主吏曰:"尝出七人性命,合延十四年。"吏执簿书,以取上命。久之,出谓质曰:"事毕矣。"遂命使者领送还家。至一高山,推落乃寤。质潜志其事,自是疾渐平愈。后果十四年而终。出《报应录》。

范明府

唐范明府者,忘其名,颇晓术数。选授江南一县宰,自课其命云:"来年秋,禄寿俱尽。"将出京,又访于日者,日者曰:"子来年七月数尽,胡为远官哉?"范曰:"某固知之,一女未嫁,利薄俸以资遣耳。"及之任,买得一婢子,因诘其姓氏,婢子曰:"姓张,父尝为某堰官,兵寇之乱,略卖至此。"范惊起,问其父名,乃曩昔之交契也。谓其妻曰:"某女不忧不嫁,悉以女妆奁,择邑客谨善者配之。"秩满归京,日者

一所别墅,用了二百千缗钱,先付了一半的钱。孙泰到吴兴郡游览,约定回来时再搬进去。两个月后,孙泰回来把船靠在别墅前,又把另一半钱也付给了卖房子的人,让他们搬到别处去。这时他看见一个老年妇人痛哭,孙泰又惊讶又害怕,叫她过来细问原因,老妇人说:"我在这里为侍奉公婆,但是子孙不争气,把房子卖给别人了,所以才这样悲伤。"孙泰怅然失意了好久,然后欺哄她说:"我刚接到京城来的信,已经安排到别的地方当官,所以不能住在这地方了,这所房子还是让你儿子掌管吧。"说完,解开船缆就走了,再也没有回来。孙泰的儿子孙展,进士及第,入梁时官任省郎。出自《摭言》。

李 质

唐朝咸通年间,吉州的牙将李质得了病快要死了,忽然做梦去了冥府,见那主管官吏说:"你曾经救过七人性命,应延寿十四年。"小吏拿文书去请命。过了很久,出来对李质说:"事情办完了。"就命使者送李质回家。走到一座高山上,使者把他推下山去,他就吓醒了。李质暗暗牢记这件事,从这以后病渐渐痊愈。后来果然又活了十四年才死。出自《报应录》。

范明府

唐朝范明府有个人,忘了他的名字,很懂算卦。被选授为江南某县县令,自己算了一卦说:"来年秋天,官禄和寿命就都到了尽头。"准备出京城,又去拜访了占卜的人,占卜的人说:"你来年七月寿数已尽,怎么还去远地做官呢?"他说:"我已知道,但有一个女儿还没有出嫁,我想赚点钱给她出嫁罢了。"然后就上任去了,到任后买了一个婢女,问她的姓氏,婢女说:"姓张,我父亲曾做堰官,因为兵寇作乱,被卖到这个地方。"范明府惊讶地站起来,又问她父亲的名字,原来是过去的老朋友。就对他的妻子说:"我的女儿不愁嫁,先把这个婢女的嫁妆拿出来,在城里找一个谨慎善良的人给她婚配。"任职期满回到京城,那个占卜的人

大骇曰:"子前何相绐之甚! 算子禄寿俱尽,今乃无恙,非甲子差缪,即当有阴德为报耳!"范曰:"俱无之。"日者诘问不已,范以嫁女仆事告之。日者曰:"此即是矣。子之福寿,未可量也。"后历官数任而终。出《报应录》。

程彦宾

伪蜀罗城使程彦宾,临淄人也。攻取遂宁,躬率百夫,直冒矢石,城破,获处女三人。蔚有姿容,彦宾以别室处之。浃旬间,父母持金请赎,公还金归女,告以全人,父母泣而谢曰:"愿公早建旌节。"彦宾笑而答曰:"吾所愿寿终时无病耳。"后年逾耳顺,果无疾而终。出《徵戒录》。

吓了一跳说:"你以前怎么骗我骗得那么厉害,算你的官禄和寿命全都将完尽,现在一点儿事也没有,如果不是天干地支有了错误,那一定是有阴德报应。"范说:"都没有。"占卜的人追问不停,范明府才把嫁女仆的事告诉他。占卜的人说:"这就对了,你的福寿不可限量了。"后来他又做了几任官才去世。<small>出自《报应录》。</small>

程彦宾

前蜀罗城使程彦宾是临淄人。攻占遂宁时,他亲自率领一百多个士兵,冒着滚木流箭把城攻破了,俘获了三名处女。她们姿容都很美丽,彦宾把她们安排在一间屋里住。十天之内,她们的父母带着钱请求赎回他们的女儿,彦宾没有接受金钱而归还了他们的女儿,并告诉他们这三个人都还是完人。父母们哭着拜谢说:"但愿你早日建功高升。"彦宾笑着回答说:"我的愿望只是死的时候没有什么病罢了。"后来年纪过了六十,果然无病而终。<small>出自《儆戒录》。</small>

卷第一百一十八
报应十七异类

汉武帝	东方朔	毛　宝	孔　愉	宗叔林
桓　邈	刘　枢	蔡喜夫	刘　沼	刘之亨
严　泰	程灵铣	韦　丹	熊　慎	王行思
陈弘泰				

汉武帝

　　昆明池，汉武帝凿之，习水战。中有灵沼神池，云：尧时洪水，停船此池，池通白鹿原。人钓鱼于原，纶绝而去。鱼梦于武帝，求去其钩。明日，帝游戏于池，见大鱼衔索，曰："岂非昨所梦乎？"取鱼去钩而放之。帝后得明珠。出《三秦记》。

东方朔

　　汉武帝宴于未央，方啖黍臛，忽闻人语云："老臣冒死自诉。"不见其形。寻觅良久，梁上见一老翁，长八九寸，面目頳皱，须发皓白，拄杖偻步，笃老之极。帝问曰："叟姓字何？居在何处？何所病苦，而来诉朕？"翁缘柱而下，放杖稽首，嘿而不言。因仰头视屋，俯指帝脚，忽然不见。帝骇

汉武帝

　　昆明池是汉武帝开凿，用以演习水战的。其中有灵沼神池，据传说：尧帝时发洪水，尧帝曾在此停船，池水直通白鹿原。有人在白鹿原钓鱼，鱼弦断了鱼跑了。鱼托梦给汉武帝，请求他把鱼钩拿下来。第二天，汉武帝在灵沼池游玩，看见一条大鱼，含着绳索，心想："难道是昨天梦到的那条鱼吗？"于是抓住鱼把鱼钩拿下来放了。汉武帝后来得到一颗夜明珠。出自《三秦记》。

东方朔

　　汉武帝在未央宫设宴，正要吃肉饭，忽然听到有人说："老臣冒死前来自诉。"但武帝没见到人影。找了好半天，才在房梁上看见一个老翁，身子只有八九寸长，红色面庞皱纹很多，须发都是银白的，拄着拐杖佝偻着腰走路，实在太老了。武帝问："老人姓什么，怎么称呼，家在哪里？因为什么病苦来向朕投诉？"老翁顺着柱子下来，放下拐杖稽首而拜，只是叹气而不说话。然后仰起头看屋顶，又俯下身子指武帝的脚，忽然间就不见了。武帝惊

愕，不知何等，乃曰："东方朔必识之。"于是召方朔以告，朔曰："其名为藻，水木之精，夏巢幽林，冬潜深河，陛下顷日，频兴造宫室，斩伐其居，故来诉耳。仰头看屋，而复俯指陛下脚者，足也。愿陛下宫室足于此。"帝感之，既而息役。

　　幸瓠子河，闻水底有弦歌声，前梁上翁及年少数人，绛衣素带，缨佩甚鲜，皆长八九寸。有一人长尺余，凌波而出，衣不沾濡，或有挟乐器者。帝方食，为之辍膳，命列坐于食案前。帝问曰："闻水底奏乐，为是君耶？"老翁对曰："老臣前昧死归诉，幸蒙陛下天地之施，即息斧斤，得全其居，不胜欢喜，故私相庆乐耳。"帝曰："可得奏乐否？"曰："故赍乐来，安敢不奏？"其最长人便弦而歌，歌曰："天地德兮垂至仁，愍幽魄兮停斧斤，保窟宅兮庇微身，愿天子兮寿万春。"歌声小大，无异于人，清彻绕越梁栋。又二人鸣管抚节，调契声谐。帝欢悦，举觞并劝曰："不德不足当雅眺。"老翁等并起拜受爵，各饮数升不醉，献帝一紫螺壳，中有物，状如牛脂。帝问曰："朕暗无以识此物。"曰："东方生知之耳。"帝曰："可更以珍异见贻？"老翁顾命取洞穴之宝。一人受命，下没渊底，倏忽还到，得一大珠，径数寸，明耀绝世，帝甚爱玩。翁等忽然而隐，帝问朔："紫螺壳中何物？"朔曰："是蛟龙髓，以傅面，令人好颜色。又女子在孕，产之必易。"会后宫产难者，试之，殊有神效。帝以脂涂面，便悦

讶,不知是何等人物,然后说:"东方朔一定知道。"于是召来东方朔把刚才的事告诉了他。东方朔说:"他的名叫藻,是水木的精华,夏天住在幽深的山林,冬天潜藏在深河里,陛下您连日频繁地兴造宫室,斩伐了他的居所,所以才来诉说。仰头看屋,又俯身指脚,足的意思。希望陛下兴建宫室到满足于此。"武帝很有感触,然后就停工了。

　　武帝到瓠子河,听到水底下有奏乐唱歌的声音,之前那个梁上老翁和几个少年,穿着绛色的衣服扎着素带,带子和佩环都很新鲜漂亮,身长也都八九寸。有一个一尺多长的人,冲击了波浪出来,衣服也没有沾湿,还有携带乐器的。武帝正要吃饭,看他们来了也就不吃了,让他们排列着坐在饭桌前。武帝问:"我听到水底奏乐,是你们吗?"老翁回答说:"老臣之前冒死去诉说,幸亏蒙受了陛下施给天地那么大的恩惠,立刻停止修建宫室,使得我们居住的地方保存下来,我们特别高兴,所以私下奏乐庆贺。"武帝说:"可以演奏给我听吗?"回答说:"我们带乐器来了,怎么敢不演奏呢?"那个最高的人便弹弦而唱,歌词是:"天地的德啊垂降了大仁,怜悯幽魂啊停了斧锤,保住了窟宅啊庇佑了微身,祝愿天子啊寿命万年。"歌声的大小和人没有什么区别,清澈悦耳的歌声绕梁越栋。又有两个人吹着箫笛,声调和谐。武帝非常高兴,举起酒杯并劝说:"我没有什么仁德,不值得你们这样称赞。"老翁等人全都起来行礼接过酒杯,各饮几升酒也不醉,献给武帝一个紫色的海螺壳,里面有东西,形状像牛脂。武帝问:"朕愚昧无知,不认识这种东西。"他们说:"东方先生知道。"武帝说:"可以再拿来些奇珍异宝给我吗?"老翁回头命令去拿洞穴之宝。一个人接受命令,下去没于渊底,一转眼又回来了,拿来一颗大珍珠,直径有几寸,光明闪耀举世无双,武帝很爱惜拿过来赏玩。老翁等人忽然隐去,武帝问东方朔:"紫螺壳中是什么东西?"东方朔说:"是蛟龙的骨髓,用来涂脸,可以让人变得漂亮。还有如果女子怀孕,用了它生产会很容易。"后来宫中有难产的,试验一下,非常有神效。武帝用那油涂面,脸面就细腻滑润

泽。又曰："何以此珠名洞穴珠？"朔曰："河底有一穴，深数百丈，中有赤蚌，蚌生珠，故以名焉。"帝既深叹此事，又服朔之奇识。出《幽明录》。

毛 宝

晋咸康中，豫州刺史毛宝戍邾城。有一军人，于武昌市买得一白龟，长四五寸，置瓮中养之，渐大，放江中。后邾城遭石氏败，赴江者莫不沉溺。所养人被甲入水中，觉如堕一石上。须臾视之，乃是先放白龟，既得至岸，回顾而去。出《幽明录》。

孔 愉

孔愉尝至吴兴余不亭，见人笼龟于路，愉买而放之。至水，反顾视愉。及封此亭侯而铸印，龟首回屈，三铸不正，有似昔龟之顾，灵德感应如此。愉悟，乃取而佩焉。出《会稽先贤传》。

宗叔林

晋阳守宗叔林，得十头龟，付厨曰："每日以二头作臛。"其夜梦十丈夫，皂衣裤褶，扣头求哀。明夜，复梦八人求命，方悟，乃放之。后梦八人来谢。出《梦隽》。

桓 邈

桓邈为汝南，郡人赍四乌鸭作礼。大儿梦四乌衣人请命，觉，忽见鸭将杀，遂救之，买肉以代。还梦四人来谢而

又有光泽。武帝又说:"为什么这珍珠叫洞穴珠呢?"东方朔说:"河底下有一个洞穴,几百尺深,穴洞中有一个红色的蚌,蚌产珍珠,所以起这个名字。"武帝既深深感叹这件事,又佩服东方朔的博学多识。出自《幽明录》。

毛　宝

晋咸康年间,豫州刺史毛宝驻守邾城。有一个军人,在武昌集市上买回来一只白龟,长四五寸,放到大缸里养着,渐渐长大了,就把它放回江里去。后来邾城被后赵石氏攻陷,逃到江里去的人没有不淹死的。那个养龟的人披着铠甲也跳到江里,觉得好像落到一块石头上。过了一会儿一看,原来是以前放到江里的白龟,靠它到了对岸,然后回顾着离开了。出自《幽明录》。

孔　愉

孔愉曾经到过吴兴余不亭,见有一个人在路上用笼子装着乌龟,孔愉就买下来放了它。到水里时,那龟回头看孔愉。后来孔愉被封为亭侯铸印的时候,龟头总是往回弯,铸了三次都不正,好像以前放那个龟回头的模样。孔愉终于明白了这是灵德感应到这地步,就取来那铸印佩上了。出自《会稽先贤传》。

宗叔林

晋阳太守宗叔林,得到十只龟,交给厨师说:"每天用两只做肉羹。"当天夜晚梦到十个男人,穿着黑衣裤褂,磕头哀求命。第二天晚上,又梦见八个人请求饶命,宗叔林这才明白,于是便把剩下的八只龟放了。后来又梦见八个人来拜谢。出自《梦隽》。

桓　邈

桓邈担任汝南郡守,郡里有人送给他四只黑鸭子作礼物。桓邈的大儿子做梦梦见四个黑衣人哀求饶命,他醒后,忽然看见四只鸭将被杀死,马上救了它们,买肉代替。又梦到四人来拜谢

去。出《梦隽》。

刘　枢

宋文帝元嘉三年春,彭城刘枢,字正一,自江陵归鄂下,宿上明洲。时夜月微明,吟宴次,忽二人扣舟,高呼正一,云:"我自鄂下来,要见正一。"枢引首望之,于岸下见二人,各长五尺余,容貌华饰皆白服,便出与语。乃语枢曰:"久欲奉谒,今会良时。"枢曰:"卿自鄂下来,有何相谓?"一人曰:"闻君儒者也,故修谒耳。"遂与同宴。夜阑,二人俱醉,于饮处便卧。枢甚异之,及左右,皆相目不敢言,乃以被覆之。及明尚寝,欲唤,因举被,见二鱼各长五六尺,眼虽动而甚困矣。不敢杀,乃舁致江中。是夕,枢梦二人衣白衣,各执一珠,放枢卧前,不语而去。及晓,枕前二珠各径寸,乃是双白鱼也。出《三吴记》。

蔡喜夫

宋景平中,东阳大水,永康蔡喜夫,避住南垄。夜有大鼠,浮水而来,伏喜夫奴床角,奴愍而不犯,每以饭与之。水势既退,喜夫得返故居。鼠以前脚捧青囊,囊有三寸许珠,留置奴床前,啾啾状如欲语也。出《异苑》。

刘　沼

秣陵令中山刘沼,梁天监三年,为建康监。与门生作

然后走了。出自《梦隽》。

刘　枢

南朝宋文帝元嘉三年春天，彭城的刘枢，字正一，从江陵回到鄂下，在上明洲留宿。那天夜晚的月亮刚刚升起来，他正在宴间吟诗，忽然听见有二人敲舟，高喊正一，说："我们从鄂下来，要见正一。"刘枢抬头望去，见有两个人在岸下，各身长五尺多，容貌俊美，装饰华丽，都穿着白色衣服，刘枢便走出船舱和他们说话。那二人对刘枢说："早就想来拜见你，今天正好是美景良时。"刘枢说："你们从鄂下来，有什么事相告？"其中一个人说道："听说你是很有学问的人，所以要拜见你。"于是共同入宴。夜深了，那二人都醉了，就在喝酒的地方躺下。刘枢觉得很奇怪，看看左右的人，都互相使眼色不敢说话，就用被子给那二人盖上。到天亮了他们还在睡着，刘枢想叫醒他们，便把被子掀起来，见有两条大鱼，各长五六尺，眼睛虽然动弹但是身体还是困乏之极。刘枢不敢杀鱼，就命人抬起来放回江中。这天晚上，刘枢梦到二人穿着白衣服，每人拿一颗珍珠，放在刘枢的床前，没有说话就走了。等到天亮，刘枢发现枕前有两颗珍珠，各有一寸直径大小，正是那对白鱼所赠报的呀。出自《三吴记》。

蔡喜夫

南朝宋景平年间，东阳发大水，永康人蔡喜夫在南垄避水。夜间有个大鼠浮水过来，趴伏在喜夫奴仆的床角处，仆奴怜悯它没有动它，每次吃饭都给它。水势退下去以后，喜夫得以返回故居。那老鼠用前脚捧着一个青色的袋子，袋子里有个直径三寸大小的珍珠，留放在奴仆的床前，发出啾啾的声音，好像人说话似的。出自《异苑》。

刘　沼

秣陵县令中山人刘沼，在梁天监三年，做建康监。同门生做

食次,灶里得一龟,长尺许,在灰中,了不以燔炙为弊。刘为设斋会,放之于娄湖,刘俄迁秣陵令。出《续异记》。

刘之亨

梁刘之亨仕南郡,尝梦二人姓李,诣之亨乞命,之亨不解其意。既明,有人遗生鲤两头,之亨曰:"必梦中所感。"乃放之。其夕梦二人谢恩云:"当令君延一算。"出《渚宫旧事》。

严 泰

陈宣帝时,扬州人严泰,江行逢渔舟。问之,云:"有龟五十头。"泰用钱五千赎放之,行数十步,渔舟乃覆。其夕,有乌衣五十人,扣泰门,谓其父母曰:"贤郎附钱五千,可领之。"缗皆濡湿。父母虽受钱,怪其无由。及泰归问,乃说赎龟之异。因以其居为寺,里人号曰"严法寺"。出《独异志》。

程灵铣

歙州歙县黄墩湖,其湖有蜃,蛟蜃之蜃也。常为吕湖蜃所斗。湖之近村有程灵铣者,卓越不羁,好勇而善射。梦蜃化为道士,告之曰:"吾甚为吕湖蜃所厄,明日又来,君能助吾,必厚报。"灵铣遂问:"何以自别?"道人曰:"束白练者吾也。"既异之。明日与村人少年,鼓噪于湖边。须臾,波涛涌激,声若雷霆,见二牛相驰,其一甚困,而腹肚皆白。灵铣弯弓射之,正中后蜃,俄而水变为血,不知所之,

饭时,在锅灶里得到一只龟,长有一尺左右,趴在灰中,好像不把被烧烤放在心上。于是刘沼为龟摆设了斋会,把龟放进了娄湖。刘沼不久就升迁为秣陵县令。出自《续异记》。

刘之亨

南朝梁刘之亨在南郡做官,曾梦见两人,自称姓李,请求饶命,之亨不明白是什么意思。天亮后,有人赠送给之亨两头活鲤鱼,之亨说:"一定是梦中有所感应。"就放了它们。那天晚上梦到二人来谢恩,并说:"应当使君延寿一算。"出自《渚宫旧事》。

严　泰

南朝陈宣帝时,扬州人严泰,乘船在江中航行,正碰上打鱼的船,就问打到什么了,船上的渔人回答说:"有五十头龟。"严泰就用五千钱买下龟然后放了,刚离开那渔船几十步远,渔船就翻了。当天晚上,有五十个穿黑衣服的人敲严泰家的门,对严泰的父母说:"您的儿子付出了五千钱,现在可以拿回去了。"穿钱的丝绳还是湿的。严泰的父母虽然接受了钱,但奇怪的是没有缘由。等到严泰回来问他,他就说了花钱赎龟的奇事。后来就把他的家改为寺院,邻里称为"严法寺"。出自《独异志》。

程灵铣

歙州歙县有个黄墩湖,这湖里有鼍,蛟鼍的鼍。常常被吕湖的鼍斗败。靠近黄墩湖边的村子有个叫程灵铣的人,卓越不受约束,勇敢又善于射箭。他梦见鼍变成道士,告诉灵铣说:"我被吕湖的鼍害苦了,明天它又要来了,如果你能帮助我,我一定重重报答你。"灵铣就问:"怎么识别你们呢?"道人说:"扎着白带子的是我。"灵铣醒后很奇怪。第二天和村中的少年们在湖边玩,不一会儿,湖面波涛汹涌,声若雷霆,看见两头牛互相追赶搏斗,其中一个显然很困顿了,它的肚腹处是白色的。灵铣这时弯弓搭箭射去,正中后一个鼍,湖水立刻化成血水,两鼍瞬间都不见了,

其伤蜃遂归吕湖，未到而毙。后人名其死处为蜃滩。吕湖亦从此渐涨塞，今才余寻丈之广。居岁余，灵铣偶出，有一道人诣其母求食，食讫曰："劳母设食，无以报之，今贫窭到此，当为求善墓地。"使母随行上山，以白石识其地。曰："葬此可以暴贵矣。"寻而灵铣还，母语之，灵铣驰求之，了无所见，遂迁葬于其所。后侯景作乱，率郡乡万余众，保据新安。遂随陈武帝平贼，累有奇功，军中谓之"程虎"。及陈武受梁禅，灵铣以佐命功臣，与周文昱、侯安都为三杰，如汉之萧张焉，后官止丹阳尹。按灵铣宅湖东二里，宅南有楮树，其大数十围，树有灵。今村人数有祈祷，其祝辞号为"千年树"。其墓在湖西北黄牢山下，故检校刑部郎中程皓，即其后也。出《歙州图经》。

韦 丹

唐江西观察史韦丹，年近四十，举五经未得。尝乘蹇驴，至洛阳中桥，见渔者得一鼋，长数尺，置于桥上，呼呻余喘，须臾将死。群萃观者，皆欲买而烹之，丹独悯然，问其直几何，渔曰："得二千则鬻之。"是时天正寒，韦衫袄裤，无可当者，乃以所乘劣卫易之。既获，遂放于水中，徒行而去。时有胡芦先生，不知何所从来，行止迂怪，占事如神。后数日，韦因问命，胡芦先生倒屣迎门，欣然谓韦曰："翘望数日，何来晚也？"韦曰："此来求谒。"先生曰："我友人元

那个受伤的蜃就回归吕湖，但是，还没走到就死了。后来人们给那蜃死的地方起名叫蜃滩。吕湖也从此被堵塞了，现在只剩下一丈多宽。住了一年多，灵铣有一次偶然外出，有一个道人到他母亲那里讨饭，吃完饭说："麻烦你给我准备饭吃，没有什么作报答，现在贫穷到这种地步，我只能给你们找个好墓地了。"让灵铣母亲随着他走上山，用白石在地上做了个记号。说："墓葬在这个地方可以大贵呀！"没过多久，灵铣就回来了。母亲就告诉他刚才的事，灵铣就跑出去找，道人已经不见踪影。于是就把祖坟迁到做了记号的地方。后来侯景叛乱，灵铣率领郡中乡亲一万多人，保卫了新安。又随陈武帝扫平贼寇，多次建立奇功，军中的人都称他"程虎"。等到陈武帝做皇帝，灵铣凭辅佐皇帝成为有功之臣，同周文昱、侯安都并为三杰，像是汉朝的萧何、张良。以后官升到丹阳尹。灵铣建宅在湖东二里的地方，宅南边有棵楮树，很大，有几十围那么粗，这棵楮树很灵验。现在村里有很多人到那里祈祷，他们的祝词中都称这棵树叫"千年树"。程氏墓地在黄墩湖西北黄牢山下，已故的检校刑部郎中程皓，就是他的后人。出自《歙州图经》。

韦 丹

唐朝江西观察使韦丹，年近四十科举不中。曾骑着跛驴到洛阳中桥，正好看见打渔的人捉到一只大鼋，有几尺长，放在桥上，那只鼋微弱地喘息呼吸，眼看一会儿就会断气。很多人聚集围观，都要买了回去做菜吃，唯独韦丹怜悯它，问渔人鼋值多少钱，渔人说："给我二千钱我就卖给你。"当时天气寒冷，韦丹只有随身的衣裤，没有什么可当的，就用他骑的驴换了那只鼋。得到它以后，马上就把它放到水里去了，徒步离开。那时有个胡芦先生，不知道他从什么地方来，行动迟缓奇怪。但他会占卜，料事如神。过了几天，韦丹去算命，胡芦先生倒穿着鞋在门前迎接，很高兴地对韦丹说："翘首而望好几天了，为什么来得这么晚？"韦丹说："这就来请求谒见。"胡芦先生说："我的朋友元

长史，谈君美不容口，诚托求识君子，便可偕行。"韦良久思量，知闻间无此官族，因曰："先生误，但为某决穷途。"胡芦曰："我焉知，君之福寿，非我所知。元公即吾师也，往当自详之。"

相与策杖至通利坊，静曲幽巷，见一小门，胡芦先生即扣之。食顷，而有应门者开门延入。数十步，复入一板门，又十余步，乃见大门，制度宏丽，拟于公侯之家。复有丫鬟数人，皆及姝美，先出迎客，陈设鲜华，异香满室。俄而有一老人，须眉皓然，身长七尺，褐裘韦带，从二青衣而出。自称曰："元潜之。"向韦尽礼先拜。韦惊，急趋拜曰："某贫贱小生，不意丈人过垂采录，韦未喻。"老人曰："老夫将死之命，为君所生，恩德如此，岂容酬报。仁者固不以此为心，然受恩者思欲杀身报效耳。"韦乃矍然，知其鼋也，然终不显言之。遂具珍羞，流连竟日。既暮，韦将辞归，老人即于怀中出一通文字，授韦曰："知君要问命，故辄于天曹，录得一生官禄行止所在，聊以为报。凡有无，皆君之命也，所贵先知耳。"又谓胡芦先生曰："幸借吾五十千文，以充韦君改一乘，早决西行，是所愿也。"韦再拜而去。

明日，胡芦先生载五十缗至逆旅中，赖以救济。其文书具言：明年五月及第；又某年平判入登科，受咸阳尉；又明年登朝，作某官。如是历官一十七政，皆有年月日。最后年迁江西观察使，至御史大夫。到后三年，厅前皂荚树花开，当有迁改北归矣，其后遂无所言。韦常宝持之。自

长史,提起你的美德来不容我插嘴,他诚恳地托我认识你,咱们一块儿去吧。"韦丹思虑了半天,在自己知道的人里面,从来也没有听说过有这么一个官。因此他就说:"先生错了,只给我算算命运就行了。"胡芦先生说:"我哪里知道,您的福寿不是我所能知道的。元公就是我的师傅,去了就能知道详情。"

韦丹就和胡芦先生拄着拐杖到通利坊去,道路曲折,街巷幽静,见到一个小门,胡芦先生就敲门。一顿饭的工夫,有人答应,开门请他们进去。走了几十步,又进了一个板门,再走十多步,才看见大门,建筑宏伟壮丽,可与公侯之家相比。又有几个丫鬟,都美丽非凡,她们先出来迎客,客厅陈设新鲜华丽,异香满室。不一会儿,有一个老人,须眉银白,身长七尺,粗布大衣,牛皮带。随两个青衣出来,自称是:"元濬之。"向韦丹大礼先拜。韦丹很惊慌,急忙向前拜礼说:"我是个贫贱的书生,没想到老人会如此错爱,我到现在也不明白。"老人说:"老夫就要死去的命,被君所救,这么大的恩德,难道还不应该酬谢报答吗? 讲仁义的人固然不把这事放在心上,然而受恩的人就想要用死来报效了。"韦丹一下子明白了,知道他就是鼋,然而始终没有挑明。于是老人准备了珍奇美味的饭菜,宾主流连了一整天。到了傍晚,韦丹要告辞回去,老人就从怀里拿出一卷文字,送给韦丹说:"我知道你要问命运如何,所以我到天曹去记录了你一生的官禄和行止的地方,就算是报答吧! 这里的有和无,都是你的命运决定的,只是预先知道罢了。"又对胡芦先生说:"最好借给我五十贯钱,用来给韦君改换一个坐骑,早日决定西行是我的愿望啊。"韦丹再拜而去。

第二天,胡芦先生装了五十缗钱来到旅馆,韦丹赖此得以救济。那卷文书上写着:明年五月中举;又某年平判进入登科之列、授咸阳县尉;又过一年进朝廷,做某官。像这样历任官职十七次,都有具体的年月日,最后调任江西观察使,官至御史大夫。到最后三年,厅前的皂荚树开花,应当是调任改官北归了,以后再就没有写什么了。韦丹平常当成宝贝一样带着在身边。自从

五经及第后，至江西观察使。每授一官，日月无所差异。洪州使厅前，有皂荚树一株，岁月颇久，其俗相传：此树有花，地主大忧。元和八年，韦在位，一旦树忽生花，韦遂去官，至中路而卒。

初，韦遇元长史也，颇怪异之。后每过东路，即于旧居寻访不获。问于胡芦先生，先生曰："彼神龙也，处化无常，安可寻也？"韦曰："若然者，安有中桥之患？"胡芦曰："迍难困厄，凡人之与圣人，神龙之于蝘蜒，皆一时不免也，又何得异焉？"出《河东记》。

熊　慎

唐豫章民有熊慎者，其父以贩鱼为业。尝载鱼宿于江浒，闻船内千百念经佛声，惊而察之，乃船中诸鱼也。遂叹异而悉取放之，不复以渔为业。后鬻薪于石头，穷苦至甚。尝暮宿于江上，忽见沙中光焰高尺余，就掘之，得黄金数斤。明日，赍诣都市货之。市人云："此所谓紫磨金也。"酬缯数十万，熊氏由此殖产巨富，子孙于今存焉。出《报应录》。

王行思

伪蜀渠阳邻山，有富民王行思。尝养一马，甚爱之，刍粟喂饲，倍于他马。一日因乘往本郡，遇夏潦暴涨，舟子先渡马，回舟以迎王氏。至中流，风起船覆，其马自岸奔入骇浪，接其主。苍茫之间，遽免沉溺。出《儆诫录》。

科举考中后，一直到江西任观察使。每次被授任一个官职，年月都没有一点差错。洪州刺史厅堂前面，有一株皂荚树，年深日久了，民间传说：此树开花，地主大忧。元和八年，韦丹在位，一天早晨皂荚树忽然开花，韦丹于是便辞去官职，在回家的途中就死了。

当初韦丹遇到元长史，觉得很怪异，以后每次经过东路，就到旧居去寻访，但总也寻访不到。到胡芦先生那儿去问，先生说："那是神龙呀，变化无常，怎么能找到呢？"韦丹说："如果是那样，怎么能有中桥之祸呢？"胡芦先生说："遭遇困难险恶，无论凡人和圣人，神龙和最小的动物，都是不能避免的，这又有什么可奇怪的呢？"出自《河东记》。

熊　慎

唐朝豫章有个叫熊慎的平民，他的父亲以卖鱼为业。曾经用船载着鱼在江边住宿，听到船舱里有念佛经的声音，吃了一惊，到处察看，原来是船中的那些鱼。于是便感叹讶异此事并把它们放了，从此不再以贩鱼为业。后来在南京卖柴，生活非常穷苦。有一天晚上宿于江上，忽然看见岸上的沙滩里发出一尺多高的光焰，就挖掘发光的地方，挖出来几斤黄金。第二天，到都市上去卖。市上的人说："这就是所说的紫磨金。"给了几十万缗的酬金，熊家从此财产充足，成为巨富，子孙至今还在。出自《报应录》。

王行思

前蜀渠阳邻山，有一个富家百姓王行思。他曾经养了一匹马，特别爱护它，马小的时候就用精饲料喂养，超过其它马一倍。一天，骑着那匹马到郡中去，正遇到江水突然上涨，撑船的人先把马渡过去，回来再渡王氏过江。到江中间时，大风掀起波浪把船掀翻了，那匹马从岸上奔跑到大浪中接它的主人。在苍茫的大波浪中，竟然免于沉溺。出自《儆诫录》。

陈弘泰

伪蜀广都县百姓陈弘泰者,家富于财。尝有人假贷钱一万,弘泰征之甚急。人曰:"请无虑,吾先养虾蟆万余头,货之,足以奉偿。"泰闻之恻然,已其债,仍别与钱十千,令悉放虾蟆于江中。经月余,泰因夜归,马惊不进,前有物光明,视之,乃金虾蟆也。出《儆诫录》。

陈弘泰

前蜀广都县百姓陈弘泰,家里很有钱。曾有人向他借钱一万,弘泰追要得很急。那人说:"请不要担心,我以前养了一万多头虾蟆,我卖了以后完全可以偿还你。"陈弘泰听了以后很悲伤,免了债,另外给那人十千钱,让人把虾蟆全都放到江里去。过了一个多月,一次陈弘泰晚上回家,骑的马受惊不肯前进,原来是前面有发光的东西,仔细一看,原来是金虾蟆。出自《儆诫录》。

卷第一百一十九
报应十八冤报

杜 伯	公孙圣	燕臣庄子仪	游 敦	王 宏
宋皇后	徐 光	王 陵	夏侯玄	金 玄
经 旷	万 默	麹 俭	太乐伎	邓 琬
孔 基	昙摩忏	支法存	张 超	袁粲幼子
庾宏奴	魏辉儁	真子融		

杜 伯

　　杜伯名曰恒，入为周大夫。宣王之妾曰女鸠，欲通之，杜伯不可。女鸠诉之宣王曰："窃与妾交。"宣王信之，囚杜伯于焦，使薛甫与司空锜杀杜伯，其友左儒九谏而王不听。杜伯既死，为人见王曰："恒之罪何哉？"王召祝，而以杜伯语告，祝曰："始杀杜伯，谁与王谋之？"王曰："司空锜也。"祝曰："何以不杀锜以谢之？"宣王乃杀锜，使祝以谢之。伯犹为人而至，言其无罪。司空锜又为人而至曰："臣何罪之有？"宣王告皇甫曰："祝也为我谋而杀人，吾杀者又皆为人而见诉，奈何？"皇甫曰："杀祝以谢，可也。"宣王乃杀祝以兼谢焉，又无益，皆为人而至，祝亦曰："我焉知之，奈何以此为罪而杀臣也？"后三年，宣王游圃田，从人满野。日中，

杜 伯

杜伯,名叫恒,入朝为周大夫。宣王的妾叫女鸠,想要同杜伯私通,杜伯没有答应。女鸠怀恨在心,便向宣王哭诉说:"杜伯偷偷地想和我私通。"宣王就相信了,把杜伯囚禁在焦地,派薛甫和司空锜杀杜伯,杜伯的朋友左儒九次劝谏宣王都不听。杜伯死后,现形对王说:"杜恒有什么罪?"王召见巫祝,把杜恒的话告诉他,巫祝说:"开始杀杜伯时,是谁给王出的主意?"宣王说:"是司空锜。"巫祝说:"为什么不杀掉司空锜表示道歉呢?"宣王就杀了司空锜,让巫祝给杜伯道歉。可杜伯还是现形来,说他没有罪。司空锜也变成人来说:"臣有什么罪?"宣王把这事又告诉了皇甫,说:"巫祝给我出主意让我杀人,我杀的人又都现形来向我诉冤,怎么办呢?"皇甫说:"杀了巫祝来道歉,就可以了。"宣王就杀了巫祝向之前二人道歉,还是没有用,他们又都现形来找宣王,巫祝还说:"我怎么知道以前的事,为什么以这些罪名杀死我?"三年以后,宣王到野外游猎,仆从遍布山野。正午时分,

见杜伯乘白马素车,司空锜为左,祝为右,朱冠起于道左,执朱弓彤矢,射王中心,折脊,伏于弓衣而死。出《还冤记》。

公孙圣

吴王夫差,杀其臣公孙圣而不以罪。后越伐吴,王败走,谓太宰嚭曰:"吾前杀公孙圣,投于胥山之下,今道由之。吾上畏苍天,下惭于地,吾举足而不能进,心不忍往。子试唱于前,若圣犹在,当有应声。"嚭乃登余杭之山,呼之曰:"公孙圣!"圣即从上应曰:"在。"三呼而三应。吴王大惧,仰天叹曰:"苍天乎,寡人岂可复归乎!"吴王遂死不返。出《还冤记》。

燕臣庄子仪

燕臣庄子仪,无罪而简公杀之,子仪曰:"死者无知则已,若其有知,不出三年,当使君见之。"明年,简公将祀于祖泽。燕之有祖泽,犹宋之有桑林,国之大祀也,男女观之。子仪起于道左,荷朱杖击公,公死于车上。出《还冤记》。

游 敦

游敦,字幼齐,汉世为羽林中郎将。先与司隶校尉胡轸有隙,遂诬敦杀之。敦死月余,轸病,目睛遂脱,但言伏罪,游幼齐将鬼来。于是遂死。出《还冤记》。

王 宏

汉王宏,字长文,为扶风太守,与司徒王允俱为李傕等

见杜伯乘着白马拉着白色的车,司空锜护左,巫祝护右,戴着红帽子从道边奔驰而来,他拿着红弓搭红箭,正好射中宣王的心口。脊梁都射断了,周宣王扑伏在箭囊上死了。出自《还冤记》。

公孙圣

吴王夫差无缘无故杀掉了他的大臣公孙圣。后来越国讨伐吴国,吴王败逃,他对太宰伯嚭说:"我以前杀了公孙圣,并把他扔到胥山下,现在我们必须经过那里。我对上害怕苍天,对下又有愧于土地,抬脚不能前进,实在是不忍心往前走。你试着在前面高呼,如果公孙圣还在,就会有应答之声。"伯嚭就登上余杭山,在山上大呼:"公孙圣!"公孙圣就在上面答应说:"在!"三呼三应。吴王非常害怕,仰天长叹说:"苍天啊!寡人怎能回国呀?"吴王后来死了也没有再返回。出自《还冤记》。

燕臣庄子仪

燕国大臣庄于仪,没有犯罪而被简公杀了。子仪临死时说:"死了若是没知觉也就罢了,若是有知觉,不超过三年,就会让你看见我。"第二年,简公将要到祖泽去祭祀。燕国祖泽之祭,就像宋国桑林之祭一样,是国家重要的祭祀活动,男男女女都来观看。这时子仪从道旁冲出来,手里拿着红木杖打简公,简公死在车上。出自《还冤记》。

游 敦

游敦,字幼齐,汉朝时为羽林中郎将。以前同司隶校尉胡轸有些矛盾,胡轸就诬陷游敦并把他杀了。游敦死后一个多月,胡轸就得了病,眼珠都掉了,只说他有罪,说是游幼齐领着鬼来了。于是便死了。出自《还冤记》。

王 宏

汉朝的王宏,字长文,任扶风太守,与司徒王允同被李傕等人

所害。宏素与司隶校尉胡伸不相能,伸因就狱竟其事,宏临死叹曰:"胡伸小子,勿乐人之祸,祸必及汝。"伸后病,头不得举,眼若睡,见宏来,以大杖击之,数日死。出《还冤记》。

宋皇后

汉灵帝宋皇后,无宠而居正位,后宫幸姬,众共谮毁。初,中常侍王甫枉诛渤海王悝及妃,妃即后之姑也。甫恐后怒,乃与大中大夫程何,共诬后执左道咒诅。灵帝信之,收后玺绶。后自致暴室,以忧死,父及兄弟俱被诛。诸常侍大小黄门在省署者,皆怜宋氏无罪。帝后梦见桓帝曰:"宋皇后何罪过?而听用邪孽,使绝其命。昔渤海王悝,既已自贬,又受诛毙。今宋后及悝,皆诉于天,上帝震怒,罪在难救。"梦殊明察,帝既觉而惧,以事问羽林左监许永:"此为何祥?其可禳乎?"永对以宋后及渤海无辜之状,并请改葬,以安冤魂,还宋家之徙,复渤海之封,以消灾咎。帝弗能用,寻亦崩焉。出《还冤记》。

徐 光

徐光在吴,常行术市里间。种梨橘枣栗,立得食,而市肆卖者,皆已耗矣。凡言水旱甚验。常过大将军孙綝门,褰衣而趋,左右唾践。或问其故,答曰:"流血臭腥不可耐。"綝闻而杀之,斩其首无血。及綝废幼帝,更立景帝,

陷害。王宏平素与司隶校尉胡伸合不来，胡伸因此就进监狱陷害他，王宏临死时感叹说："胡伸你这个小子，不要看到别人有祸你就高兴，灾祸早晚要降到你头上。"胡伸后来病了，头抬不起来，眼睛睁不开，像睡觉一样，他看见王宏进来，用大木棍打他，几天后就死了。出自《还冤记》。

宋皇后

汉灵帝的宋皇后，不受宠幸却居正位，后宫的姬妾们都诽谤诬陷她。当初，中常侍王甫屈杀了渤海王悝和王妃，王妃就是送皇后的姑母。王甫恐怕皇后生气报复，就和大中大夫程何共同诬陷皇后，说她用旁门左道诅咒灵帝。灵帝相信了，收回皇后的玉玺和绶带。皇后自从到了冷宫，因为整天忧郁愁苦而死，父亲以及兄弟全部被杀。各个常侍、大小黄门在省署的人，都可怜宋皇后无罪而死。灵帝后来梦见桓帝，桓帝说："宋皇后有什么罪过？你听信任用奸邪的大臣和嬖姬，使宋皇后绝命。以前渤海王悝，既然已经自贬了，但还是被杀死了。现在宋皇后和送悝都到天帝那儿告你，天帝非常气愤，你的罪过太大很难救你。"梦中情景历历在目，灵帝醒了之后很害怕，把这件事说给羽林左监许永，问他："这是什么征兆，可以祭祀消灾吗？"许永就把宋皇后和渤海王无罪的情况说给他听，并且请求改葬，使冤魂安宁，召回宋家外逃的人，恢复渤海王的封号，来消除灾祸。灵帝并没有采纳他的意见，不久就驾崩了。出自《还冤记》。

徐　光

徐光在吴国，常常在集市和街巷里施展法术。种梨桔枣果等树，马上就可以结果吃到，而市场上卖的果子，都有损耗。凡是他预言的洪水和干旱等事，都很灵验。他曾在大将军孙綝门前经过，撩起衣服往前走，还向左右两旁吐唾沫。有人问是为什么，他说："到处流血腥臭，实在让人受不了。"孙綝听说后把他杀了，砍了他的头却不出血。等到孙綝废掉幼帝，改立景帝，

将拜陵,上车,车为之倾。因顾见徐光在松柏树上,附手指挥,嗤笑之。綝问侍从,无见者,綝恶之。俄而景帝诛綝。
出《还冤记》。

王　陵

司马宣王功业日隆,又诛魏大将军曹爽,篡夺之迹稍彰。王陵时为扬州刺史,以魏帝制于强臣,不堪为主。楚王彪年长而有才,欲迎立之。兖州刺史董莘,以陵阴谋告宣王,宣王自将中军讨陵。卒至,陵自知势穷,乃单舸出迎。宣王遂送陵还京师。至项城,过贾逵庙侧,陵呼曰:"贾梁道,吾固尽心于魏之社稷,唯尔有神知之。"陵遂饮药酒死,三族皆诛。其年,宣帝有病,白日见逵来,并陵为祟,因呼陵字曰:"彦云缓我!"宣王身亦有打处,少时遂卒。出《还冤记》。

夏侯玄

魏夏侯玄,字太初,以当时才望,为司马景王所忌而杀之。玄宗族为之设祭,见玄来灵座,脱头置其旁,悉敛果肉食物以纳头,既而还自安颈而言曰:"吾得诉于上帝矣,司马子元无嗣也。"既而景王薨,遂无子。文王封次子攸为齐王,继景王后,攸薨,攸子冏嗣立,又被杀。及永嘉之乱,有巫见宣王泣云:"我国倾覆,正由曹爽、夏侯玄二人,诉冤得申故也。"出《还冤记》。

将要去拜谒皇陵，刚一上车，车就翻了。孙綝回头一看，只见徐光站在松柏树上附手指挥，并且嘲笑他。孙綝问侍从，都说没看见，孙綝很讨厌这件事。不久，景帝就诛杀了孙綝。出自《还冤记》。

王　陵

魏国司马宣王的功业日益隆盛，又杀了魏国的大将军曹爽，篡权夺位的迹象渐渐明显。王陵当时任扬州刺史，因魏帝被强臣所制，是扶不起来的天子，没有能力当魏主。楚王曹彪年纪大又有才能，王陵就想迎立他为魏主。兖州刺史董莘把王陵的计划告诉了宣王，宣王亲自率领军队讨伐王陵。很快就到了，王陵自己知道形势不可挽救了，就自己驾着小船迎接宣王。宣王就押送王陵回京师。到项城时，经过贾逵庙旁边，王陵大声呼叫说："贾梁道，我本来是尽心尽力为国家着想的，你有神灵，应该知道。"王陵于是就喝药酒死了，王陵的三族都被诛杀。那一年，宣帝得了病，大白天就看见贾逵来，和王陵一起作怪。宣王就招呼王陵的字说："彦云饶了我吧！"宣王的身上也有被打的伤痕，没过一会儿就死了。出自《还冤记》。

夏侯玄

魏国的夏侯玄，字太初，凭当时的才能和名望，被司马景王所忌妒而杀了。夏侯玄的亲属同族们给他祭奠，见到夏侯玄来到灵墓前，把头摘下来放在一边，把果肉食物都收起来装到头里，又自己把头安在颈上，然后说："我将到上帝那里去控诉，司马子元没有后代了。"接着景王就死了，没有儿子。文王封他的次子攸为齐王，继承景王。攸死后，攸的儿子同立为王，又被杀了。等到永嘉之乱，有个巫师看见宣王哭着说："我们国家灭亡，正是因为曹爽、夏侯玄二人，向上帝申冤得到伸张的缘故。"出自《还冤记》。

金 玄

晋明帝杀力士金玄,谓持刀者曰:"我头多筋,斫之必令即断,吾将报汝。"刀者不能留意,遂斫数疮,然后绝。后见玄绛冠朱服,赤弓彤矢,射持刀者,呼云:"金玄缓我!"少时而死。出《还冤记》。

经 旷

河间国兵张粗、经旷,二人相与谐善。晋太元十四年五月五日,共升钟岭,坐于山椒。粗酒醋失性,拔刀斩旷。旷托梦于母,自说:"为粗所杀,尸在涧间,脱裳覆腹,寻觅之时,必难可得,当令裳飞起此处也。"明晨追捕,一如所言。粗知事露,将谋叛逸,出门,见旷手执双刀,来拟其面,遂不得去。母遂报官,粗伏辜。出《还冤记》。

万 默

晋山阴县令石密,先经为御史,枉奏杀句容令万默。密寻白日见默来,杀密死。出《还冤记》。

麹 俭

前凉张天锡元年,西域校尉张顾杀麹俭。俭临死,具言取之。后顾后见白狗,以刀斫之,不中,顾便倒地不起。左右见俭在旁,遂暴卒。出《还冤记》。

太乐伎

宋元嘉中,李龙等夜行掠劫。于时丹阳陶继之为秣陵

金 玄

晋明帝杀力士金玄,金玄对持刀杀他的人说:"我的脖子上筋多,你砍的时候一定要立刻让头断,我将报答你。"持刀的人并没有留心,结果连砍数刀,金玄才断气。后来持刀的人见到金玄戴着绛色帽子,穿着红色衣服,手持红弓红箭,射持刀人,持刀人大呼:"金玄饶我!"不一会儿就死了。出自《还冤记》。

经 旷

河间国兵士张粗、经旷,两个人很是友善。晋朝太元十四年五月五日那天,二人共登钟岭,坐在山巅。张粗酒喝多了失了本性,拔刀杀了经旷。经旷托梦给母亲,自己说:"被张粗所杀,尸首在山涧里,被脱掉了衣裳盖在肚子上,你们寻找的时候一定很困难,我就让衣裳在那地方飞起来。"第二天派人追捕,全都像经旷说的一样。张粗知道事情败露,想要逃避,他刚一出门,看见经旷手拿双刀,朝他脸上砍来,张粗就不敢动了。经旷母亲立刻报告了官府,张粗伏了罪。出自《还冤记》。

万 默

东晋山阴县县令石密,以前曾做过御史,因歪曲事实使句容县县令万默被杀。石密不久就看见万默大白天来找他,最后把石密杀死了。出自《还冤记》。

鞠俭

前凉张天锡元年,西域校尉张顺杀了鞠俭。鞠俭临死时,声言要取张顺的命。后来张顺发现他身后有只白狗跟着,就用刀砍那只狗,没有砍中,张顺却倒在地上爬不起来。随从看见鞠俭在他身旁,于是张顺突然就死了。出自《还冤记》。

太乐伎

宋元嘉年间,李龙等人乘夜劫掠。当时丹阳人陶继之任秣陵

县令,令人密寻捕,遂擒龙等。引人是太乐伎,劫发之夜,此伎与同伴往就人宿,共奏音声。陶不详审,为作款引,随例申上。而所宿主人及宾客,并相明证。陶知枉滥,但以文书已行,不欲自为通塞。并诸劫十人,于郡门斩之。此伎声价艺态,又殊辨慧,将死之日曰:"我虽贱隶,少怀慕善,未尝为非,实不作劫,陶令已当具知,枉见杀害。若无鬼则已,有鬼必自陈诉。"因弹琵琶,歌数曲而就死。众知其枉,莫不陨泣。经月余,陶遂梦伎来至案前云:"昔枉见杀,实所不忿,诉天得理,今故取君。"便跳入陶口,乃落腹中。陶即惊癋,俄而倒,状若风癫,良久苏醒。有时而发,发即夭矫,头乃著背,四日而亡。亡后家便贫瘁,二儿早死,余有一孙,穷寒路次。出《还冤记》。

邓琬

宋泰始元年,江州刺史邓琬,立刺史晋安王子勋为帝,作乱。初南郡太守张悦得罪,镶归扬都,及溢口,琬赦之,以为冠军将军,共纲纪军事。袁顗既败,张悦惧诛,乃称暴疾,伏甲而召邓琬。既至,谓之曰:"卿首唱此祸,今事急矣,计将安出?"琬曰:"斩晋安王以待王师,或可以免。"悦

县令，他命人秘密寻查追踪，不久就擒获了李龙等人。李龙诬陷劫掠的内线是太乐伎，劫案发生那天夜里，太乐伎和同伴们去别人家住宿，一起奏乐歌唱。陶继之没有认真审理，把他当成劫案的引线，随着李龙等人一起上报了。尽管太乐伎所住宿的房主和宾客们都证明太乐伎当时不在劫案现场，也没有起作用。后来陶县令也知道自己冤枉了太乐伎，但是上报的文书已经发走了，他又不想自找麻烦，怕对自己不利，就将错就错，不再做更改。太乐伎和李龙等十名抢劫犯在郡门被斩首。太乐伎的声调姿态都很出众，又才华过人，他将要被处死那天说："我虽是个贫贱的下等人，但是少年时心里就羡慕善良的人，从来没有做过坏事。确实没有参与抢劫，陶县令已经全都知道了，却枉加杀害。如果没有鬼也就罢了，如果有鬼我一定要到天府去告状。"然后弹着琵琶，唱了几首歌被处死了。大家都知道他太冤枉，没有不掉眼泪的。一个多月后，陶县令就梦到太乐伎来到他的桌案前说："过去被你屈杀，实在是愤恨不平，现在我告到天帝那已经得理，所以今天来杀你。"说完便跳到陶继之的嘴里，然后就落到肚子里。陶继之立刻吓醒了，不一会儿倒在地上，像得了疯癫病一样，很长时间才苏醒。这病不时发作，发病时身子不是后倒就是前倾，头可以挨着后背，过了四天就死了。他死之后家里变穷了，两个儿子也死得早，还剩下一个孙子，饥寒于路，无家可归。
出自《还冤记》。

邓琬

　　南朝宋泰始元年，江州刺史邓琬，立晋安王的儿子勋做皇帝，于是发动叛乱。当初南郡太守张悦犯了罪，被戴上枷锁押回扬都，到了溢口，邓琬就把他放了，任命他为冠军将军，共同管理军中大事。袁颛惨败以后，张悦害怕被杀，谎称自己得了急病，在府里埋伏军队召邓琬来。邓琬到了之后，张悦对他说："你提出立勋做皇帝造成这样的灾祸，现在事情非常紧迫了，有什么计策呢？"邓琬说："杀了晋安王来等官兵到来，也许可以免灾。"张悦

怒曰："卿始此祸，而欲卖罪少帝乎？"命斩于床前，并杀其子，以琬头降。至五年，悦卧疾，见琬为厉，遂死。出《还冤记》。

孔基

会稽孔基勤学有志操，族人孔敞使其二子从基为师。而敞子并凶狠，趋向不轨。基屡言于敞，此儿常有忿志。敞寻丧亡，服制既除，基以宿旧，乃赍羊酒往看二子。二子犹怀宿怨，潜遣奴路侧杀基。奴还未至，乃见基来，张目攘袂，厉声言曰："奸丑小竖，人面兽心。吾蒙顾存昔，敦旧平生，有何怨恶，候道见害，反天忘父，人神不容，要当断汝家种。"从此之后，数日见形孔氏。无几，大儿向厕，忽便绝倒，络绎往看，已毙于地。次者寻复病疽而死。卒致兄弟无后。出《还冤记》。

昙摩忏

沮渠蒙逊时，沙门昙摩忏者，博达多识，为蒙逊之所信重。魏氏遣李顺拜蒙逊为凉王，乃求昙摩忏，蒙逊怯而不与。昙摩忏意欲入魏，屡从蒙逊请行，蒙逊怒杀之。既而左右当白日中，见昙摩忏以剑击蒙逊，因以疾而死。出《还冤记》。

支法存

支法存者，本自胡人，生长广州，妙善医术，遂成巨富。有八九尺氍毹，百种形象，光彩曜目。又有沉香八尺板床，

气愤地说："你引来的灾祸,却要嫁祸给少帝吗?"命令左右的卫士把邓琬杀死在床前,并且杀了邓琬的儿子,然后把邓琬的头当作投降的献礼。到泰始五年,张悦卧病在床,看见邓琬变作厉鬼前来索命,随即张悦就死了。出自《还冤记》。

孔 基

会稽的孔基勤学而且品行高洁,同族人孔敞就让两个儿子拜他为师,跟着他学习。但孔敞的两个儿子都很凶狠,行为不轨。孔基多次向孔敞提到这些事,这两个儿子便怨恨在心。孔敞不久就死了,等到孝服除去之后,孔基以老朋友的身份,带着羊肉好酒来看望孔敞的两个儿子。可这两个儿子还怀着旧怨,偷偷地派奴仆在路上杀了孔基。奴仆还未回来,就见孔基走过来,瞪着眼睛挽起袖子,厉声说:"奸丑的小子,人面兽心。我不忘同你父亲的老交情,平生厚道,有什么怨恨,派人等在路上害我,违背天理,忘掉了你父亲,人神不容,我一定断了你家的后代。"从此以后,好多天都现形于孔家。不久,大儿子上厕所,忽然昏倒在地,人来人往地先后来看,早已经死在地上了。次子不久也得了恶疮病死了。终于弄得兄弟都没有子嗣。出自《还冤记》。

昙摩忏

沮渠蒙逊时,有个和尚昙摩忏,博学多识,被蒙逊所信重。魏国派李顺封蒙逊为凉王,趁机要求昙摩忏去魏国,蒙逊怕昙摩忏到魏国对自己不利而不放行。昙摩忏很想去魏国,多次请求前往,蒙逊很生气,就把他杀了。不久蒙逊的侍从们在大白天就看见昙摩忏用剑刺蒙逊,蒙逊因此得病而死。出自《还冤记》。

支法存

支法存,本来是胡人,生长在广州,很是精通医术,于是很快就成了豪富。他的家里有一幅八九尺长的毛毯,上面织有各种图形,光彩鲜艳夺目。他还有一张八尺长的沉香木板床,

居常芬馥。王谭为广州刺史，大儿劭之，屡求二物，法存不与。王因状法存豪纵，杀而籍没家财焉。死后，形见于府内，辄打阁下鼓，似若称冤，如此经月。王寻得病，恒见法存守之，少时遂亡。劭之比至扬都，又死焉。出《还冤记》。

张　超

高平金乡张超，先与同县翟愿不和。愿以宋元嘉中，为方舆令，忽为人所杀，咸疑是超。超后除金乡县令，解职还家，入山伐材。翟兄子铜乌，执弓持矢，并赍酒礼，就山馈之。斟酌已毕，铜乌曰："明府昔害我叔，无缘同戴天日。"即引弓射之，超乃死。铜乌其夜见超云："我不杀汝叔，横见残害。今已上诉，故来相报！"引刀刺之，吐血而死。出《还冤记》。

袁粲幼子

齐高祖欲禅，宋尚书令袁粲举兵不从，被害。其幼子，乳母潜将投粲门生狄灵庆，灵庆杀之。经年，忽见儿骑狗戏如常，后复有一狗，走入灵庆家。遇灵庆，便噬杀之，其妻子并死于狗。出《古今记》。

庾宏奴

庾宏为竟陵王府佐，家在江陵。宏令奴无患者，载米饷家，未达三里，遭劫被杀，尸流泊查口村。时岸傍有文欣

居室平时一直香气浓盛。王谭担任广州刺史,他的大儿子王劭之,多次向支法存索要这两件东西,法存不肯给他。王劭之因此就捏造罪状,说支法存豪横放纵,杀了法存并没收家财。法存死后,便经常在刺史府内现形,一出现就击打阁楼下的大鼓,好像要鸣冤,如此过了一个月。王谭不久就得了病,经常看见法存守着他,过了没多久就死了。王劭之紧接着回到扬都,也死了。出自《还冤记》。

张　超

高平金乡县的张超,以前和同县的翟愿不和。翟愿在南朝宋元嘉年间任方舆县令,忽然被人杀害,人们都怀疑是张超所杀。张超后来解除了金乡县令的职务回到家里,上山伐木。翟愿哥哥的儿子铜乌,带着弓和箭,并携着酒礼,在山上赠给张超。二人在山上吃喝完毕,铜乌说:"明府您过去杀害了我叔叔,现在我们无缘同戴天日。"说完就拉弓射死张超,张超就死了。铜乌在当天晚上看见张超说:"我没有杀你叔父,却被你凶狠地残杀。现在我已经上诉天帝,所以来报仇!"于是拔出刀刺铜乌,铜乌吐血而死。出自《还冤记》。

袁粲幼子

齐高祖想让宋帝禅让,尚书令袁粲起兵不从,结果被害。他的小儿子被乳母偷着带走,投奔袁粲的门生狄灵庆,灵庆却把孩子杀了。一年后,狄灵庆忽然看见袁粲的幼子像往常一样骑着狗玩,他的后面还有一条狗,走进灵庆的家。遇到灵庆,便咬死了他,他的妻子和儿子也一起被狗咬死。出自《古今记》。

庾宏奴

庾宏是竟陵王府的府佐,家住在江陵。有一天,庾宏让奴仆无患装了一车米送回家去,还没走出三里路,遭到强盗抢劫被杀害,无患的尸首漂流到查口村。那时在岸边住户中有个叫文欣

者,母病。医云须得髑髅屑服之,即差。欣重赏募索。有邻妇杨氏见无患尸,因断头与欣。欣烧之,欲去皮肉,经三日夜不焦,眼角张转。欣虽异之,犹惜不弃,因刮耳颊骨,与母服之。即觉骨停喉中,经七日而卒。寻而杨氏得疾,通身洪肿,形如牛马,见无患头来骂云:"善恶之报,其能免乎?"杨氏以语儿,言终而卒。出《幽明录》。

魏辉儁

北齐阳翟太守张善,苛酷贪叨,恶声流布。兰台遣御史魏辉儁,就郡治之,赃贿狼籍,罪当合死。善于狱中,使人通诉,反诬辉儁为纳民财,枉见推缚。文宣帝大怒,以为法司阿曲,必须穷正,令尚书令左丞卢斐复验之。斐遂希旨,成辉儁罪状,奏报,于州斩决。辉儁遗语令史曰:"我之情理,是君所见,今日之事,可复如之。当办纸百番,笔二管,墨一锭,以随吾尸,若有灵祇,必望报卢。"令史哀悼,为之殡敛,并备纸笔。十五日,善得病,唯云叩头,未旬日而死。才两月,卢斐坐讥驳魏史,为魏收奏,文宣帝鸩杀之。出《还冤记》。

真子融

真子融,北齐世尝为井陉关收租使,脏货甚,为人所纠。齐主欲以行法,意在穷治,乃付并州城局参军崔法瑗,与中书舍人蔡晖,共拷其狱。然子融罪皆在赦前,法瑗

的人,他母亲生病。医生说必须用骷髅的骨屑作药吃,吃后立刻就能好。文欣于是悬赏重金求索。这时邻居有个姓杨的妇女,看见了无患的尸体,就砍断了头送给文欣。文欣得到头后就用火烧,想去掉皮肉,烧了三天三夜也不枯焦,眼睛还能睁开转动。文欣虽然奇怪,但还是不舍得扔掉。后来刮下耳颊骨,给母亲服下。他母亲立刻觉得有骨头卡在喉咙里,七天后就死了。不久杨氏也得了病,通身肿胀,形状像牛马一样,看见无患的头来骂她:"善有善报,恶有恶报,你能逃免吗?"杨氏便把事情经过告诉了他儿子,话刚说完就死了。出自《幽明录》。

魏辉儁

北齐的阳翟太守张善,苛刻残酷而又贪婪,他的坏名声流传很广。兰台遣御史魏辉儁到郡上治理,发现张善贪赃枉法的事情很多,论罪该死。于是就把张善押到狱中,但张善买通了上下,反过来诬陷辉儁为了搜刮民财,才把张善押进狱中。文宣帝很愤怒,认为司法部门不公正,必须拨乱反正,派尚书令左丞卢斐复查这个案子。卢斐就曲顺旨意,做好了辉儁的罪状后上奏,然后文宣帝下旨在州府处斩。辉儁对令史留下遗言说:"我的情况你都看得清清楚楚,现在这件事,也是这样。你给我准备一百番纸,二管笔,一锭墨,让我带在身上,如果天地真有神灵,我一定要向卢斐报仇。"令使哀悼他,给他收尸安葬并备了纸笔等。十五天以后,张善得了病,只说磕头,没出十天就死了。才过了两个月,卢斐出使魏国犯了讥驳犯上的罪,被魏国收押并奏明齐国,文宣帝用毒酒杀了他。出自《还冤记》。

真子融

真子融在北齐时曾任井陉关收租使,赃款赃物很多,被人控告追究。齐王想要严肃法纪,予以根治,就交给并州城局参军法瑗和中书舍人蔡晖共同审理此案,追查真子融的罪状。然而审理之后发现真子融犯的罪都是在齐王发整顿纲纪的赦令以前,法瑗

等观望上意，抑为赦后。子融临刑之际，怨诉百端，既不得理，乃曰："若使此等平直，是无天道。"后十五日，法瑗无病死。经一年许，蔡晖患病，肤肉烂堕都尽，苦楚日加，方死。

出《还冤记》。

等人看齐王的用意很明显,就决定改为大赦以后。子融临刑的时候百般诉冤,还是没有人理会。真子融就说:"如果让这些人这样下去,怎能有是非曲直,真是没有公道。"过了十五天,法瑗没有得病就死了。过了一年左右,蔡晖得了病,皮肤和肉都烂掉了,一天比一天痛苦,遭了很长时间的罪才死。出自《还冤记》。

卷第一百二十

报应十九冤报

梁武帝	张裈	羊道生	释僧越	江陵士大夫
徐铁臼	萧续	乐盖卿	康季孙	张绚
杨思达	弘氏	朱贞	北齐文宣帝	
梁武帝	韦戴	隋庶人勇	京兆狱卒	邛人

梁武帝

梁武帝萧衍杀南齐主东昏侯，以取其位，诛杀甚众。东昏死之日，侯景生焉。后景乱梁，破建业，武帝禁而饿终，简文幽而压死，诛梁子弟，略无孑遗。时人谓景是东昏侯之后身也。出《朝野佥载》。

张裈

下邳张裈者，家世冠族，末叶衰微。有孙女，殊有姿貌，邻人欲聘为妾，裈以旧门之后而不许。邻人忿之，乃焚其屋，裈遂烧死。其息邦，先行不在，后还，亦知情状，而畏邻人之势，又贪其财而不言，嫁女与之。后经一年，邦梦见裈曰："汝为儿子，逆天不孝，弃亲就怨，潜同凶党。"便捉邦头，以手中桃杖刺之。邦因病两宿，呕血而死。邦死日，

梁武帝

梁武帝萧衍杀了南齐主东昏侯,篡取帝位,被杀死的人非常多。东昏侯死的那天,侯景出生了。后来侯景在梁作乱,攻占建业,武帝被囚禁饿死,简文帝幽禁被压死,萧梁宗室,所剩无几。当时人都说侯景是东昏侯的后身。出自《朝野佥载》。

张禅

下邳的张禅,出身豪门士族,到晚近才衰微。他有个孙女,姿容美丽出众,邻居想聘她为妾,但张禅认为自己是士族之后,没有同意。邻居很怨忿,就放火烧了张禅的房子,张禅被烧死了。他的儿子张邦外出不在家,回来以后也了解了内情,但他惧怕邻居的势力,又贪图他的钱财,而没有说什么,就把女儿嫁过去了。一年之后,张邦梦见张禅说:"你是我的儿子,大逆不孝,弃亲属投仇敌,与凶徒为党。"说着便抓住张邦的头,用手中的桃木棍刺他。张邦因此病了两夜,呕血而死。张邦死的那天,

邻人又见裨排门户直入,张目攘袂曰:"君恃势纵恶,酷暴之甚,枉见杀害。我已上诉,事获申雪,却后数日,令君知之。"邻人得病,寻亦陨殁。出《还冤记》。

羊道生

梁太山羊道生,为邵陵王中兵参军。其兄海珍,任溠州刺史。道生乞假省之,临别,兄于近路设顿,祖送道生。道生见缚一人于树,就视,乃故旧部曲也。见道生涕泣哀诉云:"溠州欲赐杀,乞求救济。"道生问:"汝何罪?"答云:"失意逃叛。"道生便曰:"此最可忿。"即下马,以佩刀刳其眼睛吞之,部曲呼天大哭。须臾海珍来,又嘱兄决斩。道生良久,方觉眼睛在喉内,噎不下。索酒咽之,顿尽数杯,终不能去。转觉胀塞,遂不成咽而别。在路数日死,当时莫不以为有天道焉。出《还冤记》。

释僧越

梁东徐州刺史张皋,仆射永之孙也。尝因败入北,有一土民,与皋盟誓,将送还南。土民遂即出家,法名僧越,皋供养之。及在东徐,且随至任,恃其勋旧,颇以言语忤皋。皋怒,遣两门生,夜往杀之。尔后忽梦见僧越,云:"来报怨。"少时出射,而箭栝伤指,才可见血,不以为事。后因破梨,梨汁浸渍,乃加脓烂。停十许日,膊上无故复生一疮,脓血与指相通,月余而死。出《还冤记》。

邻居又看见张祎推门直入他家，瞪着眼睛挽起袖子说："你凭借着财势放纵作恶，残酷凶暴到了极点，我冤枉地被你杀害。现在我已经上诉了，事情获得伸张昭雪，过几天以后就会让你知道。"邻居于是得病，不久也死了。出自《还冤记》。

羊道生

梁太山人羊道生，任邵陵王中兵参军。他的兄长海珍，任溠州刺史。道生请假前往探亲，当羊道生要返回临别那天，他的哥哥在近路设下止宿之所，祭奠路神给他饯行。这时道生看见树上绑着一个人，走近一看，原来是他家过去的家仆。家仆见是道生就哭着告诉他："溠州刺史想要杀我，请求你救我。"道生问："你是什么罪？"回答说："不得志想逃跑。"道生便说："这种事最可恨！"然后就下了马，用带的佩刀剜下他的眼睛吞了下去，家仆疼得呼天唤地大哭。不一会儿海珍来了，道生又叫海珍杀了他。过了很久，道生才觉得眼睛还在喉咙里，噎住咽不下去。他要酒喝往下咽，一气喝了几杯酒，最终还是没咽下去。马上又觉得堵胀，于是就这样与兄长分别了。没过几天，道生就死在了路上，当时没有人不认为这是天道报应。出自《还冤记》。

释僧越

梁朝东徐州刺史张皋是仆射张永的孙子。曾因打了败仗跑到北方，有一个当地的百姓，同张皋结盟发誓，一定想办法把张皋送回南方。这个人以后当了和尚，法号叫僧越，张皋就供养他。等后来到了东徐，他也就跟张皋去了任所，僧越依仗他是故旧有功劳，竟以言语冲撞张皋。张皋很生气，就派了两个门生在夜间杀了僧越。之后张皋忽然梦见僧越，僧越说："我来报仇。"不久张皋出外射猎，被箭栝伤了手指，刚刚能看出有血，便没有当回事。后来因为切梨，梨汁浸入伤口，使手指出脓溃烂。过了十多天，胳膊上无故又长出一个疮，流脓出血和手指相通，过了一个多月就死了。出自《还冤记》。

江陵士大夫

江陵陷时,有关内人梁元晖,俘获一士大夫,姓刘。此人先遭侯景丧乱,失其家口,唯余小男,始数岁。躬自担负,又值雪泥,不能前进。梁元晖监领入关,逼令弃儿。刘甚爱惜,以死为请。遂强夺取,掷之雪中,杖楚交下,驱蹙使去。刘乃步步回顾,号叫断绝,辛苦顿毙,加以悲伤,数日而死。死后,元晖日见刘伸手索儿,因此得病。虽复悔谢,来殊不已。元晖载病到家而卒。出《还冤记》。

徐铁臼

东海徐甲,前妻许氏,生一男,名铁臼。而许氏亡,甲改娶陈氏。凶虐之甚,欲杀前妻之子。陈氏产一男,生而祝之曰:“汝若不除铁臼,非吾子也。”因名之为铁杵,欲以捣臼也。于是捶打铁臼,备诸毒苦,饥不给食,寒不加絮。甲性暗弱,又多不在舍,后妻得意行其酷暴。铁臼竟以冻饿甚,被杖死,时年十六。亡后旬余,鬼忽还家,登陈氏床曰:“我铁臼也,实无罪,横见残害。我母诉怨于天,得天曹符,来雪我冤,当令铁杵疾病,与我遭苦时同,将去自有期日,我今停此待之。”声如生时,家人不见其形,皆闻其语。恒在屋梁上住。陈氏跪谢,频为设奠,鬼云:“不须如此,饿我令死,岂是一餐所能酬谢?”陈氏夜中窃语道之,鬼应声

江陵士大夫

　　江陵沦陷的时候，有一个关内人叫梁元晖，他俘获了一个士大夫，姓刘。这个人先遭到侯景丧乱，失去了家人，身边只剩下一个小儿子，才几岁。他亲自用担子挑着孩子，当时赶上泥雪满路，很难往前走。梁元晖负责押着他们入关，就逼迫他把孩子扔下。可是刘某又非常疼爱舍不得丢下，就非常恳切地请求梁元晖。梁元晖于是强夺下孩子扔到雪地里，然后棍棒交加，驱赶刘某快点走。刘某就一步一回头，又哭又号差点断了气，一路上辛苦困顿再加上悲伤，几天后就死了。刘某死后，元晖天天都看见刘某的鬼魂伸手向他要儿子，因此得了病。虽然他多次表示后悔道歉，但刘某还是总来不停。于是梁元晖带着病回到家就死了。出自《还冤记》。

徐铁臼

　　东海人徐甲，前妻许氏，生一男孩，取名铁臼。然而不久许氏就死了，甲又娶了陈氏。陈氏凶狠残暴，想杀前妻的孩子。陈氏后来生了个男孩，生下来就祷告："你若不除掉铁臼，就不是我的儿子。"因此便取名铁杵，想要用铁杵捣铁臼。于是她常常捶打铁臼，用尽了各种办法让铁臼受苦，饿了不给吃的，冷了不加衣服。徐甲生性糊涂软弱，又经常不在家，后妻实行残酷凶暴的行动更加肆意。铁臼最后因为饥寒交迫，被木棍打死。那年才十六岁。死后十多天，铁臼变成鬼忽然回家，登上陈氏的床说："我是铁臼，我实在没有什么过错，无故被你残害。我的母亲上天诉冤，得到天官的命令，来洗刷我的冤仇。应当让铁杵得病，和我遭受的痛苦一样，我自有要走的时候，但我现在要住在这儿等待。"说话的声音和生前一样，家里的人看不见铁臼的形体，但都能听到他说话。他总在屋梁上住。陈氏跪着道歉，一次又一次地摆设祭奠，鬼说："不用这样，把我饿死，怎么是一顿饭就能酬谢得了的呢？"陈氏在半夜时私语提起这些事，鬼就应声

云:"何故道我?今当断汝屋栋。"便闻锯声,屑亦随落,拉
然有声响,如栋实崩。举家走出,炳烛照之,亦无异。又骂
铁杵曰:"杀我,安坐宅上为快耶?当烧汝屋。"即见火然,
烟烂火盛,内外狼籍。俄而自灭,茅茨俨然,不见亏损。日
日骂詈,时复讴歌,歌云:"桃李花,严霜落奈何。桃李子,
严霜落早已。"声甚伤凄,似是自悼不得成长也。于是铁杵
六岁,鬼至,病体痛腹大,上气妨食。鬼屡打之,打处青黡,
月余而死,鬼便寂然。出《还冤记》。

萧　续

　　梁庐陵王萧续,为荆州刺史。时有武宁太守张延康,
甚便弓马,颇为人伏。代下将还,王要伏事,延康意贪进
上,辞不肯留。王遂寻延康为郡时罪,镵系在狱,发使启
申,意望朝廷委州行决。梁主素识延康,兼疑王启不实,乃
敕送都。王既怀恨,又惧延康申雪,翻复获罪,乃未宣敕,
使狱卒说延康曰:"如闻王欲见杀,君何不拔身还都自理?
若能去,当为方便。"延康然之,遂夜逃。王遣游军设伏,
刺延康于城下,乃表叛狱格战而死。又有枝江令吴某,将
还扬州,被王要结,亦不肯住。遂使人于道击杀之,举家数
十口,并从沉溺。后数年得疾,王日夜常见张吴二人,王但
曰:"宽我宽我。"少时而薨。出《还冤记》。

说："为什么说我？我现在要锯断你的屋栋。"接着就听到锯声，木屑也随着落下来，哗啦一声响，就好像屋栋真的崩塌了一样。全家吓得都跑出来，拿来蜡烛照着一看，没有一点异样。鬼又骂铁杵说："杀了我，你安安稳稳地坐在屋子里高兴了吗？我该烧你的屋子。"接着就见火燃起来，火越烧越大，内外一片混乱。不一会儿又自己灭了，茅草还同以前一样，不见一点减少损坏。鬼每天都责骂，有时又唱歌，歌词是："桃李花，严霜落下来怎么办。桃李子，严霜落下来早死。"声音非常悲伤凄凉，好像是自己哀悼自己没法儿长大成人。那时铁杵六岁，鬼来时，得了全身疼痛、肚腹胀大的病，喘不上气来吃不下饭。鬼还经常打他，被打的地方就有一片青印，一个多月后铁杵就死了，鬼也从此再无声息。

出自《还冤记》。

萧　续

南朝梁庐陵王萧续任荆州刺史。那时有武宁太守张延康，很擅长骑马射箭，别人都很佩服。调令下达将要还京，庐陵王要他为自己办事，但延康心里想要进京升职，推辞萧续不肯留下。庐陵王就收集延康在任郡太守期间的罪过，押进监狱，派使者启奏申报，想让朝廷下令在州郡处决延康。梁主平素很了解延康，再加上怀疑庐陵王诉奏不真实，就下敕令让把延康送到京都来。庐陵王既怀恨延康，又害怕延康申诉之后得到昭雪，翻案后自己获罪，于是没有宣读敕令，派狱卒劝说延康："如果知道王爷要杀害你，为什么不脱身到京申理？如果能去的话，我该为你找方便。"延康认为狱卒说得有理，于是在夜间逃跑了。庐陵王派了游军在路上设下埋伏，在城下把延康刺死。然后上表朝廷，延康从狱中逃跑后格斗而死。还有个枝江县令吴某，将要回到扬州，也被庐陵王要求留下，但吴某也不肯留。庐陵王就派人在道上袭击杀死了他，全家几十口都被沉到江里淹死。几年以后庐陵王得了病，他日夜常常见到张、吴二人，他口中只喊着："饶了我，饶了我。"不久就死了。出自《还冤记》。

乐盖卿

庐陵王在荆州时,尝遣从事量括民田。南阳乐盖卿,亦充一使。公府舍人韦破虏,发遣诫敕,失王本意。及盖卿还,以数误得罪,破虏惶惧,不敢引愆,但诳盖云:"自为分雪,无劳诉也。"数日之间,遂斩于市。盖卿号叫,无由自陈,唯语人以纸笔随殓。死后少日,破虏在槽上看牛,忽见盖卿挈头而入,持一碗蒜齑与之。破虏惊呼奔走,不获已而服之。因得病,未几卒。出《还冤记》。

康季孙

康季孙性好杀,滋味渔猎故恒事。奴婢愆罪,亦或死之。常病笃,梦人谓曰:"若能断杀,此病当差,不尔必死。"即于梦中,誓不复杀。惊悟战悸,汗流浃体,病亦渐瘳。后数年,三门生窃其两妾以叛,追获之,即并殴杀。其夕,复梦见前人来曰:"何故负信?此人罪不至死,私家不合擅杀,今改亦无济理。"迨明呕血,数日而卒。出《还冤记》。

张 绚

梁武昌太守张绚,尝乘船行。有一部曲,役力小不如意,绚便躬捶之,杖下臂折,无复活状,绚遂推江中。须臾,见此人从水而出,对绚抚手曰:"罪不当死,官枉见杀,今来相报。"即跳入绚口。因得病,少日而殂。出《还冤记》。

乐盖卿

庐陵王在荆州时，曾派手下的人丈量搜刮民田。南阳人乐盖卿，也参与了这件事。公府的舍人韦破虏曾发出告诫敕令，违背了庐陵王的本来用意。等到盖卿回到荆州，因为数目不对犯了罪，破虏这时也很惶恐惧怕，不敢承认自己的罪过，但是却欺骗盖卿说："我自然要想办法帮助你洗清罪名，你不用上诉了。"几天以后，乐盖卿就在街市上被斩首。盖卿号叫，但没有什么办法再陈述，只让别人将纸和笔随身收殓。死后没几天，破虏在牛槽边看牛，忽然看见盖卿提着自己的脑袋走进来，拿着一碗捣碎的蒜给他。破虏惊叫奔逃，不得已向鬼魂服罪。因此得了病，没多久就死了。出自《还冤记》。

康季孙

康季孙生性好杀，为了吃得有滋味，打鱼狩猎是常事。奴婢们有了过错，有时也要处死。他有一次病得很重，梦见有人对他说："你如果不再杀生，这病就能好，不然的话一定会死。"就在梦中，康季孙发誓再也不杀生了。惊醒后还浑身颤抖，心跳不止，汗流遍体，病也就渐渐痊愈了。几年以后，三个门生和他的两个妾私奔了，他把他们追了回来，一块儿打死了。当天夜间，又梦见之前梦中的人来到说："你为什么失信？这些人罪不该死，再说你私设公堂杀人也不合法，现在你悔改也无济于事了。"到天亮就开始吐血，几天后就死了。出自《还冤记》。

张 绚

梁武昌太守张绚，有一天乘船外出。有一个仆人，力气太小不让他满意，张绚就亲自打他，一棍子下去把仆人的胳膊打折了，看情形也不能好了，张绚就把他推入江里。不一会儿，看到这个人从水里出来，对张绚拍着手说："我的过错是不该死的，你残酷地把我杀了，现在我来报仇。"便跳到张绚的嘴里。张绚因此得了病，没过几天就死了。出自《还冤记》。

杨思达

梁杨思达为西阳郡守，值侯景乱，时复旱歉，饥民盗田中麦。思达遣一部曲守视，所得盗者，辄截手腕，凡戮十余人。部曲后生一男，自然无手。出《还冤记》。

弘　氏

梁武帝欲为文皇帝陵上起寺，未有佳材，宣意有司，使加采访。先有曲阿人姓弘，家甚富厚，乃共亲族，多赍财货，往湘州治生。经年营得一筏，可长千步，材木壮丽，世所稀有。还至南津，南津校尉孟少卿，希朝廷旨，乃加绳墨。弘氏所卖衣裳缯彩，犹有残余，诬以涉道劫掠所得，并造作过制，非商贾所宜。结正处死，没入其财充寺用，奏遂施行。弘氏临刑之日，敕其妻子，可以黄纸笔墨置棺中，死而有知，必当陈诉，又书少卿姓名数十吞之。经月，少卿端坐，便见弘来，初犹避捍，后乃款服，但言乞恩，呕血而死。凡诸狱官及主书舍人，预此狱事署奏者，以次殂殁。未及一年，零落皆尽。其寺营构始讫，天火烧之，略无纤芥，所埋柱木，亦入地成灰。出《还冤记》。

朱　贞

梁秣陵令朱贞，以罪下狱，廷尉虞献者覆其事，结正入重。贞遣相知谓献曰："我罪当死，不敢祈恩，但犹冀主上万一弘宥我。明日既是国家忌日，乞得过此奏闻，可乎？"

杨思达

南朝梁杨思达任西阳郡太守，正赶上侯景之乱，又加上旱灾歉收，饥民就偷盗田里的麦子。杨思达派部下去看守。他抓到偷麦子的人就砍断人家的手腕，一共杀了十几个人。这个部下后来生一个男孩，天生没有手。出自《还冤记》。

弘 氏

梁武帝想在文皇帝的陵墓上修建寺庙，没找到好的木材，他就宣诏有司，让他们加紧探采寻访。之前有个曲阿人姓弘，家中很富有，就和他的亲族人带了很多财货到湘州做买卖。过了一年多，他们营造了一排木筏，长有一千多步，材木壮丽，是世上少有的。做生意回到南津，南津校尉孟少卿看他的木筏很好，就对照皇上的旨意加以丈量。当时弘氏卖的衣服布帛等还剩了一些，孟少卿就诬陷他这些财物是拦路抢劫所得到的，并说他的木筏太大，不是商人所应该有的。断定案情应该处死，没收他的财物充公修寺庙用，上奏以后立即施行。弘氏临刑那天，告诉他的妻子和儿子，可以把黄纸和笔墨放到棺材里，死后如果有知，一定上天陈诉，又写了数十张少卿姓名吞下去。一个月后，少卿在室内端坐，就看见弘氏来到，开始时少卿还很强硬地躲避他，后来就恳切服从了，只是说饶命请求恩典，吐血而死。那些狱官以及主书舍人，还有对这个案子签名上奏的人，都一个接一个地死去。没到一年，这些人都死光了。那座寺庙刚刚建造完工，就被天火焚烧，连一点儿残余都没有，埋在地下的木柱子，也入地成灰了。出自《还冤记》。

朱 贞

南朝梁秣陵县县令朱贞因为犯罪被押在狱中，廷尉虞献复察此案，结案改判重刑。朱贞就让他的好朋友对虞献说："我的罪过应该判死罪，不敢祈求恩典，但还是希望皇上万一宽大原谅我。明天是国家的忌日，请你不要奏闻我的事，可以吗？"

献答曰:"此于理无爽,何谓不然,谨闻命矣。"而朱事先明日奏来,献便遇客共饮,颇醉,遂忘抽文书。旦日,家人合束,内衣箱中,献复不记。比至帝前,顿束香案上,次第披之,方见此事。势不可隐,便尔上闻,武帝以为合死,付外详决。贞闻之,大恨曰:"虞小子,欺罔将死之人,鬼若无知,固同灰土;傥有识,誓必报之!"贞于市始当命绝,而献已见其来。自尔之后,时时恒见,献甚恶之。又梦乘车在山下行,贞于山上推石压之。居月余,献除曲阿令。拜之明日,诣谢张门下,其妇平常,于宅暴卒,献狼狈而还,入室哭妇。举头见贞在梁上,献曰:"朱秣陵在此,我妇岂得不死?"于时屋无故忽崩,献及男女婢使十余人,一时并命。虞骘是其宗室,助丧事,见献如是,走下堂避之,仅乃得免。出《还冤记》。

北齐文宣帝

北齐文宣高洋既死,太子嗣位,年号乾明。文宣母弟常山王演,在并州,权势甚重。因文宣山陵,留为录尚书事。王遂怒,潜生异计。上省之日,内外官僚,皆来奔集,即收缚乾明腹心,尚书令杨遵彦等五人,皆为事状,奏斩之。寻废乾明而自立,是为孝昭帝。后在并州,望气者奏邺中有天子气。平秦王高归彦,劝杀乾明。遂录向并州,尽杀之。其年,孝昭数见文宣作诸妖怪,就其索儿。备为厌禳,

虞献回答说："这件事从道理上说没什么问题,怎么能说不行呢?我一定遵命。"而朱贞一案的奏章还未到次日就已送来了,虞献正同客人喝酒,喝醉了,就忘了把文书抽出来。第二天,家人收拾文书,都放在衣箱里了,虞献也没想起来。等他来到皇帝面前,把那些文书都放到皇帝的书案上,皇帝挨着翻阅,才见到朱贞的案卷也在里面。但他看形势是不能隐瞒了,只好向皇上说了,武帝认为应该判死罪,就交付外廷处决。朱贞听说这件事后,非常愤恨地说:"姓虞的小子,你欺骗我这个要死的人,鬼若是无知,固应化为灰土;如果有知,我发誓一定报仇!"朱贞在街市上刚刚命绝,而虞献就见到他的鬼魂来了。从这以后,时时常见朱贞来,虞献很讨厌他。又梦见自己乘车在山下走,朱贞在山上推石头压他。过了一个多月,虞献被解除廷尉之职改任曲阿县令。第二天去到谢张门下拜别,虞献的妇人在家好好的,突然暴死,虞献狼狈而还,一进屋子就哭他的妇人。抬头看见朱贞在房梁上,虞献就说:"朱秣陵在这里,我的妇人哪能不死?"正在这时房屋忽然无故崩塌,虞献以及男仆女婢十多个人,同时丧命。虞骘是虞献的亲戚,来帮助料理丧事,看到虞献的模样,跑到堂下躲起来了,只有他得免于死。出自《还冤记》。

北齐文宣帝

北齐文宣帝高洋死了,太子继位,年号改为乾明。文宣帝的同母弟常山王高演,在并州,权势很大。因为文宣帝的缘故,被留下并任命为录尚书事。常山王见失去权势,很气愤,暗暗心生一个计策。进京省亲那天,宫内外的大臣官僚们都进京集聚,常山王趁机收绑了太子的亲信,其中有尚书令杨遵彦等五人,都给他们编造了罪名,奏明皇帝斩首。不久又废掉了乾明帝自立为皇帝,这就是孝昭帝。后来他在并州,望天象的人说在邺中有天子气。平秦王高归彦劝孝昭帝杀死乾明。于是就让高归彦前往并州,把乾明一家都杀了。就在那一年,孝昭帝多次看见文宣帝变成各种妖怪,到他面前索要儿子。他用尽各种祈祷祭祀的方法,

终不能遣而死。出《还冤记》。

梁武帝

陈霸先初立梁元帝第九子晋安王为主，而辅戴之。会稽虞涉本梁武世为中书舍人尚书右丞，于时梦见梁武帝谓涉曰："卿是我旧左右，可语陈公，篡杀于公不利，事甚分明。"涉即未见篡杀形迹，不敢言之。数日，复梦如此，并语涉曰："卿若不传意，卿亦不佳。"涉虽嗟惋，决无言理。少时之间，太史启云："殿有急兵。"霸先曰："急兵正是我耳。"仓卒遣乱兵害少主而自立。尔后涉便得病，又梦梁武曰："卿不为我语，致令祸及，卿与陈主，寻当知也。"涉方封启报梦之由。陈主为人，甚信鬼物，闻此大惊，遣舆迎涉，面相询访，乃尤涉曰："卿那不道奇事？"六七日涉死。寻有韦戴之事。出《还冤记》。

韦 戴

陈武帝霸先既害梁大司空王僧辩，次讨诸将。义兴太守韦戴，黄门郎放之第四子也，为王公固守。陈主频遣攻围，不克。后重征之，诱说戴曰："王公亲党，皆已殄灭，此一孤城，何所希冀？过尔相拒耶？若能见降，不失富贵。"戴曰："士感知己，本为王公抗御大军，致成仇敌。今亦承明公尽定江左，穷城自守，必无路活。但锋刃屡交，杀伤过甚，军人忿怨，恐不见全。老母在堂，弥惧祸及，所以苟

最终还是没有能够驱走文宣帝的鬼魂,自己终于死了。出自《还冤记》。

梁武帝

陈霸先最初立梁元帝第九子晋安王为帝,辅佐并拥戴他。会稽的虞涉原来是梁武帝那时的中书舍人、尚书右丞,当时梦见梁武帝对虞涉说:"你是我的老大臣,可以告诉陈公,篡权杀帝对他不利,这件事是很明白的。"但虞涉没有看出陈霸先篡权杀帝的迹象,不敢对他说。几天以后,又做了这样的梦,梁武帝又对虞涉说:"你如果不传达我的意见,对你也不好。"虞涉虽然叹息不止,但考虑还是没有理由讲给陈霸先。没过多久,太史来报告说:"殿外有支军队急速开来。"霸先说:"那支军队是我派来的。"仓促之间霸先派乱兵杀了少帝自立为帝。从这以后虞涉就得了病,又梦到梁武帝说:"你不给我传话,导致灾祸的到来,你和陈主,不久就会明白的。"虞涉这时才肯报告梦中的事。陈主这个人,平生非常相信鬼神,听到这件事以后很吃惊,派了车把虞涉接来,当面询问,然后埋怨虞涉说:"你怎么不把这件怪事告诉我?"六七天后虞涉就死了。不久又出现了韦戴的事。出自《还冤记》。

韦　戴

陈武帝霸先杀害了梁大司空王僧辩以后,接着就征讨他的部下将领。义兴太守韦戴是黄门郎韦放的第四个儿子,他为王僧辩固守。陈霸先屡次派兵围攻,打不下来。后来又重兵征讨,并诱说韦戴:"王公的亲信党羽,都已经被歼灭,只剩你这一座孤城,还有什么希望?为什么要过分抗拒呢?如果你能投降,我不让你失去富贵。"韦戴说:"士感恩知己,本来我是为王公抗御大军,致使我们成了仇敌。现在承明公您已经平定了长江下游一带,我们这座孤城自己防守,一定是没有活路了。但多次刀枪相交,杀伤人数太多,军中的人也都有怨念情绪,害怕不能保全自身。我的老母亲在家里更是害怕大祸降临,所以我们才暂时

延日月，未能束手耳。必有誓约，不敢久劳神武。"乃遣刑白马为盟，戴遂开门，陈主亦宽信还扬都。后陈主即位，遣戴从征，以小迟晚，因宿憾斩之。寻于大殿视事，便见戴来，惊走入内。移坐光严殿，戴又逐入，顾访左右，皆无所见。因此得病死。出《还冤记》。

隋庶人勇

隋炀帝元德太子寝疾，帝遣见鬼人崔善影看祟。善影幼来无目，而言见庶人勇，瞋目攘袂，大呼云："我不放你！"善影具述勇状貌，如旧相识。出《法苑珠林》。

京兆狱卒

隋炀帝大业中，京兆狱卒失其名，酷暴诸囚。囚不堪其苦，而狱卒以为戏乐。后生一子，颐下肩上，有若肉枷，无颈，数岁不能行而死。出《广古今五行记》。

邛　人

唐武德中，邛人姓韦。与一妇人言，誓期不相负。累年宠衰，妇人怨恨。韦惧其反己，自缢杀之。后数日，韦遍身痒，因发癞疮而死。出《法苑珠林》。

延长时间,不能束手就擒罢了。只要您肯立下誓约,我们就不会劳烦你的军队了。"于是陈主派人杀了一匹白马盟誓,韦戴也就开了城门,陈主也很宽容信任韦戴回到扬都。后来陈主当了皇帝,派韦戴随他出征,因为一点小过错,再加上旧恨就把韦戴斩了。不久陈主在大殿中处理国事时,便看见韦戴来了,就心惊胆战地跑到内宫。到光严殿坐下来,韦戴又紧跟着进去,陈主四下看看然后问侍从们,大家都说没看见。因此他就得病死了。出自《还冤记》。

隋庶人勇

隋炀帝的儿子元德太子卧病,炀帝就让能看见鬼的人崔善影来看是什么作祟。善影小时候就双目失明,但他说他看见了庶人杨勇,他瞪着眼睛挽起袖子大叫说:"我不放你!"善影详细地述说杨勇的形态相貌,好像老相识一般。出自《法苑珠林》。

京兆狱卒

隋炀帝大业年间,京兆有个狱卒,不知道他叫什么名字,对待囚犯残酷凶暴。囚犯们不能忍受这种痛苦,而狱卒却以此为乐。后来他生了一个儿子,腮下肩上好像有肉枷,没有脖子,几岁了都不能行走,后来就死了。出自《广古今五行记》。

邛 人

唐朝武德年间,有个临邛人姓韦。他对一个妇人说,发誓永远也不背弃她。多年以后,妇人逐渐失宠,便从此心生怨恨。韦氏害怕她背叛自己,就亲自勒死了妇人。几天以后,韦氏浑身发痒,后来生癞疮而死。出自《法苑珠林》。

卷第一百二十一

报应二十冤报

杜通达　　　邢文宗　　　长孙无忌　　娄师德　　　王　瑱
江　融　　　李昭德　　　弓嗣业　　　周　兴　　　鱼思咺
索元礼　　　张楚金　　　崔日知　　　苏　颋　　　李　之
唐王皇后　　杨慎矜　　　师夜光　　　崔尉子

杜通达

　　唐齐州高苑人杜通达，贞观年中，县承命令送一僧向北。通达见僧经箱，谓意其中是丝绢，乃与妻共计，击僧杀之。僧未死，闻诵咒三两句，遂有一蝇飞入其鼻，久闷不出。通达眼鼻遽㖞，眉发即落，迷惑失道，精神沮丧。未几之间，便遇恶疾，不经一年而死。临终之际，蝇遂飞出，还入妻鼻，其妻得病，岁余复卒。出《法苑珠林》。

邢文宗

　　唐河间邢文宗，家接幽燕，禀性粗险。贞观年中，忽遇恶风疾，旬日之间，眉发落尽，于后就寺归忏。自云：近者向幽州，路逢一客，将绢十余匹，迥泽无人，因即劫杀。此

杜通达

唐朝时齐州高苑人杜通达,贞观年间,县里接到命令送一个僧人到北方去。通达见这个僧人的经箱,他心里想一定是丝绢,就同妻子商量计策,把僧人打死。僧人临死前,只听他念两三句咒语,然后就有只苍蝇飞到通达的鼻子里,闷在里面很长时间也不出来。通达的眼睛、鼻子立刻就歪斜了,眉毛和头发也随着掉落,迷迷糊糊不知道怎么走路,精神不振灰心失望。没过多长时间,便得了恶病,不到一年就死了。临死的时候,那苍蝇就飞出来,又飞到他妻子的鼻子里,他妻子便得了病,一年多后也死了。

出自《法苑珠林》。

邢文宗

唐朝河间人邢文宗,家靠近幽燕,性格粗暴阴险。贞观年间,忽然得了恶风病,十多天间,眉毛和头发都掉光了,之后就到寺庙里忏悔。他自己说:近来去幽州,在路上遇到一个过客,带着十匹绢,见大泽中空旷无人,就抢劫并杀死了那人。据那

人云："将向房州，欲买经纸。"终不得免。少间，属一老僧复欲南去，遇文宗，惧事发觉，挥刀拟僧，僧叩头曰："乞存性命，誓愿终身不言。"文宗杀之，弃之草间。经二十余日，行还，过僧死处，时当暑月，疑皆烂坏，试往视之，俨若生日。文宗因以马下策筑僧之口，口出一蝇，飞鸣清彻，直入宗鼻，久闷不出。因得大病，岁余而死。出《冥报拾遗》。

长孙无忌

唐赵公长孙无忌奏别敕长流，以为永例。后赵公犯事，敕长流岭南，至死不复回。此亦为法之弊。出《朝野佥载》。

娄师德

娄师德以殿中充河源军使。唐永和中，破吐蕃于白羊涧，八纵七捷，优制褒美，授左骁骑郎将。高宗手诏曰："卿有文武才干，故授卿武职，勿辞也。"累迁纳言。临终数日，寝兴不安，无故惊曰："抚我背者谁？"侍者曰："无所见。"乃独言，似有所争者，曰："我当寿八十，今追我何也？"复自言为官误杀二人，减十年，词气若有屈伏，俄而气绝。以娄公之明恕，尚不免滥，为政得不慎之欤！出《大唐新语》。

人说:"要到房州去,想买经纸。"但终于没有免死。过了一会儿,又有一个老僧要到南边去,遇到了文宗,文宗害怕事情被人发现,拿起刀比划着要杀老僧,僧人磕头说:"只求保我性命,发誓终身不对别人说。"文宗杀了他,把尸体扔到荒草里。过了二十多天,文宗出门归来,经过老僧死的那个地方,当时正是暑天,他怀疑尸体早就已腐烂,试着去看一下,那尸体庄重的样子像活着的时候一样。文宗就用马鞭子杵捅那僧人的口,口里飞出一只苍蝇,飞鸣的声音很清厉,直接就飞到文宗的鼻子里,闷在里面很长时间也不出来。因此文宗得了大病,一年多后就死了。出自《冥报拾遗》。

长孙无忌

唐朝时赵公长孙无忌奏请皇上,制定长期流放的法令,并敕令以此为永久的法例。后来长孙无忌犯了法,便被下敕长期流放岭南,到死也没有回来。由此看来,这也是制定法令的弊端。
出自《朝野佥载》。

娄师德

娄师德以殿中的身份任河源军使。唐朝永和年间,在白羊涧打败吐蕃的军队,放敌八次又七次胜利,出类拔萃被众人赞美,授官左骁骑郎将。高宗亲自写诏说:"卿有文武才干,所以授卿武职,不要推辞呀。"娄师德很受重用,多次升迁并采纳他的意见。临死那几天,起居不安,无缘无故就吃惊地说:"拍我背的是谁?"侍奉他的人说:"什么也没看见。"于是他就自言自语,好像和谁争论什么,又说:"我的寿命应该到八十岁,现在就追捕我是什么原因?"后来又自己说以前做官的时候误杀了二人,减寿十年,从说话的语气上看好像是屈服了,不一会儿就断气。凭娄公的明达宽恕,尚且难免犯错误,当政的人不应该更加谨慎吗?
出自《大唐新语》。

王　瑱

唐冀州刺史王瑱,性酷烈。时有敕使至州,瑱与使语,武强县尉蔺奖曰:"日过,移就阴处。"瑱怒,令典狱扑之,项骨折而死。至明日,狱典当州门限垂脚坐,门扇无故自发,打双脚胫俱折。瑱病,见奖来,起,自以酒食求之,不许。瑱恶之,回面向梁,奖在屋梁。旬日而死。出《朝野金载》。

江　融

唐左史江融,耿介正直。扬州徐敬业反,被罗织。酷吏周兴等枉奏杀之,斩于东都都亭驿前。融将被诛,请奏事引见,兴曰:"囚何得奏事?"融怒叱之曰:"吾无罪枉戮,死不舍汝。"遂斩之,尸乃激扬而起,蹭蹬十余步。行刑者踏倒,还起坐,如此者三,乃绝。虽断其头,似怒不息。无何,周兴死。出《朝野金载》。

李昭德

唐凤阁侍郎李昭德,威权在己。宣出一敕云:"自今已后,公坐徒,私坐流,经恩百日不首,依法科罪。"昭德先受孙万荣贿财,奏与三品。后万荣据营州反,货求事败。频经恩赦,以百日不首,准赃断绞。出《朝野金载》。

王 瑱

唐朝的冀州刺史王瑱,性格酷毒暴烈。当时有一个敕使到了冀州,王瑱就和敕使谈话,武强县尉蔺奖对他们说:"太阳晒过来了,到阴凉的地方去说吧。"王瑱就生气了,命令典狱打他,蔺奖的脖子被打骨折而死。第二天,典狱在衙府门口把脚垂在门槛上坐着,门扇无故自己就突然关上了,把他的双脚和小腿全压断了。王瑱也得了病,病中看见蔺奖来了,王瑱立刻起来,亲自拿来酒菜求他宽恕,但蔺奖不答应。王瑱很讨厌,就把脸转过来面向房梁,蔺奖又在房梁上。过了十几天王瑱就死了。出自《朝野佥载》。

江 融

唐朝的左使江融,性情正直不阿,光明磊落。扬州徐敬业叛乱时,江融也被罗织罪名押进监狱。酷毒的官吏周兴在皇帝面前歪曲事实,胡乱奏报,致使江融被判死刑,在东都都亭驿馆前斩首。江融将被杀的时候,请求上奏皇帝,周兴说:"你是囚犯,怎么能上奏?"江融愤怒地呵斥周兴说:"我无罪被冤屈杀害,死了也不放过你!"于是把江融斩了,但江融的尸首却激昂地站起来,蹒跚地走了十多步。行刑的人用脚端倒,他还是坐起来,像这样起来三次,最后才断气。虽然头被砍下,还好像气愤不停的样子。不久周兴就死了。出自《朝野佥载》。

李昭德

唐朝凤阁侍郎李昭德大权在握。有一次他公布一条敕令说:"从今以后,公开犯罪判服劳役,偷偷犯罪判流放,经过一百天不自首的按法律治罪。"这以前昭德就接受了孙万荣的贿赂,奏报授予三品官。后来孙万荣在营州反叛朝廷,贿赂的事被揭露。多次经恩赦,依照一百天不自首的规定,按律办理没收赃物并判了绞刑。出自《朝野佥载》。

弓嗣业

唐洛州司马弓嗣业、洛阳令张嗣明，造大枷，长六尺，阔四尺，厚五寸。倚前，人莫之犯。后嗣明及嗣业，资遣逆贼徐真北投突厥，事败，业等自著此枷，百姓快之也。 出《朝野金载》。

周　兴

唐秋官侍郎周兴，与来俊臣对推事。俊臣别奉进止鞫兴，兴不之知也。及同食，谓兴曰："囚多不肯承，若为作法？"兴曰："甚易也，取大瓮，以炭四面炙之，令囚人处之其中，何事不吐？"即索大瓮，以火围之，起谓兴曰："有内状勘老兄，请兄入此瓮。"兴惶恐叩头，咸即款伏。断死，放流岭南。所破人家，流者甚多，为仇家所杀。《传》曰："多行无礼必自及。"信哉！ 出《朝野金载》。

鱼思咺

唐鱼思咺有沉思，极巧。上欲造甌，召工匠，无人作得者。咺应制为之，甚合规矩，遂用之。无何，有人投甌言咺，云："徐敬业在扬州反，咺为敬业作刀轮以冲阵，杀伤官军甚众。"推问具承，诛之。为法自毙，乃至于此。 出《朝野金载》。

索元礼

唐索元礼，为铁笼头以讯囚。后坐赃贿，不承，使人曰："取公铁笼头。"礼即承伏。 出《朝野金载》。

弓嗣业

唐朝洛州司马弓嗣业和洛阳县令张嗣明，造了一种长六尺，宽四尺，厚五寸的大枷。倚于衙前，没有人敢犯罪。后来嗣明和嗣业二人资助钱财让逆贼徐真向北投奔突厥，事情暴露了，嗣业等人自己带上了这种大枷，百姓都拍手称快。出自《朝野佥载》。

周　兴

唐朝秋官侍郎周兴，与来俊臣共同审理案件。来俊臣另外奉旨随时可以审判周兴，周兴不知道这件事。等到他们两个人一同吃饭时，俊臣对周兴说："现在囚犯大多不承认罪行，你看怎么办呢？"周兴说："这好办，拿来一口大瓮，在四面烧上炭火烤，让犯人进入瓮里，什么事敢不说？"然后就找了一口大瓮，用火围上瓮，俊臣起来对周兴说："宫内有人状告老兄，我奉命调查，请老兄进到这个瓮里吧！"周兴又惊惶又害怕连忙磕头，把罪行全都招认了。后来判死刑，流放到岭南。被他所破败的人家，流放岭南的很多，最终被仇家所杀。《左传》说："多行无礼之事必然要牵连到自己。"确实如此啊！出自《朝野佥载》。

鱼思咺

唐朝有个人叫鱼思咺，这个人凡事能深入思考，心灵手巧。皇上想要做个收进书言事的小匣子，召工匠制作，但没有人做得好。鱼思咺应召制作一个，很合规格，于是就采用了。不久有人投书于小匣子，是告鱼思咺的，说："徐敬业在扬州造反，鱼思咺给他制造了刀轮以冲阵，杀伤了很多官军。"后来审问鱼思咺，他都承认了，把他杀了。自作自受，到了这种地步。出自《朝野佥载》。

索元礼

唐朝的索元礼，造铁笼头来审问囚犯。后来他犯了贿赂罪，不承认，一个使臣说："拿他的铁笼头来。"索元礼立刻就认罪伏法了。出自《朝野佥载》。

张楚金

唐张楚金为秋官侍郎,奏反逆人持敕免死,家口即绞斩及配没入官为奴婢等,并入律。后楚金被罗织反,持敕免死,男子十五以上斩,妻子配没。识者曰:"为法自毙,所谓交报也。"出《朝野佥载》。

崔日知

唐京兆尹崔日知处分长安万年及诸县左降流移人,不许暂停,有违晷刻,所由决杖。无何,日知贬歙县丞,被县家催,求与妻子别不得。出《朝野佥载》。

苏颋

唐尚书苏颋,少时有人相之云:"当至尚书,位终二品。"后至尚书三品,病亟,呼巫觇视之,巫云:"公命尽,不可复起。"颋因复论相者之言,巫云:"公初实然,由作桂府时杀二人,今此二人地下诉公,所司减二年寿,以此不至二品。"颋凤苉桂州,有二吏诉县令,颋为令杀吏。乃嗟叹久之而死。出《广异记》。

李 之

唐王悦为唐昌令,杀录事李之而不辜。之既死,长子作灵语曰:"王悦不道,枉杀予,予必报。"其声甚厉。经数日,悦昼坐厅事,忽拳殴其腰,闻者殷然,惊顾无人。既暮,击处微肿焉,且痛。其日,李之男又言曰:"吾已击王悦,

张楚金

唐朝张楚金任秋官侍郎,他上奏说反叛的人如果有敕令可以免死,但其家属就要被处以绞刑或斩刑,或者发配没收入官当奴婢,并把这话写入法律条文。后来张楚金被人诬陷造反,拿着敕令免于死罪,但他家男子十五岁以上的都被斩首,妻子都被没入官府。有见识的人说:"制定了法令却使自己致死,真是所说的互相报应啊。"出自《朝野佥载》。

崔日知

唐朝的京兆尹崔日知在处理长安万年县及其他各县被降职发配流放的人时,不许有片刻停留,如果违反期限都要施以杖刑。不久,日知被贬到歙县任县丞,县府的人催他快走,他要求和妻子等告别一下都不被允许。出自《朝野佥载》。

苏颋

唐朝的尚书苏颋,年轻时有人给他相面说:"你做官能到尚书,位终二品官。"后来做到尚书三品官,病得很重,找一个巫师给他看,巫师说:"公的命已经尽了,不可能再好转。"苏颋就谈起相面人的话,巫师说:"公当初确实是这样,由于你在桂州做官时杀了两个人,现在这两个人在地府里告你,冥府减了你两年的寿命,因此你不能做到二品官。"苏颋原来在桂州做官,有两个小官吏告县令,苏颋为了保护县令杀了两个小吏。于是苏颋叹息了很久而死。出自《广异记》。

李之

唐朝王悦任唐昌县令,他枉杀了录事李之。李之死后,长子作灵语说:"王悦不讲仁义道德,屈杀我,一定要报仇。"他的声音很严厉。几天后,王悦白天坐在厅堂里,忽然有拳头打他的腰,声音很重,他惊顾左右而并没有人。到了晚上,被打的地方有些微肿,而且非常痛。当天,李之的长子又说:"我已经打了王悦,

正中要害处，即当杀之。"悦疾甚，则至蜀郡谒医，不愈。未死之前日，李之命其家造数人馔，仍言曰："吾与客三人至蜀郡，录王悦，食毕当行。"明日而悦死。悦肿溃处，正当右肾，即李之所为也。出《纪闻》。

唐王皇后

唐惠妃武氏，有专房之宠，将谋夺嫡。王皇后性妒，稍不能平，玄宗乃废后为庶人。肤受日闻，及太子之废也，玄宗访于张九龄。对曰："太子天下本也，动之则摇人心。太子自居东宫，未闻大恶。臣闻父子之道，天性也，子有过，父恕而掩之，无宜废绝。且其恶状未著，恐外人窥之，伤陛下慈父之道。"玄宗不悦，隐忍久之。李林甫等秉政，阴中计于武妃，将立其子以自固，武妃亦结之。乃先黜九龄而废太子，太子同生鄂王瑶、光王琚同日并命，海内痛之，号为三庶。太子既冤，武氏及左右屡见为祟，宫中终夜相恐，或闻鬼声叫笑。召觋巫视之，皆曰三庶为厉。先是收鄂王、光王，行刑者射而瘗之，乃命改葬，祝而醊之。武妃死，其厉乃息。玄宗乃立肃宗为太子，林甫之计不行，惕然惧矣。三庶人以二十五年四月二十二日死，武妃至十二月而薨，识者知有神通焉。出《大唐新语》。

杨慎矜

唐监察御史王抡为朔方节度判官。乘驿，在途暴卒，

正打中要害，不久就会杀了他。"王悦病得很厉害，到蜀郡去找医生看，没治好。王悦临死的前一天，李之让他们的家人做几个人的饭，还说："我与三个客人到蜀郡去收录王悦，吃完饭就动身。"第二天王悦就死了。王悦身上发肿溃烂的地方，正是右肾，就是李之殴打的地方。出自《纪闻》。

唐王皇后

唐朝惠妃武氏，独占宠幸，将要密谋夺取嫡亲的地位。王皇后嫉妒，稍微表现出愤愤不平的样子，玄宗就废掉了她，将她贬为平民。这谗言逐渐传开，牵扯到太子也将被废，玄宗就询问张九龄。九龄回答说："太子是天下的根本，如果一动必然会使人心不稳。太子自己住在东宫，没听说有什么大的过错。我听说父子关系是天性，子有过错，父亲就要宽恕掩盖一下，不应该废掉太子而断绝父子之情。再说太子的过错还没有暴露出来，恐怕外人窥探他的太子之位，又挫伤了陛下作为慈父的常情。"玄宗听后不高兴，克制忍耐了好长时间。这时朝廷中李林甫等人掌握大权，暗中给武妃出主意，要她立自己的儿子以巩固地位，武妃也就同他们联合起来。于是先罢免了张九龄，然后废了太子，太子的亲弟鄂王李瑶、光王李琚同一天被害，全国上下都为他们感到悲痛，称为三庶。太子已经被冤杀，武氏王妃及侍从们多次见他变作鬼，宫中整夜处于恐惧之中，有时听到鬼的叫声和笑声。召来巫师看视，都说是"三庶"为祟。之前收押了鄂王、光王，行刑的人把他们射死然后埋起来，现在命令改葬，设祭坛祝愿酹酒。直到武妃死，祸患才停息。玄宗就又立肃宗为太子，李林甫的计策没有实行，时刻处于警惕和恐惧之中。三庶人死于开元二十五年四月二十二日，武妃到十二月就死了。有识者都知道这是有神灵感应啊！出自《大唐新语》。

杨慎矜

唐朝监察御史王抡任朔方节度判官。乘驿车，途中暴死，

而颜色不变,犹有暖气,惧不敢殡。凡十五日复生,云至冥司,与冥吏语,冥吏悦之,立于房内。吏出,抢试开其案牍,乃杨慎矜于帝所讼李林甫、王銑也,已断王銑族灭矣。于是不敢开,置于旧处而谒王。王庭前东西廊下皆垂帘,坐抢帘下,慎矜兄弟入,见王称冤。王曰:"已族王銑,即当到矣。"须臾,镴銑至,兼其子弟数人,皆械系面缚,七窍流血,王令送讯所。于是与慎矜同出,乃引抢即苏。月余,有邢綷之事,王銑死之。出《纪闻》。

师夜光

唐师夜光者,蓟门人。少聪敏好学,雅尚浮屠氏,遂为僧,居于本郡。仅十年,尽通内典之奥。又有沙门惠达者,家甚富,有金钱巨万,贪夜光之学,因与为友。是时玄宗皇帝好神仙释氏,穷索名僧方士。而夜光迫于贫,不得西去,心常快快。惠达知之,因以钱七十万资其行,且谓夜光曰:"师之学艺材用,愚窃以为无出于右者。圣上拔天下英俊,吾子必将首出群辈,沐浴恩渥。自此托迹缁徒,为明天子臣,可翘足而待也。然当是时,必有拥彗子门,幸无忘半面之旧。"夜光谢曰:"幸师厚贶我,得遂西上,傥为君之五品,则以报师之惠矣。"

夜光至长安,因赂九仙公主左右,得召见温泉。命内臣选硕学僧十辈,与方士议论。夜光在选,演畅玄奥,发挥疑义,群僧无敢比者。上奇其辩,诏赐银印朱绶,拜四门博

死后脸色一点儿也没变，身上还有暖气，人们都害怕不敢殡葬。十五天后，又活了，他说到了冥司，和冥吏谈话，冥吏很喜欢他，他就站在房内。冥吏出去了，王抡就试着打开他的案卷，原来是杨慎矜向皇帝诉讼李林甫、王鉷的案卷，已经判王鉷灭族了。于是不敢再往下翻，放到原处等着进见冥王。冥王庭前东西游廊下都垂着帘子，冥王来了坐在帘下，这时慎矜兄弟进来了，见冥王都齐声喊冤。冥王说："已经判灭王鉷全家，马上就要到了。"不一会儿，用枷锁锁着王鉷来到，还有他的子弟几人，都戴着脚镣手铐，七窍流血，冥王命令把他们带到审讯的地方。于是与慎矜一同出来，这才拉了王抡一把，王抡立刻就苏醒了。一个多月之后，发生了邢縡之事，王鉷才被诛杀。出自《纪闻》。

师夜光

唐朝僧人师夜光，是蓟门人。少年时就聪慧敏捷喜欢学习，崇敬佛家，于是就出家为僧，住在本郡。仅十年的时间，师夜光完全理解了佛经的奥妙。还有一个僧人叫惠达，他家很富有，有金钱巨万，因为佩服夜光有学问，所以和他交上了朋友。当时玄宗皇帝崇尚神仙佛家，想在全国找名僧道士。然而夜光由于贫穷不能西去长安，心中快快不乐。惠达了解到这一情况后，就拿出七十万钱资助他去长安，并且对夜光说："你的学艺和才能，我认为没有人能超过。圣上选拔全国的英才俊杰，你一定会在众人里出类拔萃，受到圣上的宠幸。从此就会寄托在僧人途上了，并能做皇帝的大臣，这是跷足可待的事。然而那个时候必然是富贵荣华，希望你不要忘了我们还有半面之交。"夜光拜谢说："多亏您的厚赠，使我能够西去长安。如果我能当上五品官，我一定报答师傅对我的恩惠。"

夜光到了长安，贿赂了九仙公主的亲信，得以在温泉被召见。玄宗命内臣选拔十名博学的僧人，同方士辩论。夜光被选入其中，敷演玄奥，发挥疑义，其他的僧人都不敢与他较量。皇上对他的辩才很惊奇，就下诏赏他银印和红绶带，拜为四门博

士，日侍左右。赐甲第，泊金钱缯彩以千数，时号"幸臣"。惠达遂自蓟门入长安访之，夜光闻惠达至，以为收债于己，甚不怿。惠达悟其旨，因告去。

既以北归月余，夜光虑其再来，即密书与蓟门帅张廷珪："近者惠达师至辇下，诬毁公缮完兵革，将为逆谋，人亦颇有知者。以公之忠，天下莫不闻之，积毁销金，不可不戒。"廷珪惊怒，即召惠达鞭杀之。后数日，夜光忽见惠达来庭中，骂夜光曰："我以七十万钱资汝西上，奈何遽相诬谤，使我冤死，何负我之深也！"言讫，遂跃而上，珪拽夜光，久之乃亡所见，师氏家僮咸见之。其后数日，夜光卒。出《宣室志》。

崔尉子

唐天宝中，有清河崔氏，家居于荥阳。母卢氏，干于治生，家颇富。有子策名京都，受吉州大和县尉。其母恋故产，不之官。为子娶太原王氏女，与财数十万，奴婢数人。赴任，乃谋赁舟而去，仆人曰："今有吉州人姓孙，云空舟欲返，佣价极廉，傥与商量，亦恐稳便。"遂择发日，崔与王氏及婢仆列拜堂下，泣别而登舟。不数程，晚临野岸，舟人素窥其囊橐，伺崔尉不意，遽推落于深潭，佯为拯溺之势。退而言曰："恨力救不及矣！"其家大恸，孙以刃示之，皆惶惧，无复喘息。是夜，抑纳王氏。王方娠，遂以财物居于江夏。

士，每天侍奉在皇帝身边。又赐甲第，赏金钱彩帛数以千计，当时号称"幸臣"。惠达听到这些情况就从蓟门到长安去探访他，夜光听说惠达来了，以为是来找自己要债，很不高兴。惠达明白了他的心意，就告别他回蓟门去了。

惠达已经回到蓟门一个多月了，夜光担心他再来，就写了一封密信送给蓟门帅张廷珪，信中说："近来惠达到皇帝这里，诬陷诽谤你现在训练军队，准备军用物资，将要谋反，有很多人都知道这件事了。凭您这样忠心为国，天下的人都知道，积聚烈火可以熔化金子，不能不防备。"廷珪看完信又吃惊又愤怒，立刻就把惠达捉来用鞭子打死了。过了几天，夜光忽然看见惠达来到庭中，骂夜光说："我拿七十万钱资助你西上，你为什么这么快就诬陷诽谤我，使我含冤而死，为什么要如此负我！"说完就跳上来，扯拽夜光，过了很长时间才消逝，师夜光的家僮都看见了。这之后仅几天的时间，夜光就死了。出自《宣室志》。

崔尉子

唐朝天宝年间，有个姓崔的清河人，家住在荥阳。老母卢氏，经营买卖，家中很富有。她有个儿子在京都榜上有名，任命为吉州大和县县尉。他的母亲留恋故乡的家产，不想到儿子做官的地方去。给儿子娶了太原王家的女儿，并给钱财几十万，奴婢好几个人。前往大和县赴任，于是就计划租船去，仆人说："现在有个吉州人姓孙，他说想要空着船返回，租价很便宜，如果和他商量，恐怕很稳妥。"于是就选择出发的日子，崔县尉就和王氏以及随行的奴婢们排着在堂下跪拜，流着眼泪告别母亲上了船。不知走了多远，到晚间靠在荒野的岸边，船夫早就偷看了他们的行李，认为财货很多而起了坏心，趁崔县尉不注意，突然把他推到深潭里，假装要救人的样子。回来说："可惜我尽力救也来不及了！"王氏及跟随的奴婢们都悲痛大哭，姓孙的就拿出刀来逼迫他们，大家都很惊慌害怕，连气也不敢喘。这天夜里，姓孙的强娶王氏。王氏正怀孕，于是就凭着那些财物在江夏定居了。

后王氏生男，舟人养为己子，极爱焉。其母亦窃诲以文字，
母亦不告其由。崔之亲老在郑州，讶久不得消息，积望数
年。天下离乱，人多飘流，崔母分与子永隔矣。

尔后二十年，孙氏因崔财致产极厚，养子年十八九，学
艺已成，遂遣入京赴举。此子西上，途过郑州，去州约五十
里，遇夜迷路，常有一火前引，而不见人。随火而行，二十
余里，至庄门，扣开以寄宿。主人容之，舍于厅中，乃崔庄
也。其家人窃窥，报其母曰："门前宿客，面貌相似郎君。"
家人又伺其言语行步，辄无少异，又白其母。母欲自审之，
遂召入升堂，与之语话，一如其子，问乃孙氏矣。其母又垂
泣，其子不知所以。母曰："郎君远来，明日且住一食。"此
子不敢违长者之意，遂诺之。明日，母见此子告去，遂发声
恸哭，谓此子曰："郎君勿惊此哭者。昔年唯有一子，顷因
赴官，遂绝消息，已二十年矣。今见郎君状貌，酷似吾子，
不觉悲恸耳。郎君西去，回日必须相过，老身心孤，见郎君
如己儿也。亦有奉赠，努力早回。"

此子至春，应举不捷，却归至郑州，还过母庄。母见欣
然，遂留停歇数日，临行赠赍粮，兼与衣一副，曰："此是吾
亡子衣服，去日为念，今既永隔，以郎君貌似吾子，便以奉
赠。"号哭而别，"他时过此，亦须相访"。此子却归，亦不为

后来王氏生了一个男孩,姓孙的撑船人便当作自己的孩子一样养着,特别喜爱他。他的母亲也偷偷地教他识字,但并不告诉他以前的事。崔县尉的母亲在郑州,很惊讶这么长时间没有崔尉一家的消息,盼望了很多年。此时天下大乱,很多人都四散漂泊流浪。她也认为与儿子是永远分隔了。

这以后二十年,姓孙的凭崔县尉的钱财发了家,以致家财很富足。养子到十八九岁了,学问技艺已成,就让他进京去考举人。这孩子西上京城,路上经过郑州,离郑州还大约有五十多里路的时候,正赶在晚上迷了路。常有一火光在前面引路,却看不见人。崔子就跟着火光走,走了二十多里,来到一庄园门前,他敲开门要求寄宿一晚。主人收容了他,让他在厅中住,这个庄园原来是崔庄。家人暗中看看崔子,就报告崔老太太说:"门前边那个寄宿的客人,面貌很像我们家的郎君。"家人又看他的言语行动,则没有多少不一样,又去告诉老夫人。老夫人想自己看看,就招呼崔子进内升堂,和他谈话,觉得同自己的儿子一模一样,一问才知他姓孙。老夫人又掉下眼泪,崔子也不知是怎么回事。老夫人说:"郎君远道而来,在此住下,明天吃一顿饭再走吧!"崔子不敢违背这个老人的好意,就答应了。第二天,老夫人见崔子要告别离去,就出声大哭,对崔子说:"郎君不要对我这么哭感到吃惊。当年我只有一个儿子,因为要赴任,从那以后就断绝了消息,到现在已经二十年了。今天看见你的相貌举止太像我的儿子,不知不觉就悲痛罢了。郎君往西去,回来的那天一定要经过,老身心里孤独,见郎君就像见自己的儿子一样。也有一些赠送的东西,希望你可以早回。"

崔子到那年春天,应考不中,回家途中路过郑州,又来到崔家庄园。老夫人看见他很高兴,就留他多住了几天,临走时赠送给他钱财口粮,还送给他一件衣服,然后说:"这是我那死了的儿子的衣服,以前是用来留作纪念的,现在既然永远也见不着了,因郎君相貌像我的儿子,就把它赠送给你。"她号哭着告别,说:"以后再经过这里,一定要来探访。"崔子回到家里,也没有向

父母言之。后忽著老母所遗衣衫,下襟有火烧孔。其母惊问:"何处得此衣?"乃述本末。母因屏人,泣与子言其事:"此衣是吾与汝父所制,初熨之时,误遗火所爇。汝父临发之日,阿婆留此以为念。比为汝幼小,恐申理不了,岂期今日神理昭然。"其子闻言恸哭,诣府论冤,推问果伏。诛孙氏,而妻以不早自陈,断合从坐,其子哀请而免。出《原化记》。

父母说这些事。后来有一天，他忽然穿上老夫人所赠的那件衣服，下襟有一个火烧的小孔。崔母吃惊地问："从什么地方得到的这件衣服？"崔子才叙述了事情前前后后的经过。崔母就屏退了外人，哭着对崔子说了以前的事："这件衣服是我给你的父亲做的，在熨烫的时候不小心掉下火星烧了。你父亲临出发那天，婆婆留下这件衣服作纪念。我看你太小，害怕你申诉论理不成，哪想到现在是神使我们的事得到昭雪。"崔子听完母亲的话后大声痛哭，到官府申诉了冤情。经过审问果然是事实，姓孙的伏法招供了。于是杀了姓孙的，但因为崔县尉的妻子没有早日到官府陈述，因婚姻关系被牵连得罪，后来崔子悲哀地请求而得以获免。出自《原化记》。

卷第一百二十二
报应二十一冤报

陈义郎　　　达奚珣　　　华阳李尉　　段秀实　　　马奉忠
郓　卒　　　乐　生　　　宋申锡　　　蜀营典

陈义郎

陈义郎，父彝爽，与周茂方皆东洛福昌人。同于三乡习业，彝爽擢第，归娶郭憕女，茂方名竟不就，唯与彝爽交结相誓。唐天宝中，彝爽调集，受蓬州仪陇令。其母恋旧居，不从子之官。行李有日，郭氏以自织染缣一匹，裁衣欲上其姑，误为交刀伤指，血沾衣上。启姑曰："新妇七八年温清晨昏，今将随夫之官，远违左右，不胜咽恋。然手自成此衫子，上有剪刀误伤血痕，不能浣去，大家见之，即不忘息妇。"其姑亦哭。

彝爽固请茂方同行。其子义郎，才二岁，茂方见之，甚于骨肉。及去仪陇五百余里，磴石临险，巴江浩渺，攀萝游览。茂方忽生异志，命仆夫等先行，为吾邮亭具馔。二人徐步，自牵马行，忽于山路斗拔之所，抽金锤击彝爽，碎颡，挤之于浚湍之中。佯号哭云："某内逼，北回，见马惊践长官殂矣，

陈义郎

　　陈义郎的父亲彝爽与周茂方都是东洛福昌人。一同在三乡读书，后来彝爽科举及第，回家娶了郭愔的女儿，茂方最终名落孙山，只与彝爽盟誓结为兄弟。唐朝天宝年间，彝爽被调用，授官蓬州仪陇县令。他的母亲留恋故乡旧居，不愿随儿子到官府去。收拾了几天行李，郭氏用自己织染的一匹细绢，裁了一件衣服敬送给婆婆，不小心被剪刀弄伤了手指，血沾到衣服上了。郭氏告诉婆婆说："新媳妇侍奉敬养您七八年，现在就要随丈夫到官所去了，远离您的身边，有不尽的哽咽思恋。我亲手做了这件衣衫，上面有不小心被剪刀伤了手指留下的血痕，无法洗掉，您看见它，也就不会忘记媳妇。"婆婆听后也哭了。

　　彝爽坚持请茂方与他同去。彝爽的儿子义郎才两岁，茂方见了比自己的孩子还亲。等到距仪陇五百多里，石级险峻，巴江广阔无边，他们抓住松萝一路游览。茂方忽然心生邪念，他命家仆和马夫等在前面先走，让他们先去邮亭备好饭菜。他和彝爽二人在后面牵着马慢慢走，走到陡峭的山崖边时，茂方忽然抽出金锤击打彝爽，碎其额头，又把他推到急湍里。他假哭着对众人说："我内急滞后，北回头看到马受惊，长官被踢到崖下死了，

今将何之？"一夜会丧，爽妻及仆御致酒感恸。茂方曰："事既如此，如之何？况天下四方人一无知者，吾便权与夫人乘名之官，且利一政俸禄，逮可归北。"即与发哀，仆御等皆悬厚利，妻不知本末，乃从其计。

到任，安帖其仆。一年已后，谓郭曰："吾志已成，誓无相背。"郭氏藏恨，未有所施，茂方防虞甚切。秩满，移官，家于遂州长江，又一选，授遂州曹掾。居无何，已十七年，子长十九岁矣，茂方谓必无人知，教子经业，既而欲成，遂州秩满，挈其子应举。是年东都举选，茂方取北路，令子取南路，茂方意令觇故园之存没。涂次三乡，有鬻饭媪留食，再三瞻瞩。食讫，将酬其直，媪曰："不然，吾怜子似吾孙姿状。"因启衣箧，出郭氏所留血污衫子以遗，泣而送之。其子秘于囊，亦不知其由，与父之本末。

明年下第，归长江，其母忽见血迹衫子，惊问其故，子具以三乡媪所对。及问年状，即其姑也，因大泣。引子于静室，具言之："此非汝父，汝父为此人所害，吾久欲言，虑汝之幼，吾妇人，谋有不臧，则汝亡父之冤，无复雪矣，非惜死也。今此吾手留血襦还，乃天意乎？"其子密砺霜刃，候茂方寝，乃断吭，仍挈其首诣官。连帅义之，免罪，即侍母东归。

现在可怎么办啊?"一夜办完丧葬仪式,爽妻和仆人向其致酒,为其感伤哀痛。茂方说:"事情已经到了这个地步,我们怎么办?人死不能复活,况且天下四方再也没有别人知道这件事,我就权且和夫人冒名去上任,先赚他几年俸禄,之后北归。"说到这儿,他又哀痛了一阵,仆人都挂念着重赏,爽妻又不知这件事的真相,就听了茂方的话上任去了。

到任以后,茂方将仆人安排妥帖。一年以后,他对郭氏说:"我的志向已经实现,但我发誓,今后决不背叛你。"郭氏把这深仇大恨埋在心里,没有采取什么行动,但茂方还是小心谨慎严加防备的。任期满后,茂方调到别处做官,定居在遂州长江,又一次选官,其被授予遂州曹掾。这样匆匆过了十七年,义郎也长到十九岁了,茂方心想一定没有人知道,教义郎读书学习,不久即学成,恰在遂州又届满,就趁机带着义郎进京应举。这一年在东都科举,茂方走北路,让义郎走南路,茂方想让义郎看看过去的庄园是否还在。义郎经过三乡,有一个卖饭的老太太留他吃饭,再三地上下打量他。吃完饭正要付钱,老太太说:"不用给钱了,我怜爱你的相貌与我的孙子相似。"说着就打开衣箱,拿出郭氏留下来的那件有血痕的衣衫给他,一边哭一边送他走。义郎秘密地收到行囊里,也不知这其中的缘由和他父亲事情的原委。

义郎第二年没有考中,回到长江,他的母亲忽然发现了那件有血迹的衣衫,吃惊地问其原委,义郎就把在三乡遇到老太太的事告诉了母亲。郭氏再问那老太太的年龄相貌,知道此人就是她的婆婆,因而大哭起来。郭氏将义郎拉到一个静僻的屋子里,她把前前后后一切事情都告诉了儿子:"现在的父亲不是你的亲生父亲,你父亲就是被他害死的,我早就想对你说,考虑你太小,我又是一个妇道人家,如果谋划不周,那么你死去的父亲,就没办法沉冤昭雪了,并不是我怕死呀。现在留有我手血迹的衣服又回来了,这不是天意吗?"义郎暗中磨了一把快刀,等到茂方睡着了,就切断了他的喉咙,之后又提着他的头到官府里自首。连帅佩服义郎有节义,免除了他的罪过,并让他侍奉母亲东归三乡。

其姑尚存，且叙契阔，取衫子验之，歔欷对泣，郭氏养姑三年而终。出《乾馔子》。

达奚珣

唐肃宗收复两都，崔器为三司使。性刻乐祸，阴忍寡恩。希旨深文，奏陷贼官据合处死。李岘执之曰："夫事有首从，情有轻重，若一概处死，恐非含弘之义。昔者明王用刑，歼厥渠魁，协从罔理。况河北残寇，今尚未平，苟容漏网，适开自新之路。若尽行诛，是坚叛逆之心。"守文之吏，不识大体，累日方从岘奏，陈希烈已下，定六等科罪。吕諲骤荐器为吏部侍郎御史大夫，器病脚肿，月余渐亟。瞑目即见达奚珣，但口称："叩头大尹，不自由。"左右问之，良久答曰："达奚尹诉冤，我求之如此。"经三月，不止而死。出《谭宾录》。

华阳李尉

唐天宝后，有张某为剑南节度使。中元日，令郭下诸寺，盛其陈列，以纵士女游观。有华阳李尉者，妻貌甚美，闻于蜀人，张亦知之。及诸寺严设，倾城皆至，其从事及州县官家人看者，所由必白于张。唯李尉之妻不至，异之，令人潜问其邻，果以貌美不出。张乃令于开元寺选一大院，遣蜀之众工绝巧者，极其妙思，作一铺木人音声，关戾在内，

她的婆婆还活着，他们说起过去的事，拿出衫子来对证，感叹着对哭起来，郭氏敬养婆婆，三年后婆婆死了。出自《乾𦠆子》。

达奚珣

唐肃宗收复长安、洛阳后，崔器任三司使。他性情苛毒，幸灾乐祸，阴险残忍很少施恩于人。他还迎合上意用法严刻，上奏皇帝建议凡是沦陷在贼寇中的官员都应该处死。李岘和他争执说："事有首犯从犯，情节也要看轻重，如果一概处死，恐怕没有一点儿宽宏大量的仁义可讲。过去圣明的皇帝用刑罚就是除掉罪魁祸首，协从的不加审办。况且现在河北一带的残寇还没有平息，如果允许他们免于法律制裁，正好给他们开一条悔过自新的出路。如果全部诛杀，是坚定了叛贼的反叛心理。"舞文弄墨的文官，不能认识大局，过了很长时间才采纳了李岘的主张，陈希烈之下的人都定为六等罪犯。吕𧦮马上推荐崔器为吏部侍郎御史大夫，后来崔器得了病，脚肿，一个多月以后渐渐加重。他闭上眼睛就看见达奚珣，口中大喊："给大尹磕头，不是我自己做主的。"身边的人问他缘由，很久才回答说："达奚府尹来诉冤，我这样哀求他。"经过三个月，这种事也没停止，崔器因此而死。出自《谭宾录》。

华阳李尉

唐朝天宝后期，有一个姓张的人任剑南节度使。中元节那天，他命令城内各个寺院，盛大隆重地装扮一番，任凭百姓游览观赏。有个华阳人李尉，他的妻子非常美丽，其美貌在蜀人中传扬甚广，张节度使也知道这些传闻。寺院布置好后，倾城出动，有哪些从事及州县官员的家属前来观看，手下人都告诉给了张某。但只有李尉的妻子没来，张很奇怪，派人暗中向他的邻居打听，结果是因为太漂亮而不出门。张某下令在开元寺选择一个大院，派蜀地非常灵巧的工匠，极尽巧思，做了一个巨大的音乐木制人偶，人偶内部配备了能转动的机械装置，

丝竹皆备,令百姓士庶,恣观三日,云:"三日满,即将进内殿。"百里车舆阗噎。两日,李君之妻亦不来。三日欲夜人散,李妻乘兜子从婢一人而至,将出宅,人已奔走启于张矣。张乃易其衣服先往,于院内一脱空佛中坐,觇觑之。须臾至,先令探屋内都无人,乃下。张见之,乃神仙之人,非代所有。

及归,潜求李尉之家来往者浮图尼及女巫,更致意焉。李尉妻皆惊而拒之。会李尉以推事受赃,为其仆所发,张乃令能吏深文按之,奏杖六十,流于岭徼,死于道。张乃厚赂李尉之母,强取之,适李尉愚而陋,其妻每有庸奴之恨,遂肯。置于州,张宠敬无与伦此。然自此后,亦常仿佛见李尉在于其侧,令术士禳谢,竟不能止。岁余,李之妻亦卒。

数年,张疾病,见李尉之状,亦甚分明。忽一日,睹李尉之妻,宛如平生,张惊前问之,李妻曰:"某感公恩深,思有所报。李某已上诉于帝,期在此岁,然公亦有人救拔。但过得兹年,必无虞矣。彼已来迎,公若不出,必不敢升公之堂,慎不可下。"言毕而去。其时华山道士符箓极高,与张结坛场于宅内,言亦略同。张数月不敢降阶,李妻亦同来,皆教以严慎之道。又一日黄昏时,堂下东厢有丛竹,张见一红衫子袖,于竹侧招己者,以其李妻之来也。都忘前所戒,便下阶,奔往赴之。左右随后叫呼,止之不得。至则见李尉衣妇人衣,拽张于林下,殴击良久,云:"此贼若不著

各种乐器也都齐备,张让全城人恣意观看三天,并宣称:"三天期满后,就将人偶放进内殿。"这样一来,车马堵塞了百里。已经两天了,李尉的妻子也没来。第三天天将入夜人都散去时,李尉妻乘一便轿带一个婢女前来,她刚要出家门,就有人跑到张某那儿报信了。张马上换了衣服先到寺院,躲到寺院一座空佛像中偷偷察看。不一会儿李尉妻就到了,她先让婢女看屋内有没有人,然后才下了轿。张见其面貌,果真是神仙下凡,非世上所有。

张回来后,暗中请求那些经常到李尉家的比丘尼和女巫,向李尉妻传达心意。李尉的妻子每次都惊恐地拒绝。正赶上李尉因审理案子收受贿赂,被他的仆人揭发,张就令手下的官吏用法严苛地处置其罪,李尉被责杖六十,流放到五岭以南地区,最终死在了流放的路上。此时张就趁机贿赂李尉的母亲,想要强行迎娶李尉的妻子,恰巧因为李尉愚笨又孤陋,他的妻子常常鄙夷他见识浅陋,于是就答应了这门婚事。张某把她接到州府,对其宠爱无与伦比。然而从这以后,张也经常仿佛看见李尉在他的身边,尽管找来术士设坛祈祷,还是不能禁止。一年多后,李尉的妻子也死了。

几年以后,张也得了病,看见李尉的形体容貌也更加清楚。忽然有一天,他见到了李尉的妻子,李妻栩栩如生宛如活着的时候,张吃惊地上前询问她,李妻说:"我感谢您的深恩,想要报答您。李尉已经向天帝告了您,您的死期就在这一年,然而会有人拯救您。只要过了今年,就没有什么顾虑了。他已经来找您了,您若是不出来,他也一定不敢进屋里,千万不要走出屋子。"说完就走了。那时华山有个道士画的符很灵验,为张在宅内设了坛场,说法和李尉妻相同。张几个月不敢下台阶一步,李妻也常来教给他一些谨慎小心的办法。有一天黄昏,在堂下东厢房旁竹丛边,张看到一条红衫子的衣袖在招呼自己,以为是李尉妻来了。他忘记之前的告诫,下了台阶,奔跑过去。身边的人跟在后面喊也阻止不住。到了地方只见李尉穿着女人的衣服等在那里,他把张拽到竹林里,殴打了很长时间,说:"这个贼人如果不穿

红衫子招,肯下阶耶?"乃执之出门去。左右如醉,及醒,见张仆于林下矣,眼鼻皆血,唯心上暖,扶至堂而卒矣。出《逸史》。

段秀实

唐朱泚败,奔泾州,京师副元帅李晟,收复宫阙。朱泚既败走,收残兵士,才余一二百人。忽昏迷,不辨南北,因问路于田父。田父曰:"岂非朱太尉耶?"伪宰相源休止之曰:"汉皇帝。"田父曰:"天地不长凶恶,蛇鼠不为龙虎,天网恢恢,去将何适?"泚怒,欲杀之,俄而亡其所在。及去泾州百余里,泚于马上,忽叩头连称"乞命",手足纷纭,若有拒捍,因之坠马,良久却苏。左右问其故,曰:"见段司农。"寻被韩旻枭斩。出《广德神异录》。

马奉忠

唐元和四年,宪宗伐王承宗,中尉吐突承璀获恒阳生口马奉忠等三十人,驰诣阙。宪宗令斩之于东市西坡资圣寺侧,斩毕。胜业坊王忠宪者,属羽林军,弟忠弁,行营为恒阳所杀。忠宪含弟之仇,闻恒阳生口至,乃佩刃往视之。救斩毕,忠宪乃剖其心,兼两胜肉,归而食之。至夜,有紫衣人扣门,忠宪出见。自云"马奉忠",忠宪与坐。问所须,答:"何以苦剖我心,割我肉?"忠宪曰:"汝非鬼耶?"对曰:"是。"忠宪云:"我弟为汝逆贼所杀,我乃不反兵之仇,以直报怨,汝何怪也?"奉忠曰:"我恒阳寇是国贼,我以死谢国矣。

红衫子招呼,怎么肯下台阶呢?"一边说着一边把张带出门去。张身边的仆役都好像醉了一样,等到他们醒了,只见张倒在竹林里,眼睛和鼻子都淌着血,只有心口还是暖的,扶到屋里就死了。出自《逸史》。

段秀实

唐朝时朱泚兵变失败,逃往泾州,京师副元帅李晟收复了京城。朱泚败逃后,收罗残兵,总共才一二百人。逃跑路上,朱泚忽然神志不清,分不清方向了,因此向一位老农问路。老农说:"你不是朱太尉吗?"伪宰相源休连忙制止说:"这是汉皇帝。"老农说:"天地不助长凶恶,蛇鼠不会成为龙虎,天网恢恢,你将到什么地方去?"朱泚很生气,想要杀了他,那老农忽然就消失了。距离泾州百余里时,朱泚在马上忽然叩头,口中连喊"饶命",手和脚也乱踢乱舞,好像在抵抗什么,因此而坠落马下,很久才苏醒过来。身边的人问他怎么回事,他说:"看见段司农了。"不久,朱泚被韩旻斩首。出自《广德神异录》。

马奉忠

唐元和四年,宪宗讨伐王承宗,中尉吐突承璀抓获了恒阳俘虏马奉忠等三十人,日夜兼程押到京城。宪宗命令在东市西坡资圣寺旁处斩,这些俘虏都被斩杀。胜业坊有个叫王忠宪的人,隶属羽林军,他的弟弟忠弁在军队里被恒阳军杀了。忠宪身负弟弟的被杀之仇,听说恒阳的俘虏到了,就带着刀去查看。等到处斩结束,忠宪挖掉俘虏的心,割掉其两块大腿肉,回家吃掉了。到了晚上,有一个穿紫衣的人敲门,忠宪出来见了面。那人自己介绍说叫"马奉忠",忠宪就和他坐下来。忠宪问他来干什么,回答说:"你为什么那么狠挖我的心,割我的肉?"忠宪说:"你是鬼吗?"回答说:"是。"忠宪说:"我的弟弟被你们这些逆贼杀了,我这是复仇,以直报怨,你有什么奇怪的?"马奉忠说:"我们恒阳贼寇是国家的敌人,已经用死来向国家道歉了。

汝弟为恒阳所杀,则罪在恒阳帅。我不杀汝弟,汝何妄报吾?子不闻父子之罪,尚不相及,而汝妄报众仇,则汝仇极多矣。须还吾心,还吾胜,则怨可释矣。"忠宪如失,理云:"与汝万钱可乎?"答曰:"还我无冤,然亦贳公岁月可矣。"言毕遂灭,忠宪乃设酒馔纸钱万贯于资圣寺前送之。经年,忠宪两胜渐瘦,又言语倒错惑乱,如失心人,更三岁而卒。则知志于报仇者,亦须详而后报之。出《博异志》。

郓 卒

唐元和末,王师讨平郓。汴卒有食郓士之肉者,数岁暴疾,梦其所食卒曰:"我无宿憾,既已杀之,又食其肉,何不仁也! 我已诉于上帝矣,当还我肉,我亦食之,征债足矣。"汴卒惊觉流汗。及晓,疼楚宛转,视其身唯皮与骨,如人腊,一夕毙矣。出《逸史》。

乐 生

唐中丞杜式方,为桂州观察使,会西原山贼反叛,奉诏讨捕。续令郎中裴某,承命招抚,及过桂州,式方遣押衙乐某,并副将二人当直。至宾州,裴命乐生与副将二人,至贼中传诏命,并以书遗其贼帅,招令归复。乐生素儒士也,有心义。既至,贼帅黄少卿大喜,留宴数日。悦乐生之佩刀,恳请与之,少卿以小婢二人酬其直。

你的弟弟被恒阳军所杀,罪在恒阳主帅。我并没有杀你的弟弟,你为何随意找我报仇? 你难道没听说过父与子的罪过尚且不相牵连,然而你胡乱地找大家报仇,你报的仇就太多了。你必须还我的心,还我的大腿肉,只有这样,我们之间的怨恨就可以解开了。”忠宪知道自己错了,辩白说:“给你一万钱可以吗?”马奉忠回答说:“还我的心肉就没什么冤仇,然而可以宽限你几个月。”说完就不见了,忠宪于是在资圣寺准备了酒菜和上万贯纸钱相送。过了一年,忠宪的两腿渐渐瘦下去,说话颠三倒四,神志混乱,好像没有心的人,又过了三年,忠宪死去。从这件事上可知,想报仇的人,一定要详细了解情况然后再报仇。出自《博异志》。

郓 卒

唐朝元和末年,国家派兵平定了郓地的叛乱。有汴地的士兵吃了郓地士兵的肉,几年以后突然得病,梦到被他吃了肉的那个士兵说:“我们没有什么旧冤仇,你已经把我杀了,却还吃我的肉,多么不仁义啊! 我已经将此事告诉了天帝,你应该还我肉,我也吃它,这样就足够我收债了。”汴地士兵惊醒后浑身大汗。等到天亮,他翻来覆去的疼痛难忍,再看他的身体,只剩下皮和骨头了,好像是个腊人,一天就死了。出自《逸史》。

乐 生

唐朝的中丞杜式方任桂州观察使,正遇上西原一带有贼寇占山造反,杜式方奉诏讨伐捕捉。后来朝廷又派了一个姓裴的郎中,带着命令前来招抚贼寇,在他们经过桂州的时候,式方派了一个姓乐的押衙,和两个副将相随。到了宾州,裴郎中命令乐某和副将二人到贼营中传达皇上的诏令,并将一封书信送给贼帅,招抚他们归顺朝廷。乐生是个读书人,讲仁义。他们到了贼营以后,贼帅黄少卿很高兴,留他们设宴款待了几天。少卿很喜欢乐生的佩刀,恳切地请求乐生送给他,并用两名年轻婢女酬谢,就算抵佩刀的价值。

既复命,副将与生不相得,遂告于裴云:"乐某以官军虚实露于贼帅,昵之,故赠女口。"裴大怒,遣人搜检,果得。乐生具言本末,云:"某此刀价直数万,意颇宝惜,以方奉使,贼帅求之,不得不与,彼归其直,二口之价,尚未及半,某有何过!"生使气者,辞色颇厉,裴君愈怒,乃禁于宾州狱。以书与式方,并牒诬为大过,请必杀之。

式方以远镇,制使言其下受赂于贼,方将诛剪,不得不置之于法,然亦心知其冤。乐生亦有状具言,式方遂令持牒追之,面约其使曰:"彼欲逃避,汝慎勿禁,兼以吾意语之。"使者至,传式方意,乐生曰:"我无罪,宁死;若逃亡,是有罪也。"既至,式方乃召入,问之,生具述根本,式方乃此制使书牒示之曰:"今日之事,非不知公之冤,然无路以相救矣,如何?"遂令推讯。乐生问推者曰:"中丞意如何?"曰:"中丞以制使之意,押衙不得免矣。"曰:"中丞意如此,某以奚诉!"遂索笔通款,言受贼帅赃物之状。式方颇甚悯恻,将刑,引入曰:"知公至屈,有何事相托?"生曰:"无之。"式方曰:"公有男否?"曰:"一人。"曰:"何职?"曰:"得衙前虞候足矣。"式方便授牒,兼赠钱百千文,用为葬具。又问所欲,曰:"某自诬死,必无逃逸,请去桎梏,沐浴,见妻子,嘱付家事。"公皆许。

至时,式方乃登州南门,令引出,与之诀别。乐生

回来复命后,副将和乐生合不来,就对裴郎中报告说:"姓乐的把军事秘密都泄露给贼帅了,贼帅很亲近他,所以赠给他两个女奴。"裴听后很生气,派人去搜查,果然搜到二女。乐生就把事情的前后经过说了,并说:"我的刀价值数万,我心里把它当成宝物那样爱惜,因为我正奉命出使,贼帅求我送给他,我不得不给,他给我的两位女奴的价值还不到那刀的价值的一半,我有什么过错!"乐生因为生气,言辞脸色都很严厉,裴郎中更是气愤,就把他囚禁在宾州监狱。还给式方写了一封信,并在公文中诬陷乐生犯了大罪,请式方一定要杀他。

式方因为是远镇,皇上的特使说他的部下受了贼寇的贿赂,并要求诛杀,他也不得不按法律办,但是式方心里明白乐生冤枉。乐生也写了状子详细讲述此事,式方于是就令人持公文追上使者,并当面与他约定说:"乐生如果想逃跑,你千万不要禁止他,也把我的心意告诉他。"使者到乐生被囚禁的地方对乐生说了式方的意思,乐生听后说:"我没有罪,宁肯死;如果逃跑,就证明我有罪。"乐生被押送到式方处,式方就召乐生来,询问他,乐生就把前后经过详细地陈述一遍,式方就把特使的公文给他看,然后说:"现在的这件事,我并不是不知道你的冤枉,然而没有办法救你呀,怎么办?"于是下令审讯。乐生问审讯的人:"中丞是什么意思?"回答说:"中丞按照特使的意见办事,你的死罪是免不了了。"乐生说:"中丞的意见是这样,我还申诉什么!"就让审讯的人拿笔来记录他表述的心意,说自己怎样接受了贼帅的赃物等情况。式方很怜悯他,临近刑期,式方让人把他领来说:"我知道你太冤屈了,还有什么事托付给我吗?"乐生说:"没有。"式方说:"你有男孩没有?"乐生说:"有一个。""谋什么职务?"说:"能当个衙前虞候就满足了。"式方就写了授官公文,并赠送百千文钱,用以丧葬。又问他还有什么要求,乐生说:"我是自诬而死的,一定不会逃跑,请求去掉刑具,让我洗个澡,再见一见妻子和儿子,嘱咐一些家事。"式方都同意了。

行刑时,式方登上州南门,令人领乐生出来,和他作别。乐生

沐浴巾栉，楼前拜启曰："某今死矣，虽死不已。"式方曰："子怨我乎？"曰："无，中丞为制使所迫耳。"式方洒泣，遂令领至毬场内，厚致酒馔。餐讫，召妻子别，问曰："买得棺未？可速买，兼取纸一千张，笔十管，置棺中。吾死，当上诉于帝前。"问监刑者曰："今何时？"曰："日中。"生曰："吾日中死，至黄昏时，便往宾州，取副将某乙。及明年四月，杀制使裴郎中。"举头见执捉者一人，乃虞候所由，乐曾摄都虞候，语之："汝是我故吏，我今分死矣，尔慎无折吾颈，若如此，我亦死即当杀汝。"所由至此时，亦不暇听信，遂以常法，拉其头杀之，然后笞。笞毕，拽之于外。拉者忽惊蹶，面仆于地死矣。

数日，宾州报，副将以其日黄昏，暴心痛终。制者裴君，以明年四月卒。其年十月，式方方于毬场宴敕使次，饮酒正洽，忽举首瞪目曰："乐某，汝今何来也？我亦无过。"索酒沥地祝之，良久又曰："我知汝屈，而竟杀汝，亦我之罪。"遂暗不语，舁到州，及夜而殒。至今桂州城南门，乐生死所，方圆丈余，竟无草生。后有从事于桂者，视之信然。自古冤死者亦多，乐生一何神异也。出《逸史》。

宋申锡

唐丞相宋申锡，初为宰相，恩渥甚重，申锡亦颇以致升平为己任。时郑注交通纵放，以擅威柄，欲除去之。乃以友人王璠为京兆尹，密与之约，令察注不法，将献其状，擒于京兆府，杖杀之。既约定，璠翻覆小人也，以注方为中贵

洗了澡，梳好了头，在城楼前拜告说："我今天死了，虽然死了也不能算完。"式方说："你埋怨我吗？"乐生说："不，中丞你是被特使逼迫罢了。"式方流出了眼泪，让人把他领到一个圆场里，准备了丰盛的饭菜。吃完了，乐生招来妻子和儿子，与他们分别，并问："买棺材了吗？赶快买，再把一千张纸和十支笔放到棺材里。我死以后，要到天帝面前去诉冤。"又问监刑的人："现在什么时辰？"回答说："中午。"乐生说："我中午死，黄昏时，就去宾州，要副将的命。到明年四月，我要杀制使裴郎中。"抬头看见行刑的一人，原来是虞候手下的小吏，乐生曾当过都虞候，就对他说："你是我的老部下，我今天死了，你要小心，不要把我的脖颈弄折了，假如弄折了，我死了也要把你杀死。"那个小吏在这时候也没工夫听他的话，就用平常的办法，拉着他的头杀了他，之后又是鞭打。鞭打后，把他拽到门外。那小吏忽然晕过去，面朝下扑倒在地上死了。

几天以后，宾州来报，副将在那天黄昏，突然心痛死去，姓裴的特使在第二年四月死了。那年十月，式方在圆场中宴请敕使，酒正喝到高兴的时候，忽然抬头瞪着眼睛说："乐生，你今天怎么来了？我也没有罪过。"要些酒洒在地上给乐生祷祝，过了会儿又说："我知道你冤屈，然而最终还是杀了你，这也是我的罪过。"然后就哑口不能说话了，抬到州府，到了晚上就死了。到现在桂州的南城门，乐生死的地方，有个方圆一丈多的地方，寸草不生。后来有到桂办事的人，看了以后都相信了。自古冤死的人很多，这个乐生多么神奇。出自《逸史》。

宋申锡

唐朝宰相宋申锡，刚做宰相时，受皇恩厚重，他也有把国家治理成太平盛世的抱负。那时郑注上下勾结放纵，独断专权，申锡想要除掉他。申锡让朋友王璠任职京兆尹，与他密约，监察郑注的不法行为，一旦出现不法的行为，就抓到京兆府，杖刑杀死他。虽然约定了，但王璠是反复无常的小人，因为郑注为内臣

所爱,因欲亲厚之,乃尽以申锡之谋语焉。注因报知右军,不旬日,乃伪作申锡之罪状,令人告之云:"以文字结于诸王,图谋不轨,以衣物金宝奇玉为质。"且令人效其手疏,皆至逼似。狱成于内,公卿众庶无不知其冤也。三事已降,迭入论之,方得谪为开州司马。至任数月,不胜其愤而卒。明年,有恩诏,令归葬京城。至大和元年春,其夫人亭午于堂前假寐次,见申锡从中门入,不觉惊起。申锡以手招之,乃下阶,曰:"且来,有少事,要令君见。"便引出城,似至浐水北去数里,到一墟开,见一大坑,坑边有小竹笼及小板匣者数枚,皆有封记。申锡乃提一示夫人曰:"此是那贼。"因愤怒叱吒,问曰:"是谁?"曰:"王璠也,我得请于上帝矣。"复诘其余,曰:"即自知。"言讫,拂然而醒,遍身流汗,当时言于家人及亲属,且以笔记于衣箱中。至其年十一月,璠果以事腰斩于市,同受戮者数人,皆同坎埋于城外。乃知宋公之神灵为不诬矣。出《逸史》。

蜀营典

唐蜀将尹偓,营有卒,晚点后数刻不至,偓将责之。卒被酒,自理声高,偓怒,杖数十,几至死。卒弟为营典,性友爱,不平偓。乃以刀剺肌,作"杀尹"两字,以墨涅之。偓阴知,乃以他事杖杀典。及大和中,南蛮入寇,偓领众数万,保邛偓关。偓膂力绝人,常戏左右,以棘节杖击其胫,随击

所信任，所以想要亲近他，便把申锡的计划全都告诉了郑注。郑注将此事报告给了右神策军，不到十天的时间，就伪造了申锡的罪状，让人上告说："他用文字交通各位王侯，图谋不轨，并用衣物及奇珍异宝作抵押。"还让人模仿申锡的笔迹写了上疏，模仿得不差分毫。诉讼成立后，无论公卿百姓，没有不知道申锡是冤枉的。审理的公文已下，朝臣们都相继去理论说情，最终才得贬为开州司马。到任仅几个月后，申锡悲愤而死。第二年，有恩诏下达，允许申锡归葬京城。大和元年春天，申锡的夫人中午在正堂刚刚睡着，就看到申锡从中门进来，不觉惊坐起来。见申锡用手招她，她就走下台阶，申锡说："快来，我有点事，要让你看点东西。"说着就领她出城，好像到了浐水以北几里的一个土丘，只见有一个大坑，坑边有好多个小竹笼和小板匣，上面都有名签标记。申锡就提起一个给夫人看，并说："这就是那个贼。"接着就愤恨地大骂，夫人问："是谁？"申锡说："王璠，我已经请求天帝了。"夫人又问其余的人是谁，申锡说："很快就会知道了。"说完后夫人一下子就醒了，遍身流汗，当时就告诉了家人和亲属，并且用笔记下来放到了衣箱里。到了那年十一月，王璠果然犯了事被腰斩在刑场，同时被杀的还有几个人，都被埋在城外的同一个墓穴里。到这时这才知道宋公的神灵不假啊。出自《逸史》。

蜀营典

唐朝蜀将尹偃，他的营中有个兵士，晚上点名后过了许久也没到，尹偃准备责罚他。但他喝了酒，自以为有理说话声音很大，尹偃很生气，打了他几十杖，差点儿将他打死。这个士兵的弟弟在军营里当营典，与哥哥友好亲爱，对尹偃的做法十分不满。他就用刀划破肌肤，划了"杀尹"两个字，并用墨染黑。尹偃暗中知道了这件事情，就借口别的事杀了营典。到了大和年间，南蛮入侵，尹偃率领几万军队保卫邛偃关。尹偃体力超过常人，常常戏弄身边的人，用棘刺做手杖打他们的小腿，伴随着击打

筋胀拥肿。恃其力,悉众出关,逐蛮数里。蛮伏发,夹攻之,大败马倒,中数十枪而死。初出关时,忽见所杀典,拥黄案,大如毂,在前引。心甚恶之,问左右,咸无见者,竟死于阵。出《酉阳杂俎》。

小腿立刻就筋胀肉肿。尹偓凭借他的力气,率领全军出邛偓关追逐蛮兵数里。蛮兵的埋伏突然出现,两边夹攻,尹偓军马匹翻倒,一败涂地,尹偓中了几十枪后就死了。他刚出关时忽然看见了被他杀死的营典,抱着一个车轮那么大的黄色盘案,在他前边引路。尹偓感到非常厌恶,问身边的人看见没有,都说没看见,尹偓最终还是死在阵地上了。出自《酉阳杂俎》。

卷第一百二十三
报应二十二 冤报

胡　激　　秦匡谋　　韦判官　　杨　收　　宋　柔
王　表　　乾宁宰相

胡　激

唐胡激者,前岭南节度使诞之子也。宰相贾悚知举,登进士第。大和中,甘露之变,北军方捕悚,有禁军牙校,利激家富,白仇士良曰:"恐悚在激所。"因遣士卒理其家,既不获悚,擒激以诣士良,士良命戮于辕门外,尽没其财。时激弟湘,在河东郡。忽一日,家僮见一人无头,著绿衣,上皆流血,甚异之。及凶问至,询其由,则激死之日也。后士良死,亦破其家,盖其报也。出《补录记传》。

秦匡谋

唐太傅汾国公杜悰,节度江陵。咸通十四年,黔南廉使秦匡谋以蛮寇大举,兵力不敌来奔。既谒见公,公怒其不趋庭,退而使吏让之曰:"汝凤翔一民也,悰两为凤翔节度使,汝今靡认桑梓也。"匡谋报曰:"某虽家世岐下,然少

胡　激

　　唐朝的胡激是前岭南节度使胡诞的儿子。宰相贾𫗧主持进士考试那年，胡激考中了进士。大和年间，发生了甘露事变，北军要抓捕贾𫗧，有一个禁军牙校，贪图胡激家财产富足，就告诉仇士良说："恐怕贾𫗧在胡激家里。"因此仇士良就派了士兵去搜查胡家，虽没有抓到贾𫗧，却把胡激抓到仇士良那里，仇士良命令在辕门外将胡激斩首，并把他的家产全部没收。当时胡激的弟弟胡湘在河东郡。忽然有一天，家童见到一人没有头，穿着绿衣服，身上还流满血，非常奇怪。等到凶信传来，询问事情的根由，才知道那天正好是胡激死的日子。后来仇士良死了，也是家产全部破败，大概是对他的报应吧。出自《补录记传》。

秦匡谋

　　唐朝的太傅汾国公杜悰兼任江陵节度使。咸通十四年，黔南廉使秦匡谋因为蛮寇大举进犯，自己的兵力不敌前来投奔杜悰。见到杜公，杜公因他不来拜见奉承而生气，回到内室派遣小吏责备他说："你是凤翔的百姓，杜悰两次任凤翔节度使，你现在不认故乡了。"匡谋回答说："我虽家世代居于岐下，然而年少时

离中土，太傅拥节之日，已忝分符，实不曾趋走台阶。比日况在荆南，若论桑梓，恐非仪也。"惊怒，遣綮之，发函与韦相保衡云："秦匡谋擅弃城池，不能死王事，请诛之。"韦以惊国之元臣，兼素有旧恩，遂奏请以惊处置。

敕既降，惊乃亲临都市监戮。匡谋将就法，谓其子曰："今日之死，实冤枉无状，奈申诉非及，但多烧纸墨，当于泉下理之耳。"行刑，观者驾肩接踵，挥刃之际，惊大惊，骤得疾，遂舆而返。俄有旋风暴作，飞卷尘埃，直入府署乃散。是夕，狱吏发狂，自呼姓名叱责曰："吾已惠若钱帛非少，奚复隐吾受用诸物？"举体自扑而殒。

其年六月十三日杀秦匡谋，七月十三日，惊乃薨。将归葬洛阳，为束身楸函而即路。欲敛之夕，主吏觉函短，忧惧甚，又难于改易。遂厚赂阴阳者，绐杜氏诸子曰："太傅薨时甚凶，就木之际，若临近，必有大祸。"诸子信然，于是尽率家人，待于别室。及举尸就敛，楸函果短，遂陷胸折项骨而入焉，无有知者。及抵东洛，长子无逸，相次而逝。岁月既久，其事稍闻于世，议者以惊恃权贵，枉刑戮，获兹报焉。出《南楚新闻》。

韦判官

唐博陵崔应任扶沟令，亭午独坐，有老人请见应。应问之，老人对曰："某通于灵祇也。今者冥司韦判官来拜谒，幸望厚礼以待之。请备香案，屏去侍从，当为延入。"应

离开中土，太傅作节度使的时候，我也已封官授爵，实在不曾奔走侍奉。况且那时你还在荆南，和我说故乡的事，恐怕不合礼仪。"杜悰听后很气愤，派人把他抓起来，发了一封信函给宰相韦保衡说："秦匡谋擅自放弃城池，不能以死效忠国家，请杀了他。"韦宰相认为杜悰是元老大臣，再者杜悰以前对他有恩，于是上奏请求按杜悰的意见处置秦匡谋。

文书下来后，杜悰亲自到刑场监斩。匡谋临刑前对他的儿子说："今天我的死，实在是冤枉得没办法说，但是现在申诉也来不及了，你只要多烧点纸和墨，我会在九泉之下申诉这件事。"行刑时，来观看的人摩肩接踵，刽子手挥刀的时候，杜悰吓了一跳，突然就得了病，于是坐车返回。不一会儿又突然刮起了大旋风，卷起尘土直飞天空，一直飞到汾国公王府才散。当晚，狱吏也发疯了，自己叫着自己的姓名叱责说："我给你的钱物已经不少了，为什么还要隐藏我应该享用的财物？"说完扑倒在地而死去。

那年六月十三日杀了秦匡谋，七月十三日杜悰就死了。要将杜悰归葬洛阳，做好了棺材就上路。想要装殓的那天晚上，主管的官吏觉得棺材太短了，非常担忧害怕，但又很难改换了。就贿赂了阴阳先生很多钱，欺骗杜家的几个儿子说："太傅死亡的时辰太不吉利，装棺的时候如果在近旁，一定会有大祸。"他的儿子们都信了，于是带着所有的家里人到另一间屋子里等待。等到抬起尸体装殓，棺材果然短了，只好压着胸折断颈项装进去了，没有人知道这些事。等到了东都洛阳，长子无逸相继去世。时间很久了，这些事慢慢流传到世间，议论的人都说杜悰依杖权贵，胡乱冤屈杀人才得到这种报应。出自《南楚新闻》。

韦判官

唐朝博陵人崔应任扶沟县令，有一天中午在家里独坐，有一个老人请求拜见。崔应问他有什么事，老人回答说："我和神灵相通。现在冥府的韦判官前来拜见你，希望你用大礼接待他。还请你准备香案，让侍从们都退去，我才能给你引见。"崔应

依命,老人即出迎之。

及庭,隐隐然不见其形,自通名衔,称思穆,叙拜俟候,应亦答拜,揖让再三,乃言曰:"某冥司要职也,侧闻长官宏才令器,冠于当时,辄将心事,且愿相托,故俟亭午务隙拜谒,幸无惊异。"应曰:"某闻神明不昧,今乃不虚,屡劣幽薄,触事蒙鄙,何幸明灵俯降,但揣微贱,力不副心。苟可施于区区,敢不从命? 幸示指南,愿效勤劳。"冥使曰:"某谢去人世数载,得居冥职。自弃掷妻孥,家事零替。爱子文卿,少遭悯凶,鄙野无文,职居郑滑院,近经十载,交替院务之日,不明簿书,欠折数万贯匹,实非己用。欲冒严明,俯为存庇。"应俯然曰:"噫! 某扶沟令也,焉知郑滑院?"使者曰:"不然,以阁下材器禄位,岂一院哉! 自今已后,历官清显,雄居方镇,位极人臣。然数月后,当与郑滑院交职,傥不负今日之言,某于冥司,当竭微分,仰护荣贵,非止一身,抑亦庆及后嗣。"应曰:"某虽鄙陋,敢不惟命是听。"冥使感泣,于是叙别而去。

应闻淮南杜相悰方求政理,偶具书启,兼录为县课绩。驰使扬州,意者以思穆之言,且于验试其事。时相国都督维扬,兼判盐铁,奏应知郑滑院事。及交割帐籍钱帛,欠折数万贯匹,收录家资填偿外,尚欠三四万无所出。初应在扶沟,受思穆寄托,事实丁宁。比及郑滑,遂违前约,且曰:"欠折数广,何由辨明? 文卿虽云赃非己用,积年不申论,

就按他的话办,老人立刻出去迎接判官。

到了庭院,根本见不到人影,自己报上名衔,说叫思穆,叙拜侯候,崔应也回拜他,谦让再三,才说:"我在冥司担任要职,听说长官您宏才大器,是当今众人之冠,就想将我的心事托付给您,所以我才等到您中午有空才来拜见你,希望您不要感到惊异。"崔应说:"我听说神灵不糊涂,现在看真是不假,我是一个软弱无能的小官,自己的事也办不明白,有什么资格让圣明的神灵降临,只是我的能力太小,恐怕力不从心。如果能为您办点事的话,我怎么敢不听从命令呢?请您指示,我愿意为您效劳。"判官说:"我离开人世已经多年了,在冥府得到官职。自从离开了妻子孩子,家庭就衰落下来。我的爱子叫文卿,年少失怙,他粗鄙浅薄,在郑滑院当官快到十年了,在交接院务的那天,不明白文书账簿,欠下的财物折合几万贯钱和布匹,确实不是他私自占用了。想要冒犯您的严明,给他掩盖一下。"崔应低着头说:"噫!我仅仅是一个扶沟县令,怎么能管得了郑滑院的事情?"判官说"不是这样,凭您的才能和官运,岂止管理一个郑滑院!从今以后,您将升任清要显达的官位,雄居方镇,位极人臣。但是几个月以后,您应该和郑滑院交接职务,如果您不辜负今天说的话,我在冥府里也会尽我的能力,保您荣华富贵,并且不仅仅是您一人,还会延续到您的后代。"崔应说:"我虽然愚蠢浅薄,怎么敢不唯命是听。"判官感动得哭了,又谈了些别的话告辞去了。

崔应听说淮南相杜悰正在寻找政绩卓越的人,就迎合他写了一封信,并将作县令时的政绩也都写上了。崔应派人送到扬州,他心里想着思穆的话,打算试验一下灵不灵。当时杜宰相的都督维扬,兼管盐铁,就上奏让崔应管理郑滑院。等到交接账目钱物,前任欠钱物几万贯匹,即使把他的家资全都拿来充填偿还,依然还有三四万没有着落。当初崔应在扶沟,接受思穆的嘱托时,表现得十分恳切。等他到了郑滑院,就违背了以前的约定,并且说:"亏欠的数目太大了,有什么理由可以为自己申明呢?文卿虽然说赃款并不是自己私用,但他积压了这么多年也不申报,

须抵严刑，以惩慢易。穷达既定，鬼何能移？若弃法徇神，是诏而求福。"乃拘絷文卿而白于使。文卿自度必死，乃预怀毒于衣带之间，比及囚絷，数欲服之，辄失其药，搜求不获。

及文卿以死论，是日，思穆见于文卿前而告曰："呜呼，无信之人，陷汝家族，吾为汝上告于帝，帝许我夺崔应之录，吾之族亦灭矣。"文卿匍匐拜哭，忽失其父，乃得所怀之药，仰而死焉。于是应与巡官李擅、滑纠朱程、戎曹贾均就非所将刑之。文卿既已死，应方悔悟，乃礼葬文卿，身衣缟素而躬送之。应后加殿中，时有人自邯郸将美人曰金闺来献于应，应纳而嬖之。崔君始惑于声色，为政之心怠矣。

后二年，加侍御史，知杨子院，与妻卢氏及金闺偕行。寻除浙西院，应自至职，金闺宠爱日盛，中门之外，置别馆焉，华丽逾于正寝。视事之罢，经日不履内，前后历任宝货，悉置金闺之所。无何，复有人献吴姝，艳于金闺，应纳之，宠嬖愈甚，每歌舞得意，乃夺金闺宝货而赐新姝。因是金闺忿逆，与亲弟陈行宗置毒药于酒中，夜以献应。饮之，俄顷而卒，潜迁应于大厅。诘旦，家人乃觉，莫知事实，卢氏慈善，不能穷究。金闺乃持宝货，尽室而去。诸姬分散，崔氏门馆日微。

后陇西李君知浙西院，闻金闺艳丽，求而纳之。李君与金闺白昼开筵，应乃见形于庭，叱金闺曰："汝已鸩我，又纳于李君，后不得意，复欲祸李君耶？"金闺惧而辞归。后李君方欲捕金闺，案理旧事，雪崔生之冤，金闺忽而逃去，不知所在。出《阴德传》。

必须用严刑，以此来惩罚他的轻慢。我的穷达已定，鬼怎么能改变？如果抛弃法律屈从神灵，就是谄媚而求福。"于是拘押了文卿报告给了官使。文卿自以为是死罪，预先在衣服里藏好了毒药，等到被拘押起来，多次想吃，但药却丢了，翻遍了也找不到。

等文卿判了死罪，当天，思穆出现在文卿面前告诉他："唉，不讲信义的人，陷害了你的家族，我已经为你到天帝那里告了他，天帝答应我夺去崔应的官禄，然而我们家也灭族了。"文卿趴在地上叩拜大哭，忽然间父亲就不见了，却找到了他藏在怀里的药，吃了后仰面而死。就在那时崔应和巡官李擅、滑纠朱程、戎曹贾均来到监狱行刑。见到文卿已经死了，这时崔应才明白过来，非常悔恨，于是行大礼葬掉了文卿，身穿白色丧服恭敬地给他送葬。崔应后来升入殿中，有人从邯郸带来一个叫金闺的美人献给他，崔应纳其为妾，十分宠爱她。崔应从此被声色所迷惑，办理政事就懈怠了。

过了二年，升为侍御史，知杨子院，他与妻卢氏以及金闺同行。不久又任命到浙西院，崔应自从去任职，金闺一天比一天受宠爱，中门之外又置备了别馆，豪华壮丽都超过了正妻的房所。崔应办公回来，整天也不到内室，前后做官所得到的宝物全部放在金闺的住处。不久，又有人献了一个吴地的美女，其美丽娇艳超过了金闺，崔应又纳为妾，宠爱得更厉害，每次歌唱舞蹈到高兴时他就夺取金闺的宝物赏给吴妹。因此金闺异常愤恨，和弟弟陈行宗把毒药放到酒里，夜间献给崔应。崔应喝了后，不一会儿就死去了，他们又偷着把崔应送到大厅去。到天亮时，家人才发觉，都不知道事实真相，卢氏面慈心善，没去追究。金闺带着宝物空室逃跑。姬妾都分散了，崔家的门庭日益衰落。

后来有个陇西的李君来管浙西院，听说金闺艳丽，追求金闺并纳其为妾。李君和金闺白天摆下筵席，崔应就在庭堂现了形，呵斥金闺说："你已经药死了我，又做了李君的妾，以后再不如意还想害死李君吗？"金闺害怕就告辞回家了。后来李君想要捉拿金闺，审理以前的事，给崔应昭雪冤仇，金闺忽然间逃跑了，不知道去了哪里。出自《阴德传》。

杨 收

唐丞相杨收，贬死岭外。于时郑愚尚书镇南海，忽一日，宾司报云："杨相公在客次，欲见尚书。"愚惊骇，以收近有后命，安得来此，乃延接之。杨曰："某为军容使杨玄价所谮，不幸遭害，今已得请于上帝，赐阴兵以复仇，欲托尚书宴犒，兼借钱十万缗。"郑诺之，唯钱辞以军府事多，许其半。杨相曰："非铜钱也，烧时幸勿著地。"愚曰："若此则固得遵副。"从容长揖而灭。愚令于北郊具酒馔素钱以祭之。杨犹子有典寿阳者，见收乘白马，臂朱弓彤矢，有朱衣天吏控马，谓之曰："今上帝许我仇杀杨玄价，我射中之，必死也。"俄而杨中尉暴得疾而死。蜀毛文锡，其先为潮州牧，曾事郑愚，熟详其事。出《北梦琐言》。

宋 柔

唐僖宗之狩于岷蜀也，黄巾尚游魂于三辅。中和辛丑岁，诏丞相晋国公王铎，为诸道行营都统，执操旗鼓，乘三峡而下，作镇南燕，为东诸侯节度。又诏军容使西门季玄为都监。

秋七月，铎至滑，都监次于临汝，郡当兵道，邮传皆焚，乃舍于龙兴北禅院。其西廊小院，即都监下都押衙何群处之。群滑人也，世为本军剧职，群少凶险，亲姻颇薄之。乃西走上京，以干中贵人，而西门纳焉。至是擢为元从都押衙，戎事一以委焉。群志气骄佚，肉视其从。尝一日，汝州监军使董弘赟，令孔目官宋柔，奉启于都监。致命将出，值群方据胡床于门下，怒其不先礼谒也，叱数卒捽以入，击以马挝

杨 收

唐朝的丞相杨收被贬官死在岭外。当时尚书郑愚镇守南海,忽然有一天,宾司来报告说:"杨相公在客厅,他想要见尚书。"郑愚又惊又怕,以为杨收有新的命令,要不然怎么会来到这里,就迎接了他。杨收说:"我被军容使杨玄价诬陷,不幸被害,现在我已经请求天帝,赏赐阴间兵来报仇,想要托尚书犒赏他们,另外再借钱十万缗。"郑愚答应了,只有钱的事情郑愚推辞说军府的事情太多,只能借给一半。杨收说:"不是铜钱,要纸钱,烧的时候千万不要着地。"郑愚说:"如果是这样我一定遵从你的吩咐。"杨收从容作了长揖就消失了。郑愚命人在北郊准备了酒菜和纸钱祭奠。杨收有个主管寿阳的侄子,看到杨收骑着白马,手臂上挎着红弓红箭,还有一个穿红衣服的天吏为其牵着马,杨收对他说:"现在天帝允许我杀杨玄价报仇,我射中他,他一定会死。"不一会儿杨中尉突然得急病死了。蜀地的毛文锡,以前为潮州牧,曾在郑愚手下办事,十分详细这件事。出自《北梦琐言》。

宋 柔

唐僖宗避乱四川,黄巾军在三辅还有残余势力。中和辛丑年,下诏令丞相晋国公王铎为诸道行营都统,带领大军乘船沿三峡而下,坐镇南燕,为东诸侯节度使。又下诏命军容使西门季玄为都监。

秋七月,王铎到了滑地,都监停在临汝,当地正处在交战区,驿站全部烧毁,于是就住在龙兴北边的禅院。那里的西廊小院由都监的部下都押衙何群住着。何群是滑地人,世代都为本军的要职,何群少年时就狠毒奸险,亲戚们颇瞧不起他。于是何群就西走进京,请求宦官,最终西门季玄接纳了他。从此提升为元从都押衙,军中的事全委托给他。何群志气骄纵放肆,不把部下当人看。有一天,汝州监军使董弘赟令孔目官宋柔给都监送信。送完信刚要出来,正碰上何群坐在门下的凳子上,他对宋柔不先参拜他而生气,呵斥着几个士卒揪着他进门,用马鞭子打他

而遣之。弘赟闻之大恐，笞宋柔数十，仍斥去，不复任使，驰书使谢群，群亦无怍。

复数旬，日将夕，宋柔徒行，经寺门，又值群自外将入。瞥见发怒，连叱驺皂，录之入院，候曛黑，杀而支解，纳诸溷中。既张灯，宛见宋柔被发徒跣，浴血而立于灯后。群蹶起，奋剑击刺。欻然而灭，厥后夜夜见之。

暮秋月，都监迁于荥阳郡，舍于开元寺，子城东南隅之地。至是群神情惝恍，渐不自安，乃与其禆将窦思礼等谋叛，将大掠郡中，而奔于江左。都监部曲三百许人，皆畏群而唯诺。会太守杜真府符请都监夜宴，启至，群谓思礼等曰："机不旋踵，时不再来，必发今宵，无贻后悔。"思礼等遂潜勒部分。至晡时，都监赴宴。群令亲信十数人从，戒曰："至三更，汝焚六司院门，寺中必举火相应。"其夕一鼓，群假寝帐中，乃梦宋柔向群大叱曰："吾仇雪矣。"遂惊觉，召思礼语之，对曰："此乃思也，是何能为？"二鼓将半，乃令其徒擐甲，使一卒登佛殿西大梓树，瞷子城内。无何，郡都虞候游巡到僧纲，启门入，至殿隅，仰视木杪，心动，命爇炬于下，乃见介者蹲于枝间。方诘所从，群连声谓曰："走卒痁作，遂逃于上，无他也。"都虞候色变，驰出戒严。群呼思礼等谓曰："事亟矣，不速行，将为竖子所殄。"乃拥其徒，斩东门关而出奔。若走两舍，而群心荡，无所从其适，下稍稍亡去。倦憩水侧，遥闻严鼓声，乃仆射陂东北隅墉也。思礼觉乃

然后撑走。弘赞知道后很害怕,打了宋柔几十大板将其斥去,不再任用他,并很快派人送了一封信向何群道歉。何群也不感到惭愧。

又过了几十天,太阳快落了,宋柔步行经过寺门又碰上何群从外面回来要进门,何群瞥见宋柔就来了气,连连呵斥马夫把他抓到院内,等到日落天黑,把宋柔杀死并肢解了,扔到几个粪坑里。等到点上灯,宛然见到宋柔披散着头发光着脚全身流血站在灯后。何群立刻精神起来,奋力用剑击刺。宋柔一闪就没有影了,群以后夜夜都能见到宋柔。

到了晚秋,都监迁到荥阳郡,住在开元寺,子城东南角的地方。到了这里,何群的精神恍惚,渐渐心神不定,和他的禅将窦思礼等人阴谋叛乱,准备大肆掠夺荥阳郡,然后投奔到江左。都监有部曲三百多人,他们都害怕何群而同意他的要求。正巧太守杜真送府帖请都监夜晚赴宴,请柬到了,何群对思礼等说:"机会总是转身即逝,时机失去了也不再来,一定要在今晚发动兵变,不要贻误时机而后悔。"思礼等于是就暗中布置。晡时,都监赴宴。何群派十多个亲信随从,并告诫他们说:"到三更时你们就放火烧六司院门,我们寺中一定点火相呼应。"那天晚上一更,何群在帐里装睡,梦见宋柔对何群大声呵斥说:"我的仇要报了。"何群立刻惊醒,招呼思礼来告诉他,思礼回答说:"这是意念,有什么作用呢?"二更将要过半,何群命令部下穿上盔甲,派一个士兵登上佛殿西边的大梓树,窥视子城内。不多久,郡都虞候游巡到了僧纲这里,开门进入,到了大殿一角,仰起头看树梢,心里一惊,命人在下面点上火炬,就看见了蹲在树枝间的士兵。刚要追问他从哪里来,何群连声对他说:"小兵热疟发作,就逃到树上了,没有什么事。"都虞候脸色都变了,立刻跑出去戒严。何群招呼思礼对他说:"事情很紧迫了,不赶快行动,就将被这小子所灭。"于是就带领他的部下斩断东门关出逃。大约跑了六十多里,何群的心就动摇了,不知道往哪里跑才好,部下也都慢慢地逃走。他疲倦地躺在水边休息,听到很远的地方传来急促的鼓声,原来是从仆射陂东北角的空地上传来的。思礼这时也觉悟了就

前,请启密语,群将耳附之。思礼拔佩刀,疾斫群首坠于地,余众大嚣而散。思礼携群首,迟明,归命于都监。贳其罪,使招其散卒焉。出《三水小牍》。

王　表

河东裴光远,唐龙纪己酉岁,调授滑州卫南县尉。性贪婪,冒于货贿,严刑峻法,吏民畏而恶之。尤好击鞠,虽九夏蒸郁,亦不暂休息。畜一白马,骏健能驰骋,竟以暑月不胜其役,而致毙于广场之内。有里长王表者,家虽富赡,早丧其妻。唯一子,可七八岁。白皙端丽,常随父来县曹。光远见而怜之,呼令入宅,遗以服玩,自是率以为常。光远令所亲谓表曰:"我无子,若能以此儿相饷,当善待汝,纵有大过,亦不汝瑕疵也。"表答曰:"某诚贱微,受制于上,骨肉之间,则无以奉命。况此儿襁褓丧母,岂可复离其父乎?设使以此获罪于明公,亦甘心矣。"光远闻而衔之。后数日,乃遣表使于曹南,使盗待诸境上,杀之而取其子。

大顺辛亥岁春,光远遘疾,逾月委顿,或时若鬼物所中,独言曰:"王表来也,当还尔儿。"又为表言曰:"某虽小吏,慎密未尝有过,反招贱贼,规夺赤子,已诉于天,今来请命。"又为己语:"今还尔儿,与尔重作功德,厚赂尔阴钱,免我乎?"皆曰:"不可。"少顷曰:"白马来也。"则代马语曰:"为人乘骑,自有年限。至于负载驰骤,亦有常程。筋力之劳,所不敢惮。岂有盛夏之月,击鞠不止?毙此微命,实由于君,

上前,请求报告一件秘密的事,何群附过耳朵。思礼拔出佩刀,迅速地把何群的头砍掉到地上,其余的人大叫着四散奔逃。思礼提着何群的头,在第二天早晨到都监那里自首。都监赦免了他的罪,并让他招纳失散的士卒。出自《三水小牍》。

王　表

　　河东人裴光远,在唐朝龙纪己酉年调官授予滑州卫南县尉。裴光远生性贪婪,受贿索贿,刑罚严酷,执法刻薄,官吏百姓都畏惧且厌恶他。他尤其喜欢踢球,即使是三伏盛暑,也不休息。他养了一匹白马,膘肥体健擅驰骋,最终因为在暑天受不了其役使,而死在场内。有个叫王表的里长,家中虽然很富足,但早年丧妻。只有一子,有七八岁了。其子皮肤白皙,端庄美丽,经常跟着父亲来县府。光远见到后很怜爱他,招呼他进屋,送给他衣服和玩具,从这以后就习以为常了。光远让他的亲信对王表说:"我没有儿子,如果能把这个孩子相送,我会好好待你,即便是有大的过错,也不让你承担。"王表回答说:"我确实低贱卑微,受上面管辖,但亲生骨肉的事,恕无法奉命。况且这个儿子很小就失去了母亲,怎么能再离开父亲呢?假如因为这件事得罪了明公,我也认了。"光远听说后怀恨在心。过了几天,就派王表去曹南出使,并派强盗等在其地,杀了王表夺了他的儿子。

　　大顺辛亥年春天,光远得了病,一个月后更加严重,有时好像鬼附在身上,他自言自语说:"王表来了,我应该还给你儿子。"又扮作王表说话:"我虽然是个小吏,但办事谨慎细致,从来没有出过什么错,反倒遭残害,原来是为了夺我的儿子,我已告于上天,现在来要你的命。"又变回自己说话:"现在还你儿子,给你重做功德祭奠,多送给你阴间的钱,能饶我吗?"然后说:"不可。"不一会儿又说:"白马来了。"则又代替马说:"我给人乘骑,自然是有年限的。至于负载奔跑,也是有一定的里程。筋力的劳苦,我也不敢畏惧。哪有在盛夏时节击球不止的?我这微命的死去,确实是由你造成的,

已诉上天，今来奉取。"又为己语，祈之如王表，终不听。数日，光远遂卒。出《三水小牍》。

乾宁宰相

唐乾宁二年，邠州王行瑜会李茂贞、韩建入觐，决谋废立。帝既睹三帅齐至，必有异谋，乃御楼见之。谓曰："卿等不召而来，欲有何意？"茂贞等洽背不能对，但云："南北司紊乱朝政，因疏韦昭度讨西川失谋，李磎麻下，为刘崇鲁所哭，陛下不合违众用之。"乃令宦官诏害昭度已下，三帅乃还镇。内外冤之。初王行瑜跋扈，朝廷欲加尚书令，昭度力止之曰："太宗以此官总政而登大位，后郭子仪以六朝立功，虽有其名，终身退让。今行瑜安可轻授焉？"因请加尚父，至是为行瑜所憾而被害焉，后追赠太师。李磎字民望，拜相麻出，刘崇鲁抱之而哭，改授太子少傅。乃上十表，及讷谏五篇，以求自雪，后竟登庸，且讦崇鲁之恶。时同列崔昭纬与韦昭度及磎素不相协，王行瑜专制朝廷，以判官崔铤入阙奏事，与昭纬关通，因托铤致意。由是行瑜率三镇胁君，磎亦遇祸。其子浣，有高才，亦同日害之。磎著书百卷，号李书楼，后追赠司徒。太原李克用破王行瑜后，崔昭纬贬而赐死，昭皇切齿下诏捕崔铤，亦冤报之验也。出《北梦琐言》。

我已上诉天帝,现来取你的命。"又变回自己说话,像祈求王表那样祈求白马,白马始终不同意。几天后光远就死了。出自《三水小牍》。

乾宁宰相

唐朝乾宁二年,邠州的王行瑜会同李茂贞、韩建入宫朝见皇帝,谋划废立皇帝的事。皇帝看到三镇统帅一齐来觐见,料到定有阴谋,就登楼接见了他们。对他们说:"卿等没有召见就来了,想做什么?"茂贞等人汗流浃背无法回复,只好说:"南北司祸乱朝政,因此有人上疏指责韦昭度讨伐西川失策,李磎出任宰相,刘崇鲁因此痛哭,陛下不应该违背众人的意愿而任用这些人。"皇帝就让宦官下诏杀害了韦昭度等,三帅才回到本镇。宫廷内外都认为韦昭度等太冤枉了。当初王行瑜飞扬跋扈,朝廷想给他加上尚书令的头衔,韦昭度竭力阻止说:"太宗皇帝在这个职位上总领朝政,并登上皇位,郭子仪为六朝元老立了大功,虽然授予此官,但他只有此名而终身退让。现在怎么能轻率地授予行瑜此官衔呢?"因此请求给他加尚父衔,从这以后被行瑜所怀恨而导致被杀害,后来追赠为太师。李磎字民望,拜相的诏书出来后,刘崇鲁抱着诏书哭,改授为太子少傅。李磎于是上了十表,还有讽谏五篇,用来洗清自己,最终被任用,并且揭发了刘崇鲁的恶行。那时同级官员崔昭纬与韦昭度和李磎平常关系就不好,王行瑜专制朝廷,让判官崔铤入宫奏事,并和崔昭纬沟通,因而他委托崔铤向王行瑜表达心意。所以王行瑜率领三镇统帅胁迫皇帝,李磎也遭到灾祸。李磎的儿子叫李沆,有过人的才能,也在同一天被杀害。李磎著书百卷,号称李书楼,后来追赠为司徒。太原的李克用打败王行瑜以后,崔昭纬被贬官赐死,唐昭宗愤恨地下诏捕捉崔铤,这也是冤仇得报啊。出自《北梦琐言》。

卷第一百二十四
报应二十三冤报

王简易	樊　光	李彦光	侯　温	沈　申
法曹吏	刘　存	袁州录事	刘　璠	吴　景
高安村小儿	陈　勋	锺　遵	韦处士	张　进
郝　溥	裴　垣	苏　铎	赵　安	

王简易

唐洪州司马王简易者,常暴得疾,腹中生物如块大,随气上下,攻击脏腑,伏枕余月。一夕,其块逆上筑心,沉然长往,数刻方寤,谓所亲曰:"初梦见一鬼使,自称丁郢,手执符牒云:'奉城隍神命,来追王简易。'某即随使者行,可十余里,方到城隍庙。门前人相谓曰:'王君在世,颇闻修善,未合身亡,何得遽至此耶?'寻得见城隍神,告之曰:'某未合殂落,且乞放归。'城隍神命左右将簿书来,检毕,谓简易曰:'犹合得五年活,且放去。'"至五年,腹内物又上筑心,逡巡复醒云:"适到冥司,被小奴所讼,辞气不可解。"其妻问:"小奴何人也?"简易曰:"某旧使僮仆,年在妙龄,偶因约束,遂致毙。今腹中块物,乃小奴为祟也。适见前任吉州牧锺初,荷大铁枷,着黄布衫,手足械系。冥司勘非理

王简易

　　唐朝洪州司马王简易,得了急病,肚子里长了一个大疙瘩,这个东西随着呼吸上下,敲击着脏腑,他因此在床上躺了一个多月。一天晚上,那个疙瘩由下向上直捣其心,他一下子昏迷过去,数刻后才醒过来,王简易对亲人说:"我梦见一个鬼使,自称丁郢,他手里拿着公文说:'奉城隍神的命令来追王简易。'我就随着使者走,大约走了十多里,才到城隍庙。门前边的人看到我说:'王君在人世做了很多好事,不应该身亡,为什么突然到这地方来?'不一会儿见到城隍神,我告诉他说:'我还不应该死,请您将我放回。'城隍神命左右的人拿生死簿书来,检看完毕,对简易说:'还应再活五年,暂且放回。'"五年以后,肚子里的疙瘩又直上捣心,顷刻王简易醒了说:"刚才到冥府,被小奴告了,看言词和脸色是不能解开仇冤了。"妻子问:"小奴是何人?"简易说:"我过去用的僮仆,正青春年少,偶然因为管教,导致死亡。现在我肚子里的疙瘩,就是小奴作祟。刚才也看到前任吉州牧锺初,戴着大铁枷,穿着黄布衫,手脚也戴着刑具。冥司正在审问他非法

杀人事,款问甚急。"妻遂诘云:"小奴庸下,何敢如是?"简易曰:"世间即有贵贱,冥司一般也。"妻又问:"阴间何罪最重?"简易曰:"莫若杀人。"言讫而卒。出《报应录》。

樊光

交趾郡厢虞候樊光者,在廨宇视事,亭午间,风雷忽作,光及男并所养一黄犬并震死。其妻于霆击之际,歘见一道士,撮置其身于别所,遂得免。人问其故,妻云:"尝有二百姓相论讼,同系牢狱,无理者纳赂于光,光即出之,有理者大被拷掠,抑令款伏。所送饮食,光悉夺与男并犬食之。其囚饥饿将死间,于狱内被发诉天,不数日,光等有此报。"出《报应录》。

李彦光

李彦光为秦内外都指挥使,主帅中书令李崇委任之,专其生杀,虐酷黩货,遭枉害者甚众。部将樊某者,有骡一头,甚骏。彦光使人达意求之,樊吝之不与,因而蓄憾,以他事构而囚之。伪通辞款,承主帅醉而呈之,帅不复详察,光即矫命斩之。樊临刑曰:"死若无知则已,死若有知,当刻日而报。"及死未浃旬,而彦光染疾,樊则形见,昼夜不去。或来自屋上,或出自墙壁间,持杖而前,亲行鞭棰,左右长幼皆散走。于是便闻决罪之声,不可胜忍,唯称死罪,如是月余方卒。自尔持权者颇以为戒。出《玉堂闲话》。

杀人的事,审问甚为急迫。"妻子又追问;"小奴资质平庸,地位低下,怎么敢这样?"简易说:"人世间是分贵贱的,但冥府里全都一样。"妻子又问:"阴间什么罪最重?"简易说:"没有比杀人罪更重的了。"说完就死了。出自《报应录》。

樊 光

交趾郡厢虞候樊光正在官署办公,中午时分,忽然间风雷大作,樊光和他的儿子还有他们豢养的一只黄狗都被震死了。樊妻在雷击的时候忽然看见一个道士,那道士拎起她,把她放到别的屋里,由是免去一死。有人问她原因,樊光的妻子说:"曾经有两个百姓来打官司,一同被关进牢里,无理的人贿赂了樊光,樊光就让他出了狱,有理的人被严刑拷打,最终强令屈服。所送的饮食都被樊光拿去给他儿子和狗吃了。那个被囚禁的百姓饥饿将死的时候,在狱内披头散发向天帝上诉,不几天,樊光等就有这种报应了。"出自《报应录》。

李彦光

李彦光当了秦内外都指挥使,是主帅中书令李崇委任的,专事生杀,酷毒暴虐,贪污纳贿,遭到他屈害的人很多。他有个姓樊的部将,有一匹很神骏的骡子。彦光就派人传达他想要那匹骡子的意思,樊很爱惜,不想送给他,因此积蓄了怨恨,李彦光用别的事陷害樊某并囚禁了他。他伪造了供词,趁主帅酒醉时呈上,主帅也没再详细调查,李彦光就假托主帅的命令斩杀了樊。樊临刑时说:"死后没有知觉就罢了,死后如果还有知觉,我就马上报复。"樊某死去不到十天,李彦光就得病了,樊现了形,昼夜都不离去。或者从屋上来,或者从墙壁里来,拿着棍子上前,亲自鞭打,左右的人不管长幼都四散奔逃。这时就能听到判决罪行的声音,因为不能忍受,李彦光只是称死罪。这样过了一个多月才死。从这以后掌权的人都以这件事为警戒。出自《玉堂闲话》。

侯 温

梁朝与河北相持之时，有偏将侯温者，军中号为骁勇。贺瑰为统率，专制忌前，以事害之。其后瑰寝疾，弥留之际，左右只闻公呼侯九者数日，颇有祈请之词，深自克责。有侍者见一丈夫自壁间出，曳瑰于地，侍者惊呼，左右俱至，瑰已死矣。昔汉窦婴、灌夫为武安侯田蚡所构而死，及蚡疾，巫者视鬼，见窦、灌夹而笞之，蚡竟卒，事相类耳。出《玉堂闲话》。

沈 申

湖南帅马希声，在位多纵率。有贾客沈申者，常来往番禺间，广主优待之。令如北中求宝带，申于洛汴间市得玉带一，乃奇货也。回由湘潭，希声窃知之，召申诣衙，赐以酒食，抵夜送还店。预戒军巡，以犯夜戮之，湘人俱闻，莫不嗟悯。尔后常见此客为祟，或在屋脊，或据栏槛，不常厥处。未久，希声暴卒。其弟希范嗣立，以玉带还广人。出《北梦琐言》。

法曹吏

庐陵有法曹吏，尝劾一僧，曲致其死，具狱上州。尔日，其妻女在家，方纫缝于西窗下，忽有二青衣卒，手执文书，自厨中出，厉声谓其妻曰："语尔夫，无枉杀僧。"遂出门去。妻女皆惊怪流汗，久之乃走出，视其门，扃闭如故。吏归，具言之，吏甚恐。明日将窃取其案，已不及矣，竟杀其僧。

侯　温

后梁与河北互相对峙的时候,有一个偏将叫侯温,军中称其骁勇。当时贺瓌是统帅,他专断独行而又嫉妒贤能,找事害了侯温。之后贺瓌得病卧床,将死之际,他的侍从们听到他一连几天呼叫侯九,还有很多祈祷请求的话,并狠狠地克责自己。有侍者见到一个男人从墙里出来,把贺瓌拽到地上,侍者惊恐地大叫,左右的侍从们都赶来,但贺瓌已死。当年汉朝的窦婴、灌夫都被武安侯田蚡陷害而死,蚡得病后,巫师能看到鬼,看到窦、灌二人夹着打他,蚡最终死去,事情与此相类似。出自《玉堂闲话》。

沈　申

湖南帅马希声在位多放纵轻率。有个商人叫沈申,经常来往于番禺之间,广州的主顾都优待他。让他到北方买玉带,沈申在洛汴之间买到一条玉带,是天下珍奇的宝货。回来经由湘潭,希声暗中知道了这个消息,召沈申到衙门来,备下酒食招待他,到了夜晚送他回旅店。希声预先吩咐巡军以违反宵禁的名义将其杀死,湘潭的人都听说了这件事,没有不嗟叹怜悯的。以后常见沈申为鬼作祟,有时在屋脊,有时站在栏槛之间,不常在一个地方。不久,希声突然病死。他的弟弟希范继位后,把玉带还给了广东人。出自《北梦琐言》。

法曹吏

庐陵有个法曹吏,曾判决一个僧人,歪曲事实最终导致僧人判了死罪,之后他备齐了案卷要去州府上报。那天,他的妻子和女儿在家,正在西窗下做缝纫活儿,忽有两个身穿青衣的小吏拿着文书从橱子里走出来,大声对他的妻子说:"告诉你的丈夫,不要乱加杀害无罪的僧人。"然后走出门去。他的妻子和女儿吓出一身冷汗,过了半天才走出来,看看大门,门锁着同原来一样。法曹吏回来后,妻子把当天的事都告诉了他,吏听后感到非常害怕。第二天想要偷回案卷,但是已经来不及了,最终杀了僧人。

死之日,即遇诸涂。百计禳谢,旬月竟死。出《稽神录》。

刘 存

刘存为舒州刺史,辟儒生霍某为团练判官,甚见信任。后为左右所谮,因构其罪,下狱,白使府请杀之。吴帅知其冤,使执送杨都,存遂缢之于狱。既而存迁鄂州节度使,霍友人在舒州,梦霍素服自司命祠中出,抚掌大笑曰:"吾已获雪矣。"俄而存帅师征湖南。霍表兄马邺,为黄州刺史。有夜扣齐安城门者曰:"舒州霍判官将往军前,马病,白使君借马。"守陴者以告,邺叹曰:"刘公枉杀霍生,今此人往矣,得无祸乎?"因画马数匹,焚之水际。数日存败绩,死之。出《稽神录》。

袁州录事

袁州录事参军王某尝劾一盗,狱具而遇赦,王以盗罪□不可恕,乃先杀之而后宣赦。罢归至新喻,邑客冯氏,具酒请王。明日当往,晚止僧院,乃见盗者曰:"我罪诚合死,然已赦矣,君何敢匿王命而杀我?我今得请于所司矣,君明日往冯家耶?不往亦可。"言讫乃殁,院僧但见其与人言而不见也。明日方饮,暴卒。出《稽神录》。

刘 璠

军将刘璠性强直勇敢,坐法徙海陵。郡守褚仁规嫌之,诬其谋叛,诏杀于海市。璠将死,谓监刑者曰:"为我白诸儿,多置纸笔于棺中,吾必讼之。"后数年,仁规入朝,泊舟

僧死那天，吏路上遇到。吏百方谢罪，一月后死了。<small>出自《稽神录》。</small>

刘　存

刘存为舒州刺史，任用儒生霍某任团练判官，很信任他。后来霍某被部下中伤，诬陷受罪，被关进监狱，并报告给使府，请求杀了他。吴帅知道霍某冤枉，派人押送杨都，刘存就把霍某勒死在监狱中。不久刘存升为鄂州节度使，霍某的朋友在舒州，梦到霍某穿着白衣从司命祠中出来，拍手大笑说："我已经获得昭雪了。"不久刘存挂帅带兵征讨湖南。霍某有个表兄叫马邺，任黄州刺史。有一个人夜叩齐安城门说："舒州霍判官要到军前去，马病了，请告诉刺史大人需要借一匹马。"守城的人报告给了马邺，马邺长叹说："刘存无辜杀死霍生，现在这个人过去，能没有灾祸吗？"因此画了几匹马在水边烧了。几天以后刘存大败，死在了战场上。<small>出自《稽神录》。</small>

袁州录事

袁州录事参军王某曾审决一个盗贼，案件审判完毕却遇到大赦，王某认为这个盗贼的罪行不能宽恕，就先杀了他然后再宣读赦令。王某辞官后到新喻去，镇里有个姓冯的人请他去喝酒。第二天去赴宴，晚上他住在僧院里，见到了那个盗贼，盗贼说："我的罪行确实该死，但是已经赦免了，你怎么能隐瞒赦令而杀我？我已经向相关部门申请了，你明天要去冯家吗？不去也行。"说完就不见了，院里的僧人只听见他和人说话而看不到那人的形体。第二天王某到冯家刚要喝酒，突然死了。<small>出自《稽神录》。</small>

刘　璠

军将刘璠性情倔强耿直勇敢，因犯法被调到海陵。郡太守褚仁规嫌恶他，诬陷他阴谋反叛，诏令在海陵杀了他。刘璠将死时对监刑官说："你替我告诉我的儿子，多准备些纸笔放到我的棺木里，我一定要控告他。"过了几年，褚仁规进京面圣，船停在

济滩江口,夜半,闻岸上连呼:"褚仁规,尔知当死否?"舟人尽惊起,视岸上无人,仁规谓左右曰:"尔识此声否?刘璠也。"立命酒食,祭而谢之。仁规至都,以残虐下狱,狱吏夜梦一人,长大黯面,从二十余人,至狱,执仁规而去。既寤,为仁规所亲说之,其人抚膺叹曰:"吾君必死,此人即刘璠也。"其日中使至,遂缢于狱矣。出《稽神录》。

吴　景

浙西军校吴景者,丁酉岁,设斋于石头城僧院。其夕既陈设,忽闻妇女哭声甚哀,初远渐近,俄在斋筵中矣。景乃告院僧曰:"景顷岁从军克豫章,获一妇人,殊有姿色。未几,其夫求赎,将军令严肃,不可相容,景即杀之,后甚以为恨。今之设斋,正为是也。"即与僧俱往,乃见妇人在焉,僧为之祈告。妇人曰:"我从吴景索命,不知其他。"遽前逐之,景走上佛殿,大呼曰:"还尔命。"于是颠仆而卒。出《稽神录》。

高安村小儿

高安村人有小儿作田中,为人所杀,不获其贼。至明年死日,家人为设斋。尔日,有里中儿方见其一小儿谓之曰:"我某家死儿也,今日家人设斋,吾与尔同往食乎?"里中儿即随之,至其家,共坐灵床,食至辄餐,家人不见也。久之,其舅后至,望灵床而哭,儿即径指之曰:"此人杀我者也,吾恶见之。"遂去。儿既去,而家人见里中儿坐灵床上,皆大惊。问其故,儿具言之,且言其舅杀之。因执以送官,

济滩江口,半夜时分,听到岸上有人连声呼叫:"褚仁规,你知道你该死吗?"船上的人都被惊吓起来了,看岸上并没有人,仁规对左右说:"你们熟悉这个声音吗?这是刘璠。"立刻命人准备酒饭祭奠他并向其道歉。仁规到了京城,因为残暴狠毒被投入监狱,狱吏在晚上梦到一个人,此人人高马大面色黧黑,身后跟了二十多个人,到监狱就把仁规抓走了。醒了以后,就告诉了仁规的亲信,这人拍着胸口长叹说:"仁规一定要死了,这人就是刘璠。"当天中午使臣来了,把仁规缢死在监狱。出自《稽神录》。

吴　景

浙西军校吴景,在丁酉年于石头城僧院备办素食。当天晚上陈设完毕,忽然听到一妇女的哭声甚是哀切,声音由远及近,不一会儿到了斋席中。吴景告诉寺院的僧人说:"我几年前从军攻克豫章,俘获了一名妇女,颇有姿色。不久,她的丈夫来请求赎回,但军法严肃,不能宽容,我就把她杀了,后来我也感到很遗憾。今天设斋正是为了这件事。"然后就和僧人一同赴筵,只见妇人已经在那里了,僧人就为她祈祷祝告。妇人说:"我向吴景要命,其他的事我不知道。"于是上前追吴景,吴景跑上佛殿,大喊:"还你命。"然后就倒下死了。出自《稽神录》。

高安村小儿

高安村有个小孩在田里干活时被人杀了,没有抓到贼人。到第二年小孩死的那天,家人为小孩设斋。那天,有同村的小孩见到一个小孩,对他说:"我是某家死掉的小孩,今天家里人给我设斋,我和你一同去吃好吗?"同村小孩就跟他去了,到了他家,他们一起坐在灵案上,食物摆上来就吃,家人也看不见。过了会儿,他的舅舅来了,看着灵案就哭,小孩就直指他舅说:"这个就是杀我的人,我讨厌见他。"于是走了。小孩走了,家人见到同村的小孩坐在灵案上,都大吃一惊。问他是怎么回事,小孩就把经过说了,并说小孩是被舅舅杀死的。因此把他舅舅抓送到官府,

遂伏罪。出《稽神录》。

陈　勋

　　建阳县录事陈勋，性刚狷不容物，为县吏十人共诬其罪，竟坐弃市。至明年死日，家为设斋，妻哭毕，独叹于灵前曰："君平生以刚直称，今枉死逾年，精魄何寂然耶？"是夕，即梦勋曰："吾都不知死，向闻卿言，方大悟尔。若尔，吾当报仇，然公署非可卒入者，卿明日为我入县诉枉，吾当随之。"明日，妻如言而往，出门，即见勋仗剑从之。至县，遇一仇吏于桥上，勋以剑击其首，吏即颠仆而死。既入门，勋径之曹署，以次击之，中者皆死，十杀其八，二吏奔至临川，乃得免。勋家在盖竹，乡人恒见之，因为立祠，号陈府君庙，至今传其灵。出《稽神录》。

锺　遵

　　江南大理评事锺遵，南平王傅之孙也，历任贪浊。水部员外郎孙岳，素知其事，密纵于权要，竟坐下狱。会赦除名，遵既以事在赦前，又其祖尝赐铁券，怨子孙二死，因复诣阙自理。事下所司，大理奏赃状明白，遂弃市。临刑，或与之酒，遵不饮，曰："我当讼于地下，不可令醉也。"遵死月余，岳方与客坐，有小青蛇出于栋间。岳视之，惊起曰："锺评事！锺评事！"变色而入，遂病，翌日死。出《稽神录》。

马上就招认了罪行。出自《稽神录》。

陈 勋

建阳县录事陈勋性情正直,洁身自好不肯同流合污,被十个县吏共同诬陷,最终判了死罪。到第二年他死的日子,家人设斋,他的妻子停止哭泣后,独自在他的灵位前叹息说:"君平生以刚直著称,今天已经冤死一年了,你的灵魂为什么默无声息呢?"这天晚上就梦到陈勋说:"我都不知道我死了,白天听到你的话才明白过来。若是这样,我应该报仇,然而公署并不是我这样的人能进去的,你明天替我到县府里去诉冤,我随你去。"第二天,陈勋的妻子按他的话前往县府,出了门就看见陈勋提着剑跟着她。到了县城,在桥上遇到一个仇吏,陈勋就用剑打他的头,府吏立刻倒地而死。等进了衙门,陈勋直接到府署,挨个刺杀,击中的都死了,十个被他杀了八个,有两个府吏逃奔到临川才得幸免。陈勋家在盖竹,乡里的人经常看见他,因此给他立了一个祠堂,起名叫陈府君庙,到现在还传说它很灵验。出自《稽神录》。

锺 遵

江南大理评事锺遵是南平王锺傅的孙子,历次任职都有贪污事。水部员外郎孙岳向来知道他的事,秘密地向权要告发,最终锺遵被投入监狱。正赶上大赦免除罪名,锺遵以事发在大赦之前,又他的祖父曾经得到恩赐的铁券,可以免除子孙死罪,到阙下为自己申诉。案件发到主管部门,大理寺上奏贪污事实明白无误,于是判了死刑。临刑时,有人给他酒喝,锺遵不喝,说:"我要去地下上诉,不能喝醉。"锺遵死了一个多月,有一天,孙岳正在与客人坐着,有一条小青蛇从柱子间出来。孙岳看到后,吓得站起来说:"锺评事! 锺评事!"脸色都变了,赶紧跑进屋内,接着就病了,第二天死了。出自《稽神录》。

韦处士

韦承皋者,伪蜀时将校也。有待诏僧名行真,居蜀州长平山,尝于本州龙兴寺构木塔,凡十三级,费钱银万计,寻为天火所焚。第三次营构,方能就,人谓其有黄白之术也。及承皋典眉州,召行真至郡。郡有卢敬芝司马者,以殖货为业,承皋尝谓之曰:"某顷军中,与行真同火幕,遇一韦处士,授以作金术。适来鄙夫老矣,故召行真,同修旧药,药成,当得分惠,谓吾子罢商贾之业可乎?"卢敬诺。药垂成,韦牧坐罪贬茂州参军。临行,卢送至蟆颐津,韦牧沉药鼎于江中,谓卢生曰:"吾罪矣!先是授术韦处士者,吾害之而灭口。今日之事,药成而祸及,其有神理乎!"蜀国更变,以拒魏王之师,诛死。出《北梦琐言》。

张 进

伪蜀给事中王允光性严刻,吏民有犯,无贷者。及判刑院,本院杖直官张进,因与宅内小奴子诵火井县令蒋贻恭《咏王给事绝句》云:"厥父元非道郡奴,允光何事太偆儒。可中与个皮裤著,擎得天王左脚无。"奴子记得两句,时念诵之。允光问:"谁人教汝?"对云:"杖直官张进。"允光大怒,寻奏进受罪人钱物,遂置极法。后允光病寒热,但见张进执火炬烧四体,高声唱"索命"。允光连叱不去,痛楚备极,数日而终。出《儆诫录》。

郝 溥

伪蜀华阳县吏郝溥日追欠税户,街判司勾礼遣婢子阿宜赴县,且嘱溥云:"不用留禁,残税请延期输纳。"郝溥不允,

韦处士

韦承皋是伪蜀的将校。有一个待诏僧叫行真，住在蜀州长平山，他曾经在本州龙兴寺修建木塔，共十三级，费钱数以万计，不久就被天火烧了。第三次营造才落成，人们都说他有烧炼丹药点化金银的法术。等到承皋主管眉州，就召行真到眉州来。郡里有个司马叫卢敬芝，以经商为业，承皋曾对他说："我之前在军中与行真同属一个火幕，遇到一个韦处士，传授给我做金的法术。但近来我老了，所以喊行真一同来修炼旧药，药成之后，会分与你一些实惠，你之后不要再经商了可以吗？"卢恭敬地答应了。药将要成的时候，韦承皋却犯了罪被贬为茂州参军。临走时，卢敬芝送他到蟆颐津，韦承皋把药鼎沉到江中，对卢敬芝说："我有罪！我之前为了防止事泄把传授法术的韦处士杀害了。现在是药成而祸来了，一定有神道啊！"蜀国更变后，因抵抗魏王李继岌的军队，韦承皋被杀死。出自《北梦琐言》。

张　进

伪蜀给事中王允光性情严厉苛刻，吏民犯法，没有被宽恕的。等到了判刑院，本院的杖直官张进和宅内奴仆的儿子诵读火井县令蒋贻恭《咏王给事绝句》说："厥父元非道郡奴，允光何事太侏儒。可中与个皮裈著，擎得天王左脚无。"奴仆的儿子只记得两句，时常念诵。允光问："是谁教你的？"回答说："是杖直官张进。"允光很生气，不久就上奏说张进接受了罪人的钱物，于是张进被处极刑。后来允光得病忽冷忽热，只见张进拿着火把烧他的四肢，高声喊着"索命"。允光接连呵斥也不走，受尽了痛苦，几天后就死了。出自《儆诫录》。

郝　溥

伪蜀华阳县吏郝溥每日追缴欠税户十分急迫，街判司勾礼派遣其婢女的儿子阿宜到县府去，并且叮嘱他告诉郝溥说："不要留禁阿宜，剩下的税钱请求延期交纳。"郝溥不答应他的请求，

决阿宜五下,仍纳税了放出。明年,县司分擘百姓张琼家物业,郝溥取钱二万。张琼具状论诉,街司追勘,勾礼见溥,大笑曰:"你今日来也,莫望活,千万一死。"令司吏汝勋构成罪,遂杀之。不数日,汝勋见郝溥来索命,翌日暴卒。勾礼晨兴,忽见郝溥升堂,罗拽殴击,因患背疮而死。出《儆诫录》。

裴 垣

伪蜀宁江节度使王宗黯生日,部下属县,皆率醵财货,以为贺礼。巫山令裴垣以编户羁贫,独无庆献。宗黯大怒,召裴至,诬以他事,生沉滟滪堆水中,三日尸不流。宗黯遣人命挽而下,经宿逆水复上,卓立波面,正视衙门。宗黯颇不自安,神识烦挠,竟得疾暴卒。出《北梦琐言》。

苏 铎

伪蜀王宗信,镇凤州。有角觝人苏铎者,委之巡警,尝与宗信左右孙延膺不协。宗信因暇日登楼,望见苏铎,锦袍束带,似远行人之状,宗信讶之。铎本岐人也,延膺因谮曰:"苏铎虽受公蓄养,其如苞藏祸心,久欲逃去。"宗信大怒,立命擒至,先断舌剐肉,然后斩之。及延膺作逆,其被法之状,一如铎焉。出《儆诫录》。

赵 安

蜀郭景章,豪民也。因醉,以酒注子打贫民赵安,注子觜入脑而死。安有男,景章厚与金帛,随隐其事,人莫知之。后景章脑上忽生疮,可深三四分,见骨,脓血不绝。或时睹赵安,疮透喉,遂死。出《儆诫录》。

打了阿宜五下，纳完税才将其放出。第二年，县司分划百姓张琼的财产，郝溥拿了二万钱。张琼写了状子上去，街司追查，勾礼见到郝溥，大笑说："你今天来了，别想活着回去，必定一死。"命令司吏汝勋捏造罪名陷害他，之后就把郝溥杀了。不多日，汝勋看见郝溥前来索命，第二天得急病死了。勾礼早晨起来，忽然看见郝溥登上厅堂，拽过勾礼一顿殴打，之后勾礼因背生恶疮而死。出自《儆诚录》。

裴　垣

　　伪蜀宁江节度使王宗黯过生日，部下所属各县都率先凑钱收物，给宗黯送贺礼。巫山县令裴垣因县内贫穷，独独没献贺礼。宗黯十分生气，召裴垣来，以别的事情诬陷他，将他活沉到滟滪堆水里淹死，但尸首三日也不漂走。宗黯就派人把尸体牵引到下游，经一夜尸体又逆水而上，高高地站在水面上，正视衙门。宗黯心里颇不平静，神志烦躁，最终得病突然死去。出自《北梦琐言》。

苏　铎

　　伪蜀的王宗信镇守凤州。有个名叫苏铎的角觝艺人被委任为巡警，曾与宗信的亲信部下孙延膺不合。宗信休息日登上城楼，远远望见苏铎，他穿着锦袍紧束着腰带，好像要远行的样子，宗信很奇怪。苏铎本是岐人，延膺趁机诬陷说："苏铎虽然受到您的蓄养，但他包藏祸心，很早就想逃走。"宗信听后很气愤，立刻下令将其擒拿过来，先断舌割肉，然后斩杀。等到后来延膺造反，其被杀的情状和苏铎相同。出自《儆诚录》。

赵　安

　　蜀郭景章有财有势。喝醉后用酒壶打贫民赵安，壶嘴插入脑袋后赵安死去。赵安有儿子，景章送其很多钱，隐瞒了这件事，没有人知道。后来景章脑袋上忽然生了疮，深有三四分，能看见骨头，流脓流血不断。有的时候还会看见赵安，疮透过喉咙后，景章就死了。出自《儆诚录》。

卷第一百二十五
报应二十四_{冤报}

楀头师　　唐绍　　李生　　卢叔伦女　　崔无隐

楀头师

　　梁有楀头师者，极精进，梁武帝甚敬信之。后敕使唤楀头师，帝方与人棋，欲杀一段，应声曰："杀却。"使遽出而斩之。帝棋罢，曰："唤师。"使咨曰："向者陛下令人杀却，臣已杀讫。"帝叹曰："师临死之时，有何所言？"使曰："师云：'贫道无罪，前劫为沙弥时，以锹刬地，误断一曲蟮。帝时为蟮，今此报也。'"帝流泪悔恨，亦无及焉。出《朝野金载》。

唐　绍

　　唐绍幼而通悟，知生前事，历历备记，而未尝言于人，虽妻子亦不知之也。后为给事中，同里对门，有一郎中李邈者，绍休沐日，多召邈与之言笑，情好甚笃。或时为具馔，中堂偶食，中郎亦不知其所谓。其妻诘绍曰："君有盛名，官至清近，宜慎所交。李邈非类，君亟与之狎，窃为君

楬头师

梁朝时有个楬头师,念经极其精心勤奋,梁武帝非常敬佩信任他。后来就下诏派使臣叫楬头师进见,当时武帝正和别人下棋,想要杀死对方一段棋,就信口说道:"杀却。"使臣马上就出去把楬头师杀了。武帝下完棋就说:"叫楬头师进来。"使臣回答说:"刚才陛下下令把他杀了,我已经把他杀死了。"武帝叹息地说:"楬头师临死的时候,有没有说什么?"使臣说:"他说:'贫道没有罪,还是沙弥的时候,用铁锹铲地,不小心断送了一条蚯蚓的小命。武帝当是那个蚯蚓,现在就得到了这样的报应啊。'"武帝听后流泪悔恨,但是也已经来不及了。出自《朝野佥载》。

唐 绍

唐绍小时候就通达聪慧,知道前生的事情,而且记得清清楚楚,但是他却不曾对人说过,即使是他的妻子和孩子也没有知道的。后来做了给事中,同乡对门,有一个郎中叫李邈,唐绍休闲的时候,经常召唤李邈一起谈论说笑,两个人的感情很好。有时还会备好饭食,两人一起在中堂吃,李邈也不明白他为什么这样做。唐绍的妻子责备他说:"你的名声很大,居官清贵,应当谨慎的交往。况且李邈非我族类,却经常和他亲近,我认为你这样做

不取。"绍默然，久之曰："非子所知，吾与李邈情好逾厚。"

唐开元初，骊山讲武，绍时摄礼部尚书，玄宗援枹击鼓，时未三合，兵部尚书郭元振遽令诏奏毕。神武赫怒，拽元振坐于纛下。张说跪奏于马前，称元振于社稷有保获大功，合赦殊死。遂释，尤恨而斩绍。先是一日，绍谓妻子曰："吾善李邈，须死而言，今时至矣。"遂为略言之："吾自幼即具前生事，明日讲武，吾其不免。吾前世为某氏女，即笄，适灞陵王氏子为妻，姑待吾甚严。吾年十七，冬至先一日，姑令吾躬具主馔。比毕，吾闵惫亦甚，姑又令吾缝罗裙，迟明，服以待客。吾临灯运针，虑功之不就，夜分不息。忽一犬冲扉入房，触灯，灯僵，油仆裙上，吾且惧且恨，因叱犬，犬走突扉，而扉反阖。犬周章却伏床下，吾复照烛，将理裙污，而狼籍殆遍。吾惧姑深责，且恨犬之触灯，遂举床，以剪刀刺犬。偶中其颈，而剪一股亦折，吾复以一股重刺之，俄而犬毙。诘朝持裙白姑，姑方责骂，而吾夫适自外至。询其故，遂于床下引毙犬，陈于姑前，由是少解。吾年十九而卒，遂生于此身。往者毙犬，乃今之李邈也。吾明日之死，盖缘报也，行戮者必是李邈乎？报应盖理之常，尔无骇焉。"

及翌日讲武，坐误就戮，果李邈执刀。初一刀不殊而刀折，易刀再举，乃绝焉。死生之报，固犹影响，至于刀折

不可取。"唐绍不说什么,过了很长时间才说:"你有所不知,我和李邈的感情超过了一般的深度。"

唐朝开元初年,玄宗骊山举行阅兵,唐绍当时为礼部尚书,玄宗拿起鼓槌击鼓,当时还不到三个回合,兵部尚书郭元振骤然下令诏奏已完毕。神武大怒,拉郭元振到大旗下面问斩。张说跪在马前上奏,说元振对国家有保护的大功,应当免除他斩首的死刑。于是就把元振给放了,玄宗气愤未消就把唐绍斩了。这事的前一天,唐绍对妻子说:"我善待李邈的原因,必须临死时才能说,现在时候到了。"于是就给妻子大略地说:"我从小就知道前生的事,明天讲习武事,我将不能免除一死。我前世是某一家的女子,成年后嫁给了灞陵一个王姓家族的儿子为妻,婆婆对我非常的严厉。我十七岁那年,冬至的前一天,婆婆叫我亲手准备饭食。准备好后,我苦闷疲倦得很,婆婆又叫我缝制罗裙,等到天亮,穿它来招待客人。我在灯光下缝制,担心不能完成,半夜了也没休息。忽然有一条狗冲开门进入了房间,碰倒了灯,灯火,油泼到裙子上面,我又害怕又气愤,因此就呵斥狗,那狗想从门口逃走,可是门却反关着。狗惊恐惶惧趴在床下面,我又点上蜡烛,处理子裙子上的污垢,而裙子上几乎全是油污。我害怕婆婆严厉地责备,又憎恨那狗碰倒了灯,于是就抬床,用剪刀刺狗。偶然刺中了狗的脖子,而剪刀的一股也断了,我又用另一股狠狠地刺狗,不一会儿狗就死了。早晨我拿着裙子把这件事情告诉了婆婆,婆婆正要责骂我,这时我的丈夫正好从外面回来了。打听了原因后,就从床底下把刺死的狗拖了出来,放在婆婆面前,因此婆婆才稍微地宽解。我十九岁那年就死了,死后就转生到现在这个身体上。过去杀死的狗,就是现在的李邈。我明天就要死了,这大概是因缘报应,杀我的人一定该是李邈吧?报应是正常的道理,你不要害怕。"

等到第二天阅兵,唐绍因犯了错被杀头,果然是李邈执刀。第一刀时身首尚未分离就折掉了,于是换了一把刀再杀,这才砍断了头。死生的报应,经常传闻不实,空泛无据,至于刀被折断,

杀亦不异，谅明神不欺矣。《唐书》说明皇寻悔恨杀绍，以李邈行戮太疾，终身不更录用。 出《异杂篇》。

李　生

唐贞元中，有李生者，家河朔间。少有膂力，恃气好侠，不拘细行，常与轻薄少年游。年二十余，方折节读书，为歌诗，人颇称之。累为河朔官，后至深州录事参军。生美风仪，善谈笑，曲晓吏事，廉谨明干。至于击鞠饮酒，皆号为能，雅为太守所知。

时王武俊帅成德军，恃功负众，不顾法度，支郡守畏之侧目。尝遣其子士真巡属郡，到深州，太守大具牛酒，所居备声乐，宴士真。太守畏武俊，而奉士真之礼甚谨，又虑有以酒忤士真者，以故僚吏宾客，一不敢召。士真大喜，以为他郡莫能及。饮酒至夜，士真乃曰："幸使君见待之厚，欲尽欢于今夕，岂无嘉宾？愿得召之。"太守曰："偏郡无名人，惧副大使士真时为武俊节副大使。之威，不敢以他客奉宴席。唯录事参军李某，足以侍谈笑。"士真曰："但命之。"

于是召李生入，趋拜。士真目之，色甚怒，既而命坐。貌益恭，士真愈不悦，瞪顾攘腕，无向时之欢矣。太守惧，莫知所谓，顾视生，觋然而汗，不能持杯，一坐皆愕。有顷，士真叱左右，缚李某系狱。左右即牵李袂疾去，械狱中，已而

杀法也一样的事,料想神明不会欺骗。《唐书》上说,明皇不久就悔恨杀了唐绍,怨李邈行刑太快,终身不再录用他。出自《异杂篇》。

李 生

唐朝贞元年间,有个叫李生的人,家住在河朔一带。李生从小体力惊人,依仗着自己有气力喜欢侠义,不拘谨细小的行为,常与轻佻浮薄的少年一起游玩。二十多岁才改变了平日的行为开始读书,他所写的诗歌,人们都很称赞。连续做河朔地区的官员,后迁为深州录事参军。李生长得风度翩翩,善于谈论,懂得一些吏事,为人廉洁谨慎精明能干。至于击球喝酒方面,也很有才能,高雅不俗为太守所知。

当时王武俊统领成德军,凭借着功劳凌压众人,不顾忌法令制度,支郡守都害怕而不敢正眼看他。武俊曾经派他的儿子士真去属部巡视,士真到了深州,太守准备了丰盛的酒食,而且还在他住的地方安排了乐舞,大摆宴席招待士真。因为太守害怕武俊,所以侍奉士真的礼节也就非常谨慎,太守又担心喝酒时有触犯士真的人,所以官吏和宾客一个都没敢招来。士真非常高兴,认为别的郡不能与此相比。酒喝到了晚上,士真就说:“非常荣幸能得到使君的优厚待遇,今天想要尽情欢乐,怎能没有嘉宾?希望能把他们召唤来。”太守说:“偏僻的小郡没有名人,又害怕副大使当时士真为武俊的节度副大使。您的威风,所以不敢让其他的宾客奉陪出席酒宴。只有一个录事参军李某,可以让他陪伴侍奉您,与您一起谈论说笑。”士真说:“吩咐他来。”

于是太守召唤李生进来,李生上前叩拜。士真看见他,非常的愤怒,随后命李生坐下。这时李生的态度更加恭敬了,可是士真却越来越不高兴,他不住地瞪着李生看,抬起袖子,伸出手腕,不像之前那样愉悦了。太守很害怕,不知道原因,看看李生,一脸愧色,满头大汗,连酒杯都不能端了,满座的人都十分惊慌害怕。过了一会儿,士真呵斥身边的人,把李生捆绑起来投入牢狱。身边的人立刻拉着李生的袖子快速离开,押到牢狱里,不一会儿

士真欢饮如初。迨晓宴罢,太守且惊且惧,乃潜使于狱中
讯李生曰:"君貌甚恭,且未尝言,固非忤于王君,君宁自知
耶?"李生悲泣久之,乃曰:"常闻释氏有现世之报,吾知之
矣。某少贫,无以自资,由是好与侠士游,往往掠夺里人财
帛。常驰马腰弓,往还大行道,日百余里。一日遇一年少,
鞭骏骡,负二巨囊,吾利其资,顾左右皆岩崖万仞,而日渐
曛黑,遂力排之,堕于崖下。即疾驱其骡逆旅氏,解其囊,
得缯绮百余段。自此家稍赡,因折弓矢,闭门读书,遂仕而
至此,及今凡二十七矣。昨夕君侯命与王公之宴,既入而
视王公之貌,乃吾曩时所杀少年也。一拜之后,中心惭惕,
自知死不朝夕,今则延颈待刃,又何言哉!为我谢君侯,幸
知我深,敢以身后为托。"

有顷,士真醉悟,急召左右,往李某取其首,左右即于狱
中斩其首以进,士真熟视而笑。既而又与太守大饮于郡斋,
酒醉,太守因欢,乃起曰:"某不才,幸得守一郡。而副大使
下察弊政,宽不加罪,为恩厚矣。昨日副大使命某召他客,
属郡僻小无客,不足奉欢宴者。窃以李某善饮酒,故请召
之,而李某愚戆,不习礼法,大忤于明公,实某之罪也。今明
公既已诛之,宜矣。窃有所未晓,敢以上问李某之罪为何,
愿得明数之,且用诫于将来也。"士真笑曰:"李生亦无罪,

士真又像当初那样高兴地喝酒了。等到天亮酒宴结束，太守又惊讶又害怕，就偷偷派人到狱中讯问李生说："你的态度非常恭敬，并且不曾说什么，一定不是触犯了王君，你自己知道怎么得罪他了吗？"李生悲痛哭泣了很久才说："常听释家说有现世之报，我今天知道了。我小时很贫穷，没有用来生活的资财，因此喜欢结交侠士，掠夺同乡人的财物。还常常骑着马带着弓奔驰，来回在大路上奔走，每天要走一百多里。一天遇见了一个年轻人，赶着一匹好骡子，骡背上驮着两个大口袋，我想夺取他的财物，看看左右都是万丈山崖，而且这时天色也渐渐黑了下来，于是我就用尽全力把他推到了山崖的下边。我把他的骡子快速赶到了一家旅馆里，打开口袋，得到了一百多段美丽漂亮的丝织品。从此家里就渐渐地富裕了，我因此就把弓箭折断，关起门来读书，最后就做了官，到了现在这样，这事到现在已经有二十七年了。昨天晚上君侯叫我陪王公饮宴，进去以后看到王公的相貌，就是我从前杀死的那个年轻人。叩拜以后，我心里羞愧惶恐，自知死亡就在朝夕之间，现在我就伸着脖子等待斩首，又有什么好说的呢！替我感谢君侯，很幸运能得到君侯的知遇之恩，我敢把以后的事委托给他了。"

　　过了一些时候，士真酒醒了，急忙召唤身边的人，把李生的头取来，身边的人就到牢狱里斩下李生的头，把头献上，士真仔细地看着李真的头开心地笑了。接着士真又在太守起居处饮酒，酒醉，太守看他很高兴，就站起来说："我没有什么才能，幸运地做了一郡的太守。而副大使到下边审察政事，又宽大我们而不给以惩罚，对我们恩情深厚。昨天副大使命我召唤其他的宾客，而我们属于偏僻的小郡，没有什么宾客，这些人都不足以侍奉您尽情欢宴。我以为李生喜欢喝酒，所以就叫人把他召唤来了，可是李生这个人愚笨刚愎，不懂得礼节规矩，冒犯了您，这实在是我的罪过啊。现在您已经命人把他杀了，这是应该的。可是我有一些不明白的地方，想问一问李生犯的是什么罪，希望能得到您的指教，好在将来作为警诫。"士真笑着说："李生也没有罪，

但吾一见之，遂忿然激吾心，已有戮之之意。今既杀之，吾亦不知其所以然也。君无复言。"及宴罢，太守密讯其年，则二十有七矣，盖李生杀少年之岁，而士真生于王氏也。太守叹异久之，因以家财厚葬李生。出《宣室志》。

卢叔伦女

长安城南，曾有僧至日中求食，偶见一女子采桑树上，问曰："此侧近何处有信心，可乞饭者？"女子曰："去此三四里，有王家，见设斋次，见和尚来必喜，可速去也。"僧随所指往，果有一群僧，方就坐，甚慰。延入，斋讫，主姥异其及时至也。问之，僧具以实告，主人夫妻皆惊曰："且与某同往，访此女子。"遂俱去，尚在桑树上，乃村人卢叔伦女也。见翁姥，遂趋下，弃叶笼奔走归家，二人随后逐之。到所居，父母亦先识之。女子入室，以床扃户，牢不可启。其母惊问之，曰："某今日家内设斋，有僧云小娘子遣来，某作此功德，不曾语人，怪小娘子知，故来视看，更非何事。"其母推户遣出，女坚不肯出。又随而骂之，女曰："某不欲见此老兵老妪，亦岂有罪过？"母曰："邻里翁婆省汝，因何故不出？"二人益怪异，祈请之。女忽大呼曰："某年月日，贩胡羊父子三人今何在？"二人遂趋出，不敢回顾。及去，母问之，答曰："某前生曾贩羊，从夏州来，至此翁庄宿，父子

只是我一看见他，就气愤的心里激怒，已经产生了要杀他的想法。现在虽然把他杀了，我也不知道原因。你不要再说了。"饮宴结束后，太守秘密地询问了士真的年龄，是二十七岁，大概是李生杀死的那年轻人的年数，最终士真在王氏家里出生。太守惊叹诧异了很久，用自己的钱将李生厚葬了。出自《宣室志》。

卢叔伦女

长安城的南面，曾有个和尚一到中午就出来乞饭，偶然看见了一个女子正在树上摘桑叶，和尚上前问道："这附近哪里有虔诚信仰的人家可以去乞饭？"女子回答说："离这三四里，有户姓王的人家，他们家正办斋宴，看见有和尚来一定很高兴，你可以赶快过去。"和尚按照女子所指的方向去了，果然有一群和尚正入座就斋，非常高兴。和尚被请进去，吃完了斋饭，夫妻二人对和尚能及时赶到这里感到很奇怪。问和尚，和尚把实情全都告诉了他们，夫妻二人都很吃惊，说道："你和我们一同前往，去找这个女子。"于是他们就一同去了，而那女子还在桑树上面，原来是同村人卢叔伦的女儿。女子看见了那老夫妇，就从树上下来，扔下了装桑叶的笼子跑回家了，老夫妇跟在后面追赶她。到了那女子所住的地方，她的父母与这对老夫妇先前就认识。女子进到了屋里，用凳子把门顶上，牢固的不可打开。女子的母亲惊讶地问二人，他们说："我们今天家里设置斋宴，有个和尚说小娘子打发他来，我们做这种功德的事，没有对人说过，奇怪小娘子知道此事，所以特意来看看，再没有什么事。"女子的母亲推门叫女儿出来，女儿坚决不肯出来。母亲又随声骂她，女子说："我不想看见这老头老太太，难道也有罪过？"母亲说："邻居家的翁婆来看你，为什么不出来？"那夫妻二人更加奇怪诧异了，请求她出来。女子忽然大声地呼喊说："某年某月某日，贩卖胡羊的父子三人现在在什么地方？"夫妻二人听了女子的话赶紧走了，连头也不敢回。等人离开以后，那女子的母亲问她，女子回答说："我前生是个卖羊的，从夏州来，到这个老头的庄上住宿，父子

三人并为其害，劫其资货。某前生乃与之作儿，聪黠胜人，渠甚爱念。十五患病，二十方卒，前后用医药，已过所劫数倍。渠又为某每岁亡日作斋，夫妻涕泣，计其泪过三两石矣。偶因僧问乞饭处，某遂指遵之耳，亦是偿债了矣。"翁姥从此更不复作斋也。出《逸史》。

崔无隐

唐元和中，博陵崔无隐言其亲友曰：城南杜某者，尝于汴州招提院，与主客僧坐语。忽有一客僧，当面鼻额间，有故刀瘢，横断其面。乃讯其来由，僧良久嚬惨而言曰：某家于梁，父母兄嫂存焉，兄每以贾贩江湖之货为业。初一年，自江南而返大梁，获利可倍。二年往而不返，三年，乃有同行者云兄溺于风波矣。父母嫂俱服未阕，忽有自汉南贾者至于梁，乃访召某父姓名者。某于相国精舍，应曰唯。贾客曰："吾得汝兄信。"某乃忻骇未言，且邀至所居，告父母，而言曰："师之兄以江西贸折，遂浪迹于汉南，裨将怜之，白于元戎。今于汉南，虽缗锱且尽，而衣衾似给。以卑贫所系，是未获省拜，故凭某以达信耳。"父母嫂悲忻泣不胜。翌日，父母遣师之汉南，以省兄。

师行可七八日，入南阳界，日晚，过一大泽中，东西路绝，目无人烟，四面阴云且合。渐暮，遇寥落三两家，乃欲寄宿耳。其家曰："师胡为至此？今为信宿前有杀人者，追逐未获，索之甚急，宿固不可也，自此而南三五里，有一招提所，

三人一齐被他害死,掠走了财物。我前生又给他家做儿子,聪明狡黠超出一般的人,他们很疼爱我。我十五岁得了重病,二十岁就死了,他们为我前前后后请医卖药,已经超过了他们所抢劫的财物的好几倍。他们又为我在每年死的这天作斋,夫妻二人痛哭流涕,计算他们的眼泪也能超过三两石了。偶然间因为有和尚向我打听乞饭的地方,我就告诉了他,他遵从过去,这也是偿还欠债啊。"那对老夫妇从此就不再作斋了。出自《逸史》。

崔无隐

唐朝元和年间,博陵有个叫崔无隐的说他亲友说过:城南有个姓杜的人,曾经在汴州招提院,和住持、游方僧坐着谈论。忽然发现一个游方僧,鼻子与额头间有一条旧刀伤,横断在他整张脸上。杜某就问伤痕是怎么来的,游方僧沉吟良久痛苦凄惨地说:我家住在大梁,有父母兄嫂,兄长以贩卖四方各地的货物为业。第一年,从江南返回大梁,获得了几倍的利益。第二年去了却没有回来,第三年有个和他一同去的人回来说兄长溺水而亡。父母和嫂嫂的服丧期还未满,忽然有个从汉南做买卖的商人来到了梁,探访打听知道我父亲姓名的人。我在相国学舍里应声回答。商客说:"我得到了你哥哥的消息。"我又欣喜又惊恐以致说不出话,就邀请他到住所,把这个消息告诉我的父母,他说:"您的哥哥因为在江西赔了钱,就去了汉南流浪,副将可怜他,对主帅说了这事。现在在汉南,虽然钱花完了,可是衣被还很充裕。因为衰微没有钱,才没有回来,所以让我来传达这个消息。"父母和嫂嫂悲喜交加流泪不止。第二天,父母就派我去汉南看望哥哥。

我走了有七八天,进入了南阳界,天色已晚,经过一个大湖沼,东西的路都断了,也看不到人烟,四面阴云聚拢。天渐渐黑了,只遇到稀稀落落的三两户人家,想要在那住上一宿。那人家说:"你为什么到这里?前两夜有个杀人犯,至今未追获,现在搜寻的很急迫,你不能住在这里,从这往南三五里,有一招提院,

师可宿也。"某因言而往,阴风渐急,飒飒雨来。可四五里,转入荒泽,莫知为计,信足而步。少顷,前有烛光,初将咫尺,而可十里方到。风雨转甚,不及扣户而入,造于堂隍,寂无生人,满室死者。瞻视次,雷声一发,师为一女人尸所逐,又出。奔走七八里,至人家,雨定,月微明,遂入其家。中门外有小厅,厅中有床榻。卧未定,忽有一夫,长七尺余,提白刃,自门而入。师恐,立于壁角中。白刃夫坐榻良久,如有所候。俄而白刃夫出厅东,先是有粪积,可乘而觇宅中。俄又闻宅中有三四女人,于墙端切切而言。须臾,白刃夫携一衣襆入厅,续有女人从之,乃计会逃逝者也。白刃夫遂云:"此室莫有人否?"以刃绕壁画之,师帖壁定立,刃画其面过,而白刃夫不之觉,遂携襆领奔者而往。师自料不可住,乃舍此又前走,可一二里,扑一古井中。古井中已有死人矣,其体暖,师之回遑可五更。主觉失女,寻趁至古井,以火照,乃尸与师存焉,执师以闻于县。县尹明辩,师以画壁及墙上语者具狱,于宅中姨姑之类而获盗者,师之得雪。南征垂至汉南界,路逢大桧树,一老父坐其下,问其从来,师具告。父曰:"吾善易,试为子推之。"师呵著,父布卦嘘唏而言曰:"子前生两妻,汝俱辜焉,前为走尸逐汝者,长室也。为人杀于井中同处者,汝侧室也。县尹明

你可以去那里住宿。"我根据他们所说的而前往，阴冷的风渐渐大起来，不一会儿就下起了雨。可能走了四五里地，转到了一个荒凉的大泽里，不知道怎么办好，随意走了几步。不一会儿，发现前面有烛光，看着很近，但是走了十里地才到达。这时风雨更大了，来不及敲门就进去了，房屋修建的富丽堂皇，但却寂静的没有活着的人，满屋都是死人。正挨个儿看，这时雷声震响，忽被一个女尸追赶，就从那里跑了出来。跑了七八里地，到了一户人家，这时雨也停了，月亮也渐渐露了出来，便进到那户人家去。这户人家的中门外边有个小厅，厅里有张床。我还没有完全躺下，忽见有一个男子，七尺多高，手里提着一把刀，从门外进来。我非常害怕，就躲在墙角里。那个提着刀的男子在床上坐了很长时间，好像在等什么人。不一会儿，那提刀的男儿走到了厅的东面，先前这里有个粪堆，可以站在上面看到宅院里。不一会儿又听到宅里有三四个女人，在墙的一端窃窃私语。过了一会儿，那个提刀的男人带着一个衣服包进到了厅中，后面有女人跟从，估计是刚才逃跑的人。提刀的男子说："这屋里有人吗?"就用刀绕着墙壁画，我紧贴着墙壁站立，刀就从我的脸上画过去，但那提刀的男子却一点也没有发觉，于是他就带着包袱领着那逃跑的女子去了。我料想这里不可以住，就舍弃了这里，又继续往前走，可能走了一二里地，掉进了一个古井里。这古井里已经有个死人了，那尸体还没凉，我徘徊惶恐了一夜。主人发觉女儿失踪，寻找到古井，用火去照，竟然发现尸体和我都在那里，于是抓我到县里去告状。县官辨别是非，我就把画壁以及在墙边窃窃私语的那几个女子的事都讲了，在这女子的姨母之类的亲戚处捕获了盗贼，这才得以昭雪。我又往南出发，将到汉南边界时，在路上遇一棵桧树，一个老头坐在那下面，问我从什么地方来，我全告诉了他。老头说："我喜欢周易，试着给你推上一卦。"我对着蓍草吹了口气，老头摆上了卦，叹息了一声说："你前生有两个妻子，你全都辜负了她们，之前追你的尸体，是你的大媳妇。被杀死在古井里，和你在一起的，是你的侧室。县令明断

汝之无辜,乃汝前生母也。我乃汝前生之父,汉南之兄已
无也。"言毕,师泪下,收泪之次,失老父所在。及至汉南,
寻访其兄,杳无所见,其刀瘢乃白刃夫之所致也。

　　噫!乃宿冤之动作,征应委曲如是,无隐云。杜生自
有传,此略而记之。出《博异记》。

你是无辜的,他是你前生的母亲。我是你前生的父亲,你那汉南的哥哥已经没有了。"老头说完,我的眼泪就流下来了,擦干眼泪后,才发现老头找不到了。等到了汉南,寻找探访哥哥,也没有找到,这脸上的刀疤,就是那提刀的男子划的。

　　唉! 这前世的冤仇,应验如此曲折,这些都是崔无隐说的。杜生也有记载,这里大略地记了一下。出自《博异记》。

卷第一百二十六
报应二十五

程 普	羊 聃	刘 毅	张和思	梁元帝
窦 轨	武攸宁	崔进思	祁万寿	郭 霸
曹惟思	邢 玮	万国俊	王 瑶	陈 岘
萧怀武	李龟祯	陈 洁		

程 普

程普,字嘉谋,吴孙权将也,领江夏太守荡寇将军。尝杀叛者数百人,皆使投火。即日普病热,百余日便死。原缺出处,今见《三国志·吴志·普传》裴注引《吴书》。

羊 聃

羊聃,字彭祖,晋庐江太守,为人刚克粗暴。恃国姻亲,纵恣尤甚,睚眦之嫌,辄加刑戮。征西大将军庾亮槛送,具以状闻。右司马奏聃杀郡将吏及民简良等二百九十人,徒谪一百余人,应弃市,依八议请宥。显宗诏曰:"此事古今所未有。此而可忍,孰不可忍!何八议之有?下狱所赐命。"聃兄子贲,先尚南郡公主,自表解婚,诏不许。瑯琊

程　普

　　程普,字嘉谋,是吴国孙权的大将,封为江夏太守、荡寇将军。曾经杀死叛军几百人,把他们都投入火里烧了。当天程普就生病发热,一百多天后就死了。原缺出处,今见《三国志·吴志·普传》裴注引《吴书》。

羊　聃

　　羊聃,字彭祖,是晋朝庐江太守,为人性情刚硬且粗暴。依仗皇亲国戚的身份,很放纵,极小的怨恨,也会施加刑罚。征西大将军庾亮用囚车押送羊聃进京,把全部的罪状禀报给朝廷。右司马上书羊聃杀了郡里的大将官吏,以及老百姓简良等二百九十人,降职流放了一百多人,应处以死刑,但依照八议制度请求给其宽宥。显宗下诏说:"此事是从古到今所没有的。这都可以忍受,还有什么不可以忍受!有什么八议?应该下狱叫他自尽。"羊聃哥哥的儿子羊贲先是娶了南郡公主,因为羊聃的事情自己上表请求解除婚姻,皇帝下诏没有答应他的请求。瑯琊

孝王妃山氏,聃之甥也,苦以为请。于是司徒王导启聃罪不容恕,宜极重法。山太妃忧感动疾,陛下罔极之恩,宜蒙生全之宥。于是诏下曰:"山太妃唯此一舅,发言摧鲠,乃至吐血,情虑深重。朕丁荼毒,受太妃抚育之恩,同于慈亲。若不堪难忍之痛,以致顿毙,朕亦何颜自处。今便原聃生命,以慰太妃渭阳之恩。"于是除名为民。少时,聃病疾,恒见简良等曰:"枉岂可受,今来相取,自由黄泉。"经宿死。出《还冤记》。

刘　毅

宋高祖平桓玄后,以刘毅为抚军荆州刺史。到州,便收牧牛寺主,云藏桓家儿庆为沙弥,并杀四道人。后梦见此僧来云:"君何以枉杀贫道?贫道已白于天帝,恐君亦不得久。"因遂得疾不食,日弥羸瘦。当毅发扬都时,多有争竞,侵凌宰辅,宋高祖因遣人征之。毅败后,夜单骑突投牧牛寺僧,僧曰:"抚军昔枉杀我师,我道人,自无报仇之理,然何宜来此!主师屡有灵验,云天帝当收抚军于寺杀之。"毅便叹吒出寺,因上大树,自缢而死。出《还冤记》。

张和思

北齐张和思,断狱囚,无问善恶贵贱,必被枷锁杻械,困苦备极。囚徒见者,破胆丧魂,号生罗刹。其妻前后孕男女四人,临产即闷绝求死。所生男女,皆著肉镮,手脚并有肉杻束缚,连绊堕地。后和思为县令,坐法杖死。

孝王的妃子山氏，是羊聃的外甥女，苦苦替聃求情。于是司徒王导上奏说羊聃罪过不容宽恕，应当处以重法。但山太妃担忧伤感得了重病，陛下有无尽的恩德，应当有保全生命的宽恕。于是皇帝下诏书说："山太妃只有这一个舅舅，说话就会悲痛到哽咽哭泣，到了口吐鲜血的地步，忧虑的心情十分深重。我的父母去世后，受太妃抚育之恩，就像亲生的母亲。假如太妃不能承受难忍的痛苦，以致出了意外，我有何脸面自处。现在就赦羊聃死罪，以慰藉太妃的甥舅之情。"于是将羊聃除名为百姓。过不久，羊聃重病，眼前常看见简良等说："冤枉哪里可以忍受，现在来取你的命，自此至黄泉。"一夜后羊聃就死了。出自《还冤记》。

刘 毅

南朝宋高祖平定了桓玄后，用刘毅做抚军荆州刺史。刘毅到荆州，杀了牧牛寺的寺主，说其藏匿桓家的儿子庆做和尚，并杀死四个僧人。后来梦见这里的和尚来说："你为什么屈枉地杀死我们？我们已经禀告了天帝，恐怕你也活不久了。"刘毅因此就得了重病不能吃东西，一天天瘦弱下去。刘毅发兵扬都时，有许多争执，侵犯凌辱了宰相，宋高祖因此派人讨伐他。刘毅被打败后，夜里独自骑马突围投奔牧牛寺僧人，僧人说："抚军从前屈枉地杀死了我们的师傅，我们修道人从无报仇的道理，可是你来这里干什么！我们主师多次显灵，说天帝要处死抚军，在寺院杀掉你。"刘毅便慨叹地走出寺院，在大树上自缢而死。出自《还冤记》。

张和思

北齐张和思，审判狱中的囚犯，不问善恶贵贱，一定要使囚犯遭受枷锁刑具的惩罚，囚犯痛苦到了极点。囚徒看到他，就吓得胆破魂飞，给他起外号叫生罗刹。张和思的妻子前后孕有男女四人，临产前就闷绝得只想去死。所生下的男女，都戴着肉锁，手脚都有肉手铐束缚着，被捆着绳子落地。后来张和思做县令，因为犯法被用杖刑打死。

梁元帝

后周文帝宇文泰,初为魏丞相。值梁朝丧乱,梁孝元帝为湘东王,时在荆州。遣使通和,礼好甚至,与泰断金立盟,结为兄弟。后平侯景,孝元即位,泰犹人臣,颇行凌侮。又求索无厌,乃不惬意,遂遣兵袭江汉,虏系朝士,至于民庶,百四十万口,而害孝元。又魏文帝先纳茹茹主郁久闾阿那瓌女为后,亲爱殊笃。害梁主之明年,瓌为齐国所败,因率余众数千奔魏。而突厥旧与茹茹怨仇,即遣饷泰马三千匹,求诛瓌等。泰许诺,伏突厥兵马,与瓌宴会,醉便缚之,即日灭郁久闾姓五百余人。茹茹临死,仰天而诉。明年冬,泰猎于陇右,得病,见孝元及瓌为祟。泰发怒肆骂,命索酒食与之,两月泰卒。

窦 轨

唐洛州都督鄡国公窦轨,太穆皇后三从兄。性刚严好杀。为益州行台仆射,多杀将士,又害行台尚书韦云起。贞观二年,在洛病甚,忽言有人饷我瓜来。左右报之:"冬月无瓜。"轨曰:"一盘好瓜,何谓无耶?"即而惊视曰:"非瓜,并是人头。"轨曰:"从我偿命。"又曰:"扶我起见韦尚书。"言毕而薨。

武攸宁

唐建昌王武攸宁,任置勾任,法外枉征财物,百姓破家者十而九。告冤于天,吁嗟满路。为大库,长百步,二百余间。所征获者,贮在其中,天火烧之,一时荡尽,众口所咒。

梁元帝

北周文帝宇文泰,当初担任西魏丞相。正值梁国丧乱之际,梁孝元帝时为湘东王,当时在荆州。元帝派使者与魏讲和,双方表示友好以礼相待,并和宇文泰断金立盟,结成兄弟。后来平定了侯景,孝元帝即位,宇文泰依然处在臣子的地位,但行事常常欺凌侮辱他人。他索取没有止境,且仍不满意,于是派兵袭击江汉,俘获了朝官和百姓一百四十万口,并且杀害了孝元帝。另一件事是魏文帝先娶了茹茹王郁久闾阿那瓌的女儿做妻子,他们十分亲爱。宇文泰杀害梁孝元帝的第二年,瓌被齐国打败,于是率领剩下的数千人逃奔魏。而突厥过去和茹茹有仇怨,就派人给宇文泰三千匹马,求请宇文泰杀了瓌等人。宇文泰答应了,他埋伏下突厥兵马,与瓌宴会,等瓌酒醉后就将他捆绑了,当天杀了五百多郁久闾姓的人。茹茹临死时仰天控诉。第二年冬天,宇文泰在陇右打猎,得了重病,看见孝元帝和瓌在作祟。宇文泰发怒肆意谩骂,命人拿酒食给他们,仅两个月宇文泰就死了。

窦 轨

唐洛州都督酂国公窦轨,是太穆皇后的三堂兄。他性情刚烈严苛,喜好杀人。做益州行台仆射时,杀死了许多将士,还杀害了行台尚书韦云起。贞观二年,他在洛阳病得厉害,忽然说有人给我送瓜来。左右的人告诉他说:"冬月没有瓜。"窦轨说:"确实是一盘好瓜,为什么说没有呢?"不一会又惊恐地看着说:"不是瓜,都是人头。"窦轨说:"是跟我索命来了。"又说:"快扶我起来见韦尚书。"说完就死了。

武攸宁

唐建昌王武攸宁,另外设置勾任,违法征收财物,百姓因此倾家荡产的十其有九。百姓向苍天诉苦,哀怨满路。武攸宁建筑了一百多步长的大库二百多间,将征收来的东西贮存在那里面,后来天火烧了大库,东西全被烧尽,百姓无不痛恨咒骂。

攸宁寻患足肿，粗于瓮，其酸楚不可忍，数月而终。

崔进思

唐虔州参军崔进思，恃郎中孙尚容之力，充纲入都，送五千贯，每贯取三百文裹头，百姓怨叹，号天哭地。至瓜步江，遭风船没，无有孑遗。家资田园，货卖并尽，解官落职，求活无处。此所谓聚敛之怨。

祁万寿

唐乾封县录事祁万寿，性好杀人。县官每决罚人，皆从索钱，时未得与间，即取粗杖打之。如此死者，不可胜数，囚徒见之，皆失魂魄。有少不称心，即就狱打之，困苦至垂死。其妻生子，或著肉枷，或有肉杻，或无口鼻，或无手足，生而皆死。

郭　霸

唐侍御史郭霸，奏杀宋州三百人，暴得五品。经月患重，台官问疾，见老巫曰："郭公不可救也，有数百鬼，遍体流血，攘袂龂齿，皆云不相放。有一碧衫人喝绯衣人曰：'早合去，何因许时？'答曰：'比缘未得五品，未合放。'"俄而霸以刀子自刺乳下，搅之，曰："大快。"家人走问之，曰："御史孙容师刺我。"其子经御史顾琮讼容师，琮以荒乱言不理。其夜而卒，容师以明年六月霸死日而终，皆不知其所以。司勋郎中张元一云："自春大旱，至霸死雨足。"天后

武攸宁不久就得了脚肿病,他的脚肿得像瓮粗,酸楚疼痛的让人不能忍受,几个月后武攸宁就死了。

崔进思

唐虔州参军崔进思,依仗郎中孙尚容的力量,押送进贡的钱物去京都,送去五千贯,每贯里另收三百文作路费,百姓怨恨叹息,哭天号地。到了瓜步江,遇到大风,沉了船,一点儿东西都没有留下。为了赔偿,家里的财产田园全部卖光,还被解除了官职,落到无处求生的下场。这就是所说的横征暴敛的报应。

祁万寿

唐乾封县录事祁万寿,天生喜欢杀人。每当县官判决处罚人的时候,他都跟着要钱,没得到钱时,就拿粗木仗打犯人。像这样死的人,数也数不清,囚徒们看见他,都丧魂落魄。对哪个犯人稍微不称心,就立刻到狱中打他,让他痛苦到就要死的程度。祁万寿的妻子牛的孩子,有的脖子上戴着肉枷,有的手脚带着肉的镣铐,有的没有口鼻,有的没有手脚,并且孩子生下来都死了。

郭 霸

唐侍御史郭霸,上奏杀死了宋州三百多人,因此突然得五品官。整月患重病,台官去探视病情,看见一个老巫婆说:"郭公的病不能救了,有几百个鬼,遍体流血,扬起袖子,龇牙咧嘴,都说不能放他。有个穿青绿色衣服的人吆喝穿红色衣服的人说:'早应当死去,为什么要这么久?'回答说:'他遭的罪还不够他得到五品官时所做的恶,不应让他马上死。'"不一会儿郭霸用刀子刺自己乳下,在里边乱搅,说:"非常痛快。"家里人跑去问他,他说:"御史孙容师刺我。"他的儿子通过御史顾琮诉讼容师杀人,顾琮因他说的话荒谬没有受理。那天夜里,郭霸死了,孙容师也在第二年六月郭霸死的那天死了,都不知道是什么原因。司勋郎中张元一说:"春天开始干旱,等到郭霸死时雨水就充足了。"天后

问：“在外有何事？”元一曰：“外有三庆。旱降雨，一庆；中桥新成，万代之利，二庆；郭霸身死，百姓皆欢，三庆也。”天后笑曰：“霸见憎如此耶！”

曹惟思

唐蜀郡法曹参军曹惟思，当章仇兼琼之时，为西山运粮使，甚见委任。惟思白事于兼琼，琼与语毕，令还运。惟思妻生男有疾，因以情告兼琼，请留数日。兼琼大怒，叱之令出，集众斩之。其妻闻之，乘车携两子与之诀，惟思已辫发束缚，兼琼出监斩之。惟思二男叩头乞命，来抱马足，马为不行，兼琼为之下泣云：“业已斩矣。”犹未释。郡有禅僧，道行至高，兼琼母师之。禅僧乃见兼琼曰：“曹法曹命且尽，请不须杀，免之。”兼琼乃赦惟思。

明日，使惟思行卢府长史事，赐绯鱼袋，专知西山转运使，仍许与其妻行。惟思至泸州，因疾，梦僧告之曰：“曹惟思一生中，负心杀人甚多，无分毫善事，今冤家债主将至，为之奈何。”惟思哀祈甚至，僧曰：“汝能度两子为僧，家中钱物衣服，尽用施寺，仍合家素餐，堂前设道场，请名僧，昼夜诵经礼忏，可延百日之命。如不能，即当死矣。”惟思曰：“诸事易耳。然苦不食，若之何？”僧曰：“取羊肝水浸，加以椒酱食之，即能餐矣。”既觉，具言其妻，妻赞之。即僧二子，又如言置道场转经，且食羊肝，即饭矣，如是月余。

晨坐，其亡母亡姊皆来视之，惟思大惊，趋走迎候。有一鬼子，手执绛幡前引，升自西阶，植绛幡焉。其亡姊不言，

问:"外面有什么事?"元一说:"外面有三庆。天旱降雨,是一庆;中桥建成为子孙万代造福,是二庆;郭霸死了百姓都高兴,是三庆。"天后笑着说:"郭霸被憎恨到这种地步了!"

曹惟思

唐蜀郡法曹参军曹惟思,在章仇兼琼为节度使时,做西山运粮使,兼琼对他很信任。惟思向兼琼禀告事情,兼琼和他说完,命令立刻运输。惟思妻子生孩子有病,于是把情况告诉兼琼,请求留几天。兼琼大怒呵斥他,让他出去,集合众人宣布杀他。惟思的妻子听说了这件事,坐车带着两个孩子和他诀别,惟思已绑好头发被捆绑着,兼琼出来监斩。惟思两个儿子跪地磕头乞求饶命,上前抱住马脚,马不能走,兼琼为此哭着说:"就要杀了。"还是不想释放。郡里有个和尚,道行非常高,是兼琼母亲的师傅。和尚于是去见兼琼说:"曹惟思没有几天活了,不必你来杀他,请免他一死。"兼琼于是放了惟思。

第二天,派惟思去卢府做长史的差事,赐给他绯红色的鱼袋,专任西山转运使,并且允许与他妻子同去。惟思到了泸州就得了病,梦见一个和尚告诉他说:"曹惟思一生当中违背良心,杀人很多,没有做一点好事,今天冤家债主将到了,做什么都没用了。"惟思百般哀求祈祷,和尚说:"你能让两个儿子做和尚,将家中所有的钱财衣物都施舍给寺院,全家吃素,在堂前设置道场,请名僧昼夜不停地念经,恭敬地忏悔,可以延长一百天的寿命。如做不到,立刻就要死了。"惟思说:"这些事情都很容易。只是苦于不能吃素怎么办?"和尚说:"把羊肝用水浸泡,加上椒酱食用,就能吃了。"醒了以后,他把梦中的事情都告诉了妻子,妻子赞同这些做法。立即让两个儿子做了和尚,又像说的那样设置了道场不停地念经,并且吃羊肝当饭,像这样做了一个多月。

一天早晨,他的死去的母亲和姐姐都来看他,惟思非常惊讶,走上前去迎候。有一小鬼,手里拿着红色的旗子在前面引导,从西面台阶升起,树起了红色的旗子。他死去的姐姐不说话,

但于幡前下舞，傲傲不辍。其母泣曰："惟思在生不知罪，杀人无数，今冤家欲来，吾不忍见汝受苦辛，故来视汝。"惟思命设祭母，母食之。其姊舞更不已，不交一言。母食毕，与姊皆去。

惟思疾转甚，于是羊肝亦不食，常卧道场中，昼日眠觉。有二青衣童子，其长等僬侥也，一坐其头，一坐其足。惟思问之，童子不与语。而童子貌甚闲暇，口有四牙，出于唇外。明日食时，惟思见所杀人，或披头溃肠，断截手足，或斩首流血，盛怒来诉惟思曰："逆贼与我同事，急反杀我灭口，我今诉于帝，故来取汝。"言毕升阶，而二童子推之，不得进，但谩骂曰："终须去。"惟思知不免，具言其事。如此每日常来，皆为童子所推，不得至惟思所。月余，忽失二童子，惟思大惧，与妻子别。于是死者大至，众见惟思如被曳状。坠于堂下，遂卒。惟思不臧人也，自千牛备升为泽州相州判司，常养贼徒数十人，令其所在为盗而馆之。及事发，则杀之以灭口，前后杀百余人，故祸及也。

邢 璹

唐邢璹之使新罗也，还归，泊于炭山。遇贾客百余人，载数船物，皆珍翠沉香象犀之属，直数千万。璹因其无备，尽杀之，投于海中而取其物。至京，惧人知也，则表进之，敕还赐璹，璹恣用之。后子绨与王铁谋反，邢氏遂亡，亦其报也。

只是在旗帜下面跳舞,像喝醉酒那样跳个不停。他的亡母哭着说:"惟思生前不知罪,杀人无数,现在冤家都要来了,我不忍心看你受苦,所以来看你。"惟思让人为母亲陈设祭品,母亲吃了。他的姐姐跳舞一刻不停,不说一句话。母亲吃完了和姐姐一起离开了。

　　惟思病得更严重了,于是羊肝也不吃了,经常趴在道场中,整天睡觉。有两个穿青色衣服的童子长得非常矮小,一个坐在他头上,一个坐在他脚上。惟思问他们,童子不和他说话。童子的表情很悠闲,口里有四颗牙,都露在嘴唇的外面。第二天吃饭时,惟思看见了他所杀的人,有的披散着头发烂了肠子截断了手脚,有的被砍去了头流着血,都充满愤怒来见惟思,说:"逆贼与我们一起做事,情况危急反倒杀我们灭口,我们现在已对上帝控告了,所以来拿你。"说完就升上台阶,两童子推开他们,不让进去,但他们依然谩骂说:"你是死定了。"惟思知道不能免,把做的恶事全承认了。像这样被惟思杀的人每天都来,都被童子推出去,不能到惟思跟前。一个多月后,忽然两个童子失踪了,惟思非常恐惧,和妻子儿子告别。于是死的人都来了,大家看见惟思像被拽着的样子。坠落到堂下就死了。惟思不是好人,从千牛备升做泽州相州判司以来,蓄养了几十个贼徒,让他们到处偷窃并给他们住处。等事情要暴露了,就杀了他们灭口,前后共杀了一百多人,因此报应就来了。

邢　璹

　　唐邢璹出使新罗回来时,船停在炭山,遇到了一百多个商人。他们装载几船货物,都是珍珠翡翠沉香象牙犀牛角之类的东西,价值几千万。邢璹趁他们没有防备,把他们全杀了,并将尸体投到了海里,把这些货物全都据为己有。回到京城,怕人知道,就上表送给皇帝,皇帝又下诏赐给邢璹,邢璹任意地使用这些珍宝。后来他儿子邢缛和王锈共同谋反,邢氏一族全部灭亡,这也是他的报应啊。

万国俊

唐侍御史万国俊,令史出身,残忍为怀,楚毒是务。奏六道使,诛斩流人,杀害无数。后从台出,至天津桥南,有鬼满路,遮截马足,不得前进。口云:"叩头缓我。"连声忍痛,俄而据鞍,舌长数尺,遍身青肿。舆至宅,夜半而卒。

王 瑶

会昌中,有王瑶者,自云:远祖本青州人,事平卢节使。时主公姓李,不记其名,常患背疽,众医莫能愈。瑶祖请以牲币祷于岱宗,遂感现形,留连顾问,瑶祖因叩头泣血,愿垂矜悯。岳神言曰:"尔之主师,位居方伯,职在养民,而虐害生灵,广为不道,淫刑滥罚,致冤魂上诉。所患背疮,盖鞭笞之验,必不可愈也。天法所被,无能宥之。"瑶祖因拜乞一见主公,洎归青丘,主公已徂殁矣。瑶祖具以泰山所睹之事,白于主公夫人,云:"何以为验?"瑶祖曰:"某当在冥府之中,亦虑归之不信,请谒主公,备窥缧绁。主公遂裂近身衣袂,方圆寸余,以授某曰:'尔归,将此示吾家。'具衣袂见在。"夫人得之,遂验临终服之衣,果有裁裂之处,疮血犹在,知其言不谬矣。出《耳目记》。

陈 岘

闽王审知初入晋安,开府多事,经费不给。孔目吏陈岘献计,请以富人补和市官,恣所征取,薄酬其直。富人苦之,

万国俊

唐朝侍御史万国俊,早期为令史,为人残忍,处事阴险狠毒。曾上奏六道使,诬陷被流放的人,杀人无数。有一次他从御史台出来,到天津桥南时,发现满道都是鬼,这些鬼拦挡马腿,使他不能前进。他口中还说:"给你磕头,饶了我。"喊声悲惨痛苦,一会儿又跨上马鞍,把舌头伸出几寸长,全身都青肿了。把他用车运回住所,半夜就死了。

王 瑶

唐武宗会昌年间,有个名叫王瑶的人,自己说:祖上本是青州人,曾在平卢节度使麾下做事。当时他的主公姓李,记不得姓名了,背上经常长疮,很多医生都不能治好。王瑶的祖辈请求拿着供品到泰山去祈祷,感动了泰山神,现出原身来查问,王瑶的祖辈叩头并哭出了血,请求泰山神能发发善心。泰山神说:"你的主公位居高官,本应使百姓安居乐业,然而他残害生灵,做了很多坏事,乱施刑罚,致使冤魂告状。所患的背疮病就是在阴曹地府被鞭打的结果,一定不会好。这是上天的责罚,没有办法宽恕他。"王瑶的祖辈要求拜见一下主公,等他回到了青丘,主公已经死了。王瑶的祖辈就把在泰山所看见的事,都告诉了主公夫人,夫人说:"用什么来证明你说的是真事呢?"王瑶的祖辈说:"我在冥府里,也怕回来你们不信,就请求拜见了主公,还看见他全身绑着绳索。主公撕下一块贴身的衣袖,大约有一寸见方,交给我说:'你回去后,把这块衣袖给我家人看。'现在衣服袖子还在。"夫人得到衣袖后,就检验主公临终所穿的衣服,果然有撕裂的地方,背疮流的血还在,知道他说的不是假话。出自《耳目记》。

陈 岘

闽王王审知刚刚占领晋安,开府以来,要办的事很多,但经费不足。孔目吏陈岘献计,请求让有钱的富人充当和市官,任意向他们征收索取,却给他们很少酬金。有钱的富人都以此为苦,

岘由是宠，迁为支计官。数年，有二吏执文书诣岘里中，问陈支计家所在。人问其故，对曰："渠献计置和市官，坐此破家者众，凡破家者祖考，皆诉于水西大王，王使来追尔。"岘方有势，人惧不敢言。翌日，岘自府驰归，急召家人，设斋置祭，意色慞惶。是日，里中复见二吏入岘家，遂暴卒。初审知之起事，其兄潮首倡，及审知据闽中，为潮立庙于水西，故俗谓之水西大王云。

萧怀武

伪蜀有寻事团，亦曰中团，小院使萧怀武主之，盖军巡之职也。怀武自所团捕捉贼盗多年，官位甚隆，积金巨万，第宅亚于王侯，声色妓乐，为一时之冠。所管中团百余人，每人各养私名十余辈，或聚或散，人莫能别，呼之曰"狗"。至于深坊僻巷，马医酒保，乞丐佣作，及贩卖童儿辈，并是其狗。民间有偶语者，官中罔不知。又有散在州郡及勋贵家，当庖看厩，御车执乐者，皆是其狗。公私动静，无不立达于怀武，是以人怀恐惧，常疑其肘臂腹心，皆是其狗也。怀武杀人不知其数，蜀破之初，有与己不相协，及积金藏镪之夫，日夜捕逐入院，尽杀之。冤枉之声，闻于街巷。后郭崇韬入蜀，人有告怀武欲谋变者，一家百余口，无少长戮于市。出《王氏见闻》。

李龟祯

乾德中，伪蜀御史李龟祯久居宪职。尝一日出至三井桥，忽睹十余人，摧头及被发者，叫屈称冤，渐来相逼。

陈岘却由于这件事很受宠爱,被提升为支计官。过了几年,有两个官吏拿着文书到陈岘住的地方,问陈岘家是哪一户。人们问原因,回答说:"他献计设立和市官,由于这个原因倾家荡产的人很多,倾家荡产的人的祖先,都向水西大王告状,大王派我们来追究。"陈岘正有势力,人们都害怕他不敢说。第二天陈岘从府里紧急赶回来,急忙召集家里人,准备斋饭摆上祭典,神色彷徨疑惧。这天,同里的人又看见两个官吏去陈岘家,陈岘突然死了。当初王审知起事,是他的哥哥王潮首倡的,等到王审知占据闽中,就给潮立了个庙在水西,因此世人叫他水西大王。

萧怀武

伪蜀有个寻事团,也叫中团,由小院使萧怀武主持,相当于军巡的职务。怀武指挥这个团捕捉贼盗很多年,因此官位很高,搜刮了巨万的钱财,住宅宏伟仅次于王侯,歌妓美女是当时第一流的。所管辖的中团有一百多人,每人又都豢养了十多个属于自己的部下,时而聚时而分,人们不能辨别,就管他们叫"狗"。至于深坊僻巷,马医酒保,乞丐佣人,以及卖小孩儿的这些人,都是中团的"狗"。百姓互相间偶尔说的牢骚话,官中没有不知道的。另外分散在州郡以及达官贵人家当厨师、当马夫、驾马车、拉乐器的,也都是中团的"狗"。无论是公家的还是个人的事情,没有不立刻传达到怀武那里的,因此人们都心里怀有恐惧,常常怀疑自己身边知心的人都是"狗"。怀武杀人不知道有多少,刚刚灭蜀时,与其相处不和谐的,以及积金藏钱多的人,日夜不停地被逮捕审问,并全被杀掉。喊冤叫屈的声音在大街小巷都能听到。后郭崇韬进入蜀地,有人告发怀武想要谋反叛变,怀武一家一百多口,不分老少全部被杀。出自《王氏见闻》。

李龟祯

乾德时,伪蜀御史李龟祯长久担任宪职。一日他走到三井桥,忽见十多个破了头和披着发的人,喊冤叫屈,向他逼来。

龟祯慑惧，回马径归，说与妻子。仍诫其子曰："尔等成长筮仕，慎勿为刑狱官，以吾清慎畏惧，犹有冤枉，今欲悔之何及。"自此得疾而亡。

陈 洁

　　伪蜀御史陈洁，性惨毒，谳刑定狱，尝以深刻为务。十年内，断死千人。因避暑行亭，见蟢子悬丝面前，公引手接之，成大蜘蛛，衔中指，拂落阶下，化为厉鬼，云来索命。惊讶不已，指渐成疮，痛苦十日而死。

龟祯十分震惊害怕，调回马头直奔家中向妻子孩子讲了这件事。并告诫自己的孩子说："你们长大出外做官，千万不要做刑狱官，我向来清廉谨慎敬畏王法，还有被冤枉的，现在后悔哪还来得及。"从这以后得病而死。

陈　洁

伪蜀御史陈洁，天生凶恶狠毒，判案定刑，严峻苛刻。十年里，经他手判处死刑的有上千人。到亭子里避暑，看见一个小蜘蛛挂着丝在面前，他伸手去接，小蜘蛛突然变成了大蜘蛛，咬住他的中指，甩落到台阶下面，就变成厉鬼，口中说着来要你的命。陈洁惊讶害怕得不得了，手指渐渐变成了疮，疼痛十天后就死了。

卷第一百二十七
报应二十六

苏　娥　　　涪令妻　　　诸葛元崇　　吕庆祖　　　元　徽
李义琰　　　岐州寺主　　馆陶主簿　　僧昙畅　　　午桥民
卢叔敏　　　郑　生

苏　娥

　　汉何敞为交趾刺史，行部苍梧郡高要县，暮宿鹊奔亭。夜犹未半，有一女从楼下出，自云："妾姓苏名娥，字始珠，本广信县修里人。早失父母，又无兄弟，夫亦久亡。有杂缯帛百二十匹，及婢一人，名致富，孤穷羸弱，不能自振，欲往傍县卖缯。就同县人王伯赁车牛一乘，直钱万二千，载妾并缯，令致富执辔。以前年四月十日，到此亭外，于时已暮，行人既绝，不敢前行，因即留止。致富暴得腹痛，妾往亭长舍乞浆取火，亭长龚寿操刀持戟，来至车傍，问妾曰：'夫人从何所来？车上何载？丈夫安在？何故独行？'妾应之曰：'何劳问之。'寿因捉臂欲污妾，不从，寿即以刀刺胁，妾立死，又杀致富。寿掘楼下，埋妾并婢，取财物去，杀牛烧车，杠及牛骨，投亭东空井中。妾死痛酷，无所告诉，

苏　娥

　　汉朝时何敞任交趾刺史,巡行视察苍梧郡高要县,晚上住在鹊奔亭。还没有到半夜,有一女子从楼下走出来,自己说:"我姓苏名娥,字始珠,原来是广信县修里人。很早就失去了父母,又没有兄弟,丈夫也早死了。家中有各种丝绸一百二十四,以及奴婢一人,名叫致富,因我们孤苦穷困无所依靠,不能自给,想要到临县去卖绸布。就向同县人王大伯租了一辆牛车,价值约一万二千钱,用车装着我和绸布,让致富赶着牛车。在前年的四月十日,来到这座亭外,当时天色已晚,行人已经断绝,我们不敢前行,因此就停留在这里。致富突然肚子痛,我就去亭长家乞讨浆水和火,亭长龚寿听说后就拿着刀和戟,来到车旁,问我说:'夫人从什么地方来?车上装的什么?你丈夫在哪里?为什么独自行走?'我回答他说:'这些不必劳累你来过问了。'龚寿就趁机抓住我的手臂想要污辱我,我不顺从,他就用刀直刺我的肋下,我当时就死了,他又杀了致富。龚寿在这个楼下挖了个坑,把我和致富一块儿埋了,还取走了财物,并杀了牛、烧了车,把车杠和牛骨扔到了这个亭东面的空井里。我死得好惨,无处投诉,

故来告于明使君。"敞曰:"今欲发汝尸骸,以何为验?"女子曰:"妾上下皆著白衣,青丝履,犹未朽也。"掘之果然。敞乃遣吏捕寿,拷问具服,下广信县验问,与娥语同,收寿父母兄弟皆系狱。敞表寿杀人,于常律不至族诛,但寿为恶,隐密经年,王法所不能得。鬼神自诉,千载无一,请皆斩之,以助阴诛。上报听之。出《还冤记》。

涪令妻

汉王忳,字少琳,为郿县令。之邰亭,亭素有鬼。忳宿楼上,夜有女子,称欲诉冤,无衣自进。忳以衣与之,进曰:"妾本涪令妻也,欲往官,过此亭宿。亭长杀妾大小十口,埋在楼下,取衣裳财物。亭长今为县门下游徼。"忳曰:"当为汝报之,无复妄杀良善也。"鬼投衣而去。忳且召游徼问,即服,收同时十余人,并杀之。掘取诸丧,归其家葬之,亭永清宁。原缺出处,今见《还冤记》。

诸葛元崇

琅琊诸葛覆,宋永嘉年为九真太守,家累悉在扬都,唯将长子元崇赴职。覆于郡病亡,元崇始年十九,送丧欲还。覆门生何法僧贪其资,与伴共推元崇堕水而死,因分其财。元崇母陈氏梦元崇还,具叙父亡及身被杀委曲,尸骸流漂,怨酷无双。奉迷累载,一旦长辞,衔悲茹恨,如何可说,

所以才来告诉您。"何敞说:"现在要挖掘你的尸骸,凭什么作为验证呢?"女子说:"我全身穿的都是白色衣服,脚上是青丝鞋,还没有腐烂。"挖掘出来后,果然像她说的那样。何敞就派人去捉拿龚寿,拷问之后他全部供认,又到广信县核对,同苏娥说的完全相同,又收监了龚寿的父母和兄弟等。何敞上表说龚寿杀人,按通行的刑律不至于诛连同族,但龚寿作恶,隐瞒多年,王法不能容。而鬼神自己出来控诉,这是千百年来没有的事,请求全部斩首,以响应冥冥之中受到的诛罚。上报后朝廷同意何敞的处理意见。出自《还冤记》。

涪令妻

汉朝人王忳,字少琳,作郿县县令。到郿亭,郿亭经常闹鬼。王忳住在楼上,到了夜间,有一个女子,自称要诉冤,没穿衣服就自己进来了。王忳拿衣服给她穿,她上前说:"我原本是涪县令的妻子,随丈夫赴任途中,在此亭歇宿。亭长带人杀了我家大小十口,掩埋在这座楼下,还抢走了衣服和财物。亭长现在是你县巡查盗贼的游徼。"王忳说:"我一定为你报仇,不能让他妄杀了好人。"鬼放下衣服走了。王忳立即招来游徼审问,他全部招供了,又抓了同时作案的十多人,一起杀了。后来又挖出被杀的人,把他们的尸骨送回家乡埋葬了,郿亭从此就清宁了。原缺出处,今见《还冤记》。

诸葛元崇

琅琊人诸葛覆,南朝宋文帝永嘉年间作九真太守,其家眷全留在扬都居住,只带着长子元崇去赴任。诸葛覆于任内病故,元崇那年才十九岁,护送父亲灵柩回乡。诸葛覆的门生何法僧贪图诸葛家的财产,与同谋把元崇推到水里淹死,瓜分掉诸葛元崇的钱财。元崇的母亲陈氏梦到元崇回来了,并叙述了父亲的死以及自己被害的全部经过,尸骸顺水漂流,怨恨无比。和母亲分别已经多年,现又被害死在外地,含悲饮恨,哪里能说得明白,

歔欷不能自胜。又云："行速疲极，因卧窗下床上，以头枕窗，明日视儿眠处，足知非虚矣。"陈氏悲怛惊起，把火照儿眠处，沾湿犹如人形。于是举家号泣，便如发闻。于时徐森之始除交州，徐道立为长史，道立即陈氏从姑儿也。具疏梦，托二徐验之。徐道立遇诸葛丧船，验其父子亡日，悉如鬼语。乃收行凶二人，即皆款服，依法杀之，差人送丧还扬都。出《还冤记》。

吕庆祖

宋永康人吕庆祖，家甚殷富，常使一奴名教子守视墅舍。庆祖自往案行，忽为人所杀。族弟无期，先贷举庆祖钱，咸谓为害。无期便赍酒脯至枢所而祝曰："君荼酷如此，乃谓是我，魂而有灵，使知其主。"既还，至三更，见庆祖来云："近履行，见奴教子畦畴不理，许当痛治，奴遂以斧砍我背，将帽塞口，因得啮奴三指，悉皆破碎。便取刀刺我颈，曳著后门。初见杀时，从行人亦在其中，而不同，执罪之失也。奴今欲叛，我已钉其头著壁。"言卒而遂灭。无期具以告其父母，潜视奴所住壁，果有一把发，以竹钉之。又看其指，并见伤破，录奴诘验，承伏。又问："汝既反逆，何以不叛？"奴曰："头如被系，欲逃不得。"诸同见者事相符，即焚教子，并其二息。出《还冤记》。

悲泣叹息不能自禁。又说："因走得匆忙急迫所以疲劳极了，就躺在窗下的床上，头枕在窗台上，您明天看一下我睡觉的地方，就知道我说的是事实了。"陈氏悲痛惊醒，点着火照着儿子睡过的地方，被水浸湿的地方好像人的形状。于是全家号哭，就像发丧一样。当时徐森之刚刚任职交州，徐道立为长史，道立是陈氏从姑的儿子。陈氏向他详细说了所做的梦，托付二徐察验此事。徐道立遇到了诸葛覆的丧船，对照其父子死亡的时间，与鬼说的完全相同。最终逮捕了行凶的两个人，二人都认了罪，依照法律把他们杀了，又差人护送诸葛的灵柩回扬都。出自《还冤记》。

吕庆祖

南朝宋永康人吕庆祖，家产很富，平时派一名叫教子的奴仆看守家园。庆祖自顾办自己的事，有一天忽然被人杀害。同族中有个弟弟名叫无期，以前曾向庆祖借过钱，大家都说庆祖是被无期杀害的。无期便拿着酒菜到庆祖的灵柩前祷告说："你遭到这样的荼毒，都说是我干的，请你魂魄显灵，让别人知道谁是凶手。"回来后，到了三更天，看见庆祖来说："近日察看家园，见我的仆人教子不整理田舍，我就说要狠狠地惩罚他，他就用斧子砍我的后背，并用帽子堵我的嘴，我趁机咬住他的三个手指，三指都被我咬碎了。他又拿刀刺我的脖颈，拉扯着到了后门。当初我被杀时，也有其他仆人在场，只是和他不一样，他是杀我的主犯。教子现在想要逃跑，我已经把他的头钉在墙上了。"说完就不见了。无期把这件事全都告诉了庆祖的父母，他们暗中到教子的房里察看，看到墙上果有一把头发，是用竹签钉上的。又看教子的手指头，也真的受伤了，他们抓住这个奴仆审问，他全部认罪了。又问他："你既然反叛了主人，为什么不逃走呢？"教子说："我的头好像被人拽住了似的，想要逃却逃不掉。"大家见人事相符，就杀了教子连同他的两个孩子。出自《还冤记》。

元 徽

后魏庄帝永安中,北海王颢入洛。庄帝北巡,城阳王徽舍宅为宣中寺,尔朱兆擒庄帝,徽投前洛阳令寇祖仁。祖仁闻尔朱兆购徽,乃斩徽首送兆。兆梦徽曰:"我有金二百斤,马一百匹,在祖仁家,卿可取之。"兆于是悬祖仁首于高树,以大石坠其足,鞭棰之,问得金及马。而祖仁死,时以为祸报。出《广古今五行记》。

李义琰

唐陇西李义琰,贞观年中,为华州县尉。此县忽失一人,莫知所在,其父兄疑一仇家所害,诣县陈情。义琰案之,不能得决,夜中执烛,委细穷问。至夜,义琰据案俯首,不觉死人即至,犹带被伤之状,云:"某乙打杀,置于某所井中,公可早验,不然,恐被移向他处,不可寻觅。"义琰即亲往,果如所陈,而仇家始具款伏。当闻见者,莫不惊叹。出《法苑珠林》。

岐州寺主

唐贞观十三年,岐州城内有寺主,共都维那为隙,遂杀都维那,解为十二段,置于厕中。寺僧不见都维那久,遂告别驾杨安共来验检,都无踪迹。别驾欲出,诸僧送别驾,见寺主左臂上袈裟,忽有些鲜血。别驾勘问,云:"当杀之夜,不著袈裟,有其鲜血,是诸佛菩萨所为。"竟伏诛。出《广古今五行记》。

元徽

后魏庄帝永安年间，北海王元颢攻入洛阳。魏庄帝向北逃走，城阳王元徽献出自己的宅院作宣忠寺，随着皇帝出逃，后来尔朱兆活捉了庄帝，元徽只好投奔前洛阳县令寇祖仁。寇祖仁听说尔朱兆悬赏捉拿元徽，就杀了元徽把首级送给尔朱兆。尔朱兆梦到元徽说："我有黄金二百斤，马一百匹，现在寇祖仁家，你可以去取来。"尔朱兆就把寇祖仁的头吊在大树上，用大石头坠着他的脚，用鞭子打他，问他黄金和马放在哪里。就这样寇祖仁被活活打死，当时人们都认为这是报应。出自《广古今五行记》。

李义琰

唐朝陇西有个叫李义琰的人，在太宗贞观年间，任华州县尉。华州县忽然失掉一个人，没有人知道他到哪里去了，这家的父亲和兄长都怀疑是被仇家杀害了，就把情况向县衙报告了。义琰接受了这个案子，但不能做出决断，夜间点上灯烛，细细地追问。到了深夜义琰埋头深思，不知不觉中死去的人向他靠近，还带着被打伤的样子，那人说："我是被某人打死的，他又把我扔到一个井里，您应该早去验证，不这样的话，恐怕会被移到别的地方，以后就不好找了。"义琰听了他的话后立刻亲自前往巡视，真的像鬼所说的那样，这时，那仇家才认罪伏法。当时听到这件事的人没有一个不惊叹的。出自《法苑珠林》。

岐州寺主

唐朝贞观十三年，岐州城里有个寺主，同都维那不和，于是就杀了都维那，尸体肢解为十二块，扔到厕所里。寺内的众僧很长时间没有看到都维那了，就告诉别驾杨安共来验查，但没有发现什么蛛丝马迹。杨安共要走，众僧都来送他，这时他看到寺主左臂的袈裟上，忽然有些血迹。杨安共就追问他，寺主说："都维那被杀那天晚上，我没有穿袈裟，有他的鲜血，恐怕是诸位神佛和菩萨显灵的结果。"最后寺主伏法被杀。出自《广古今五行记》。

馆陶主簿

唐冀州馆陶县主簿姓周，忘其名字。显庆中，奉使于临渝关牙市。当去之时，佐使等二人从往，周将钱帛稍多，二人乃以土囊压而杀之。所有钱帛，咸盗将去，唯有随身衣服充敛。至岁暮，妻梦，具说被杀之状，兼言所盗财物藏之处。妻乃依此诉官。官司案辨，具得实状，钱帛并获，二人皆坐处死。相州智力寺僧慧永云，尝亲见明庭观道士刘仁宽说之。出《法苑珠林》。

僧昙畅

唐乾封年中，京西明寺僧昙畅，将一奴二骡向岐州稜法师处听讲。道逢一人，著衲帽弊衣，掐数珠，自云贤者五戒讲。夜至马嵬店宿，五戒礼佛诵经，半夜不歇，畅以为精进一练。至四更，即共同发，去店十余里，忽袖中出两刃刀子，刺杀畅，其奴下马入草走，其五戒骑骡驱驮即去。主人未晓，梦畅告云："昨夜五戒杀贫道。"须臾奴走到，告之如梦。时同宿三卫子，披持弓箭，乘马趁四十余里，以弓箭拟之，即下骡乞死。缚送县，决杀之。出《朝野佥载》。

午桥民

唐卫州司马杜某尝为洛阳尉，知捕寇。时洛阳城南午桥，有人家失火，七人皆焚死。杜某坐厅事，忽有一人为门者所执，狼狈至前。问其故，门者曰："此人适来，若大惊恐状，

馆陶主簿

唐朝冀州馆陶县的主簿姓周，忘记他叫什么名字了。高宗显庆年间，他奉命到临渝关互市办事。他去的时候，有两个助手跟从他去，周主簿带的钱财稍多些，两个人见钱生恶心，就用土袋子把主簿压死。周主簿所带的钱财全部被盗走，只剩下了随身穿的衣服被埋葬。到了年底，主簿的妻子做了个梦，主簿向她说了被害的全部经过，又提到被盗去的财物现在藏的地方。周主簿的妻子将这梦中的情景报告给官府。官府立案分析审理，得到了全部实情，并找到了被盗去的钱财，那两个人都因犯法而被处死。相州智力寺的和尚慧永说，他曾亲眼见到明庭观道士刘仁宽说这件事。出自《法苑珠林》。

僧昙畅

唐高宗乾封年间，京城西明寺的和尚昙畅，带着一个仆人两匹骡子去岐州稜法师处听讲。途中遇到一个人，穿戴着破旧的衣帽，手中掐着念珠，自己说是贤者五戒。晚上到马嵬店住宿，五戒拜佛念经至半夜不停，昙畅以为五戒每日如此进取。四更天，就一齐出发，离开旅店十多里，五戒忽然从袖子里拔出一把两刃刀刺杀昙畅，昙畅的奴仆跳下马钻进草地跑了，五戒骑着骡驮着东西也立刻离开了。店主人还没有醒，梦见昙畅告诉他说："昨夜五戒杀我。"不一会儿，奴仆跑到，告诉店主，就像梦中的情形。当时同时住宿的三卫子，带着弓箭，骑着马追赶了四十多里，用弓箭逼住了五戒，五戒立刻下骡乞求饶命。他被捆绑着送到县里，最终被杀。出自《朝野佥载》。

午桥民

唐朝卫州司马杜某曾任洛阳县尉，主管捕盗。当时洛阳城南的午桥，有一家失了火，一家七口都烧死了。杜县尉正在办公，忽有一人被门卫抓住，样子非常狼狈地来到面前。杜县尉问是什么缘故，门卫报告说："这个人刚来的时候，一脸惊恐的样子，

再驰入县门,复驰出,故执之。"其人曰:"某即杀午桥人家之贼也,故来归命。尝为伴五人,同劫其家,得财物数百千,恐事泄,则杀其人,焚其室,如自焚死者,故得人不疑。将财至城,舍于道德里,与其伴欲出外,辄坎轲不能去。今日出道德坊南行,忽见空中有火六七团,大者如瓠,小者如杯,遮其前,不得南出。因北走,有小火直入心中,蒸其心腑,痛热发狂。因为诸火遮绕,驱之令入县门,及入则不见火,心中火亦尽。于是出门,火又尽在空中,遮不令出,自知不免,故备言之。"由是命尽取其党及财物,于府杀之。
出《纪闻》。

卢叔敏

唐卢叔敏,居缑氏县,即故太傅文贞公崔祐甫之表侄。时祐甫初拜相,有书与卢生,令应明经举。生遂自缑氏赴京,行李贫困,有驴,两头叉袋,一奴才十余岁而已。初发县,有一紫衣人,擎小幞,与生同行,云:"送书状至城。"辞气甚谨。生以僮仆小,甚利其作侣,扶接鞍乘。每到店,必分以茶酒,紫衣者亦甚知愧。至鄂岭,早发十余里,天才明,紫衣人与小奴驱驴在后。忽闻奴叫呼声,云:"被紫衣殴击。"生曰:"奴有过但言,必为科决,何得便自打也。"言讫,见紫衣人怀中抽刀,刺奴洞肠流血。生乃惊走,初尚乘驴,行数十步,已见紫衣人趁在后,弃驴并靴,驰十数步,紫衣逐及,以刀刺倒,与奴同死于岭上。

两次跑进县衙门,又很快地跑出去,所以我就把他捉住了。"那个人说:"我就是杀午桥人家的盗贼,所以来自首。原来同伙的有五个人,一同抢劫了那户人家,抢得财物有几百千钱,恐怕事情泄露,就杀了他们全家人,放火烧了房子,伪装成自焚而死的样子,好叫别人不生疑。我们把钱财送到城内的道德里藏起来了,想要和同伙逃到外地,但道路坎坷不平不能走。今天从道德坊往南逃,忽然看见天上有六七团火,大的像葫芦,小的像酒杯,遮挡在前面,不能南逃。因此又往北跑,又有小火团直进入心中,烧到心腹,又痛又热发了狂。又因好些火团遮绕着我,驱赶着我让我进入县衙门,等到进了县衙门就看不见火了,心中的火也没有了。于是又跑出衙门,那些火团又全在空中,遮拦着不让跑出,自知不能幸免,所以才全部招认供出了。"因此杜县尉命人全部抓获其同伙并缴获全部财物,最后在县衙把他们杀了。出自《纪闻》。

卢叔敏

　　唐朝的卢叔敏,住在缑氏县,就是已故的太傅文贞公崔祐甫的表侄。当时祐甫刚当上宰相,有信给卢生,让他进京考举人。卢生就从缑氏县奔赴京城,他的行李很少,有一头驴,驮着两个布袋,有一个才十多岁的小书僮。刚从县城出发,有一个穿紫色衣服的人拿着个小包袱,与卢生同行,紫衣人自己说:"送状子进京城。"言谈举止很谨慎。卢生因为奴仆太小,很愿意和他做伴,那人也帮卢生扶鞍解镫,一路上帮了不少忙。每到旅店,卢生一定要分些茶酒给他吃,那紫衣人也很领情。到鄂岭,起早走出十多里,天才亮,紫衣人和小童仆赶着驴在后面走。急然听到后面奴仆的呼叫声,说:"被紫衣人打了。"卢生说:"小奴有什么过错只管说,我一定会教训他,你何必随便亲自打他。"说完,只见紫衣人从怀里抽出刀,刺破了小童的肚子,肠子和血都流出来。卢生害怕地逃跑,开始还骑着驴,跑了几十步,发现紫衣人在后面紧追,慌忙丢掉了驴和鞋,又跑了十多步,紫衣人追上来,用刀把他刺倒,卢生和小童仆一块儿死在岭上。

时缑氏尉郑楚相,与生中外兄弟。晨起,于厅中忽困睡,梦生被发,血污面目,谓尉曰:"某已被贼杀矣。"因问其由,曰:"某枉死,然此贼今捉未得。"乃牵白牛一头来,跛左脚,曰:"兄但记此牛,明年八月一日平明,贼从河中府,与同党买牛来,于此过,入西郭门,最后驱此者即是。"郑君惊觉,遂言于同僚。至明日,府牒令捉贼,方知卢生已为贼所杀。于书帙中得崔相手札,河南尹捕捉甚急,都无踪迹。

至明年七月末,郑君与县宰计议,至其日五更,潜布弓矢手力于西郭门外,郑君领徒自往,伏于路侧。至日初出,果有人驱牛自西来者。后白牛跛脚,行迟,不及其队,有一人驱之,其牛乃郑君梦中所见卢生牵者,遂擒掩之,并同党六七尽得。驱跛牛者,乃杀卢生贼也,问之悉伏,云:"此郎君于某有恩,某见其囊中书,谓是绫绢,遂劫杀之。及开之,知非也,唯得绢两匹耳。自此以来,常仿佛见此郎君在侧,如未露,尚欲归死,已就执,岂敢隐讳乎!"因具言其始末,与其徒皆死于市。出《逸史》。

郑　生

唐荥阳郑生,善骑射,以勇悍趫捷闻,家于巩雒之郊。尝一日乘醉,手弓腰矢,驰捷马,独驱田野间,去其居且数十里。会天暮,大风雨,生庇于大木下。久之,及雨霁,已夕矣,迷失道,纵马行,见道傍有门宇,乃神庙也。生以马

那时缑氏县的县尉郑楚相，和卢生是中表兄弟。这天早晨起来，在厅堂中忽然困倦睡着了，梦到卢生披散着头发，满脸是血，对县尉说："我已经被贼人杀了。"县尉因此询问原因，卢生说："我死得太冤枉了，但是这个贼人现在还没有抓到。"说着就牵来一头白牛，这牛跛着左腿，卢生说："兄长要记住这头牛，明年八月一日天亮时，贼人要从河中府与他的同伙买牛回来，从这里经过，进西城门，最后面那个赶着这头牛的人就是杀我的人。"郑县尉惊醒，于是说给同僚们听。第二天，州府通牒下令捉拿贼人，才知道卢生真的被贼人杀害了。在书袋里找到了崔宰相的一封信，河南府尹下令捕捉凶犯很是急迫，但是一点踪影也没有。

　　到了第二年七月末，郑县尉同县宰商量，到那天五更，在西城城门外埋伏下弓箭手，郑县尉亲自领了些人，埋伏在路边。直到太阳刚刚出来，果然有人从西边赶着牛来。后面有一头白牛跛着腿，走得慢，赶不上大队，有一个人赶着它，这头牛就是郑楚相在梦中见到的卢生牵着的那头，于是就抓获了那人，还有同伙的六七人也全都抓住了。赶着跛牛的人，就是杀卢生的贼人，审问后他全部供认，又说："这位先生对我有恩，我看到他口袋里的书，以为是绸缎，于是劫杀了他。等我打开那些布袋，才知不是绸缎，只得到两匹绢罢了。从那时起到现在，经常仿佛看见这个年轻人在我的身旁，这件事如果不泄露，我都要去死，现在已经被捉到了，哪里还敢隐瞒！"他说出了事情的全部经过，最后和同伙一同被处死在闹市。出自《逸史》。

郑　生

　　唐朝荥阳人郑生，擅长骑马射箭，凭勇敢强悍骄健敏捷而为人所知，他家在巩洛一带的郊区。有一天乘着酒醉，他手拿着弓，腰上挂着箭囊，骑一匹快马，独自在田野间奔驰，离家约几十里了。天色将晚，又赶上大风雨，郑生躲到大树下避雨。过了很长时间雨才停，但是天已黑了，郑生迷失了道路，只好骑着马随意走，忽然看见路旁有座门楼，走近才知是一座神庙。郑生把马

系门外,将止屋中,忽栗然心动,即匿身东庑下,闻庙左空舍中窣窣然,生疑其鬼,因引弓震弦以伺之。

俄见一丈夫,身长衣短,后卓衣负囊仗剑自空舍中出,既而倚剑扬言曰:"我盗也,尔岂非盗乎?"郑生曰:"吾家于巩雒之郊,向者独驱田间,适遇大风雨,迷而失道,故匿身于此。"仗剑者曰:"子既不为盗,得无害我之心乎?且我遁去,道必经东庑下,愿解弓弦以授我,使我得去,不然,且死于竖子矣。"先是生常别以一弦致袖中,既解弦,投于剑客前,密以袖中弦系弓上。贼既得弦,遂至东庑下,将杀郑生以灭口。急以矢系弦,贼遂去,因曰:"吾子果智者,某罪固当死矣。"生曰:"我不为害,尔何为疑我?"贼再拜谢。生即去西庑下以避贼。既去,生惧其率徒再来,于是登木自匿。

久之,星月始明,忽见一妇人,貌甚冶,自空舍中出,泣于庭。问之,妇人曰:"妾家于村中,为盗见诱至此,且利妾衣装,遂杀妾空舍中,弃其尸而去,幸君子为雪其冤。"又曰:"今夕当匿于田横墓,愿急逐之,无失。"生诺之,妇人谢而去。及晓,生视之,果见尸。即驰马至洛,具白于河南尹郑叔则。尹命吏捕之,果得贼于田横墓中。出《宣室志》。

拴在庙门外，刚进到屋里，忽然害怕心跳，立刻藏在东厢房下，听到庙左边的空屋子里有悉悉窣窣的声音，郑生心里怀疑是鬼，就拉起弓搭上箭等待着。

　　不一会儿看见一个男人，身体高大但衣服很短，身后背个包袱拿着剑从空屋子里出来，他提着剑大声说："我是强盗，你难道也是强盗？"郑生说："我家住在巩洛郊外，之前因独自在田野里骑马，恰遇大风骤雨，又迷了路，所以才到这里藏身。"拿着剑的人说："你既然不是强盗，应该没有伤害我的心吧？我一会儿逃走，一定会经过东屋，希望你解下弓弦交给我，我才敢放心走，不这样，我就会死在你这小子手里。"原来郑生经常另备一个弓弦在衣袖里，就解了弓弦，扔到剑客前面，偷偷地把另一个弓弦系到弓上。贼人已经得到弓弦，就到了东屋，要杀掉郑生灭口。郑生急忙拉弓搭箭，贼人就逃跑了，并说："你这小子果然聪明，我犯了罪本来该死啊。"郑生说："我不害你，你为什么怀疑我？"贼人两次拜谢。郑生就到西屋来躲避贼人。看见贼人跑了，他又害怕贼人率领同伙再回来，就上到高处藏起来。

　　过了很长时间，月亮出来了，忽然看见一个妇人，长得很漂亮，从空房子里出来，在院子里哭。郑生问她为什么哭，她说："我家住在这个村子里，被强盗引诱到这里来，他贪图我的衣服好，就在空屋子里把我杀了，扔掉尸体跑了，今有幸遇到公子，希望你为我昭雪申冤。"又说："那贼人今天晚上应该藏在田横的坟墓里，希望你快点追他，不要失掉机会。"郑生答应了，妇人拜谢后就走了。等到天亮，郑生查看，果然看见一具女尸。郑生立即骑马到洛阳，把遇到的事情全部告诉了河南尹郑叔则。府尹命令府吏去捕捉，果然在田横墓里抓到了贼人。出自《宣室志》。

卷第一百二十八
报应二十七

公孙绰　　王安国　　尼妙寂　　李文敏　　樊宗谅
荥阳氏

公孙绰

　　唐王屋主簿公孙绰,到官数月,暴疾而殒,未及葬。县令独在厅中,见公孙具公服,从门而入。惊起曰:"与公幽显异路,何故相干?"公孙曰:"某有冤,要见长官请雪,尝忝僚佐,岂遽无情!某命未合尽,为奴婢所厌,以利盗窃。某宅在河阴县,长官有心,傥为密选健吏,赍牒往捉,必不漏网。宅堂檐从东第七瓦垄下,有某形状,以桐为之,钉布其上,已变易矣。"言讫而没。令异甚,乃择强卒素为绰所厚者,持牒并书与河阴宰,其奴婢尽捕得,遂于堂檐上搜之,果获人形,长尺余,钉绕其身,木渐为肉,击之哑然有声。绰所贮粟麦,以俟闲居之费者,悉为所盗矣。县遂申府,奴婢数人,皆殛枯木。出《逸史》。

公孙绰

　　唐朝王屋县主簿名叫公孙绰,到任没几个月,突然得急病死了,还没来得及埋葬。这一天,县令独自一人在厅堂里,忽见公孙绰穿着官服,从门外进来。县令吃惊地站起来说:"我和你现在是阴阳两界,什么原因来找我?"公孙说:"我有冤屈,现在见你请你为我昭雪,不才曾愧在你的部下,这么快就没有情分了吗!我的寿数本来没尽,但因奴婢们讨厌我,我死了才利于他们盗窃。我的家在河阴县,长官果有心为我昭雪,请秘密地选派得力的衙役,带着你的命令去抓捕,一定不会让他们漏网。房檐从东数第七条瓦垅下面,有我的人形,用桐木刻制的,上面钉着钉子,已经有所变化了。"说完就没有影了。县令很惊异,就挑选了几个强健的吏卒,都是平时公孙绰厚待的,带着送给河阴县县宰的密令书信,把公孙家的奴婢都抓起来了,又到堂屋的房檐上去搜查,真的找到了人形,大约有一尺多长,周身都钉着钉子,有的木质渐渐变成了肉质,敲击它还能发出声音。公孙绰家贮藏的以备将来退居时用的粮食等物,全都被他们盗走了。县令于是申报到州府,那几个作恶的奴婢都被用刑具杀死了。出自《逸史》。

王安国

泾之北鄙农人有王安国者，力稿，衣食自给。唐宝历三年冬，夜有二盗逾墙而入，皆执利刃。安国不敢支梧，而室内衣裘，挚之无孑遗。安国一子，名何七，年甫六七岁，方眠惊起，因叫有贼，登时为贼射，应弦而毙。安国闾外有二驴紫色者，亦为攘去。迟明，村人集聚，共商量捕逐之路。俄而何七之魂登房门而号："我死自是命，那复多痛，所痛者，永诀父娘耳。"遂冤泣久之。邻人会者五六十人，皆为雪涕。因曰："勿谋追逐。明年五月，当自送死。"乃召安国，附耳告之名氏，仍期勿泄。

洎麦秋，安国有麦半顷，方收拾，晨有二牛来，蹂践狼籍，安国牵归，遍谓里中曰："谁牛伤暴我苗？我已系之，牛主当赍偿以购；不尔，吾将诣官焉。"里中共往，皆曰："此非左侧人之素畜者。"聚视久之，忽有二客至曰："我牛也。昨暮惊逃，不虞至此，所损之田，请酬倍资而归我畜焉。"共里人诘所从，因验契书，其一乃以紫驴交致也。安国即醒何七所谓，及询名姓皆同，遂缚之，曰："尔即去冬射我子尽我财者。"二盗相顾，不复隐，曰："天也命也，死不可逭也。"即述其故，曰："我既行劫杀，遂北窜宁庆之郊，谓事已积久，因买牛将归岐上，昨牛抵村北二十里，徘徊不进，俟夜黑，方将过此。既寐，梦一小儿五岁许，裸形乱舞，纷纭相迷，

王安国

　　泾河北边农村有个叫王安国的庄稼人,他勤劳耕种,衣食都能自给。唐敬宗宝历三年冬天的一个晚上,有两个强盗跳墙进了王安国家,都拿着利刀。安国不敢出声,室内的衣物,被贼人抢劫一空。安国有一个儿子,名叫何七,刚六七岁,正睡觉被惊醒,就大叫有贼,立刻被贼人射了一箭,应弦而死。安国的屋外有两头紫色的驴,也被贼人牵去。黎明,村里人都集聚在他家,共同商量抓贼的办法。不一会儿,何七的魂灵进入房门大声哭泣说:"我死是命里该着,不必过多悲伤,我悲伤的是我再也见不到父亲和母亲了。"哭泣了很长时间。邻居来聚集的有五六十人,都被感动哭了。何七说:"不要想抓贼的办法了。明年五月,他们自己就会来送死。"于是就招呼安国,贴着耳朵告诉他贼人的名字,希望他不要泄露出去。

　　到了麦熟时,安国有半顷麦子,正要收割,早晨有两头牛来到麦地,践踏了麦田,安国把牛牵回家,问遍了村里人,说:"谁家的牛把我的麦子踩坏了?我已经拴住了,牛的主人应该拿东西作赔偿换回牛;不然的话,我就报告官府了。"村里人都来了,都说:"这两头牛不是咱们左邻右舍所养的。"大家聚在一起看了很长时间,忽然有两个外村的人来到了,说:"是我们的牛。昨天晚上受惊逃跑,没想到跑到这里来,所损坏的麦子,请让我加倍赔偿,但请归还我的牛。"村里人就问他们从哪里来,又检查他们买牛的文契,其中一头牛是用紫色的驴换来的。安国想起了何七的话,问他们叫什么名字,和何七说的一样,于是就把他们绑起来,说:"你们就是去年冬天射死我儿子抢去我财物的人。"两个强盗互相看了看,就不再隐瞒了,说:"真是命里注定啊,死是不可免除的。"然后就讲了到这里来的原因,说:"我们杀人抢劫之后,立刻北逃到宁庆的郊区,考虑到事情已经很久了,因此才出来买牛要回岐上,但昨天到了这村子北边二十里的地方,牛就徘徊不往前走了,等到天黑,才到了这个地方。晚上睡觉时梦到一个小孩大约有五岁,光着身子乱跳,把我们弄得迷迷糊糊,

经宿方寤。及觉,二牛之縻绁不断,如被解脱,则已窜矣。因踪迹之,由径来至此。去冬之寇,讵敢逃焉?"里人送邑,皆准于法。出《集异记》。

尼妙寂

尼妙寂,姓叶氏,江州浔阳人也。初嫁任华,浔阳之贾也。父昇,与华往复长沙广陵间。唐贞元十一年春,之潭州不复。过期数月,妙寂忽梦父,被发裸形,流血满身,泣曰:"吾与汝夫,湖中遇盗,皆已死矣。以汝心似有志者,天许复仇,但幽冥之意,不欲显言,故吾隐语报汝,诚能思而复之,吾亦何恨!"妙寂曰:"隐语云何?"昇曰:"杀我者,车中猴,门东草。"俄而见其夫,形状若父,泣曰:"杀我者,禾中走,一日夫。"妙寂抚膺而哭,遂为女弟所呼觉。泣告其母,阖门大骇,念其隐语,杳不可知。访于邻叟及乡闾之有知者,皆不能解。秋诣上元县,舟楫之所交处,四方士大夫多憩焉。而又邑有瓦官寺,寺上有阁,倚山瞰江,万里在目,亦江湖之极境,游人弭棹,莫不登眺。吾将缁服其间,伺可问者,必有醒吾惑者。于是褐衣上元,舍力瓦棺寺,日持箕帚,洒扫阁下,闲则徙倚栏槛,以伺识者。见高冠博带,吟啸而来者,必拜而问。居数年,无能辩者。

十七年,岁在辛巳,有李公佐者,罢岭南从事而来,揽衣登阁,神彩隽逸,颇异常伦。妙寂前拜泣,且以前事问之。

过了一宿才醒。醒后去看牛，只见系着两头牛的绳子没有断，好像被解开似的，牛已经跑得不见影了。我们顺着牛蹄印找到这里来。去年冬天的贼寇，哪里敢逃跑？"村里人把盗贼送到城里，这两个盗贼都受到了法律的惩罚。出自《集异记》。

尼妙寂

尼姑妙寂，姓叶，江州浔阳人。当初嫁给任华，任是浔阳的商人。她的父亲叶昇，和任华经常往返在长沙和广陵之间做生意。唐朝贞元十一年的春天，两人去潭州却没有返回。过了归期已经几个月了，有一天，妙寂忽然梦到了父亲，他披散着头发光着身子，满身是血，哭着说："我和你丈夫，在湖中遇上强盗，都已经死了。我平时看你是个有志向的人，上天允许由你替我们报仇，但神灵的意思，不想明白地说出来，所以我用隐语告诉你，如果真能明白而报了仇，我还有什么遗憾！"妙寂问："隐语怎么说？"叶昇说："杀我的人，车中猴，东门草。"不一会又见她的丈夫，形貌和父亲一样，哭着说："杀我的人，禾中走，一日夫。"妙寂拍着胸口大哭，被她的妹妹叫醒了。她哭着告诉母亲，全家都很惊慌，念那隐语，一点儿也不知道其中的意思。遍访了邻居中的老人及乡里聪明智慧的人，都解不出来。秋天她就到上元县去了，这里是各地舟船交汇的地方，四方的官员名士多在这里休息。再加上城内有瓦官寺，寺上有阁楼，靠山俯瞰大江，万里远的景色尽收眼底，这也是江湖中最秀美的地方，游人行船到这里，没有不登楼远眺的。妙寂想我穿上僧尼的衣服到那里，寻找可问的人，一定会有解开我疑惑的人。于是穿上粗布衣服到上元去，在瓦官寺干活，整天拿着扫帚，洒扫楼阁，有空就倚着栏槛，等待能解谜的人。看见戴高帽系宽带一边走一边吟唱的人，一定拜见寻问。过了几年，依然没有遇到能解开谜团的人。

贞元十七年，是辛巳年，有个叫李公佐的人，辞掉了岭南从事的职位来到上元，揽衣登上阁楼，神采隽秀飘逸，和平常人很不一样。妙寂上前哭着拜见，并且把梦中的事说出来问他。

公佐曰:"吾平生好为人解疑,况子之冤恳,而神告如此,当为子思之。"默行数步,喜招妙寂曰:"吾得之矣。杀汝父者申兰,杀汝夫者申春耳。"妙寂悲喜呜咽,拜问其说。公佐曰:"夫猴申生也,车(車)去两头而言猴,故申字耳。草而门,门而东,非兰(蘭)字耶?禾中走者,穿田过也,此亦申字也。一日又加夫,盖春字耳。鬼神欲惑人,故交错其言。"妙寂悲喜,若不自胜,久而掩涕拜谢曰:"贼名既彰,雪冤有路,苟或释惑,誓报深恩,妇人无他,唯洁诚奉佛,祈增福海。"

初,泗州普光王寺有梵氏戒坛,人之为僧者必由之,四方辐辏,僧尼繁会,观者如市焉。公佐自楚之秦,维舟而往观之。有一尼,眉目朗秀,若旧识者,每过必凝视公佐,若有意而未言者。久之,公佐将去,其尼遽呼曰:"侍御贞元中不为南海从事乎?"公佐曰:"然。""然则记小师乎?"公佐曰:"不记也。"妙寂曰:"昔瓦官寺阁求解车中猴者也。"公佐悟曰:"竟获贼否?"对曰:"自悟梦言,乃男服,易名士寂,泛佣于江湖之间。数年,闻蕲黄之间有申村,因往焉。流转周星,乃闻其村北隅有名兰者。默往求佣,辄贱其价,兰喜召之。俄又闻其从父弟有名春者,于是勤恭执事,昼夜不离,见其可为者,不顾轻重而为之,未尝待命,兰家器之。昼与群佣苦作,夜寝他席,无知其非丈夫者。逾年,益自勤干,兰逾敬念,视士寂,即目视其子不若也。兰或农或商,或畜货于武昌,关镱启闭悉委焉。因验其柜中,半是己物,

公佐说:"我平生就喜欢给人解疑,况且你的冤恨太大,再说神灵告诉了这些,我应该为你想一下。"说罢低头默默地走了几步,高兴地告诉妙寂说:"我想出来了。杀你父亲的叫申兰,杀你丈夫的叫申春。"妙寂悲喜交加喜极而泣,请他说明。公佐说:"猴是申年的生肖,车(車)字去两头又说猴,所以是个申字。草而门,门而东,不是兰(蘭)字吗?禾中走,就是穿田过,这也是个申字。一日又加夫,大概是春字啊。鬼神想要迷惑人,所以拆开来说。"妙寂听后又悲又喜,情不自禁,过了很长时间才擦干眼泪拜谢说:"贼人的名字已经知道了,昭雪冤恨有了门路,你为我解除了疑惑,我发誓要报你的大恩,但我作为一个女人没有别的办法,只有诚心诚意信奉佛祖,为你祈祷增福如东海。"

当初,泗州的普光王寺有个佛教戒坛,当僧尼的人一定要到那里去,四面八方的人聚集于此,僧尼繁盛,观看的人很多。公佐从楚地到秦地去,坐了一条船去那里参观。有一个尼姑,眉清目秀,好像以前见过,每次经过她都目不转睛地看着公佐,好像有话要说的样子。时间长了,公佐要离开了,那尼姑急忙招呼他说:"您贞元年间做过南海从事吗?"公佐说:"是呀。""你还记得我吗?"公佐说:"不记得了。"妙寂说:"我就是当年在瓦官寺阁楼上求你解车中猴的人。"公佐想起来了说:"你最终抓获贼人没有?"回答说:"自从明白了梦中的话后,我就女扮男装,改名士寂,到处给别人作工。几年后,听说蕲黄之间有个申村,因此就去了那里。过了一年,才听说这个村北角有个叫申兰的。我就前去请求给他家做佣人,收价很低,申兰高兴地收留了我。不久又听说他的堂弟有个名叫申春的,于是我就非常勤奋地给他干活,不分昼夜地干,只要看到可以干的活,也不管轻重,不等主人发话,申兰家很器重我。白天我和那些佣人勤苦地劳作,夜晚不同他们睡在一起,没有人知道我不是男人。过了一年,我更加勤劳肯干,申兰越加对我好,看待我比他的儿子都好。申兰有时务农,有时经商,有时也到武昌去贩牲畜,全家的钥匙都交给我。因此我就能查看他的柜子,那柜子里有一半是我们家的东西,

亦见其父及夫常所服者,垂涕而记之。而兰春叔出季处,未尝偕出,虑其擒一而惊逸也,衔之数年。永贞年重阳,二盗饮既醉,士寂奔告于州,乘醉而获。一问而辞伏就法,得其所丧以归,尽奉母而请从释教,师洪州天宫寺尼洞微,即昔时受教者也。妙寂一女子也,血诚复仇,天亦不夺。遂以梦寐之言,获悟于君子,与其仇者,得不同天,碎此微躯,岂酬明哲?梵宇无他,唯虔诚法象,以报效耳。"公佐大异之,遂为作传。

大和庚戌岁,陇西李复言游巴南,与进士沈田会于蓬州。田因话奇事,持以相示,一览而复之。录怪之日,逐纂于此焉。出《续幽怪录》。

李文敏

唐李文敏者,选授广州录事参军。将至州,遇寇杀之,沉于江,俘其妻崔氏。有子五岁,随母而去。贼即广州都虞候也。其子渐大,令习明经,甚聪俊,诣京赴举下第,乃如华州。及渭南县东,马惊走不可制。及夜,入一庄中,遂投庄宿,有所衣天净纱汗衫半臂者,主妪见之曰:"此衣似顷年夫人与李郎送路之衣,郎既似李郎,复似小娘子。"取其衣视之,乃顷岁制时,为灯烬烧破,半臂带犹在其家,遂以李文敏遭寇之事说之。此子罢举,径归问母,具以其事对,乃白官。官乃擒都虞候,絷而诘之,所占一词不谬,乃诛之。

还看见了我父亲和我丈夫平常穿的衣服，我流着眼泪记下了。然而申兰和申春一个在家一个在外，不一同出入，我怕抓到一个惊跑了另一个，这事压了几年。到了永贞年重阳节，二贼喝醉了酒，我跑到州府告发了他们，乘着两人醉酒未醒，抓获了他们。一经审问就招供伏法，我收回了被他们抢去的财物，全部交给了母亲，并请求让我出家，我的师傅是洪州天宫寺的尼姑洞微，也就是过去教诲过我的人。妙寂不过是一个女子，赤诚复仇，老天也成全了我的志向。梦中的话，在您的帮助下弄明白了，才能够和仇人不共戴天，粉身碎骨难道就能报答您对我的恩情？出家人在寺庙里没有别的办法，只有虔诚地供奉佛祖来报答您了。"公佐听说后非常惊异，就给她作了传记。

大和庚戌年，陇西李复言游巴南，和进士沈田在蓬州相会。沈田谈到奇闻怪事，就把传记给他看，他看一遍就能复述。在写志怪的时候，就把它编在这本书里。出自《续幽怪录》。

李文敏

唐朝的李文敏，被选派为广州录事参军。上任时刚要到达州府，就遇到强盗被杀害了，尸体被沉到江里，他的妻子崔氏也被强盗抓去。李文敏有个儿子才五岁，随着母亲一起被掳去。贼寇就是广州的都虞候。李文敏的儿子渐渐长大了，就让他习诵明经，他非常的聪明卓异，到京城赶考，没有考中，就去华州。走到渭南县以东的时候，他骑的马受惊狂奔控制不住。到了晚上，进了一个小村庄，就住在了这个庄里，他穿着一件半袖的天净纱汗衫，房东老太太看见就说："这件衣服好像当年夫人送李郎在路上穿的衣服，你长得像李郎，又像他的小娘子。"她拿起衣服看了看，就说当年做衣服时被灯火烧破了，半片臂带还在她家里，于是就把李文敏遭贼寇的事说给他听。文敏的儿子听后，决定不参加考试了，直接回去问自己的母亲，母亲说的和那老太太说的完全相符，他就报告给了官府。官府派人擒拿都虞候，捆绑后审问他，所说的供词与事实一点儿也不差，就杀了他。

而给其物力,令归渭南焉。出《闻奇录》。

樊宗谅

唐樊宗谅为密州刺史。时属邑有群盗,提兵入邑氓殷氏家,掠夺金帛,杀其父子,死者三人。刺史捕之甚急,月余不获。有钜鹿魏南华者,寓居齐鲁之间,家甚贫,宗谅命摄司法掾。一夕,南华梦数人皆被发,列诉于南华曰:"姓殷氏,父子三人,俱无罪而死,愿明公雪其冤。"南华曰:"杀汝者为谁?"对曰:"某所居东十里,有姓姚者,乃贼之魁也。"南华许诺,惊寤。数日,宗谅谓南华曰:"盗杀吾氓,且一月矣,莫穷其迹,岂非吏不奉职乎!尔为司法官,第往验之。"南华驰往,未至,忽见一狐起于路旁深草中,驰入里人姚氏所居。噪而逐者以百数,其狐入一穴中,南华命以锸发之,得金帛甚多,乃群盗劫殷氏财也。即召姚氏子,讯其所自,目动词讷,即收劾之,果盗之魁也。自是尽擒其支党,且十辈。其狐虽匿于穴中,穷之卒无所见也,岂非冤魂之所假欤!时大和中也。出《宣室志》。

荥阳氏

唐盈州令将之任,夜止属邑古寺。方寝,见老妪,以桐叶蒙其首,伛偻而前。令以挂杖拂其叶,妪俯拾而去,俄亦复来。如是者三,久之不复来矣。

又判给文敏儿子一些财物，让他回渭南去了。出自《闻奇录》。

樊宗谅

唐朝时有个叫樊宗谅的人任密州刺史。当时他属辖的城镇内有一群盗贼，拿着兵器进入城中百姓殷家，掠夺去了金银布匹等财物，并杀了殷家父子，共三口。刺史命令紧急追捕，但一月有余仍然没有查获。有个叫魏南华的钜鹿人，居住在齐鲁两地之间，家中很贫穷，宗谅命他作司法掾带领部下捉拿。一天晚上，南华梦到几个人披散着头发，并排站在面前告诉他说："我们姓殷，父子三人都是无罪而死，希望明公为我们洗刷冤屈。"南华说："杀你们的人是谁呢？"回答说："在我们家东面大约十里的地方有个姓姚的，他就是盗贼的魁首。"南华答应了他们，然后就惊醒了。又过了几天，宗谅对南华说："盗贼杀害我的百姓，已经有一个多月，没有一点踪迹，难道不是你们不尽职尽责吗！你作为司法官，应该亲自前去探察。"南华骑一匹快马前去，还没到现场，忽然看见一只狐狸从路边的深草中跳起来，飞快跑到姚氏住的地方。后面叫喊着追赶的有上百人，那只狐狸钻入一个洞里，南华命人用锹掘洞，挖出来很多的金银布匹，原来这些都是那群盗贼抢劫的殷家的财物。南华立即招来姚家的人，审讯他这些财物是哪里来的，姚家人眼睛乱转，支吾着说不出话来，南华立刻将其下狱审问，一经拷问那人果然是盗贼的魁首。自此全部抓获了他的同伙，有十个人。那只狐狸虽然藏在洞里，努力搜查也没有看见，难道不是冤魂借它来引导的！那时正是唐文宗大和年间。出自《宣室志》。

荥阳氏

唐朝盈州县令将赴任，夜晚住在辖区内的古庙里。刚刚躺下睡觉，见一老妇人，用桐树叶蒙着脸，伛偻着走到县令面前。县令用拄杖拂掉她遮脸的叶子，老妇人俯身拾起来就走了，不一会儿，又返回来。像这样反复了三次，过了很久不再来了。

顷有缲裳者,自北户升阶,褰帘而前曰:"将有告于公,公无惧焉。"令曰:"是何妖物?"曰:"实鬼也,非妖也,以形容衰瘵,不敢干谒。向者窃令张奶少达幽情,而三遭拄杖之辱,老奶固辞,耻其复进,是以自往哀诉,冀不逢怒焉。某荥阳氏子,严君牧此州,未逾年,钟家祸,乃护丧归洛,夜止此寺。继母赐冶葛花汤,并室妹同夕而毙。张奶将哭,首碎铁锤,同瘗于北墙之竹阴。某陇西先夫人即日诉于上帝,帝敕云:'为人之妻,已残戮仆妾;为人之母,又毒杀孤婴。居暗室,事难彰明,在天鉴,理宜诛殛。以死酬死,用谢诸孤。'付司命处置讫报。是日,先君复诉于上帝云:'某游魂不灵,乖于守慎,致令闇室,害及孤孩,彰此家风,黩于天听,岂止一死,能谢罪名。某三任县令,再剖符竹,实有能绩,以安黎氓。岂图余庆不流,见此狼狈,悠扬丹旐,未越属城。长男既已无辜,孀妇又俾酬死,念某旅榇,难为瘗埋,伏乞延其生命,使某得归葬洛阳,获祔先人之茔阙,某无恨矣。'明年,继母到洛阳,发背疽而卒。上帝遣怒,已至如此,今某即无怨焉。所苦者,被僧徒筑溷于骸骨之上,粪秽之弊,所不堪忍。况妹为厕神姬仆,身为厕神役夫,积世簪缨,一日凌坠,天门阻越,上诉无阶,籍公仁德,故来奉告。"令曰:"吾将奈何?"答曰:"公能发某朽骨,沐以兰汤,覆以衣衾,迁于高原之上,脱能赐木皮之棺,蘋藻之奠,亦望外也。"令曰:"诺,乃吾反掌之易尔。"鬼呜咽再拜,令张奶

过了一会儿有一个穿麻布丧服的人，从北门上台阶，掀起帘子走到县令面前说："我有话要对你说，请你不要害怕。"县令说："你是哪来的妖怪？"回答说："我确实是鬼，并不是妖怪，因为我形貌衰病，不敢贸然拜见。这以前我私下让张奶传达我的意思，然而她三次遭到你的拄杖污辱，老奶坚决不再来了，她感到没脸再来，所以我只好亲自前来苦诉，希望你不要生气。我是荥阳人，先父曾在此州作州牧，但未满一年遭到家祸，父亲去世，我们就护丧去洛阳，夜晚在此寺停留。继母给我们喝了冶葛花汤，我和妹妹都在当晚被毒死。张奶要哭，也被她用铁锤打碎了脑袋，同我们一起埋在北墙边的竹阴下。我的亲生母亲当天就把这事报告给天帝，天帝说：'她作为妻子，却残酷地杀害了奴婢；作为母亲，又毒杀孤苦的孩子。住在暗室里，事情很难明白，在天上都看得很清楚，按理应该处死她。用死报死来向诸位死去的人道歉。'于是命令司命官处置然后回报。当天，我的父亲又报告天帝说：'我的游魂不灵，生性老实谨慎，以致后妻张狂，害了我的孩子，暴露了不好的家风，也有负于天教，仅仅一死哪能免除罪名。我三任县令，两任州牧，断案办公有些政绩，能使百姓安居乐业。哪曾想我做好事不得好报，遭到了这样伤天害理的事情，天魂游荡，未能回家。长男已无辜而死，孺妇又被赐死，请考虑我的棺木正在途中，很难掩埋，请天帝延长她的寿命，能让我归葬在洛阳，与先人葬在一起，我就没有什么遗憾了。'第二年，我的继母回到洛阳背上生疮而死。天帝的谴责，已经有了结果，现在我也没有什么怨恨了。感到痛苦的是，僧徒把厕所建在我的尸骨上，粪便污物，简直使我不能忍受。再说我妹妹是厕神的婢妾，我又是厕神的奴仆，我家累世读书做官，而后代却受到如此摧残凌辱，但是天门难进，没法上天陈述，知道你为人宽厚仁德，所以前来奉告。"县令说："我怎么办才能帮你？"回答说："你可以挖出我们的尸骨，用香汤洗一下，再盖上衣被，迁到高地，如再能赐给我们棺木，祭奠一下，那真是喜出望外了。"县令说："好，做这件事对我来说易如反掌。"那鬼抽泣着一再拜谢，让张奶

密召鸾娘子同谢明公。张奶遂至，疾呼曰："郭君怒晚来轩屏狼藉，已三召矣。"于是缥裳者憧惶而去。

明旦，令召僧徒，具以所告。遂命土工，发湢以求之，三四尺，乃得骸骨，与改瘗焉。

悄悄地找鸢娘子同来拜谢县令。张奶马上就来了，大声招呼说：
"郭君看到晚间家里没收拾很生气，已经召你三次了。"于是麻衣
人急忙走了。

　　第二天，县令找到那些和尚，把这件事告诉给他们。然后命
土工挖掘厕所找尸骨，挖了三四尺深才挖到尸骨，改葬到别处
去了。

卷第一百二十九

报应二十八 婢妾

王济婢　　王范妾　　宋宫人　　金　荆　　杜嶷妾
后周女子　张公瑾妾　范略婢　　胡亮妾　　梁仁裕婢
张景先婢　李训妾　　花　严　　晋阳人妾

王济婢

晋王济侍者，常于闱中就婢取济衣物，婢遂欲奸之。其人云："不敢。"婢言："若不从我，我当大叫。"此人卒不肯。婢遂呼云："某甲欲奸我。"济即令杀之，此人具陈说，济不信，故牵将去。顾谓济曰："枉不可受，要当讼府君于天。"济乃病，忽见此人语之曰："前具告实，既不见理，便应去。"济数日而死。出《还冤记》。

王范妾

晋富阳县令王范妾桃英，殊有姿色，遂与阁下丁丰、史华期二人奸通。范当出行不还，帐内督孙元弼闻丁丰户中有环佩声，觇视，见桃英与同被而卧，元弼扣户叱之。桃英即起，揽裙理鬓，蹑履还内。元弼又见华期带佩桃英麝香。

王济婢

晋朝王济的仆人，常常到王济的内室去通过婢女取王济的衣物，于是那个婢女就想要和那人通奸。那人说："我不敢。"婢女说："你如果不服从我，我就喊人。"那人最终不肯答应。婢女于是就呼喊说："这个人想要奸污我。"王济就命人杀了那仆人，仆人将事情的经过全都向王济说了，王济却不相信，于是就将那人拉了出去。仆人回过头来对王济说："冤枉不可以忍受，我要向苍天告你。"王济于是得了病，忽然他看见仆人对他说："先前我把实情告你，你却不理睬，所以你就应当死。"王济过了几天就死了。出自《还冤记》。

王范妾

晋朝富阳县令王范的小老婆桃英特别有姿色，与王范下人丁丰、史华期二人通奸。一次王范出外办事还没回来，帐内督孙元弼听到丁丰屋里有环佩声，偷偷察看，看见桃英和丁丰在同一个被窝里躺着，元弼叩门进去，呵斥他们。桃英立刻起来，提裙理发拖拉着鞋，回到里屋。元弼又看见华期带着桃英的香袋。

二人惧元弼告之，乃共谤元弼与桃英有私，范不辩察，遂杀元弼。有陈超者，当时在座，劝成元弼罪。后范代还，超亦出都看范，行至赤亭山下。值雷雨日暮，忽然有人扶超腋，径曳将去，入荒泽中。雷光照见一鬼，面甚青黑，眼无瞳子，曰："吾孙元弼也。诉怨皇天，早见申理，连时候汝，乃今相遇。"超叩头流血。鬼曰："王范既为事主，当先杀之。贾景伯、孙文度在泰山玄堂下，共定死生名录。桃英魂魄，亦取在女青亭。"至天明，失鬼所在。超至杨都诣范，未敢谢之，便见鬼从外来，径入范帐。至夜，范始眠，忽然大魇，连呼不醒，家人牵青牛临范上，并加桃人左索。向明小苏，十数日而死，妾亦暴亡。超乃逃走长干寺，易姓名为何规。后五年二月三日，临水酒酺，超云："今当不复畏此鬼也。"低头，便见鬼影已在水中，以手博超，鼻血大出，可一升许，数日而死。出《冥报志》。

宋宫人

宋少帝子业常使妇人裸形相逐。有一女子不从，命斩之。其夜，梦有一女子骂曰："汝悖逆，明年不及熟矣。"帝怒，于宫中求得似梦见者，斩之。其夕，复梦所戮者曰："汝枉杀我，我已诉上帝。"集群巫与六宫捕鬼。帝寻被杀。出《广古今五行记》。

丁丰、华期害怕元弼告发他们,于是就一起诽谤元弼和桃英有私情,王范不经明察,就杀了元弼。有个叫陈超的人,当时在场,帮着说成了元弼的罪名。之后王范外出做官回来,陈超也出城探视王范,走到赤亭山下。当时正值雷雨,天色已晚,忽然有个人架着陈超的腋下,直把他拽过去,进入荒泽里。在雷光照射下看见一个鬼,那鬼脸特别的黑,眼睛没有瞳仁,说:"我是孙元弼。向皇天诉怨,已被审察处理,一直在等你,今天才遇见。"陈超跪地连忙磕头,以致头破血流。鬼说:"王范既是事主,应当先杀他。贾景伯、孙文度在泰山玄堂下共同定了死生名单。桃英的魂魄也提取在女青亭上了。"到了天亮,失去了鬼的踪迹。陈超到杨都去见王范,没敢把看到鬼这件事告诉他,忽然又看见鬼从外面来了,径直进入王范的帐里。到了晚上,王范刚刚睡下,忽然在梦中大叫,连忙呼唤,却不见王范醒来,家里的人就牵着青牛来到了王范的身边,并且又给王范在左手上绑上了用桃木做成的小人。这样接近天亮王范才有些苏醒,可是过了十几天就死了,他的小老婆也突然死了。陈超于是逃到长干寺,并改名叫何规。五年后的二月三日那天,陈超到水边喝酒,陈超说:"现在我不再害怕这鬼了。"他低下头去,便看见水中有一鬼影用手抓他,这时陈超鼻子出了很多血,大约有一升左右,几天后陈超就死了。<small>出自《冥报志》。</small>

宋宫人

南朝宋少帝子业经常让女人光着身子互相追逐作为娱乐。有一个女子不从,他就下令将那个女子杀了。那天晚上,少帝梦见一个女子骂他说:"你违反正道,不能活到明年庄稼成熟的时候了。"少帝大怒,在宫中找到一个长得像梦中看见的那个女子的人,把她杀了。当天晚上,少帝又梦见被杀的那个人说:"你枉杀了我,我已经向天帝控告了。"少帝于是就召集一群巫士在六宫捉鬼。少帝不久被杀死。<small>出自《广古今五行记》。</small>

金　荆

后魏末，嵩阳杜昌妻柳氏甚妒。有婢金荆，昌沐，令理发，柳氏截其双指。无何，柳被狐刺，螫指双落。又有一婢，名玉莲，能唱歌，昌爱而叹其善。柳氏乃截其舌。后柳氏舌疮烂，事急，就稠禅师忏悔。禅师已先知，谓柳氏曰："夫人为妒，前截婢指，已失指。又截婢舌，今又合断舌。悔过至心，乃可以免。"柳氏顶礼求哀，经七日，禅师大张口咒之，有二蛇从口出，一尺以上，急咒之，遂落地，舌亦平复。自是不复妒矣。出《朝野佥载》。

杜嶷妾

梁襄阳杜嶷新纳一妾，年貌兼美，宠爱特甚。妾得其父书，倚帘读之。嶷外还，而妾自以新来，羞以此事闻嶷，因嚼吞之。嶷谓是情人所寄，遂命剖腹取书。妾气未断，而书已出，嶷看讫，叹曰："吾不自意，忽忽如此，伤天下和气，其能久乎？"其夜见妾诉冤，嶷旬日而死。出《广古今五行记》。

后周女子

后周宣帝在东宫时，武帝训督甚严，恒使宦者成慎监察之，若有纤毫罪失而不奏，慎当死。于是慎常陈太子不法之事，武帝杖之百余。及即位，顾见髀上杖瘢，问及慎

金　荆

后魏末年，嵩阳杜昌的妻子柳氏，忌妒心特别强。有个婢女叫金荆，杜昌洗头后叫金荆给梳理头发，柳氏就割下了她的两个手指头。过了不久，柳氏被野蜂蜇了两个手指头，这两个手指头都烂掉了。另有一个婢女，名叫玉莲，会唱歌，杜昌非常喜欢她并称赞她唱得好。柳氏于是就割掉了她的舌头。后来柳氏的舌头也生疮溃烂，病情很重，柳氏就去稠禅师那里表示忏悔。禅师事先已经知道了，对柳氏说："你因为忌妒，先前割断了婢女的手指，你已经失去了手指。后又割掉婢女的舌头，现在你又应该烂掉舌头。你只有从心里悔过，才可以避免。"柳氏跪在地上恭敬地请求怜悯，过了七天，禅师张大了口念咒语，有两条蛇从口中出来，有一尺多长，又急忙念咒语，于是蛇掉在地上，柳氏的舌头也恢复了原样。从这以后，柳氏不再忌妒了。出自《朝野金载》。

杜嶷妾

梁朝襄阳的杜嶷，刚娶了一个小妾，长得年轻美丽，杜嶷对她宠爱得特别厉害。一天小妾收到了父亲的一封信，倚在门帘旁边看。杜嶷从外面回来，小妾自己认为是刚来到这里，羞于把这件事告诉杜嶷，于是将书信放到嘴里咽了。杜嶷误认为是情人寄来的，于是让人剖开她的肚子取出书信。她的气还没有断，信就已经从肚子里取出来了，杜嶷看完书信，叹息说："我本意不是这样的，如此糊涂，伤了天下的和气，还能长久吗？"那天晚上杜嶷看见了他的小妾诉说冤屈，杜嶷过了十天就死了。出自《广古今五行记》。

后周女子

后周宣帝在东宫当太子时候，武帝训诫监督特别严格，经常派宦官成慎监督察看，如果有极小的问题不上奏，成慎就会被处死。于是成慎常常把太子违法的事告诉给武帝，武帝为此百余次杖打太子。太子即位后，看见大腿上杖打的伤疤，就问成慎

所在。慎于时已出为郡，遂敕追之，至便赐死。慎奋厉曰：
"此是汝父为，成慎何罪？悖逆之余，滥以见及，鬼若有知，
终不相放。"于时宫掖禁忌，相逢以目，不得转共言笑，分置
监官，记录愆罪。左皇后下有女子欠伸泪出，因被劾，谓有
所思，奏使敕拷讯之。初击其头，帝便头痛，更击之，亦然。
遂大发怒曰："此冤家耳。"乃使拉折其腰，帝复腰痛。其夜
出南宫，病渐重，明旦还，腰痛不得乘马，御车而归。所杀
女子之处，有黑晕如人形，时谓是血，随刷之，旋复如故，如
此再三。有司掘除旧地，以新土填之，一宿之间如故。因
此七八日，举身疮烂而崩。及初下尸，诸局脚床，牢不可
脱，唯此女子所引之床，独是直脚，遂以供用，盖亦鬼神之
意焉。帝崩去成慎死，仅二十许日焉。出《还冤记》。

张公瑾妾

　　唐魏郡马嘉运，以贞观六年正月居家。日晚出大门，
忽见两人各捉马一匹，先在门外树下立，嘉运问是何人，答
云："东海公迎马生耳。"嘉运素有学识，知名州里，每台使及
四方贵客多请见之，及是弗复怪也。谓使者曰："吾无马。"
使者进马，嘉运即于树下上马而去，其身倒卧于树下也。

　　俄至一官曹，将入大门，有男女数十人，门外如讼者。
有一妇人，先与嘉运相识，是同郡张公瑾妾，姓元氏，手执

在哪里。那时成慎已经离开朝廷到地方了，于是下诏书追回了成慎，回来就赐死。成慎奋力大声地说："这是你父亲做的，我有什么罪？你这样违背正道，对我滥施刑罚，鬼神如果知道了，最终不能放过你。"在当时后宫里禁忌很严，互相碰上只能用眼睛看，不能谈论说话，还设置了监督官，记录罪过。左皇后下边有一个女子伸懒腰打呵欠流出眼泪，因此被弹劾，说她有所想，于是就上奏皇帝，皇帝下诏书令人讯问拷打她。开始击打她的头部，皇帝就头痛，再次打她，还是这样。于是皇帝发怒说："这是个冤家。"就派人拉折了她的腰，皇帝又腰痛。那天晚上皇帝去南宫，病情逐渐加重，第二天早晨返回，腰痛得不能骑马，就坐着车回来了。杀那个女子的地方，有黑色的影子像人的形状，当时认为是血，随即将那地方冲刷干净，不久又像先前一样，就这样一连几回出现。相关部门挖去了那个地方的土，用新土填上，一宿之间又同以前一样。这样过了七八天，皇帝全身疮烂而死。等到停床的时候，所有床腿弯曲的床，牢固得抬不起，只有这个女子所用的床，是唯一的直脚床，于是就用它供给使用，这大概也是鬼神的意思吧。皇帝之死距离处死成慎仅仅有二十多天的时间。出自《还冤记》。

张公瑾妾

唐朝魏郡有个叫马嘉运的人，贞观六年正月住在家里。有一天天黑出大门，忽然看见两个人，每人都牵着一匹马，早就在门外的大树底下站着，嘉运问来的是什么人，回答说："是东海公让我们迎接你的。"嘉运一向很有学问，在州里很出名，台使以及四方的贵客常常请求拜见他，因此这件事嘉运也就不再奇怪了。他对使者说："我没有马。"使者于是就送上马，嘉运就在大树下骑上马离开了，他的身体却躺在了大树下边。

不一会儿嘉运的魂灵就来到了一个官府，刚要进大门，就看见门外边有男女几十个人，好像是来告状的。其中有一个妇人，先前和嘉运认识，是本郡里张公瑾的小老婆，姓元，她手里拿着

一纸文书,迎谓嘉运曰:"马生尚相识否?昔张总管交某数相见,总管无状,非理杀我,我诉天曹,于今三年,为王天主救护公瑾,故常见抑,今乃得申。官已追之,不久将至。疑我独见枉害,马生那亦来耶。"嘉运先知元氏被杀,及见方自知死。使者引入门,门者曰:"公眠未可谒,宜可就霍司刑。"乃益州行台郎中霍璋也,见嘉运延坐,曰:"此府记室官阙,东海公闻君才学,欲屈为此官耳。"嘉运曰:"贫守妻子,不愿为官,得免幸甚。"璋曰:"若不能作,自陈无学,君当有相识,可举令作。"俄有人来云:"公眠已起。"引嘉运入,见一人在厅事坐,肥短黑色,呼嘉运前,谓曰:"闻君才学,欲屈为记室耳,能为之乎?"嘉运拜谢曰:"幸甚!但鄙夫田野,颇以经业教授后生,不足以当记室之任耳。"公曰:"识霍璋否?"答曰:"识之。"因使召璋,问以嘉运才术,璋曰:"平生知其经学,不见作文章。"公曰:"谁有文章者?"嘉运曰:"有陈子良者,解文章。"公曰:"放马生归。"即命追子良。嘉运辞去,璋与之别。嘉运问曰:"向见张公瑾妾,所言天主者为谁?"璋曰:"公瑾乡人王五戒者,死为天主,常救公瑾,故得到今,今已不免矣。"言毕而别,遣使者送嘉运至一小涩道,指令由此路归。其年七月,绵州人姓陈子良暴死,经宿而苏,自言见东海公,用为记室,辞不识文字。别有是人陈子良卒,公瑾亦亡。

至贞观中,车驾在九成宫,闻之,使中书侍郎岑文本就问其事,文本录以奏云尔。嘉运后为国子博士,卒官。

一张文书，迎上去对嘉运说："你还认识我吗？从前张总管让我见过你好几次，总管无缘无故地杀了我，我已向天曹告了他，到现在已经三年了，但是王天主救护公瑾，所以一直被压制着，现在才得到伸冤。官府已经追察张公瑾了，不久就要到了。我以为只我一人被枉加残害，你现在也来了。"嘉运先前知道元氏被杀一事，等见到她，才知道自己也已经死了。使者带着嘉运进门，看门的人说："主公睡着了，不能接见，可去见霍司刑。"霍司刑是益州行台郎中霍璋，他见到嘉运，请嘉运坐下，说："这里的官府缺少一个记室官，东海公听说你很有才学，想要委屈你做这个官。"嘉运说："我只想清贫地守着妻子孩子，不愿做官，能够免除那真是很庆幸了。"霍璋说："你如果不能做，就自己说没有学识，那你应有认识的，可推举他来做。"不一会儿有人来说："主公已经睡醒了。"引领着嘉运进去，嘉运看见一个人在大厅里坐着，这个人肥胖矮小，脸色青黑，他叫嘉运上前，对嘉运说："听说你很有学问，所以想要委屈你做记室官，你能做吗？"嘉运拜谢说："何其幸运！但我是乡下见识浅陋的人，只能给学生教授经业，才能不足以胜任记室官。"主公说："你认识霍璋吗？"嘉运说："认识他。"于是让人叫霍璋，问他嘉运的才学，霍璋说："知道他平生对经学很有见解，但没见过他写的文章。"主公说："谁的文章做的好呢？"嘉运说："有个叫陈子良的人懂得文章。"主公说："放马生回去。"就立刻命令人去追查陈子良。嘉运告辞离去，霍璋和他告别。嘉运问道："刚刚看见张公瑾的小老婆，她所说的天主是谁？"霍璋说："是张公瑾的乡人王五戒，他死了以后做了天主，经常维护公瑾，所以公瑾才能够活到现在，但是今天他不能免于一死了。"说完就分别了，还派人送嘉运去一条石阶小道，叫他从这条路回去。那年的七月，绵州有个叫陈子良的人突然死了，过了一整夜又苏醒过来，他自己说看见了东海公，东海公让他做记室，他推辞说不认字。另外有个叫陈子良的人却死了，张公瑾也死了。

贞观年间，皇帝在九成宫听到此事，派中书侍郎岑文本去打听，记录并上奏。嘉运后来做了国子博士，在做官期间死了。

出《冥报记》。

范略婢

唐贞观中,濮阳范略妻任氏,略先幸一婢,任以刀截其耳鼻,略不能制。有顷,任有娠,诞一女,无耳鼻。女年渐大,其婢仍在,女问婢,具说所由。女悲泣,以恨其母。母深有愧色,悔之无及。出《朝野佥载》。

胡亮妾

唐广州化蒙县丞胡亮从都督周仁轨讨僚,得一首领妾,幸之,将至县。亮向府不在,妻贺氏,乃烧钉烙其双目,妾遂自缢死。后贺氏有娠,产一蛇,两目无睛。以问禅师,师曰:"夫人曾烧钉烙一女妇眼,以夫人性毒,故为蛇报。此是被烙女妇也,夫人好养此蛇,可以免难,不然,祸及身矣。"贺氏养蛇,一二年渐大,不见物,唯在衣被中,亮不知也。发被见蛇,大惊,以刀斫杀之。贺氏两目俱枯,不复见物,悔无及焉。出《朝野佥载》。

梁仁裕婢

唐梁仁裕为骁卫将军,先幸一婢。妻李氏,甚妒而虐,缚婢击其脑。婢号呼曰:"在下卑贱,制不自由,娘子锁项,苦毒何甚!"婢死后月余,李氏病,常见婢来唤。李氏头上

出自《冥报记》。

范略婢

唐朝贞观年间,濮阳范略的妻子姓任,范略先前喜欢上了一个婢女,任氏就用刀子割掉了婢女的耳朵和鼻子,范略不能制止。不久,任氏怀孕了,生下一个女儿,没有耳朵和鼻子。女儿渐渐长大,那个婢女还在,任氏的女儿问那个婢女怎么没有耳朵鼻子,婢女把全部原因都告诉了她。任氏的女儿悲痛地哭了,自此痛恨她的母亲。她的母亲也深深地惭愧,后悔已经来不及了。出自《朝野金载》。

胡亮妾

唐朝广州化蒙县丞胡亮,跟从都督周仁轨讨伐僚人,得到了一个头领的小老婆,胡亮非常喜欢她,把她带到县里。一天胡亮去府里不在家,他的妻子贺氏就用烧红的钉子烙瞎了那个小妾的双眼,小妾因此上吊死了。后来贺氏怀孕,生下一条蛇,蛇两眼没有眼珠。贺氏去问禅师,禅师说:"你曾用烧红的钉子烙瞎一女子的眼睛,因为你天性狠毒,所以要用蛇来报复。这就是被你烙瞎了眼的那个女子变的,你好好的饲养这条蛇,才可以免除危难,不这样,灾祸就要到了。"贺氏饲养了这条蛇,一二年后蛇渐渐长大,为了不被发现,只藏在衣被里,胡亮不知道此事。他打开被看见了蛇,非常吃惊,用刀子砍杀了那条蛇。之后贺氏两眼枯干,再也看不到东西了,后悔已来不及了。出自《朝野金载》。

梁仁裕婢

唐朝梁仁裕做骁卫将军,喜欢上了一个婢女。他的妻子李氏,对这个婢女非常妒忌,并且百般虐待,她用绳子将婢女捆绑起来,还击打她的头。婢女呼喊着说:"我虽然卑微低贱,行动不自由,娘子用绳勒我的脖子,是多么的残忍!"婢女死后一个多月,李氏就得了病,常常看见那个婢女来召唤她。李氏的头上

生四处瘫疽,脑溃,昼夜鸣叫,苦痛不胜,数月而卒。出《朝野金载》。

张景先婢

唐荆州枝江县主簿夏荣判冥司。县丞张景先宠一婢,其妻杨氏妒之。景出使不在,妻杀婢,投之于厕。景至,绐之曰:"婢逃矣。"景以妻酷虐,不问也。婢讼之于荣,荣追对之,问景曰:"公夫人病困。"说形状,景疑其有私也,怒之。荣曰:"公夫人枉杀婢,投于厕,今见推勘,公试问之。"景悟,问其妇。妇病甚,具首其事。荣令厕内取其骸骨,香汤浴之,厚加殡葬。婢不肯放,月余日而卒。出《朝野金载》。

李训妾

唐左仆射韦安石女,适太府主薄李训。训未婚以前,有一妾,成亲之后,遂嫁之,已易两主。女患传尸瘦病,恐妾厌祷之。安石令河南令秦守一捉来,榜掠楚苦,竟以自诬,前后决三百以上,投井死。不出三日,其女遂亡,时人咸以为冤魂之所致也。安石坐贬蒲州,太极元年八月卒。出《朝野金载》。

花 严

唐王弘,冀州衡水人,少无赖,告密罗织善人。曾游河北

长了四个毒疮，脑袋也烂了，白天黑夜的嚎叫，痛苦得实在难以忍受，几个月后就死了。出自《朝野佥载》。

张景先婢

　　唐朝荆州枝江县的主簿夏荣是阴间的判官。县丞张景之前宠爱一个婢女，他的妻子杨氏非常妒忌。张景离家出外办事，妻子趁机将这个婢女杀死了，并将尸体扔到茅厕里。张景回来后，妻子欺骗他说："婢女逃跑了。"张景因为妻子残酷暴虐，也就不再问了。那个婢女向夏荣告了杨氏，夏荣追查这件事，他对张景说："你的妻子被病痛所困扰。"说了她的病状，张景怀疑他和妻子有私情，很气愤。夏荣说："你的妻子枉杀婢女，还将尸体扔到茅厕里，现在我要调查这件事，你试探地问问她。"张景恍然大悟，追问他的妻子。他的妻子病得很厉害，就从头到尾把事情的经过都说了。夏荣叫人从茅厕里取出了那个婢女的尸骨，用香汤冲洗干净，厚葬了她。但是婢女仍不肯放过杨氏，一个多月后杨氏死了。出自《朝野佥载》。

李训妾

　　唐朝左仆射韦安石的女儿，嫁给了太府主簿李训。李训没结婚以前，曾有过一个小妾，成亲以后，就把小妾嫁了出去，小妾已经嫁了两个人家。安石的女儿出嫁后，就得了肺结核症，瘦弱憔悴，怀疑是嫁出去的小妾因为不满而诅咒。韦安石就叫河南令秦守一将小妾捉来严刑拷打，小妾最终屈打成招，前后被打了三百多下，最后投井而死。其后不到三天，安石的女儿就死了，当时的人都认为是屈死的冤魂将她捉去了。后来安石因犯法被贬到蒲州，在太极元年八月死了。出自《朝野佥载》。

花　严

　　唐朝有个叫王弘的，是冀州衡水人，他从小就强横无耻蛮不讲理，常常向官府告密，罗织罪名陷害好人。王弘曾游历于河北

赵定,见老人每年作邑斋,遂告杀二百人,授游击将军,俄除侍御史。时有告胜州都督王安仁者,密差弘往推,索大枷夹颈,安仁不承伏,遂于枷上斫安仁死,便即脱之,其男从军,亦擒而斩之。至汾州,与司马毛公对食,须臾喝下,斩取首,百姓震悚。后坐诬枉,流雷州,将少姬花严,素所宠也。弘于舟中,伪作敕追,花严谏曰:"事势如此,何忍更为不轨乎?"弘怒曰:"此老妪欲败吾事!"缚其手足,投之于江,船人救得之,弘又鞭二百而死,埋于江上。俄而伪敕发,御史胡元礼推之,锢身领回,至花严死处,忽云:"花严来唤对事。"左右皆不见,唯弘称叩头死罪,如授枷棒之声,夜半而卒。出《朝野金载》。

晋阳人妾

唐牛肃舅之尉晋阳也。县有人杀其妾,将死言曰:"吾无罪,为汝所杀,必报。"后数年,杀妾者夜半起,至母寝门呼,其母问故,其人曰:"适梦为虎所啮,伤至甚,遂死。觉而心悸,甚惊恶,故启之。"母曰:"人言梦死者反生,梦想颠倒故也,汝何忧? 然汝夜来未饭牛,亟饭之。"其人曰:"唯。"暗中见物,似牛之脱也,前执之,乃虎矣。遂为所噬,

赵定一带，看见一位老者每年都在城里聚集许多人举行斋戒，于是就告发了他们，杀了二百多人，官府认为他有功，就授给了他游击将军的官职，接着又提升他做了侍御史。当时有人告发胜州都督王安仁，朝廷就秘密派遣王弘去审问他，王弘用大枷夹住王安仁的脖子，但王安仁仍不承认有罪，于是王弘就在刑具上砍死了王安仁，还立刻把他处理掉了，王安仁有个儿子在军队上，王弘也将他捉拿并把他杀了。到了汾州，王弘与司马毛公一起吃饭，不一会儿王弘呵斥他下去，砍了他的头，老百姓都非常震惊害怕。后来王弘因犯了诬枉罪，被流放到雷州，流放途中还带着一位年轻漂亮的女子，名叫花严，王弘一向非常喜欢她。王弘在船上伪造皇帝追回他的诏书，花严劝阻他说："事态已经这样了，怎么忍心再做不轨的事情呢？"王弘大怒说："你个老太婆想要败坏我的事！"他将花严的手脚捆绑起来，扔到了江里，有个在江上划船的人救了花严，王弘又将花严用皮鞭打了二百多下，最终把她打死了，埋葬在江边。不久，伪造的诏书被发现了，御史胡元礼去审问王弘，把他囚禁起来带回去，当走到花严死的地方时，忽然说："花严来找你对质。"左右的人都没有看见，只有王弘连连叩头，嘴里说着罪该万死，还好像听到了受棍棒痛打的声音，到了半夜王弘就死了。出自《朝野佥载》。

晋阳人妾

唐朝牛肃的舅父在晋阳当县尉。晋阳县里有个人杀了自己的小老婆，他的小老婆临死的时候说："我没有罪，却被你杀死，我一定要报仇。"几年以后，杀妾的那个人一天半夜里突然起来，到他母亲的房门前大声地呼喊，母亲问他是什么原因，那个人说："刚才梦见被老虎所咬，伤得很厉害，之后就死了。醒来只觉得心慌，惊恐害怕得厉害，所以来告诉母亲。"母亲说："人们都说梦见死反而是活，梦中的事是颠倒的，你何必忧伤？你晚上没有喂牛，赶紧去喂它。"那人说："行。"黑暗中，那人看见一个东西，好像是牛跑了，上前去捉它，却是一只虎。之后就被虎所咬，

其人号叫竟死。虎既杀其人,乃入院,至其房而处其床,若寝者。其家伺其寝,则闭镶其门而白于府。季休光为留守,则使取之。取者登焉,破其屋,攒矛以刺之,乃死。舅方为留守判官,得其头,漆之为枕。至今时人以虎为所杀之妾也。出《纪闻》。

那人号叫着死去了。老虎杀了那人后,就进入到院子里,到了那人的房中躺在了床上,好像睡着了。那家人等虎睡了,就锁紧房门并向官府禀报。季休光做留守,就派人去捉那只虎。捉拿人的到了,击破屋门,拿起矛来刺那只虎,虎便死了。牛肃的舅父当时做留守判官,得到了虎的头,将其上了漆做成枕头。到现在人们都认为那只虎是被杀的妾。出自《纪闻》。

卷第一百三十

报应二十九 婢妾

窦凝妾　　严武盗妾　绿　翘　　马全节婢　鲁思郾女
鄂州小将　金　厄

窦凝妾

　　唐开元二十五年,晋州刺史柳涣外孙女博陵崔氏,家于汴州。有扶风窦凝者,将聘焉,行媒备礼。而凝旧妾有孕,崔氏约遣妾后成礼。凝许之,遂与妾俱之宋州,扬舲下至车道口宿,妾是夕产二女,凝因其困羸毙之,实沙于腹,与女俱沉之。既而还汴,绐崔氏曰:"妾已遣去。"遂择日结亲。后一十五年,崔氏产男女数人,男不育,女二人,各成长。

　　永泰二年四月,无何,几上有书一函。开见之,乃凝先府君之札也。言:"汝枉魂事发,近在期月,宜疾理家事,长女可嫁汴州参军崔延,幼女嫁前开封尉李驲,并良偶也。"凝不信,谓其妻曰:"此狐狸之变,不足征也。"更旬日,又于

窦凝妾

　　唐玄宗开元二十五年，晋州刺史柳涣的外孙女博陵崔氏，家住汴州。扶风人窦凝，想要聘娶崔氏为妻，就托媒人拿着厚礼去崔家求亲。而窦凝原来有一个小老婆现已有孕，崔氏提出只有把他的小老婆打发走后才能成亲。窦凝同意了崔氏的要求，带着小老婆一起去宋州，船到了车道口，就住在了这里，这天晚上他的小老婆就生下了两个女孩，窦凝趁她疲惫不堪时杀死了她，并在死尸肚子里填上沙石，连同刚生下的两个女孩一起扔到了江里。窦凝回到汴州后，欺骗崔氏说："小妾已经叫我打发走了。"之后他们就选了一个吉庆的日子结了婚。婚后十五年间，崔氏生下了好几个孩子，但是所生的男孩都没有活，只有两个女孩活下来。

　　永泰二年四月的一天，没有什么事，却发现桌上有一封书信。拆开看了看，是窦凝死去的父亲的书信。上面写着："你枉害人命的事已被发现，一个月内就要出事，你应该赶紧处理好家中的事务，你的大女儿可嫁给汴州参军崔延，小女儿可嫁给前任开封尉李驷，这都是很好的姻缘。"窦凝不相信，就对他的妻子崔氏说："这一定是狐狸精搞的鬼，不可信。"又过了十天，他又在

室内见一书:"吾前已示汝危亡之兆,又何颠倒之甚也。"凝尚犹豫,明日,庭中复得一书,词言哀切,曰:"祸起旦夕。"凝方仓惶,妻曰:"君自省如何,宜禳避之。"凝虽秘之,而实心惮妾事。

五月十六日午时,人皆休息,忽闻扣门甚急。凝心动,出候之,乃是所杀妾,盛妆饰,前拜凝曰:"别久安否?"凝大怖,疾走入内隐匿,其鬼随踵至庭,见崔氏。崔氏惊问之,乃敛容自叙曰:"某是窦十五郎妾。凝欲娶娘子时,杀妾于车道口,并二女同命。但妾无负凝,而凝枉杀妾,凝欲娶妻,某自屏迹,奈何忍害某性命,以至于此。妾以贱品,十五余年,诉诸岳渎,怨气上达,闻于帝庭。上帝降鉴,许妾复仇,今来取凝,不干娘子,无惧也。"崔氏悲惶请谢:"愿以功德赎罪,可乎?"鬼厉色曰:"凝以命还命足矣,何功德而当命也? 譬杀娘子,岂以功德可计乎!"词不为屈,乃骂凝曰:"天网不漏,何用狐伏鼠窜!"便升堂擒得凝,而啮咬掐掖,宛转楚毒,竟日而去,言曰:"汝未虑即死,且可受吾能事耳。"如是每日辄至,则啖嚼支体,其鬼或奇形异貌,变态非常,举家危惧,而计无从出,并搏二女,不堪其苦。

于时有僧昙亮,颇善持咒。凝请之,置坛内阁,须臾鬼至,不敢升阶。僧让之曰:"鬼道不合干人,何至是耶! 吾召

屋里发现一封信,上面写着:"我之前已经提示你危亡的征兆,你为什么如此反反复复。"窦凝还是半信半疑,第二天,在院子里又发现了一封信,信中言语悲哀恳切,说:"大祸马上就要来了。"这时窦凝才惊慌起来,崔氏说:"你自我反省一下做了什么事,应赶紧祈求上天保佑,避开这场灾祸。"窦凝虽然没有把害死小妾的事告诉崔氏,但心里却很恐惧。

五月十六日午时,大家都在休息,忽然有一阵急促的敲门声。窦凝心感不安,开门一看,原来是被害的小妾,她盛装打扮,上前拜见窦凝说:"分别这么久你还好吗?"窦凝非常害怕,急忙跑入屋里躲藏了起来,那鬼跟着走进院里,去见崔氏。崔氏惊讶地问她是何人,那鬼神色严肃地对崔氏叙述说:"我是窦十五郎的妾。窦凝要娶你的时候,把我和我的两个女儿一起害死在车道口。我从没有辜负他,而他却无故杀害了我,他为了娶妻,我可以离去,为什么忍心残害我的性命,到这个地步。我身份低贱,十五余年来将此事告知于五岳四渎,以致怨仇上达,被天庭知道。天帝下旨许我复仇,所以我今天就来取窦凝的命,这事与你无关,你不要害怕。"崔氏听罢既悲伤又惶恐,连忙道歉说:"我愿意积功德来赎罪,可以吗?"冤鬼生气地说:"让窦凝拿命换命就可以了,什么功德能与命相比呢?如果有人杀了你,难道可以拿功德计算!"崔氏的话不能使其屈服,于是又骂窦凝说:"天网恢恢,疏而不漏,你又何必像狐狸似的躲起来,像老鼠一样的乱窜!"说罢就到厅堂上把窦凝擒了过来,一顿咬掐撕扯,不断变换各种酷刑,整整折磨了一天才离开,临走时还说:"你不要担心马上会死,我要用尽我的能力叫你受尽苦头。"从此冤鬼每天必来,来后就啃咬他的肢体,那鬼有时候奇形怪貌,变化无常,弄的窦凝一家恐惧不安,而又无计可施,那鬼还去击打窦凝的两个女儿,使她们痛苦不堪。

那时有个和尚叫昙亮,很会念咒。窦凝将他请来,在内阁设了一个法坛,不一会儿鬼来了,但却不敢上台阶。和尚责备她说:"你这鬼不应干预人间的事情,你到这里做什么!我要呼唤

金刚,坐见糜碎。"鬼曰:"和尚事佛,心合平等,奈何掩义隐贼。且凝非理杀妾,妾岂干人乎?上命照临,许妾仇凝,金刚岂私杀负冤者耶!"言讫登阶,擒凝如初。崔氏令僧潜求聘二女,鬼知而怒曰:"和尚为人作媒,得无咋乎?"僧惭而去。后崔氏李氏聘女遁逃,而鬼不追,乃言曰:"吾长缚汝足,岂能远耶!"数年,二女皆卒。凝中鬼毒,发狂,自食支体,入水火,啖粪秽,肌肤焦烂,数年方死。崔氏于东京出家。众共知之。出《通幽记》。

严武盗妾

唐西川节度使严武,少时仗气任侠。尝于京城,与一军使邻居,军使有室女,容色艳绝。严公因窥见之,乃赂其左右,诱至宅。月余,遂窃以逃,东出关,将匿于淮泗间。军使既觉,且穷其迹,亦讯其家人,乃暴于官司,亦以状上闻。有诏遣万年县捕贼官专往捕捉。捕贼乘递,日行数驿,随路已得其踪矣。严武自巩县,方雇船而下,闻制使将至,惧不免,乃以酒饮军使之女,中夜乘其醉,解琵琶弦缢杀之,沉于河。明日制使至,搜捕严公之船,无迹乃已。

严公后为剑南节度使,病甚。性本强,尤不信巫祝之类,有云云者,必罪之。忽一日亭午,有道士至衙门,自云

金刚来，立刻叫你化为齑粉。"鬼说："和尚理应诵经念佛，心怀平等，为何要掩盖正义隐匿恶贼。并且窦凝无理杀我，我今日来索命怎么是干预人间事呢？天帝照顾我，允许我向窦凝报仇，金刚难道可以私自杀死受冤屈的人！"说完就登上台阶，像当初一样去捉拿窦凝。崔氏叫和尚偷偷地找人家将两个女儿聘走，鬼知道后愤怒地对和尚说："和尚给人做媒，你不觉惭愧吗？"和尚听后惭愧地走了。后来崔氏和李氏两家把窦凝的女儿娶了过去，她们仓皇地逃走了，鬼也不去追赶，却说："我用长绳绑住了你们的脚，难道你们还能逃得掉！"过了几年，两个女儿都死了。窦凝也中了鬼毒，得了疯病发狂，吃自己的肢体，跳到水火里去，还吃粪便，肌肤焦烂，几年后才死。崔氏后来在东京出家做了尼姑。窦凝的事很多人都知道。出自《通幽记》。

严武盗妾

　　唐朝时四川节度使严武，少年时凭仗意气行侠义之事。曾在京城和一个军使是邻居，军使家里有一个未出嫁的女子，长得非常漂亮。严武偷偷窥见后，用金钱贿赂收买女子身边的人，把这个女子引诱到他的家里。一个多月后，就将这个女子偷偷地带走了，他们往东逃出城关，就隐居在淮水泗水之间。军使发觉后，查究他们的踪迹，并询问他家里的人，然后向当地官府告发了这件事，并写了诉状告到皇帝那里。不久皇帝下诏万年县捕贼官专门去捕捉严武。捕贼官兼程赶路，一天走好几个驿站，沿路已打听到了严武的行踪。严武从巩县正要雇船南下，听说制使马上就要到了，害怕罪过难逃，就用酒把军使的女儿灌醉，乘着半夜时分，解下琵琶上的弦，把她勒死，然后沉到河底。第二天制使赶到了，把严武的船搜查遍了，也没有发现军使女儿的一点痕迹方才作罢。

　　后来严武做了剑南节度使，病得很厉害。因为他的性格特别强硬，从来不信鬼神迷信的事，如有议论这方面事的人，他就要惩罚他们。有一天中午，有一个道士来到衙门前，自我介绍说

从峨眉山来，欲谒武。门者初不敢言，道士声厉，不得已，遂进白。武亦异之，引入，见道士至阶呵叱，若与人论难者，良久方止。寒温毕，谓武曰："公有疾，灾厄至重，冤家在侧，公何不自悔咎，以香火陈谢，奈何反固执如是！"武怒不答。道士又曰："公试思之，曾有负心杀害人事否？"武静思良久，曰："无。"道士曰："适入至阶前，冤死者见某披诉。某初谓山精木魅，与公为祟，遂加呵责。他云，上帝有命，为公所冤杀，已得请矣。安可言无也？"武不测，且复问曰："其状若何？"曰："女人年才十六七，项上有物是一条，如乐器之弦。"武大悟，叩头于道士曰："天师诚圣人矣。是也，为之奈何？"道士曰："他即欲面见公，公当自求之。"

乃令洒扫堂中，撤去余物，焚香于内，乃舁武于堂门内，遣清心，具衫笏，留小僮一人侍侧。堂门外东间，有一阁子，亦令洒扫垂帘，道士坐于堂外，含水喷噀，又以柳枝洒地却坐，瞑目叩齿。逡巡，阁子中有人吁嗟声，道士曰："娘子可出。"良久，见一女子被发，项上有琵琶弦，结于咽下，褰帘而至。及堂门，约发于后，向武拜。武见惊惭甚，且掩其面。女子曰："公亦太忍，某从公，是某之失行，于公则无所负。公惧罪，弃某于他所即可，何忍见杀。"武悔谢良久，兼欲厚以佛经纸缗祈免，道士亦恳为之请。女子曰：

从峨眉山来，想要拜见严武。把门的人开始不敢进去禀报，道士声调非常激烈，把门的人不得已才进衙向严武禀报了这件事。严武也觉得奇怪，就叫人把道士引进了衙内，看见道士到台阶上大声责骂，好像和人争论似的，很长时间才停止。道士和严武寒暄过后，便对严武说："你有病，即将大难临头，你的冤家就在旁边，你为什么不忏悔自己的过错，摆上香火谢罪，为什么还执迷不悟到这种地步！"严武听后十分愤怒，一言不发。道士又说："你好好想一想，曾经有没有做违背良心杀人的事？"严武静静地想了很长时间，说："没有。"道士说："刚才我到台阶前，一个冤死的人向我陈诉。我开始认为她是山里的精怪，树木变的鬼魅，在这里作祟，所以就大声责骂她。她说，她有天帝的命令，是被你冤杀的，已被允许复仇了。你怎么可以说没有这种事呢？"严武没有想到道士知道得这样清楚，就又问道士说："那个鬼长什么样？"道士说："那鬼是个女子，有十六七岁，脖子上系着一条东西，像是乐器的弦。"严武这才恍然大悟，赶紧给道士叩头，并对道士说："天师你可真是圣人啊。是有这件事，我该怎么办呢？"道士说："她现在想要和你见面，你应当自己去求她。"

便命人清扫厅堂，把多余的东西搬走，在堂上烧上香，把严武抬到厅堂里，清心静气，预备了衣衫和笏板，仅留一个小童仆在旁边侍奉。堂门外东边有一间小屋，也叫人清扫干净，并挂了个门帘，道士在堂门外坐着，口里含着水，一面喷水，一面又用柳枝扫地，他坐在那里，还闭着眼，牙齿上下相撞进行祝告。过了一会儿，小屋里有长吁短叹的声音，道士说："娘子你可以出来了。"过了很久，只见一女子披着头发，脖子上有一条琵琶弦系在咽喉下面，用手掀起帘子走了出来。到了堂门，把头发整理了一下，披在脑后，对着严武拜了拜。严武一见，又是恐惧，又是惭愧，用手把脸捂住。女子说："你也太残忍了，跟着你逃走，已经是很大的错误了，可我对得起你。你害怕有罪，把我丢弃在别的地方也就可以了，怎么忍心把我杀死。"严武听后，悔恨万分连连谢罪，想用念佛经烧纸钱祈求免罪，道士也为严武恳请。女子说：

"不可。某为公手杀,上诉于帝,仅三十年,今不可矣。期在明日日晚。"言毕却出,至阁子门,拂然而没,道士乃谢去。严公遂处置家事,至其日黄昏而卒。出《逸史》。

绿 翘

唐西京咸宜观女道士鱼玄机,字幼微,长安里家女也。色既倾国,思乃入神,喜读书属文,尤致意于一吟一咏。破瓜之岁,志慕清虚。咸通初,遂从冠帔于咸宜,而风月赏玩之佳句,往往播于士林。然蕙兰弱质,不能自持,复为豪侠所调,乃从游处焉。于是风流之士,争修饰以求狎。或载酒诣之者,必鸣琴赋诗,间以谑浪,僧学辈自视缺然。其诗有"绮陌春望远,瑶徽秋兴多";又"殷勤不得语,红泪一双流";又"焚香登玉坛,端简礼金阙";又"云情自郁争同梦,仙貌长芳又胜花"。此数联为绝矣。

一女僮曰绿翘,亦明慧有色。忽一日,机为邻院所邀,将行,诫翘曰:"无出,若有客,但云在某处。"机为女伴所留,迨暮方归院。绿翘迎门曰:"适某客来,知练师不在,不舍辔而去矣。"客乃机素相昵者,意翘与之私。及夜,张灯扃户,乃命翘入卧内讯之。翘曰:"自执巾盥数年,实自检御,不令有似是之过,致忤尊意。且某客至款扉,翘隔阖报云,练师不在,客无言策马而去。若云情爱,不蓄于胸襟有年矣,

"不行。我是被他亲手勒死的,已经上告给了天帝,只限期三十年,现在不可以改变了。死期就在明天傍晚。"说完就走了出去,到了小屋门口,一脸怒气地消失了,道士也告辞离开了。严武于是赶紧处理家中的事情,果然到了第二天黄昏时,严武就死了。

出自《逸史》。

绿 翘

唐朝西京有一个咸宜观,观里有个女道士叫鱼玄机,她字幼微,是长安里的女子。她姿色倾城倾国,心思灵慧入神,她喜欢读书,善写文章,尤其喜欢吟诗答对。十六岁时,她一心想要出家修道。咸通初年,就在咸宜观里,戴上了道帽,穿上了道服,做了女道士,她在临风赏月时写下的好诗句,常常流传在一些文人墨客之中。然而她一个芳洁纯美的女子,往往不能自我克制,所以又常被一些豪强侠士所引诱,于是就跟着他们一起相处。一些风流的人争着把自己打扮得漂漂亮亮,以求和她亲近。有拿着酒到她这里来拜访的人,一定要弹琴互相吟诗做对,有时也说一些嘲谑玩笑话,那些无才无识的人都自愧不如。她的诗句有"绮陌春望远,瑶徽秋兴多";有"殷勤不得语,红泪一双流";有"焚香登玉坛,端简礼金阙";还有"云情自郁争同梦,仙貌长芳又胜花"。这些诗句都非常绝妙。

她有一个女僮,名叫绿翘,也很聪明美丽。有一天,玄机被邻居请去做客,临走前,告诫绿翘说:"你不要出去,如果有客人来,就说我到邻居家了。"玄机被女伴留住,晚上才回来。绿翘迎上门去说:"刚才某个客人来过,知道你不在,他连马都没下就走了。"来的客人是玄机一向很亲近的,玄机怀疑绿翘和他有私情。当天夜里,点灯关门,就把绿翘叫到卧室里审问她。绿翘说:"多年来,我只知道拿巾端水侍候你,每时每刻都注意检点约束自己的言行,防止一些类似的杂思邪念,以致违逆你的意思。并且来客只是在门外边,我是关着门告诉他,你不在院,来客没有说话就骑马走了。若说情爱的事,这么多年在我的心里从来就没有想过,

幸练师无疑。"机愈怒,裸而笞百数,但言无之。既委顿,请杯水酹地曰:"练师欲求三清长生之道,而未能忘解佩荐枕之欢,反以沉猜,厚诬贞正,翘今必毙于毒手矣,无天则无所诉,若有,谁能抑我强魂?誓不蠢蠢于冥冥之中,纵尔淫佚。"言讫,绝于地。机恐,乃坎后庭瘗之,自谓人无知者。时咸通戊子春正月也,有问翘者,则曰:"春雨霁逃矣。"

客有宴于机室者,因溲于后庭,当瘗上,见青蝇数十集于地,驱去复来,详视之,如有血痕且腥。客既出,窃语其仆。仆归,复语其兄。其兄为府街卒,尝求金于机,机不顾,卒深衔之。闻此,遽至观门觇伺,见偶语者,乃讶不睹绿翘之出入。街卒复呼数卒,携锸具,突入玄机院发之,而绿翘貌如生。卒遂录玄机京兆,府吏诘之辞伏,而朝士多为言者。府乃表列上,至秋竟戮之。在狱中亦有诗曰:"易求无价宝,难得有心郎。明月照幽隙,清风开短襟。"此其美者也。出《三水小牍》。

马全节婢

魏帅侍中马全节,尝有侍婢,偶不惬意,自击杀之。后累年,

请师父不要怀疑。"玄机听罢，更加愤怒了，脱去绿翘的衣服，狠狠地打了几百下，绿翘只是说没有这种事。绿翘被打得已经虚弱不堪，就请求给一杯水，泼在地上，说："师父想要求得长生不老之道，却又不能忘掉男女私情的欢乐，不仅自己这样做，反而还怀疑别人，诬陷我这个严守贞操的人，我今天一定会死在你的毒手下了，如果没有苍天，我就没有地方申诉冤屈，如果有，谁能拦住我坚强的灵魂？我发誓，绝不能糊里糊涂地做个阴曹地府的冤死鬼，一定要向上天告发你，决不任凭你放荡无羁，为所欲为。"说完，就死在了地上。玄机害怕，就在后院挖了个坑偷偷地把绿翘的尸体埋葬了，自认为事情办得很秘密，没有人会知道。这时是咸通戊子春正月，有人问起绿翘，玄机就说："春雨过后逃跑了。"

　　一次，有客人在玄机的屋里饮酒取乐，客人因要小便，就到了后院，走到埋绿翘的地方，就看见了许多绿豆蝇，密密地落在地上，客人把它们赶走了，可是很快就又飞了回来，客人仔细地看，发现地上好像有鲜血的痕迹，并且还带有腥臭的气味。客人赶紧回去，把这件事偷偷地告诉了他的仆人。仆人回到家里，又将这件事告诉了他的哥哥。他的哥哥在官府里当街卒，曾经向玄机求借过金钱，而玄机没有借给他，这个差人因此忌恨玄机。听说了这件事，他马上到咸宜观门口偷偷地查看，看见有人窃窃私语，奇怪为什么看不到绿翘出入。他就叫来了一些人，拿着挖土的工具，突然闯入玄机的后院，把绿翘的尸体挖了出来，绿翘的容貌还像活着一样。街卒就把玄机带到了京兆府，府吏审问此案，玄机全部招认，在朝的官员们有许多人替玄机求情。府官无奈，只好把此案上奏给皇帝，到了秋天最终把玄机杀了。玄机在狱中还写了诗："易求无价宝，难得有心郎。明月照幽隙，清风开短襟。"这是她写的诗中最美的。出自《三水小牍》。

马全节婢

　　魏帅侍中马全节，曾经有一个侍奉他的婢女，由于他心情偶尔的不舒畅，就被他亲自动手残忍地打死了。过了几年后，

染重病,忽见其婢立于前。家人但讶全节之独语,如相问答。初云:"尔来有何意?"又云:"与尔钱财。"复曰:"为尔造像书经。"哀祈移时,其亡婢不受,但索命而已。不旬日而卒。出《玉堂闲话》。

鲁思郾女

内臣鲁思郾女,生十七年。一日临镜将妆,镜中忽见一妇人,披发徒跣,抱一婴儿,回顾则在其后,因恐惧顿仆,久之乃苏。自是日日恒见。积久,其家人皆见之。思郾自问其故,答云:"己杨子县里民之女,往岁建昌县录事某以事至杨子,因聘己为侧室,君女即其正妻,岁余,生此子。后录事出旁县,君女因投己于井,并此子,以石填之,诈其夫云逃去。我方讼于所司,适会君女卒,今虽后身,固当偿命也。"思郾使人驰至建昌验事,其录事老犹在,如言发井,果得骸骨。其家多方以禳之,皆不可。其女后嫁褚氏,厉愈甚,旦夕惊悸,以至于卒。出《稽神录》。

鄂州小将

鄂州小将某者,本田家子。既仕,欲结豪族,而谋其故妻。因相与归宁,杀之于路,弃尸江侧,并杀其同行婢。已而

马全节得了重病,忽然看见被打死的那个婢女站在他的面前。家里人都很惊讶地看见全节一个人在说话,就好像和人互相问答似的。开始说:"你来这里想干什么?"又说:"给你钱财。"接着又说:"给你塑造泥像,书写经卷。"苦苦地哀求多时,那个被打死的婢女也不同意,只是要他偿命。最后马全节不过十天就死了。出自《玉堂闲话》。

鲁思郾女

内臣鲁思郾有个女儿,才十七岁。一天她对着镜子梳妆,忽然看见镜子中有一个妇人,披散着头发,光着脚,怀里还抱着一个小孩,她赶紧回过头去看,那个妇人就在她的身后,因为惊恐害怕,她一下子扑倒在地昏了过去,过了很长时间才苏醒过来。这天以后,每天都看见那个妇人。久而久之,她的家人也都能看见了。思郾问她为什么来这里,妇人回答说:"我是杨子县乡里居民的女儿,多年前,建昌县录事某某因事到杨子县来,将我娶为侧室,你的女儿的前身就是他的正妻,过了一年多,我就生下了这个孩子。后来录事去其他县办事,你的女儿就把我和我的孩子一起扔到了井里,并用石头把井填上了,欺骗她的丈夫说我逃跑了。我正将冤屈向阴司申诉,偏赶上你的女儿死了,现在即使她托生了,也应当给我偿命。"思郾听后就派人急忙赶到建昌验证这件事,这时那个录事已经老了,但还活着,就叫人在妇人所说的那口井里挖掘,果然找到了妇人和孩子的尸骨。思郾一家想方设法进行祭祀祈祷来免除灾祸,但都不见效。后来这个女儿嫁给了褚家,但是那个妇人作祟越来越厉害了,使得她白天晚上惊恐害怕,最后就被吓死了。出自《稽神录》。

鄂州小将

鄂州小将某某人,本是个农家子弟。后来做了官,就想要通过婚姻结交那些豪门大族,企盼着依靠妻家势力飞黄腾达,因此谋划杀害原来的妻子。借着与妻子回娘家的机会,他把妻子杀死在途中,把尸体扔到江边,并把同行的一个婢女也杀了。然后

奔告其家，号哭云："为盗所杀。"人不之疑也。后数年，奉使至广陵，舍于逆旅，见一妇人卖花，酷类其所杀婢。既近，乃真是婢，见己亦再拜。因问："为人耶鬼耶？"答云："人也。往者为贼所击，幸而不死。既苏，得贾人船，寓载东下。今在此，与娘子卖花给食而已。"复问："娘子何在？"曰："在近，可见之乎？"曰："可。"即随之而去。一小曲中，指一贫舍曰："此是也。"婢先入，顷之，其妻乃出，相见悲涕，备述艰苦。某亦恍然，莫之测也。俄而设食具酒，复延入内室，置饮食于从者，皆醉，日暮不出。从者稍前觇之，寂若无人，因直入室中，但见白骨一具，衣服毁裂，流血满地。问其邻云："此空宅久无居人矣。"

金 厄

蜀青石镇陈洪裕妻丁氏，因妒忌，打杀婢金厄，潜于本家埋瘗，仍榜通衢云："婢金厄逃走。"经年，迁居夹江，因夏潦飘坏旧居渠岸，见死婢容质不变。镇将具状报州，追勘款伏。其婢尸一夕坏烂，遂置丁氏于法。出《儆戒录》。

急忙跑到妻子的家里，哭喊着说："我的妻子被强盗给杀死了。"这样人们也就不怀疑他了。几年后，他奉命去广陵，住在一个旅店里，看见一个妇人卖花，那妇人特别像被他杀的婢女。走近一看，果真是那个婢女，婢女看见他拜了两拜。他问道："你是人还是鬼?"婢女答道："我是人。之前被强盗所杀，侥幸没有死。等我们苏醒过来，遇见了商人的船只，带着我们往东边去了。现在在这里，我和娘子卖花维持生活。"他又问："娘子在哪里?"婢女说："就在附近，可以见一见她吗?"说："可以。"于是他就跟着婢女去了。来到了一个曲折隐秘的小巷，婢女指着一个破旧的房子说："这里就是。"婢女先进去了，不一会儿他的妻子出来了，俩人一见面都悲痛地流下了眼泪，娘子详尽地述说了艰苦的遭遇。他也恍恍惚惚地不知是怎么回事。一会儿又准备了酒食，把他请进了内室，并给跟随他的人也都摆上酒菜，结果都喝得大醉，天黑了也没有出来。跟随他的人感到十分奇怪，就到近前偷偷地察看，里面一点声音也没有，于是就直走到内室里去，只看见一具白骨，衣服被撕碎了，流了满地的血。跟随他的人向邻居打听，邻居告诉说："这是一所空房子，很久就没有人居住了。"

金 厄

蜀青石镇陈洪裕的妻子丁氏，因为妒忌，把一个叫金厄的婢女给打死了，并偷偷地在家中的院里埋掉了，还张榜宣告："婢女金厄逃跑了。"一年后，他们家搬到夹江，因夏天发大水把旧居所在的河岸冲坏了，露出了被打死的婢女的尸体，她的容貌和生前一样没有改变。镇将就把这件事写了呈状报到州里，州官马上追捕归案，丁氏服罪。金厄的尸体当晚就腐烂了，最终州官把丁氏绳之以法。出自《儆戒录》。

卷第一百三十一

报应三十 杀生

田仓	临海人	陈甲	麻姑	谢盛
李婴	许宪	益州人	章安人	元稚宗
王昙略	广州人	东兴人	陈莽	沛国人
齐朝请	伍寺之	苏巷	阮倪	邵文立
梁元帝	望蔡令	僧昙欢	释僧群	竺法惠
冀州小儿				

田 仓

后汉溪夷田彊,遣子鲁,居上城;次子玉,居中城;小子仓,居下城。三垒相次,以拒王莽。光武二十四年,遣威武将军刘尚征之。尚未至,仓获白鳖为臛,举烽请两兄,兄至无事。及刘尚军来,仓举火,鲁等以为不实,仓遂战死焉。出《酉阳杂俎》。

临海人

吴末,临海人入山射猎。夜中,有人长一丈,着黄衣白带,来谓射人曰:"我有仇,克明当战,君可见助,当有相报。"射人曰:"自可助君耳,何用谢为。"答曰:"明食时,君

田　仓

　　后汉时溪夷人田彊,派儿子田鲁据守上城;派二儿子田玉,守中城;小儿子田仓,守下城。三个堡垒依次排开,以便阻挡王莽。光武二十四年,派威武将军刘尚征讨他们。刘尚的军队还没有到达,田仓抓住一只白鳖做羹汤,点起烽火请两个哥哥来,两个哥哥来到后并没有什么事。等到刘尚的军队真的来了,田仓命令点起烽火,田鲁等兄长以为又是虚假消息,没有援救,田仓就战死了。出自《酉阳杂俎》。

临海人

　　吴国末年,临海人进山打猎。半夜时分,有一个身长一丈,穿着黄色衣服,系着白腰带的人,前来对猎人说:"我有仇敌,明天要与我决战,你可以帮助我,我自当报答你。"猎人说:"自然会帮助你的,何必谈这些报答的话。"那人说:"明天早饭的时候,你

可出溪边。敌从北来,我南往应,白带者我,黄带者彼。"射人许之。明出,果闻岸北有声,状如风雨,草木四靡,视南亦尔。唯见二大蛇,长十余丈,于溪中相遇,便相盘绕,白鳞势弱。射人因引弩射之,黄鳞者即死。日将暮,复见昨人来辞谢,云:"住此一年猎,明年以去,慎勿复来,来必有祸。"射人曰:"善。"遂停猎。数年后,忽忘前言,更往猎。复见白带人告曰:"我语君不能见用,仇子已甚,今必报君,非我所知。"射人闻之甚怖,便欲走,乃见三乌衣人,俱张口向之,射人即死。出《续搜神记》。

陈 甲

吴郡海盐县北乡亭里,有士人陈甲,本下邳人。晋元帝时,寓居华亭,猎于东野大薮。歘见大蛇长六七丈,形如百斛船,玄黄五色,卧冈下,士人即射杀之,不敢说。三年后,与乡人共猎,至故见蛇处,语同行云:"昔在此杀大蛇。"其夜梦见一人,乌衣黑帻,来至其家,问曰:"我昔昏醉,汝无状杀我。吾昔醉,不识汝面,故三年不相知,今自来就死。"其人即惊觉,明旦腹痛而卒。出《搜神记》。

麻 姑

晋孝武大元八年,富阳民麻姑者,好啖脍。华本者,好啖鳖臛。二人相善。麻姑见一鳖,大如釜盖,头尾犹是大蛇,

可去小河边。我的仇敌从北边来，我从南边出来迎敌，佩白带的是我，佩黄带的是我的仇敌。"猎人答应了。天亮之后，果然听到河岸北边有声音，像狂风暴雨，草木都四面倒下，再看南岸，也是如此。只见两条大蛇，长十多丈，在河中相遇，互相盘绕着打起来，蛇身有白鳞的渐渐敌不住了。猎人就拉弓搭箭射那条黄鳞的，黄鳞的蛇当时就被射死。傍晚，又看见昨天来的那人来答谢，说："你可以在这里打猎一年，明年以后就不要来了，一定记住，再来一定会大祸临头。"猎人说："好。"就不在这里打猎了。几年以后，猎人忽然忘记了那人说的话，又前去打猎。又看见佩白带子的人，告诉他说："我说的话你不听，现在要报仇杀你的人怨恨太大，一定会报复你，什么时间，怎样报复不是我所能知道的。"猎人听说后非常害怕，刚要走，就看到三个穿黑色衣服的人，都张着大口对着他，猎人当时就死了。出自《续搜神记》。

陈　甲

吴郡海盐县北乡亭里，有一个士人叫陈甲，原本是下邳人。晋元帝时，搬到华亭居住，常去东野的大湖边打猎。有一天打猎时，忽然看见一条大蛇长有六七丈，其形状像只大船，黑黄五色，盘卧在冈下，陈甲立刻拉弓射死了它，但他不敢向别人说起这件事。三年以后，陈甲与同乡一起打猎，到了从前看见大蛇的地方，就对同乡说："三年前我在这儿杀了一条大蛇。"当天晚上就梦见一个人，穿着黑衣服戴着黑头巾，来到他家，问他说："当年我昏醉时，你无缘无故杀了我。因为那时我醉了，看不清你的面目，所以三年了，我也不知道是谁杀了我，没想到今天你自己来送死了。"陈甲当时惊醒，第二天早晨腹痛而死。出自《搜神记》。

麻　姑

晋孝武帝大元八年，富阳有个叫麻姑的人，喜欢吃鱼肉。还有一个叫华本的人，喜欢喝鳖肉羹。两个人关系非常好。有一天，麻姑看见一只大鳖，这只鳖大如锅盖，但头和尾像大蛇，

系之。经一月，尽变鳖，便取作臛，报华本食之，非常味美。麻姑不肯食，华本强令食之。麻姑遂啖一脔，便大恶心，吐逆委顿，遂生病。喉中有物，塞喉不下。开口向本，本见有一蛇头，开口吐舌。本惊而走，姑仅免。本后于宅得一蛇，大二围，长五六尺，打杀作脍，唤麻姑。麻姑得食甚美，苦求此鱼。本因醉，唤家人捧蛇皮肉来。麻姑见之，呕血而死。出《齐谐记》。

谢　盛

晋安帝隆安中，曲阿民谢盛，乘船入湖采菱。见一蛟来向船，船回避。又从其后，盛便以叉杀之，惧而还家。至兴宁中，普天亢旱，盛与同旅数人，步至湖中，见先叉在地，拾取之，云："此是我叉。"人问其故，具以实对。行数步，乃得心痛，还家，一宿便死。出《幽冥录》。

李　婴

东晋义熙中，鄱阳李婴、李滔兄弟二人，善于用弩，尝射大麈，解其四足，悬著树间，以脏为炙。方欲共食，遥见山下有人，长三丈许，鼓步而来，手持大囊。既至，敛取麈头骼皮骨，并火上杂肉，悉内囊中，径负入山。婴兄弟须臾俱卒。出《广古今五行记》。

许　宪

晋义熙中，余杭县有仇王庙。高阳许宪为县令，宪男于庙侧放火猎，便秽祠前。忽有三白獐从屋走出，男

把它绑了起来。一个月后，完全变成了鳖，便拿来做肉羹，告诉华本来吃，味道鲜美。麻姑不肯吃，华本就强让其吃。麻姑只好吃了一小块，吃后就很恶心，呕吐到萎靡不振，就生病了。麻姑觉得喉咙里塞了东西咽不下去。张开口让华本看，华本看见有一蛇头，张开嘴吐着舌信。华本吓得逃跑了，之后麻姑总算病好了。华本后来在家里抓到一条大蛇，粗约两围，长五六尺，打死后切成肉片，说是用鱼肉做的，招呼麻姑来吃。麻姑觉得味道特别好，一再要求华本把鱼拿来看看。华本因为喝醉了，让家人捧着蛇皮蛇肉给麻姑看。麻姑一看，吐血而死。出自《齐谐记》。

谢 盛

晋安帝隆安年间，曲阿百姓谢盛，有一天坐船到湖里采菱角。看见一条蛟龙向船边游来，谢盛就划船躲开。但蛟龙又尾随在船后，谢盛便用鱼叉叉死了它，因为恐惧赶紧回到家里。到了兴宁年间，普天大旱，谢盛和同伴的几个人步行走到湖中，只见当年叉死蛟龙的叉了还在地上，就拾起来说："这是我的叉子。"别人问他是怎么回事，他就把当年的事如实说了。走了几步，就觉得心痛，回到家里，一宿就死了。出自《幽冥录》。

李 婴

东晋安帝义熙年间，鄱阳李婴、李滔兄弟二人，善使弩箭，曾射死一只驼鹿，砍下四条腿，悬挂在树上，又烤了它的内脏。正要一起吃，远远看见山下走过来一个人，身长有三丈多，那人迈着大步，手里拿着一个大口袋。来到后就收拾起那只驼鹿的头、骨骼和皮，还有正在火上烤着的杂肉，一起装到那个大口袋里，径直背着进山了。李婴兄弟俩不一会儿全死了。出自《广古今五行记》。

许 宪

晋义熙年间，余杭县有座仇王庙。高阳人许宪任县令，其子在庙旁放火围猎，在祠前大便。忽有三只白獐从屋中跑出，其子

引弓射，忽失所在。复以火围之，风吹火反，覆其面，欲去莫从，遂烧死。而宪以事免官。出《广古今五行记》。

益州人

宋元嘉初，益州刺史遣三人入山伐樵。路迷，忽见一龟，大如车轮，四足各躩一小龟而行，又有百余黄龟从其后。三人叩头，请示出路。龟乃伸颈，若有意焉。因共随逐，即得出路。一人无故取小龟，割以为臛，食之。须臾暴死，唯不啖者无恙。出《异苑》。

章安人

宋元嘉中，章安县人，尝屠虎。至海口，见一蟹，匡大如笠，脚长三尺，取食甚美。其夜，梦一少妪语云："汝啖我肉，我食汝心。"明日，其人为虎所食。出《广古今五行记》。

元稚宗

宋元稚宗者，河东人也。元嘉十六年，随钟离太守阮愔在郡，愔使稚宗行至远村，郡吏盖苟、边定随焉。行至民家，恍惚如眠，便不复寤。民以为死，舁出门外，方营殡具，经夕能言。说初有一百许人，缚稚宗去，数十里至一佛图，僧众供养，不异于世。有一僧曰："汝好猎，今应受报。"便取稚宗，皮剥脔截，具如治诸牲兽之法。复纳于澡水，钩口出之，

立刻拉弓射它们，又忽然看不见獐子的踪影了。许宪的儿子又用火烧围猎，但火反而向他扑面而来，他想要逃跑却不知向哪里跑，不一会儿就被烧死了。许宪后来也因为犯事而被免职。_{出自}《广古今五行记》。

益州人

南朝宋元嘉初年，益州刺史派三个人进山砍柴。这三个人在山里迷了路，忽然看见一只大龟，如车轮一般大，四只脚各踩一只小龟朝前走，还有一百多只小黄龟跟在它的后边。三人向大龟叩头请大龟指示出路。大龟伸了伸脖子，好像有什么意思。三个人就跟着大龟走，终于找到了出山的道路。其中有一个人无缘无故抓了一只小龟，宰杀后做成龟肉羹吃了。不一会儿突然死了，只有没吃的人平安无事。_{出自《异苑》。}

章安人

南朝宋元嘉年间，章安县有个人曾杀虎。他到海口，看见一只螃蟹，如斗笠一样大，蟹脚就有三尺长，就把它抓来吃了，味道美极了。当天晚上，他梦到一少妇对他说："你吃了我的肉，我要吃你的心。"第二天，这个人就被老虎吃了。_{出自《广古今五行记》。}

元稚宗

南朝宋的元稚宗，是河东人。元嘉十六年，跟随钟离太守阮愔在郡中任职，阮愔派稚宗到很远的一个村子去，郡中役吏盖苟、边定二人随从。稚宗走到一户百姓家，忽然恍惚好像睡着了，过了很长时间也不醒。这户人家以为他死了，就把他抬出门外，正在准备殡葬用的东西，经一晚稚宗又能说话了。稚宗说，当初有一百多人，把他捆绑去，走了几十里地到了一个佛院，在那里众僧人的供养，和世间没有什么两样。其中有一个和尚说："你喜好打猎，现在应该受到报应。"说着就拉过稚宗，扒皮碎割，完全像对待牲畜那样。又把他放到热水里去洗，拽着嘴拎出来，

剖破解切,若为脍状。又镬煮炉炙,初悉糜烂,随以还复,痛恼苦毒,至三乃止。问:"欲活否?"稚宗便叩头请命,道人令其蹲地,以水灌之,云:"一灌除罪五百。"稚宗苦求多灌,沙门曰:"唯三足矣。"见有蚁类数头,道人曰:"此虽微物,亦不可杀,无复论巨此者也,鱼肉自此可戒耳。斋会之日,悉著新衣,无新可浣也。"稚宗因问:"我行旅有三,而独婴苦,何也?"道人曰:"彼二人自知罪福,知而无犯。唯尔愚蒙,不识缘报,故以相戒。"因尔便苏,数日能起,由是遂断渔猎云。出《祥异记》。

王昙略

宋谯国城父人王昙略,常以牛作脯为业。欲杀一牛,牛见刀,辄跳踯欲走去。昙略怒,乃先以刀刺牛目。经少时,其人眼无故血流出。出《广古今五行记》。

广州人

宋元嘉中,广州有三人,共在山中伐木。忽见石窠有三卵,大如升,取煮之。汤始热,闻林中如风雨声,须臾,一蛇大十围,长四五丈,径来汤中,衔卵而去。三人无几皆死。出《搜神记》。

东兴人

临川东兴有人入山,得猿子,便将归。猿母自后逐至家,此人缚猿子于庭中树上,以示之。其母便搏颊向人,

剖切一顿，好像要剁成肉酱。又放到大锅里煮，放在火上烤，都已熟烂了，又让他恢复原样，他痛苦万分，经过多次这样折腾才停止。又问他："你想活不想活了？"稚宗吓得连忙磕头请求饶命，和尚让他蹲在地上，用水浇灌他，说："灌一次除掉五百个罪过。"稚宗苦苦哀求多灌几次，和尚说："只要灌三次就行了。"这时看见有几只蚂蚁，道人说："这虽然是小生命，也不可以杀，更不要说比它大的了，鱼肉从此就戒掉吧。到了斋会的时候要穿新衣服，没有新的洗干净的也可以。"稚宗趁这个机会问他："我们一共有三人同行，为何只有我遭此苦难？"道人说："那两个人已经知道自己的罪过，知道后再也没有犯。只有你愚蠢糊涂，不知因缘报应，所以今天用这种办法惩戒你。"然后就苏醒了，过了几天能起床下地，从此稚宗再也不打渔狩猎了。出自《祥异记》。

王昙略

南朝宋谯国城父有一个叫王昙略的人，平常以做牛肉干为业。有一天，他要杀一头牛，这头牛看见刀，就跳着不肯前进想要逃跑。昙略很生气，就先用刀刺瞎了牛眼。过了不一会儿，昙略的眼睛无缘无故也流出了血。出《广古今五行记》。

广州人

南朝宋元嘉年间，广州有三个人一起到山上去伐木。忽然，他们看见一个石窠里有三个蛋，蛋有量粮食用的升那么大，他们拿出来进行烹煮。刚刚把水烧热，就听到树林里发出了如同刮风下雨的声音，不一会儿，出现一条大蛇，这条蛇粗约十围，长有四五丈，直奔大锅而来，衔着三个蛋就走了。三个人不久之后都死了。出自《搜神记》。

东兴人

临川东兴有人进山，抓到一只小猿，带回家。母猿随后追到，这人把小猿拴在院中的树上，给它看。母猿拍着脸颊对着人，

若哀乞，直是口不能言耳。此人既不能放，竟击杀之，猿母悲唤，自踯而死。此人破肠视之，皆断裂矣。未半年，其人家疫，一时死尽灭门。出《搜神后记》。

陈 莽

临川陈莽，少以射猎为业。与人逐鹿入山，有一大树，可三十围，莽息其下。忽有白气，去地十丈许，莽因射之，若有所中，洒血布地。闻空中语云："正中大王。"俄见一大蛇挂树，身有箭。顷刻，有群蛇辏辐向莽，莽虽驱击，而来者数多，盘绕莽身，咂咂有声，须臾散去。视莽，唯见一聚白骨。出《广古今五行记》。

沛国人

沛国有一士人，同生三子，年将弱冠，皆有声无言。忽有一人从门过，因问曰："此是何声？"答曰："是仆之子，皆不能言。"客曰："君可内省，何以致此？"主人异其言，思忖良久，乃谓客曰："昔为小儿时，当床上有燕巢，中有三子，其母从外得哺，三子皆出口受之，积日如此。试以指内巢中，燕雏亦出口受之。因以三薔茨食之，既而皆死。昔有此事，今实悔之。"客曰："是也。"言讫，其三子之言语，忽然周稳，盖能知过之故也。出《续搜神记》。

齐朝请

齐国有一奉朝请，家甚豪侈，非手杀牛，则啖之不美。

像哀求他放掉小猿,只是不能说话罢了。这人不仅坚决不放,最后竟把小猿打死了,母猿悲伤地呼唤着,跳起来,落在地上死了。这人破开母猿的肚子一看,它的肠子全都断裂了。不到半年的时间,这家人就都得了瘟疫,不长时间满门死尽。<small>出自《搜神后记》。</small>

陈蓁

临川的陈蓁,少时就以射猎为职业。有一天,他和别人一起追鹿进山,看见一棵大树,有三十围那么粗,便在树下休息。忽然有一团白气,离地面约有十多丈,陈蓁连忙用箭射,好像射中了什么,满地溏血。这时听到空中有人说:"正好射中大王。"不一会儿,看见一条大蛇挂在树上,身上有一支箭。立刻,就有一群蛇从四面向陈蓁包围过来,陈蓁虽然奋力驱赶击打,然而来的蛇太多,盘绕在其身上,发出哑哑的声音,一会儿才四散而去。这时再看陈蓁,只见一堆白骨了。<small>出自《广古今五行记》。</small>

沛国人

沛国有一个读书人,他的妻子一胎生了三个儿子,三人快要二十岁了,都只能发声不会说话。有一天,忽然有一人从门前经过,见此情景就问:"这是什么声音?"回答说:"是我的儿子,都不会说话。"客人说:"你自己反省一下,为什么会这样?"主人很惊异,思考很久,才对客人说:"我小的时候,床头上有燕窝,里面有三只小燕雏,它们的母亲从外面找到食物喂它们,三只小燕雏都张开嘴接着,每天都是如此。我就把手指伸到燕窝里,燕雏也张开嘴来接。于是我就用三个蒺藜喂它们,它们就都死了。过去有这样的事,现在太后悔了。"客人说:"这就是了。"说完,他的三个儿子都会说话了,这大概是能知过的原因吧。<small>出自《续搜神记》。</small>

齐朝请

齐国奉朝请,家中豪华奢侈,不是亲手杀的牛,吃着不香。

年三十许,病笃,见大牛来,举体如被刀刺,叫呼而终。又江陵高伟,入齐凡数年,向幽州淀中捕鱼。后病,每见群鱼啮之而死。 出《颜氏家训》。

伍寺之

南野人伍寺之,见社树上有猴怀孕,便登树摆杀之。梦一人称神,责以杀猴之罪,当令重谪。寺之乃化为大虫,入山,不知所在。 出《述异记》。

苏 巷

新野苏巷,常与妇佃于野舍。每至田时,辄有一物来,其状似蛇,长七八尺,五色光鲜,巷异而饲之。经数载,产业加焉。妇后密打杀,即得能食之病,进三斛饭,犹不为饱。少时而死也。 出《异苑》。

阮 倪

阮倪者,性特忍害。因醉出郭,见有放牛,直探牛舌本,割之以归,为炙食之。其后倪生一子,无舌,人以为牛之报也。 出《述异记》。

邵文立

梁小庄严寺,在建业定阴里,本是晋零陵王庙地。天监六年,度禅师起造。时有邵文立者,世以烹屠为业,尝欲杀一鹿,鹿跪而流泪,以为不祥。鹿怀一麖,寻当产育,就庖

三十多岁时,得了重病,看见一头大牛向他奔来,他全身就像被刀刺一样,大叫而死。又有江陵人高伟,到齐国有几年了,向来喜欢到幽州的湖泊里捕鱼。后来得了病,经常看见好多群鱼来咬他,最终也死了。出自《颜氏家训》。

伍寺之

南野人伍寺之,看见社树上有一只怀孕的猴子,就爬上树把猴子击杀了。之后伍寺之梦到一个人自称是神,谴责他杀猴之罪,说他应受重责。伍寺之就化为一只老虎,进入山中,现在不知在哪里。出自《述异记》。

苏 巷

新野有个叫苏巷的人,经常同妻子到野外去种地。每次到田里时,就会有一个东西来,这个东西形状像蛇,长有七八尺,全身发出五色之光,苏巷很奇怪,就给它食物吃。经过几年,苏巷的财产逐渐增加。妻子后来偷偷地打死了它,立刻就得了能吃的病,每天吃三十斗饭还不饱。不多时就死了。出自《异苑》。

阮 倪

阮倪,性情非常残忍狠毒。有一天喝醉酒出了城,看见一头正在散放的牛,他直伸到牛的舌根,割下牛舌回家,之后用火烤着吃了。这以后阮倪有了一个儿子,这孩子生来就没有舌头,人们都认为是他残害牛的报应。出自《述异记》。

邵文立

南朝梁时的小庄严寺,坐落在建业的定阴里,原来这里本是东晋零陵王的庙地。梁武帝天监六年,由度禅师监督修造了小庄严寺。当时有个叫邵文立的人,世代都以屠宰牲畜为职业,曾经想要杀一只鹿,这只鹿却跪着流出了眼泪,文立以为不吉祥。那只鹿正怀着一只小鹿,不久就要出生了,所以才靠近厨房向厨师

哀切,同被刳割。因斯患疾,眉须皆落,身疮并坏。后乃深起悔责,求道度禅师,发大誓愿,罄舍家资,回买此地,为立伽蓝。 出《梁京寺记》。

梁元帝

梁元帝讳绎,母阮脩容,曾失一珠。元帝时绝幼,吞之,谓是左右所盗,乃炙鱼眼以厌之。信宿之间,珠便出,帝寻一目致眇,盖鱼之报也。 出《韵对》。

望蔡令

梁孝元在江州时,有人为望蔡县令。经刘敬躬乱,县廨被焚,寄寺而住。民将牛酒作礼,县令以牛击杀,屏除像设,铺陈床座,于堂上接宾客。未杀之顷,牛解,径来至阶而拜,县令大笑,遂令左右宰之。饮啖醉饱,便卧于檐下,及醒,即觉体痒,爬搔隐疹,因尔成癞,十许年死。 出《颜氏家训》。

僧昙欢

后周武帝时,敷州义阳寺僧昙欢有羊数百口,恒遣沙弥及奴放于山谷。后沙弥云:“频有人来驱逐此羊。”欢乃多将手力,自往伺之。后见此人,立于东岸树下,遥谓欢曰:“汝之畜养猪羊,其罪最甚,不久自知,何劳护惜。”欢骤马绕谷就之,而觅不见。少时灭法教,资财并送官府,公私牵挽,

哀求，但邵文立没有饶过它，两只鹿一同被宰割了。邵文立因此而得了病，眉毛胡须全部脱落，身上也生了很多疮。他后悔不已，深深地责怪自己，到度禅师那里求道，并发下宏大誓愿，把家产卖光，买了这块地皮，建此佛庙。<small>出自《梁京寺记》。</small>

梁元帝

梁元帝名绎，母亲叫阮脩容，她曾经丢失一粒珍珠。元帝当年还很小，是他把珍珠吞了，反说是左右侍人偷去了，于是就烧烤鱼眼来诅咒偷珠人。过了一宿珍珠随大便解出，而元帝也立刻瞎了一只眼，这大概是鱼的报复吧。<small>出自《韵对》。</small>

望蔡令

梁孝元帝在江州的时候，有一人任望蔡县县令。经刘敬叛乱，县衙被焚烧了，县令寄住在一座寺庙里。百姓用牛和酒作礼物送去，县令让人把牛杀了，拆除了佛像和其他陈设，铺床安凳，就在厅堂上接待起宾客来。那头牛还没有被杀的时候，自己解开绳索，径直走到台阶下下拜，请求免死，县令感到很可笑，命令左右把牛杀了。酒足饭饱，县令躺在屋檐下休息，醒了以后，觉得浑身发痒，抓挠皮肤上的小疙瘩，后来就变成癞疮，十多年后死了。<small>出自《颜氏家训》。</small>

僧昙欢

后周武帝时，敷州的义阳寺有个和尚叫昙欢，他有几百只羊，每天都派小和尚和寺里的雇工到山谷中放牧这些羊。后来小和尚对昙欢说："经常有个人来驱赶我们的羊。"昙欢就带了很多人手，亲自去查看。之后看见有一人站在东岸的大树下，远远地对昙欢说："你当和尚的畜养猪羊，罪过最大了，不久的将来你就会知道，何必费力护卫爱惜。"昙欢听了很生气，驱马绕过山谷想要找他理论，但到了那地方根本不见人影。过了不长时间，朝廷取缔佛教，寺院的财产也一并没收充公，公私财产相互牵扯，

并皆分散。欢还俗，贫病而死。出《广古今五行记》。

释僧群

释僧群，清贫守节，蔬食持经。居罗江县之霍山，构立茅室，孤在海中。上有石盂，水深六尺，常有清流。古老相传，是群仙所宅，群因绝粒。其庵舍与石盂隔一小涧，常以木为梁，由之以汲水。年至一百三十，忽见一折翅鸭，舒翼当梁头，群将举锡拨之，恐有转伤，因此回归，遂绝水数日而终。临终，谓左右曰："我少时，曾折一鸭翅，验此以为报也。"出《高僧传》。

竺法惠

竺法惠，本关中人，方直有戒行。行至嵩高山，忽谓弟子法昭曰："汝过去时，折一鸭脚，其殃即至。"俄而昭为人所掷物折脚，遂永疾废焉。出《高僧传》。

冀州小儿

隋开皇初，冀州外邑中有小儿，年十三，常盗邻卵，烧煨食之。翌日侵旦，有人叩门，呼此儿声。父令儿出应之，见一人云："官唤汝。"儿曰："呼我役者，入取衣粮。"使者曰："不须也。"因引儿去。村南旧是桑田，耕讫未下种，此小儿忽见道右有一小城，四面门楼，丹素甚严，此儿怪曰："何时有此城？"使者呵之勿言，因至城北门，令小儿前入。小儿入阃，城门忽闭，不见一人，唯是空城，地皆热灰碎火，

一起被散发了。昙欢被迫还俗后,贫病交迫而死。<small>出自《广古今五行记》。</small>

释僧群

释僧群清贫守节,仅吃蔬菜修习经文。他住在罗江县的霍山上,自己修建茅屋,在海中孤独地住着。山上有个大石盂,盂中的水深有六尺,常有清清的溪流流出来。古时相传,这是仙人居住的地方,群于是也断粮。他的房屋与石盂中间隔着一条小山涧,他平常用一根木头作小桥,通过小桥去石盂打水。他一百三十岁这年,忽然看见一个折了翅膀的鸭子,舒展着翅膀挡在桥头,群想用锡杖把它拨走,又怕伤害了它,没办法只好回去,这样断水几天后就死了。临死的时候对左右的人说:"我少年的时候,曾经折断了一只鸭的翅膀,发生这件事就是报应啊。"<small>出自《高僧传》。</small>

竺法惠

竺法惠,本来是关中人,为人端方正直恪守戒律。走到嵩高山,忽然对身边的弟子法昭说:"你过去曾折断一只鸭脚,这事带来的灾祸就要来了。"不一会儿法昭就被别人扔的东西砸断了小腿,造成终身残疾。<small>出自《高僧传》。</small>

冀州小儿

隋开皇初年,冀州城外有一个小孩,十三岁,经常偷邻居家的禽蛋,烧烤着吃。第二天早晨,有人敲门招呼这个小孩。小孩的父亲让他出去看看,只见一人对他说:"官府让你去。"小孩说:"叫我服劳役吧,我去拿点衣服和干粮。"那人说:"不用。"就带着小孩走了。村南边原来是桑田,已经耕完还没下种,这时小孩忽然看见道的右边有一个小城,四面是门楼,粉饰得很庄严,小孩很奇怪地说:"什么时候有了这个城?"那人呵斥他不要说话,走到城的北门,那人让小孩先进去。小孩刚迈进门槛,城门突然关闭,城里一个人也没有,只是座空城,地上都是热灰和碎火,

深才没踝。小儿忽呼叫,走趋南门,垂至即闭。又走趋东西,亦皆如是,未到则开,既至便阖。时村人出田采桑,男女甚众,皆见儿在耕田中啼泣,四方驰走,皆相谓曰:"此儿狂耶?且来如此,游戏不息。"至于食时,采者皆归,儿父问曰:"见吾儿否?"桑人答曰:"父儿在村南走戏,唤不肯来。"父出村外,遥见儿走,大呼其名,一声便住,城灰忽然不见。父儿倒,号泣言之。视其足,半胫已上,血肉焦干,膝已下,红烂如炙。抱归养疗,髀已上肉如故,膝已下遂为枯骨。邻里闻之,看其走处,足迹通利,了无灰火。良因实业,触处见狱。有道惠法师,本冀州人,与小儿邻邑,亲见其事。

出《冥报记》。

没过脚踝。小孩哭喊着往南门跑，刚到南门，南门就关闭了。又往东门、西门跑，也都是这样，没跑到时开着，等跑到了就关上。当时村里人都出来种田采桑，男男女女人很多，都看见小孩在耕地里哭，又四面奔走，都说："这小孩疯了吗？一大早就来这里玩儿，也不休息。"到了该吃饭的时候，采桑的人都回去了，小儿的父亲就问："看见我家孩子了吗？"采桑人回答说："你的孩子在村南边跑着玩儿，招呼他也不肯回来。"父亲来到村外，远远就看见小孩还在跑，大声招呼他的名字，只叫了一声小孩就停住了，城里的灰火也突然不见。小孩倒在地上，号哭着对父亲说了经过。父亲一看他的脚，半条多的小腿，血肉焦干，膝盖以下，红烂得像用火烤了一样。父亲把小孩抱回家治疗养伤，大腿以上的肉还同以前一样，膝盖往下成了枯骨。邻居们听说这件事后，都到小孩跑的地方去看，只见脚印还很清楚，根本没有什么灰火。实在是因为实际造的恶业，到处都是地狱。有一个道惠法师，冀州人，与小孩家是邻居，亲眼看见了这件事。出自《冥报记》。

卷第一百三十二
报应三十一 杀生

王将军　　姜略　　　贺悦　　李寿　　方山开
王遵　　李知礼　　陆孝政　　果毅　　刘摩儿
店妇　　屠人　　　刘知元　　季全闻　当涂民
张纵

王将军

　　骁骑将军王某者，代郡人。隋开皇末年，出镇蒲州，性好畋猎，所杀无数。有五男，无女。后生一女，端美，见者皆爱怜之，父母犹钟爱。既还乡里，女年七岁，一旦忽失所在，皆疑邻里戏藏匿之，访问不见。诸兄驰马远寻，去家三十余里，得于荒野中，冥然已无所识，口中唯作兔鸣，足上得荆棘盈掬。经月余，不食而死，父母悲痛甚，以为畋猎杀害之报也。后合家持斋，不复食肉。大理寺丞蔡宣明，曾为代府法曹，亲说之。出《冥报记》。

姜　略

　　隋鹰扬郎将天水姜略，少好畋猎，善放鹰犬。后遇病，见群鸟千数，皆无头，围绕略床，叫鸣曰："急还我头来！"

王将军

　　有个姓王的骁骑将军,代郡人。隋文帝开皇末年,出外镇守蒲州,这个人喜好打猎,所杀禽兽无法计算。他有五个儿子,没有女儿。后来生了一个女儿,端庄美丽,见到的人都很怜爱她,父母更加钟爱。王某辞官回到乡里,这时他的女儿七岁了,有一天早晨忽然找不到他的女儿了,大家都认为是邻居开玩笑藏起来了,到各家去问,都说没看见。她的几个哥哥就骑上马去远处找,离家三十多里,在一片荒野中找到了她,但她已经昏迷没有了意识,口里只发出兔叫的声音,脚上还扎着满捧的荆棘。经过一个多月,什么也不吃就死了,她的父母特别悲痛,认为这是以前打猎杀生的报应。后来全家吃斋,再不吃肉食。大理寺寺丞蔡宣明,曾为代郡法曹,他亲口说的这件事。出自《冥报记》。

姜　略

　　隋朝鹰扬郎将、天水人姜略,少时好打猎,善放鹰犬。后来得病,见有一千多只无头鸟,绕着他的床,鸣叫说:"快还我的头!"

略辄头痛气绝,久而后苏。因请众僧,急为诸鸟追福,许之皆去,既而得愈。终身绝酒肉,不杀生命。姜略尝自说其事。出《冥报记》。

贺　悦

唐武德中,隰州大宁人贺悦,为邻人牛犯其稼,乃以绳勒牛舌断。后生三子,并皆喑哑,不能言。出《法苑珠林》。

李　寿

唐交州都督遂安公李寿,贞观初,罢职归京第。性好畋猎,常笼鹰数联,杀邻狗喂鹰。既而公疾,见五犬来责命,公谓之曰:"杀汝者奴通达之过,非我罪也。"犬曰:"通达岂得自任耶?且我等既不盗汝食,自于门首过,而枉杀我等,要当相报,终不休也。"公谢罪,请为追福,四犬许之。一白犬不许,曰:"既无罪杀我,我未死间,汝又生割我肉,脔脔苦痛,我思此毒,何有放汝耶?"俄见一人,为之请于犬曰:"杀彼于汝无益,放令为汝追福,不亦善乎?"犬乃许之。有顷公苏,遂患偏风,肢体不遂,于是为犬追福,而公疾竟不差。出《冥报记》。

方山开

唐曹州武城人方山开,少善弓矢,尤好游猎,以之为业,所杀无数。贞观十一年死,经一宿苏,云:初死之时,被二十人引去,行可十余里,即上一山,三鬼共引山开,登梯而进,

姜略头痛难忍,断了气,过了很长时间才苏醒。因此他就请了很多和尚,急忙为鸟祈祷祝福,许了愿,好些鸟才飞走,病也立刻好了。从此以后再也不喝酒不吃肉,不杀生命。姜略曾自己说起这件事。出自《冥报记》。

贺　悦

唐高祖武德年间,嶲州大宁有个人叫贺悦,因为邻居的牛损坏了他的庄稼,就用绳子把牛的舌头勒断了。后来他生了三个儿子,都是哑巴,不能说话。出自《法苑珠林》。

李　寿

唐朝交州都督遂安公李寿,贞观初年,罢职回到京城的府第。李寿喜好打猎,用笼子养了好几对鹰,又杀邻居的狗喂鹰。不久他得了病,病中看到五只狗来要求偿命,李寿对它们说:"杀你们的是奴仆通达,不是我的罪过。"狗说:"通达怎么能自己做主呢?况且我们也没有偷你的东西吃,仅从你门前经过,就随便杀了我们,一定要报仇,最终不会放过你。"李寿道歉请罪,并说一定为它们追福,其中四只狗同意了。有一只白狗不答应,说:"你无辜杀我,我未死的时候,你又生割我的肉,每割一块我就痛苦不堪,我回想起你这样狠毒,怎么能饶过你呢?"不一会儿,看见一个人,替李寿求情说:"杀了他对你也没有什么好处,放了他,让他给你追福,不也很好吗?"那只白狗才同意。过了一会儿,李寿苏醒了,但已患了中风,半身不遂,于是为狗追福,然而李寿的病最终也没有好。出自《冥报记》。

方山开

唐朝曹州武城有个人叫方山开,少年时就善使弓箭,特别喜欢游猎,就以打猎为职业,所杀的禽兽不计其数。贞观十一年死去,但经过一宿又苏醒了,他说:刚死的时候,被二十多人拉去,走了十多里,要上一座山,有三个鬼牵着山开,登着梯子往上走,

上欲至顶,忽有一大白鹰,铁为觜爪,飞来,攫山开左颊而去。又有一黑鹰,亦铁觜爪,攫其右肩而去。及至山顶,引至厅事,见一官人,被服绯衣,首冠黑帻,谓山开曰:"生平有何功德?可具言之。"对曰:"立身已来,不修功德。"官曰:"可宜引向南院观望。"二人即引南行,至一城,非常险峻。二人扣城北门数下,门遂开,见其城中赫然,总是猛火。门侧有数毒蛇,皆长十余丈,头大如五斗斛,口中吐火,如欲射人。山开恐惧,不知所出,唯知叩头念佛而已。门即自开,乃还见官人,欲遣受罪。侍者谏曰:"山开未合即死,但恐一入此城,不可得出,未若且放,令修功德。"官人曰:"善。"令前二人送之,依旧道而下,复有鹰欲攫之,赖此二人援护得免。及下山,见一大坑,极秽恶,忽被二人推入,须臾即苏。面及右膊之上,爪迹宛然,终身不灭。遂舍妻子,以宅为佛院,恒以诵经为业。出《法苑珠林》。

王 遵

唐王遵者,河内人也。兄弟三人,并时疾甚。宅有鹊巢,旦夕翔鸣,忿其喧噪,兄弟共恶之。及病瘥,因张鹊,断舌而放之。既而兄弟皆患口齿之疾,家渐贫,以至行乞。出《宣验志》。

李知礼

唐陇西李知礼,少趫捷,善弓射,能骑乘,兼攻放弹,所杀甚多,有时捕鱼,不可胜数。

要到山顶的时候，忽然飞来一只大白鹰，铁爪铁嘴，抓了山开的左脸颊飞走了。又有一只黑鹰，也是铁爪铁嘴，抓了山开的右肩也飞走了。等到了山顶，被带到一个厅堂，看见一个当官的人，穿着红色的衣服，头上戴着黑头巾，他对山开说："你这一生有什么功德？可以全部说出来。"回答说："自从生下来，没有什么功德。"官人说："带他到南院去参观一下。"有两个人就带领山开到南边去，到一城边，此城非常险峻。那两个人敲了几下城北门，门就开了，只见城里光彩鲜明，全是大火。门边有几条毒蛇，都有十多丈长，蛇头有五斗斛那么大，口中往外吐火，像要攻击人。山开非常害怕，不知道从哪里出去，只知道磕头念佛。这时门却开了，山开又回去见那官人，他要把山开送去受罪。这时旁边的侍者说："山开寿数还没尽，但恐怕他进入这城，就不可能出去了，不如暂且放了他，让他积累功德。"官人说："好。"就命之前的二人送山开照原道下山，又有鹰想抓山开，全仗那两个人卫护才免被抓。下了山，看见一个大坑，腥臊恶臭，突然被那两个人推到坑里，一会儿工夫就醒了。山开的脸和右胳膊，被鹰抓的痕迹还很清楚，终身都没有消失。自此山开舍弃了妻子儿女，把住宅当作佛院，整天以诵经为业。出自《法苑珠林》。

王 遵

唐朝的王遵，河内人。兄弟三人，同时病得很重。宅院里有个喜鹊窝，从早到晚飞翔鸣叫，因为气愤喜鹊喧闹聒噪，兄弟三人都很讨厌它们。病好以后，他们把喜鹊捉住，并将它的舌头弄断放了。很快，兄弟三个都得了口腔疾病，家也一天天贫穷，到后来只好讨饭度日。出自《宣验志》。

李知礼

唐朝陇西人李知礼，少时便矫健敏捷，善使弓箭，又能骑马，还能打弹子，因此他杀死的禽兽很多，有时还去捕鱼，抓到的鱼不计其数。

贞观十九年,病数日即死。乃见一鬼,并牵马一匹,大于俗间所乘之马,谓知礼曰:"阎罗王追公。"乃令知礼乘马,须臾之间,忽至王前。王约束云:"遣汝讨贼,必不得败,败即杀汝。"有同侣二十四人,向东北望,贼不见边际,天地尽昏,埃下如雨。知礼等败,知礼语同行曰:"王教严重,宁向前死,不可败归。"知礼回马,射三箭以后,诸贼已稍退却。箭五发,贼遂败散。事毕谒王,王责知礼曰:"敌虽退,何为初战之时即败?"即便以麻辫发,并缚手足,卧在石上,以大石镇而磨之。前后四人,体并溃烂。次到知礼,厉声叫曰:"向者贼退,并知礼之力,还被王杀,无以励后。"王遂释放不管束。

凡经三日,忽向西北出行,入一墙院。见飞禽走兽,可满三四亩,总来索命,渐相逼近。曾射杀一雌犬,此犬直向前啮其面,次及身体,无不被伤。复见三大鬼,各长丈余,其剥知礼皮肉,须臾总尽,唯面目白骨,并五脏等得存。乃以此肉分乞禽兽,其肉剥而复生,生而复剥,如此三日,苦毒之甚,不可胜纪。事毕,大鬼及禽兽等,忽然总失。知礼回顾,不见一物,遂逾墙南走,莫知所之。意中似如一跳千里,复有一鬼逐及知礼,乃以铁笼罩之。有无数鱼竞来唼食。食毕,鬼遂倒回,鱼亦不见。其家旧供养一僧,其僧先死,来与知礼去笼,语知礼曰:"檀越大饥。"授以白物三丸,如枣,令知礼唼之,应时而饱,乃云:"檀越宜还家。"

贞观十九年,他得病后几天就死了。他死后见到一个鬼,牵着一匹马,这匹马比人间的马大些,那鬼对知礼说:"阎罗王让你去。"说着就让知礼骑上马,不一会儿,就到了阎罗王面前。阎罗王对他命令道:"派你去讨伐贼寇,一定不能失败,如果失败就杀了你。"与知礼一同去的有二十四人,知礼向东北望去,只见贼寇多得不见边际,天昏地暗,被踏起的尘土像雨一样。知礼等人寡不敌众败下阵来,这时知礼对同去的人说:"王法森严,宁可向前拼杀而死,不可失败而回。"说着,知礼回马冲杀,向贼人射了三箭以后,贼人稍有退却。知礼又射五箭,贼人于是溃败,四散奔逃。打胜之后知礼参拜阎罗王,阎罗王责问知礼:"贼寇虽然败退,为什么开始时你们失败了?"令人用麻绳绑了头发和手足,让知礼他们躺在一块大石头上,上面又用一块大石压着碾磨他们。前后磨了四个人,身体全都溃烂。等到了知礼,知礼大叫说:"之前将敌人打退,尽到我的能力,现在还是被杀,这样做无法激励后人。"阎罗王听他这么一说,就把他放了,还由他自由活动。

　　过了三天,他自己往西北方向走,进入一有墙的院子。只看满院的飞禽走兽,能覆盖三四亩地那么多,都来向知礼索命,渐渐向他逼近。知礼曾射死一只母狗,这只狗直奔他来咬他的脸,然后又咬他的身体,满身没有一处不被伤的。又来了三个大鬼,每个都有一丈多高,都来剥知礼的皮肉,不一会儿就剥净了,只剩下脸、眼睛、骨头和五脏。这几个鬼把皮肉分给那些禽兽吃,奇怪的是皮肉剥完又生,生完再剥,这样过了三天,知礼真是痛苦难忍,难以用文字表达。此事结束后,大鬼和禽兽们忽然全部消失。知礼四下看了看,什么也没有,于是就跳墙向南跑,也不知到了什么地方。就觉得身体很轻,好像一跳就能走千里,又有一鬼从后面追上他,拿一个铁笼子把他罩上。无数条鱼都来咬他、吃他。吃完了,鬼就回去了,那些鱼也不见了。知礼家以前供养过一个和尚,这个和尚已经死了,他来给知礼去掉了笼子,对知礼说:"施主一定饿了。"拿出三颗白色的东西,像枣,让知礼吃下去,知礼吃后马上就饱了,和尚又说:"施主应该回家了。"

僧亦别去。

知礼所居宅北,见一大坑,其中有诸枪稍攒植,不可得过。见其兄女并婢赍箱,箱内有钱绢,及别置一器饮食,在坑东北。知礼心中,谓此婢及侄女游戏,意甚怪之。回首北望,即见一鬼,挺剑直进。知礼惶惧,委身投坑,即得苏也。自从初死,至于重生,凡经六日。后问家中,乃是侄女持纸钱绢及饭馔为奠礼,当时所视,乃是铜钱丝绢也。出《冥报记》。

陆孝政

唐雍州陆孝政,贞观中为右卫隰川府左果毅。孝政为性躁急,多为残害。府内先有蜜蜂一㼜,分飞聚于宅南树上,孝政遣人移就别㼜。蜂未去之间,孝政大怒,遂以汤就树沃死,殆无孑遗。至明年五月,孝政于厅昼寝,忽有一蜂螫其舌上,遂即红肿塞口,数日而死。出《法苑珠林》。

果　毅

唐贞观、永徽间,盩厔鄠县界有果毅。每客来,恒买豚设馔,卫士家生十豚,总买尽。其最后买者,煮尚未熟,果毅对客坐,遂闻妇人哭声。意疑其妻,向家看之,不哭。至厅,又闻哭声,看妻还不哭,如此数回。后更向家,即闻哭声在门外;若门外,即闻哭声在家中。其客大惊,不安席,似闻哭声云:"男女生十个,总被果毅吃尽。"其客数遍听之,

和尚也告别离开了。

知礼回来后看见自家的北面有一个大坑，坑里有矛枪立在那里，过不去。又看见侄女和奴婢们抬着一个箱子，箱子里都是丝绢和钱，另外放了一些饮食，在坑的东北面。知礼心里想，婢女和侄女怎么做这样的游戏，太奇怪了。知礼回头向北望去，只见一鬼挺剑直奔他而来。知礼惊慌失措，只好跳到坑里，这一跳使得知礼苏醒了。从死到苏醒一共过了六天。后来问家里的人，才知道侄女拿着纸钱、纸绢和饭食为知礼祭奠，当时看却是丝绢和铜钱。出自《冥报记》。

陆孝政

唐朝雍州的陆孝政，贞观年间任右卫隰川府左果毅。孝政性情急躁，做了很多残害生灵的事。他的府内以前有一窠蜜蜂，纷飞聚集在宅院南边的树上，孝政派人把蜂窝移到别的地方。但那群蜜蜂不去，孝政就很生气，马上用开水在树上把蜜蜂全浇死了，一个也不剩。到了第二年五月，有一天白天，孝政在厅堂上睡觉，忽然飞来一只蜜蜂在孝政的舌头上螫了一下，马上那舌头就发红肿胀起来，把嘴都堵上了，几天后孝政就死了。出自《法苑珠林》。

果　毅

唐贞观、永徽年间，蓝屋鄂县有一个叫果毅的人。每次有客人来拜访，他都买猪做菜大摆宴席，卫士家的母猪生了十只小猪，都被他买光了。最后买的那只猪，正在锅里煮着还没熟的时候，果毅和客人对面坐着，忽然听到不知从哪里传来一阵妇人的哭声。起初他怀疑是他的妻子在哭，跑到屋里看，然而妻子并没哭。到了客厅，又听到哭声，再跑过去看看妻子，还是没哭，如此几回。后来改在屋里待客，又听到门外有哭声；跑到门外，又听那哭声在家里。客人也很吃惊，坐不住了，好像听到哭声说："男的女的一共生了十个，都被果毅吃光了。"客人听了好几遍，

了了闻此，客恻之即去。果毅惊，因此得病，数旬而终。长安共传此事焉。 出《法苑珠林》。

刘摩儿

唐汾州孝义县泉村人刘摩儿，显庆四年八月，遇病而终。男师保，明日又死。父子平生，行皆险诐。比邻有祁陇威，因采樵，被车碾死，经数日而苏。乃见摩儿男师保，在镬汤中，须臾之间，皮肉俱尽，无复人形，唯见白骨。如此良久，还复本形。陇威问其故，对曰："我为射猎，故受此罪。"又谓保曰："卿父何在？"对曰："我父罪重，不可卒见。卿既即还，请白家中，为修斋福。"言讫，被使催促，前至府舍，见馆宇崇峻，执杖者二十余人。一官人问曰："汝比有何福业？"对曰："陇威去年正月，在独村看诵一切经，脱衫一领布施，兼受五戒，至今不犯。"官人乃云："若如所云，无量功德，何须来此？"遂索簿勘，及见簿，乃曰："其人合死不虚。侧注云：'受戒布施福助，更合延寿。'"乃遣人送还，当时苏活。 出《法苑珠林》。

店 妇

唐显庆中，长安城西路侧有店家新妇诞一小男。月满日，亲族庆会，欲杀羊，羊数向屠人跪拜。屠人报家内，家内大小不以为征，遂即杀之，将肉就釜煮。余人贪料理葱蒜饼食，令产妇抱儿看煮肉。抱儿火前，釜忽然自破，汤冲

听得很清楚，因为害怕就走了。果毅受到惊吓，因此得病，几十天后死去。长安城都在传说这件事。<small>出自《法苑珠林》。</small>

刘摩儿

唐朝汾州孝义县泉村人刘摩儿，在高宗显庆四年八月得病而死。他的儿子叫师保，在他死后的第二天也死了。父子二人这一生，行为阴险邪恶。他的邻居有一人叫祁陇威，因为上山砍柴，被车压死，过了几天又苏醒了。他死去的时候看见了刘摩儿的儿子师保，师保在一个装满开水的大锅里，片刻之间皮肉都被煮化了，一点儿人样也没有，只见白骨一具。这样过了很长时间又还复原形。陇威就问他这是怎么回事，师保回答说："因为我经常狩猎，所以让我受这个罪。"又问师保："你父亲在哪里？"师保回答："我父亲罪太重了，一时见不到他。你可以马上回去，请告诉我们家里的人，赶快吃斋，为来世造福。"师保刚说完，陇威就被地府的人催促，只好往前走，到了一座府第，只见楼院高深，很是崇峻，正堂两边有二十多人拿着刑杖。一个官员问陇威："你说一下你都做了什么好事？"回答说："我去年正月，在独村几乎诵读了各种经文，也曾脱下一件衣衫施舍，并接受五戒，到现在也没犯戒。"那官员就说："真像你说的那样，你的功德无量，怎么会到这里来？"于是拿生死簿查看，看完后，才说："你这人该死不假。但旁边注着：'受戒布施福助，应该延寿。'"于是派人把陇威送了回来，陇威当时就活了。<small>出自《法苑珠林》。</small>

店　妇

唐高宗显庆年间，长安城西路边有一店家的新媳妇生了一个小男孩。满月这天，亲戚朋友都来庆贺，店主人让屠夫杀一只羊，那羊多次向屠夫跪拜。屠夫把这事向店家报告了，这户人家的大人小孩都不认为是征兆，就让屠夫杀了这只羊，把羊肉放到锅里煮。别人都忙着料理葱蒜饭菜，就让产妇抱着小孩看着锅里的肉。新媳妇抱着孩子来到锅前，锅突然破了，热汤冲击着

灰火,直射母子,母子俱亡。店人见闻之者,多断杀生焉。
出《法苑珠林》。

屠 人

　　唐总章、咸亨中,京师有屠人,积代相传为业。因病遂死,乃被众羊悬之,一如杀羊法。两羊捉手,诸羊捉脚,一羊持刀刺颈,出血数斗,乃死。少顷还苏。此人未活之前,家人见绕颈有鲜血,惊共看之,颈有被刺处,还似刺羊,一边刀孔小,一边刀孔大。数年疮始合。出《广古今五行记》。

刘知元

　　唐虔州司士刘知元摄判司仓。大酺时,司马杨舜臣谓之曰:"买肉必须含胎,肥脆可食,余瘦不堪。"知元乃拣取怀孕牛犊及猪羊驴等杀之,其胎仍动,良久乃绝。无何,舜臣一奴,无病而死,心上仍暖,七日而苏,云:"见一水犊,白额,并子随之,见王诉云:'怀胎五个月,枉杀母子。'须臾,又见猪羊驴等,皆领子来诉。见刘司士答款,引杨司马处分如此。"居三日而知元卒亡。又五日而舜臣死。出《朝野佥载》。

季全闻

　　唐则天初,京兆人季全闻家富于财,性好杀戮。猪羊驴犊,皆烹宰于前。常养鹰鹞数十联,春夏采鱼鳖,秋冬猎狐兔。常与诸子取鸟雀,以刀齐刘其头,即放飞,看其飞得近远,远者为胜,近者为负,以此戏乐。在家极严残,婢妾

火灰,直扑母子,母子全被烫死。当时在店里看到听到这件事的人,多数都不再杀生了。出自《法苑珠林》。

屠 人

唐高宗总章、咸亨年间,京城内有个屠夫,世代相传以此为职业。有一天他突然病死,死时觉得被很多羊悬吊起来,像他平时杀羊一样。两只羊抓手,另外的羊抓脚,又有一只羊拿着刀刺他的脖子,出了几斗血才死。不多一会儿这人又活了。在他没活的时候,家中的人看见他脖子周围有鲜血,很惊奇,都来看,只见他脖子上有被刀刺的地方,像他平时杀羊那样,一边的刀孔小,另一边的刀孔大。几年以后疮口才愈合。出自《广古今五行记》。

刘知元

唐朝虞州司士刘知元任职判司仓。有一次聚会饮酒时,司马杨舜臣对他说:"买肉一定要买带崽的,这种肉肥脆好吃,其余的瘦肉不好吃。"知元以后就挑选怀孕的牛犊和猪羊驴等杀了吃,它们被杀死后,怀的胎还在动,很长时间才能死。不久,舜臣的一个家奴无病而死,但心口还是热的,七天以后又活了,那家奴说:"在阴间见到一只水牛,白色额头,有个小牛犊跟随它,见到阎罗王告状说:'我怀胎五个月,那刘知元无缘无故杀了我们母子。'不一会儿,又见猪、羊、驴等都领子来告状,诉说冤枉。只见刘知元招供,说是杨司马要我这样做的。"过了三天刘知元死去。又过了五天,杨舜臣也死了。出自《朝野佥载》。

季全闻

唐朝武则天当政初年,京兆人季全闻家巨富,财产无数,但此人好杀生。无论猪羊驴牛,都要在跟前烹宰。他经常养鹰几十对,春夏捕鱼鳖,秋冬猎狐兔。又常和诸家弟子抓鸟雀,用刀把鸟头切下,然后放飞,看谁的飞得远,飞得远的为胜者,飞得近的为负者,乐此不疲。季全闻治家也极其残忍毒辣,他的婢妾

及奴客,有少事,或悬开其心,或剜去其眼。其妻初生一子,自眼上个,有皮垂下,至于鼻,从额已后,又有一片皮,垂至于项,有似人着帽焉。后生一子,牙爪如虎,口似鹰吻。又生一子,从项至腰有缝,拨看,见其心肺五脏。生而俱死。其人有兄,亦好鹰犬弋猎,性又残忍酷毒。其妻生男,项上有肉枷,或如鸟兽鱼鳖形,或无眼鼻者数矣。出《广古今五行记》。

当涂民

吴俗,取鲜鱼皆生之,欲食则投之沸汤,偃转移时乃死。天宝八载,当涂有业人取鳝鱼。是春得三头鳝,其子去鳝皮,断其头,燃火将羹之。其鳝则化为蛇,赤文斓斑,长数尺,行趋门外。其子走反顾,余二鳝亦已半为蛇,须臾化毕,皆去。其子遂病,明日死。于是一家七人,皆相继死,十余日且尽。当涂令王休愔,以其无人也,命葬之。出《纪闻》。

张　纵

唐泉州晋江县尉张纵者,好啖鲙,忽被病死,心上犹暖,后七日苏。云:初有黄衫吏告云:"王追。"纵随行,寻见王。王问吏:"我追张纵,何故将张纵来?宜速遣去。"旁有一吏白王曰:"此人好啖脍,暂可罚为鱼。"王令纵去作鱼。又曰:"当还本身。"便被所白之吏引至河边,推纵入水,化成小鱼,长一寸许。日夕增长,至七日,长二尺余。忽见罟师至

和家奴，只要稍有点错误，或者挖心，或者剜眼，残酷到极点。他的妻子生的第一个孩子，有一块皮从上眼皮一直垂到鼻子，还有一块皮从额后直垂到脖颈，好像人戴着帽子似的。生的第二个孩子，其牙爪如虎，嘴像鹰嘴。第三个孩子更奇怪，从脖颈到腰有缝，拔开看，可以看到里面的心肺五脏。这三个孩子全都就死了。季全闻有个哥哥，也好养鹰游猎，性格也残忍酷毒。他的妻子所生的男孩，脖子上有枷一样的肉，有的像鸟兽鱼鳖，有的无眼无鼻。出自《广古今五行记》。

当涂民

吴地的习惯，捕到新鲜的鱼都养起来，想要吃鱼的时候，把鱼放到开水里，等到停止游动时才死。天宝八年，当涂有一人在当年春天捕到三条鳝鱼，他的儿子剥掉鱼皮，割掉鱼头，点着火要做鱼羹。这条鳝鱼立刻就变成了一条蛇，红色的花纹斑斓夺目，有几尺长，爬到门外。他的儿子吓得逃开，回头看的时候，余下那两条鳝鱼也已经半化为蛇，一会儿就全都变成蛇，离开了。他的儿子立刻就得了病，第二天就死了。以后一家七口都相继死去，仅十多天全家死净。当涂县县令王休愔，因为看他家已没有别人，命人把他们家的人埋葬了。出自《纪闻》。

张　纵

唐朝泉州晋江县县尉张纵，特别喜欢吃鱼，有一天突然病死，但心口还是热的，七天后又苏醒了。他说：当初有个穿黄布衫的衙吏告诉我说："阎王喊你去。"张纵跟着他走，不一会儿就见到阎王。阎王问那黄衫吏说："我让你拘的张纵，不是这个张纵，你怎么错拘了他来？赶快让他走。"阎王身旁有个官吏对阎王说："这个人喜欢吃鱼，暂时可以惩罚他当鱼。"于是阎王就命令张纵去作鱼。还说："以后能恢复本身。"张纵就被刚刚在阎王身旁说话的官吏带到河边，并被推下水，变成了小鱼，仅一寸多长。每一天都见长，到第七天时，已长到二尺多长。忽然看见渔夫到

河所下网,意中甚惧,不觉已入网中,为罟师所得,置之船中草下。须臾闻晋江王丞使人求鱼为鲙,罟师初以小鱼与之,还被杖。复至网所搜索,乃于草下得鲤,持还王家。至前堂,见丞夫人对镜理妆,偏袒一膊。至厨中,被脍人将刀削鳞,初不觉痛,但觉铁冷泓然。寻被剪头,本身遂活。时殿下侍御史李萼左迁晋江尉,正在王家餐鲙,闻纵活,遽往视之。既入,纵迎接其手,谓萼曰:"餐脍饱耶?"萼因问:"何以得知?"纵具言始末,方知所餐之鳞,是纵本身焉。出《广异记》。

河里下网,张纵心里很害怕,但不知不觉已进入网中,被渔夫捕获,放到船舱里的乱草下面。不一会儿听到晋江王丞派人找渔夫要鱼,渔夫开始只给他小鱼,被打了一顿。又到放网的地方搜索,便在乱草下得到鲤鱼,拿着回到王家。那鱼到了堂前,看见王丞的夫人对着镜子梳妆,还露着一只胳膊。又被拿到厨房里,被厨师用刀刮了鳞,并不觉得痛,只觉得那刀很冷。不一会儿又被剪掉头,张纵的原身就活了。当时殿下侍御史李萼被降职作晋江县尉,正在王家吃鱼,听说张纵活了,就赶来看他。李萼刚到,张纵就起身迎接,并拉着他的手对他说:"吃鱼吃饱了吗?"李萼觉得奇怪,问他:"你怎么知道这件事?"张纵就详细讲述了全部经过,李萼才知道他吃的鱼是张纵变的。出自《广异记》。

卷第一百三十三

报应三十二 杀生

朱　化　　李　詹　　王公直　　黄　敏　　陈君稜
王洞微　　孙季贞　　崔道纪　　何　泽　　岳州人
徐可范　　建业妇人　广陵男子　何马子　　章　邵
韩立善　　僧修准　　宇文氏　　李　贞　　僧秀荣
毋乾昭　　李　绍

朱　化

　　洛阳人朱化者,以贩羊为业。唐贞元初,西行抵邠宁,回易其羊。有一人见化谓曰:"君市羊求利,当求丰赡,君见羊之小者,以为不可易也,殊不知小者不久而大也,自小而易,及货而大,其利不亦博乎!易之大者,其羊必少,易之小者,其羊必多。羊多则利厚也,羊少则利寡也。"化然之,乃告其人曰:"尔知有小羊,我当尽易之。"其人数日乃引一羊主至,化遂易得小羊百十口,大小羊相杂为群,回归洛阳。行至关下,一夕所易之小羊,尽化为鬼而走。化大骇,莫测其由。明年复往邠宁,见前言小羊之人,化甚怒,将执之诣官府。其人曰:"我何罪也?"化曰:"尔以小羊回易,我驱至关下,尽化为鬼,得非汝用妖术乎?"其人曰:"尔

朱 化

　　洛阳人朱化，以贩卖羊为职业。唐朝贞元初年，往西走到邠宁，买了那地方的羊返回。有一人见到朱化对他说："你既然买卖羊赚钱，应该想办法多赚钱，但你看到小羊，就认为不可以买，你不知道小羊不久就会变为大羊，从小把它买来，等你卖的时候就大了，这里的利润不是很大吗！你买大羊，一定买得少，买小羊，就会买很多。羊多，赚的钱也多；羊少，赚的钱也少。"朱化觉得是这么回事，就告诉那人说："你要是知道哪里有小羊，我就全买下。"那个人不几天就带了一个养羊的人来了，朱化于是买到了小羊一百多头，把大羊和小羊混杂在一起赶回了洛阳。走到关下，只一个晚上时间，所买的小羊都变成鬼跑了。朱化很害怕，猜不出这是怎么回事。第二年又去邠宁，看到和他说买小羊的那个人，很生气，就要把他送到官府去治罪。那人说："我有什么罪？"朱分说："你劝我买小羊，我赶到洛阳城下的时候，那些小羊都变成鬼跑了，这难道不是你使的妖术吗？"那人说："你

贩卖群羊，以求厚利，杀害性命，不知纪极，罪已弥天矣，自终不悟，而反怒我，我即鬼也，当与群羊执尔而戮之。"言讫而灭，化大惊惧，寻死于邠宁焉。出《奇事》。

李 詹

唐李詹，大中七年崔瑶下擢进士第。平生广求滋味，每食鳖，辄缄其足，暴于烈日，鳖既渴，即饮以酒而烹之，鳖方醉，已熟矣。复取驴絷于庭中，围之以火，驴渴即饮灰水，荡其肠胃，然后取酒，调以诸辛味，复饮之，驴未绝而为火所逼烁，外已熟矣。詹一日，方巾首，失力仆地而卒。顷之，詹膳夫亦卒。一夕，膳夫复苏曰："某见詹，为地下责其过害物命，詹对以某所为，某即以詹命不可违答之。詹又曰：'某素不知，皆狄慎思所传。'故得以回。"无何，慎思复卒。慎思亦登进士第，时为小谏。出《玉泉子》。

王公直

唐咸通庚寅岁，洛师大饥，谷价腾贵，民有殍于沟塍者。至蚕月，而桑多为虫食，叶一斤直一镪。新安县慈涧店北村民王公直者，有桑数十株，特茂盛荫翳，公直与妻谋曰："歉俭若此，家无见粮，徒竭力于此蚕，尚未知其得失。以我计者，莫若弃蚕，乘贵货叶，可获钱十万，蓄一月之粮，则接麦矣，岂不胜为馁死乎？"妻曰："善。"乃携锸坎地，卷蚕数箔瘗焉。明日凌晨，荷桑诣都市鬻之，得三千文，市彘肩及饼饵以归。至徽安门，门吏见囊中殷血，连洒于地，遂

卖羊，想多赚钱，杀生害命，不知收敛，犯了弥天大罪，到现在还不醒悟，却对我发怒，我就是鬼，会和群羊一块儿抓你杀了你。"说完就没了踪影，朱化十分害怕，不久就死在邠宁。出自《奇事》。

李 詹

唐朝的李詹，宣宗大中七年在崔瑶主持的考试中进士及第。他平生多方寻求美味，每次吃鳖，就绑上它的脚，放到烈日下曝晒，鳖很渴的时候给它酒喝，然后拿到厨房烹煮，鳖正醉的时候已经被做熟了。又有时把驴拴在庭院里，周围点上火，驴渴得没办法就喝灰水，以此洗它的肠胃，然后再拿酒，放入各种调料，再让驴喝，驴未死而被烈火所烤，外边的肉已经熟了。有一天，李詹刚戴上头巾，突然站不住了，倒地而死。不一会儿，李詹的厨师也死了。过了一天，厨师又苏醒过来，他说："我看到李詹了，阎王正追责他过分残害动物的生命，李詹对阎王说是我干的，我回复说不能违抗李詹的命令。李詹又说：'我根本不知道那样办，是狄慎思教给我的。'所以我才免死又回来了。"过不久，狄慎思也死了。狄慎思也是进士及第，当时作小谏。出自《玉泉子》。

王公直

唐朝咸通庚寅年，洛阳地区饥荒，谷价飞涨，阴沟里、田埂上到处都有饿死的百姓的尸首。到了放蚕的季节，桑叶大多被虫子吃了，桑叶每斤值一镪。新安县慈涧店北村有个村民叫王公直，有桑树几十棵，特别荫翳茂盛，公宜就和妻子商量说："饥荒这么重，家中也没有粮食，就是尽力养蚕，也不知后果怎样。依我看，不如放弃养蚕，趁着桑叶价贵就卖桑叶，这样可以赚钱十万，能积蓄一个月的粮食，就可接上麦熟了，难道不比饿死强吗？"妻子说："好。"于是他就拿着锹挖了一个坑，卷起那几张养蚕的竹席埋了。第二天起早，他挑着桑叶到城里的集市上卖掉，得钱三千文，又在集市上买了猪肩肉以及烧饼、菜肴等回家。到了徽安门，门吏见他的口袋里流出血，点点滴滴洒了一地，于是

止诘之。公直曰："适卖叶得钱，市彘肉及饼饵贮囊，无他也。"请吏搜索之。既发囊，唯有人左臂，若新支解焉。群吏乃反接送于居守，居守命付河南府尹正瑯琊王公凝，令纲纪鞫之。其款示：某瘗蚕卖桑叶，市肉以归，实不杀人，特请检验。尹判差所由监领，就村检埋蚕之处。所由领公直至村，先集邻保，责手状，皆称实知王公直埋蚕，别无恶迹。乃与村众及公直，同发蚕坑，中唯有箔角一死人，而缺其左臂，取得臂附之，宛然符合。遂复领公直诣府，白尹。尹曰："王公直虽无杀人之事，且有坑蚕之咎，法或可恕，情在难容。蚕者天地灵虫，绵帛之本，故加剿绝，与杀人不殊。当置严刑，以绝凶丑。"遂命于市杖杀之。使验死者，则复为腐蚕矣。 出《三水小牍》。

黄　　敏

江西都校黄敏者，因御寇坠马，折其左股，其下遂速以石碎生龟，傅之，月余乃愈。而龟头尚活，龟腹间与髀肉相连而生，敏遂恶之，他日割去。欲下刃，痛楚与己肉无异，不能而止。龟目所视，亦同己所见也。 出《闻奇录》。

陈君稜

曹宋二州西界有大鹤陂，陂左村人陈君稜，少小捕鱼为业。后得患，恒被众鱼所食，痛苦不能自持。若以鱼网盖之，

叫停了他上前盘问。公直说："我刚才卖了桑叶赚到钱，买了猪肉、烧饼等东西装在口袋里，没有别的东西。"公直请门吏搜查。打开口袋，只见有一人的左臂，好像刚肢解下来的。于是一群门吏把公直反绑了送到居守衙门，居守命令送交河南府尹正琅琊人王公凝审理，王公凝命人审问，要依法处置。公直招供道：我埋了蚕卖掉桑叶，买肉回家，确实没有杀人，请派人到家里检验。尹正就派差吏所由监管，带公直到村里去检查埋蚕的地方。所由领公直到村里后，先召集邻里和保长，画押签字，大家都说确实知道公直埋蚕，没干别的什么坏事。差吏就同村里的众人及公直一块挖开埋蚕的坑，坑中竹席的一角上有一个死人，且缺一左臂，把公直口袋里的那只拿来附上，正好相合。差吏就带公直到府里去报告，把情况向尹正说了。尹正说："王公直虽然没有杀人的事，却有坑埋桑蚕之罪，法律上可以饶恕，但情理难容。蚕是天地间的灵虫，是纺纱织布的根本，故意剿杀绝尽，同杀人没有什么两样。应该施以严刑，以禁绝此事。"遂命人在市场上用刑杖将其打死。等派人再到那埋蚕的坑里验尸，则又变成腐烂的蚕了。出自《三水小牍》。

黄　敏

　　江西都校黄敏，因为抗击敌寇从马上坠下来，摔断了左大腿，他手下的人迅速地用石头砸碎一只活着的乌龟，给他敷上，一个多月腿就长好了。然而敷在伤腿上的乌龟的头还活着，龟的腹部与黄敏的大腿肉长在一起，黄敏很讨厌它，有一天想把它割掉。刚想下刀，疼痛得像割他自己的肉一样，不能割，只好停止。龟目看到的，与他自己看到的相同。出自《闻奇录》。

陈君稜

　　曹、宋二州西界有个大鹤陂，在陂左的村庄里有一个人叫陈君稜，这人小时就以捕鱼为职业。后来得了病，总觉得经常被很多鱼食用，痛苦不堪，不知怎么办才好。如果将渔网盖在身上，

痛即止。后为村人盗网去，数日间，不胜痛而死。德州刺史邓某曾任考城令，知此事。出《奇闻录》。

王洞微

唐汾州景云观道士王洞微者，家于孝义县，初为小胥，性喜杀，常钓弋渔猎。自弱冠至壮年，凡杀狼狐雉兔，泪鱼鳖飞鸟，计以万数。后为里尹，患病热月余，忽觉室内有禽兽鱼鳖万数，环其榻而噬之，疮痍被身，殆无完肤。中夕之后，其父母兄弟，俱闻洞微卧内，有群鸟啁啾，历然可辨。凡数年，疾益甚，或有谓洞微父曰："汝子病且亟，宜迁居景云观。"于是卜日徙居。月余，会群道士修斋授箓，是夕洞微瘳。后十年，竟以疾卒。出《宣室志》。

孙季贞

唐孙季贞，陈州人，少好捕网飞走，尤爱啖鸡卵，每每欲食，辄焚而熟之，卒且三年矣。邻有张生者，亦以病卒三日也。忽便起坐，既行，乃径往孙氏家，称季贞，听其言，实季贞，其形故张生也。张氏之族，即诣官以诉。孙云："先是吾不当死，以生平多害物命，故为冤债所诉，以食鸡卵过甚，被驱入于空城中，比入则户阖矣。第见满城火灰，既为烧烁，不知所为。东顾，方见城户双启，即奔从之，至则复阖矣。西顾，从之复然。南顾北顾，从之亦然。其苦楚备尝之矣。一旦，王谓季贞曰：'尔寿未尽，然死且三年矣，何以复还？'主者曰：'邻有张某，死才三日，可借此以托其神魂。'

疼痛就停止了。后来村里人把他的渔网偷走,几天之间,因为忍受不了痛苦而死。德州刺史邓某曾任考城县令,知道这件事。出自《奇闻录》。

王洞微

　　唐朝汾州的景云观有一道士叫王洞微,家在孝义县,起初是个小吏,此人爱好杀生,常钓鱼打猎。从二十岁到壮年,共计杀死的狼、狐狸、雉鸡、野兔、鱼鳖、飞鸟可达万数。后来当里尹,得了病发烧一个多月,那时他忽然觉得屋里有禽兽鱼鳖数万只,环绕在他的床前咬他,满身都是伤口,几乎没有一点好的皮肤。半夜之后,他的父母兄弟都听到他的卧室里有群鸟鸣叫的声音,声音清晰。这样过了几年,他的病更重了,有人对洞微的父亲说:"你的儿子病得很重,最好让他到景云观去。"于是就挑选了一个吉日搬到景云观。一个多月内,会集了很多道士为他修斋授符,当晚洞微的病就好了。十年后,洞微最终病死了。出自《宣室志》。

孙季贞

　　唐朝的孙季贞,是陈州人,少年时就喜好捕捉飞禽走兽,尤其喜爱吃鸡蛋,每次想吃鸡蛋,就用火烧熟,死了已经三年了。邻居有个叫张生的人,也已病死三天。这一天忽然坐起来,能下地走,直奔孙家,自称是孙季贞,听他说的话,确实是季贞,但形体又确实是张生啊。张氏家的人就去官府告状。在官府里,孙季贞说:"以前我不该死,因为一生杀了很多动物,所以被那些冤魂告了,又因为吃鸡蛋太多,被赶进一空城里,刚进去,城门就关上了。只见满城灰火,我被火灰灼烧,也不知道往哪里去。往东看,才看见两扇城门都开着,我就跑去想出去,但是等我跑到那里时城门又关上了。再往西看,同东城门一样。往南往北都是一样。烟熏火烤,又累又乏,那苦痛让我尝尽了。一天早晨,阎王对我说:'你的寿命没尽,然而你死了三年了,怎么复生呢?'这时主簿说:'他有个邻居张生,死了才三天,可以借尸还魂。'

王然之，今我实季贞也。"官不能断。郡牧刘尚书廙，亲呼问之，曰："宜以平生一事，人无知者以为验。"季贞曰："某未死前，尝藏佛经两卷于屋瓦，人实无知者。"命探之，存焉，断归孙氏。出《玉泉子》。

崔道纪

唐前进士崔道纪，及第后，游江淮间。遇酒醉甚，卧于客馆中。其仆使井中汲水，有一鱼随桶而上，仆者得之，以告道纪。道纪喜曰："鱼羹甚能醒酒，可速烹之。"既食良久，有黄衣使者，自天而下，立于庭中，连呼道纪，使人执捉，宣敕曰："崔道纪，下土小民，敢杀龙子，官合至宰相，寿命至七十，并宜除。"言讫，升天而去。是夜道纪暴卒，时年三十五。出《录异记》。

何　泽

唐何泽者，容州人也，尝摄广州四会县令。性豪横，唯以饮啖为事，尤嗜鹅鸭。乡胥里正，恒令供纳，常豢养鹅鸭千百头，日加烹杀。泽只有一子，爱怜特甚。尝一日烹双鸡，爨汤以待沸，其子似有鬼物撮置镬中。一家惊骇，就出之，则与双鸡俱溃烂矣。出《报应录》。

岳州人

唐咸通中，岳州人有村人，涸湖池取鱼，获龟犹倍多。悉刳其肉，载龟板至江陵鬻之，厚得金帛。后归家，忽遍身患疮，

阎王就同意了，现在我实际是孙季贞。"官府不能决断。郡牧尚书刘赟亲自来问他，然后说："应该用他平生的一件事，必须是别人不知道的来验证。"季贞就说："我没死以前，曾把两卷佛经藏在屋瓦下面，别人谁也不知道。"官府命人去探查，果然还在，最后判归孙家。出自《玉泉子》。

崔道纪

唐朝前进士崔道纪，考中后，游览于江淮之间。有一次醉得很厉害，躺在客馆里。他的仆人到井里去打水，有一条鱼随着被打上来，仆人得到这条鱼后，把这件事告诉了崔道纪。崔道纪听后很高兴，说："鱼汤最能解酒，赶快把鱼煮了。"吃了鱼汤后很长时间，有一个穿黄衣的使臣从天上下来，立在庭院里，连声呼叫崔道纪，并派人把他拉过来，宣布诏命说："崔道纪，下方土地的小民，竟敢杀害龙子，本来官应至宰相，寿命到七十，现一并免除。"说完就升天而去。当天晚上，崔道纪暴病身亡，当时三十五岁。出自《录异记》。

何　泽

唐朝的何泽，是容州人，曾经当过广州四会县令。性格强暴蛮横，整天不是吃就是喝，尤其爱吃鹅鸭。他经常命令手下的小吏供纳，在家里也经常养鹅鸭成千上万只，每天都烹杀几只。何泽只有一个儿子，他特别爱怜娇惯。有一天杀了两只鸡，在灶上烧了火等着水开，他的儿子好像有鬼抓着似的被扔到锅里。一家人惊惧害怕得不得了，马上捞出来，可他的儿子已经和那两只鸡都烂熟了。出自《报应录》。

岳州人

唐朝咸通年间，岳州有一个村人，他把湖池里的水全部放干了去抓鱼，结果却抓到了更多龟。他把龟肉剖挖干净后，装着龟板到江陵去卖，卖了很多钱。回到家里以后，突然遍身生疮，

楚痛号叫,邻里不忍闻。须得大盆贮水,举体投水中,渐变作龟形。逾年,肉烂腐坠而死。出《报应记》。

徐可范

唐内侍徐可范,性好畋猎,杀害甚众。尝取活鳖,凿其甲,以热油注之,谓之鳖馄。又性嗜饦驴,以驴縻绊于一室内,盆盛五味汁于前,四面迫以烈火,待其渴饮五味汁尽,取其肠胃为馔。前后烹宰,不纪其数。后扈从僖宗幸蜀,得疾。每睡,见群兽鸟雀啄食其肉,痛苦万状,又须于床下布火,及以油醋灌其身,乃以罟网盖覆,方暂得睡。以日继夜,常须如此,命将尽,惟一束黑骨而已。出《报应记》。

建业妇人

近岁建业有妇人,背生一瘤,大如数斗囊,中有物如茧栗甚众,行即有声。恒乞于市,自言村妇也,常与娣姒辈分养蚕,己独频年损耗,因窃其姒一囊茧焚之。顷之,背患此疮,渐成此瘤。以衣覆之,即气闭闷,常露之乃可,而重如负囊矣。出《搜神记》。

广陵男子

广陵有男子行乞于市,每见马矢,即取食。自云:尝为人饲马,慵不能夜起,其主恒自检视,见槽中无草,督责之。乃取乌梅并以饲马,马齿楚,不能食,竟以是致死。已后因

疼得大哭大叫，邻居都不忍心听。只有把身体全都泡在一个装满水的大盆里才好些，他的身体渐渐地变成了龟的形状。过了一年，他全身肉烂而死。出自《报应记》。

徐可范

唐朝的内侍官徐可范，好打猎，杀害鸟兽生灵很多。曾拿来活鳖，把甲凿开，然后用热油浇烫，称之为鳖饼。他又特别爱吃驴肉，作法也特别：把驴拴绑在屋子里，在盆里装上调好的五味汁液放在驴的前面，再在驴的周围点上烈火，等驴渴了把五味汁液喝光，再杀驴取肠胃做菜吃。前后烹宰的驴不计其数。后来他随从僖宗到蜀地却得了病。每次睡觉都看见一群鸟兽啄吃他身上的肉，痛苦万状，必须在他的床下面烧上火，再用油醋等浇他的身体，用渔网覆盖全身，才能觉得好受些暂时睡一会儿。夜以继日，必须经常这样做，等他快死的时候，只剩一把黑骨头了。出自《报应记》。

建业妇人

近年来建业有一个妇女，背上生了一个大肉瘤，大得像斗囊，里面像有很多茧和栗子，走起来能听到声音。她经常在街市上讨饭，自己说是一个村妇，平常和妯娌们一块儿养蚕，但唯独她养不好，连年亏本，因此她就偷了妯娌的一口袋茧烧了。刚烧完，她的背上就生了疮，逐渐变成了这个大瘤。用衣服盖上瘤就觉得憋闷，只有经常露在外面才行，而这肉瘤重得像背了个大口袋一样。出自《搜神记》。

广陵男子

广陵有个男子在街市上讨饭，每次见到马粪，就拿过来吃。自己说：曾帮人喂马，懒惰不能起夜，马主经常亲自检查，看到槽中没有草，就训斥他。他便把乌梅和草料混在一起喂，马的牙被刺痛，无法食用，最后因此而死。自己后来因为

患病，见马矢，辄流涎欲食，食之，与乌梅味正同，了无秽气。出《稽神录》。

何马子

遂州人何马子好食蜂儿，坐罪，令众于市。忽有大蜂数个，螫其面，痛楚叫呼。守者驱而复来，抵暮方绝。如此经旬乃死。出《儆戒录》。

章邵

章邵者，恒为商贾，巨有财帛，而终不舍路歧，贪猥诛求。因逢鹿，避人而去，鹿子为邵之所获。邵便打杀，弃之林中，其鹿母遥见悲号，其声不已。其日，邵欲夜行，意有所谋也。邵只有子一人，年方弱冠，先父一程行，及困，于大树下憩歇，以伺其父。未间，且寝于树阴中，邵乃不晓是子，但见衣襆在旁，一人熟寐而已。遂就抽腰刀，刺其喉，取衣襆而前行。及天渐晓，见其衣襆，乃知杀者是己子也。嗟乎！章邵凶率如此，报应亦宜然。出《野人闲话》。

韩立善

蜀金雁桥，有韩立善者，作钓钩，积有年矣。因食鱼，鲠喉成疮，颔脱而死。出《儆戒录》。

僧修准

蜀郡大慈寺律师修准，虽云奉律，性甚褊躁。庭前植竹，

这个缘故也得了病,一看见马粪,就馋得流口水,控制不住地想吃,吃了后又觉得和乌梅的味道是一样的,一点臭味也没有。<small>出自《稽神录》。</small>

何马子

遂州人何马子好吃蜂卵,因为犯罪,令他在当街示众。忽然有几只大蜂飞来螫他的脸,他痛苦不堪大声呼叫。看守他的人替他驱赶那些蜂,但赶跑了又回来,直到晚上才绝迹。像这样经过十多天他就死了。<small>出自《儆戒录》。</small>

章 邵

章邵,作商人多年,成为巨富,广有钱财,但他仍干些劫路营生,贪求不义之财。有一次遇到鹿,鹿因怕人而逃走,而鹿子却被章邵抓获。邵当即打死,丢弃在树林中,那母鹿在很远处看见惨状,悲号不停。当天,邵想晚上赶路,图谋不轨。章邵只有一个儿子,年纪刚有二十岁,儿子先走一步与父亲拉开一段路程,走着走着就困了,便在路边的大树下歇一会儿,等着父亲来。不多会儿,就睡在树荫里,章邵不知道是自己的儿子,只见衣服包袱在身旁,而那人熟睡不醒。于是就抽出腰刀,对准那人咽喉刺去,抢走衣服包袱往前走了。等天渐渐亮了,看清了衣服包袱,才知道杀死的是自己的儿子。唉!章邵凶恶残忍到这种地步,报应也是应该的。<small>出自《野人闲话》。</small>

韩立善

蜀地金雁桥的韩立善,作鱼钩已经很多年了。他因吃鱼,鱼刺卡住咽喉,伤变成疮,下巴脱掉而死。<small>出自《儆戒录》。</small>

僧修准

蜀郡大慈寺专管戒律的法师修准,虽然整天念经拜佛,严守戒律,但性格非常偏激暴躁。寺庙的庭院前种着许多的竹子,

多蚁子缘栏槛。准怒，伐去竹，尽取蚁子，弃灰火中。准后忽患癣，疮遍头面。医者云蚁漏疮，不可医，后竟卒。出《儆戒录》。

宇文氏

宇文氏，伪蜀之富家也。孀居国之东门，尝闻寝室上有人行，命仆隶升屋视之，获得野狸三头并狸母，宇文氏杀狸母而存其子焉。未期岁，宇文氏适护戎王承丕。丕杀判官郭延钧一家，宇文氏并前夫一男二女，下狱定罪，赦男女，斩宇文氏。吁！得非杀狸母之所报也！出《儆戒录》。

李 贞

蜀锦浦坊民李贞家，养狗名黑儿。贞因醉，持斧击杀之。李贞临老，与邻舍恶少白昌祚争竞，昌祚承醉，以斧击贞死焉。时昌祚年十九岁，与杀狗年正同，昌祚小字黑儿。冤报显然，不差丝发。出《儆戒录》。

僧秀荣

蜀郡金华寺法师秀荣。院内多松柏，生毛虫，色黄，长三二寸。莫知纪极，秀荣使人扫除埋瘗，或弃于柴积内，僧仁秀取柴煮料，于烈日中晒干，虫死者无数。经月余，秀荣暴卒。金华寺有僧入冥，见秀荣荷铁枷，坐空地烈日中，有万万虫唖噬。僧还魂，备说与仁秀，仁秀大骇，遂患背疮，数日而卒。出《儆戒录》。

很多小蚂蚁爬上竹子，沿着竹子直到栏槛。修准看到后很生气，砍去竹子，把那些小蚂蚁收集起来扔到火里烧了。修准后来忽然得了癣疮病，满头满脸都是疮。大夫说这是蚁漏疮，无法医治，修准最终死了。出自《儆戒录》。

宇文氏

宇文氏，是伪蜀时的有钱人家。在都城的东门孀居，曾听到她的寝室上有走步的声音，就让仆奴上房看看，结果抓获了三只小野狸和一只母野狸，宇文氏就杀了那母狸而把三只小野狸留下了。还没等到年末，宇文氏嫁给了护戎王承丕。因为承丕杀了判官郭延钧一家，宇文氏和前夫的一个儿子两个女儿也被下狱定罪，后来放了孩子，宇文氏被斩首。唉！这难道不是她杀母狸的报应！出自《儆戒录》。

李　贞

蜀地锦浦坊的百姓李贞家里养了一条狗，名叫黑儿。李贞因为喝醉了酒，用斧子把狗砍死了。李贞年老时，和邻居一个恶少年白昌祚争强好胜，昌祚醉了，拿斧子把李贞砍死了。当时白昌祚十九岁，与李贞杀狗时的年岁正好相同，昌祚的小名叫黑儿。很明显这是冤冤相报，竟是不差毫发。出自《儆戒录》。

僧秀荣

蜀郡金华寺有个法师叫秀荣。寺院内种植了很多松柏，树上生一种毛虫，黄色，有二三寸长。这些毛虫无穷无尽，秀荣就派人扫除埋掉，有些就扔到柴堆里，和尚仁秀取柴煮药料，柴取走了，那些毛虫就在烈日下被晒干，死者无数。经过一个多月，秀荣暴病身亡。金华寺有个僧人入冥府，看见秀荣戴着铁枷，坐在空地的烈日中，有数不清的虫子在咬他。这个僧人还魂后，把看到的详细说给仁秀听，仁秀非常害怕，立刻就生了背疮，几天后就死了。出自《儆戒录》。

毋乾昭

蜀人毋乾昭有庄在射洪县，因往庄收刈。有鹿遭射逐之，惊忙走投乾昭，昭闭于空房中。说与邻僧法惠，法惠笑曰："天送食物，岂宜轻舍？"乃杀之，沽酒炙鹿，共僧饮啖。僧食一块，忽大叫云："刀割我心。"呕血，至夕而死。出《徵戒录》。

李　绍

蜀民李绍好食犬，前后杀犬数百千头。尝得一黑犬，绍怜之，蓄养颇厚。绍因醉夜归，犬迎门号吠，绍怒，取斧击犬。有儿子自内走出，斧正中其首，立死。一家惶骇，且捕犬，犬走，不知所之。绍后得病，作狗嗥而死。出《徵戒录》。

毋乾昭

蜀郡毋乾昭在射洪县有个农庄，于是去农庄收割庄稼。正碰上一只中箭的鹿在奔跑，那鹿在惊慌之际跑到乾昭处，乾昭把它关在空房子里。后来把这件事说给邻居一个叫法惠的和尚听，法惠听完笑着说："上天送给的食物，怎么能轻易舍掉呢？"于是就杀了鹿，买酒烤鹿肉，乾昭与法惠同饮同喝。法惠和尚刚吃一块鹿肉，忽然大叫："有刀割我的心。"口吐鲜血，当天晚上就死了。出自《儆戒录》。

李 绍

蜀地百姓李绍好吃狗肉，杀狗成千上万头。他曾得到一只黑犬，很是爱怜，优厚地饲养它。有一次李绍因醉很晚才回来，那黑犬迎门吠叫，绍很生气，找到斧子要砍那犬。这时他的儿子从里面出来，斧子正中其头，当即就死了。一家人惊慌害怕，要捕那黑狗，狗不知跑到哪里去了。李绍后来得了病，像狗一样叫唤，然后死去。出自《儆戒录》。

卷第一百三十四

报应三十三_{宿业畜生}

竹永通	宜城民	韦庆植	赵　太	李　信
谢　氏	王　珍	王会师	解奉先	童安珏
刘自然	李明府	刘钥匙	上　公	施　汴
公乘通	僧审言			

竹永通

隋并州盂县竹永通，曾贷寺家粟六十石，年久不还。索之，云："还讫。"遂于佛堂誓言云："若实未还，当与寺家作牛。"此人死后，寺家生一黄犊，足有白文，后渐分明，乃是竹永通字。乡人渐知，观者日数千。此家已知，遂用粟百石，于寺赎牛，别立一屋，事之如生。仍为造像写经，月余遂死。出《异录》。

宜城民

隋大业八年，宜州城东南里民姓皇甫，其家兄弟四人，大兄小弟，并皆勤事生业。其第二弟名迁，交游恶友，不事

竹永通

　　隋朝时并州盂县有个叫竹永通的人,曾经向寺院里借了六十石粮食,许多年不还。寺院向他讨粮,他却说:"已经还了。"于是就在佛堂前发誓说:"我如果当真没有偿还,那么,我来生当给寺院做牛。"这个人死了以后,寺院里的一头母牛生下了一头黄色的小牛犊,这头小牛犊的脚上有白色的花文,后来渐渐看清楚了,原来却是"竹永通"三个字。这件事渐渐地被乡里的人知道了,每天都有好几千人来看这头小牛犊。竹永通家里的人也知道了这件事,就用一百石粮食把这头牛犊买了回来,另外盖了一间房子,就像竹永通活着一样,精心地喂养这头牛犊。又造佛像,写经文,给竹永通祈祷免罪,结果一个多月后,这头牛犊就死了。 出自《异录》。

宜城民

　　隋朝大业八年,宜州城东南皇甫家,有弟兄四个,兄长小弟都勤劳持家。只有名叫迁的老二,结交了一帮狐朋狗友,不从事

生活。母尝取钱，欲令市买，且置床上。母向舍后，迁从外来，入堂不见人，便偷钱去。母还，觅钱不得，遂勘合家良贱，并云不知。母怒，悉加鞭捶，大小皆怨。至后年迁亡，其家猪生一独子，八月社至，卖与远村社家。遂托梦于妇曰："我是汝夫，为盗取婆钱，枉及合家，浪受楚拷。今我作猪来偿债，将卖与社家，缚我欲杀。汝是我妇，何忍不语男女赎我！"妇初梦，忽寤，仍未信之。复眠，其梦如初，因起报姑。姑曰："吾梦亦如之。"迟明，令兄赍钱诣社官，收赎之，后二年方死。长安弘法寺静琳师，是迁之邻里，亲见其猪，尝话其事焉。出《法苑珠林》。

韦庆植

唐贞观中，魏王府长史韦庆植有女先亡，韦夫妇痛惜之。后二年，庆植将聚亲宾客，备食，家人买得羊。未杀，夜，庆植妻梦见亡女，着青练裙白衫，头发上有一双玉钗，是平生所服者，来见母，涕泣言："昔常用物，不语父母，坐此业报，今受羊身，来偿父母命。明旦当见杀，青羊白头者是，特愿慈恩，垂乞性命。"母惊寤，旦而自往观，果有青羊，

生产经营活动。有一次，他的母亲拿出钱来，想叫人去集市上买些东西，先将钱放在了床上。母亲这时去了后院，迁从外面回来，进屋后看见没有人在屋，就把钱偷走了。母亲回来后，找不到钱，就把全家人都召集起来查问，大家都说不知道。母亲非常生气，就把大家狠狠地鞭打了一顿，全家大小都怨气冲天。到了后年迁死了，他们家养的一头母猪产下了一头猪崽，八月的社日到了，家人就将这头猪崽卖给了远村的一个社官。就在这天晚上，迁给他的妻子托梦说："我是你的丈夫，因为偷了母亲的钱，使全家人都跟着受了冤枉，挨了鞭打。现在我托生为猪来偿还这笔债，可是你们却把我卖到了社官家里，明日社日，他会把我捆绑起来，杀了我用来祭祀。你是我的妻子，怎么忍心不告诉家里人把我赎回来！"他的妻子起初做这个梦，忽然被吓醒了，但依然不信。又睡着了，接着又做了相同的梦，因此就起来告诉了婆婆。婆婆说："我也做了相同的梦。"天还没亮，婆婆就叫迁的哥哥拿着钱到社官家里，把卖出去的猪又买了回来，事情发生后两年那头猪才死。长安弘法寺静琳师父，是皇甫迁的邻居，亲眼看过那头猪，曾经说起这件事。出自《法苑珠林》。

韦庆植

唐朝贞观年间，魏王府长史韦庆植有个女儿死了，韦庆植夫妇二人非常悲痛惋惜。两年后，韦庆植要把亲朋好友请到家里做客，准备饭菜时，手下的人买了些羊。羊还没杀，夜里，韦庆植的妻子梦见了死去的女儿，她穿着青色的绢裙和洁白的上衣，头发上戴着一双玉钗，均是她平生用的东西，见到母亲，她哭泣着说："女儿活着的时候，使用家里的东西，没有跟父母说就偷着拿走了，所以遭了这样的报应，现在我变成了羊，来偿还父母的债。明天天亮我就要被杀掉了，那只青色身子白头的羊就是我，今天特来向母亲请求，希望母亲能慈悲、开恩，可怜女儿，救我一命。"母亲吃惊地醒来，天亮就亲自去看那只羊，果然有一头青羊，

项膊皆白，头侧有两条白，相当如玉钗形。母对之悲泣，止家人勿杀，待庆植至，放送之。俄而植至催食，厨人白言："夫人不许杀青羊。"植怒，即令杀之。宰夫悬羊欲杀，宾客数人已至，乃见悬一女子，容貌端正，诉客曰："是韦长史女，乞救命。"客等惊愕，止宰夫。宰夫惧植怒，但见羊鸣，遂杀之。既而客坐不食，植怪问之，客具以言。庆植悲痛发病，遂不起。京下士人多知此事。出《法苑珠林》。

赵　太

　　唐长安市里风俗，每岁至元日已后，递饮食相邀，号为传坐。东市笔生赵太，次当设之。有客先到，向后，见其碓上有童女，年十三四，着青衫白帽，以急索系颈，属于碓柱，泣泪谓客曰："我主人女也，往年未死时，盗父母钱，欲买脂粉，未及而死。其钱今在舍厨内西北角壁中，然我未用，既以盗之，坐此得罪，今当偿父母命。"言毕，化为青羊白头。客惊告主人，主人问其形貌，乃是小女，死已二年矣。于厨壁取得钱，似久安处。于是送羊僧寺，合门不复食肉。出《法苑珠林》。

脖子往上以及上肢近肩之处全是白色的毛,头的两边还有两条白道,和玉钗的形状相类似。母亲对着那只羊悲痛地哭了,并阻止家人,命令他们不要杀那只羊,等着韦庆植回来说明情由,好把这只羊放了。不一会儿,庆植就来了,催着厨师赶快准备好饭菜,厨师告诉他说:"夫人不允许杀那只青羊。"庆植大怒,就命令屠夫赶紧把羊杀了。屠夫就把羊吊了起来准备宰杀,这时有几位宾客已经到了,他们看见吊着的是一个女子,这女子长得很端正,向客人诉说:"我是韦长史的女儿,乞求你们救我一命。"客人们都十分惊讶,制止屠夫。可是屠夫害怕庆植发怒,而且屠夫只听见羊的叫声,并没有听见羊说什么话,于是就把羊杀死了。过了一会儿,饭菜都摆在了桌上,可是宾客们坐在那里谁都不吃,庆植非常奇怪,宾客们就把刚才的事全都说了。庆植听后悲痛欲绝,就得了重病,一病就病死了。京城里的士大夫不少人都知道这件事。出自《法苑珠林》。

赵　太

在唐朝长安有一种风俗,每年正月初一以后,亲朋们都要轮流请客,人们把这种习俗叫作传坐。东市有个以书写为业的人叫赵太,这次轮到他设宴请客了。有的客人先到了,向后看,看到石臼上有一个小女孩,年纪有十三四岁,穿着青色的上衣,戴着白色的帽子,用一条绳子紧紧地勒着脖子,绑在石臼的架柱子上,哭泣着对来客说:"我是这家主人的女儿,过去没死的时候,偷了父母的钱,想要买脂粉,还没来得及买就死了。那钱现在还在我家厨房里西北角的墙壁中,虽然我没有花,可是我已经是把钱偷了出来,做了这种事,就有罪,现在就应当偿还父母的这笔债。"说完,就变成了一只白头的青羊。客人很惊讶,就把这件事告诉了主人,主人问清楚了那女童的模样,发现正是自己的女儿,她已经死了两年了。主人又在厨房的墙壁中找到了钱,像是放在那里很长时间了。于是主人就把羊送到了寺院里,全家人从此也不再吃肉了。出自《法苑珠林》。

李 信

唐居士李信者,并州文水县之太平里人也,身为隆政府卫士。至显庆年冬,随例往朔州赴审,乘赤草马一匹,并将草驹。是时岁晚凝阴,风雪严厚,行十数里,马遂不进。信以程期逼促,挝之数十下,马遂作人语,语信曰:"我是汝母,为生平避汝父,将石余米与女,故获此报,此驹即是汝妹也。以力偿债向了,汝复何苦敦逼如是!"信闻之,惊愕流涕,不能自胜。乃拜谢之,躬弛鞍辔,谓曰:"若是信母,当自行归家。"马遂前行,信负鞍辔,随之至家。信兄弟等见之,悲哀相对,别为厂枥养饲,有同事母,屈僧营斋,合门莫不精进。乡闾道俗,咸叹异之。时工部侍郎孙无隐、岐州司法张金庭为丁艰在家,闻而奇之,故就信家顾访,见马犹在,问其由委,并如所传。出《冥报拾遗》。

谢 氏

唐雍州万年县阎村,即灞渭之间也,有妇女谢,适周县元氏,有女适回龙村人来阿照。谢氏永徽末亡,龙朔元年八月,托梦于来氏女曰:"我生时酷酒,小作升,乃取价太多,量酒复少,今坐此罪,子北山下人家为牛。近被卖与法界寺夏侯师,今将我向城南耕稻田,非常辛苦。"及寤,其女涕泣为阿照言之。至二年正月,有法界寺尼至阿照村,女乃问尼,尼报云:"有夏侯师是实。"女即就寺访之,云:"近

李　信

　　唐朝有个居士叫李信，他是并州文水县太平里的人，在隆政府担任卫士。到了显庆年的冬天，按旧例去朔州赴审，他骑了一匹红色的马，还带着它的小马驹。这时正是年末，阴云蔽日，风大雪厚，天寒地冻，走了十多里路，马就不能走了。李信因为时间紧迫，就连打了这匹马几十下，马就像人似的说起话来，马告诉李信说："我是你的母亲，因生前背着你父亲，把一石多米给了女儿，所以得到了这样的报应，这个小马驹就是你的妹妹。我们凭着力气来偿还过去的债，你又何苦这样逼迫我们！"李信听了这些话，惊讶地流下了眼泪，不能控制自己的感情。就下拜谢罪，并放松了鞍辔，对马说："如果是我的母亲，就应当自己回家。"马于是就向前走，李信背着鞍辔，跟着马到了家里。李信的兄弟们看见了马，都悲痛哀伤地互相看着，并另外盖了一个宽敞的马棚把马饲养起来，就像侍奉母亲一样对待这匹马，他们又请来和尚烧香念佛，大搞斋戒，全家没有一个不精诚向佛的。乡里的僧徒百姓听说了这件事，都非常感叹。这时工部侍郎孙无隐和岐州司法张金庭都因为父母亡故在家里服丧，听说了这事都感到奇怪，所以就去李信家看望访问，看见那马还在，并问李信事情的经过，就像人们传说的一样。出自《冥报拾遗》。

谢　氏

　　唐朝雍州万年县阎村，在灞水和渭水之间，村里有个妇女姓谢，嫁到了周县姓元的人家，她的女儿嫁给了回龙村的来阿照。谢氏在永徽末年死了，龙朔元年的八月，她托梦对女儿来氏说："我活着的时候卖酒，将量酒器做小，收人家的钱太多，给的酒太少，现在我因此判了罪，在北山下的一人家里托生为牛。最近又被卖给了法界寺夏侯师，他把我带到城南耕种稻田，非常辛苦。"醒后，谢氏的女儿就哭泣着对丈夫阿照说了这件事。第二年正月，法界寺的尼姑来到阿照的村子，女儿问尼姑，尼姑说："法界寺确实有个夏侯师。"女儿就去寺里探访，夏侯师说："最近

于北山下买得一牛,见在城南耕地。"其女涕泣求请,寺尼乃遣人送其女就之。此牛平常唯一人禁制,若遇余人,必陆梁抵触。见其女至,乃舐其遍体,又流泪焉。女即是就夏侯师赎之,乃随其女去。今现在阿照家养饲,女常为阿娘承奉不阙。京师王侯妃媵,多令召视,竞施财物。出《冥报记》。

王　珍

唐定州安嘉县人王珍,能金银作。曾与寺家造功德,得绢五百匹,同作人私费十匹,王珍不知。此人死。后王家有礼事,买羊未杀间,其羊频跪无数,珍已怪之。夜系于柱,珍将寝,有人扣房门甚急,看之无所见。珍复卧,又闻之,起看还无所见。怪之,遂开门卧,未睡,见一人云:"昔日与公同作功德,偷十匹绢私用,公竟不知,今已作羊,公将杀之,叩头乞命。"再三恳苦,言讫,出房门,即变作羊。王珍妹于别所,见此人叩头,一如珍所见,遂放羊作长生,珍及妹家即断食肉。珍以咸亨五年,入海运,船上无菜,人皆食肉,珍不食,唯餐空饭而已。出《广古今五行记》。

王会师

唐京都西市北店,有王会师者,母亡,服制已毕,其家乃产一青黄牝狗。会师妻为其盗食,乃以杖击之数下,

在北山下一户人家那里买到了一头牛，现在正在城南耕地。"谢氏的女儿哭着请求要去看看，寺中的尼姑就派人把她送到了城南的地里。这头牛平常只有一个人能驯服它，如果遇见别的人，一定反抗冲撞乱蹦乱跳。但是看见女儿来了，就用舌头遍舔她的全身，并且还流下了眼泪。谢氏的女儿向夏侯师买回了那头牛，牛就跟着女儿回去了。现在牛在阿照的家里饲养着，谢氏的女儿侍奉这个变成了牛的母亲也十分尽心，没有差错。京师里的王侯嫔妃，达官贵人常常叫人将她召来看一看，竞相施舍财物给予帮助。出自《冥报记》。

王　珍

　　唐朝定州安嘉县有个叫王珍的人，他能做金银活计。他曾经给寺院里做事情，得到了五百匹的绢，和他一起做活的人私自用了十匹，王珍却不知道。这个人死了。后来王珍家里要办事情，就买了一只羊准备待客，还没等杀，那羊见了王珍就连连下跪，王珍感到非常奇怪。晚上把它绑在柱子上，王珍正准备睡觉，就听见有急促的叩门声，开门却又什么也没有。王珍又重新躺下，又听到有叩门的声音，起来一看，还是什么也没有看见。王珍感到很奇怪，就把门开着躺下了，还没睡，就看见一人说："过去我和你在寺院里一起做活，偷了十四绢自己用了，你却不知道，现在我已经托生为一只羊，你就要杀了我来款待客人，我向你磕头请求饶命。"再三苦苦地恳求，说完就走出了房门，立刻变成了羊。王珍的妹妹住在别的屋子里，也看见这个人磕头恳求，就像王珍所看见的那样，之后他们就把羊放了生，从此王珍和妹妹都不吃肉了。王珍在咸亨五年，入海运输，船上没有菜吃，人们都吃肉，王珍却不吃，只吃白饭。出自《广古今五行记》。

王会师

　　唐朝京都西市北店的王会师，母亲死了，丧期已完，家里出生一条青黄色小母狗。会师的妻子因小狗偷吃，杖打了它几下，

狗遂作人语曰："我是汝姑，新妇杖我大错。我为严酷家人过甚，遂得此报。今既被打，羞向汝家。"因即走出。会闻而涕泣，抱以归家，而复还去，凡经四五。会师见其意正，乃于市北已店大墙后，作小舍安置，每日送食。市人及行客就观者极众，投饼与者，不可胜数。此犬恒不离此舍，过斋时即不食。经一二岁，莫知所之。出《法苑珠林》。

解奉先

洛阳画工解奉先为嗣江王家画像壁，未毕而逃。及见擒，乃妄云："功直已相当。"因于像前誓曰："若负心者，愿死为汝家牛。"岁余，奉先卒，卒后，王家牸牛产一犊牸，有白毛于背，曰"解奉先"。观者日夕如市焉。出《国史纂异》。

童安玕

唐大中末，信州贵溪县乳口镇有童安玕者，乡里富人也。初甚贫窭，与同里人郭珙相善，珙尝假借钱六七万，即以经贩，安玕后遂丰富。及珙征所借钱，安玕拒讳之。珙焚香告天曰："童安玕背惠忘义，借钱不还，傥神理难诬，愿安玕死后作牛，以偿某。"词甚恳苦，安玕亦绐言曰："某若实负郭珙钱，愿死作一白牛，以偿珙债。"未逾月，安玕死。

小狗于是开口说人话:"我是你的婆婆,你这新媳妇用木杖打我是大错特错。我因为严厉残酷,虐待家人特别过火,才得到这样的报应。现在既然被你所打,留在你家我很羞愧。"说完就走了。会师听说了这件事后,痛哭流涕,他把小狗抱回了家,可是小狗又走了,就这样反反复复共有四五次。会师看那狗一定要离开这里,就在市北自己开的店铺的大墙后面,造了个小屋,把小狗安放到了那里,每天都给小狗送饭吃。市里的人以及路过的人,去观看的特别多,给狗扔饼吃的人数也数不尽。这条狗却总也不离开这个小屋,每当斋戒之日,它就不吃东西。就这样经过了一二年的时间,后来没有人知道这条狗去哪里了。出自《法苑珠林》。

解奉先

洛阳有个画工叫解奉先,他给嗣江王家画壁像,没有画完就逃走了。等被抓住了,他却胡乱说:"作工的工时和你给的工钱正合适。"于是就在像前发誓说:"我如果违背良心,死后愿做你家的牛。"一年多时间,奉先就死了,他死后,王家的母牛就产下了一头红色的小牛,小牛背上还长有白毛,白毛是"解奉先"的字形。观看的人从早到晚络绎不绝。出自《国史纂异》。

童安玕

唐宣宗大中末年,信州贵溪县的乳口镇有一个叫童安玕的人,是乡里的有钱人。童安玕起初很贫困,因为和同乡人郭珙要好,郭珙曾经借给他六七万钱,他就用这些钱作为初始资金来经营贩卖,之后就渐渐富裕起来。可是等到郭珙向他讨要所借的那笔钱的时候,安玕不承认,拒绝给郭珙钱。郭珙气愤地烧香对天祷告说:"童安玕忘恩负义,借钱不还,倘若上天有灵,希望在安玕死后把他变成牛,来偿还我的债。"言词特别虔诚恳切,安玕也用欺诈的言辞说:"我如果真的如郭珙所言欠他的钱,愿死后变成一头白牛来偿还郭珙的债。"没过一个月,安玕就死了。

死后半年，珙家牸牛，生一白牯犊，左肋有黑毛，作字曰"童安玕"，历历然。远迩闻之，观者云集。珙遣人告报安玕妻，玕妻子并亲属等往视之，大以为耻，厚纳金帛，请收赎之。郭珙愤其欺负，终不允许，以牛母并犊，别栏喂饲。安玕家率童仆，持白梃劫取。珙多置人守御，竟不能获。出《报应录》。

刘自然

唐天祐中，秦州有刘自然者，主管义军桉。因连帅李继宗点乡兵捍蜀，成纪县百姓黄知感者，妻有美发，自然欲之，谓知感曰："能致妻发，即免是行。"知感之妻曰："我以弱质托于君，发有再生，人死永诀矣。君若南征不返，我有美发何为焉？"言讫，揽发剪之。知感深怀痛愍，既迫于差点，遂献于刘。知感竟亦不免繇戍，寻殁于金沙之阵，黄妻昼夜祷天号诉。是岁，自然亦亡。后黄家牝驴，忽产一驹，左胁下有字，云"刘自然"。邑人传之，遂达于郡守。郡守召其妻子识认，刘自然长子曰："某父平生好饮酒食肉，若能饮啖，即是某父也。"驴遂饮酒数升，啖肉数脔，食毕，奋迅长鸣，泪下数行。刘子请备百千赎之，黄妻不纳，日加鞭捶，曰："犹足以报吾夫也。"后经丧乱，不知所终，刘子竟惭憾而死。出《儆戒录》。

他死后半年，郭珙家的母牛产下一头白色的小公牛，小牛的左肋下长着黑色的毛，清楚地形成"童安玗"三字。远近听说后，都跑来观看。郭珙派人告诉了安玗的妻子，他的家人及其他亲戚都来看视，感到特别耻辱，愿用高价买回这头牛。郭珙记恨安玗对他的欺骗，没有答应，还把母牛和小牛养在另一个牛栏里。安玗家带着仆人，拿着木棍来抢劫。郭珙安排了很多人看守抵御，最终安玗家没有得到这头牛。<small>出自《报应录》。</small>

刘自然

　　唐昭宗天祐年间，秦州有个叫刘自然的人，主管义军案卷文书。连帅李继宗要招集乡兵保卫蜀地，成纪县的老百姓，有个叫黄知感的，他的妻子长了一头的秀发，刘自然想要它，他对黄知感说："如果你能把妻子的头发拿来，我就免除你的兵役。"知感将此事告诉了妻子，他的妻子说："我把自己微弱的身体都托付给你了，头发剪去还可以长出来，人如果死了，就永远不能再见了。你如果去南边打仗不能回来，我的头发再秀美又有什么用呢？"说完，就揽起头发用剪刀把头发剪了下来。知感心里十分的痛悔和忧愁，又被征兵所逼迫，就只好将头发献给了刘自然。但是知感最终也没有被免除征召，不久就在金沙之战中死去了，他的妻子昼夜对着上天祷告，号哭着向苍天诉说此事。这一年，刘自然也死了。后来黄家的一头母驴生下了一只驴驹，左肋下写着字，是"刘自然"。城里的人们把这件事传扬开去，于是被郡守知道了。郡守就把刘自然的妻子和孩子叫来辨认，刘自然的大儿子说："我父亲一生喜欢喝酒吃肉，如果它能够饮酒吃肉，就是我的父亲。"郡守让人搬来了酒肉，结果那驴驹喝了好几升酒，吃了好多块肉，吃完，就兴奋得鸣叫起来，然后又流下了几行眼泪。刘自然的儿子准备了百千钱请求买回这头小驴，但黄知感的妻子却不接受这个请求，并且每天用鞭子抽打它，说："这足可以给我丈夫报仇了。"后来经过丧乱，就不知道这头驴的下落了，刘自然的儿子最终因惭愧遗憾而死。<small>出自《儆戒录》。</small>

李明府

唐前火井县令李明府,经过本县,馆于押司录事私第。主人将设酒馔,欲刲一白羊,方有胎。其夜李明府梦一素衣妇人将二子拜明府乞命,词甚哀切,李不测其由,云:"某不曾杀人。"妇人哀祈不已。李睡觉,思惟无端倪,又寝,复梦前妇人乞命,称"某命在须臾,忍不救也"。李竟不谕其意,但惊悸不已。再寝,又梦前妇人曰:"长官终不能相救,某已死讫,然亦偿债了。某前身即押司录事妻,有女仆方妊,身怀二子,时某嫉妒,因笞杀之,绐夫云:'女仆盗金钗并盒子,拷讯致毙。'今获此报,然已还其冤债。其金钗并盒子,在堂西拱枓内。为某告于主人,请不食其肉,为作功德。"李惊起,召主人诘曰:"君刲一白羊耶?有双羔否?"曰:"是。"具话夜来之梦,更叹异。及寻拱枓内,果得二物。乃取羊埋之,为作功德追荐焉。出《报应录》。

刘钥匙

陇右水门村有店人曰刘钥匙者,不记其名。以举债为家,业累千金,能于规求,善聚难得之货,取民间资财,如秉钥匙,开人箱箧帑藏,盗其珠珍不异也,故有"钥匙"之号。邻家有殷富者,为钥匙所饵,放债与之,积年不问。忽一日,执券而算之,即倍数极广。既偿之未毕,即以年系利,

李明府

唐朝前火井县令李明府,经过本县,住在押司录事的私宅里。主人准备拿酒食招待他,想要杀一头白羊,这头羊正怀着胎。那天晚上,李明府就梦见了一个穿着白色衣服的妇女带着两个小孩,跪拜在他的面前请求救命,说得非常悲哀恳切,李明府不知道是怎么回事,就说:"我不曾杀过人。"那个妇人仍然苦苦地哀求。李明府从梦中醒来,想了一想,没有头绪,就又睡着了,接着又梦见了那个妇人乞求救命,并说"我马上就要死了,你怎么忍心不救我"。李明府最终不明白她的意思,只是惊怕悲苦得不得了。接着就又睡着了,又梦见那个妇人说:"长官,你最终不能救我了,我已经死了,这样也算我偿还欠债了。我的前身是押司录事的妻子,有个女仆人有了孕,是双胎,当时我很嫉妒她,就用竹板子把她打死了,我欺骗丈夫说:'女仆人偷了金钗和盒子,我拷打讯问她,将她打死了。'现在我得到了这样的报应,也算还清了她的冤枉债。那金钗和盒子在堂西的拱枓里。替我告诉主人,请求他不要吃我的肉,这也算是很大的功德。"李明府被吓醒了,把主人叫来追问说:"你杀了一只白羊吗?它是不是怀了两个羊羔?"主人说:"是。"李明府把晚上做的梦全都告诉了主人,大家都感叹此事奇异。等到拱枓里一找,果然在那里找到了金钗和盒子。于是就把羊给埋掉了,并诵经为其超度。出自《报应录》。

刘钥匙

陇右水门村,有个开店的人叫刘钥匙,不记得他的名字了。他以放高利贷为业,积累千金,很能钻营,善于聚集难得的货物,搜取民间的资财,就像拿着钥匙打开人家的箱子和钱匣,盗取珠宝珍品一样,所以就有了"钥匙"的称号。他的邻居中有个很有钱的人,被刘钥匙所迷惑,就借了他的钱,多少年来他也不提起这件事。忽然有一天,钥匙拿着借债的凭据向此人讨债,结果比原来借的钱数增加了好几倍。一时还不完就以年计算利息,

略无期限,遂至资财物产,俱归钥匙,负债者怨之不已。后钥匙死,彼家生一犊,有钥匙姓名,在胁肋之间,如毫墨书出。乃为债家鞭棰使役,无完肤。钥匙妻男广,以重货购赎之,置于堂室之内,事之如生。及毙,则棺敛葬之于野。盖与刘自然之事仿佛矣,此则报应之道,其不诬矣。出《玉堂闲话》。

上　公

宜春郡东安仁镇有齐觉寺,寺有一老僧,年九十余,门人弟子有一二世者,彼俗皆只呼为"上公",不记其法名也。其寺常住庄田,孳畜甚多。上公偶一夜,梦见一老姥,衣青布之衣,拜辞而去,云:"只欠寺内钱八百。"上公觉而异之,遂自取笔书于寝壁,同住僧徒亦无有知之者。不三五日后,常住有老牸牛一头,无故而死,主事僧于街市鬻之,只酬钱八百。如是数处,不移前价。主事僧具白上公云:"常住牛死,欲货之,屠都数辈,皆酬价八百。"上公叹曰:"偿债足矣。"遂令主事僧入寝所,读壁上所题处,无不嗟叹。出《玉堂闲话》。

施　汴

庐州营田吏施汴,尝恃势夺民田数十顷,其主退为其耕夫,不能自理。数年,汴卒。其田主家生一牛,腹下有白毛,方数寸,既长,稍斑驳,不逾年,成"施汴"字,点画无缺。

无限期地继续盘剥,终于把所有的资财和物产都归给了刘钥匙,借债的人怨恨得不得了。后来刘钥匙死了,借债那家养的母牛生下了一个牛犊,在䏰骨和肋骨之间有刘钥匙的姓名,就像用笔墨写上的一样。它被债家鞭打使役,都没有完整的皮肤。钥匙的妻子和儿子刘广,重金把它买了回来,放在屋里,像刘钥匙活着那样精心地喂养着。等到死了,就装进棺材埋葬在荒野之中。这个故事和刘自然的故事差不多,这种因果报应的道理,绝不是瞎说。出自《玉堂闲话》。

上 公

宜春郡东安仁镇有座齐觉寺,寺内有个老和尚已经九十多岁了,他的门人弟子有一两代,因此不管是僧家还是俗家,都称呼他是"上公",不记得他的法名了。寺院在常住有庄田,繁殖了不少牲畜。上公有一天晚上梦见了一个老太婆,穿着青布的衣服,向他拜了一拜,就告辞而去了,临走还说:"只欠寺院八百钱。"上公醒来,认为此事很奇怪,就拿起笔把这件事写在卧室的墙壁上,和他住在一起的徒弟们,都不知道这件事。没过三五天,常住庄田有一头老母牛不知什么原因死了,管事的和尚就到街上把它卖了,买主只给八百钱。去了好多地方,都给这个价钱。管事的和尚将此事回报给上公说:"常住的牛死了,想把它卖掉,几位屠户全都只给八百钱。"上公叹息说:"偿还了欠债就足够了。"于是就叫管事的和尚进到他的卧室,读了他在墙壁上所写的字,没有人不感叹万分。出自《玉堂闲话》。

施 汴

庐州营田吏施汴,横行乡里,曾经依仗势力夺取老百姓的田地好几十顷,田主生活没有着落,只好给他当耕夫,无处为自己申诉。过了几年施汴死了。那田主家里的母牛生下的一头小牛,肚子底下长着白毛,有几寸见方,等长大以后就出现了杂色的毛,不到一年的时间,竟变成了"施汴"两个字,一笔都不缺。

道士邵修默亲见之。出《稽神录》。

公乘通

渚宫有民公乘通者，平生隐匿，人或难知。死后，湖南民家生一黑驴驹，白毛作"荆南公乘通"字。其子孙闻之怀耻，竟不能寻赎，江陵人皆知之。出《北梦琐言》。

僧审言

云顶山慈云寺，四方归辏，供食者甚厚。寺主僧审言，性贪鄙，欺隐本寺施财，饮酒食肉，畜养妻子，无所不为。僧众稍孤洁者，必遭凌辱。一旦疾笃，自言见空中绳悬一石臼，有鼠啮之，绳断，正中其心，大叫气绝。久而复苏，如此数十度，方卒。逾年，寺下村中牛生一犊，腹下分明有"审言"二字。出《儆戒录》。

有个叫邵修默的道士亲眼看见过。出自《稽神录》。

公乘通

渚宫有个居民叫公乘通,一生隐藏奸邪,人们很难知道。他死了以后,湖南有一人家里生了一头黑色的驴驹,它身上长的白毛显示为"荆南公乘通"几个字。公乘通的子孙们听说了这件事,感到非常的耻辱,可是最终没能寻找到那头驴驹把它买回来,江陵的人们都知道这件事。出自《北梦琐言》。

僧审言

云顶山有个慈云寺,四面八方的人都到这里进香,供奉寺院东西的人特别多。寺院里的住持叫审言,他生性贪婪卑鄙,欺骗隐藏人们施舍给寺院的财物,每日喝酒吃肉,还娶老婆、生孩子,无所不为。和尚当中如果有稍稍孤傲和洁身自好的人,一定会遭到他的欺凌和侮辱。有一天的早晨,他突然得了重病,自己说看见空中有一条绳子,绳子上吊着一个石臼,有个老鼠咬那根绳子,绳子断了,石臼落下正好打在他的心口上,他大叫了一声就断了气。很长时间又苏醒过来,像这样有几十回,然后才死掉。过了一年,寺院下边的村子里有一头牛,生了一个小牛犊,肚子下面清清楚楚的有"审言"两个字。出自《儆戒录》。